官桥刃

丁建元 著

山东友谊出版社·济南

图书在版编目（CIP）数据

官桥刃 / 丁建元著 . -- 济南 : 山东友谊出版社，2025. -- ISBN 978-7-5516-3594-3

Ⅰ . I247.5

中国国家版本馆 CIP 数据核字第 2025893P03 号

官桥刃
GUANQIAO REN

责任编辑： 王德超
装帧设计： 刘洪强

主管单位：山东出版传媒股份有限公司
出版发行：山东友谊出版社

地址：济南市英雄山路 189 号　邮政编码：250002
电话：出版管理部（0531）82098756
发行综合部（0531）82705187
网址：www.sdyouyi.com.cn

印　　刷：山东临沂新华印刷物流集团有限责任公司

开本： 889mm × 1194mm　1/32
印张： 15.375　**字数：** 440 千字
版次： 2025 年 8 月第 1 版　**印次：** 2025 年 8 月第 1 次印刷
定价： 88.00 元

寇入官桥，不愿做奴隶的人们，

利刃在手，与敌缠斗。

目录

甲部

1

滕县那边的炮声不再响了，枪声稀落，最后完全静了下来。县城沦陷，官桥乡的人们更加慌乱。这里位于县城以南四十里，鬼子几乎抬脚就到了。话还没落，也就是滕县被攻破的次日，一九三八年三月十八日，农历二月十七日清早，鬼子就向这里开进。各家各户都急三火四地拾掇东西逃难，已经有不少人从各条小巷出来，在大街上急匆匆地往南赶。

邓广贤从家里出来，三步并作两步走向他在官桥街上的成衣铺。邓广贤四十多岁，个子高，腿长，身着青布旧袄，头戴旧毛毡帽，方脸浓眉，宽鼻厚唇，表情沉稳但眼里透出焦虑，喘着粗气也顾不上往两边看，碰上熟人也顾不上点头。

成衣铺在街西边，迎面是两小间草屋，门左边的墙上挂着一块小木牌子，写着“邓氏成衣铺”。两扇板门，很窄，横着的铁鼻子上挂着把黑锈锁。邓广贤大老远就把钥匙掏出来，一站到门口就把钥匙插进锁眼，向右一拧，把锁摘下来，接着推门进去。

小铺里陈设简单，迎面是两个叉开的木架子，支起一块宽木板，上面一把长剪刀和一根竹尺子，后面一只板凳，旁边，靠墙的旧桌子上，整齐地放着叠起的衣裳和布料，外面都系着布条儿，上面写着人名。

邓广贤不怠慢，一手拎开布口袋，一手往里装。他必须把所有的成品、半成品全部带走，过一阵子看看平静了，再回来开业。

这时候已经有了上海产的缝纫机，但邓广贤做梦也买不起，只靠自己裁剪手工缝制。他老婆忙完家务，再帮着缝衣，有时候缝到大半夜。邓广贤手艺好，在官桥是出了名的裁缝，不管是长袍马褂，还是对襟衬衣和缅裆裤子，还有时兴的中山装，他都会做，甚至西装他也能做。

不能扯远了，邓广贤正在往口袋里装着，突然就听到怪异骇人的轰鸣声从北边天空传来，那声响撕裂着空气，让人头皮发麻。

邓广贤知道，这是鬼子的飞机。但他当然不知，那飞机此时飞到北边丰山顶上，接着扔下一颗炸弹。邓广贤只听到轰的一声巨响，脚下的土地和他的小屋随即颤抖，墙上的尘土唰地落下来，木板上的剪刀都跳了起来。

邓广贤不害怕，他不是胆小的人，但他知道，那飞机飞走了，鬼子就要到了。他把剪刀和尺子一并收进口袋，往肩上一背，出了门，反身闭门上锁，就往家里小跑。

没走几步，邓广贤突然看见张疯子从小破屋里蹿了出来，精神完全失常了，他乱挥着两只胳膊在街上跳着，大声喊，鬼来了！鬼来了——！天塌啦！天塌啦——！要不成饭啦！要不成饭啦——！张疯子原是前清秀才，但落魄一生，没有家室，平日里靠在官桥乞讨为生。邓广贤看到，张疯子两只脚赤着，三根筋挑着一个干巴葫芦似的小脑袋，胡子头发好像枯草，脑后还有一根老鼠尾巴似的小辫子，黑色的衣裳补丁摞补丁，补丁上又全是大小窟窿，大腿从窟窿里露出来。

张疯子一声声喊着，人们顾不上搭理他，他看着旁边的老槐树，突然头一低，对着树干猛地撞了上去，那脑袋就嘭的一下裂开了。

张疯子倒在树下，身体蜷曲，血水涔涔流出，糊在脸上，两只黑爪子似的瘦手微微抖动，瞪大的眼珠子凸出来，很快就伸直了腿。有人扫了一眼，骂着，死也不挑个时候，谁还顾得上给你收尸啊。

邓广贤站在那里，不知如何是好。他看见两个老汉走过来，都认识，是住在北头的俩光棍子。邓广贤叫住他们说，行个好，把疯子抬到南边的河滩上埋了吧。两个老汉站住，为难地说道，连个卷尸的草帘子也没有，怎么抬啊。邓广贤回头看看说，把疯子家的门板摘下来吧。一个老汉小跑到张疯子家门口，摘下一扇破门板，几人把张疯子尸体放上去。这时，又有两个人过来，邓广贤招呼说，帮帮忙，搭把手。说完突然想到了什么，他从口袋里摸出仅有的三个小钱，交给其中一个老汉说，就这点儿，买壶酒喝吧。

几个人抬上张疯子往南走了。邓广贤轻轻叹口气，就从小巷往西走。

津浦铁路经过这里，路基很高，下面有个涵洞，过了洞走几步，就是邓广贤的家。不大的院子，接着山墙是六间低矮的草屋子，东边三间，是他家，父亲跟着他住；西边三间，住着兄弟邓宝安一家。门上贴的春联还没褪色，窗子很小，就是用木棍竖着做了窗棂。屋是土墙，墙基用了两层碎石头，只要水过了一尺高，墙就会泡塌，但好在这里地势高。院墙也是用捡来的碎石头垒起来的，才到人腰高，东南角开口，用了半截草门子。院子里值钱的是一口大水缸，两家共用。

闲话少说，邓宝安正在院子中往两个筐子里装东西，都是到外面吃的用的。两个女人把煎饼包好，放进筐里。爷爷拄着一根木棍，站在一边，左手拉着邓宝安五岁的儿子石头。石头又黄又瘦，老老实实地站在爷爷身边。

一看大哥回来了，邓宝安说，怎么才回来？亏你还沉得住气。邓广贤回说，我得把东西点好啊。邓宝安说，才四十里路，鬼子很快就到了。话刚落下，就听到外头有人焦急地喊着，快跑啊！鬼子到莫庄啦！把莫庄的屋都点着啦！

莫庄在官桥乡北边，也就六里地远。邓宝安停下手，往后退了几步，抬头望向北边的天空，果然看到升起来一团一团的浓烟，接着又传来了几声枪响。邓广贤也着急了，他想到了儿子邓耀奎，眼下，他正在西边的塔庄当学徒做点心，这当口儿可千万别回来啊。

无巧不成书，邓广贤正担心着，突然就见着邓耀奎推开院门子进来了，手里还拎着一包点心。爷爷看见邓耀奎，慈爱地笑开了，大奎回来了！邓宝安一见大奎就有些着急了，你个傻东西，早不来晚不来，你回来找死啊！爷爷不高兴了，瞪着邓宝安说，张嘴就臭！这是他家，他不惦记啊？越是这时候，一家人就越得在一块儿，心里踏实！

大奎把点心给了爷爷，也没说什么，就帮着他爹邓广贤和二叔邓宝安一起拾掇。爷爷用指头轻轻把包点心的纸戳开，是糯米条黏糖，他夹出几根给了石头，石头甜滋滋地嚼着。

这时，北边又传来枪响。

两家的门都锁上了，邓宝安担着两个筐，大奎背着父亲成衣铺里的东西。邓广贤见瘦小的弟媳背着石头，伸出胳膊说，把孩子给我。石头上了邓广贤的背，大家出了院子。邓宝安突然想到什么，放下担子回到院子里，很快从草棚里拿过一把斧头。爷爷说，又不劈柴砍树，带斧子干什么？邓宝安说，进了山得搭棚子吧，再说，碰上坏人……说着，就把斧子放进筐里，全家走出门。

这时候，有人敲起了铜锣，铜锣咣咣敲了两下，接着有人喊，各位乡亲们都听着！大家不要跑了！我刚从滕县回来，皇军让我当保长！我和鬼子……不，皇军说好了，来到这里不杀人，不放火，他们要驻扎在官桥！中日要亲善！大家放心回家吧——

这是后街张疤瘌头的声音。邓宝安说，别听这孙子叫！不杀人，不杀人飞机怎么扔炸弹？快走！

人群呼啦呼啦地往街上走，挑担的，推车的，背包袱的，赶驴的，牵牛牵羊的，扶老的，拎小的，全都仓皇不安。

突然，咣的又一声锣响，疤瘌头从小巷走出来，后面跟着王歪嘴。锣在王歪嘴手里拎着，两个人的左胳膊上，都戴着白布袖章，上面印着一个饼子大的红圆印子。

疤瘌头大声喊道，都别走了，大家都回家，我都喊了半天了，皇军不伤害老百姓，都把心放进肚子里！有人问，你说的是真的？疤瘌头说，我就是咱这里的保长，皇军任命的，保长就是保护大家嘛。有几家人站住了，疤瘌头对一个老汉说，三叔，听我的，往哪里跑？跑得再远家还在这里，早晚还要回来不是？以后这里就是皇军的天下，谁坐天下也不会欺负老实人，别跑啦，回家。老汉被疤瘌头劝住了，他看看牵着的小黄牛说，对哩，这日本人也是人，咱不惹他不招他，他让咱咋样就咋样，他还能欺负咱？没道理啊，老侄儿，我听你的。说完，便牵着小黄牛往回走。还有几个人也听了疤瘌头的话，转身回去。

正好邓宝安他们走到这里。疤瘌头说，宝安，回家吧。邓宝安低声对大奎说，甭听他说的，赶紧走。然后他自己站住，看着疤瘌头，冷笑了一声说，都是街坊邻居，你别坑了他们！疤瘌头一抬左胳膊，让邓宝安看看他胳膊上的白袖章，我是保长，说话算数。邓宝安笑笑，鄙视地看着疤瘌头说，你说他们不杀人，在滕县他们杀了多少人？你说这话，鬼都不信。疤瘌头说，邓宝安，我这是真心实意为乡亲们好，你要不信，走就是，有本事走了甭回来。邓宝安有些火了，你吓唬我？我家在官桥，我回不回来你管得着？这时候，敲锣的王歪嘴插不上话，只是斜眼看着邓宝安，嘴唇不由自主地往右撇动。

王歪嘴也是村里的光棍子，小时候不知得了什么毛病，找了个神婆子给他下针，最后落下了病根儿，不管说话不说话，右边的嘴角就往上一挑，右眼皮不住地眨巴，眼珠子两头乱窜。王歪嘴和疤瘌头是邻居，从小就到疤瘌头家玩儿，什么活儿都帮着疤瘌头干。疤瘌头去尿尿，王歪嘴就在后边站着；疤瘌头在茅房里拉屎，王歪嘴就捡起个杨树叶子守在外头，然后递进去让他擦腚。疤瘌头说，歪嘴，等我成了财主，一定给你找个老婆。可是，疤瘌头就是在官桥街头摆个小摊儿，也没成了财主，王歪嘴三十好几了，还是光棍子一根。终于，他们的好运来了，疤瘌头的一个表弟在滕县投了日军，还成了个小头目，他推荐表哥当了保长。疤瘌头对王歪嘴说，歪嘴啊，咱当官啦，过不了两年，我给你找个美俊的大闺女，丑的咱不要！王歪嘴听了，好半天是又翘嘴又眨巴眼，跪下就给疤瘌头磕了个响头。

邓宝安和疤瘌头顶了几句，大奎老远喊他，他这才挑起担子，回头看了疤瘌头一眼，往地上吐了口唾沫说，孬种！疤瘌头说，你才孬种！

逃难的人们，大多奔向东边的山里。从官桥往东南十五里，就是石楼子，那里山多，而且一直连到沂蒙山区。

邓广贤全家走了大半天，终于来到一个叫葫芦套的地方。这时太阳已经偏西，大家都走累了，爷爷也不停地咳嗽。邓广贤对邓宝安说，别往山里走了，爹受不了，咱就在这找个地儿住下吧。邓宝安说，这还没到山里，没遮没拦的，咱歇歇脚，再往里走。

大家各自坐下，爷爷坐在一块石头上，喘息着，咳嗽不止，石头懂事地给爷爷捶背。邓广贤站在那里往四下里看，这葫芦套村，也就有十来户人家，小石头屋分散在山坡上下，三面是山，但都不连着，两山之间有一条小路，路两边是村里人开出的零碎的地块儿；迎面不远，又有一座秃顶山横堵在路口，又高又陡，山上没有密林，只有疏散的柏树，瘦得像用秃了的扫帚爪子；山下面是荆棵子，远未到发芽的季节，里面也根本藏不住人；但是，山后有一条细细的小路，两边灌木密集，往里一走又是一道山沟，真要有鬼子过来，就可以往里面藏，而且看起来那里已经住了好多人。

邓宝安过来，对大哥说，不行，咱还得往里走。

就在兄弟俩合计的时候，大奎也来了，手里拎着一把镰刀，对爹和二叔说，我去村里看了，家家都是小屋，根本住不下外人；我又去东边的山坡看了，有个好地方，二叔，你带上斧子，咱们去看看。

叔侄二人穿过一片灌木丛，就到了半山腰一处朝阳的地方。背面是堵黄土崖，崖下有块平地，平地上长着三棵小树。站在这里，山下的一切都看得清清楚楚。这里不光避风，到了早晨和中午都有阳光照过来，而且从土崖往下一溜缓坡，缓坡上是树林。

大奎说，二叔，这三棵小树截开当柱子，咱再砍一棵小树，正好可以搭两个棚子，那边全是干燥的山草，割来铺在地上，这里又不潮湿，我娘、婶子和石头住东边，你、我、我爹和爷爷住西边，正好可以看着山下，真有鬼子进了山，咱们就能很快往里面跑……邓宝安点点头，小子，不愧是念过书的，还会看地理，好，我去砍树，你去割山草。

叔侄俩各忙各的。山草很密，大奎很快就割了一大捆，但一捆肯定不够，他要把地上铺得厚厚的，这样能暖和些。所以，他割了整整三大捆，用备好的绳子捆好，弯着腰往回背，背回两捆后，又回来背最后一捆。他走到一处崖顶，往下一看，石头缝里长着一棵树，他认得，这是一棵几十年的山楂树。再往下，好多山楂果落在枯叶子里，颗颗鲜红。他一想，放下草捆子，把绳子解下来，一头拴在山楂树干上，然后抓住绳子，蹬住石崖往下溜，左手把绳子挽了几道，右手伸进枯叶里捡拾果实。一个口袋装满了，他又往另一个口袋里装，突然，唰的一声，一条赤红色的蛇从石缝里蹿出来，瞬间就弹了出去，吓得大奎啊地一叫，抓着绳子的左手差点儿松开。他本能地左手一紧，这才没掉下悬崖，但是汗水一下子就从心口和后背冒了出来，脸都吓黄了。正在搭棚子的邓宝安听见了，大声问怎么了，赶紧跑了过来。这时，大奎已经爬上来了。邓宝安高声说，玩儿命啊，这要摔下去怎么办！大奎说，碰上一条蛇，这时候不应该有蛇啊。邓宝安说，你动了它的窝了。

叔侄两人回来，他们在棚子顶上压上草，又用树枝压住，地上铺了干草，两边也绑上从家里带来的苇席挡风。完了，两个人去接在那边歇息的家人。大奎掏出山楂，爷爷说，我怕酸，咬一口就倒牙，全给石头吧。石头吃着山楂，大奎领着他走在后面。石头咽下一口山楂，仰起小脸儿问大奎，哥，鬼子是什么？大奎说，鬼子是坏人。石头又问，坏人是什么？大奎说，他们是鬼变的。石头又问，鬼是什么？大奎想，不能吓唬石头，就说，吃山楂吧，长大了你就知道了。

全家就在这两个棚子里住下。爷爷躺下来歇着，石头吃着山楂，大奎提着小罐子去找水。邓广贤和邓宝安坐在下风口的石头上抽烟袋。

天还早，大奎娘闲不住，开始从口袋里找出给人做的衣服，穿针引线缝起来。婶子说，嫂子，给我一件。大奎娘说，你不累啊，歇歇吧。婶子说，不累，你累，不也闲不住吗？大奎娘给婶子拿出一件衣裳，妯娌两人就做起针线活来。婶子人又瘦又小，平日里很少说话，都是男人说什么就是什么，什么脾气也没有。婶子是二叔捡来的，说捡来的也不对，是婶子坚决跟着二叔。

六年前，一对河北的母女来到官桥乡要饭。这天，母亲突然病亡，尸体就躺在官桥大桥桥头上。女儿守在娘的身旁，无钱安葬。这个女孩儿才十六岁，万般无奈，她在一堵破墙下折了几根狗尾草，插在乱糟糟的头发上，跪在那里，这是卖身葬母。一些人围着母女俩看，叹着气说，这年头家家穷，全都吃不饱，谁有钱做这善事啊。有人说，兴许哪个财主碰上，让她去当丫鬟。有人接着说，不是个伶俐孩子，谁要？又有人小声说，就是，这闺女儿太瘦了，太小了，怕是生孩子都难。

太阳快落山了，女孩儿跪了半天，还是没人出钱。邓宝安在车站上扛完大包，正和几个伙计回家。看到这情景，他站住了，对身边几个弟兄说，来，各人从口袋里掏掏，以后我还。说完，大家从口袋里掏出几个钱来，几个人一凑，邓宝安让人去买了一领新席，扯了半块白布，几卷黄草纸。

很快，他们把尸体用草席卷了，让女孩儿把白布裹在头上，几个人抬着席筒，女孩儿跟在后面，到薛河南岸的乱坟岗子把女孩儿的娘埋了。

天已经黑了，大家各自散去，邓宝安递给女孩儿仅剩的一个小钱说，去，买个烧饼，明天回家吧。女孩儿看着邓宝安，接过那个小钱，然后跪下磕头。邓宝安连忙说，甭，甭，不能这样，这样我折寿！说完，转身就往家走。

走了老远，邓宝安回头一看，女孩儿竟然还跟在他后面。邓宝安站住问，你还有什么事儿？女孩儿不吱声。邓宝安说，你娘也安葬了，你回家吧。女孩儿说，我头上插了草棒了。邓宝安说，我不认这个，我做完好事儿就行了，你走吧。女孩儿说话的声音变了，我往哪里走？我没有家了，爹死了，娘也死了，你要是一个人，不嫌弃我……话没说完，她就抽泣起来。邓宝安看着这个可怜的女孩儿，叹了口气说，先跟我去家里吃饭吧。

邓宝安把女孩儿领到家里，爷爷知道了，说，老二，你心肠不能这么狠，姑娘家无依无靠，你让她走，她往哪里走啊，这不是把她往绝路上逼？进了咱家门，就是咱家人！

后来，邓家找了个吉庆日子，邓宝安和女孩儿成了亲。第二年春末，就生了石头。

邓广贤是个有心人，没忘了带上一盏玻璃罩子油灯。晚上，他和大奎娘，还有大奎婶子一起做针线活。石头已经睡了。大奎搬了块石头，坐在棚子外，借着灯泄出的余光看书。邓宝安出来，笑着说，书呆子，逃难也忘不了你的破书。大奎不说话。邓宝安问，看的什么书？大奎说，说你也不懂，这是《荡寇志》。邓宝安问，里面写了什么？大奎说，古代打仗的。邓宝安说，现在到处都打仗，还看古代的。爷爷过来了，叹了口气说，大奎好学才，上私塾那会儿，先生老向我夸奖，讲什么他懂什么，什么书看一遍就全记在心里了；当初我给他取这个名字，就是巴望着以后成为有学问的人，有个好差事干……可是，穷得供不起，误他一辈子啊。

邓宝安往草铺上一躺说，大奎，念一段儿我听听，也给咱解解闷儿。大奎说，那好，我念一段儿。说着，就找了一段儿念起来，可是没念几行，邓宝安已经打起了呼噜……

2

七七事变后，日军统帅部制定了大跨度的战略方针，日军华北方面军、华中派遣军同时南下和北上，妄图以南京、济南为基地，从南、北两面攻占徐州地区，然后挥师西进，直取武汉。日军华北方面军所属第十师团，迅速占领沧州、德州、济南、泰安、曲阜，后又攻占济宁、邹县，接着立即请求南进，图谋首先攻克徐州。一九三八年三月十四日，日军进攻滕县外围，与中国守军开战。当日拂晓，日军飞机对滕县外围阵地狂轰滥炸，接着步兵、骑兵及装甲部队、辎重部队，在坦克掩护下发起猛攻，中国守军虽装备远处劣势，但拼死战斗。次日，日军陆续增加兵力包围县城。三月十七日，日军的飞机和大炮轮番轰炸，城坡，守军与侵略者展开白刃战。此后，中国守军仅数百人突围，一二二师师长王铭章等其余两千多名将士壮烈殉国，滕县落入敌手。

这边，官桥逃难的人们还没有全离开，鬼子就赶到了，这是日军王牌部队第十师团濑谷启旅团下辖一部，极为凶悍残忍。大群的鬼子从官桥北头的歇马亭进入，先是三十多人的马队，慢慢悠悠地走在街上。这不是在战场上，不是冲锋，是为了震慑，所以，骑兵们的马刀都挎在腰上，马枪背着，昂着头，虎着脸，散乱的马蹄嘎噔嘎噔地踩踏着路面。接着，有两辆坦克车轧轧地开进来，铁履带哗啦哗啦转动，无情地在路上啃出两道宽宽的辙沟。没跑的官桥人，从来没见过这样的钢铁怪物，吓得关紧了门。

后面的鬼子步兵跟过来，就开始撒野了。提刀的军曹一下令，立即就有鬼子兵举着火把，把街两旁的几家商铺点上了火，火苗从屋檐下很快蹿上了屋顶，越烧越高，浓烟升了起来。有的商铺里面有人，火一着就推开门往外跑，鬼子就开了枪，几个人先后扑倒在街上。很快，西边有十几家大小商铺连续起了火，大火连成片，黄色的烈焰凶猛地喷出舌头，烧得瓦片噼里啪啦地炸裂，屋顶塌陷，里面的木檩和梁架露了出来，上面也起了火苗，浓烟滚滚。灼热的气流变成了热风，热风又吹着大火越烧越大。灰烬在天空里飘了起来，狂舞着。离西边不远的居民全吓坏了，夺门而出，狂奔逃命。鬼子进了小巷，用枪托子砸门，用皮靴踹门，只要看到里面有人，立即开枪。

六七个鬼子进了一条巷子，连踹了几个小院都没见着人。他们进了王广福的家。王广福的爹信了疤瘌头的话，在家守着没跑。一个鬼子进了屋，直接揪住老汉的耳朵拉到院子里，另一个鬼子从枪上拔下刺刀，一下割掉了老汉的耳朵，接着又割下了另一只。老汉疼得嗷嗷惨叫，脸两边流着血。鬼子看看老汉的裤裆，哈哈笑起来，哇啦哇啦地说了几句，几个鬼子把枪往肩上一背，抓住老汉就扒光了他的衣裳，接着弯下腰，一刀割掉了老汉的命根子。老汉大叫一声便昏死过去，躺在地上一动不动了。一个鬼子用刺刀挑开老汉的肚皮，一团肠子淌了出来……

另一伙鬼子进了另一条小巷，在王守业家抓住了他的老娘。老人也是信了疤瘌头的话，死活不走。她说，我一个老婆子，七老八十了，他们还能把我怎样？鬼子一看是个头发都白了的老女人，嘿嘿笑着说，花姑娘大大的！花姑娘老老的！另一个说，我的，喜欢。两个鬼子把老人推倒在炕上，老人大声骂着畜生，可是鬼子听不懂，扒开老人的衣裳就上了身……然后下一个鬼子，又一个鬼子……老人不能动弹了，只是喘息着。最后一个鬼子下炕系好裤腰带，咕噜了几句，几个鬼子就都笑了。他们抓着老人的双腿把她从炕上拖下来，拖到院子里，两个人猛地一扯……

又一伙鬼子在一家院子里的草棚底下发现有个地窖，里面藏着几户人家。一个老汉见藏不住了，就从地窖里爬出来。鬼子用手电往里一照，摇摇头，把老汉推了下去。另一个鬼子在后面喊，花姑娘的，出来！先前的鬼子白了后面一眼，往地窖里扔了颗手榴弹，随即跳出棚子外。手榴弹爆炸了，里面传来哭叫声。鬼子见还有人活着，又过去扔了颗手榴弹。地窖炸塌了，大火也烧着了草棚……

这时候，不知是谁挑头，留在官桥的商家和富足人家，有三十多人，齐刷刷地跪到了大桥上。其中一个举着白旗，全都面朝北等着鬼子们走近。一看这情景，疤瘌头慌了，领着王歪嘴他们十几个人，也来到这里。鬼子马队没有在桥上停留，过了桥后，消失在薛河南岸。两辆坦克也去了南边，早已听不到轰鸣声。但是有几匹马停在桥头，其中的枣红马上坐着一个鬼子军官，胸前挂着望远镜，不时拿望远镜向四下望望。另一个鬼子军官骑一白马，看着官桥大桥，笑眯眯的，像是在观光。骑黑马的是个皇协军军官，戴大檐帽，和鬼子军官并排而立。马下有个翻译官，黄军褂敞开，里面穿白衬衣，挎着一把短枪。

疤瘌头想装装大人样儿，谄笑着点头哈腰凑到翻译官面前，看看对方三十多岁,开口就喊老弟。翻译官的脸一下变了,奶奶的,谁是你老弟！说着，啪的一巴掌就打在疤瘌头的右边脸上，疤瘌头差点一个趔趄倒下。一旁的王歪嘴吓得小便失禁，裤裆立马湿了。

这时，跪在旁边的一个五十多岁的商人，爬到翻译官身边，起身的刹那，就把两个金元宝放进了翻译官的裤子口袋里。沉甸甸的金元宝，翻译官立时就明白了。商人操着江苏口音说，先生，我们都是规规矩矩的生意人，您给皇军说说好话，别再杀人，别再烧铺子了，以后大家赚了钱，尽着你花哩，行行好，美言几句。说完，又跪下来，抬头眼巴巴地看着翻译官。

翻译官对马上的鬼子军官咕噜了半天，鬼子军官随后点点头，用半生不熟的中国话说，要西，官桥的，我们的驻扎。旁边的皇协军军官说，下个马威，他们害怕就可以了，以后啊，咱需要更多的人做良民。笑眯眯的鬼子军官也说，可以啦！可以啦！

领头骑枣红马的鬼子军官是中队长铃木，另一个笑眯眯的是执行官田文西村，皇协军军官是陈二雄。田文说完，铃木一挥手，让人传令，停止行动，全部在官桥大桥南边集合，第二天，他们还要去东北方向的穆石乡一带“扫荡”。

和铃木同时从滕县出发的，还有龟尾小队的人，他们从西北方向进入官桥乡。

龟尾小队长骑着一匹栗色马，领着三十余鬼子和二十多伪军，走在田间的小路上。土路坑坑洼洼,太阳映耀着刺刀,闪着晶晶光点儿。龟尾个子矮，而且罗圈儿腿，但骑在马上看不出来。他的头像个瓮罐，脸绷着，鼻子底下有一点儿如拇指甲盖儿大小的胡子，右边的耳朵没了耳垂。他在进攻临沂城时，被国民党军的子弹擦着腮帮子穿过，耳垂一下子被打掉了，剩下了半块耳朵。同僚们给他取了个绰号，叫“柴狗”。这让龟尾感到异常耻辱，所以他杀起中国人来更加残暴。

就在前天，济南方面来了日军大员视察滕县。名字龟尾忘了，他小时候得过脑病，记性不好，什么东西搁下爪儿就忘。但是大员的话他记得非常清楚，说中国人狡猾大大的，皇军要在这里站稳，必须大开杀戒，要让中国人吓破胆，见到大日本皇军，腿肚子就得哆嗦，军人的威风在哪里，就在刺刀上！

龟尾他们大小一群军官，陪着大员在城里巡视，到处都是炸塌的房楼，大片民房成了废墟，断壁残垣全被烟熏火烤得发了黑。城里所有的大树，枝子都被炮弹削干净了，粗树干被硬硬地开膛破肚，只剩下半截残桩。大员到来，沿街都有鬼子士兵站岗警戒，虽然大量逃难的居民还没有回来，但还是有几个百姓被押着，从石头瓦砾里扒拉出尸体往城外抬，好多尸体都成了尸块。春天天气一暖和，就会发生瘟疫。一些侥幸未被炸的商铺饭馆儿什么的，已经有人回来开了门，边修缮边营业。

几处高楼，插上了膏药旗。其中一座平顶三层楼上，几个人正从上面往下放巨幅标语：中日亲善万万岁！共同创造新滕县！

大员在军官们的簇拥下，悠然自得地走着、看着，不时地指指点点。突然，那边扒尸体的人群慌乱地散开，鬼子军官们立即拔出手枪。大员并不慌，依然镇静地向那边走去。原来，有人用刀砍死了一名站岗的鬼子，砍人的也被刺死，歪头躺在地上。

这名男子叫王士正。

王士正从外面回到城里，一看家全塌了。他拼命地捡拾砖块，抽出被土石压住的木头，用力拉出被炸成半边的窗户。他看到了妻子的一条胳膊，中指还戴着一只顶针箍儿。再扒拉半天，妻子的尸体下护着不满周岁的儿子，儿子的小脑袋碎了。再往下扒拉，他不敢看了，妻子下身赤裸……

王士正眼睛瞪得很大，但反而出奇地冷静。他左看右看，突然看到自己平常劈柴的砍刀埋在土里，不远处，一个鬼子兵端着长枪，背对着他。王士正抓过砍刀，牙一咬，起身就扑向鬼子。鬼子听到身后有动静，连忙转身，可王士正的砍刀一下子砍在鬼子的脖子上，血从颈动脉喷射而出，鬼子颤抖着倒在瓦砾堆上。几乎同时，听到动静赶过来的鬼子，一刺刀刺进了王士正的后背。

军官们站在鬼子兵尸体前，都不敢吱声。高层来视察，出了这样的事儿，很严重。很快，过来几个鬼子兵，一个汉奸喊过来两个百姓，其中一个扛着门板。门板放下，两个鬼子把枪往后一背，把同伴的尸体抬上。大家看到，大员脸色铁青，门板抬起时，他挥手示意停下，然后把自己的白手套摘下来，先给鬼子兵的尸体合上眼皮，然后用白手套轻轻擦拭尸体嘴边的血。当大员抬起头来，目光正好和龟尾对上了，他把那双血红的手套突然扔给龟尾，龟尾赶忙接住。大员说，上面有我们帝国军人的血！

龟尾嗨地一个立正，把血手套恭敬地收进口袋，转身对汉奸喝道，你的，他们的过来！汉奸明白了，对在一旁干活的三个人喊，来，来，你们过来，皇军有吩咐！三个人放下手里的镢头铁锹，乖乖地走过来。龟尾说，你们的，统统的跪下。汉奸对三个人说，跪下，快跪下！三个人不知为何，只好跪下。龟尾对汉奸说，你的，跪下！汉奸知道事儿不好，犹豫地问，我，我也跪？龟尾不耐烦了，八嘎，跪下！汉奸吓得哭了，太君，我，我，我……龟尾抬手一枪，汉奸朝后一仰，倒下不动弹了。接着龟尾啪啪啪连开三枪，三个干活的人栽倒在土堆上。

大员拍了两下手，所有的军官也跟着拍手。大员看看龟尾，赞许地说，大日本帝国就需要你这样的铁血军人！我们的军人被杀，就要有三个、五个，甚至十个支那人陪葬；我们的枪，我们的刀，不是小孩子的玩具，它是杀人的！我们要用它征服这片土地！所有的军官啪地立正，齐声嗨了一声。大员不再说话，黑色的轿车已经停在旁边，他弯腰钻进去，车开走了……

龟尾骑在马上，回想着大员的鼓励，脸上的肌肉兴奋地抽搐了一下，右手紧紧握在刀柄上。

农历二月底，地里的麦苗开始返青了，但树尚未发芽，只有小河边的柳条，有了隐隐的绿意。家雀儿在枝上落下，又成群地飞走。大树上几只喜鹊，发出喳喳的叫声。山上的柏树落满了尘埃，依然是灰暗的土绿色，沟沟坡坡仍然带着冬后的荒凉。好多小村庄，草屋萎缩在山坡下，半死不活的样子。龟尾用望远镜看看，可能觉得村子太小，不值得他动刀，嘴里嘟囔，小小的，小小的，开路。又走了四里多路，龟尾又见着一个村庄，还是说，小小的，小小的。

人马再往前行进，前面是一道长长的山梁，山梁下是一条长长的河道，河道基本上干涸了，满河滩是乱石块和黄沙。沿河靠山摆开不少草屋，比路上所见村庄都大。龟尾问一个伪军，前面的，什么的庄名？伪军说，太君，那是牛庄。龟尾又拿出望远镜一看，见村里人看见鬼子来了，正在往山林里跑。龟尾的杀心一下子激发起来，他唰地抽出指挥刀，大声喝着，牛庄的，杀给给——！鬼子们一下子端起枪来，呼啦啦往庄前杀过去，机枪手端起歪把子，对着村口的街上咯咯咯咯扫射一通，有四五个人被打倒了。其他的鬼子对着村后的山坡点射，几个还没进入树林的人被击中了。

鬼子进了村子，村里人都跑光了。街心有一棵老槐树，树粗但不高，三根枝子往外伸出，枝条上还挑着去年结的豆荚。龟尾下马，站在树底下，两个鬼子陪着他，其余的人立即散开去搜查。不一会儿，两个鬼子和三个伪军，押着一个老汉走过来。老头儿穿着破棉袄棉裤，帽子也没戴，腰都弯了，站在龟尾跟前头也不敢抬，两条腿像筛糠一样抖个不停。龟尾问，你的，什么的姓？老汉耳朵背了，没听明白龟尾的话。一个小个子伪军骂道，老东西，耳朵里塞驴毛啦？太君问你姓什么！老汉这才说自己姓侯。小个子伪军对龟尾说，他姓侯，“毛猴子”的“猴”。在鬼子这里，“毛猴子”就是土八路。伪军话刚说完，龟尾的长刀在眼前一闪，嚓的一下，老汉的脑袋就被砍了下来，咕噜噜滚到一边，尸体一下子倒下去，血喷了小个子伪军一身。他满身是血，就地蹦起来，尖着嗓子喊，亲娘哎——！亲娘哎！

几个鬼子见此，嘿嘿地笑。龟尾把刀在老汉的破棉袄上反复擦了擦，入了鞘，然后坐到一块儿大石头上抽起烟来。

在村子最后边，两个鬼子和两个伪军看见一个小院子，两间小土屋，四周用小石头垒起矮墙，一堆草和几捆高粱秸堆在院里。小屋的破木板门子闭着，门头上插一根木棍儿，上面拴着个红布条儿。两个伪军一看，在院子外站住了，他们知道，这红布条儿的意思就是不让外人进，这家有女人刚刚生了孩子，又生了病，怕风，还会传染。鬼子可不管这一套，看看伪军，便端着枪进了院子。听到外面有人，屋里出来一个老嬷嬷，她也顾不上害怕了，伸开两只胳膊拦在门前说，不能进啊，俺儿媳妇儿刚生了孩子！一个鬼子抓住她的胳膊，一下子把她甩到一边儿。老嬷嬷一腚坐在地上，她急忙爬着，抱住鬼子的一条腿，哀求着，不能进啊，不能进啊！另一个鬼子抡起其枪托，嘭地打在她的头上。老嬷嬷身子一软，头上鲜血流了出来，躺在那里不动了。

鬼子拉开门，进了屋。屋里浓重的腥臊臭味儿，熏得两个鬼子一下子退了出来，耸了耸鼻子，又抬脚进了屋。土炕下放着一只尿罐，还有几双烂鞋子，炕上果然有人，藏在破被子里。一个鬼子走到炕前，伸出刺刀把破被子一挑，见一个瘦女人近乎赤裸地缩着，正侧着身子奶孩子。女人的肋巴骨根根可见，怀里搂着一个肉蛋儿似的婴儿，正含着干瘪的乳头吸吮。女人纹丝不动，外面发生的事她已经听见了，也完全吓傻了，此时只能听天由命。她闭着眼睛，泪水从眼缝里淌出来。

两个鬼子退出来，走到门口，厌恶地乱摇头。两个人对视一下，点点头。然后，一个鬼子抓着老嬷嬷的一只小脚，拖到门口，接着往屋里一扔。另一个鬼子命令两个伪军，把几捆高粱秸抱过来，扔进屋里。鬼子把高粱秸点上火，最后闭上了门。火很快引燃了木板门，紧接着又引燃了屋檐上的草。鬼子伪军走出院子，两个鬼子看着已经蹿得老高的火焰，嘴里连连说，要西，要西。两个伪军也在一旁附和着，要西，要西。

龟尾坐在石头上抽烟，一个鬼子和一个伪军过来报告，说发现了一个地洞，里面藏了不少人。龟尾把烟一扔，立马起身，来到村子东南，已经有十几个鬼子伪军站在那里了。龟尾一看，这里离小河近，离山有几百米，刚才的机枪对着街射击，把上山的路给截断了。住家就是孤零零的小院子，院子外是石头砌的深水坑，蓄存了河里的水。院子西边是个大碾盘，碾盘围着柴草，柴草已经被拨弄开，果然下面有一个洞口。看见龟尾来了，一个伪军说，太君，里面的人，大大的有！

一挺机枪已经支在了旁边的土堆上。

龟尾对伪军说，他们的，统统的出来！

伪军对着洞口喊，里面的人听着，皇军让你们出来，皇军抓的是土八路，不杀老百姓！快出来吧！

洞里没有动静，伪军又喊一遍，里面还是没有动静。这时，一个伪军对龟尾说，用烟熏，看他娘的出不出来！龟尾点点头，几个伪军立马抓来干草，点上火，从洞口扔进去。很快，里面传出咳嗽声。终于，一个老汉从里面爬出来，刚一露头，就有一个鬼子上前，揪住他的领子把他拽出来。老汉被烟熏得眼睛还没睁开，脚还没站稳，一个鬼子上来就是一刺刀，接着两个鬼子抓着他的胳膊腿，扑通一声把他扔进水坑里。随后，又有一个老嬷嬷露出头来，花白的头发上沾满了草灰，也被鬼子揪住领子拖出来，接着又是一刺刀，老嬷嬷也被扔进了水坑。再爬上来的是个孩子，十三四岁的样子，没看到爷爷奶奶，但看到了地上的血，知道不好，刚想要跑，但小胳膊被鬼子抓住了。孩子哭喊着，乱蹦乱踢，鬼子抓住他不撒手，孩子一口咬在鬼子的胳膊上，疼得鬼子嗷的一声。后面的鬼子把枪一背，双手抱紧孩子的脑袋猛地一拧，颈椎嘎嘣就断了，然后，又扔进了水坑。坑里的血，在水面上渗出红红的一片。

龟尾背着手，叉开罗圈儿腿在一旁看着。两个伪军从洞口拉出一个妇女，她怀里还抱着个不满周岁的孩子。刚刚站定，一个鬼子就去夺那个孩子，可是女人把孩子紧紧抱住，身子左躲右闪。另一个鬼子从后面一把抓住女人的头发，用膝盖朝着她的腰一顶，女人的脖子往后一折，脸就朝天了，前面的鬼子把孩子扯出来，孩子尖厉地哭起来。那个鬼子狞笑一下，抓着孩子的小腿啪地摔到碾盘上……女人发了疯地喊，还我的孩子啊——！披头散发地扑向那个鬼子。这时，龟尾唰地抽出刀，刀刃朝上，一下插进女人肚子，接着往上一挑，肚子瞬时豁开……两个伪军抬起尸体，扔进了水坑。

龟尾的刀上全是血，他看旁边站着一个伪军，就把刀反复地在伪军背上擦着，伪军吓得不敢动弹，脸上带着死人般的微笑。龟尾看都不看他，只看刀，靠近刀柄的地方没擦干净，他又抓过伪军头上的帽子，继续擦。末了，才把带着血污的帽子扔到地上。那个伪军赶忙捡起来，点头哈腰地戴回头上。

又有一个小女孩儿从洞里爬出来，吓得小脸发黄。一个鬼子看看龟尾，龟尾点了下头，两个鬼子拉着女孩儿，进了后面的屋子。最后从洞里出来的，是一位八九十岁的老嬷嬷，她应该是孩子的老奶奶。老人一出洞口，就在地上爬，一边爬一边哭，嘴里一颗牙都没有了。她不看鬼子，只看地上的血，抓起一把血土往脸上抹着，抹着，又往水坑边上爬，嘴里含混不清地念叨，我的儿啊，我的孙啊……龟尾的手握上刀柄，刚抽出半截，又松开了。他给两个伪军使个眼色，伪军明白了，两人抬起老嬷嬷，来到水坑边儿，一运力气就扔了进去。

一个伪军对着洞口又喊了一遍，里面没有了动静。他对龟尾说，太君，里面没人了。

龟尾往后面屋子看看，正巧两个鬼子轻松地走出来，满足地向龟尾笑着。

鬼子往洞里扔了颗手榴弹，洞口被炸塌了。屋子也被点上了火。

天过晌了，杀人也杀累了，虽然离官桥不远了，鬼子伪军还是在牛庄开饭。

这时候，在毛窝庄，曹老三和张永万兄弟俩也在吃饭。毛窝庄是个巴掌大的小村，才十几户人家。曹老三和张永万住在庄西头的两间小石头屋里。曹老三六岁的时候，爹病死了，娘领着他要饭要到了这里，经人说合，娘和看山的张老汉搭伙过日子，后来又生了张永万。两兄弟相差七八岁，但哥俩从小到大，亲比同胞。娘在张永万十岁的时候病故了，两年后张老汉也过世，兄弟俩就守着几分薄地过日子。今天头午，兄弟俩去给麦地里撒了些粪，就等下场春雨了。两个人吃着地瓜面掺上糠做的饼子，喝着白水，没有咸菜，就在小碟里放几粒盐。张永万说，哥，下午我去山里转转，打只斑鸠回来解解馋。曹老三说，火药不多了，也就打这一回了。张永万说，省着用，瞄不准不放枪。曹老三喝了一口水说，小心，听说牛庄进了鬼子，别放枪把他们引来了。张永万说，我一个人在山里，没事儿。

张永万打枪是跟着爹学的。张老汉看山林，身边最值钱的就是一杆鸟铳子。老汉先教曹老三，又教张永万，兄弟俩都有好枪法。这样，隔不几天，他们就出去打些野味，小的如斑鸠、野鸡，大点儿的如兔子，碰巧了还能打只獾。可能因为常有肉吃，兄弟俩长得都很结实，尤其曹老三，高个子，粗腰大手，几百斤的石头碾子一运劲儿就能举起来。可是，力气大，饭量就大，尤其到了春天，两个人就要饿肚子了。多亏有山，山上有野菜，有树叶子，都能凑合到夏天。

张永万扛上枪，把火药袋子拴在腰上。曹老三嘱咐，别走远了。张永万嗯了一声，出了家门。

一过晌，有人跑回庄里，说鬼子在牛庄杀了不少人，烧了不少房，正往这边来了，怕是也放不过毛窝。村里人赶忙收拾，全躲进山里。曹老三惦记兄弟，可是也没听见附近山上有枪响，肯定是还没碰上猎物，转到别的地方去了。曹老三越想心里越没底，得到山上找张永万，可别放枪引来鬼子啊。

曹老三带上门，出了村口，对着小山大声喊，永万！永万——！喊了半天，没听到回应。南边是平川地，张永万肯定不会在那边，北边是山，小风从北边吹过来，喊声被风带回来，张永万肯定没听见。曹老三往北边走，边走边喊，很快就上了北山坡，又一边往上爬一边喊，这样到了山顶，还是没见到张永万的影子。曹老三有些急了，他到底转哪儿去了！

这时候，曹老三突然看到，一队鬼子正向这边走来，最前头的还是个骑马的军官，很快就要到毛窝庄了。曹老三更急了，他扯开嗓子大声喊，张永万！张永万——！没喊几声，突然砰的一声，子弹吱地飞过来，一下子打在树枝上，树枝就落在曹老三面前，紧接着，又是砰砰几枪，离他越来越近。曹老三不敢再喊，猫着腰，看见鬼子走到毛窝庄外面，停住了，骑在马上的军官往村里一指，一群人就进去了。

兄弟会不会已经回家了？应该不会那么巧吧！曹老三这时净往坏处

想，也顾不上那么多了，转身就往庄里跑。

龟尾他们进了毛窝庄，小山村里全是破墙烂屋，人都跑光了。可是，伪军们还是逮住了两只羊和一头小猪。队伍一枪未放，龟尾看看猪羊，心想也好，到了官桥扎营，正好烤猪烤羊，“扫荡”了差不多一天，也觉得累了。

鬼子伪军从庄里出来，全坐在庄外休息。你说巧不巧，张永万正好从山包上走了下来，扛着枪，枪杆上挂了两只斑鸠。原来，他在山里转了半天，什么猎物也没碰到，就想到春天了，斑鸠都到外面找食吃，南边平川地有条河，河边一片一片的大杨树林，那里肯定有斑鸠。他扛着枪往南走了好远，沿着河又去了上游，根本不可能听得到可可喊他的声音；他的眼睛光盯着一片片树林子，也没注意到牛庄方向过来的鬼子。总算没有白跑，张永万终于在一棵大柳树下，打到了一对斑鸠，晚上可以和哥哥开开荤了。这时，张永万根本不知道鬼子已经进了庄，仍然不紧不慢地走着。曹老三远远看见了兄弟，大喊着，永万，快上山，有鬼子！

张永万一愣，眼往两边一看，就要转身。突然，从屋角出来两个鬼子，一下子把他抓住了。

张永万被带到村口，站在龟尾面前。龟尾坐在石头上，看着这个二十多岁的农民，矮，灰头土脸，但是结实。穿旧棉袄敞着怀，露出黝黑的肚皮，汗油油的脑袋，剃个寸头。他的枪，被一个鬼子抓在手里，两只斑鸠被扔到龟尾面前。龟尾问，你的，什么的干活？张永万说，俺就是这个庄的，去打鸟了。龟尾接过张永万的猎枪，见就是一根铁管子，下面用柳木做了枪托，是一个手枪式的把柄，枪管和木头用铁丝缠住，后面是个机头。龟尾饶有兴致地扳开机头，然后端起来，对着张永万的脑袋一勾扳机，机头就啪地落下，这是打火用的。龟尾反复地扳开机头，反复地扣动扳机，啪啪几下，他笑了，鼻子下的小胡子动了动，讥讽地说，中国的快枪，大大的厉害！我们的机枪，小小的有。鬼子伪军都笑了起来。

突然，山上的曹老三又喊了一声，几个鬼子一齐往山上放枪，龟尾一收笑容，凶恶地问张永万，山上的，什么人？

张永万说，我哥。

龟尾突然想到了什么，他指指猪和羊说，他的，挑夫的干活！

几个伪军立即把猪和羊按在地上，用绳子拴住四条腿。一个伪军从一家院子里找来一根木杠子，把猪羊都挂在上面，小猪嗷嗷嚎叫，伪军照着它的脑袋揍了一枪托，小猪哼了一声就闭了气。伪军对张永万说，担起来，走。张永万问，去哪里？伪军说，走就是！张永万看看地上说，我的枪。另一个伪军说，都什么时候了，还惦记着你那烧火棍，皇军不杀你就是万幸了，走吧，去官桥。

张永万挑着猪羊，走在鬼子后面的伪军群里。他走了没多远，就听见曹老三在山上喊，永万啊！小心啊！张永万回过头，对着山包大声喊，哥——！泪水瞬间就流了出来。

鬼子端着机枪，对着曹老三在的方向突突突打出了一梭子。

3

龟尾的队伍近了官桥地界，太阳落山，空旷的田野里漫起了暮霭。他们没有进乡，而是直接开到西边的演武场。这演武场古代就有，到底是从哪朝哪代开始，谁也说不清楚。这是一片平阔的场地，底下用石灰和石头渣夯实，即使下上一年的雨，演武场上也不长草。后来，国民党军队驻扎官桥，照样在这里出操练兵。滕县保卫战后，国民党军南撤，演武场也就空荡荡的了。

龟尾他们到来，立即在演武场上扎帐篷，伪军们忙活吃的喝的，一伙人开始杀猪宰羊。这些伪军是跟着鬼子从北方杀过来的，哪儿的口音都有，他们和鬼子一样横，一样坏。这些人到附近住户家里，很快揭来了锅，抬来了桌子、椅子，用绳子把大小板凳串起来背到演武场上。有的人抬来了木柴，扛来人家的木头，还有的把鬼子烧过的屋子的门窗都弄来了，一伙人抡着斧头开劈。一个伪军居然牵来了人家一头小黄牛，这大概就是疤瘌头叫三叔的那个老汉家的。小黄牛被牵到场地中央，伪军握着斧头，照着黄牛的额头就是一斧，黄牛大眼一翻，应声歪倒在地上。伪军兴奋地喊着，剥皮剥皮！另有人把人家的砖墙扳倒一截，再用砖头在场上砌灶。一会儿，有人不知从哪儿弄来几根钢筋，横排在砖垛上，不用说，是烤肉用。猪杀了，羊杀了，牛杀了，开膛破肚，几个人蹲在地上，把大肠拉扯开，用手往外捋着里面的草料和粪便。

这时候，官桥的人来劳军了。为首的举着太阳旗，后面四个人抬着一张饭桌子，桌子上躺着一口猪坯子。后面筐子里，是两只杀好的羊，又有两人各自挑着两坛子酒。人群里有疤瘌头和王歪嘴，疤瘌头上午刚挨了揍，腮帮子还肿着。领头举旗的，正是给翻译官送礼的商人，他穿着上好的衣褂，头戴黑色礼帽，见了龟尾就摘下礼帽施礼，然后说，皇军征战一整天，鞍马劳顿，在这里安营扎寨，是官桥的荣幸。百姓感激皇军仁德，特意备了些薄礼，请太君笑纳。人群里，有会日语的商人翻译给龟尾听，龟尾点点头说，要西，大大的良民！

猪肉、羊肉、牛肉，还有美酒，鬼子们来了兴致。长桌已经排好，椅子和板凳放上了，碗也从两边摆放开。这边，已经开始烤肉了，柴火旺旺地燃烧，火苗烤着肉排，发出吱啦吱啦的声响，火光映红了半个演武场，肉香弥漫。另一边，几口大锅煮着猪、羊的下水，伪军们只能吃下水。

鬼子伪军都忙活着，没人注意到张永万。这时候，张永万完全可以趁着夜色溜走，或者他要是灵活，完全可以跑前跑后帮忙，瞅准空当就跑。可是，张永万太老实了，他鼓了鼓勇气，凑近一个伪军小声问，大哥，我能回去了吧？伪军左右看看，悄声说，还问，快跑吧！张永万刚走出几步，被一个伪军小头目发现了，问道，你干什么去？张永万完全可以说去帮忙搬东西什么的，可他却实话实说，我回家。小头目问，谁让你回家的！张永万不会拐弯，回头指指说，那个大哥。小头目眼一瞪，他说了算我说了算？张永万说，我把猪、羊都挑来了。小头目说，你走了，皇军问我要人怎么办？

别动，就站这儿！说完，又对一个伪军说，把这小子看住了！

这时，龟尾过来，站到一旁撒尿。小头目颠儿颠儿地过去报告，太君，这小子想溜。龟尾这才想到张永万，他整理好裤子，走过来，伸手在张永万肩膀上擦了两下，又拍了拍，突然说，捆住的有！小头目立即命令伪军，把他捆好了，拴那边的小树上！

龟尾见一只羊快烤熟了，想到驻扎在官桥南边的铃木，便吩咐两个鬼子兵把羊放进筐里，再配上一坛酒，给铃木送过去。

肉烤好了，放到桌子上。鬼子们都把刺刀抽出来，排好队割肉，然后插着肉，到各自的座位上喝酒。伪军们只能围着下水锅，往碗里盛些肉汤，啃着煎饼，酒是轮不到他们喝的。

鬼子们大口吃肉，大口喝酒，烧酒流进肚子里，人就开始亢奋了。有人唱起了军歌，其他人就跟着唱，唱完了再喝酒，再吃肉。一会儿，一个鬼子突然跳起了舞，紧接着几个鬼子加入，胡乱地又唱又跳，演武场上开始乱腾了。一个鬼子见近旁的伪军站着吃煎饼，就把自己碗里的酒一饮而尽，一下子把空碗扣到伪军头上，接着抓住他的领子往下一拽，伪军就钻到了鬼子的裤裆底下。鬼子顺势倒骑在伪军的背上，用一只手拍着他撅起的屁股。又一个鬼子哈哈笑着，示意倒骑的鬼子让让，然后拿刺刀伸到伪军的腰带底下用力一挑，腰带就断了，鬼子抓住裤腰往下一扯，伪军的裤子吱啦就裂开了，露出了白花花的腚瓜子。倒骑的鬼子用油汪汪的手往那腚瓜上抹了又抹，围上来的鬼子都开心地笑着。

那个伪军小头目，有些看不过鬼子发酒疯欺负人，他拨开一个鬼子，想把人拉出来。没想到那个被拨拉的鬼子酒喝得太多，脚底下没了根，一下子后仰坐在地上。近旁的鬼子看了，骂了声八嘎，一把揪住小头目的耳朵，接着一拧。小头目哎哟哎哟地惨叫着，蜷缩到地上，五六个鬼子围着他拳打脚踢。龟尾一看闹大了，一拍桌子，吼了一声，八嘎！鬼子们立时收了手。可是，一个长络腮胡子的鬼子，还照准小头目的心口猛踹一脚，小头目就不省人事了。

小头目被几个伪军抬走了，龟尾又坐回到椅子上。有鬼子歪歪扭扭地过来向他敬酒，龟尾酒量大，喜欢喝。火光里，他喝得黑脸发红，两只眼睛射出咄咄逼人的光，那只残缺的耳朵，就像从炭火里夹出来的铁片儿。他喝了口酒，又啃了一口羊肋条，歪头一看，突然看到了绑在小树上的张永万。他笑了，阴森地笑着，朝张永万那里一指。一个鬼子立即会意，放下酒碗，握着刺刀过去，从中间把绳子割断，牵着张永万走过来。

张永万眼里充满了恐惧，他不知道鬼子要干什么，此时他已经忘了劳累和饥饿，不敢说话。当张永万在龟尾面前站定，后面的鬼子突然一个锁喉，把张永万按倒在地，他的双手双脚都被捆起来，动弹不得。张永万知道不好了，用尽全力挣扎，声嘶力竭地大喊，救命啊！救命啊——！张永万嗓门高，高喊的声音里带着绝望和凄厉，从演武场传到了黑暗的田野里，让人汗毛直竖。伪军好像知道鬼子要干什么，但都站在那里不敢动。张永万声声喊着，双腿只能一屈一蹬地扑腾。两个鬼子猛地将他抬起，按到了烤架上。一个鬼子把下面忽明忽灭的柴火一挑，火苗腾地冒起来，一下引燃了张永万的棉袄和裤子。张永万惨叫着想滚下去，但是已经成了火团，头发顿时就烧焦了，衣裳烧成灰烬片片脱落，赤条条的身体吱吱啦啦地起了密集的燎泡。两个鬼子用一根长木棍，死死压住张永万的脖子，张永万憋得两眼翻白，嘴痛苦地咧开。很快，他就直挺挺地躺在烤架上不动了。鬼子又在下面添了干柴，张永万的肚子开始往上鼓，鼓着鼓着又下陷，接着肚皮破了。鬼子把他的尸体翻面朝下，肚子里的血水就不断往火里流滴，火里发出嗤嗤的声响……鬼子又给尸体翻了个面，尸体开始萎缩，变得发黑，又慢慢焦煳。

烤了半天，龟尾迈着罗圈儿腿，走到尸体前，低头看看，又抽了几下鼻子，闻闻人肉香。他伸出右手，旁边的鬼子把刺刀递给他。龟尾拿着刺刀，思索着从哪里切割。他略过了肚子，并用刺刀轻轻地拍了两下，然后，从尸体的胸脯上，平平地削下一块肉，就像鸡蛋那么大，再插到刀尖上，反复端详，用两个指头捏了捏，慢慢放到嘴边，轻轻咬了一丁点儿，慢慢咀嚼、品尝，点点头，接着把整块肉填进嘴里，嚼碎，脖子一伸咽了下去，然后说，好！大大的香！人肉的干活！几个鬼子都围上来，用刀各自取肉，都点头说，中国的人肉！大大的好！大大的好！

龟尾眼珠子一转，突然对着伪军命令道，他们的，统统的过来！

鬼子对着伪军大声喝道，你们的，统统的过来！

伪军稀稀拉拉地走过来。龟尾说，你们的，人肉的米西！

前头的几个伪军往后退，龟尾发怒了，指挥刀唰地抽出来，吼着，死了死了的！看到伪军不敢后退了，他把指挥刀插回鞘里，拿起刺刀一下子插在尸体上，你们的，吃肉大大的！最前的伪军还是不动手，龟尾又拔起刺刀，割下一块人肉，用刀尖儿插起来，顶到那个伪军嘴边，两眼充满杀气，你的，米西！如果不张嘴，这刺刀就捅进伪军嘴里了，那个伪军只好张开嘴，咬住肉块含着。龟尾盯住他，看着他嚼。还没嚼几口，伪军就哇的一声，嘴里的肉和肚子里的饭一下子吐了出来。龟尾狞笑着，对后面的伪军说，你们的，统统的米西！紧接着过来的伪军，小心地削下一块焦皮，填进嘴里，嚼嚼，咽了下去。龟尾点点头，说了句要西。后面的伪军依次过来，不多会儿，好多人都蹲在地上哇哇地吐。

龟尾满意地笑着，他为自己这种妙想而得意，他对伪军说，你们的肚子里，有同胞的肉的干活！以后，土八路的，不会放过你们！只有对皇军，忠诚大大的！

……

4

几乎是半夜，铃木和田文西村的队伍就集合起来，悄悄地向穆石乡进发。

穆石，在官桥偏东北十余里。铃木要到这里“扫荡”，有他的军事考虑。官桥地处平原，因为有津浦铁路，并且西靠微山湖，地理位置非常重要。而穆石往东就是落凤山，落凤山南北横亘，向北连着青龙山，青龙山北端又和几座山岭相连，由此向东是起伏不断的大山小山，一直通到沂蒙山区。而沂蒙山区，已经有了抗日根据地。如果八路军势力壮大，必定西出山口，袭扰官桥一带，也必然会与这里的民众相呼应。在官桥驻扎，最大的麻烦，必在那里，他要借这次“扫荡”，考察一下那里的地形。再者，他们在官桥驻扎，修建营房，要大量的树木，这是他听了陈二雄的建议：营房的围墙，不要用石头砖块，取石头太慢，官桥离山远，用石头只能拆民房，这会引起人们仇恨，俗话说兔子不吃窝边草，东北山林里的豺狼虎豹，都要选个藏身的地方，官桥的人如果成了良民，就能帮他们藏身，而且，用砖石垒墙，需要的时间也长，还得召集大量民工，再说，砖块石头垒的墙，人能爬，炸药能炸，一炸就塌大半截，不如用木头，用粗树截成高桩，去皮变成光面儿，再用扒钉牢牢扒住，蚂蚁往上爬都打滑，围墙四角再立起炮楼，木桩墙上拉上铁丝网，保准是铁打的营盘。落凤山一带，大树当然多，铃木决定，“扫荡”结束后，再去伐树。

铃木他们带着百余人向穆石行进。龟尾他们还在演武场的帐篷里大睡，根据命令，天亮后他们继续向南行军，开往徐州，另有任务。

铃木队伍到达了穆石周边，天还没有亮，只听到公鸡高一声、低一声地打鸣。为了防止狗叫，他们在二里外停下来，分成三股，分别在穆石的西边、南边埋伏下，剩下一队，准备天亮后从北边冲进去。铃木完全可以先在穆石以东的落凤山下设伏，但是他不，他知道到时枪一响，人们会往山上跑，只要在南边部一挺机枪，就正好能向东边射杀，这比挨家挨户搜查省事儿。

天渐渐亮了，东方的天空，呈明净的曙蓝色。铃木用望远镜看看，成片的房屋还隐在残夜的朦胧里。东边的落凤山，逶迤起伏，满山的松柏笼着黛青色的雾气，仍在沉睡。不一会儿，好像已经有人走动了，传来狗汪汪的吠叫。他看看手表，离预定进攻时间还有二十分钟。

这时，在穆石以北四里的路上，有个小青年正大步流星地走着。他叫李黑明，十八岁，高个子，穆石人。昨天，他去北山走姨家，说就住一宿，次日一早就回。姨父说，在这里再耍一天吧。李黑明说，老大不小了，要什么，晃晃悠悠地在街上，人家看了会笑话，得回家翻地种高粱。姨父说，有你爹和二叔，用得着你？李黑明说，都成大小伙子了，还能当懒汉？姨笑了，黑明长大喽，该找媳妇了。李黑明就红了脸。今早起来，姨让他吃早饭，李黑明说就几里路，抬腿就到了，回家吃。说完长腿一迈，就出了姨家门。走出村子，李黑明更觉得早晨的空气清凉、清新，大口呼吸了几下，顿觉精神抖擞。但他不知道，他的家乡，他的家人，就要罹难了。

在穆石南边有一口大水塘，水塘边上，有一棵九百多年的皂角树，奇的是没有刺，粗得要七个大人手拉手才能搂过来，树高达十米，中间已经朽空，但仍然年年青枝绿叶。清朝时，穆石人为防土匪，就把皂角树当成了哨楼，里面竖了梯子，守夜的人上去望风。鬼子一打滕县，穆石人就组织起年轻人来，皂角树哨楼重新启用了。

也巧，有个穆石人早早起来，天还未明就要出远门。当然，他走到村外，突然看见朦朦胧胧里有一队人马向穆石靠过来，愣了下，立即感到大事不好，回身大喊，鬼子来啦！鬼子来啦——！紧接着就是一声枪响。守夜人立时大惊，连忙当当当地敲响了铜锣，大声喊起来，鬼子来了——！快跑啊——！

村里马上大乱起来。狗也闻到了生人味儿，惊慌地叫成一片。锣声当当当地响着，人们立即爬起来，冲出院子，直奔落凤山。落凤山离村庄不过一里远。

李黑明离村庄还有二里多路，突然听到了喊声、锣声，紧接着听到了枪声，然后就远远地见成群的鬼子往村子里冲。大事不好，他忙向村子猛跑起来。快到村北的时候，见鬼子伪军正在往这边包围，他立即转身往村东头跑，他的家就在村东边，他看见，人们从各个巷子里窜出来，扶老的，背小的，都往落凤山方向逃。北边的鬼子已经进了村子，枪声不断响起，接着，南边也有机枪声响了起来。村西的三奶奶从小巷里出来了，她七十好几了，两只小脚，跑到这儿就实在跑不动了，可怜她老人家就坐在地上，两只手按着地，一下一下往前挪，这要哪辈子才能挪上落凤山啊！李黑明急了，冲过去，抓起三奶奶的一只胳膊，顺势就把她背到身上，呼呼往前跑。三奶奶说，黑子，放下我，别连累你。李黑明大声喊，三奶奶，甭说话！这时，后面的枪响了，子弹嗖嗖地从李黑明头顶飞过。李黑明咬住牙，只管低头跑。他绕到村东，眼看就要到家了，突然听见二叔大声喊，黑子，别回家，往山上跑！李黑明看见二叔和父亲，各自拎着铁锨正往家的方向赶，大概是他们早起摸黑去地里干活，听见鬼子来了，赶紧回家救人。李黑明不听，他惦记着娘和奶奶，还是背着三奶奶低头往家跑。爹焦急地喊，黑子，放下吧，你三奶奶没了！

李黑明愣了一下，放下三奶奶，才发现她的后背中了弹，血把棉袄浸湿了一大片。路边有一个坑，李黑明把三奶奶放到里面。这时，南边的机枪扫射起来，正往山上跑的三个人接着就倒下了。李黑明一下子跳进家门。二叔说，快，背上你奶奶，跑！李黑明气喘吁吁，又把奶奶背起来，然后问，俺娘怎么办？爹大声吼，你娘大脚，自己跑！快走！李黑明背着奶奶，娘紧随其后，出门一看，成群的人全往东边山上跑，鬼子的机枪、步枪一阵阵打过来，不断有人倒下。李黑明眼珠子一转说，娘，咱往北！说着，就贴着村边的墙往北逃。

李黑明此时不知，爹和二叔刚要出门，两个鬼子也已经靠近，把他们堵在了院子里。二叔和爹使了个眼色，两人躲回屋子里，避在门后面。两个鬼子端着枪，进了院子，左右看着，然后就要进屋。就在前头的鬼子脚跨进门槛的刹那，二叔抡起铁锨，照着鬼子的头猛拍过来。可鬼子毕竟训练有素，头往后一仰躲过铁锨，伸出刺刀就要捅，爹一把抓住鬼子的枪管往里一拽，趁着鬼子一个趔趄，二叔一下子铲中了他的脖子。可是，后面的鬼子立马跟上，把二叔刺倒了。爹从后面跳出来，抱住这个鬼子，两个人在屋里滚来滚去，甭看这个鬼子个子矮，可野蛮有力，爹就是按不住他。这个鬼子哇哇大叫，又有鬼子闻声冲进院子，对着爹开了一枪……

这时，哨声响了起来，鬼子一听，把房子点着，然后又往屋里扔了一颗手榴弹，背上死去的同伴，赶忙走出院子。

铃木、田文西村和陈二雄各自骑在马上，立在村头，看着手下在村里烧杀。

铃木想起了前日日军大员在滕县开会时的讲话，滕县枣庄这一带，西有微山湖，南有大运河，东接沂蒙山，地处四省交界的鲁南地区，自古游民多，刁民多，民风剽悍，土匪成群。这里的人天不怕，地不怕，皇帝老子也不放在眼里，官府派兵来了，灭了一帮，又出来一帮。前些年，这里就出了一个孙美瑶，占山为王，劫了火车，把几十个外国人全绑了票——胆子比天还大，外国人他都敢下手，所以，不好对付；那么就只有一个办法，杀，放开手杀，只有把他们杀怕了，才能老老实实做大日本帝国的奴隶！

但是，铃木不像龟尾，他不让鬼子士兵们放手杀戮，全不管男女老幼，他让他们专杀男人，尽量不杀女人，尤其是老女人——反正活不几年了，你杀她干什么？开一枪就费一颗子弹。这可能与铃木的生活经历有关，他的家在北海道一个山村里，父亲死得早，是母亲把他拉扯大，母亲的种种辛苦，铃木都记在心里，刚到中国，他看到破衣烂衫的老妇人，就会想到母亲。对中国的男人，尤其青壮年，“扫荡”的时候就杀，过了十岁的男孩子，就可以杀，因为他长大了就会报仇。而女孩子，能不杀就不杀，以后中国成了大日本帝国的地盘，中国女人便可以专给日本男人享用，给日本人下崽子，中国的漂亮姑娘，成为日本人的妻妾。征服一个民族，开始要流血，占领以后，那就要混血了，只有混血才算是真正的征服。

当然，在“扫荡”的时候，鬼子兵开了杀戒，强奸杀害几个女人，铃木也并不在意，最多说一句，不要杀，要让她们生孩子。

队伍在街上集合，两个鬼子兵走过来，其中一个背着尸体。尸体放到铃木面前，鬼子兵向他叽里咕噜地汇报。铃木见死了一个士兵，脸色铁青。他转脸看着田文，田文点点头，下令说，中国人都逃进了山林子，我们要进山“打猎”，注意，要专杀公的，留下母的，碰到姑娘，用中国话说叫交了桃花运，你们就快活快活，注意不要扭了腰。几个鬼子兵嘿嘿笑起来。田文咧着嘴，手往落凤山的方向一挥。

队伍立即进入山林里，枪声噼里啪啦地响起。山林里躲藏的人们四散而逃，枪声也从近到远，伴随着妇女孩子的哭叫声。过了半晌，有些鬼子就从树林里走出来，铃木看到，好多鬼子军服上粘着草屑，上面的衬衣也没系好。一个老鬼子得意地向铃木亮出三个指头，旁边一个也亮出两个指头。铃木见了，嘴角露出不易察觉的得意，一旁的田文连连点头，伸出大拇指。

陈二雄对铃木说，下次“扫荡”，咱就先从东边下手，截断后路。话刚落下，突然北边响起了枪声，陈二雄一听，是汉阳造步枪，且不止一人，便大喊，游击队！八路的游击队！刚喊完，又是砰的一声，一枪打在了陈二雄的马头上，那马一歪，一下子把陈二雄摔了下来。鬼子伪军全都猫腰端着枪向北边寻着目标。可是，再没有枪响。陈二雄这才爬起来，骂了句，妈了个巴子，怎么这么准？铃木说，土八路，山里的土八路。

中午时分，鬼子伪军回撤官桥。没办法，陈二雄只好走着回去了。

看看确定没事儿了，人们才从山里出来，从落凤山上，共抬下来二十三具尸体。村里的房子还冒着浓烟，人们立即从井里、水塘里提水灭火。死了人的家里，传出了哭声。李黑明背着奶奶，领着娘回到家，一看屋子全烧毁了。房梁倒塌，只剩下黑乎乎的墙框子。几个邻居拦在门口，其中一个李黑明得叫声马大叔，他悄悄跟李黑明说，黑子，先把你奶奶背到西邻院里吧。李黑明把奶奶和娘安顿好，焦急地问，我爹、二叔怎么还没回来？马大叔说，孩子，他们……还埋在屋里。李黑明大吃一惊，那边传来了母亲悲惨的哭声。李黑明说，马大叔，我进去看看。马大叔说，黑子，甭进了，没法看。李黑明说，我要看！马大叔还要说什么，李黑明用力将他推开，进了院子，走到门口，往里一看，看到了被炸烂了的父亲和二叔，他噢地大叫一声，扑通一下倒在门口，一口鲜血从嘴里喷出来。

邻居们赶忙过来，扶起李黑明坐在地上，连续捶他的后背。

好半天，李黑明才慢慢睁开眼睛，迷迷瞪瞪，嘴里喃喃地说，爹、二叔，走了，走了……

马大叔也含着泪说，是走了，是走了……

李黑明定了定神，右手按地，一下子站起来，他摇摇晃晃，目光迷离，抬头看着天空，半天，他醒过神来，轻轻推开邻居扶他的手，走出院子，又到西邻看母亲和奶奶。母亲还是哭，奶奶坐在一把破旧椅子上，神情惨然，就这半天，奶奶的头发全白了。

很快，落凤山东边的大李庄来人了，二十多个，全是李氏家族的人。李黑明的爷爷家就是李家人，后来在穆石做小生意，就在这里安了家。这里跟大李庄只隔着落凤山，大李庄李家的红白喜事儿，从未疏远了爷爷。逢年过节，爷爷就带上全家男丁去大李庄祭祖上坟。尤其大年初一，吃完饺子，天还没亮，李黑明就跟着爹、二叔去大李庄给长辈们磕头拜年。李黑明记得，最早是爷爷领着他，一家一家拜，一家一家磕头，到了天快黑的时候才拜完，他的小脑门子磕得都快青了，脖子也累得发酸，可口袋里装满了花生，还有点心——有糯米条儿、芝麻糖，粘着红糖的山楂吃得李黑明牙都倒了。爷爷还帮他拎着个小布袋儿，里头装着长辈们给的磕头钱，一摇口袋，里面的铜板儿就丁零当啷响。

爹和二叔死了，李黑明就是当家人了，他站在门口迎着李家的族人。他看到，走在最前头的是李天成，后面的大个子是李贵武，还有十几个二十多岁的青年，他都认识，大都是他的同辈兄弟。一辆大笨车子吱吱呀呀响着，推着两口棺材。棺材涂着淡黄透明的桐油，不是新做的。后面，还有几个人挑着担子。所有李家晚辈，头上都缠着白布。李黑明走上前，先叫了李天成三叔，又叫了李贵武九叔，然后凡是叔辈都叫了。大家全都面色凝重哀凄，李贵武伸出大手拍了拍李黑明的肩膀，没有说话。紧跟在后面的女人叫李颖，李黑明立即赶过去，叫了声小姑奶奶。李颖个子不高，圆脸儿，脑后窝着个发髻，三十多岁就显得很老成。她慈爱地看着李黑明，眼里噙着泪水说，黑子，往后你就是大人了……说完，从口袋里掏出手绢，擦着发红的眼睛。

李天成一群人到了门口，马上把棺材卸下来，抬到了院子里。李天成说，所有人退后，贵武过来。门口的邻居和李天成也熟，李天成把他也叫进院子，接着又有一个人夹着两块白布进了院里。李天成严肃地对李黑明说，黑子，听我的，你就站在门口。然后，李天成他们四个人进去，先清理塌在屋里的砖土木头，然后摊开白布，把两具炸烂的尸体裹在布里，再抬出来。李黑明看到，白布很快被血水浸透了，他跪在门外放声大哭起来。

李天成他们把尸体放进棺材，这叫入殓，然后盖上盖子，又错开一个角。这会儿，几个人扶着黑明娘，李颖扶着黑明奶奶，从西邻出来。黑明娘的头上也缠上了白布，嗓子已经哭哑了，几乎发不出声音。李黑明和奶奶、娘进了院子。李天成对黑明奶奶说，六婶子，看他们一眼吧。奶奶和娘来到两具棺材前，从角上往里看，其实全被白布包裹着。娘一下子坐倒在了地上，又被人架到了后面。奶奶没有哭，她颤巍巍地问，天成，这棺材？

李天成说，六婶子，这是咱家长辈的寿棺，听说大哥和二弟遇了难，他们就献出来了，是谁的你也甭问了。

奶奶说，天成，这还了得，使不得啊。

李天成说，六婶子，都是咱李家的大事儿，甭见外，香火孝布全都备齐全了，钱是咱李家凑的。

奶奶从李颖手中抽出胳膊，踉跄几步走到两口棺材前，伸出两只手，慢慢地抚摸着。两只老手，带着老年斑的手背，像枯枝一样，在棺材上摩挲，颤颤地抖动，棺盖被太阳晒得微微发热，散发着桐油的香气。奶奶好像摸到了儿子的体温，她摸完这口棺材，又摸那口棺材，突然一阵眩晕，身子一软就要倒下。李颖眼疾手快，立马扶住她。奶奶的白发，在太阳底下，像雪一样凛冽。她坚定地看着李天成说，天成哪，你大哥和你二弟被鬼子害了，这是暴死，咱就不按老风俗来了，过午就拉到林地埋了吧。

李天成说，六婶子，可不行，大哥、二弟死得惨，可都是咱李家的汉子，咱要对得住他俩，这样，咱减一天，明日晌午后出殡；你和大嫂先去大李庄住几天，我们把房子修修，这日子还得过。

奶奶说，鬼子杀了咱穆石多少人啊，我是担心，出殡的动静大了，再招来那些畜生。

李贵武说，六婶子，怕什么？怕狼怕虎不在山里住，鬼子杀了人，还不让安葬吗？不怕！

奶奶说，怕？事到如今我是什么都不怕了，我两个儿死了，可我孙子长大了；冤有头，债有主，鬼子总有遭报应的一天，我是担心连累了乡亲们。

说话间，大李庄的人们开始在院子里立柱子，扎横杆，再把草帘子搭上，搭起灵棚。晚上，大家还要为死者守灵。李天成已经派了人，到亲戚朋友家里报丧。墙那边的院子里，邻家的女人们正帮着做孝衣，撕扯着白布，传来吱啦吱啦的声响……

第二天，日上三竿，各庄的亲朋好友陆续到来。李黑明一身白孝衣，站在门口迎客。最早来到的，是草坡庄的刘田堂。李黑明当然认识，刘田堂是郎中，曾给家里人看过病，就连忙喊他大爷。刘田堂刚过五十，中等身材，黑红脸膛，短宽的眉毛，两眼和善，唇上只留一抹青黑胡子，下巴却刮得干干净净。他头戴酱色毡帽，着深蓝对襟褂子，黑色裤子扎着腿，平底布鞋。刘田堂沉痛地说，老侄子，我昨天到外庄给人看病，回来就小半夜了，天明了才听人说……惨啊，可是，也惨烈！说完，他走到两口棺材前，弯腰行了个大礼。

完了，刘田堂转身回来，右手搭在李黑明肩膀上，定睛半天，说，成了汉子了，把仇记牢！

李黑明看着刘田堂，点了点头。

村子里，远近也传来了哭声。二十多户人家，都在为亲人哭泣。隐约间，传来了敲小鼓的声音，咚咚咚！咚咚咚！鼓敲完了，又有人吆喝着什么。亲戚朋友又来了不少，快到中午的时候，有个三十多岁的魁梧大汉，背着褡子进了院子，褡子里放着黄草纸。李黑明不认识他，李天成迎上去，抓着他的手，对李黑明说，黑子，这是你二叔的仁兄弟，你得叫表大爷。李黑明连忙叫了声表大爷。表大爷点点头，就到棺前施了礼。李黑明见这表大爷器宇轩昂，浓重的眉毛，一双眼睛深邃刚毅，看人的时候目光锐利，他从临城煤矿赶来，行礼后就到西邻去看望黑明奶奶。

李贵武过来，告诉李黑明，来人叫洪大海，姥娘家是大李庄本家，李黑明得叫他母亲大姑奶奶。至于洪大海是怎么和李黑明二叔拜的仁兄弟，李贵武也不知道。洪大海后来在临城拉起了铁道游击队，大家都叫他“老洪”。

洪大海从西边院里出来，在墙边和李天成、刘田堂抽烟袋。李天成问刘田堂，滕县的药铺还开着？刘田堂说，炸了，让鬼子炸弹炸成碎砖烂瓦了。停了停，刘田堂说，咱的生路都让鬼子给断了，靠到处去庄里看病，也挣不了几个钱，家里老小的口都糊不住了……李天成说，能从滕县逃出来就不错了，也算是一辈子行好修的福。刘田堂说，古人说得对啊，宁做太平犬，不做乱世人；这鬼子来了，杀人放火，不定哪会儿命就没了，看看老李家俩兄弟，招谁惹谁了？鬼子就杀到门上，死得冤啊。说完，他又转脸看洪大海，老洪，还在下井挖煤？洪大海抽了口烟，吐出来说，还是下苦力，十几个人包了个小井,但挖了煤只准卖给鬼子,价钱压得很低……说到这里，他磕磕烟袋锅子说，不能伸着脖子让鬼子砍，得想办法和他们拶了，都三根筋挑着个头，谁怕谁啊！李家兄弟，弄死一个鬼子，这就是英雄汉！

刘田堂说，明打明干，咱缠不过他们；国民党的兵枪炮齐全，滕县杀得天昏地暗，台儿庄打胜了，最后还是撑不住劲儿，往南撤退了。李天成小声说，东边兰陵有了八路。刘田堂说，我也听人说，八路是抗日，可要军装没军装，要武器没武器，有的背着个老套筒，有的干脆就是杆红缨枪，这个样，怎么和鬼子打？李天成说，也不能只看眼前，什么事儿都有个变化，有的越变越大，有的越变越小；水泊梁山，开始就晁盖宋江几个人，后来有了一百单八将，这就看谁走得正，做得正，自古邪不压正哩。

洪大海说，天成说得有道理，就得有好汉出头，带出一帮人来，不用多，我要有二十个李家兄弟这样的，奶奶，不闹他个天翻地覆才怪！

几个人正小声聊着，一个老汉也凑过来，本村的，翘着山羊胡子，刘田堂、李天成都与他认识。老汉叹口气说，这光往山上跑，也不是个长久办法，谁知道鬼子什么时候再来？这回他们天没亮就到了庄外头，要是深更半夜里来呢？好些庄都想法子了，有圩子墙的，都修好了，天天有人站岗；可咱这地儿大，圩子墙是甭想了，只有几个年轻的站岗，看见鬼子也来不及全跑完，怎么办？有些庄想了法子——习道法，练功夫，保卫自己的庄，石灰崖的王世仁，又开始弄培贤道了，教村里人耍刀弄棒，听说这个人能飞檐走壁，能在雪上跑留不下脚印儿，他念了咒语，让大家吞了朱砂画的符子，人就刀枪不入……

正好李贵武走过来，他瓮声瓮气地打断老汉的话，可别胡扯了，越传越邪乎，你把那个姓王的喊来，让他念咒吞符子，我拿刀捅他的肚皮，保证一捅一个血窟窿！老汉说，我也没见过，不都是人家传的嘛。李贵武说，这些都没用，只有真刀真枪地干。李贵武是过来找李天成合计事儿的，李天成站起来，跟着李贵武去了西边院子。一会儿，西邻的院门口停下刚才那辆推车，上面铺好了蒲团和被子，黑明奶奶坐上去，李家的后辈推着她，往大李庄去了。

庄里的小鼓咚咚敲着，往这边来了，四个人，都穿着破军装，歪戴着帽子，背着汉阳造。一个敲着小腰鼓，一个挑着块红布，上面用墨汁写着俩字儿：招兵。有个兵背的枪，连枪带都没有，用绳子系着。看见这边儿也有丧事儿，小鼓就不再敲了。一个小伙子站在边上往四个人那儿看，当兵的就过去问，喂，当兵吧？被问的小青年看看周围没别人，反问道，当兵？当兵干吗？一个兵说，当兵好啊，有衣裳穿，有饭吃，背上枪，别人都不敢下眼看咱。小青年说，俺可不当，当兵还得打仗。一个黑瘦的人，鱼嘴，小眼狡黠，四人好像是以他为首。他说，不打仗怎么发财？这年头，就是撑死胆大的，吓死胆小的，再说，打仗也不是死拼命，有把握就放几枪，打不过咱就钻山里。

小青年存心要逗他，说，我当可以，你先给我个连长，官小了我不当。

小眼生气了，上来就抓住小青年的衣领子，你敢刺挠老子，抓起来！其他三个人都端着枪瞄准小青年。此时，李贵武出来了，一看就大声问，怎么个事儿！再定睛一看小眼，笑了说，我以为是谁呢，胡二旦啊，二旦，你啥时候也穿上这身衣裳了？在哪儿干呢？胡二旦也认出了李贵武，先怯了三分，松开手向李贵武一哈腰，李大哥，李大哥。李贵武问，你不是卖狗肉吗？怎么干了二鬼子？胡二旦说，咱可不当二鬼子，我是东江村朱司令的兵。这不是命令下来招人嘛，咱是抗日的。李贵武说，你那两下子我还不知道？当年你要饭，让狗撵得屎拉裤子里，我还给了你个烧饼，你还抗日哩，看见鬼子不拉稀就不错了。周边人听了，都嘿嘿地笑。胡二旦说，李大哥的恩我没忘，没忘，咱就是混口饭吃，我……我进去磕个头。说着，就要往灵棚里走。李贵武大手一伸拦住他说，不用了，你又不姓李，走吧走吧，以后别冲着老百姓耍横。胡二旦堆着笑，眨巴眨巴小眼睛说，好，好，李大哥，听你的，听你的。说完，招招手，三个人就跟着他走了。

李黑明在院子里，外面的事儿他不知道。这时，洪大海进来了。他看看李黑明问，表侄，多大了？李黑明抬头回答，十八。洪大海还是端详着。李黑明其实不黑，确切地说是微黑，起这个名字，是因为他娘天快亮的时候生下他。奶奶说，叫黑明好，有个黑，好养活，有个明，今辈子越走越亮堂。洪大海又问，识字不？李黑明不好意思地说，只上了一年私塾，家里没钱，就不上了。洪大海问，拿笔能写吧？李黑明点点头，能。洪大海说，我矿上正好缺个识字儿的记账，过几天你就去我那吧，饭能吃饱，也能有点儿钱补贴家里，你家里没有顶梁柱子了，往后就靠你顶起来。李黑明感激地鞠了一躬，谢谢表大爷！洪大海说，那就这么定了，什么时候去，我让人给你捎信儿。说完，洪大海又走到两口棺材前，大手抚摸二叔的棺材盖，然后凝重地往后退一步，弯腰行了个大礼。在洪大海宽松的上衣摆动的刹那，李黑明注意到，有一把匣子枪插在他的后腰间。李黑明的眼睛霎时晶亮，热血顿时沸腾，觉得两只手的骨节止不住地嘎嘣嘎嘣响，两只拳头一下子攥起来，恨不得立马把那支枪抓在自己手里。他昂起头，微黑的脸发红，心剧烈地跳动，坚毅地看着洪大海，恳切地说，表大爷，我一定跟着你干！

洪大海说，我要急着回去，等不到下午给你爹、你二叔送殡了。然后他伸出大手，搭在李黑明的左肩上说，老侄子，后会有期。完了，洪大海大步跨出院门，走了。

下午二时，出殡了。院子里哭声一片，娘全身缟素，两眼红肿，但已经哭不出声来了，只得在地上死去活来地滚着。李黑明却不哭，看着小姑奶奶李颖和一个女邻居把娘硬拉起来，搀扶着。八个汉子抬着两口沉重的棺材，缓缓出了院门。李黑明在前，手拿孝棍，后面跟着几十号李家的后辈青年和孩子，全都着白布孝衣，白白的人群拉成长长的行列，随着棺材往前走。按照旧规矩，女人是不能上林地的，但是，李家的林地在大李庄，娘和十几位李家的女人也随在最后面。在村东一条十字路口上，两口棺材放下，开始路祭。李天成把一个蒲团放下，所有李家后辈全在路上跪下，亲戚朋友依次走过来，在蒲团上行三跪九拜大礼。完了，李贵武拎着一只篼子，抓了把纸钱，大声喊着，大哥、二哥，一路走好哇！——喊完把手一扬，黄色的纸钱像风里的落叶，飘飘地散开。后辈所有人齐声喊，大叔、二叔，一路走好哇！——

太阳西下时分，送葬的人们来到大李庄东北边的林地，这里，是李家从清代开始安葬长辈的地方。坟冢一片，有碗口粗的柏树、松树、槐树和朴树，还有高高低低的石碑。年代久远，石碑下面生出了青的、黄的苔藓和菌斑，地上的荒草，去年秋就被人割净，地皮上毛糙的草节间，已经发出了绿芽。小风吹在松柏上，发出沙沙的声响。林地里，两个坟圹已经做好，而且用青砖砌成拱顶，人们把棺材放进去后，就开始填土，很快成了一个黄土丘。两个人站在顶上，各自手里握着一条扁担，扁担上缠着草绳子，从上到下啪啪地把松土拍实。然后，李天成站在一边，看着几个小伙子从远处铲来草皮，盖在坟丘上，接着泼上水。

李黑明从林地里走出来，今晚上他也住在大李庄。他低着头往村里走，突然，一个人轻轻拽拽他的衣裳，他抬头一看，是刘田堂。李黑明叫了声大爷，刘田堂说，老侄儿，我有几句话要和你说。

5

在葫芦套，大奎他们全家已经住了十天了，带上的煎饼全都省着吃，除了爷爷和石头，最近几天大家只吃一顿饭，饿得眼冒金星。小锅里煮的地瓜面糊糊，稀汤寡水的，能照出人脸来。多亏大奎娘和大奎婶子到处挖野菜，洗干净后下进糊糊里。可是，逃难的人多，野菜越挖越少，眼看着没有吃的了。这时候，又刮起了小南风，天就更加暖和，暖和了，人的血就流淌得快，饿得人更受不了。大奎娘说，快了，快了，南风一刮，树就冒芽，可以掰树芽子吃了。可是，邓宝安着急了，他看到，山根下的碎片地里的麦苗，虽然绿了，但稀稀拉拉的，绿里透黄，地干得冒烟，应该要浇上一遍水了。可在葫芦套这地方，除非老天爷下雨，不然根本没有水浇地。邓宝安惦记家里的麦地，也不知麦子长得怎么样了，怎么着也得去浇一回水。

早晨，太阳还没从东山上来，邓宝安说，我要回去看看。

大奎娘说，他叔，还不知道鬼子走了没有，等等吧，听人说，他们在官桥又杀人，又放火。邓宝安说，估计没什么大事儿，我不进官桥就是了，我是担心麦子干坏了。爷爷说，这里是山地，地薄缺水，咱那是平沙地，不会太旱，打听打听，真没事儿咱都回去。大奎从外面走过来说，那边的人说，鬼子在官桥驻下了，不走了。邓宝安想了半天说，不行，我得回去，我心里老不踏实，咱那地儿靠着演武场，要让鬼子的马糟蹋了怎么办？邓广贤说，你别疑神疑鬼的，平白无故鬼子就骑着马到你的地里乱踩？邓宝安说，回去，不行，得回去。邓广贤说，你啊，凡事儿就是沉不住气，鬼子驻在官桥了，弄不好你这是拿命当儿戏。邓宝安有些不高兴了，说，地是全家活命的本钱，你还有个手艺，我有什么！这话说得有些冲，邓广贤就不再说话。大奎婶子看着邓宝安，细弱地说，听他爷爷和大伯的吧，先别回去。邓宝安不耐烦地瞪了她一眼，女人家，少插嘴！婶子也不敢再吱声了。

邓宝安起身说，回去！邓广贤说，那让大奎跟你一块儿。邓宝安说，带他干什么？邓广贤说，做个伴儿，碰到事儿也有个照应。邓宝安说，还能碰到什么事儿，我又不是七老八十。邓广贤说，多个人多双眼，你们先在官桥外头看看，如果不好立马回来。爷爷说，老二啊，听你大哥的，绕开官桥，只去看看地；要是鬼子安顿下来了，不再祸害人了，就让大奎回来说一下，咱就都回去。爷爷说完，又咳嗽起来，咳得弯下腰抖动，石头赶紧给他捶背。大奎娘说，他叔，就让大奎跟你一块儿吧。大奎说，二叔你就别犟了，我又不是三岁小孩儿拖你后腿，家里不是都担心你嘛。邓宝安不说话了。

叔侄二人要赶路，邓宝安取出两个煎饼，递给大奎一个说，拿着，路上啃。这时，婶子突然站起来，看着邓宝安，可怜兮兮地问，非要回去不可吗？说着，眼里就有了泪水。邓宝安火了，你这是干啥？石头过来一下抱住他爹的腿，仰着小脸说，爹，我也要跟你回去。邓宝安拍拍石头的小脑袋，语气温和了，好，我去看看就回来接你，听话。说完，拿开石头的小手，对大奎说，咱走！大奎回头说，婶子，放心吧。

叔侄俩出了葫芦套西山口，路就平了，再也没有了山岭。田野里，麦苗全绿了，远近的坟头旁，长着大大小小的旱柳，大的像草垛，小的像撑开的伞。柳条上已经生出嫩芽，透着淡淡的鹅黄色。远处，偶尔传来一两声鸟鸣。

鲁南这地方靠着苏北，气候比山东其他地方能早半个多月。天很蓝，云也淡，小风温柔地轻轻吹过来。邓宝安说，大奎，我今天做了个梦，不怎么好。大奎问什么梦。邓宝安说，我梦见麦子一片金黄，那个麦穗啊，又粗又长，可是，让鬼子给我点上了火，全给烧了。大奎笑了，二叔，梦都是反着做的。邓宝安说，今年的麦子我是上了心的，我把炕砸了，炕土全撒麦地里，今年保准有个好收成，多收一担麦子，那是手拿把攥的事儿，可是，肥追得足，水就不能缺了。大奎点点头。

两个人走了大约三四里地，就站在路边撒尿。完了，邓宝安突然想到了什么，对大奎说，咱走得急，忘了把斧头带上了。大奎问，带斧头干什么？邓宝安说，不行，回去，我在这里等着，你快去拿回来。大奎不解，干吗非要带斧头？邓宝安说，带上就有用。大奎继续问，什么用？邓宝安脸一板说，小孩儿家哪有那么多废话，让你回去你就回去拿，赶紧的，我在这等着。说完，就在路边坐了下来。大奎不敢再问，转身就小跑着走了。

三里多路，大奎腿长，小跑着，很快就回到了葫芦套。回到草棚，爷爷一惊，大奎，你咋回来了？大奎说，二叔让我回来拿斧子。爷爷问，要斧子干什么？惹事儿？大奎顾不上说话，就去找斧子，可是找了半天也没寻着。爷爷说，早上我还看见在那边放着，石头，你见斧子了没？石头摇摇头。大奎娘说，八成是你爹拿上进庄里去了，一个老头儿叫他。

大奎一听，赶紧去村子里找父亲。他问了好几家，终于在村南头一户老光棍儿家里，见到了父亲邓广贤，他正用剪刀在剪一块狐狸皮子。问过后，邓广贤也不知道斧头在哪儿。老汉说，我这里有一把，就是钝了，和锤子差不多，你凑合用吧。大奎二话没说，接过斧子赶紧往回赶。

当他回到二叔等他的地方，邓宝安却不见了。大奎拎着斧子一个人赶路，早晨才吃了一个煎饼，加上来回小跑，出了一身汗，肚子就饿得咕噜咕噜叫唤。大奎忍住饿，咬牙追赶邓宝安。走着走着，突然看见不远处来了两个鬼子，都背着长枪，还有两个胳膊上戴白箍儿的人随着。大奎急忙跳到路边的浅沟里趴下，见那四个人站住，说着什么话，还朝他这边指。大奎觉得不好，瞅见旁边一个大坟包，猫下腰溜到坟包后面。坟包旁长着棵大柳树，从根上生出好多乱枝条子，正好挡住了他。可是，大奎还不放心，见后面还有三个小坟包，生着一丛丛枸杞，又猫着腰跑过去，趴下来。

那四个人走近了，一个说，刚才还看见一个人走路，怎么不见了？另一个说，走远了吧。这个说，不对，走不那么快。鬼子开口了，八路的，探子的有？一个说，就躲在那些坟后面呢！接着另一个大喊，出来吧，看见你了，不出来皇军可就开枪了！大奎趴着不动，心想，反正让你看见了，你敢过来我就先砍倒一个再说。他不害怕，也忘了饿，手里紧紧握着斧头，眼睛的余光瞄着路上的四个人。一个鬼子啪地开了一枪，又开了一枪，子弹噗噗地打在前面的大坟头上。大奎明白了，他们根本没看见自己。鬼子说，你们的看看。那两个人从路上下来。大奎心想坏了，拼命的时候到了。他咬了咬牙，就等着他们过来的时候拼了。忽然，前边的坟包里蹿出一只獾。一个人兴奋地喊，獾！獾！鬼子瞄着跑去老远的獾打了一枪，接着又是一枪，可能把獾打着了，四人就往那边跑去了。

这只獾救了大奎一命，见那四个人拎着獾走了，大奎长吁一口气，看看四周没有人，才起来继续赶路。

话说邓宝安近了官桥，远远看见南北贯穿的津浦铁路，车站上有一排红房子，但在南头却立起一个高高的哨楼，是用木头搭起来的，上面撑起一个尖顶棚，棚子下面斜斜伸出一根木杆子，挑着一块日本旗。他知道，上面有鬼子站岗，就赶紧远远地避开，又不时回头看看，寻找大奎的身影。看了好几次，都没有看到，他估摸着，大奎这小子半路上要是找不着他，就会回去了。他绕道官桥南，从田野里一直往西走，看到有些房子被鬼子烧了，更惦记起自己的家，就没有先去看麦子，而是从西边的一条小巷进去，直奔自家的院子。

万幸，六间草屋没有被点火，但是，草门子被踹烂了，门上的锁也被砸开，院子里的水缸被砸破了，裂成几大块。他推门进去，看了看哥哥家，又看了看自己的家，坛坛罐罐都在，但是盛放煎饼的大盆被敲碎了。地上洗菜的小陶盆，不知是哪个坏种在里头拉了一泡屎，屎都快干了。几只老鼠在炕上，看见来人，吱吱地叫了几声就窜进洞里。只要家在就好，邓宝安又想去看看哥哥的成衣铺，出了院子，在巷口碰到了王丰庆。王丰庆在官桥也算有头有脸的人物，弟兄几个都在做生意，而且他的铺子离邓氏成衣铺不远。邓宝安叫了声王大哥，王丰庆寒暄说，回来了？邓宝安说，这不我先回来看看，街上情况咋样了？俺大哥的成衣铺还在不在？王丰庆说，他们在这里驻下了，眼下正在车站那边建营房，从周边各个庄砍大树，看样子不会离开了，官桥街上，好多商铺让他们点上了火，我家两处铺子全烧了，你大哥的铺子也没能剩下……

邓宝安不说话，王丰庆苦笑了一下说，好在我家宅子还在，算是手下留情了，幸亏门上挂了个牌牌。邓宝安不解，问挂的什么牌牌。王丰庆如实回答说，咱都是老邻，我和你不说假话，俺侄儿在滕县跟着日本人干了，疤瘌头的表弟当了连长，他们弄了牌子，上面有日本人的章子，凡是皇协军的家属，疤瘌头让人把牌子挂门上，这样，鬼子来了，不搜查，更不烧房子……疤瘌头的亲戚朋友都沾光了。

想到前些日子疤瘌头的那些作为，邓宝安恨恨地骂了一句，又问，鬼子驻进来，咱这里怎么样？王丰庆说，这些日子不再乱杀乱烧了，可是，在官桥里外时常巡逻，见了可疑的人就抓；昨天一个要饭的孩子，在车站门口，一个日本娘们儿嫌弃他脏，往他身上吐了口唾沫，孩子回骂了她一句，她立即就叫来日本兵，抬枪就把孩子打死了，你说冤不冤！那个日本娘们儿会说中国话，听说是从东北那边过来的，她男人就是皇协军的头儿，叫陈二雄。

王丰庆走了，邓宝安到了街上，看见哥哥的成衣铺，屋顶成了灰烬，墙被烧得一块黑一块红，窗棂子都烧烂了，他叹了口气，继续往前走，去地里看麦子。

邓宝安一会儿就到了演武场那边，站到自家的地头上。老话真是说得对，庄稼一枝花，全靠肥当家。他的麦子绿油油的，齐刷刷的，顶上平展展的。两边别人家的麦子也就比筷子高一点儿，他家的麦子已经高过了膝盖，而且根根粗实，顶上全都鼓起苞来，这是在孕育麦穗儿。邓宝安弯腰看看，那鼓起的苞像小拇指粗，但比小拇指长，如果再浇上水，就等着抽穗、开花灌浆了，丰收是在望的。他蹲下来，捏了把地里的黄土，搓了搓，不旱，但也要浇了，明天就来浇一下。邓宝安看着麦子喜人的景象，忘记了饥饿，他站起身，拍拍手上的土，往远处看看，依然没见大奎的影子，估摸着他已经回葫芦套了。他让大奎回去取斧子，其实就是想把他支开，即便真要碰到事儿，他一个人顶着。

突然，后面有人喊，你的，什么的干活！

邓宝安转眼一看，两个鬼子正端着枪朝他走过来，后面还有两个人，是疤瘌头和王歪嘴。疤瘌头喊，宝安，皇军要问你话！邓宝安站在原地，等他们走过来。鬼子走到了近前，两杆枪直愣愣地对着邓宝安，刺刀明晃晃的，闪着寒光。疤瘌头上下打量着邓宝安说，回来啦？这不是还得回来吗？邓宝安不说话。疤瘌头说，不让你跑，你非得嘴硬，这都是皇军的天下了，你还能往哪儿跑？邓宝安说，你也给俺家门上弄个牌子，我就不跑了。疤瘌头说，牌牌都是发给良民的，他们都为皇军效力，你可配不上，你头上有刺儿哩！没等邓宝安再回话，一个鬼子问，你的，什么的干活！邓宝安说，这地里是俺家的麦子，我来看看。鬼子没听懂，转头问疤瘌头，他的，什么的干活？疤瘌头指指地上说，他的，官桥的，麦子的看看。两个鬼子都很矮，个头也就到邓宝安胸口，仰着头看着这个大个子，摇摇头问，他的，“毛猴子”的干活？这时候，若是疤瘌头能说些好话，邻里邻居的，说他是个良民什么的，或许邓宝安就能被放过。可是，疤瘌头见四下无其他人，坏心眼儿起来了，他不说话，他就等着看鬼子为难邓宝安，要是能揍他一顿就再好不过了。但这时，站在最后面的王歪嘴有些害怕了，一害怕他的嘴角就止不住地一抽一抽，眼一眨吧一眨吧，眼珠子左右窜动。他抬头看看另一个鬼子，鬼子一看，觉得王歪嘴是在给他使眼神儿，突然就端起刺刀呀的一声，一下子捅在邓宝安的肚子上，紧接着，另一个鬼子几乎同时出刀。两把刺刀抽出来的刹那，邓宝安一头扑在地上，把麦子压倒了一大片，血水在麦秆上流淌着。

疤瘌头和王歪嘴也没想到鬼子这样凶残，魂儿都吓掉了。两个鬼子离开麦地，径直向演武场走去。疤瘌头和王歪嘴呆站在邓宝安的尸体旁。突然，疤瘌头看着王歪嘴破口大骂起来，歪嘴子我日你亲娘，你干吗向皇军乱眨眼！王歪嘴哭丧着脸，结结巴巴地，我，我，我也不想眨眼，可我这眼它就眨巴，我……我管不了它呀。疤瘌头说，等着吧，等着吧，邓家的人不会饶了你，早晚把你那俩眼珠子抠出来！王歪嘴头上冒了大汗，嘴巴抽得更厉害了，眼睛还是不停眨巴。疤瘌头喊着，娘个蛋的你还站着干吗！王歪嘴问，做，做什么？疤瘌头说，跑啊！

……

邓宝安被装进一口薄棺材，埋在了他的地头上。

二叔遭了大难，大奎一家也从葫芦套回了官桥。婶子变了，水不喝，饭不进，谁劝她都不管用，整天坐在屋里，石头就跟着大奎娘吃饭睡觉。五天过去了，婶子本来就瘦小，现在饿得只剩皮包骨头，头发白了大半，两只柔弱的眼睛深深地陷下去，呆痴地看着门外。

这天傍晚，大奎娘特意做了一碗面疙瘩，还打上个鸡蛋，端到西边头屋，石头怯生生地抓着大娘的衣角，看着他娘的样子不敢说话。大奎娘说，他婶子，你得吃饭啊！这不为别的，你得为石头想想，你还得拉扯他长大！宝安走了，还有你大哥，有咱们全家，咱们过了这难关就好了。婶子抬头看看贤良的大嫂，两行泪水涌了出来，顺着枯黄干瘪的面颊往下淌。接着，她轻飘飘地站起来，接过饭碗，倚在炕边上吃起来。婶子终于吃饭了，大奎娘的心也放下了，她说，吃上饭就好，吃完了你上炕歇着，明天身子就能硬棒些了。

婶子吃完，就往炕上爬，大奎娘跟在后面把她的两只鞋给脱下来。婶子躺下了，大奎娘又给她盖上被子，然后对石头说，咱去吃饭，让你娘睡一会儿。石头点点头。

大奎娘回来，爷爷在屋里的炕上卧着。他也悲伤得几天起不来了，有气无力地问大奎娘，他婶子吃饭啦？大奎娘说，爹，吃了。爷爷说，吃了就好，吃了就好……

吃过晚饭，大奎娘正在拾掇着，邓广贤又要做针线活。大奎站在院子里，石头过来说，哥，俺娘叫你。大奎进了西边头屋，墙上挂着个小油灯，婶子坐了起来，精神好了许多。婶子说，大奎，炕沿上坐。大奎坐到炕沿上。婶子说，我哭了这些天，想了这些天，吃上饭，身上舒坦些，这些日子，也连累你娘了。大奎说，婶子，一家人不说两家话。婶子慢慢地说，婶子我命苦啊，三岁爹就没了，打小就跟着石头姥娘要饭逃生，住破庙，让狗撵着咬，后来到了官桥，娘也死在这了，我头插草棒嫁给你叔，可你叔……你叔又遭了这大祸……这老天爷，就是要堵死我的活路啊……

大奎说，婶子，别乱想，俺叔走了，还有俺们。婶子点点头说，大奎，有你这话，婶子心里暖和，石头还小，有你这大哥我放心，石头，石头过来！石头从外面进来，右边肩膀上缝着一片儿白布，这是给他爹戴孝。大奎把石头拉到身边，让他站在自己两腿中间，手摸着他的头。婶子说，石头快快长，什么时候能长得跟你大哥这么高啊。说完，笑了。

婶子又说，反过来说啊，我也算有福，从我跟了你二叔，全家人都待我好，你二叔性子急，说话就瞪眼，也骂我两句，可他从来没戳过我一指头，有点儿好吃的、好喝的，都往我这边儿让，后来有了石头，石头吃了又让我吃；你们全家都是厚道人，想想这，我也知足了，咱们得咬着牙过下去，把石头拉巴成人，我还得看着石头成家。

大奎说，婶子说得对，我和石头早晚会长大。婶子笑了，说，大奎，你现在就是大人啦。

坐了一会儿，大奎说，婶子，你歇下吧，我走了。石头看看他娘，怯生生地说，我还是跟大娘睡。婶子目光楚楚地看着石头说，去吧，我也累了。

可是第二天，日上三竿，西边头屋的门却迟迟没有打开。大奎娘赶忙过去，推门一看，就大声哭起来——

婶子吊死在了房梁上。

……

成衣铺修好了，邓家也分文皆无，缸里的粮食已经见了底，只好去亲戚家借粮。有时候断了顿，就在锅里煮些树叶子。大奎娘也隔三岔五地领着石头去讨饭。本来指望二叔家的麦子收上来救饥，可是，因为二叔和婶子两个人的丧事，欠了人家钱，只能先拿地里的麦子抵债。

大约又过了半月，这天晚上，爹在吃饭的时候对大奎说，晚上别出门，咱们有事儿商量。大奎一愣，不知有什么事儿，见全家都沉闷着脸，也不敢多问。晚饭后，娘把桌子上的碗筷拾掇利索，擦了擦手，对石头说，石头，咱先睡吧。石头点点头，自从他爹娘没了，石头就更加胆小老实，大人让他怎么着他就怎么着。爷爷问，石头，困不困？石头说，爷爷，困了，我要睡觉。说完，就脱了鞋子爬上炕，自己脱了衣裳。大奎看到，石头太瘦了，小肋巴骨包在薄皮里。石头钻进被子里，像小狗一样蜷着身子，闭上了眼睛。

过了一会儿，看看石头真的睡着了，娘先去了西边头屋里，爹说，咱去那边说话。爷爷披上衣裳，慢慢地从炕上滑下来，大奎忙把鞋子送到爷爷脚前。

娘已经点上灯，虽然婶子死在了屋里，但家里人都不忌讳。爷爷说，他婶子是老实人，魂在家里，正好也让她听着。大家各自坐下。爹说，照眼下看，石头，咱养不起他了……大奎一下子明白了，两只眼睛猛地瞪大了，直愣愣盯着爹，然后盯着爷爷，再盯着娘，压着声音问，怎么，你们想把石头怎么样？送走？爹愤怒地看着大奎说，先听我说完！大奎头一次来了怒火，竟然和爹顶撞起来，我不想听你说完！二叔和婶子才走了几天？你们就想把石头送人？这是什么心肠？亏你还是当大爷的，你对得起二叔和婶子不？！石头是你亲侄子，是个没爹没娘的孤儿！你怎么下得去手把他送人？！大奎说完，呜呜地哭起来。

爹不说话。爷爷叹口气说，大奎啊，不是你爹的主意，是我说的，有火你冲爷爷发。大奎抬头看看爷爷说，爷爷，你怎么想出这个来？爷爷说，眼下兵荒马乱，人命不如狗啊！石头还小，咱不能看着他饿死，他太小，还要长身体，可咱能用什么养他，跟着咱吃树叶子？我有个早年间的仁兄弟，是南山的王道长，他知道咱遭了难，让我先把石头交给他，不光有饭吃，还能保他平安，咱要给你二叔留好这条根儿啊！在咱这儿，鬼子三天两头杀人，万一有个三长两短，那才是对不起你二叔和你婶子。

大奎说，石头这么小，大点儿再送过去不行吗？爷爷叹口气，就是小才送过去，像你这么大还用操心吗？大奎低下头，泪珠子啪嗒啪嗒往下掉。爷爷又说，好处是离这里不远，想他了，咱就去看看，王道长是个善人，不会亏待石头，以后咱日子顺畅些了，有好吃的好穿的就给他送过去；王道长还说，等石头大了，乐意回来就让他回来……说到这里，爷爷也呜咽起来，边哭边骂，天杀的日本鬼子，血海深仇，血海深仇哇！杀了我儿子，逼死我儿媳妇，留下个孙子成了孤儿……呜呜……大奎娘突然起身说，爹，小点儿声，小点儿声。说完，她拉开门，见石头竟站在门外，穿着衣裳，两只小脚赤着，刚才里面的对话，他应该都听见了。

大奎娘一把把石头抱在怀里，石头怯怯地看着屋里的大人们——看着大伯、大娘，看着爷爷，看着大奎，嗫嚅地说，爷爷，我去，我愿意去……

爷爷把眼泪一抹说，石头，来。石头过来，爷爷把他搂进自己怀里，石头的小脸，贴在爷爷的胸脯上。

大奎突然起身，夺门出去，跑出去老远，坐到一块大石头上，低声哭着，不住地念叨着，二叔啊，婶子啊；婶子啊，二叔啊……

……

石头走了。

大奎从此变得沉默不语。他要找活儿干，就到官桥车站货场上扛麻袋，搬东西。他咬住牙，总是像牲口一样地干活，货场上管饭，他挣的那点儿钱都拿回家。就这样，干了有个把月，他突然觉得，自己的腰粗壮了，肩膀也变得厚实了，两只胳膊上全是鼓鼓的腱子肉，大手抓什么都觉得有劲儿，走路的时候，两脚沉稳，眼睛平视前方，嘴唇坚定地抿着。他依然很少说话，只是在琢磨事儿的时候，鼻子会轻轻喷一下。

也就在大奎去车站货场扛包的时候，鬼子在车站两边强拆了大量民房，全不管这些人住在哪里。很快，清理出一大片场地，立即大兴土木，建造兵营。军官们暂住在大通旅馆，队伍在演武场搭起帐篷。鬼子从周边村庄抓来大量民夫，在刺刀和狼狗的监管下，白天黑夜连着干。无数的木轮车、大车，来回运送砖石，石头除了在丰山开采，更多是拆了四外村庄的寺庙、老宅，砸了一些石碑。鬼子们扛着枪，远远近近地选大树，用石灰画上记号，让村里人把它们砍伐，众人抬，大车拉，全运到官桥。在这里，木匠按两人高截断树，锯成厚木板，深埋到营房四周做围墙。木板与木板用扒钉扒紧，上面拉上铁丝网。首先立起来的，是前面两座炮楼，中间是大门，对着一条东西路。

路南边，另一座兵营也在施工，拿枪监管的不是鬼子，而是伪军，地盘也比鬼子兵营小。人们当然不知，鬼子从济南、德州等地选了一些伪军精干，派到官桥来，扩充队伍。当两排营房盖好，就在车站广场贴出广告招兵。老百姓识字的不多，专门有人在一旁宣讲。果然，一群一群的人来到这里，招兵的头目也不怎么看，只要不是瘸腿瞎眼的，不是老得快不能动了，就头一点招进来，穿军装的也有官桥本地人，好多大奎都认识。

这一早，大奎又去货场干活儿，经过伪军兵营门口时，听见有人喊他。站住转头一看，见兵营里走出一个伪军，一身屎黄的新军装。大奎再看，是丰山庄的"猫眼"。大奎当年念私塾，就和他坐在一条长板凳上。"猫眼"叫侯山登，他爹想让儿子认上三两个字儿，可他根本不是这块料，先生一讲，他就打瞌睡，完了再问大奎。大奎给他讲了，可第二天就又忘了。先生的板子他没少挨，干脆，上了一冬天就回了家。

外号起得不差，侯山登眼睛果然像猫，眼珠发黄，看人阴险狠毒，又因他背有点儿驼，头就往前伸，那双猫眼一闪一闪更显亮。

看见大奎，"猫眼"一笑，露出尖锐的牙齿，问，邓耀奎，你也想当兵？大奎说，咱不是当兵的料，我去货场干活。"猫眼"说，咱知道，你是秀才，和咱不一样，不过，还是来当兵吧，有衣裳，吃好饭，手里还有一杆枪。大奎把话岔开，山登，当了兵，你可别欺负老百姓。"猫眼"头一扬，咱给日本人当差卖命，就听日本人的，他让咱行好咱就行好，让咱杀人咱就杀人，谁敢不听他们的话？大奎听了只能苦笑。"猫眼"说，大奎，咱生来就是个坏种儿，坏种儿就要干坏种儿的活。大奎见“猫眼”作践自己，客气地说，山登，别瞎说。“猫眼”说，不瞎说，咱这坏名声，天下闻名，俺爹下种的时候，就下坏了，咱成了歪瓜裂枣。

大奎知道，“猫眼”十七岁的时候，爹娘先后去世，留下四间房子，他和哥哥各住两间。后来哥哥结了婚，有了孩子，他却迷上了赌钱。别看他念书不行，可赌钱时脑瓜子有如神助，赌三晚上，保准有两晚上赢钱，也正应了外号，“猫眼”一到晚上就来了精神。有了钱，他就吃喝嫖，和一帮地痞流氓厮混。后来，他觉得自己也得成家了，就找到哥哥，让他把四间房都让给他。哥嫂当然不答应，“猫眼”就把小侄儿绑了票，塞上嘴，藏进一个地窖里，最后逼得哥哥一家远走他乡。房子是有了，可是谁家的闺女乐意嫁给他？

大奎脑子里想着“猫眼”的斑斑劣迹，“猫眼”还在喋喋不休，大奎，好人走好道，坏人走坏道，咱觉得踩着邪道走也不孬……“猫眼”越说越不着调儿，大奎皱着眉头，看见“猫眼”右手脖子上系着红布条儿，上面有枚锃亮的黄铜钱。“猫眼”见大奎注意到了，把手腕一抬，打了个哈欠说，这几天赌钱老输，系上这个，图个好手气……

大奎说，山登，我得去干活了，说完就往前走。“猫眼”在后面又说，大奎，在这里谁要欺负你，告诉咱一声！

……

6

大李庄。

李天成住在李家大院西边的三间房子里，吃过晚饭，便轻轻把门上锁，从小巷里走到村后，再转向东北。今晚上要在那片林地里开会，他要先到。

说到李家，先要讲大李庄。这是周边十几里范围内最大的村落，处在落凤山东边的小平原上。古老的薛河蜿蜒流淌，在大李庄村后又分了一个汊儿，绕到了村西；而发源于东部山区的桃花河，又在村子东边流过来，然后在村前柔和地西拐，正好与薛河支流汇集，流进微山湖。

土地平坦肥沃，又有河水灌溉，这里自然成为滕县东边的粮仓，而且，这里还是从山区到湖西的要道。据说大李庄起于春秋时代，至汉朝又成为王侯封地。到了明代，大李庄更大，有三个自然村，西边的自然村，杂有王、杨、曹等各姓，东南的自然村，姓氏也杂，而最大的中间村，又叫腰庄，住的人都姓李，其中坐落着远近闻名的旗杆大院，这便是李家的发祥地。在清末，李家祖宗在朝廷做了尚书，告老还乡后，置地千亩并营建宅院。青崭崭的一片大瓦房，巨石接缝直到窗台，青砖到檐口，砖墙上还加上了方长的拉石加固；檐上三层菊花牙子错列，两头砌墀头，上面弧瓦加顶，滴水瓦当全都压着牡丹荷花图案；正脊高立，用瓦构出铜钱模样。这时候，天下开始动荡，周围地区也有了土匪流寇。李家特意在宅院的南墙开辟暗道，然后贴着东墙向北，出暗道就是野外；院四角建了炮楼，炮楼石头到顶，四面开小窗，各架着一门象腿粗的臼炮。但是，大李庄好像近百年平安无事，并没有匪事侵扰。人们都说，李家人多势众，族人同心，惹不得。更重要的是，李家世代行善，芳名远扬，土匪也下不得手。

的确是，志书记载，从李尚书开始，这个家族乐善好施，忠厚传家。本村的穷人，经常受到李家接济，无论谁家有难，总能看到李家人出手相助的身影。尤其到了灾年，不管是春荒大旱，还是夏日洪涝，李家立马开仓放粮。后来，其仁善之举传到了京城，咸丰皇帝御赐竖立旗杆，并题写“经明行修”匾额挂在大门上。至今，那个石头座子仍然还在，杉木高杆直指云天，晴朗时候，十里开外都可以看到。

但是到了后来，李家逐渐败落，住在旗杆大院里的族人们各谋生路，但大都贫困。李天成虽然住着祖传的瓦房，有一亩地种着，但父母先后重病，也掏空了家底儿，穷得李天成冬天连个帽子都没有，好多人给他起了个“光蛋”的外号。幸亏李家大哥去闯荡上海，带上了这位堂弟，大哥也成了他的引路人。

李家大哥五岁上私塾，学才好，诸子百家滚瓜烂熟，但是因为家里实在困难，只好退学，后经熟人推荐，到县府谋了个跑腿的差事。这时，北伐军在南方起事，一路向北打过了长江。李家大哥当年才十九岁，自己写了标语：“迎接北伐军，打出新天地”，夹在腋下贴到街上，这还了得，几天后就被开除了。李家大哥决定到上海去，带上了李天成。李天成最感动的，是好多人见面就叫他“光蛋”，而大哥总是郑重地喊他“天成”。

到了上海，大哥很快就应聘到英国租界当了警察。李大成不识字儿，就在码头上当装卸工。后来，大哥秘密加入了地下组织，李天成随后也成了他的帮手，经常帮忙传递情报。这日，他又到大哥住处联络，却见门口站了几个特务，赶忙躲到一旁，不多久就看到大哥被押了出来。大哥也看到了李天成，仰天大吼一声，回家！特务四下寻找嫌疑人，李天成粗布土脸，并没有引起注意。他看着大哥远去的背影，当天立马买了车票，逃回大李庄。

李天成不知道，大哥先是被押进老虎桥监狱，后又被带到苏州，严刑拷打但并没有吐出秘密。这边的亲戚们，连番到上海托关系，找门子，找到某位滕县籍的青帮大佬，才想方设法帮大哥免了死罪，但判了十年徒刑。一直到抗战全面爆发，两党合作抗日，大哥才被释放回来。李天成去官桥车站迎接大哥，七八年未见，大哥已经不是那个文雅青年，瘦得几乎脱了相，面无血色，说话气短，走起路来一阵风就能把他吹倒。他对李天成说，此次是回来养病，先不要告诉外人。但李天成注意到，大哥回家住了几天，就戴上个破斗笠，四处游走。后来，他告诉李天成，他要发动群众，成立抗日武装，先从李姓本家开始，信得过，然后，再逐步联络亲戚朋友，发展更多抗日力量。

大哥的任务是配班子，他在李家有很高的威信，回来后，本家的兄弟们都愿意围着他，而且都钦佩他不光识文断字，还有一身胆量，蹲了那么多年大牢，但仍然平和坚定，丁点儿没有受过大难后的萎靡模样。他就是英雄好汉，他的话，大家都信。这当口儿，滕县保卫战尚未爆发，以大哥为首，集合了一帮青壮，在东边的堌堆村召开大会。周边村里的到了近千人，李大哥登台演讲，号召有血性的汉子拿起枪来，保卫家乡，其中就有洪大海等人。会上，成立了鲁南抗日义勇队，队伍操练了不久，滕县保卫战打响，李大哥他们组织担架队、运粮队支援，后又在岗子山阻击日军。滕县被日军占领，根据上级命令，李大哥带领这支队伍转移到了兰陵县，那里有抗日根据地，而李天成则留在大李庄，组织武装和敌人周旋。很快，李天成他们组织了十几个人，李贵武担任组长，但是，没有枪。

李天成进了树林，刚在一座石碑前坐下，就听到外面咳了两声。他知道，李贵武来了，他也咳了一声回应。一会儿，外面又有人轻咳了两下，这边又有回应，李颖也来了，她小声说，在这里开会，把人吓煞啦。李贵武说，小姑，这林地里埋的都是咱们老祖，还能钻出来把你吃了？李颖冲着李贵武说，你个坏种，还吓唬俺！

李天成说，好，咱开会，就一个事儿，咱有了十几个人了，可是还没有武器，怎么办？从敌人那里搞，可怎么搞？赤手空拳去抢不可能，就是瞅准了，夺了一杆两杆枪，要形成战力也得到猴年马月，弄不好，抢枪，就会牺牲咱们的人。大家都在动脑想，李贵武说，咱去趟山里，找大哥帮忙解决。李天成说，那边也很困难，也是缺枪缺子弹，听说有的人干脆握着铁锨粪耙子上战场。李颖说，去了，你大哥不熊你才怪哩。

李天成说，手里没刀杀不了人，我思来想去，还得找李景月，去杨庄。

李贵武说，李景月那大院子守得跟铁桶一样，凡是大李庄的人，他一概不见，门都进不去。

李颖说，你不会不提大李庄？

李贵武说，他又不傻，你可以哄站岗的进去，但见了李景月，他立马就叫勤务兵把你架出去。

李天成说，李景月也是身不由己，他是保安团长，也要保护自己，又不想连累大李庄，老混蛋，当汉奸也累啊……

李颖想了好半天，说，老东西，他怕事儿粘身上。不行，我去会会他，看他敢把我轰出来！

李天成思考了好久，说，这个事儿，怕是非得小姑出面才行，咱们先合计一下，看看怎么才周全。

李颖说，我是他姑，谅他也不敢对我怎么样，成了更好，不成再想别的办法。

李天成说，有了武器，咱们就有了队伍，之前，大哥说过，合适的时候，山里就会派懂军事的人过来。李贵武说，你在上海好几年，不也经过训练？李天成说，那都是在屋子里秘密训练，用的是短枪和匕首，是近距离战斗，和上战场不是一码事儿。

……

两天后，逢杨庄集，李颖换了件干净衣裳，把孩子交给李天成，挽着个篮子出了村，篮子里放了几个萝卜，几扎葱。

杨庄离大李庄也就五里路，李颖个儿小但脚快，利落地到了集上。她没有在人群里磨叽，直奔李景月的兵营。

兵营设在一处老宅院里，李颖记得，这里以前是天官庙，五间大殿，台基上立着四根石柱子，柱子上还雕着龙。小时候，她跟着娘来赶过庙会，烧过香。如今，房子都旧了，瓦顶上长着枯草，两边厢房都住着兵，后面还有一个大院，也住着兵。她看到，围墙全都加高了，还拉上了铁丝网。大门口，立着一个岗楼子，里面有人守着。李颖走过去，站岗的出门拦住她问，干什么的？李颖说，找你们团长。

站岗的说，团长不在，到滕县去了。李颖问，什么时候回来？站岗的说，回来也得下午。李颖想了想，反正已经来了，那就等着吧。

李颖转身又到了集市上，转悠了半天，看看天晌了，肚子有些饿。可她舍不得买东西吃，就在外面的树下坐着，最后实在是饿了，拿出一个小点儿的萝卜，用手擦了擦就啃了起来，一直等到日头偏西，才起身又去了兵营。

站岗的已经换了人。他问李颖，哪儿的人，干什么的？李颖说，大李庄。站岗的说，团长有令，大李庄的一律不准进。李颖细眉一竖，骂开了，你们团长是个王八蛋，别人不见，我他敢不见？站岗的见来人开口骂团长，就问李颖是谁。李颖说，告诉他，我跟他是一家子，有急事儿找他，家里的急事儿。站岗的还问什么事儿，李颖火了，什么事儿还得跟你说啊！有人病了，借钱，快去！站岗的回头往院子里看看，叫过来一个人说，快去报告团长，他家里人来了。那个人应了一声，立即到后边通报去了。

很快，那个人回来，大声说，团长不见！

站岗的还没说话，李颖就破口大骂了，王八蛋玩意儿，不长人肠子！边骂边向院子里冲。站岗的也不敢拦，只是喊着，回来，回来！李颖哪管这一套，气咻咻地往里走。里边传信儿的那个人一看她这样，也不敢得罪，只得紧张地跟在她后面。李颖站住，转身脆生生喝道，你跟着干什么？滚一边儿去！这个人竟真被喝住了，在原地愣了一会儿，又赶紧不远不近地跟着。李颖转过大殿，见李景月站在门口。

李颖几步跨上前，瞪着李景月，不阴不阳地说，李大团长，架子真大啊。

李景月点头一笑，还是小姑厉害，都敢闯大营了！李颖呸了一口，说，甭拿大营吓唬我，大营也是咱李家的！

李景月，是李家大哥的堂兄，此前是国民党军滕县保安团的，在滕县外围打了几天，国民党军后撤，但他接到命令时，退路完全被鬼子切断，且弹药耗尽，没有粮草，百多名伤兵还躺在地上。往东撤，那是八路的地盘儿，他不想去，而且，大李庄还有他的宅子，有百亩好地，他舍不得离开。他想起在报纸上看到过的“曲线救国”，眼下和日本人硬拼怕是不可能了，暂且在虎穴里生存下来，等待时运，也不失为一条道路。他想到了大李庄北面的关帝庙，自己从小就在那里玩耍，关羽当年不也是在曹操手下，却身在曹营心在汉，照样被后世封圣、香火不断，自己就学这关老爷吧！于是，他答应了前来劝降的日军翻译，要求自己的队伍番号、建制都不变，驻扎杨庄，归滕县宪兵队管。

可是，他当然和堂弟有感情。堂弟传来信儿，为了抗日，他要拉队伍，需要李景月支持。李景月思考了几天，便默许了一群人从大李庄来当伪军。某天晚上，他们哗变，带走了六十多杆枪，随堂弟去了兰陵，其中还有他的大儿子，听说如今已在那边当了连长。李景月想，父子不同路也好，两边都有人，往后时局有变，也能有个照应。

李景月把李颖让进堂屋，今天他没穿军装，一身酱色缎子衣裤，布鞋，正泡着一壶福建大红袍，滋润地喝着。李颖一看，这里一点儿也不像团长的兵营，堂屋正厅挂着画轴，画着松树，树下站着一个拄着拐棍儿的老寿星，光头，拐棍儿把上系着个葫芦，旁边立一童子，画两旁有楹联，但李颖看不懂。条儿上放着一对青花瓷瓶，旁边放着把匣子枪，还有个望远镜。

李景月招呼近前的勤务兵说，我家里的事儿，用你我就喊。勤务兵知趣地退出去了。

李景月请李颖坐下说，小姑，喝茶。接着亲自给她倒了碗茶水。李颖接过茶碗，咕咚一下喝了，看着李景月说，还好，还知道自己姓李，给小姑面子。

李景月四十多岁，脸白净微胖，嘴上两撇猹猁胡子，像个教书先生。李颖说，穆石的你俩兄弟让人杀了，你知道吧？李景月呷了一口茶，然后叹了口气，知道又有什么办法，还能去跟日本人拼命？李颖把茶碗一撂，严肃地看着李景月说，是啊，他们应该学你，手里有枪，手底下有兵，靠着日本人过好日子……说着，李颖突然就笑了，她就是有这个本事，生气了，两眼一瞪脸一板，目光凌厉，但她还能把尺度拿捏得刚刚好，不会跟人闹僵。这突然的灿烂一笑，笑容又很动人。

李景月说，小姑哩，可别刺挠我了，我这也是身处乱世没有办法；我跟着日本人不假，可我有底线，我不乱杀人，不祸害乡亲们，碰上事儿是能躲就躲，能应付就应付，总还得在自家地头上混吧？

李颖轻哼一声，说得好听，可比起来，你就是骨头软，老侄儿，当心让家里人戳你脊梁骨！李景月说，大路朝天，各走一边，我做到问心无愧就行了，古人曰，知我罪我，其惟春秋。李颖可听不懂这些，说，你是不打算讲家里兄弟情分啦？李景月说，小姑，有些事儿你未必知道。

李颖说，我这次来，就是求你……李景月问什么事，李颖说，他们，缺这个……说完抬起右手，伸出食指竖起拇指，比画了个枪的样子。

李景月脸猛地一虎，小姑，你个女人家，可别掺和这个，喝了这碗茶，回去吧！

李颖把手往茶几上一放，细眉竖起，轻声又坚定地说，我要是不回去呢？

李景月说，你不怕我现在就把你抓起来？

李颖冷笑一声，站了起来，双手叉腰说，我要是怕就不会来你这儿了，我今天就是来让你拿了我的头，去日本人那里领赏的！李颖说完，两手并拢伸到李景月面前，头轻轻一摆，微笑着瞪着李景月。李景月不看她，伸手抓过匣子枪，突然就目露凶光，他把枪朝李颖亮了亮，狠狠地说，我叫你小姑，可它不叫你小姑！

李颖说，李景月，开枪吧！

二人四目相对，互不相让，就这样僵持着。忽然李景月收回枪，表情温和起来。他看看门外，说，小姑啊，坐下坐下，我试试你的胆，是咱老李家的人。

李颖白了他一眼，坐下骂道，老狐狸，小姑骨头比你硬。李景月慢慢地在堂屋里踱着步子，一会儿说，小姑啊，这里离咱家太近了，你说万一走漏了风声……你让我想想办法，让我想想……也不能给你太多……踱了半天，李景月凑到李颖耳边，轻声说，这样吧，你们……

最后，李景月说，小姑，你往后别来我这儿，危险，有些事儿你也别出头露面的，咱李家那么多大老爷们，你自己带个孩子，多不容易……李颖没说话。李景月从里屋拎出来一包点心，上面还贴着红纸，递给李颖说，带给孩子吃。李颖说，别假惺惺的，我不要。李景月说，这是我给小表弟的，你还信不过我吗？答应你的事儿，我一定办，但小姑，话可说好了，就这一回！李颖点点头。

李颖接过点心，出了兵营，回到大李庄，她就去找李天成。

五天后，正是月黑地儿，李景月召集了两个班的人手，亲自对排长说，接到情报，曹王坟有三个八路活动，你带人悄悄摸过去，要在人睡下后动手，抓活的，抓不着活的就毙了，快去快回。排长问，八路具体住哪家？李景月恼了，还得我教你？曹王坟就一条胡同十多户人家，你们把两头封住，还怕抓不住人？

排长赶紧带上人，快步往东北方向的曹王坟赶。天很黑，但是路还是看得清楚。伪军们走得很急，走到曹王坟村前，这里有段儿路，两边是土崖，路就在土崖中间。排长见状，生怕中了埋伏，赶紧小声命令说，快，跑过去！伪军们刚跑到土崖间，突然崖上有人大喊，站住！哪个部分的？排长带人迅速隐蔽，回话道，杨庄保安团！崖上人喊，你们被包围了！排长大喊，你们是哪个部分的？崖上人不回他，而是命令道，一排手榴弹准备，二排三排，做好冲锋！

伪军们知道是中了八路的埋伏，慌了。崖上人又喝道，中国人不打中国人，你们放下武器，缴枪投降，不要做无谓的抵抗，机枪已经瞄着你们了！

一个、两个，大部分伪军都把枪放在地上，有个伪军端着枪朝崖上来回寻着，崖上的人说，别瞄了，看着你了，狙击手准备！伪军们一个个更不敢动了。接着，崖上人威严地说，别找死，放下枪！从哪儿来回哪儿去！这年头，命最值钱！

排长立即命令把枪都放下，然后朝四周看看，领着一伙人往回跑了。

回来以后，李景月勃然大怒，立马叫人把排长绑了，抽了一顿鞭子，但最后又给他松了绑说，枪没了，人回来了，人回来就好。说完还给了他两块银圆，说是给钱买药，赏罚分明。

枪的问题解决了，还弄到一挺机枪。到了晚上，林地里，李天成教大家持枪、卧倒，在十几米外点上香，对着香火头练习瞄准。练习完了，就把枪都收起来，藏进一座假坟里。李天成告诉队员们，先沉住气训练，什么时候开始行动，要听上级命令。

就这样训练了二十多天后，李天成要去官桥，再去微山湖。临走时他告诉李贵武，停止一切活动。

李天成走后，李贵武几天晚上不活动，可五天后，他想活动了。这天晌午，李贵武想他的机枪，竟一个人溜进林子，瞅瞅四下无人，就移开假坟的机关，猫进去把那挺机枪拿出来，在坟包后摆弄。机枪已经老旧，木头枪托上的漆都快磨没了，但是枪栓一拉还是挺滑溜。他想，今天出去遛遛，想罢，就抓着机枪从林子东边钻出来，小跑着进了河道。河边长着一小片一小片的林子，从这里走，不容易被人看见。李贵武沿着河道向北，然后又到了薛河边，沿着薛河向西走，大约走了十几里，瞅瞅路上没个人，就又跳进一条小河沟，走了一会儿，见有一条大路，他便在一旁的小树林里埋伏下，心想，如果碰上鬼子伪军，就先撂倒几个，再弄他几杆枪。

李贵武等了半天，也没见着有敌人来。他想起来了，鬼子驻扎在官桥，离这里远，再到近点儿的郭庄那边去看看吧，郭庄大，有集市，说不定能碰上。想罢，他从小河沟又回到薛河边儿上，向郭庄那边走去。

不一会儿，李贵武到了郭庄西，这里有条路通往官桥，他就在路边守着。他看到路旁不远处有五六座大坟包，还有几棵大柳树，左右看了看，他弯下腰一溜儿小跑，就进了那片坟地里。李贵武把机枪支好，专心等着路上来人。这时李贵武并不知道，郭庄还真就来了敌人，五六个伪军跟着陈二雄麾下的伪军小队长李宝昌，从官桥过来，正在这里考察，准备在郭庄建据点。

李贵武等了好半天，路上人来人去，可就是没见着敌人。他觉得无聊了，就用机枪找目标瞄准，看到路旁的大杨树上一个疤，就对着那个疤瞄起来。春阳晒到他的背上，瞄着瞄着，身上就开始冒汗，人也有些困懒。昨天夜里，他来了兴头，和老婆在炕上滚了半夜，他力如蛮牛，老婆腚大腰圆，两个回合后才睡下。李贵武美滋滋地打了个哈欠，想起来了老人常说的一句话：看是蜜罐子，其实是盐坛子。他大嘴一咧，娘的，睡一会儿，就倚靠在坟包上，抱着机枪睡了起来。很快，他那个呼噜，越打越响，就像从山上滚下来的石头一样。

殊不知，李宝昌这时带着人正从郭庄往回走。李宝昌骑着匹瘦马，五六个伪军背枪跟在后面。一走到这里，耳朵尖的李宝昌就听到了呼噜声，他在马上看到了坟包后面躲着个人，立即停下马，命令后面的伪军过去看看。两个伪军端着枪，跳下路就往坟地里走。最前头的小个子伪军走得快，接近坟包的时候，悄悄一看躺着个大汉，怀里还抱着挺机枪，立马吓得大喊，是八路！另一个伪军赶紧握枪趴下。李宝昌下了马，和伪军往这边冲过来。李贵武一下子惊醒了，一个咕噜翻身，架好机枪，瞄准敌人就勾扳机。可是一勾不响，再一勾，还不响。伪军朝着他噼噼啪啪地打枪。李贵武火了，随手抓起块石头，嘴里骂着，日你姥娘！狠狠砸在枪托子上，可是这么一砸，再勾机子，子弹就啪啪啪打了出去，最前头的两个伪军就中枪不动了。李宝昌一看对面有机枪，赶忙扑倒在地，连滚带爬地往回跑，骑上马两腿一夹就窜了，几个伪军跟在他后面狂奔。李贵武站起来，端起机枪再勾机子，却发现没子弹了。他见伪军跑远了，过去捡起尸体旁的两杆枪，一溜小跑地回了大李庄……

李天成回来了，晚上又召集在林地里练习。李贵武喜滋滋地说，天成，我又搞到了两支枪。

李天成惊奇地问，在哪里搞到的？李贵武把事情告诉了李天成，没想到李天成不再说话，一晚上都没说话，直到训练结束，把枪收好，他才同李贵武说，到我家去，我有话要说。接着又跟一个年轻人说，你去找小姑，让她也到我家一趟。

李贵武觉得事儿不好，乖乖地随着李天成到了他家小院。李天成开了门，点上油灯。很快，李颖也来了。李颖接过油灯，三个人进了暗道，灯挂在了墙上，三人落座。

李天成严厉地问道，李贵武，谁让你擅自行动的？李贵武梗着脖子说，我啊，我让我行动的。李天成声音大了，你有什么权力自作主张？李贵武说，我是组长，我自己还做不了自己的主？我不是想试试枪嘛！李天成说，你是组长，可任何人行动都要听从上级命令，你后面还有十几个人，如果都跟你这样，还能成支队伍吗？

李贵武嘴硬说，我这不还夺了两支枪嘛！李天成说，重要的不是两支枪，重要的是以后打仗，取得胜利，这要靠大家团结，攥成一个拳头，你一个人出去，捅了娄子怎么办？李贵武说，这不是没捅娄子吗？我是个大活人，又不是傻瓜。李天成说，李贵武，你现在的身份不是我堂弟，你是抗日队伍的组长，你不是草莽，不是土匪，不能想干什么干什么，做事情要通盘考虑，咱要战胜敌人，得需要严格的纪律！

李贵武还不服气，李颖开骂了，李贵武，你个二愣子！你是弄了两杆枪，你这是瞎猫碰上个死耗子，要是郭庄的鬼子伪军人多，你小命就报销了！天成熊你，你还蛤蟆头包包子——嘴硬，天成是你领导，你要认错，要知错，要改正！

李贵武垂下头。李天成说，必须检讨，要是这样，你这个组长不能干了！

李贵武一听要撤销他的职务，额头上冒汗了，半天才抬起脸，大耳朵左右摇摇，脖子都红了，吭吭了几下。李天成还是面色严肃，这事儿，还要告诉大哥。

李贵武害怕了，结结巴巴地说，天成，不能让大哥知道，我改，我一定改！看在咱兄弟的份儿上，可不能撤了我这个组长，这官儿刚当上几天就……

李颖乜了李贵武一眼，看他那个狼狈的样子，又气又想笑。她咬咬牙没笑出声来，说，咱李家老林又冒青烟了，大官儿还没出，倒出了个官儿迷。

李天成想了半天说，组长你暂时可以继续当，处分给你留着！

李贵武抬头问，处分，处分是什么？

李颖扑哧笑了，笨驴，处分，就是打你四十大板！

李天成摸出烟袋、烟包子，一看烟包子瘪了。李贵武赶紧把自己的烟包子送上，完了，自己也点上烟。

抽了一口烟，李贵武突然想起了什么，两眼一瞪骂道，李景月这个老鬼头，给咱的机枪是破烂货！

李天成马上更正，胡说，是咱缴获的！

李贵武连忙点头，对对，缴获的，缴获的。

7

张西奇放下饭碗，漫不经心地走出门，身后，他爹、他娘、一个姐姐还在吸溜吸溜地喝着糊糊。他站在门口抬头看看天，伸了个大懒腰，然后回到自己住的东厢房。

这是个不大的四合院，大门进来，堂屋三间，东西各有两间厢房，石头墙到顶，上面盖了山草。从堂屋东边一个夹道，后面又有三间草屋，放了些杂物。虽然说不上气派，但这在西茉山，就算是富足了。祖上留下来三十亩山地，后山还有一片树林，让张家衣食无忧。

张家三代单传，到了张西奇这代，他爹先是连得了三个闺女，老汉四十五岁，才有了张西奇，蝈蝈腚上一根毛，当然是个宝贝疙瘩。张西奇从小衣来伸手，饭来张口，碗里有块肉，三个姐姐都不敢伸筷子，他爹夹住就送进张西奇嘴里。爹不想让儿子也守着这几块地，想让他念书，以后好去县城谋个差事，便专门请了个私塾先生。张西奇果然聪明，先生讲的他记住了，先生没讲的他也知道个八九。可不知为什么，念了三年他就开始厌学，就喜欢拎着杆土枪上山转悠。坐下吃饭时，爹就数落他，张西奇眼皮一耷拉，根本不往心里去，饭吃完把碗一推，扬长而去。爹对先生伤心地说，斜了，树长了斜杈了，成不了大器了！先生也就走了。等张西奇长到十五六岁，个子蹿起来了，更不服老爹管了。爹一数落他，照例又是眼皮一耷拉，可是偶尔一睁眼，目光里就透着股寒气。爹对他娘说，儿大不由爷了，今年十八了，也不知道以后出产个什么东西！

张西奇往炕上一歪，倚在被子上，抓过一本破书随便翻起来。不多久，门外响起脚步声，张守义来了。张西奇大张守义一岁，但论辈分，张西奇却还得叫他叔，两个人从小一块儿长大，形影不离，啥事儿张守义都听张西奇的。张守义个头和张西奇差不多，但脾气平和，进门见张西奇竟然在看书，笑着问，用功了哇？

张西奇只管看书，也不理他。突然，张西奇把书往旁边一扔说，这鬼子来咱这好几个月了，到处“扫荡”，可咱还没见着活的哩！张守义说，有人看见过，说个头都很矮，大概也就到咱胸口吧，可是走起路来，两条小短腿儿飞快。张西奇来了兴致，一个打挺坐起来，问张守义，你说这鬼子为什么都那么矮呢？张守义想了想说，谁知道，一方水土一方人，日本就生矮子呗。张西奇牙一呲，笑了，肯定他们爹的那玩意儿小，要么短，要么细，俩蛋子就跟花生米那么大。两个人说着下流话，全都开心地笑了起来，想了想，又笑。笑完了，张西奇说，不行，明天咱俩看看去，这鬼子到底什么样。张守义说，行，咱俩明天去临城。张西奇说，去官桥吧，我二舅家在那，中午上他家吃饭。

就这么定了。次日早饭后，张西奇对娘说，和俺小叔出去趟，下午回来。

西茱山是一个靠山村，村西平地一道几里长的山冈，对面叫鸡腚眼子山，名不好听，但看上去，真像只大公鸡朝东撅着腚；西边一块石头像鸡头，鸡头上生出些树木，真像是头顶的冠子。出了村前往东走，就进了山谷，叫凤峪。进了凤峪，都是悬崖沟壑，再往前，便是乱山成片了。张西奇看看四面山说，老子倒想鬼子过来，咱们占山为王，和他们拶！张守义说，拶，拶他个熊！

因为就是玩耍，两个人走得不紧不慢。到了官桥地界，天就晌了。张西奇说，算了，不上二舅家了，什么都没带，咱喝羊汤去。两个人就往南边的官桥街走。官桥又平又长地跨在薛河上，河水清澈，两岸成排的大柳树全都绿了，密集的柳条垂在水面上，河面上还有几只鸭子和白鹅浮游。桥北头两边，都是饭馆、茶馆和酒楼，高高低低地挑着招揽顾客的布帘儿，下面有小商小贩摆着摊子，不时地有人高声叫卖。两个人继续往里走，卖菜的，卖杂货的，卖鱼的，卖猪肉、牛肉、羊肉的，一条牛腿、半边羊排，血红地挂在铁钩子上。有人买肉，屠夫站在桌子后面，手握油亮锋利的短刀，一下插进肉里，瞬间就切割下来。不远处是卖熟食和牲畜下货的，猪头肉、猪耳朵、猪大肠，狗肉盆子，羊肝、羊肺。张西奇他俩咽了几口唾沫，就看到前面搭起的草棚下，大锅冒着白茫茫的热气，有人喊着，羊汤，羊汤，刚出炉的大烧饼——

草棚下的长桌上坐了好几个人，喝汤啃饼。张守义过去挑了个座位，张西奇要了两大碗羊汤，又要了六个烧饼，付了钱。他刚在张守义对面坐下，一个小孩儿就把烧饼送了过来。两个人先是干啃了几口饼，转眼，两大碗热腾腾的羊汤也端上来了。张西奇往碗里加了醋和胡椒粉，又挖了一大勺子羊油辣椒搅和进汤里，汤立即就血红血红的。张守义只弄了一点儿，他说，太辣，吃了上火。

很快，两个人连吃带喝，满脸通红，头上冒汗。张西奇歪头大喊，掌柜的，给加点汤！守锅的老汉应了一声，用舀子盛了羊汤，过来给他们加上。张西奇又加了些佐料。

他们快要吃完了，这会儿客人少，老汉过来，拾掇桌子上的空碗筷。张西奇问，大爷，鬼子驻哪儿？老汉一看这俩小年轻的，小声说，可了不得小伙子，不能这么说，得叫皇军。然后四下瞅瞅，接着说，这里到处都有汉奸，让他们听见，要抓走杀头的。张西奇却不在乎地说，驻在哪儿，我还没见过鬼子哩。老汉说，可别狂言诈语的，吃完了，你俩快走吧。张守义又小声问，大爷，皇军驻哪里？老汉小声说，还用打听？官桥车站那边有营房，门口挑着杆旗。

二人从草棚里出来，往车站方向走。不多会儿就来了鬼子兵营前，看见木头围成的高墙。两座炮楼，挂着膏药旗，可以看到有鬼子站在上面。远远地看去，站岗的果然都是矮人。大门口有哨岗，里面还有一道门，也有哨岗。张西奇二人坐在墙根的阴凉地里歇着。张西奇说，是不高哩。张守义想起了他们说的笑话，伸出小拇指，两人又嘿嘿笑起来。

张西奇觉得无聊，索性多在这里歇一会儿。他随手从墙根折了根狗尾巴草，在牙齿间咬着，咬下一截，呸地吐出来，然后又咬一截，又吐出来。突然，张守义说，来了。两个人看到，大门里走出两个鬼子，一个头戴军帽，白衬衣扎进军裤里，腰上别着枪，黑皮靴黑亮黑亮还反着光，是个军官；另一个鬼子士兵全身军装，背着枪跟在后面。果然都矮，尤其那个士兵，头大，挺胸，两条腿下面打着绑腿，简直就像一只立起的蛤蟆，张西奇看着就想笑。可是，两个鬼子向他们这边走过来。张西奇他们不知道，这个军官就是田文西村，他要到伪军兵营找陈二雄，出门一摸口袋，忘了带烟，便向这边的小货店走来。

鬼子当然看到两个年轻人坐在这里，尤其那个鬼子兵，老远就往这边盯着。越走越近了，那个鬼子恶狠狠地看着张西奇他们。军官没在意这两个年轻人，抬头看看天，又看看四周，脸上微笑着，好像还哼着小曲儿。他径直去了小货店，但是那个鬼子兵朝张西奇他们走过来。两人站起身，张守义立即向鬼子鞠了个躬，张西奇却站在原地没动。突然，那个鬼子一手抓枪，猛地跳起来，右手啪地打在张西奇脸上。张西奇没有防备，一个趔趄就倒在了地上。他一下子爬起来，鬼子依然凶狠地瞪着他，田文回来，笑眯眯地看着张西奇说，三宾（耳光）的给，要西要西！说完两人转身就走。张西奇就要从后面扑上去，被张守义死死拽住。张西奇的左腮帮子上四个指头印子，立时肿了起来，血从嘴角慢慢流出来。他呸地吐了一口，地上的唾沫全是血，额头还蹭去一块皮，周边乌青。

张西奇一句话不说，掉头就走。张守义紧随其后，可张西奇越走越快，头低着，是怕人看见。

两个人出了官桥，走在回去的路上，四下无人了，张西奇才昂起头，气势汹汹，像孤狼一样。张守义也不说话，就这样两人闷不作声地上了大路，又拐上小路。太阳偏西的时候，到了西茓山村外。张西奇站住了，转过身盯着张守义。张守义问，好些了？话还没落下，张西奇嘭的一拳打在了他的胸膛上，一下子把他打了个四仰八叉。张守义还没反应过来，张西奇上前抓住他的领子，把他拉起来，接着又是一拳。张守义火了，张西奇，你为什么打人？！张西奇说，老子打的就是你！张守义吼道，你挨鬼子揍，凭什么拿我出气？张西奇怒喝道，你为什么给鬼子鞠躬？！张守义说，好汉不吃眼前亏！张西奇冷笑一下，鄙视地看着他，好汉，你他妈的就是个软骨头，鼻涕虫！今天你给鬼子鞠躬，明天你就能当鬼子的狗！张守义说，放屁！狗日的才当狗！

张西奇坐下来，呼哧呼哧喘着粗气，脸歪向一边，不看张守义。张守义也坐下，脸扭向另外一边。坐了一会儿，天要黑了，两个人也消了些气。张守义回过头，没好气地说，回家吧。张西奇气还没下去，冲着张守义说，我这个样子，怎么进庄？张守义说，那你先别回家，上我家吃饭去，就说和人打架了。张西奇想了想，这才站起来，借着黑影儿往村里走。张西奇走着走着，自言自语地说，老子让鬼子揍了，俺爹都没动过我一手指头……老子让小鬼子揍了，娘的，俺爹都没揍过我……打人不打脸，王八蛋打了老子的脸，结下仇了……结下仇了！

从这以后，张守义仍然来找张西奇，发现张西奇时常不爱说话，两眼经常瞪着，寒光凛凛。

十来天后，张西奇的脸好了。这天，他对张守义说，我想好了，从今往后，老子要跟鬼子对命了，你要愿意，咱一块儿干，你要不愿意，也不强求；不用你回答，但是，从明天开始，你就甭来了！

张守义看看张西奇，低头出了门，走了。

可是，第二天上午，张守义又来了，他对张西奇说，一块儿干，你打到哪里，我就跟到哪里！

张西奇说，好！咱们得先弄几支枪。张守义问，去哪儿弄？张西奇好像心里已经有了谱儿，他说，从鬼子手里夺！

张守义问，怎么夺？张西奇说，听我的。

又过了一天，天气很好。张西奇和张守义出了村，说是去官桥赶集。张守义空着手，张西奇背了个筐子，里面放了几捆韭菜。

张守义心里犯嘀咕，这靠什么夺枪啊。张西奇看出来了，看着他说，到了别慌，听我的。

闲话不说，两个人头晌就到了官桥，先在官桥南边看了一番，快到晌午了，两人各自吃了一个烧饼，张西奇又留了一个。他们来到鬼子的兵营前观察动静，却发现，兵营里不时有人进进出出，有人挑着豆腐到了门口，岗亭的哨兵检查后，把他放了进去。又过了一会儿，一个伙夫模样的人推着一小车菜，他当然和鬼子熟悉，对着岗哨点点头，也进了大门。两个人躲在小巷子里，张西奇说，夺了枪后，咱往西边跑，从宋岗村穿过去，再进树林子。完了，他又说，咱们两个过去，我到里边的门口，你看见我把这个烧饼一摔，你就抱住外面那个鬼子，我回来把他干掉，夺下枪就跑，贴着墙，钻小巷。

渐渐地，兵营里外没有人了，快到了开饭的时候，两个人分开，张西奇背着筐子在前，张守义不看他，拉开距离往一边迂回。张西奇拿着烧饼吃着，走到鬼子岗亭前。鬼子走出来，看看他的篮子，只有几捆韭菜，又搜了搜他的全身，以为是给厨房送东西的，就让他进去。

张西奇又咬了一口饼，不慌不忙，走到第二道门前。站岗的鬼子看外岗已经搜查了，也就站在原地没动。张西奇向他一点头，从其身边走过，就在跨出一步的刹那，他把手里的饼一摔，从后面一下搂住鬼子的腰，右手已经从韭菜捆里抽出一个刀片，一下划过鬼子的喉咙，鬼子滑倒在地上不动了。张西奇抓起步枪就往外跑，这时，张守义已经抱住了外岗的鬼子，可是那个鬼子力气很大，拼命要把张守义甩开，张守义死死抱住他，可也腾不出手来。鬼子哇哇大叫，里面的人已经听到了，张西奇蹿上来，抡起枪托猛地砸向鬼子的脑袋，鬼子倒下了，可也压住了背着的枪。里面开枪了，张西奇大喊，快，贴墙跑！两个人就钻进小巷子，后面一群鬼子追出来，啪啪地开枪。

张西奇他们折进了一条小巷，鬼子也追进了小巷，两个人三拐两拐，居然被追到大街上来了。张西奇一看人多，举枪就朝天上放，砰砰两声，并大喊，八路来了！人群立马就乱了。两人趁乱又钻进了一个小巷子，大约又跑了有三四百米远，迎面撞见了三个伪军。伪军大喊着，站住，抓活的！

张西奇他们退进小巷，冲出了官桥，直奔宋岗村。快要到村外了，看到前面有个中年人，道士模样，头发绾在头顶上，窝成一个发髻，身着道袍，下穿白色云袜，布鞋，背着个褡子。听见后面来了人，他仍然头也不回地往前走，就在张西奇他们跑过他身边的时候，道士说，快进村，村西有条大沟，过了沟往南跑！张西奇见鬼子伪军又追上来了，话也没来得及说就冲进村中，西边果然有一条干沟，然后往南，又发现干沟转了个弯儿拐向了东边，这便甩开了敌人。

两个人当然不敢在大路上走，见河走河，见林钻林，快跑到东边山根了，这才喘了口气进到山里。

到了西茌山，天已经全黑了，两个人悄悄地绕道村东，张守义在前面探路，张西奇提着枪依然贴着墙，小心翼翼，总算是回了家门。张守义小声问，藏哪儿？张西奇说，去，搬个凳子。张守义悄声从西厢房搬来个凳子，张西奇踩在上面，把院墙上压的瓦片掀开，上面已经有他挖出来的一道长槽，正好把步枪放进去，又盖上瓦。张守义说，亏你想得出！

……

过了几天，看看没事儿，张守义又来到张西奇的小屋里。张西奇说，不行啊，这才一杆枪，成不了事儿。咱两个人，还得弄一支，我想弄个短的，那玩意儿用起来才方便。

张守义说，不好弄，短枪全是当官的用，出门有人跟着，不好靠近。

忽然，张守义眼睛一亮，对了，沙河王大鼻子刚买了一把匣子枪，听说还是德国造，镜面匣子。

张西奇问，你怎么知道的？张守义说，沙河的杨德四告诉我的，他是我三姨的邻居，和我从小就认识，他说，王大鼻子现在是保长，他儿在官桥当了伪军。张西奇又问，杨德四怎么知道的，他看见那把枪了？张守义说，王大鼻子拿着那把枪在大街上亮出来显摆，杨德四就在旁边。沉了沉，张守义又说，王大鼻子有家丁看家护院，不好进去。张西奇瞪了下眼，说，是真的就行，想办法，只要老子想办的事儿，非办成不可，鬼子咱都不怕，几个家丁算个熊。张守义想了想说，咱们晚上进去，不过王大鼻子有三个老婆，谁知道他晚上搁哪个屋里睡。张西奇说，那更得白天去。张守义说，白天咱从大门进，家丁肯定拦住盘问，再进去报告，王大鼻子觉得来路不明，就会防备，往枪里顶上子弹，弄不好咱就围在里面了。

张西奇默不作声。张守义说，非要他那把？要不再想想别的？张西奇说，他那把好，镜面匣子，想想我手就痒痒……不行，就搞他，咱白天翻墙进去，见机行事。张守义说，咱得合计好，可不能出了岔子。张西奇说，怵头怵脑办不成大事儿，咱怕过谁？

沙河那地方，他们两个人都熟。庄东边是一片平野，然后从南到北连绵的山岗，共五个山头，山下有条河，就叫沙河，从庄前流过。河是季节河，除了夏秋，河道都是干的，河道两边是树林。王大鼻子有几百亩好田，大儿子在济南普利门做生意，小儿子又在官桥跟了日本人，更加有钱有势了。王家院子在东边，十几间瓦房，围墙很高，光亮的大门，门楼子差不多半间屋顶大，下面还挂着两个红灯笼。王大鼻子家大业大，养了十几个家丁。自从他有了那支匣子枪，时不时在家丁的簇拥下，到大街上显摆，还去山下练枪。王大鼻子背枪不是斜着背，而是挂在胸前，尤其当着庄里人，他迈着四方步，右手放在胸下，手掌按在木质的枪盒子上，四个指头不时轻轻拍动——他的鼻子的确大，就像磨盘把子竖在脸中间，不太大的嘴巴几乎被鼻子的阴影完全遮住，开口就露出两个大板牙。

想好了，张西奇和张守义化了装。张西奇有身春秋天的好衣裳，是娘花大钱给他做的，蓝黑缎子的衣裤，还有一顶礼帽。张西奇换上，张守义扮成随从，两个人就溜出了西苿山。他们到了沙河，沿着河边去了庄东边，像是走亲戚的样子。庄子很安静，人们都下地了，大都闭门锁户。

两人来到王大鼻子家院后面，看看，围墙很高，没有梯子根本上不去。他们又往外看了看，只有五家草房子，有三户门锁着，还有两家，走近了瞄瞄，都有个老嬷嬷坐在屋里。一条小狗汪汪叫了两声，就胆怯地缩回去了。

说时迟，那时快，张守义蹲下来，张西奇踩到他的双肩上，接着张守义猛地往上一送，张西奇借势一抻，两只手就扳住了墙头，然后张守义托住张西奇双脚，张西奇紧接着往下一蹬，就翻了过去。张西奇把备好的绳子拴到院子里一棵小树上，往外一甩，张守义看看无人，抓住绳子蹬着墙面，三两下爬上去，又轻轻落地，然后麻利地把绳子收了。

他们后背贴墙，往前头看。两边瓦房，院落三进，中间甬道，两边砌花墙，还有个月亮门朝西。已近晌午，家丁们都在前院里，一切都很安静，偶尔传来那边隐约的说话声。张西奇示意张守义，然后取出一副墨镜戴上，装出闲逛的样子，左右看看，信步前走。见有人从前头的月亮门出来，两个人连忙闪进右边的小院，小院里有棵玉兰树，两个人就站住，抬头装作往树上看。

这时，一个女孩子进了院子，见两个陌生人，站住问，你们是谁？张西奇背着手，笑笑说，我是谁？我是你们家亲戚。女孩儿说，亲戚？我怎么不认识你？张守义说，王家亲戚济南都有，你都认识？这反倒把女孩儿问住了。张西奇反问女孩儿，你是小表妹吧？女孩儿笑了，你认错人了，俺是这里的丫鬟。张西奇说，长得怪俊。女孩儿高兴了。张西奇故意小声问，今会儿老爷在哪位夫人屋里呢？女孩儿说，在二太太屋里，就那个月亮门里面。张西奇又问，二太太在吧，她就是我表姐。女孩儿说，应该在大太太屋里打麻将。张西奇心里一喜。

女孩儿见不是外人，转身就出去了。张守义在后面悄悄地看着，见女孩儿走远了，一招手，两个人像壁虎一样，贴着花墙紧跑出几米，一下闪进月亮门里面，径直向堂屋冲进去。紧接着，张西奇扑向东边卧房，凭着感觉一跃就上了床，一下子骑在王大鼻子身上。王大鼻子穿着睡衣，此刻正靠在床上抽大烟，还没反应过来，张西奇就一手掐住他的脖子，一手伸进枕头底下，果然把枪抓了出来。

王大鼻子刚要反抗，张守义紧跟上前，拔出腰间尖刀，低声说，别乱动，刀子不认人。

王大鼻子见两个小伙子对付他，泄气了，说，好汉饶命，要钱我给，千万别伤人。

张西奇说，不要钱，不伤人，就是来借这把枪。

王大鼻子点点头，枪你拿走，好说，好说。

张西奇说，不杀你，不过，你得把我们送出大门，小心，我腰里还有手榴弹。

王大鼻子说，好好，我送，我送。

张西奇又左右仔细看看，防着王大鼻子还有武器。完了，他从床上跳下来，扳开匣子枪的机头，顶上子弹，然后对着王大鼻子，看着他穿上鞋，三个人才出了屋门。

张西奇把枪别在腰上，左手抓着王大鼻子的右手，压低声音警告说，别耍心眼儿，送出去保你没事儿，不然，有人会杀你全家。王大鼻子说，好汉放心，不敢，不敢。

三个人出了二道门，家丁们住在大门里边东西两边的房子里。一个家丁看见王大鼻子，忙喊老爷。王大鼻子脚步放慢了，甚至想要停下。这时，东边屋里出来一个人，看样子是个头目，他一看王大鼻子穿着睡衣，似乎察觉到了什么，警惕地看看两个陌生人，突然问，老爷，这是哪儿的亲戚啊？王大鼻子还没说话，张守义对他说，表弟，来看表哥。头目说，你们几时进来的？我怎么没看见你们进门？张西奇火了，你算哪根葱？我进来的时候，狗都朝我摇尾巴！

王大鼻子朝头目一瞪眼，滚一边儿去，多嘴！

头目挨了骂，又被老爷呵斥，连连点头，退回屋里。

张西奇抓住王大鼻子的手腕，三个人又往前走，可就在跨门槛的时候，王大鼻子突然用力一甩，挣脱出来，一下子躲在左边大门后，大喊，土匪！土匪！家丁们一下子乱了，全都到屋里抓枪。张西奇反手一枪，啪的一声打在刚才那个头目的肚子上，他双手一捂，头朝前栽倒了。接着，两个人撒丫子往前跑，后面的家丁全都跳到了门外。张西奇连连开枪，张守义大喊着，手榴弹！接着用力一扔，一颗手榴弹瞬间腾空。家丁们立马全都趴在地上，看着那个黑乎乎的东西啪嗒落地，在地上咕噜噜乱滚，但许久没有爆炸——这就是个用墨染黑了的鹅卵石。一个家丁瞄准张西奇远去的背影，啪的就是一枪。

张西奇、张守义终于进了村前河道，接着进了树林，跑出去好远，又进了山，这才放慢了步子。这时，张西奇右臂的衣服已经被血浸透了，两个人找了个僻静的地方，张守义从自己裤腰上撕下一溜布，扎住张西奇的胳膊。张西奇倚靠着树，喘息着，面色苍白，疼得头上直冒汗。他咬咬牙说，咱不能回家了，回去就暴露了。

张守义一想，说，找个亲戚家住下，治好了伤再说。

张西奇咬住牙一笑说，挨了一枪，可没白来，手里有家伙了，嘿嘿，有家伙啦。说完，左手把枪拔出来，反正看着，镜面匣子锃明精致，上面还有一层烤蓝，木头枪把上有细密的花纹。张西奇把枪递给张守义，让他也端详端详。张守义摸着枪，张西奇说，咱们先找个地方躲着，天黑了，咱们去大李庄。张守义知道，张西奇的岳父家就是大李庄李家，是从小定的娃娃亲。不过，至今张西奇还没见过媳妇儿是黑的还是白的。

等到天黑，张守义扶着张西奇，快小半夜才到了大李庄。可张西奇根本不知道他岳父家在哪，逢年过节，爹让他去看岳父，张西奇死活不干，全靠着爹和岳父家走动。他只知道媳妇儿比他小九岁，他今年十九，那丫头还是个小孩哩。但张西奇认识李颖，李颖是他媳妇儿的姑，也去过张西奇家几次。李颖曾经告诉过张西奇，她家住在东南庄北头，西墙外有棵大桑树，树枝子伸进了院子里，好找。张西奇这会儿一下子就想起来了。他和张守义转到那里，果然看见一棵树，摘片叶子一看，没错，是桑树。张守义攀住树枝翻进院子，然后轻轻地敲了敲门……

第二天一早，李颖找到了李天成。李天成说，在你那里不行，今天晚上，让他们来这里住下。

张西奇和张守义住进了暗道。张西奇向李天成讲述了他们夺枪的经过，昏黄的灯光里，李天成越听，眼睛越亮。他说，官桥夺枪的，原来也是你们啊！了不起，了不起，天胆！天胆啊，而且有勇有谋，不光官桥惊动了，滕县的鬼子也惊动了。李天成看看张守义，又看看张西奇，好！不愧是李家的女婿！接着，又告诉张西奇他们，打鬼子不能只靠单枪匹马，长了就会被鬼子算计了，要组织起来，成立一支过硬的队伍。最后，李天成说，好好在这里养伤，西茌山你别回去了，我请小姑去说，守义你也别回去了，留下，大家一块儿干。张守义说，那杆长枪还在家藏着哩。李天成说，我派人去取。

……

大半个月后，张西奇的伤好得差不多了。

李天成对两个人说，你们俩，年轻，又有文化。我送你俩去山里，去八路军队伍里训练，李政委就在那里。你们学成了，如果需要，就会把你们派回来，刀不磨不快，你们先去磨磨刀。

某日半夜，张西奇和张守义准备启程。李天成说，你们先到东边十五里外的斑山头，找一个叫香嫂的，她会问你们从哪儿来，你们就回答大李庄；她再问大李庄井口上有多少道沟，你们就回答，有七十二道沟；完了，她会找人带你们进山，记住了吗？两个人回答说，记住了。李天成点点头，从口袋里掏出一个搓细的纸篾子，让张西奇咬开袖口的封边，把纸篾子塞进去，然后说，到了山里，交给李政委，记住，当面交，不能让别人转。张西奇点头道，明白！

趁着夜色，两人悄悄地出了大李庄。

8

进了农历五月，天气越来越热，南风不大，但整天地吹，一拨一拨地，透明而干燥，麦子也越来越黄，也就十天左右，该割麦了，官桥有地的人们都开始动镰刀。

因为换季，邓广贤的成衣铺，零碎活儿也多了起来，他找来大奎说，先去你二叔地里收麦吧，我忙一下铺子，下午再去帮你。大奎说，爹你忙吧，就那么点儿地，我两天就割完了。爷爷看看天，说，响晴天，响晴天，看样子这几天不会有雨，我也去地里帮大奎。娘说，爹你就在家歇着吧，别把老毛病累犯了，还是我去吧。爷爷说，不碍，麦子我割不动了，就帮大奎拢拢麦捆子，你在家里做饭。

前一天晚上，大奎已经把镰刀磨得锋利，他出了门，往演武场那边走去。抬头一看，田野里，望不到边的麦子一片黄，南风阵阵，在麦田上面一阵阵轻掠，麦芒随风摇着，偃伏又起来，发出沙沙沙的微响，远远近近的树，全部深绿了，树冠像举到半空的绿团，在明晃晃的阳光里绿得发黑。人们散在各自的地块里，弯下腰去割麦，又用牛、毛驴或车子，往家运着麦捆子。

远处，有人唱起了“拉魂腔”：

一声哭得麦覆土，
二声哭得麦叶黄，
三声哭得麦熟了，
啊，怀抱着鲜麦回了家乡……

大奎来到二叔的麦地前，站住了，麦子明显比别人家的高出半截，粗壮密集，麦穗粗挺，似乎大风也吹不动它。在地角上的坟，黄土上已经长出不少野草，还有一两株旋花儿，开出苍白的喇叭，大奎看着看着，眼泪就涌出了眼眶。爷爷背过身去，不忍看儿子儿媳埋骨的土堆，只是说，大奎啊，别伤心了，割吧。

大奎走到坟前，放下镰刀，给二叔和婶子磕了个头，就在坟边弯下腰，从这里开始割麦。

大奎强壮了，他右手握着镰刀，插进麦垄，贴着地皮往怀里一拉，麦根就嚓的一下被刀刃切断，然后他把割下的麦子夹在腰腿之间，接着前脚支地移动，继续割，腿间的麦子多了，他用几根麦秸拧了拧，把它们成把捆好，放在身后，又伸出镰刀。嚓、嚓、嚓、嚓，大奎越割越快，镰刀在他的大手里，简直就是喝水一样轻松，可他带着悲伤收割，带着仇恨收割，收割成了他的发泄和排解，他咬住牙，往前移，往前割，左手大把抓住麦子，就像抓住一个人的脖子，接着镰刀嚓的一声，这让他感到了一种快感，他觉得不是在割麦，是在杀人，浑身有用不完的力气，他尽情地杀，放肆地杀，他的镰刀溅起了尘土和草屑，落在他的嘴上，他呸地吐一下，又凶巴巴地把镰刀插进麦垄里。他想到了鬼子，想到了疤瘌头和王歪嘴，想到了伪军……麦子，麦子，二叔种的麦子，二叔死在他的麦地里，埋在他的麦地里，红色的血，在大奎眼前出现，血从二叔的肚子里汩汩地流出来，在他眼前渗开，越渗越大，变成大团……他突然抬头，看见二叔坐在坟头上，下半身全是血，全是血……他再一眨巴眼，二叔没了。

大奎呼地站起来，握着镰刀盯着坟看。爷爷问，咋啦，大奎？大奎回过神来说，没事儿，我直直腰，说完，又弯腰割起来。一会儿，大奎的头上，脸上，全是汗水，粘着尘土和麦穗屑儿，后背的汗水把衣裳都浸湿了，又落上了尘土，但他全不顾这些，用胳膊一抹额头的汗，继续割。

半晌了，捡着麦捆的爷爷说，大奎，歇歇吧。大奎说，不累。

天晌了，娘来送饭，篮子里有煎饼，几块咸萝卜，一罐子水。大奎和爷爷坐在地头上，卷起煎饼啃完，抱起罐子喝上水，然后，他又握着镰刀割了起来。

到了傍晚，二叔地里的麦子就全割完了，大奎又用扁担往家挑，挑了整整一晚上，麦捆子全部竖在院子里，等着明天晾晒。娘也不闲着，她把几捆麦子抱进屋里，用剪刀，把麦穗剪到一个笸箩里，她说，这样干得快。

次日，大奎又去割自家地里的麦子，也就三分地，半天就割完了。

他回来，看见娘把满满一笸箩麦穗晒在屋墙旁的磨顶上，不时地过去翻翻。娘说，晒干了我就用手搓，磨成面，蒸几个馒头，你和爷爷去看看石头。娘说完，眼圈儿就红了，大奎神情黯然。

只过了三天，麦穗干透了，娘就把笸箩端下来，坐在小凳上，伸手搓着，搓了一会儿，手掌就搓红了，她想了想，找来块木块继续搓，就这样搓了六个晚上，又去邻居家，用碓把麦粒捣碎，再用箩箩下细面。

娘把细面加上引子，蒸了五个馒头。大奎看到，昏黄灯光下，馒头雪白饱满，在盖垫上散发着甜丝丝的麦香。娘递给爷爷一个说，爹，你先吃。爷爷说，我吃不了一个。说完接过去，掰开，递给大奎一半说，大奎，你吃一块。大奎说，爷爷你吃。爷爷说，就五个馒头，我能咽下去一大个？大奎接过半块馒头，放在父亲面前。邓广贤面无表情，说，大奎，明天带上两个，去给你二叔、婶子上坟，让他们尝尝，然后再给石头送两个去，唉，也不知道孩子怎么样了。大奎说，上完坟，我回来接着爷爷一块儿去。爷爷说，我一个人去就行了，别耽搁大奎去车站干活，干一天有一天的工钱；石头要是不愿意在那了，我就把他领回来。大奎不吱声了。

第二天，大奎给二叔和婶子上完坟，又去了车站货场，爷爷去了南山。

到了傍晚，大奎刚到家，正巧爷爷才回来。大奎问，爷爷，石头怎么样？爷爷不说话，低头进了屋。爹和娘也问，爷爷坐下，半天才说，放心吧，王道长对孩子很好，穿了新衣裳，小脸儿也吃胖了，个头也长了些。

娘问，石头没说要回来？

爷爷的嘴唇颤抖了，过了半天，才说，我问石头，石头，咱回家吧，可石头说，爷爷，俺爹俺娘都死了，没有家了……说完，爷爷用两只老手捂住脸，呜咽起来。

……

晚上，一个要好的邻居来到大奎家，说兖州那边正在招铁路工人，只招识字儿的，大奎有文化，长得壮实，保准能选上。娘说，要是选上，不知道要到哪里去，真走远了，家里又少了个照应。邓广贤说，招上，有薪水就好，在铁路上干，还能去哪里？爷爷说，就怕招上了再当了伪军，咱饿死也不能干那个。邻居说，那不会，我问准了，俺亲戚家一个小青年已经去了，他表哥就在兖州车站，不会有别的，快去看看，当了工人就有了工作，月月有薪水。

全家都觉得是好事，邻居又说，大概后天就截止了，明天就买张车票，快去吧。

于是，娘赶紧连夜帮大奎准备好了吃的穿的。次日一早，大奎就出了门，很快就赶到了兖州。

出了车站，大奎就看到，不远处的大房子外面站了不少人，墙上贴了张白纸，那就是招人的地方了。他走过去，旁边有个卖烟的小孩，胸前挂了个木盒子，里面摆着各色烟盒。小孩高声喊着，香烟，香烟！哈德门，三炮台，大前门，老刀牌！不远处还有些挎着提篮卖水果的人。大奎从人群里往前走，前面已经排了很长的队，队列又在那边墙角拐了个弯儿。一个警察模样的人看见大奎高高的个子，告诉他，后面排队，后面排队！大奎看看这个警察，黑色制服，扎牛皮腰带，左臂照例戴着白箍儿，上面有个红圆印子，手里拿着个棒子，前头粗，后头细，系儿套在手脖子上。另一个年纪大的警察在抽烟，不时地昂起头，冲着某人大声咋呼，维持秩序。

大奎转过墙角，排在后面，他觉得队伍前进的速度很快，不多会儿就转过了墙角，又往前移动，一会儿就看到了前头院子里招人的地方。两张方桌，五个人坐在后面，胳膊上也都戴着白箍儿。靠外的人负责目测，靠里的方桌上放着纸，旁边是砚台和笔。

走近了，大奎发现那几个家伙完全以貌取人，过来一个不顺眼，立马就让他走开，又过来一个，甚至都不抬眼看，直接说下一个。有人说，你还没问我呢？桌后的人抬头大声说，问你什么？先去后边儿撒泡尿照照，车站上不招猴子！那个人嘴里嘟囔了什么，桌后的人忽地站起来，你还敢骂？马上叫警察把你抓起来，先用狗屎擦擦你的牙！下一个，下一个！下一个人站过来，那人不耐烦地一挥手，走走走！下一个！终于看到一个人合适，靠里坐在纸砚后面的人就问，哪里人，多大了，识不识字儿？来人说识字儿，就让他在纸上写个字儿看看，那个人抓起笔还没蘸墨汁子，就露馅儿了。刚才赶人走的那个又开骂了，看你那王八爪子拿毛笔，就知道你糊弄人，这是锄把子啊？滚蛋滚蛋！又下一个人过来，好像长了什么病，坐在桌后靠里的人让他张嘴伸舌头看看。后面有人见了，说起风凉话，招人还看牙口，这是骡马市啊。旁边的警察听见了，瞪着他说，对了，就是骡马市，招牲口！

这时候，一个高挑的年轻人站到了桌子前。坐着的人问，什么名？答，王自豪！又问，哪里人？答，河南人。桌后的人脸立马就横了起来，走走，这里不收河南人！王自豪问，河南人怎么啦？那人眯着眼睛看着他，没怎么，这是山东人吃饭的地方，你个河南人来抢什么饭碗？王自豪说，你那布告上也没说只收山东的啊！那人说，现在，我就是布告！下一个！王自豪被冷在一旁，狠狠地说，你欺负外地人，你个孬种！那人一拍桌子，站起来说，你骂谁呢！王自豪说，骂的你！那人推开桌子，扑上来就要打。王自豪一把抓住他的手腕，接着那人的身子就软了，脸立时蜡黄。王自豪还不松手，豆大的汗珠就从那人额头上滚下来。旁边人都在看热闹，警察抓着警棍挪过来。王自豪对警察说，大哥，甭靠前。警察还真就被震住了。王自豪手一甩，那人就一屁股坐在了地上。

王自豪头也不回，转身走了。

终于轮到大奎了，他站到桌子前，顺利过了目测，然后到了下一张桌子前。刚才被教训了的人一边甩手腕子，一边龇牙咧嘴地问，哪里人，多大了，识字儿不？大奎回道，十九，官桥人，上过两年私塾。另一个人递给他笔，让他写字。大奎拿起笔，反正蘸了墨，在纸上写下“官桥”两个字。桌后的人一看，夸道，好字，好字！秀才啊，你被录用了，到后面院子里去吧。

大奎从桌子后面的窄门进到了后院，里面已经有二三十个人，不用说，都是被录用了的。

等了没多久，突然有人大声喊，都站好，都站好！皇军来了！话音刚落，一个鬼子军官挎着刀，后面跟着个背枪的鬼子兵，还有一个中年人，身着玄色对襟马褂，下面却穿着日本军靴，模样像是中国人。鬼子军官走到人群里，看上一个人，就抬手说，你的！到另一个面前，又说，你的！到大奎面前，也抬手指着他，你的！……就这样，点了二十多个人。

鬼子军官回到门口，玄衣人说，刚才被点到的人，全部到门口上车！

大家不知道要干什么，只好跟着往外走，见一辆鬼子的卡车停在那里，车旁站了几个伪军。玄衣人喊着，上车，上车！人们扳住挡板爬上去。有人问，这是去哪儿？玄衣人说，哪儿来的废话，去鬼门关！

鬼子军官和玄衣人上了后面一辆轿车，先行开走了。卡车启动，就在要起步的时候，有个人从一侧扳住挡板一跃，竟就轻巧地落到车上。大奎一看，是刚才的王自豪。王自豪也朝大奎点点头。

汽车开动，拐进一条小街往西，然后往右转向，开出好远，进到一处大院子。院墙上拉着铁丝网，门口有鬼子站岗，进去后，就是一处广场，后面有三排红瓦房。大家不知道，这里从前是国民党军的兵营，现在被鬼子接管，墙被粉刷过了，写着红色标语："中日亲善，和睦一家""大东亚共荣圈万岁"，但又隐约能看见底下蓝色的标语："三民主义，兴国之路；保家卫国，勇战沙场。"玄衣人过来又喊，都下车，把带的东西先放墙根下！

大家从车上下来，站到广场中央，都是一脸迷糊，私下里瞅着，彼此都不熟悉。有人小声问，到这里干什么？不会是拉咱来做苦力吧！有人说，可能让咱们当皇协军。正说着，哨子吱吱地吹响了。一个警察喊道，集合！好多人不知道集合是什么，都还站着不动。警察又喊，排队，排队！脸朝我站！大家又都不知道这队怎么排。

警察盯着大奎大声说，你站着别动。然后喊，来，从他这里往下排！接着就骂一个人傻瓜。大家高高低低排成一列。警察喊，前后两排！你，站到那个大个子后面别动，从这里断开，去，站在他旁边，对，接着排，真他娘的缺脑子！后边的人对着前边人的后脑勺！对，就这样，从高到低！

折腾老半天，才把这队伍排明白了。

两排站好，玄衣人说，都不要吱声，皇军要训话！这时，刚才的鬼子军官走过来。玄衣人说，小岛长官讲话，大家欢迎！好多人不知道欢迎是啥，看见玄衣人拍手，迟疑一下也就跟着拍起来。有的人不会，两只手上下错着，一拍就拍了个空。

小岛做了个下压的手势，示意掌声停下。他不太会讲中国话，点头看看站成排的人，又转身让玄衣人说，王桑，你的讲。玄衣人上前一步，警察喊，欢迎王教官训话，欢迎！这回大家知道拍手了。

王教官个子不高，脸黑瘦，净是横肉，但精干，头发两边分，还抹了油。他先向小岛致意，然后说，本人姓王，是这里的教官，大家不知道吧，让你们来这儿，是当铁路警察，你们都是小岛太君亲自挑选的人，都是烧了高香的！学成后分到铁路各站，协助皇军维护治安，穿制服，吃皇粮，每月还给发大洋！你们要忠诚皇军！

停了停，王教官又自我介绍，本人王金本，济南人，住在大明湖边儿上，六岁习武，拳打三里庄，脚踢八里桥，什么地痞流氓、腚眼孩子，见了咱就躲着走，大话不说，老子吐口唾沫，就在地上砸个坑；这些日子，由我训练你们，咱丑话说前头，我这个人心狠手辣，谁不好好训练，我就不给他好果子吃，当然，这是为皇军培养人才嘛，也为了你们好，学点儿本事，以后在车站上就有了看家的功夫。完了！

讲完话，队伍解散，大家去后边食堂吃饭，先领了碗筷，又排队打饭。一边的筐子里放着窝窝头，一个大木桶里全是菜，是菠菜和粉条子，几乎看不见肉。每人先拿两个窝窝头，然后伸出黑瓷碗，让站在旁边的大师傅依次舀菜。大师傅五十多岁，胖脸，腮帮子嘟噜着。一个人说，菜里看不见肉哩。大师傅看也不看他说，我这里还有王八鲤鱼，可惜你娘没给你生个好嘴！

吃完饭接着分房间，巧了，大奎和王自豪一个房间，房间里有三张床，两个人各自靠窗两边。随后一个人进来，看着比大奎和王自豪都小，自报家门说，两位大哥好，我叫坡子，兖州本地人。大奎和王自豪分别也介绍了自己。

三个人就熟了。

到了下午的一点半，哨子又响了，全部人员到院子里集合。这回要训练队列，大家忘了头午排好的队了，又重新排好，警察让大家记住两边都是谁，然后开始教稍息、立正。这都好学，完了，又教向左转、向右转，好多人左右不分。王金本站在一旁，看着警察喝令。突然，他看到后排一个人，个子不矮，可反应迟钝，他走过去一看，竟还是个罗圈儿腿。他一把把那个人拉出队伍说，就你这熊样儿还当警察，跑都跑不快！小岛上午挑人，光看上半身了。王金本说，走吧走吧，老子不要你，白便宜你两个窝窝头。可那个人站在那里不想走，王金本说，你走不走？那个人说，求求你让我留下吧，好不容易找个吃饭的地方。这一下王金本火了，眉毛一拧就破口大骂，你当这里是饭馆子啊！瞎了你的狗眼！想吃饭容易，找根棍子，捡个破碗，天天吃百家饭，滚！赶紧滚！可那个人还不走，他说，是皇军让我来的，不是你！王金本怒火万丈，上去就是一拳，打在那个人的右腮帮子上。这习武的人就是狠，那个人应声倒地，一口鲜血带着两颗牙齿就喷了出来。王金本还不解气，就要扑上去，却被出列的王自豪拉住了手腕。王自豪说，王教官，行行好，放他走吧。只这一拉，王金本就察觉到了，此人手硬，有功夫。他就收了手，吩咐两个警察，把那人拖到大门外，扔到地上。许久，那个人才爬起来，摇摇晃晃地走了。

王金本回过头，命令继续训练。他伸手要过一个警察的警棍，看到有个人还是左右不分，就把他叫出队伍，骂道，还识字儿呢，连个左右都不分，手伸出来！那个人伸出双手，王金本一棒子打在他的右手上说，这是右！记住啦！那个人疼得急忙缩回去，哭咧咧地说记住了。王金本说，伸出左手！那个人把左手藏在背后，哀求说，王教官，俺记住了，记住了……王金本还是骂，蠢货，中国人怎么这么多蠢货，生的时候头让你妈给挤扁了！大奎看在眼里，心里骂，王八蛋，你不是中国人生养的？

总算训练结束，大家原地坐下。两个警察抬过来一张桌子，一把椅子，桌上放了个茶杯，一个三四十岁的人，已经斯斯文文地坐下了，眼睛从金丝眼镜后面看着地上坐着的人，天热，他穿着淡青色马褂，上面两个扣子解开。王金本说，这是城里的李会长，他要给大家作报告！李会长在日本留过学，是稻子田大学。李会长马上更正，早稻田，早稻田。王金本说，对对，反正是满肚子学问。大家欢迎！大家都学会了拍巴掌。

这个李会长慢条斯理地跟大家讲，先讲日本怎么怎么好，日本国民生活怎么怎么幸福，住的什么，吃的什么，穿的什么，然后又说，可日本人心里惦记着中国，为什么，因为两国亲，他们也希望咱中国人也能过上好日子，日本和咱们，同文同种；同文呢，日本好多字儿是咱汉字；同种呢，就是秦始皇为了求长生不老，派徐福带了三千童男童女到了海上找仙山，不想一天碰上大风，船刮到一座海岛上，回不来了，童男童女就在当地住下来，结婚生子，那地儿就是日本国，这不是一条血脉嘛。

李会长喝了口水，接着说，这徐福是哪里人？有说是福建人，有说是江苏人，可是我跟大家说，他可是实实在在咱山东人，黄县的，这么说来，咱跟日本人不就更近啦？那三千童男童女，多数都是从咱这挑选的，好多日本人，从根上说，就是咱山东的外甥，他们来这里，就是走姥娘家嘛。说到这里，李会长得意地笑了。底下有人当故事听，也跟着嘿嘿笑起来。

李会长又讲，日本人来帮助咱们，可是呢，老蒋怕夺了他的权，到处宣扬日本是侵略，鼓动中国人抗日，硬着头皮和皇军开战，结果，大家都看到了，东北没了，华北没了，韩复榘守不住济南，跟兔子一样儿往南跑，滕县一仗，台儿庄一仗，打来打去，还不都让皇军占领了？还有什么八路军、共产党，全是一帮子庄户孙，拾些破枪，栓都拉不开了，还嚷嚷抗日救亡，这纯粹是老鼠在猫嘴上拔毛——找死；明白的中国人，就像在座的各位，只有跟着皇军干，消灭了国民党、共产党，天下才会太平，咱们才能过上好日子……

……

吃过晚饭，不准人出宿舍。折腾了一天，都累了。王自豪衣裳也没脱，倒在床上就睡了。大奎和坡子聊天，坡子长得普通，但两眼机灵，看人有余光。大奎问坡子多大，坡子说十六。大奎说，十六岁就长这么高啊！坡子说，百家饭养活了我，我从八岁就要饭，哥，你看看我的腿。说着，他把裤腿子拉上来，大奎看到上面全是狗咬的牙印儿，点点花椒粒大的紫点子，另一条腿上还有紫疤。大奎问，你爹娘干什么？坡子说，哥，就剩我自己了。爹下矿的时候，井塌了，埋里头了；娘抱着弟弟去讨饭，我跟爷爷在家等着，可是她俩再也没回来；十二岁那年，爷爷也死了……庄里一个奶奶说，我娘十有八九是去了沛县，让我要着饭去找她，一家一家找，早晚能找到，我就到了沛县那边儿，可往哪儿找啊……不想碰上了土匪，把我拉入了伙，还给了一杆枪，可我看他们拦路绑票，净欺负老百姓，一次出发的时候，我故意装拉肚子，钻进了高粱地……说到这里，坡子神秘地笑了，小声对大奎说，哥，我还干掉一个土匪……

王自豪突然翻了个身，眼也没睁，嘴里说，好小子，有种儿。

坡子回头看看他说，你没睡啊。

王自豪磨了几下牙，呼噜声就起来了。

9

旧兵营后面靠西墙，有三间大房子，比其他房子宽出好多。前面无墙，只用砖砌的方柱支撑，不用说，这里是训练场地。梁上吊着沙袋，地上铺着破垫子，还有压腿的架子等，王金本就在这里施教。这家伙果然是个狠人，不管哪个科目，做不好不是骂就是打。他教人学习格斗擒拿，谁学慢了，他蹿过去就是一拳，把人打趴下，然后抓着领子拽起来再练。再譬如拉单杠，他拿着棍子站在一旁，谁要拉不够数，他用棍子就照着腚揍。之后，王金本想了个办法，在一个盆子里放上酸枣枝子，谁抓住单杠拉上去，他就把盆子推到下边，只要落下，那枣刺就扎到脚底上。他说，人是苦虫，不狠不行，老子当年也没少挨师父打骂。王金本从济南带来一个口头语，张嘴就是“玩儿妈”，不用说，这是脏话。早晨起来跑操，要越跑越快，王金本把一条狼狗解了链子，让它在人群后面跟着，黄毛大狼狗，黑色脑袋，耷拉着血红的长舌头，轻松地跟在队伍后面小跑，谁要是落下了，跑不动了，狗就汪汪地叫,龇着尖利的牙齿做出要咬的样子,胆小的让它吓得心惊肉跳。

大奎在车站扛了个把月麻袋，身子骨壮实了，这些训练项目他都能扛住，他想，正好学些本事，以后肯定用得上。他不说话，总是闷着头，按王金本的要求练，打拳、格斗、拉单杠、俯卧撑，都不含糊，才十几天工夫，他就觉得自己真的长本事了。

后院东墙边是个澡堂子，每两天可以去洗次澡。澡池子就是用水泥抹了个大方池子，这里不缺煤炭，水池里的水热，弥漫着茫茫的蒸汽，里面泡着光溜溜的男人,如一群脱了毛、皮发红的猪。可是,王自豪却受不了这个,头一天进去,刚脱了上衣,迟疑地站在那里,突然就一下晕倒在地上。大奎、坡子和几个人围着王自豪,又是掐人中,又是捶后背,王自豪才慢慢睁开眼。他说，我有个晕澡堂子的毛病，受不了这个热蒸，坡子，扶我回去。

坡子忙擦干身上的水，穿上衣裳，把王自豪扶回宿舍，然后，他找了个桶，提了桶热水回去给王自豪，让他擦擦身上。

从那以后，王自豪就不进澡堂子了，每次就等着坡子洗完了，给他提水回去。

但很快，大奎察觉到了蹊跷，王自豪是习武的人，才二十五六岁，身强力壮，怎么会怕热气蒸，还一蒸就晕，那怎么扛得住天天训练呢？现在是夏天，太阳底下摸爬滚打，他怎么都不晕？如果说是心脏有毛病，怎么平时看起来一点儿事儿都没有？而且，坡子把热水提进屋，王自豪就把门关上，脱了上衣，擦洗上身，裤子却从来不脱，只解开腰带，把毛巾伸进裤裆里擦。天热,晚上他和坡子几乎赤条条地躺在床上,王自豪却不脱裤子,他说怕冻着肚子。

又过了些日子，三个人到了无话不说的程度。正好，这天晚上下起了大雨，三个人躺在床上聊天，聊着聊着，大奎问，王大哥，你头晕的毛病，是怎么落下的？坡子笑着说，是不是早年练功的时候头被什么撞了。王自豪沉默不语,只看着屋顶。过了一会儿,他说,咱们仨能住一块儿,就是缘分,经过这些日子也能看出来，你俩都能当弟兄，我就实话实说，你们一定得保密。说完,他一个鲤鱼打挺坐起来,站到床边,解开腰带,把裤子褪下说,看吧。大奎和坡子也坐起来，他们惊讶地看到，王自豪左边大腿根上有两个深紫色的伤疤。王自豪小声说，我在台儿庄打过仗，让鬼子打的。坡子问，你当过兵？王自豪点点头，在台儿庄，我是大刀队的，半夜里带着一帮弟兄去摸鬼子的阵地，我连砍了六个鬼子，弟兄也死了大半；后来我让鬼子围了，一个人左杀右砍，冲了出来，接着就连中了两枪；再后来醒了，也不知道自己在哪儿，就是摸着黑往前爬，估摸离鬼子老远了，就找了根棍子拄着，进了山，在一个老乡家藏了几天，老乡还给我弄了药；伤快好了，他给我一身衣裳，我去找部队，可是到处都是鬼子，谁知道部队撤哪儿去了，我东躲西藏，成了流浪汉，看到铁路上招工人，我就想，混口饭吃吧，结果那几个王八羔子还说不收河南人；再后来看你们上了卡车，我想着能混一天是一天，就偷偷翻上车，谁知道来到这儿……

王自豪看看大奎和坡子，苦笑一下，我哪敢洗澡，让人看见我这俩疤，那就死定了，你俩可千万别说出去啊。

大奎和坡子点点头，坡子说，王大哥放心，俺俩嘴严实。

大奎说，你也要小心，日子长了，肯定有人怀疑，特别是王金本那个坏种。

王自豪看着门外，听着外面哗啦啦的雨声，狠狠地说，那个狗杂种，我真想弄死他。

大家受了二十多天的罪，再过几天训练就结束了，可这天夜里，坡子却病倒了，先是干咳脸红，然后嗓子疼，发烧，上吐下泻，折腾得大奎和王自豪一宿没合眼。第二天一早，哨子又吹响了，大奎和王自豪起来，对坡子说，你躺着，我们去和王金本说说。两个人跑进院子，只有王金本和一个警察站在那里，其他人都还没到。大奎上去说，王教官，我们屋里的坡子发烧拉肚子，不能上操了。王金本头一歪问，没死吧？没死就让他出来。去，把他拉出来！大奎说，他病得确实厉害，允许他歇一早上吧。王金本看也不看大奎，说，去，拉出来！大奎站着没动，王金本咆哮了，玩儿妈你耳朵聋啦？拉出来！赶紧的！

大奎只好回去，把坡子扶起来，帮他穿上衣裳。坡子浑身发烫，他说，哥，我实在是起不来了。大奎说，王金本不同意，出去让他看看，一看你这个样子，肯定就让你回来。

大奎扶着坡子出来，队伍已经随着哨子在操场上跑起来。王金本背着双手，站在一旁监视。这时，狼狗的链子解开了，黄毛大狼狗兴奋地伸着舌头，朝王金本跑过来，尾巴激动地摇晃着。

大奎扶着坡子，来到王金本跟前说，王教官，你看他病成这样。王金本厉声喝道，快，入列！大奎说，王教官，求求你……王金本冲着大奎喝道，我让你们入列！队伍转过来的时候，大奎和坡子跟在后面跑起来，可是，坡子没跑出去几步，就踉踉跄跄地一头栽倒在地上。大狼狗汪地叫了一声，朝坡子扑了过去。大奎一看急了，立即往回跑，这时他看到，王自豪已经站到坡子身前，挡住了狼狗，狼狗竟然不敢上前。

王自豪说，王教官，人不行了。

王金本还要说什么，那边小岛带了个鬼子兵来了。鬼子兵朝王金本大喊，王桑，王桑！王金本看看王自豪，不耐烦地一挥手说，准他一天！然后转身走了。

坡子躺在床上，病得更厉害了，脱了形的脸烧得发红，嘴上全是疮，眼都睁不开了，人像筛糠一样不停地哆嗦。大奎用毛巾浸透了凉水，搭在坡子的额头上。坡子吃力地睁开眼，眼球充血，他说，哥，我肚子疼，肠子缠一块儿了，怕是活不成了。大奎说，别胡想，你才多大啊，挺过去就好了。王自豪说，得吃药啊，对了，这里有大夫，我去看看。说完，就出门去了后院。

不多久，王自豪气呼呼地回来了。他说，我去要药，那个王八蛋说这儿的药只给皇军用，中国人不给，娘的，他自己不也是中国人？坡子，多喝水吧，喝水排毒。说完，又给坡子倒了一碗水，试试不热，就坐在床边，一手扶起坡子，一手端碗让他喝下去。大奎没办法，回头看看窗外，见一个老汉担着菜进了院子。他急忙出去，快步往伙房那边走。伙房的大师傅出来，老汉与他寒暄两句放下担子，转身就要走。

大奎追上老汉，说，大爷，俺屋里一个人病了，发烧拉肚子，很厉害，我们也出不去，你能不能行行好，想办法弄点儿药，钱，我一定给。老汉迟疑了下，看看大奎说，好吧，我回去想想办法。

过晌时分，老汉竟然就又来了，大奎把他领到屋里，老汉从胸口袋里掏出一个小纸包说，我托人弄的，不知道管不管用，让一次都吃上。

大奎接过纸包说，大爷，你看，我这里还没发钱，现在还没法给你。

老汉说，不碍事，救人要紧，有了再给我吧，反正我见天就来这里。

这时，王自豪从裤腰内里解下一个小物件，是个白亮亮的佛像，递给老汉说，大爷，这是我祖传的护身符，银子做的，不知道值几个钱，你要不嫌弃就收下，算是我替这个小兄弟谢谢你了。

老汉接过来，看看，掂了一下说，老弟客气了，接着就揣进口袋，走了。

到了晚上，坡子的病不但没见好，反而更重了。他脸色蜡黄，时时说胡话，娘，娘，我是坡子……娘，我来找你哩……爹，爹，我是坡子……娘，娘，咱们回家吧……回家……回家……

次日早晨，哨子又响了。大奎把坡子的情况告诉王金本，王金本说，准了他一天了，去，扶他出来，扶不起来就背出来，背不出来就拖出来。大奎哀求说，王教官，行行好，坡子实在是不行了，在床上昏迷不醒。王金本说，我这里不养病汉，死在操场上也比死在屋里好，死在床上更不吉利，老子是教官，不是菩萨！大奎说，那，我去找小岛太君。说完就要走，王金本大喝一声，站住！玩儿妈小岛太君也是你找的？你算个什么熊玩意儿！大奎气得血一下一下直冲脑门子，他真想扑上去把王金本撕巴了，可是，自己干不过他，只能忍着。此时他不知道，王金本已经有了个歹毒的念头，他要让这帮人中有淘汰，他不想让坡子活了，就让他在操场上死掉，这样，他才能在这帮人，尤其是日本人面前立自己的威风。

王金本命令大奎，快去，把他背过来，我看看到底是真病了，还是装的。

大奎没办法，其他人已经在操场上跑了几圈了，哨子一声一声地吹，他只好回到屋里，把坡子背了出来。

大奎把坡子背出来，坡子就躺在王金本脚下。王金本上前走走，用靴子尖碰了碰坡子的头，绕着走了一圈，冷冷一笑说，还真有扛不住的，弄不好，这就是瘟疫，对，瘟疫！说完，王金本回头，朝带队伍的警察大喊，停下停下！队伍立即停下，集合过来。王金本说，这个人得了瘟疫，来几个人，把他抬出去扔了！

大奎一下子急了，王教官，他不是瘟疫，要是瘟疫不早传给我俩了，你不能这样！王金本说，老子说是瘟疫，就是瘟疫！来人，抬走！这时候，王自豪出列了，他说，王教官，没让大夫看你就说是瘟疫，一个大活人就这么扔出去，你也太狠了吧！王金本斜眼一看是王自豪，故意提高嗓音说，我以为哪个裤裆里爬出来的臭虫，河南侉子呀！这里没你插嘴的份儿，嘴痒痒，去那边茅房里蹭蹭！来人，抬走！两个人过来就要抬。王自豪一步跨到坡子身前说，慢着！他看着王金本，还是央求道，王教官，高抬贵手，给他留条命吧。王金本说，老子这里是营房，不是病房。王自豪说，行行好，好人有好报。王金本却以为这是在骂他，他说，共产党老子都弄死好几个了，现在不也活得好好的！玩儿妈，鬼见了咱都害怕。王自豪冷笑一下说，人在做，天在看。突然，王金本呸的一口痰，吐在王自豪脸上。

众人都害怕了，王自豪看了王金本一眼，慢慢擦去脸上的痰，嘴里骂了句狗日的。话还没落，王金本一个跳跃，扑上来就是一拳，王自豪一下趔趄，但眨眼间站定。王金本接着又出拳，王自豪一拉架势把拳挡开。王金本说，我就知道你小子练过，今天咱就过过招儿。两个人就像两只斗兽开打了，他们闪展腾挪，拳脚并用，越打越激烈。人们围着看，几个鬼子也跑过来，看到精彩处连连点头称赞，中国功夫，大大的好！大大的好！不多久，小岛也匆忙赶过来。

几个回合后，王自豪一下跳到一边，双手抱拳说，王教官，失礼了，甘拜下风。说完，就转身要过去扶起坡子。这时，王金本突然从靴子口拔出一把指头长的短刀，一个跳跃腾身过来。王自豪闻风闪身，但已经来不及，短刀一下子划过他的左臂，衣服瞬间破了条口子，血流了出来。见王金本施了阴招，王自豪两眼喷火，突然纵身一跃，一个飞腿踢在王金本耳朵上，王金本被重重一击，一腚坐到地上。王自豪蹬腿近前，又是一脚，直踹其胸口，接着趁其倒下的空当用膝盖压住他的脖子，双手抓住他拿刀的右手，王金本喉咙咕噜了几声，两脚蹬了几下，两只胳膊就软了，不动了。

小岛一看大惊，唰地抽出刀，大吼着朝王自豪砍过来，几乎同时，几个鬼子也亮出刺刀，朝王自豪围过来。王自豪弯腰缩身一滚，闪过小岛的劈刀。此时他已将王金本的短刀夺在手中，反手一甩，直冲小岛而去。小岛不愧为鬼子军官，蹲身闪过，短刀直中后面鬼子的面门。王自豪跳到包围外，一个扫堂腿，扫倒一个鬼子，随即抢下鬼子的步枪，抬枪瞄着小岛就要射击。可是，砰的一声，王自豪背后中弹，倒下了。

过了一会儿，小岛带人围过去，看看王自豪已经死了，又回来看看王金本，王金本早就断了气儿。所有人都吓坏了。小岛手握长刀，走到了坡子跟前。大奎见状，赶紧喊道，太君，他的，瘟疫，瘟疫的干活，传染大大的！小岛听懂了，抬手用小臂捂住口鼻，连连退后，吼着，拉走，统统的拉走！

大奎仍然站在那里，一会儿，他看到送菜的老汉从伙房里出来，推着墙下的平板车，上面放上把铁锨。一个警察捂着嘴，指挥老汉把王自豪、王金本扛到车子上。轮到坡子了，大奎见状，跑过来帮忙，借着把坡子放到车上的当口，大奎头也不抬地小声说，大爷，他还有口气，行行好吧。老汉装作没听见，跟着警察走了。

大奎回到宿舍没多会儿，那个负责喊操带队的警察就过来了，说邓耀奎，出来，太君有话问你。大奎知道，鬼子要审讯他了，他没有害怕，平静地跟着警察往小岛那里走。路上，警察和善地说，兄弟，要吃苦头了，你可要顶住，不该说的，打死也别说，不说兴许还能留条命。大奎苦笑一下，我还能说什么？

大奎来到一间办公室，小岛坐在椅子上，旁边桌子的刀架上放着他的长刀。小岛个头不高，蚂蚱脸，大眼。办公室里还站着两个鬼子兵。警察让大奎坐在小岛对面的板凳上，自己站在一旁。小岛生硬地问了大奎的名字，年龄，哪里人。警察磕磕绊绊地给他翻译了大奎的回答。之后，小岛问，那个王，功夫的有，你的，知不知道？大奎说，不知道。小岛又问王金本知不知道，大奎想了想说，王教官知道，要不他们两个人能打起来？小岛又问，你们的，一个屋里，他的，说过什么？大奎说，不怎么说。小岛不信，用日语叽里咕噜地表示住了这么多天，你们怎么可能什么都不说。警察翻译给大奎听，大奎回答说，他是河南人，和俺俩都不是一个地方的，平常就生分，不聊天。小岛说，你的，撒谎的不要，死啦死啦的！大奎赶紧摇头，说不敢对太君撒谎。

忽然，小岛一挥手，一个鬼子兵上来，对着大奎的脸就是一拳，大奎连人带凳子一下子倒了。鬼子抓住他的领口，把他拽过来，对着他的脸、胸口、肚子一顿拳打脚踢。大奎眼冒金星，耳朵嗡嗡地响，他觉得脸肿了，嘴里出了血。他咬咬牙，在地上缩着，让鬼子打得乱滚。一顿暴打后，一个鬼子又把他提起来，按到凳子上。

大奎晕乎乎地坐在凳子上，半天才定了定神。小岛又问，警察翻译说，太君问你，那个河南人是不是从来不进澡堂子洗澡。大奎脑袋沉重，像注了水的南瓜一样沉重。小岛又重复了一遍，大奎说，太君，你不能打人，我是冤枉的。他喘了几口气说，是，是不去澡堂子，他说头撞过石头，怕热气蒸。小岛问，你的，信？大奎说，我就根本没往心里去，他晕不晕的关我啥事，他是个古怪人。小岛又问王自豪有没有说过反对日本的话，大奎说，没有，我想，他不敢。这时，大奎又清醒许多了，说，太君，我来招工，被皇军招到这里，我吃的是皇军的饭，以后还要跟着皇军当差，如今找个吃饭的地方不容易，我怎么会反对皇军？再说，宿舍也是皇军分的，和谁住一个屋，也是皇军说了算，让我住哪儿我住哪儿，不能屋里人冒犯了皇军，让我顶罪，我冤枉。

说完，大奎恳切地看着警察说，大哥，你好好跟太君说说。

警察又磕磕绊绊地给小岛翻译，小岛的眼珠子转来转去，站起来，抓过桌子上的长刀，突然抽出，嘴里喝道，八嘎！抡起刀就砍向大奎。可就在毫厘间，刀在大奎右肩上停住了。小岛的两只大眼盯着大奎看，看到大奎可怜委屈的样子，小岛收刀入鞘，看看其他人说，他的，开路！警察也跟着松了口气说，走吧，太君放过你了。

大奎站起来，刚要走，突然站住，他说，我要换个屋，一下死了俩，一个还有瘟疫，传给我就活不成了。警察对小岛说了，小岛一阵叽里咕噜后，警察说，饶你一条命就是万幸了，下午所有的房间都要消毒，皇军的命比你更值钱。

十日后，训练结束，大家都穿上了黑色的警服，大奎被分回了老家的官桥车站。

临走的时候，大奎想见送菜的老汉一面，可左右没等到人来。他到伙房问了大师傅，大师傅说，不来了，自从这里杀了人，他吓破胆了。大奎问，你知道他住哪儿吗？大师傅把正切菜的刀往案板上一插，我又不是查户口的，管他住哪！

大奎回到家，爷爷一看这身黑色警服，当时就生了大气，找了个棍就要揍大奎。爷爷骂着，说是去当铁路工人，你怎么弄了身黑皮回来！这是专门欺负老百姓的，人见了会在心里骂咱祖宗！大奎把事情原委和家里人都说了，邓广贤沉思了一会儿说，在人在心，不在衣裳，大奎不会欺负人，咱就没有那样的门风。爷爷就不再说什么。

娘把大奎离家时发生的一件事告诉他，疤瘌头去赶集，傍黑时候回家，让人用粪耙子插了肚子，死在河滩上了。王歪嘴吓破了胆，疯疯癫癫地不知道跑哪去了，现在的保长是孙京云。

10

草坡村的看病大夫刘田堂，思谋了好久，他要干件大事！

刘家三代行医，悬壶济世，以善为本，秉承有钱没钱都给看病的原则，碰上穷苦人家，刘田堂根据病情，尽量开出药方，让他们自己上山采药，分文不取。对伤筋动骨的病人，刘家有祖传的“百通灵”黑药膏，贴上后一夜就见效。他在滕县开了“回寿堂”药铺，主要以“百通灵”闻名。刘田堂逢五逢十上午坐诊，其他日子背上布褡子，摇着手铃走街串户上门把脉，十里八乡无人不认识这位好大夫。

好多人已经淡忘了，当年，石灰崖的王世厚，挑头成立了培贤道，信徒遍布官桥周边十几个村庄。一九二九年，近千信徒因为官府苛捐杂税严重，拿起大刀梭镖、铁锨锄头反抗。刘田堂虽然不入此道，但与道首王世厚早就结拜了仁兄弟。后来，济南派大兵来镇压，几番“围剿”，王世厚被杀，几百号人被抓到薛河滩上砍了头，几个要犯被押解到济南，最后都上了法场。刘田堂带上他的黑膏药，悄悄给幸存受伤的乡亲们治病，能不收钱就不收钱，他又拿自己的钱，偷偷给了那些死了父亲或丈夫的孤儿寡母。

更多的人不知道，刘田堂年轻时，也跟着王世厚练过一阵子武，但他没派上用场，而且本意是为了防身，一个人这村那村走，没早没晚，路上指不定碰上什么人。转眼已过半百，功夫也就差不多荒废了，家里有几亩地，四间草屋自成小院，县城里又有药铺，日子也算过得去，这也应了他的名字。

没想到鬼子来了，要在滕县摆开战场。城里人纷纷外逃，药铺的药几乎被买光，再就少有人来了。很快，就有队伍开进来，当兵的全是四川口音，城里城外到处挖战壕，用麻袋蒲包装上土，垛成地堡。枪声不时从东北方向隐约传来，听说鬼子在攻打临沂城。家里人惦记，连连捎信让他快回去。可是，不时有些伤兵来看病拿药，药不全了，刘田堂只好给他们开方子。

这天早饭后，药铺里没人来，刘田堂扫了扫地，拎起桌子上的包裹，拿起锁就要出门。这时，门口来了一个四川兵，一看还是个孩子，干巴瘦小，穿着大人的破军装，褂子几乎到了膝盖，军装都发白了，他背着一杆枪，几乎和他人一样高，天很冷，他居然没有棉衣，褂子里头空荡荡的，小脸儿冻得发青，不时吸溜着鼻涕，站进屋里瑟瑟发抖。刘田堂低头一看，更是吃惊，这孩子赤脚穿了双草鞋，脚面上全是冻疮。

刘田堂问，孩子，你来看病？小战士说，长官让我来买你的黑膏药，他昨天崴脚了。刘田堂的包裹里正好有几贴，但没有立即给他，依然问，孩子，你多大了？小战士一边抖一边说，大爷，我十四喽，说完，两只手放在嘴上哈着热气，两只脚不住地轻跺着。刘田堂问，你是四川人？小战士答，四川，广汉。刘田堂又问，这么小就出来当兵打仗，你爹娘放心？

小战士答，我爹死喽，我娘后来也饿死喽，我跟着奶奶，可奶奶去年也病死喽。刘田堂心里一沉，眼中一热，原来是个孤儿啊。他把黑膏药拿出来说，就这几贴了。小战士接过膏药，掏出几个铜板儿。刘田堂说，钱不收了，告诉你们长官，多杀几个鬼子。小战士看看刘田堂说，那我替长官谢谢大爷。接着抬手给刘田堂敬了个军礼，转身要走。刘田堂叫住他说，别走，我看看你的脚。

刘田堂让小战士坐下，然后蹲下把他的草鞋脱下来。那些小脚趾头，有的冻烂了，还往外淌水。刘田堂心疼地说，孩子，你怎么晚上不用热水洗洗脚啊。小战士说，白天黑夜急行军，来了就挖战壕修工事，水都没得喝，哪还能洗脚哦。刘田堂说，该给你洗洗，可我这里热水也没了，现烧也来不及。他站起来，拿过一块毛巾，到水盆里浸湿，给小战士擦掉脚上的土，然后，从包裹里找出一个小瓶子，是冻疮膏，他用指头抠出来一些，抹在小战士的脚上。小战士感激地说，大爷，你们山东人真好嘞，路上都给我们吃的喝的，还不要钱。刘田堂一边抹着药一边说，也不是都好，哪儿都有好人坏人，这里当汉奸的也不少。小战士说，还是好人多呀。

抹完药膏，刘田堂抬头问，你叫什么名字？小战士说，我没有名字，大家都叫我瓜娃子，瓜娃子在我们那儿，就是小傻瓜的意思。刘田堂笑了，看着这个可爱的孩子，一开口右边一个小虎牙，两只眼睛黑亮黑亮，他又问，那你姓什么知道不？小战士说，姓刘。刘田堂笑了，我也姓刘，咱还是本家哩。小战士更高兴了，大爷，你太好喽，等打完鬼子，你到我们四川耍。刘田堂说，打完鬼子你甭走了，留在这里给我当儿子，我把手艺教给你，再给你找个媳妇儿。

小战士嘿嘿笑，露出好看的小虎牙，他说，好，好，到时候我给大爷养老。刘田堂拉过另一个凳子，坐下，脱了自己的棉袜子，给小战士穿上。小战士不好意思了，刘田堂说，穿上，穿上，就是大了些，暖和就行。说完，又脱了自己的棉袄，把里面半旧的棉坎肩脱下来，递给小战士说，来，脱了你的褂子，套在里头。小战士顺从地解开腰带，把褂子脱下来。刘田堂一看，心里一酸：小战士里头只穿了件发黄的白布衫，还有好几个破洞，瘦削的小肩膀从破洞里露出来。刘田堂摸摸小战士身上，叹了口气，满是肋巴骨。小战士感激地看着刘田堂，边扣扣子边说，暖和了，暖和了……刘田堂把剩下的冻疮膏全给他，嘱咐说，晚上睡觉前抹上，要打仗了，千万千万小心……

小战士点点头，把瓶子放进口袋，背上枪走到门口。突然他想起了什么，转过身来，一个立正，端端正正地给刘田堂行了个军礼。

刘田堂关上门，上了锁，看着小战士的背影，心里念叨：老天爷保佑这孩子吧，他还这么小……

抬头看了看门上的招牌，刘田堂刚要离开，突然听到一阵骇人的轰鸣，一架飞机低低地飞来，接着扔下一颗炸弹。飞机过去的刹那，轰隆一声，几座房子一下子炸得崩裂，烟尘迅速笼罩了半条街。这时候，他看到烟雾里钻出一个身影，正是小战士。他大声喊，大爷，快趴下！飞机还要回来——！刘田堂果然听到飞机回旋的声响，他却不知道往哪里躲，就听到身后轰的一声炸响，震得自己眼前一黑，就什么都不知道了。

当刘田堂睁开眼，吐了吐嘴里的灰土，觉得后背上压着什么。他用力一翻身，小战士从他的背上滚了下来。小战士的帽子不见了，头上全是土，他双眼紧闭，手里还抓着枪，鲜血染透了发白的旧军装——一块弹片直直扎进了他的后背。

刘田堂呜呜地哭起来。

……

自己这条老命，是一个孩子救下来的，可孩子失去了他的生命。不行，要为这个孩子报仇，自己五十多岁，还不算老，得向鬼子讨还这笔血债。刘田堂计划了好久，他要带几个人干一票。他不着急，打听哪个庄上有亲人被鬼子杀害的人，就借行医的机会找到他们，找那些有胆量的。

这期间，官桥薛河南岸发生了一件事。一个鬼子军曹带着一个鬼子兵闲溜达，在上茅房的时候，突然被铁丝勒住了脖子。军曹唔唔的声音，惊动了外面的鬼子，等他进去一看，军曹已经被勒死，凶手是从矮墙外面一下套住军曹的脖子，随即用力，然后抢了他的枪。鬼子兵四下一看，一个人已经跑出去老远，接着瞄准打了一枪。刘田堂到沙河给一个青年看伤，伤在左胳膊，他一看就是枪伤，这个青年就是杨德四，和刘田堂有老亲。刘田堂问他怎么伤的，杨德四直接说，表叔，我要抗日，抢了一把王八盒子。刘田堂小声说，我也想抗日，需要人手。杨德四说，你一定叫上我。

不久，刘田堂找到了李黑明，他暂时从洪大海那里回来了，又找到了曹老三，找到了牛庄几乎被鬼子灭了门的孙五子和王木头，最后叫上了杨德四，一共六个人。刘田堂想，可以了，人多了会走漏风声。

草坡村在落凤山北端，后面是一个秃山顶，两山之间有个豁口，又有一座小山堵在这个豁口处，但有条弯弯曲曲的小路可以到顶，山上丛林茂密，经常有狼夜嚎。北边山坡上有座玄帝庙，年久失修，围墙塌了一截，但被野生的树枝子乱蓬蓬地挡住。院子里的主殿没有塌，野草长满了屋顶，齐腰高的蒿棵子满院都是，平日也没人敢进来。在庙里俯瞰，草坡村二十几户人家，随着地势散落，一眼就能看遍里里外外。刘田堂带上镰刀，把院子里的蒿棵子割了一大片，腾出一片空地来。

他们六个人约好，每逢双日子，如果天不下雨，晚上就到庙里练刀。刀，刘田堂早就准备好了，是当年王世厚他们留下来，刘田堂又收集来的。刘田堂出门看病，看见谁家有钢刀，就说想拿回家打把菜刀，也算抵药钱。刀收回来，就藏在山神像底下的石头座子后面。

头一个晚上，所有人都到了。刘田堂凝重地说，话不必多说了，都是血海深仇，想想死去的亲人，苦练吧！完了就把刀分给大家，一步一步教他们刀法。刘田堂告诉大家，不光得练刀，更得练力气，胳膊上得有劲儿，回去后，到处都能练，找根大树枝子，抓住就能练半天，鬼子都不是软蛋，没有真本事弄不死他们。

这样练了二十多天，已经是农历六月底，高粱已经长得像土炕一样高了。在这个季节，经常会有大雾，尤其在官桥一带，因为离微山湖近，大雾就从湖面上漫漫腾起，几乎看不出来地滚动、升腾，混成灰茫茫的一大片，然后往东边的田野里弥漫，一直能弥漫方圆二三十里。天地全都笼在这混沌里，浓厚甚至黏稠的大雾，即使人和人碰了鼻子也看不清脸，直到太阳升到中天了，大雾才懒懒地消散。有时候即使过了晌午，还有雾气一缕一缕拉扯，缠绕在树梢上。

刘田堂想，趁着这大雾，该动手了。

又一个晚上，六个人在庙旁的树林里商量，关键是刀怎么带，那刀都跟胳膊一样长。王木头靠着一棵树说，背着吧，外面披上蓑衣。王木头朴实，说话时眼里就透着认真。刘田堂说，这个我也想过，可是披上蓑衣，到时候耽误抽刀，再说，鬼子有卡子，一检查一摸就露馅了。刘田堂看看曹老三，曹老三坐在石头上，憨头大脑摇了摇说，俺笨，脑子不够使的，大伙儿怎么说我怎么干，我就一条，砍他个龟孙子！刘田堂问孙五子有什么好方法，孙五子说，刘叔，我这眼前，总晃着家里死了的人，一想事儿我就想哭，我也想不出来啥办法。

李黑明到底是念过书的，他坐在那里，不停念叨，长刀……长刀……只有放进篓子里……杨德四也一拍大腿说，对！放进篓子里，里面放上瓜，咱就装成卖瓜的，这样，刀在底下，鬼子看不出来！

刘田堂说，好办法，上面再盖些高粱叶、树枝子，根本看不出来。杨德四说，碰上鬼子伪军的哨岗，就给他们瓜吃，越热情越好，多给他们几个瓜，糊弄过去。

孙五子问，那刀怎么再往外拿？

李黑明说，这个容易，到时候车子一歪，瓜往地上一倒，抓起刀就上！

刘田堂又想了半天，说，我估计，这两天不刮风，还是大雾，明天准备，黑明，你家有车子吗？李黑明说，有，平常下地，好多人家都有。刘田堂说，好，我家也有，瓜，咱们分头去买。说完，给了李黑明一些钱。然后，他对大家说，后天半夜，鸡叫头一声，立即起来，看见有雾，立马到这里汇合；如果没起雾，行动就取消，什么时候再动手，再看老天爷。

……

真是老天帮忙，到了第三天，大雾仍然弥漫田野。六个人早早来到破庙，两车瓜就藏在这里。曹老三推一辆，李黑明推一辆。车，就是小木轮子平板，一个篓子横绑上面。木轮子发涩，走路还颠，刘田堂特意给车轴上了花生油。

王木头给曹老三拉着，孙五子给李黑明拉着，杨德四走在最前头，刘田堂戴着斗笠，当地叫做“席夹子”，背着布褡子，还是行医模样，走在最后面，六个人趁黑出了山口。

走到一片高粱地头上，王木头站下，曹老三问，咋啦？王木头进了高粱地，撕了些高粱叶子出来，把瓜拾了几个，压在叶子上，孙五子一看，也这么做了。杨德四点点头说，细心点儿没孬处。

雾太重了，又是夜里，而且黎明前的黑暗，根本看不清脚下的路，车子走得很慢。几个人眼睛全都瞪得老大，眼珠子几乎要从眼眶里蹦出来。曹老三低声骂，狗日的！这么大的雾。王木头说，要没这雾敢出来？后头刘田堂说，大家都别说话。

就这样大约走了五六里地，天好像明了些，能看清楚脚底了。曹老三推着车子，王木头在前面拉，两个汉子一推一拉往前走。其实曹老三只要把车把扶正就行，但他反而走了神，就在往另一条小路上拐的时候，不小心木轮子一下子磕到了一块石头，车子一歪，篓子里的瓜一下子倒进旁边的沟里，底下三把刀全都倒了出来。曹老三急了，低声骂，王木头，你眼瞎啊，往石头上拉什么！王木头也窝了火，车把是你抓着的，你才眼瞎呢！杨德四过来说，别斗气了，快，赶紧装，一会儿后面就该来人了。几个人赶忙把刀收好，然后捡瓜，收拾好，继续赶路。

总算到了薛河南岸，就要经过河上的官桥了。这时候，路上已经有了行人。刘田堂说，黑明，你俩走前头，两辆车前后拉开距离。刘田堂知道李黑明脑子活泛，自己就跟在后面不远。大雾沉沉，就像在天地间塞满了灰白色的蒸汽，李黑明和孙五子走到前头，走过桥向北不远，有道卡子，一个伪军从小岗亭里打着哈欠出来，看看车上的瓜问，起这么早？李黑明说，不是想卖个好价钱嘛。说完，拿个了瓜给伪军。伪军说，俩人。李黑明赶紧又抓了个大的递过去。伪军收下瓜，退到一边。曹老三也推车过来，伪军看也没看，一挥手就让他们都过去了。

过了桥，两辆车子急着往官桥车站那边推。南边有火车哐当哐当开过来，汽笛拉响，哞的一声，如老牛吼叫，接着就经过车站，哐当哐当地向北开了过去，声音渐行渐远。他们一行人一会儿就来到了鬼子兵营前，但看不清楚。刘田堂小声说，墙角有个岗楼，靠近墙往前冲，砍他几个，我一喊就跑！

这天气，鬼子站在岗楼上，根本看不清下边。两辆小车分开推，但是车轮子还是发出咯噔咯噔的声响，马上就要到兵营门口，鬼子听见了，在上面大喝道，什么的干活！下边的人不回答。突然，各人把车子一歪，瓜呼啦倒在地上，六个人抓起长刀，直扑大门外的岗亭。曹老三见一个鬼子端枪冲了出来，赶紧绕到他后面，扑上去接着就是一刀。其他人往里冲，突然，从里面出来一个人，是个穿着白围裙的伙夫，手放在腰间，好像是要去茅房，一看大门口冲进来好几个人，吓得缩头就往回跑，大声喊着，八路！八路！李黑明赶紧猛追上去，一刀将他砍倒。里面就有鬼子骚动起来，岗楼上的鬼子也看不清人究竟在哪里，机枪在半空扫射。刘田堂一看不好，大声喊着，快撤！几个人连忙跑出大门，贴着围墙钻进小巷，后面的乱枪嗒嗒嗒地响起来。

借着浓雾，众人跑到野外，直到离开官桥远了，大家才放慢了脚步。手里有刀，虽然有雾，他们还是不能走大路，只能在高粱地间的田埂上走。走出去大约十里地，大家就在一条小河边的树林里歇脚。王木头站在大杨树下撒尿，两腿直哆嗦。孙五子靠着树，仰着脸，上下牙磕得咯噔咯噔响。曹老三说，这俩家伙吓坏了。王木头提好裤子，回身说，去的时候一点儿也不害怕，这回来还真有点儿怕呢。孙五子说，怕倒是不怕，就是这牙……曹老三说，刚才你要能砍一个，就一点儿也不怕了，姥姥的，才砍了一个，不过瘾，不过瘾！李黑明说，我那一刀也没砍那狗日的脖子上，估计死不了，我也没看清，弄不好砍胳膊上了。说完，李黑明看看刀上的血，已经干了，放到鼻子前闻闻，一股子腥味儿，他把刀一下插在地上。杨德四说，我这刀连点儿腥味都没沾。刘田堂说，这回算是小试牛刀，杀鬼子不在多少，杀一个鬼子就少一个，咱们沉住气，瞅准机会再下手，一个一个地杀。

大家点头，刘田堂说，不能坐长了，趁着雾大咱赶紧回去，从后山进庙，藏好刀赶紧回家，还是要保密，什么时候干再说。

……

大约又过了二十来天，刘田堂到官桥行医，也是探探动静。他背着布褡子，摇着铃儿走街串巷，从一条巷子出来，对面就是鬼子兵营，他远远看着，大门外果然又加了个岗亭，他缩身回去，又继续摇铃儿。

刘田堂正走着，后面一个女人喊住他。刘田堂站下，那个看起来三十多岁的女人说，刘先生，俺当家的病了，你给看看。

刘田堂跟着那个女人来到一个小院，一进屋，炕头上躺着个男人，头上缠着纱布，身穿伪军衣裳，扣子全开着。看见刘田堂进来，伪军说，刘先生来了？俺也姓刘。刘田堂说，本家，本家。他又看到，伪军的右脚也包着。女人搬了个破凳子，请刘田堂坐下。刘田堂说，你得下来，我给你号号脉。女人给男人一根棍子，男人拄着下来，走路一瘸一拐。

各自坐好，刘田堂给他号了号脉说，就是身体太弱，心火内攻，没啥大碍，你是怎么伤的？

伪军说，让狗日的打了。刘田堂用一截铅笔给他开药方，边写边问，你是什么辈儿的？伪军说了自己的辈分。刘田堂说，得叫我叔哩！怎么就把你打了？

伪军说，叔，那天我和两个兄弟去酒馆吃饭，菜都上了，刚倒上酒，就进来仨日本兵，看我们桌子靠窗子，亮堂，非要我们让给他们，我说我们先来的，总要有个先来后到吧？见我摇头，一个人上来，二话不说，端起我们一盘羊肉就扔了出去，见我们不动，又端起一个盘子，扔了出去，四个盘子全扔了，又去抓我们的酒瓶子；我站起来抓住酒瓶子说，我们是皇协军，自己人，可那个家伙一把夺过酒瓶子，一下子砸在我头上，三个鬼子就围着我拳打脚踢，另外两个兄弟也被打得鼻青脸肿，幸亏我是本地的，几个熟人上来，连连说好话，可他们还不算完，一个家伙看准我的脚，一皮靴跺在脚面上……这弄不好，要瘸了啊。

停了停，他又说，这几个人不是官桥兵营的，是从泰安来的电话班，他们住在车站南边的仓库里。

刘田堂听着，把方子给了女人，然后又取出他的几贴黑膏药，说，先取三服药，一天一服，煎服，如果还不好，再取三服，忌羊肉、牛肉、鸡肉和酒；膏药贴在脚面上，估计十天左右就好了。

这两口子连连叫叔，女人给了刘田堂四个铜子儿，刘田堂说，论说本家看病，钱是不应该收的，这样，我收一半。伪军说，那就谢谢叔了，我叫刘宝义，叔再来官桥，一定到这里吃饭。刘田堂说，好，我记住了。

刘田堂告别这家人，手摇着铃往车站方向走去。他沿着这条东西路往西，又经过鬼子兵营朝南的大门，这里他太熟悉了。他左右不看，只是走路，当他走近铁路下的旧孔桥边，向南看去就是车站，里面一片红房子，外面是月台，有人在排队买票，北边有两座红瓦别墅，那肯定是站长什么住的，旁边就是一座岗楼，从伪军兵营到仓库，一道封锁沟贯穿，然后从仓库头上往西拐，在铁道和封锁沟之间，又是一座岗楼。铁道另一面是乡公所和粮所，都挂着白牌子。仓库大门关着，卸货运货要在沟上铺设木板。从仓库再往南，铁路两边就都是高粱地了。

刘田堂想想，从旧孔桥向北，再从别墅外绕过去，一直绕到仓库西边，他避到墙角看，封锁沟里面，也就是仓库墙外，有两根才立的木柱子，拉着长长的铁丝，上面晾晒着好些鬼子军服和白衬衣，还有一条条的白布，是鬼子的兜裆布。他估计，住在仓库里的鬼子，至少有十五六人。

五天后下起了雨，下了小雨又下中雨，中雨下着又下大雨，夏季的连雨天到了。刘田堂这回带的人多了，统共十个人，夜里，他们全部戴着斗笠，披着蓑衣，提着长刀往官桥走着。雨唰唰地下，田野里响着噼里啪啦的雨声，高粱见了雨，就开始拔节，不时听见咯嘣咯嘣的拔节声。他们还是不走路，走田埂，所有的人都不吱声。

因为在雨夜里绕来绕去，也不知走了多长时间，终于看到远处的灯光。一会儿，又有从北向南开的火车，车头的光柱在前方伸出好远，在茫茫水汽和夜幕里快速移动着，又消失在远方。他们加快了步子，终于来到车站东边的高粱地里，车站里的灯光昏黄，在雨里湿漉漉的，仓库外头的岗楼上的探照灯亮起来，从南向东缓缓扫着，扫在高粱地里，然后又扫过去，从北向西边扫。大家蹲在高粱地里，待灯光快要照过来的时候，又全部趴在泥水里。刘田堂说，听着，在探照灯扫过的时候一定跑过去，跳进壕沟里，对了，先用泥抹一下脸。大家赶紧用泥把脸抹了抹，摘下斗笠，脱下蓑衣，做好起跑的准备。

探照灯灭了，很快又亮了起来，又从南往东缓缓地扫过来，就在它扫过头顶的刹那，几个人跳起来，急快地冲过开阔地，然后跃过铁道，跳进壕沟。曹老三和王木头蹲下，李黑明、孙五子和杨德四踩住他们的肩膀，然后被托到沟顶，三个人用钳子剪断铁丝网，又在木桩上拴好绳子，先爬了进去，后面的人抓住绳子上来，立即散开，曹老三在最后，把刘田堂拉上来。这里草多，长了不少蒿子，远处的灯光也照不到。

探照灯又慢慢地转过来了，在高粱地停住，好像发现了什么，灯光里，看得见雨越下越大，密集的雨柱儿唰唰地落下。光柱又向北移动了，探照灯扫着远处，这里却成了“灯下黑”。李黑明他们轻步儿像狸猫一样蹿到仓库后面的墙根，李黑明弯腰贴墙，溜到墙边，来到仓库门旁，门是木板做的，门里传出熟睡的鼾声，他拿出身上的油瓶，把油倒在门轴上，然后，又用一把尖刀，插进门缝里，轻轻地，轻轻地拨着门闩。也不知道拨了多久，终于，门闩拨开了，他把门轻轻拉开一道缝儿，然后一招手，墙角后的人立即跟上，闪进屋里。全部人进门后，门就合上了。

屋里很黑，十个人站定，这才看到，十多个鬼子并排睡在地铺上，一溜光头。

十个人立即散开，抡起大刀就砍，嚓嚓嚓，只听见刀砍骨头的声音，反正门已经合上，外面什么也听不见。有的鬼子一下睁开眼，但大刀也一下子砍下来。有个鬼子呀地喊了一声，随即就没了动静。大家看不清地上，就是乱砍乱剁，乱剁乱砍。一个鬼子挣扎着往门口爬，被曹老三追上去就是一刀，脑袋顿时成了两半儿。刘田堂看到地上有支短枪，想弯腰伸手去捡，没想到一个鬼子没死，手握个铁扳手，一下砸到刘田堂头上。刘田堂脑袋嗡的一声，差点儿倒下。孙五子看到了，赶忙过来对着鬼子脖子一刀毙命。也就是一袋烟的工夫，屋里没有声音了。大家蹲下看看，不多不少正好二十个鬼子，一个不剩。

刘田堂说，快走！几人拉开门看看，一个跟一个溜出来，又到了仓库后面。细心的刘田堂，在木桩下边系了个白布条儿做记号，大家从底下钻出去，跳进壕沟，等着探照灯扫过去，又人顶着人爬上沟沿儿，钻进了高粱地。

雨还是唰唰地下着，除了满耳的雨声外，黑暗的四野里反而是无边的寂静，他们找到了斗笠蓑衣，很快隐入了黑夜……

几人还是走田埂，绕来绕去，快到草坡村的时候，雨小了一些，天也快亮了。大家停下一看，血从刘田堂的头上流下来，混着雨水浸红了他的衣服。刘田堂说，不碍事，快到山上去，快把刀藏好。于是他们先去了北边的山，转到破庙里，把刀放好。天已经大亮了，刘田堂带人到了山腰的一个洞子里，这才各自坐下。

去得神秘，干得痛快利落，大家都忘了饿，衣服也都湿透了，但又不能生火。曹老三兴奋地骂了句，接着说，报仇了！王木头说，报仇了！孙五子也跟着说，报仇了！杨德四看着众人，嘿嘿地笑。李黑明冷静地说，还得杀。王木头笑着说，等官桥的鬼子睡醒了，还不知道怎么着哩！会问，这到底是谁干的？孙五子说，天兵天将干的！曹老三说，阎王爷干的！这时大家才注意到，刘田堂靠在一块石头上，眼闭着，脸色苍白。

杨德四喊着，表叔，表叔，你没事儿吧？几个人围过来，刘田堂睁开眼睛，虚弱地说，要平时，头破了没大事儿，可我头上那个血窟窿进了雨水，怕是……

众人大惊，李黑明站起来一看，刘田堂的额头上有个指头大小的洞，血把周围的头发全浸染了，星星白发殷殷发红。李黑明说，伤口不大，不会有事儿的。刘田堂痛苦一笑，我这头疼厉害，跟要炸开一样。杨德四说，表叔，你说用什么药，我们下山弄。刘田堂说，不用了，我怕是……怕是不行了。

大家都不知道说什么。李黑明说，大爷，你要挺住，还是要用药。刘田堂艰难地摇摇头，我是大夫，我自己还能没数儿？下午就该发烧了，弄不好，到不了明天。

大伙儿一听吓坏了。刘田堂笑笑说，值了，值了，杀了二十个鬼子，你们能全毛全翅地回来，我放心了。说完，又闭上了眼睛。

到了下午，刘田堂果然发起高烧，疼得不住地呻吟。大家无可奈何，只能守在他身边。外面的雨还在下，山间全是落水声。到了天快黑的时候，雨总算停了。

刘田堂吃力地睁开眼，对着几个人说，今天，咱们的仇报了，我又这个样子，往后你们怎么办，有一条，绝不能走了邪道。杨德四说，表叔，放心吧，弟兄们全是好汉，反正我还要杀鬼子。曹老三说，没错，这辈子我就和鬼子杠上了，杀一个就少一个祸害。其他人也就点头。杨德四说，不过，咱以后不能十个八个人干了，这还是小胳膊拧大腿。刘田堂说，德四有眼光，我也想这个事儿，你们要找队伍，但不能找国民党，他们不行……停了停，刘田堂说，黑子，你们今夜就去大李庄，找李天成，兴许他有办法，给你们指条道儿……李黑明点点头说，我听大爷的。

刘田堂缓了缓，又说，等庄里人都睡了，你们把我送到家，送到门口就走，夜长梦多，你们快去大李庄。

大家一直等到半夜，刘田堂已经昏迷了。曹老三背上刘田堂，其他人跟着，出了山洞下了山，从村后绕到村西头，刘田堂的家就在这里。这时，刘田堂突然睁开眼说，老三送我到门口，你们都在村外，村里有坏人；咱干的事儿，你们全都烂肚子里，不要提我的名字……这时候说出来会招大祸，你们明白吗？

几个人忙说明白。

曹老三背着刘田堂来到他家门口，说，叔，我还是把你送进去吧。刘田堂着急地说，老三，动动脑子！曹老三就把刘田堂放下，一落地，刘田堂就坐在地上起不来了。曹老三扶起他，刘田堂摇摇晃晃地站在门口，手往后晃了晃，曹老三退后几步，转身走了。刘田堂用尽全身力气，敲了敲门。

家里人忙出来，一开门，刘田堂就一下子栽到门里头。

家里人吓坏了，立即把刘田堂抬进屋里，放到炕上。见他衣裳湿透了，头用破布包着，里面一个血窟窿，赶忙问他怎么了。刘田堂喘息着，昏迷了。到了后半夜，他睁开眼，对守在身边的家里人说，我碰上土匪，不行了……我死后，不要往外头埋，谁也别告诉，千万别哭，土匪知道了，咱会灭门，今晚上……在门口用土坯垒个槽子，底下铺上麦糠，把我放里头，上面盖上瓦……什么时候太平了，再埋到林地里……说完，刘田堂的气息越来越微弱，直到呼出了最后一口气。

从此，刘田堂不见了。村里人都问，老伴儿伤心地说，也不知道上哪去了，死活也不知道，兴许命大，还能回来。说完，就哭。

直到一九四五年，有人来到草坡村，官桥车站二十个鬼子被砍死的往事才揭开谜底，刘田堂从门口土坯槽子里被抬出来，重新入殓，隆重地安葬到落凤山下的林地里。这都是后话了。

再说李黑明他们连夜到了大李庄，找到李天成。李黑明问有没有吃的，李天成拿出几个煎饼，几个人一顿狼吞虎咽。李天成说，这时候也没法去敲邻居门了，先凑合着，你们这是怎么个事儿？李黑明遵照刘田堂的吩咐，只说了之前砍过两个鬼子。李天成看看九个人说，我也是个种地吃饭的，能给你们指什么？这样吧，你们在我这打个盹儿，明天先回村，该干什么干什么，碰到难处来找我，能帮忙我尽量帮，有事儿需要，我就让人找你们了。

杨德四听明白了，李黑明也听明白了。

……

乙部

1

官桥乡这地方，几十年前还是一片空远的田野，只有一条官道贯穿南北，联结北平和南京。东有群山，西临微山湖，平原上的古道成了唯一的陆上坦途。从明朝中叶道路修成始，天天有南来北往的行人车马，各种载着货物的车，两轮的，四轮的，独轮的——人推的独轮车排成长长的行列；大车当然是骡马拉着，单马、双马，甚至有四马，车轮子用硬木制成，轮子上打着密集的铆钉，铆钉头如酒盅子那般大。天还不亮，就有赶路的车轮声吱呀呀响起，噼里啪啦的鞭子在半空中炸响并传得很远。勤快的捡大粪的老汉，背着筐子在路上走着，把马拉出的粪蛋子铲进筐里。几百年间车轮反复碾压，竟把宽宽的并且高出田地的路面压下去，压成了平平下凹的槽床，路成了沟渠。

官桥乡得名，源于薛河上的一座古桥。明万历《滕县志》载："官桥在城南四十里，建自隋代，近桥东沟中塌出一断碑，盖隋开皇八年也。只有上边三分之一，其字楷古。虽非名笔，然无剥蚀，可读，其下半求之不能得，惜哉。国朝正统间，知县罗斐修建九券，高四丈，今稍圮。"古桥九券相连，全为长条石砌成，清末民初，卧在河上经历了千年沧桑的大桥，仍然完好；桥墩砌石上，临近水面处，精雕出十五条鲤鱼，而且形态各异，鳞鳍细致如真，这边七条朝上游，那边八条往下游，栩栩可爱，于是当地就有了"官桥鲤鱼——七上八下"的歇后语，当地人甚至称鲤鱼为老李（鲤）哥。

到了一九一一年，德国人从清政府手里取得津浦铁路修建权，铁路主要用于货运，因为这里有区位优势，可作为货场，于是设立了一个小站，借薛河上的古桥之名，取名官桥车站。在建车站的同时，又在车站南边建了仓库。存储与转运，就需要装卸，周边村里人，便在这里做了搬运的民夫。人多了，要吃喝拉撒睡，就有人在此盖了民宿。更多的人在此卖饼、卖粥、卖大碗茶，卖酒、卖菜、卖羊汤，卖烧鸡或卖猪头肉，先搭起简易铺子，后盖起屋子，挂上了招牌，成了小酒店、小饭馆儿，有了像样的酒楼茶肆。随着货运量越来越大，外地人也喜欢到这里做生意，远至安徽、山西和福建，都有商人来，于是货运站又加了客运，通了客车也增加了人流量，官桥北头也就有了村庄，村名也叫官桥。村庄又继续扩大，也有了商铺街，小街又逐渐成了长街，官桥村也逐渐成了官桥乡。

滕县县城沦陷，转眼间，这里也成了鬼子的天下，他们把商铺街先烧了一片，很快建了兵营，官桥萧条了好多日子，但是百姓们还要生活，生意还是要做。从鬼子这里说，占领了这个地方，几番“扫荡”后，还是要从百姓这里索取，需要征服后的所谓良民，“大东亚共荣圈”里，总不能永远遍地尸体。

伪军兵营里，陈二雄全家住在一处小院，前后都是成排的宿舍，小院门朝南，他还特别在门口加了一个岗亭，用以保证全家安全。三间瓦房，中间会客，东屋住两个孩子，他和老婆王美兰住西屋；院西边是两间小屋，一间是厨房，另一间住着保姆。

外间的挂钟当当敲了几下，陈二雄睁开睡眼，已是五点。他不需要起来跑操，慢慢从床上坐起来，穿着精细柔软的鸭蛋青色的缎子睡衣，两只赤脚找着床下藤条编的拖鞋。王美兰听见动静，走了进来，照例给丈夫脱下睡衣，从旁边的架子上取过白衬衫，陈二雄只需伸出胳膊来穿上，扣子都是王美兰给他系好；然后，王美兰蹲下来，抓住睡裤裤腰两只角，轻轻地给陈二雄拉下来，陈二雄又坐下，王美兰蹲着给他穿好军裤；接着陈二雄站起来，理好衬衣，把腰带扎好，然后又坐下，让王美兰给他穿上薄袜子，再把两只黑亮的靴子提过来。陈二雄自从当上大队长，更加讲究仪表，绝不穿睡衣出门。每当王美兰给他穿衬衣，她那鼓鼓的大胸脯时时蹭着陈二雄，陈二雄就有心醉神迷的感觉，别看孩子都快十岁了，陈二雄还是迷王美兰，好像永远闻不够这个女人的体香。

其实，王美兰是日本人，叫真美玉带子，十三岁的时候，她跟着父母作为被选中的“满洲开拓团”成员，来到黑龙江的密山县。她十六岁的时候，嫁给了一名日本军官。那个军官经常酗酒，性格暴躁，酒后经常折磨她，结婚三年，她的肚子总是不大，那家伙打她也就更狠。这天，丈夫带上她去县城，找医生治不孕症，不想半路上蹿出十几个胡子，砍死了她的丈夫和赶车人，一看这日本娘们儿长得漂亮，一个胡子嘿嘿一笑说，正好老子还缺个压寨夫人，说完扛起她就走。就在这时候，陈二雄带着一班人正好经过，一顿乱枪，全歼了胡子。陈二雄看到躲在白桦树后的真美玉带子，真是国色天香！白，比雪还白！腰是蜂腰，可腚瓜子饱满，胸前鼓胀胀的，就像两团香喷喷甜丝丝的发面团，两只眼睛水汪汪的，头发乌黑油亮。陈二雄问她哪里人，真美玉带子居然一口地道的东北话。陈二雄问明情况后说，你男人死了，以后跟着我吧！

此时的陈二雄，是伪满洲国军的一个连长，他正儿八经地和真美玉带子举行了婚礼。陈二雄是真爱这个女人，只要不打仗，他就三天两头趴在真美玉带子身上，几个月后，真美玉带子就鼓起了肚子，又几个月后生了双胞胎，都是男孩儿。陈二雄乐坏了，连摆了三晚上酒席，一个鬼子的曹长对陈二雄说，你的，中日联姻，大大的好！儿子，两国的结晶！陈二雄端着酒一饮而尽，对曹长说，我的，日本姑爷的是，你的，舅舅的干活！来，喝！这个曹长，就是铃木。

陈二雄给两个儿子取名，一个叫大日，一个叫小日，他的一个排长说，叫小日不好，皇军听了会觉得你蔑视大日本皇军，骂他们小日本儿。陈二雄想了想说，那就一个叫大日，一个叫大本，大大的日本，这不就行啦？

随着战事不断扩大，铃木随队伍南攻，后进入山海关一路到了济南、滕县，陈二雄也带着伪军随同。后铃木晋升日军中队长，陈二雄也升为伪军大队长。陈二雄一驻扎在官桥，就让真美玉带子和两个孩子来到这里。他对真美玉带子说，别用日本名了，不安全，你关东话说得好，就改个中国名，叫王美兰吧……

陈二雄刷完牙，就在外间吃饭，他不准家人围在一个桌子上，而是让他们在厨房吃。他怕出危险，即使住在兵营里，外面有警卫，但也不会绝对安全，一旦有人混进兵营暗杀，万一自己遇险，家人也会安然无恙。尤其是车站仓库里两个班的电话兵都被砍了头，更要加倍小心。

吃完饭后，陈二雄坐在那里剔牙，电话铃响了，他站起来，抓起电话，一听是铃木打来的，立即呸地吐掉牙签。铃木告诉他，原定下午的会议改在上午，滕县军部派的人到了。陈二雄放下电话，摘下挂在墙上的匣子枪背上，扎好皮带。王美兰进来了，她问，是不是又要下去“扫荡”了？陈二雄说，扫什么荡，车站仓库里二十个人让人砍了头，来问罪了。陈二雄明白王美兰的意思，她每次都嘱咐陈二雄，进村庄后一定要去财主家，杀人放火的事儿让底下人干。每次“扫荡”回来，陈二雄总能给王美兰带来戒指、镯子、项链之类的宝贝。可是王美兰不戴，她觉得上面有中国乡下女人的汗臭，弄不好有的是从死人手上、脖子上撸下来的，不吉利，她是要把这些熔成金元宝，过了火的东西，也就去了邪，从此就干净了。

陈二雄带上两个警卫，去了铃木兵营。

铃木的会议室里，四张方桌拼成了长条，两边各放了五把椅子，这些椅子有明代的，有清代的，有官帽椅、挂灯椅、玫瑰椅，大小形制不同，高矮不一，都是从官桥人家抢来的。正面墙上，挂有日本天皇画像，旁边钉着一面军旗，挂有“武运长久”的条幅。在下面的长条香几上，架着一柄长刀，立着一个木牌位，上写“樱花军魂”四字，牌位前放一个绛紫透蓝的瓷香炉，里头装满小米，便于插香。铃木好久没有敬香了，金黄小米上的香灰已冷，另一面墙上，是放大的官桥地图。铃木还未到，但他的三个小队长已坐在桌子这边，挺胸正襟，保持标准的军人姿势。陈二雄当然明白，凡是重要会议，他的伪军小队长不准参加，日本人还是信不过中国人，怕他们泄密，气得于大肚子当着陈二雄的面骂，婢养的，小日本鸟人，就是防着中国人，提着脑袋跟着他们干，还是换不来他们的心！

三个日军小队长见陈二雄进来了，仍然旁若无人，陈二雄并不介意，心里骂了一句“小舅子”，就在另一边坐下。他刚落下腚，田文西村进来了，也没有平时的笑容，接着车站站长山本进来了。山本四十刚出头儿，穿黄军裤，黑皮靴，腰上挂着王八盒子，上穿府绸对襟衫，小平头，宽额，短宽的黑眉毛下，两只窝儿眼，眼中却透出一丝文气。山本脸色凝重，凝重里还含有愤怒和委屈，陈二雄明白，仓库两个电话班的鬼子兵被杀，上头给山本记了大过，却对铃木只给了警告，这使山本觉得不公平。陈二雄向山本点点头，但山本冷冷地，看也不看他，坐在他旁边。

铃木兵营门口连连遇袭，又有人趁着雨夜潜入车站，高层大怒，滕县和兖州方面的专员火速赶到，陈二雄和铃木还有山本，全都到现场。他们看到，二十个鬼子兵大都身首分离：有的连在脖子上的只有半片脑袋，像剁开的鲜红的西瓜；有的砍去了脑袋的上半部，像横着开瓢的葫芦；有的脑袋被连砍了三刀，有的被刀斜着削开，有的半边脸完整地被削了下来，龇牙咧嘴，吓得旁边的鬼子兵两腿不住地颤抖。血和脑浆糊在枕头上，血水从里面流到门外，又被雨水稀释，顺着台子的斜坡流到不远处的洼坑里，像一大片酱油。苍蝇们全都闻到了腥臭的气味，远远近近地飞涌过来，比采蜜的蜂子还亢奋，黑乎乎地落在所有的脑袋上，只听到整个头顶全是嗡嗡的声音。苍蝇的嘴上、爪子上全是黏稠的血液和脑浆，又嗡嗡地往人们头上落，往脸上扑，往鼻孔里、耳朵眼儿里钻，恶心得好几个鬼子军官和士兵在门口哇哇地吐。

走出库房，查看外面，看到被剪断的铁丝网，又到壕沟对面，在草地上、高粱地里看到一些零乱的脚印，再无其他的了。

兖州来人面色铁青，滕县来人暴跳如雷，骂了山本又骂了铃木，又骂了陈二雄，然后气势汹汹地走了。铃木立即把当晚在仓库岗楼上的五个伪军绑了，却不抓他自己的人。陈二雄一看，说，铃木队长，这板子不能只打在我们腚上。铃木蛮横地手一挥，什么也不说，就把这五个人押到演武场，按在地上砍了脑袋。

当天下午，滕县就来了处分，陈二雄反倒没有，这让他心中窃喜，心想，这属于车站管，本来就没有老子的事儿。

外面的人进来了，在座的全都起立，敬礼。铃木陪着一个中佐进来，还有一个翻译，这中佐陈二雄认识，他是滕县本部的井上。井上在对面中间坐定，向铃木一点头，意思是开始吧。铃木扫视了一下对面的人说，诸位，经过综合各种情况分析，尤其是大雾天袭击我兵营，由现场留下的两辆卖瓜的车子，可以断定，几次对我部的袭击，都来自东部。铃木当然说的是日语，但陈二雄能懂，他也会说，心想，这还用分析？傻瓜一眼都看得出来。

铃木继续说，瓜，来自东部山区，因为那里为黄沙土，种出的瓜比这里的甜，而且，小推车在东部更多，但是，我们无法排查那两辆车到底来自哪个村庄，哪家哪户，我们在官桥也抓了些卖瓜的，审来审去也没找到线索，我们推断，不会是国民党军，他们早已撤退，好像也不是八路化装所为，从作案的残忍程度看，好像是土匪，更像是对皇军有着深仇大恨的人，所以有一种可能，是家里人被皇军杀了，或者房子被烧了，他们合起伙来看准时机复仇，到底是谁，也不好查，即使查到，估计也已经逃跑了……

铃木停了停，看了一眼井上中佐说，连续发生的这几起事件，我和田文君、山本君，还有陈大队长，有不可推卸的责任，鄙人深感痛心和自责！铃木话音刚落，不想山本冒火了，他说，铃木君，你是这里的安全负责人，你的人在车站上守卫，我是车站站长，只管铁路，我凭什么负责？铃木被山本打断了话，还被顶撞，他瞪着山本说，山本君，事情可是发生在你的地盘上。

山本看着铃木，反问道，让帝国的军人驻在仓库，是我安排的吗？军人就应该驻兵营，如果驻进兵营，还会发生这样的惨案吗？铃木君，是你大意。铃木的脸变成了猪肝色，他说，我的兵营全部满员，这二十个人怎么住得下，不得已才住仓库……山本仍然不依不饶地说，住仓库，总该加岗吧，你的人呢！田文这时笑着打圆场，不想让山本再说下去，山本君，兵营的确住满了，满了。山本根本不听，我不管你满不满，军人就应该驻兵营，我是车站站长，我只管货运客运，这责任要我来负，井上阁下，对我的处理，不公平，很不公平！

井上中佐挪了挪屁股，没说话。山本看着铃木说，因为仓库外面有个岗楼，你们就大意了，轻敌了！这时，陈二雄也不想让山本再强调岗楼的事儿，便说，二位别再争了，都是为帝国效忠。他的话还没落下，铃木的火正好没处发泄，接着说道，是的，我们大意了，认为有岗楼，可没想到岗楼上的人根本不尽责，没有把帝国军人的安全挂在心上，他们和我们不一条心！

陈二雄也火了，铃木队长，岗楼上我的五个人你都杀了，你还想怎么样？岗楼里值夜的只有我皇协军，难道没有皇军？你我的兵营都有围墙，深更半夜，你没看见，我就能看见——我长了穿墙眼？陈二雄怕铃木听不明白，语速很慢，说完还不软不硬地苦笑一下，随即收回。

这时，井上中佐摆了摆手说，各位不要吵了，现在要研究的是，汲取教训，加强兵营和车站的保卫，尤其要杜绝此类事情再次发生，要紧的是，尽快扩大我们的势力范围，特别是东部地区，在重要乡村建立据点，据点和据点形成呼应，一旦发现敌情，就可以近距离出动，甚至形成合围，要在各个村发展我们的眼线，发现可疑的情况，立即向据点报告。

铃木说，重要的地方，是在铁路以东，而最危险的，是靠近山区的村庄，不仅转身就可以进山，更有沂蒙山区的八路作后盾，我们的主要力量，首先要瞄向那里；当然，西边湖上也有了土八路，他们上岸袭扰，更加方便，但是，那里是一片水域，村庄稀少，吃、住、藏都不能与山里相比，只要把所有码头、河道守住，眼下他们成不了大气候。

山本鼻子哼了一声，说，未必，中国有句俗话，狗有狗道，猫有猫道，但凡他们能在湖上活动，总有他们的办法，也不可顾此失彼。井上中佐说，微山湖一带岸线很长，还要靠滕县和枣庄的队伍联手，你们先把重点放在铁路以东。

陈二雄看着井上中佐说，阁下说得极是，铁路以东很复杂，村庄为了自保，各种各样的道门都成立了，他们念经练武，在村外建了土围子，最大的是培贤道，听说周边十几个村子的人都入了这个道，我们建据点，要争取这些人；这培贤道的头儿叫王世仁，听说这个人讲义气，我们要和他拜把子，如果争取过来，就是一股很大的力量，换句话说，是一支不穿军服的皇协军。

井上一听，眼睛一亮，立即说，好！好思路。陈二雄说，旦庄还有一个刘三，胆子大，领着几十个人四下里闹腾，我想把他也收编了。井上说，只要能为我所用，要尽快。陈二雄说，这几天我就派人去见那个王世仁。

铃木走到地图前说，当务之急，东边这两个地方的据点要尽快建起来，这里是西茓山，位于凤峪口上；这是郭庄，离东江河五里，东江河也从山里流出来，两个山谷都是通往山中的要道，我和陈大队长已经谋划了多次，陈大队长也已经派人考察过了，据点建成后，陈大队长各派一个小队驻扎，并在那里扩充队伍，当然，也要有帝国的军人进驻。

陈二雄有了面子，笑笑说，铃木队长，你把我的人都给拆分了，我这成了光杆司令啦。铃木说，陈大队长，你的地盘更大了，人只会越来越多，以后，司令的干活！陈二雄眼珠子一转，眼看着井上中佐说，司令我可不敢当，没那本事，我只要求井上中佐大力支持，多给我弹药。井上说，要西，大大的给，还有，金票的给！

铃木看着山本说，山本君，刚才言重了，请你包涵，车站的安全更重要，这是帝国作战的大动脉。井上忙接过话说，山本君，南方战事，全靠铁路运输，要通畅无误，铃木队长，你要在车站上多派人。铃木点头，井上又问山本，你们站上有几个警察？山本说，就一个，家就是官桥的，才干了几个月。铃木说，一个太少了。山本说，小站，每天上车的也就几十个人，到了下午人更少，有铃木君的人就足够了。说到这里，山本突然想到了，他说，车站又要来一位副站长，是帝国军人，他叫龟尾。

铃木一听，惊奇地问，是龟尾队长？他怎么到车站工作？

没等山本回答，井上中佐讲话了，诸位都意识到向东扩展的重要性，还有一条，官桥也要加强戒备，除了明的，还要有暗的，要在村里发展眼线，这样可以及时发现敌人的活动，陈大队长，从你那里拨出一些精干人员，穿上便衣。陈二雄立即站起来说，请中佐放心，回去后就办。中佐接着说，今天的议题要尽快落实，要和敌人抢时间，过些日子我还要来检查。然后，他又强调，帝国军人要和皇协军，还有车站方面，三方精诚团结，共同效忠天皇陛下。

……

陈二雄回来，吃了午饭又睡了一觉，起来后，觉得有些热，摇着蒲扇在屋里踱着步子，然后，让人叫于大肚子来。

于大肚子很快来到，他在门口啪地打了个敬礼，高喉大嗓地喊道，姓于的报告！陈二雄斜了他一眼说，小点儿声，你嫂子他们在睡觉！于大肚子抿嘴一笑，咱天生就是大嗓门，你又不是不知道，婢养的。于大肚子是胶东人，个子粗短，挺个肚子，两只公牛眼，一说话两个耳朵垂子就发红。

陈二雄让于大肚子坐下，说，大肚子，你不能驻官桥了，带上你的小队到西�山，在那里搞个据点，越快越好。于大肚子两眼一下子瞪圆了，怎么，我哪里把大哥得罪啦？把我赶到那么远的地方？婢养的，我哪里也不去，我就贴着大哥！陈二雄也不看他，继续说，去了就建据点，一天也不能拖。于大肚子听也不听，反问道，怎么不派李宝昌那个狗日的？陈二雄抬起头来说，李宝昌驻郭庄，你去西茌山，是铃木点的将。于大肚子骂开了，婢养的，铃木这个杂种，他让我去那个鬼地方啃石头啊！陈二雄说，我也不想放你去。于大肚子说，对啊，这打起仗来，我还要给大哥挡子弹哩。陈二雄说，咱们要扩地盘儿，壮大队伍，人多了，枪多了，咱腰杆子就更硬；把住西茌山那个要道，除了你，谁能行？于大肚子说，你别晃悠我，我不去，婢养的那个地方，就是个火山口，还没扎下根哩，八路半夜就摸过来了，人还在做梦，脑袋就被砍下来了……陈二雄白了他一眼说，这里就安全？车站上怎么回事儿？谁也保不住这脑袋永远长在脖子上，我都后悔把老婆孩子带到关里来。

于大肚子骂骂咧咧，说铃木这是欺负人。陈二雄说，这是重用。于大肚子说，咱不要重用，让他重用别人吧，婢养的，我就跟着大哥，同生死共患难，大哥从没亏待过我。陈二雄说，大肚子，这是好事儿，别不知好歹，你在这里还要受我管，带一伙子人去西茌山，你就成了土皇帝，什么都你说了算，吃什么，喝什么，什么都有，再说，你又不是安分的人。于大肚子牛眼转了几下，有些得意。陈二雄说，我再给你配上三挺机枪，十箱子弹，步枪一百支，你去那里招人吧，你能招多少人，我给你多少枪，我不眼红你人多势众，说不定，干几年，这大队长就是你的！

于大肚子的腚在凳子上乱动，笑着说，咱可不敢，婢养的，咱可没那个野心，哪有大哥这经历？从关东打到关里，什么没见过？打出的子弹壳儿能埋了我，大哥的命就是我的命……不过，我真要有大哥这样的造化，大哥怕是要当司令啦，婢养的，我是秃子跟着月亮走，沾光沾光又沾光。于大肚子说完，突然想到什么，又问，我去西茔山，我那个熊娘们儿怎么办？陈二雄说，这还用问？一块儿去，人家的枪法不比你差，留在这里……后面的话，陈二雄咽回去了。陈二雄心知肚明，于大肚子的老婆也属于战斗人员，但不在于的小队，而是在日军中队部里做些杂务，她来这里不久就和铃木勾搭上了。于大肚子不在家，她就去找铃木，不知道于大肚子是否察觉，干脆让他把老婆带走，要不，真生出些麻烦，处理起来也让人挠头。他和铃木商定让于大肚子去西茔山时，铃木说，老婆的留下。陈二雄说，这样，于队长就不会去了，西茔山只有他能守得住，他老婆真要待不住，我把她再调回来嘛。铃木咽了一口唾沫，又咽了一口唾沫。

于大肚子问什么时候动身，陈二雄说，明天上午就出发。于大肚子的牛眼又瞪圆了，啊呀个婢养的，这是赶着我卷狗皮啊！陈二雄不耐烦了，大肚子，哪来那么多废话，这是打仗，不是小孩子过家家，听我的命令，回去立马准备，明天立马给我滚蛋！

于大肚子抬眼看看陈二雄，笑意里带着怯意，连连点头，好，好，滚蛋，滚蛋！陈二雄站起来，走到柜子边，取出一罐酒，是一个粗瓷黑釉罐子，又拿了两个酒碗，拔开木塞，把酒分别倒上，立时有醇厚的酒香弥漫开来。陈二雄说，大肚子，这是上好的四川郎酒，算我给你送行。说完，把另一只酒碗递给于大肚子，于大肚子双手捧碗，两只粗短的腿紧紧并立，肚子圆滚滚地挺起来，说，谢谢大哥，兄弟知情了！然后一饮而尽，放下酒碗，又给陈二雄敬了个礼，转身走了。

2

旦庄在官桥偏东北十几里，庄不大，全姓刘，刘三成了这里的王。

旦庄小，但是因为小才有了坚固的围墙。刘家祖上从清末开始动工，年年积下钱，年年修一截，外面墙全是石头，里面用青砖，这一造就是二十多年，把整个村庄严严实实地围住了。他们在南墙正中开了一个门，用粗硬木和铁扒钉做成两扇大门；其他三面不开门，但在东北角修了一条暗道，沿着暗道可以走到河边上。日本鬼子来了，村里地主刘大能出钱，买了十几支汉阳造步枪和一把匣子枪，看自家的侄子刘三年轻胆大，就让他挑头组织了一伙人护村。

刘三才十七岁，自小没娘，跟着爹过日子，家里有几亩地，但刘三不爱下田，日子过得紧巴。自从有了枪，手下有几个人，刘三变得益发骄横起来，他本来一个眼大，一个眼小，在庄里碰头撞面的，全是本家族的人，他却总用那只小眼睛蔑视地看，没老没少不说，谁不如他的意张口就骂。刘大能私下里说，坏了，坏了，看错人了。但是也只能叹气，毫无办法。

不久后就出大事儿了，刘三看上了翠叶，翠叶长得很俊，刘三要翠叶给他当媳妇，可是论辈分儿，他要叫翠叶姑奶奶。刘三说，我不管辈分儿，我两不日，养我的不日，以后我养的不日，黑了灯全他娘的一样！

刘三几次去翠叶家纠缠，家里没办法，找到刘大能，刘大能正好在街上碰见刘三，指着他鼻子就骂起来。刘三那只小眼斜盯着刘大能，突然拔出枪，顶着刘大能的脑门子说，大爷，阎王今晚上请你去喝酒。说完砰的一声，刘大能一下子倒在街上。

亲侄杀了亲大爷，村里的人全都吓坏了，刘三的爹一气之下投了井。刘三一不做，二不休，带人进了刘大能的宅院，抓住他唯一的儿子——他的堂哥，把两根脚筋挑断，然后对吓瘫了的大娘说，别害怕，把地分给我一半儿，这院子前面一半儿归我，我就不杀你。这样，刘三在大伯宅子里布置了新房，把姑奶奶翠叶抓了过来，从此就住在这里。

刘三结束了穷日子，整天带着十几个扛着枪的混混吆五喝六。滕县保卫战开打，刘三说咱们也抗日，就叫救国军，他趁乱又弄了些战场上丢下的枪，后从周边招了些人，自封司令。

这几天，刘三很郁闷，他坐在大爷的太师椅上，抽烟，喝茶，然后把右腿抬起来，搁在椅子扶手上，脚拇指挑着一只鞋，摆弄他的匣子枪。他把食指伸进枪的扳机里，轻轻地摇动，让枪随着转。脚趾上的鞋掉了下去，他并不去捡，然后退出枪里的子弹，瞄着门外香椿树上的一片叶子，啪地一扣机子，然后再扳开机头，再瞄，再扣机子，扣了几下，他把枪放下，穿上那只鞋，狠狠地自语道，老子吃亏了，吃亏了……

他没有想到，自己手下十几个弟兄，在宋岗栽了大跟头。

原先，官桥西边的宋岗，被刘三的恶名给镇住了。就在一年前，刘三赌博输了钱，心想，去宋岗牵头牛，到外乡卖了还账。他先蹲好点，半夜悄悄进村，跳进人家院子里，到牛棚解开牛绳，牵着牛就走。不想还没到门口，这家的主人也从外面赌钱回来，一看有人偷牛，喊了一声，拔出防身的短刀扑了上来，刘三把牛绳一扔，但门口已被另一个人挡住，他赶忙往墙上爬，就在越墙的刹那，后面被人划了一刀，接着那人抓住他穿的破羊皮坎肩，一下撕下一块皮子来，刘三腿脚利索，跳下去就跑了。

可是，刘三不慌，第二天夜里，他把那件羊皮坎肩挂在人家的门外，然后让人传话，此事为旦庄刘三所为，如想息事宁人，拿出十个大洋，要不出钱，以后就甭出门了，睡觉时千万要睁着一只眼，但保不准眼珠子会被挖出来。这家人吓坏了，赶紧凑了钱给刘三送去，并向他赔礼道歉，这才罢了。现在刘三有了枪，有了队伍，让他怕的人更没有几个了。

眼下刘三还要招人，还要买枪，钱从哪里来？思来想去，他又想到了宋岗，那里姜财主最有钱。因为宋岗东边有条小苏河，小苏河流入微山湖，四围全是平川地，有水浇灌，土地肥实，姜财主的地就有几百亩，而且，他还在滕县做木材生意。

刘三派了几个人去宋岗，见了姜财主，说他们要抗日，但需要钱。姜财主小声说，好，刘司令抗日到我这里要钱，这是看得起我，要钱不就是买枪吗？我在外面弄了些枪和子弹，全存放在大洼庄我表弟那里，这样，我告诉他一声，你们明天晌午去取吧。完了，姜财主又给了他们三十大洋。

几个人回来一说，刘三高兴了，次日上午，他便带上十三个人出了村，走出没多远，后面有个老嬷嬷喊他，刘三回头一看，是隔壁三婶子。三婶子说翠叶在家哇哇吐，吐得都站不直腰了。刘三想，八成是怀孕了，就对手下的人说，你们去吧，我老婆肚子里有种了，我得回去看看，你们快去快回，不要走夜路。

这十三个人往大洼村走，大洼村离这里有二十多里路，他们到的时候，太阳微微偏西。大洼村后边还有一条河，两岸树木茂密，夏天河水又宽又急，他们脱下鞋，挽起裤子过河，到了对岸，都坐在地上穿鞋。突然从西边树林里走出三十多个人，有的拿枪，有的拿大刀，有的壮汉拎着铁锨，一下子把他们围住了。这十三个人吓坏了，不敢说话，对方一个黑脸大汉说，自己人，不要怕，你们不是来取枪的吗？走，往西不远，枪全在那里藏着。

这十几个人都觉得不好，又不敢不走，就这样被人围着往西走，越走越觉得杀气逼近，其中一个想跑，被一铁锨拍在腿上，那腿立时就断了。黑脸说，拖着他！两个人就架起那小子拖着走。这是一大片地瓜田，很远才看到一片一片的高粱，走在路上，根本没法逃走。

很快就走到一口井旁边，三十多人像桶一样围住这十三个人。黑脸说，枪全在井里，进去取吧，说完一个眼神儿，那两个人架着断腿的小子，一下子扔进井里，其他的人面色如土，全跪下来不住地磕头，哀求着黑脸说，爷爷啊，饶小的一命吧。

黑脸根本不听，说，扔！后面的人把另十二个人架起来，拉到井边，有人在后面用脚一踹，人就跌进井了，井里发出扑通扑通的声音，十三个人全进了井。但最后一个因为踩着别人的身体，伸手就可以扒到井沿儿的石头，求生的本能让他拼命往上爬，当他的右手扒住石头的刹那，上面的人弯腰一刀，一下就把四个指头砍了下来，那人惨叫一声又跌了下去。上面的人用脚把四个断指踢进井里，接着，十几把铁锹不停地往井里填土，就把井填平了。

刘三在家里，一直等着，但迟迟不见人回来。到了晚上，他知道出事了，也万幸老婆救了自己一命，心想，这姑奶奶是娶对了。他怕有人来攻村子，关上大门，自己不敢在大爷的宅子里住，带上几个亲信，住在村东北暗道口上的房子里，一宿没合眼。一直到了第二天下午，有人送来一封信，刘三不识字儿，让一个亲信念给他听，大意是，从今往后不准踏进宋岗和大洼，姜姓是我的老亲，若有半点儿闪失，弄死你就像捏死个臭虫！下面没有署名，但还是把刘三吓坏了，不管写信的是谁，这回算自己瞎了眼，在太岁头上动了土。

刘三这会儿正在苦闷，突然一个人来报告，刘司令，大院外来了几个皇协军，说有事要和你商量。刘三一愣，问，他们还怎么说？这小厮说，说是从官桥来的，陈大队长的部下，想要和你交个朋友。

刘三不怠慢，赶忙起身就出了宅院，来到围墙大门口，歪着头从门缝里往外看，只有六个人，为首的是个小军官，背着短枪，后面两个人一推一拉，车子上放着两个长木箱，一看就是枪；再后面两个人各担着两个方木箱，那是子弹，最后面一个人端枪警戒。刘三大声说，我就是刘司令，找我有什么贵干？外面的人喊，开门，有话里边说。

刘三让人开了大门，六个人进来，他领着他们一直来到大爷的宅院里，命令手下的人帮着卸下箱子，七手八脚抬进屋里。小军官说，陈大队长给你二十支长枪，四百发子弹。刘三脑子突然拐了个弯儿，说，我们不缺弹药。小军官说，见面礼。然后，刘三把几个人让进屋里，但有两个伪军持枪站在门外。

茶很快端上来，小军官说，陈大队长很看重刘司令，问是否和我们一块儿干。刘三的小眼睛一眨巴说，咱这里就是几十个人，皇军咱不敢冒犯，陈大队长咱也不敢冒犯，咱就是守护庄里老少爷们，不敢高攀啊。

小军官好像从心里也瞧不起这些鸟人，冷冷地看着刘三，单刀直入地说，陈大队长知道你的所作所为，虽然没有冒犯皇军和我们，可也不是什么良民，大队长看你年轻，离官桥这么近也没有动你，是觉得你刘司令是个人物。刘三不说话了。小军官停了半天，直直地看着刘三，又说，有人告诉陈大队长，说你和八路有来往……歪着头的刘三一下子伸直了脖子，像被烙了一样喊，胡扯，哪个狗日的给我造谣！谁要和土八路有勾搭，叫他断子绝孙，天打五雷轰！

小军官不再说话，有意地冷场。刘三嘴里还是骂骂咧咧，小军官抬头往屋顶望着，最后说，东西我送上了，我回去怎么给陈大队长回话？刘三比刚才乖了好多，他说，甭急，咱中午在这里吃饭。然后歪头喊着，来人！一个小厮跑过来，刘三说，去，买牛肉，买羊肉，抓只鸡来，中午我请长官吃饭！

小军官说，不必了，陈大队长命令，不准在这里吃饭，我就等你一句话，合作还是不合作。合作呢，给你军装，以后会让你当小队长；不合作呢，我们把枪支弹药再带回去。

刘三头上出汗了，他的脑子在突突地转，他知道不合作意味着什么，官桥来人，一顿机枪就把自己的人全突突了。合作呢，穿上军装，那就要归别人管，不自由了，尤其让他不爽的，是当个小队长，自己讨厌的就是这个“小”，奶奶的，哪有司令好听。思来想去后，他说，合作，我一定听陈大队长的命令，可是，军装就不必了，我这些人鱼鳖虾蟹的，穿上这身衣裳，路也不会走了，咱就穿便装驻在自己的村里，陈大队长让我什么时候出发，我眼都不眨巴，上刀山下火海都行，等我的队伍人多了，再穿军装到官桥训练，你看行不行？兄弟，你在陈大队长面前给我说说好话。

小军官明白刘三这点儿心思，他眯眼看着刘三问，不会变卦？

刘三说，谁要变卦谁是狗娘养的！君子一言，驴马难追！

小军官站起来说，好，我们回去！

其他几个人先出了门，刘三突然多了一个心眼儿，连忙说等等，快速从里屋取出五块大洋，揣进小军官的口袋说，孝敬俺姐夫了。小军官乐了，说我还没有媳妇哩，先有小舅子了。刘三说，你要不嫌土，我给你送一个娘们儿。小军官拍拍刘三肩膀，转身往外走，刘三和几个人把他们送出村外。

刘三回来，把事情前后又想了一遍，看着两箱步枪和子弹，刚才多郁闷，现在就多高兴。他想，自己就是一只狼，是狼就不能离开自己的林子，一定要知道自己的斤两，大字不识一个，一旦收编进官桥，人家兵强马壮，自己这点小门道儿，根本吃不开，万一打仗有闪失，陈二雄说怎么捏他就怎么捏他，什么狗日的小队长，翻脸了，一句话你就什么也不是，弄不好一枪崩了，啥都没有了。在这里，自己想怎么着就怎么着，酒、肉、女人，由着自己享受，但是，抱上陈二雄的大腿，有枪有子弹，再招些人，这司令当得……死了十三个弟兄，可不就是因为咱没成气候哩！不对，谁给我造谣和土八路有勾结？刘三一想，暗自笑了，诈我哩，诈我哩，这个小舅子，我日他亲姐姐。

刘三肚子也饿了，他看看身边的人说，咱吃饭，反正酒菜都备好了，喝酒喝酒，司令今天高兴！

刘三和几个亲信来到后面的屋子里，东厢已经成了他的饭堂，小厮们已经把牛羊肉和鸡都炖好，全在盆子里盛着，摆在高桌上。桌子头上放了一坛子酒，摆了一圈儿细瓷碗，桌子正位是太师椅，还铺了一张狼皮，当然是司令的座位。刘三坐下后，几个亲信先后来了，其中一个说，司令，有人编了顺口溜骂咱们哩。刘三头一歪，小眼看着他问，什么顺口溜？说给司令听听。那个人唱：

天也深，地也深，
旦庄出了救国军，
鬼子来了他不打，
专门欺负庄户孙。

刘三一听，哈哈笑起来，一大一小的两只眼全瞪大了。他说，对，对，好，好，咱就是欺负庄户孙，没有庄户孙，咱吃什么，喝什么，玩什么？就咱这几十号人，救什么国？国是个毛！咱就是混世的魔王，快活一天是一天，枪也有人给咱送上门，从今往后咱靠上了陈二雄，这年头，有枪有人就是王！

来，喝！

几个亲信齐声喊喝，把碗里的酒一下子干了，接着吃肉。

肉吃了大半，酒喝了几碗，所有人都满脸通红，浑身燥热。其中一个头目放下酒碗，看着刘三说，司令，你说话不算话哩。刘三问，本司令怎么说话不算话？小头目说，当初投到司令门下，你说给我娶上媳妇，可到现在咱还是光棍一根，这晚上……憋得慌哩。其他几个也都附和，天天扛着枪跟着司令东走西转，可下边的枪都闲着。刘三反问，闲着啦？没少开荤吧？其中一个说，也是饥一顿饱一顿，再说了，那也不是媳妇。

刘三说，好办，司令我说到做到。说到这里，他突然话题一转问，今天是初几？一个人说初三。

刘三点点头说，喝酒吧，司令我能亏待弟兄们？

到了初五，正逢郭庄集，刘三吃过早饭，对几个亲信说，今天我要去赶集，你们在家里守着。亲信说，司令一个人不保险，我们得跟着。刘三说，哪会一个人，我带上十个人。然后，刘三吩咐下边几个小喽啰，找五个口袋。

刘三带上这十个人出了村，他们不走大路，端着长枪就进了高粱地，在地里的田埂上往郭庄走去，高粱已经老高了，上边已经抽出穗子，一片一片连成“青纱帐”。他们看到，路上赶集的人不少。当他们走近一处三岔口时，刘三说不走了，就在这里等着。他让小喽啰把口袋铺在草埂上，坐下来歇息。刘三说，谁也不准说话，谁说话我割他的舌头。

刘三抽着烟卷儿，但两只眼睛不住地看向三岔口。

刘三抽完了三支烟后，路上的人少了，终于，从那边来了两个姑娘，一个挎着篮子，一个空着手，两个人边走边说着话。刘三指指说，看见啦？等她俩走近了，过去捂住嘴，立马拖回来，越快越好！

话说完，等姑娘走近了，四个小喽啰看后面没人，一下子蹿出去，抱住两个姑娘并捂住嘴，像逮小鸡一样拖进高粱地里。等姑娘刚回过神来，嘴里已被塞上了破布，双手反绑，接着装进了口袋。这口袋不像后来的麻袋，而是又细又长，高过了姑娘的头顶。喽啰们七手八脚地扎着口儿，刘三说，别扎得太紧，扎紧就闷死了。

一会儿，他们又等到了一个姑娘，又抢进地里装进口袋。

刘三说，娘的，还差两个，你们俩在这里看好，其他人跟我到小河边看看。

正巧，一条小路从河上过，河不宽，当然没有桥，两个女人正在河边穿鞋子，背对着刘三他们，旁边放着两个元宝形条编篮子，篮子里装着些茄子、黄瓜。刘三他们猫着腰，从后面悄悄靠近，就在女人站起来的刹那，突然扑上去，就把两个女人拖进旁边的灌木丛，给她们嘴里塞上破布。其中一个显然是个小媳妇，往她嘴里塞布的时候，手乱抓，脚乱蹬。刘三骂了一句臭婊子，一拳打在小媳妇的肚子上，小媳妇一下子倒在草地上。喽啰们立马扛着俩女人进了高粱地，又装进了口袋。

他们扛起五个口袋，溜回了旦庄。

刘三让喽啰们把口袋扛进一个院子，放在里面闲屋的地上，就吩咐人去叫他那五个亲信。

一会儿，五个亲信先后来到，看到地上五个口袋乱动，并发出唔唔的声音，惊奇地问，司令，里面装的是？刘三坏笑着头一歪说，羊哩，今晚上你们都有肉吃啦。一个小头目立马明白了。刘三说，不是缺媳妇吗？司令给你们弄来了，今晚上都做新郎！几个亲信立即像闻见腥味的猫，眼珠子顿时贼亮了。其中一个问，哪个口袋是我的？

这倒难住了刘三，刚才只顾抢人，还没顾上看高矮胖瘦是白是黑，这还不好分了。刘三小眼睛一斜溜说，有了，咱们抓阄儿。他让人把五个口袋排好，从东到西是从一到五，然后自己到院子里，从小杏树上折下一根细枝儿，从长到短折了五截，攥在手里回了屋。他说，抓阄儿，抽到哪个口袋就哪个口袋，命里摊！五个亲信也觉得这法儿新鲜，都说我们听司令的。刘三把拳头伸出去，让亲信先后抽完，然后，各自站到所属的口袋旁。刘三抽出身上的短刀，扔给一个小喽啰，让他把绳子割开，把口袋从女人们身上拽下来。

在口袋里又闷又热，又惊又怕，姑娘们的衣裳全被汗水浸透了，脸色苍白，她们手腕上的绳子解开了，取出塞嘴里的破布，姑娘们全都跪在地上哭起来，哀求着刘三说，大哥，行行好，放我们回家吧。屋里的家伙一片坏笑，刘三大喝一声，回什么家？这里就是你们家，谁哭我宰了谁！姑娘们吓得不敢哭了。刘三说，从今往后，你们就是官太太了，吃香的，喝辣的，皇军来了，也不用东跑西颠了，老子刘司令护着你们。一个亲信小声对刘三说，司令，人家来要人怎么办？刘三头一歪，眼露凶光地说，要人？先把他的俩腿敲断了再说！放心吧，睡了就是你的人，领回去，就是破了底的尿罐！

这时，那个小媳妇站起来说话了，刘司令，我是结了婚的人，家里还有个五岁孩子，你就放我回家吧。刘三一看，小媳妇很有些姿色，比那几个大闺女还受看，眼一斜说，结了婚怕什么？改嫁的不多的是？我让人给你男人传个话，让他再找一个，给你孩子当娘。小媳妇说，刘司令，你不能干这绝情的事儿，人都是父母生、父母养的，看在我孩子的份儿上，你发发善心，放了我吧，他还在家里等着我啊。说完，小媳妇就抽泣起来，边哭边给刘三作揖，刘司令，行行好，刘司令，行行好。

刘三头一歪，牙一呲，戏弄起小媳妇了，他说，你说错了，老子可不是父母生、父母养的，老子是石头缝里蹦出来的，想回去，没门儿，晚上就和我这个兄弟入洞房！

小媳妇来了犟脾气，扬头就往外走，刘三追过去一把抓住她的衣裳，猛地把她摔倒在地。小媳妇呼地爬起来，瞪着刘三骂道，你大白天抢人家的闺女媳妇，这是伤天害理，你是土匪！刘三上去就是一耳光子，说，老子就是土匪，你要再不老实，我在外面挖个坑活埋了你！

抓到阄的那个亲信，看到女人是个结婚有孩子的，心里也不如意，他说，司令，让这个破烂货滚吧。刘三不说话，对其他亲信说，带上你们的女人，走吧！四个亲信拉着拽着那四个哭哭啼啼的姑娘走了。

刘三看看留下的这个亲信说，嫌破？好，老子过几天再给你抢个黄花大闺女，可司令我不嫌破，把那个口袋给我铺地上！说完，拔出枪，交给一个小喽啰。

几个人立即抓住了小媳妇，小媳妇发了疯地挣扎着、大骂着，畜生，王八蛋，王八蛋，畜生！刘三抓住小媳妇的衣领，吱啦一下撕开，喝着手下人，放倒！压住她的脚！

……

当天下午，小媳妇披头散发，一头撞死在旦庄围墙的大门旁。

3

兰陵县西部的天宝山，枪声渐渐平息下来，这是八路军围歼鬼子和红枪会匪徒的战斗。丁程正在和战士们打扫战场，山坡上，横七竖八都是鬼子和匪徒的尸体，匪徒全都是黑裤子白褂子，胸前印着阴阳八卦图。战士们有人背着几杆破枪，有的抓着几把刀，还有的押着投降的匪徒往山下走。丁程刚从小路上走到山下，看到通信员骑着一匹枣红马奔驰而来，来到丁程面前，轻身落地，敬礼说，丁科长，李政委让你立即回去，有任务。言罢，通信员翻身上了马，丁程骑坐在他身后，右手抓住他的腰，两人一马向大炉村奔去。

丁程进了一处小院，在门口报告了一声就进了屋。李政委在椅子上站起来，和善地说，丁程同志，坐下坐下。丁程坐在对面的凳子上，看着李政委。政委瘦弱文雅，浓眉下一双睿智的眼睛，简陋的桌子上，只有一盏油灯，一个白瓷缸子，一方砚台和毛笔。李政委把白瓷缸往丁程面前一推说，就用我的喝吧，只是水凉了。丁程端起杯子，咕咚咕咚喝了水，然后说，天热，凉水痛快。

李政委说，丁程同志，要派你去滕县。丁程唔了一声。李政委说，鬼子来了，滕县和这里一个样儿，到处成立了道会门，也有红枪会，还有双关道、天门道、无间道、培贤道……我算了一下，大道小道有三十二种，真是道道多哇，有的道是为了护村，有的打出抗日旗号占山为王，其实就是土匪，有的呢，就像咱这里的红枪会，就是投降鬼子当汉奸，敌人也在拉拢这些道门，成为自己的力量，派你去滕县，还是做你的老本行，争取他们，建立抗日武装……

丁程认真地听着。李政委说，滕县也在成立抗日队伍，但目前人数很少，更缺少武装弹药；在临城，洪大海同志已经成立了铁道队，很活跃；你去了，主要任务是在官桥东部一带，争取道会门，成立一支精干队伍，战斗的目标就是官桥的鬼子和伪军，以官桥为核心，以这段津浦铁路为主线，游击消耗敌人，既配合山里的根据地，又和洪大海他们南北策应……

李政委停了停，接着说，你去了，人生地不熟，但你有语言天赋，会英语、德语和日语，方言对你也不成问题，滕县那里的老百姓很好，忠厚，性子耿直，处事灵活，胆大心细的人多，人仗义，尤其看重老亲，看重结拜仁兄弟，为朋友会两肋插刀，墨子故里嘛。

丁程点点头。

李政委说，你先到斑山头立住脚，由王丹西同志安排，他在那里做教师，李天成同志，是滕东的主要领导；对了，那里还有一座天主教堂，神父是德国人，叫莱曼；你的名字改为李寿亭，是博山人，你要把自己祖上几代编好，确保天衣无缝。

丁程说，政委放心。

李政委想了想，说，本来是由敌工部王部长和你谈，他到外执行任务去了，我和你交代工作更直接。丁程知道，政委就是滕县人。李政委说，我再给你配上一个人，他老家就在当地，护送你到斑山头后，他先到大李庄，组建武工队，武工队成立后，也归你领导，有困难吧？不过，有困难也要想办法克服，你懂军事，有学识，相信你会做好。丁程说，我深知组织信任，请政委放心。李政委看着丁程，说，丁程同志，你不是一个人孤军奋战。丁程说，重要的事情，我会和同志们商量。

完了，李政委对门外的警卫员说，叫张西奇。

张西奇一身军装，背着匣子枪，进门先给政委和丁程敬了礼，丁程和张西奇握了手。李政委问，之前你们认识不？丁程说面熟。张西奇说，之前给我们讲过课。李政委说，以后你们就并肩战斗了，寿亭，西奇同志可是个好汉哩。

丁程看了一下张西奇，便问李政委，我们什么时候动身？李政委说，明天头午到斑山头，情报已经传过去了，接头暗号记住了吗？两个人说记住了。

几乎是半夜，丁程和张西奇就动身上路，走了老长的山路，天才微微放亮。丁程装扮成传道的天主教修士，头戴一顶半旧的黑礼帽，白衬衣，胸前挂一个木十字架；张西奇扮成脚夫，背着一个包袱，布袋里放着一本《圣经》。此时的张西奇经过几个月的学习和训练，多了沉着和老练。在队伍里，他见到了太多的英雄，各人都有一番传奇，而且好多人是大学生，甚至在国外留过学，他们上知天文，下知地理，给战士们讲世界大事，讲抗战全局，讲《孙子兵法》，并且教他们日语、英语，打起仗来，几乎人人好枪法。这让张西奇大大开阔了眼界。

两个人匆匆赶路，见人避开，然后沿着东江河南岸走，头晌就到了山口，斑山头就在岸边的山口上。他们快到斑山头时，才从树林里出来，下到河边的路上。走着走着，村口出来两个人，问他们从哪里来，到哪里去，张西奇对上暗语，一个人就领他们进了一条小巷，另一个断后。丁程边走边看，斑山头村实在太小，贴着一溜山坡，全是石头小屋，到腰高的院墙，都是乱石块干插干垒起来，南北只有两条巷子，地上铺着凹凹凸凸的石板石块；再往里走，只有一处院落是青砖砌墙，上面着瓦，但院子并不宽敞，这该是村里的大户了。贴在山坡下的，是一道比人高的断崖，要爬还挺困难；山上树木稀少，全是荒草和酸枣棵子，快到山顶才有稀稀拉拉的柏树林子，但也是密一片，稀一片，空一片，斑斑驳驳，真是个斑山头啊。但从这里往西看去，就是一马平川，抬眼可望十里外，是个可进可退的要地。

丁程想了想，他不能先去找王丹西，便对其中一个人说，我要去教堂拜见神父。一个人领着他往前走，不远，就看见断崖南头有四间房屋，石头山墙的尖顶上，又砌起一个砖垛子，上面插了个木头十字架，院子前面，两个高高的石头砌的方柱，方柱中间一根横梁，横梁下面吊着一口钟。

快要进门的时候，张西奇把行囊交给丁程，点点头，转身进了小巷，他要先到大李庄，不能在这里吃饭耽搁，他口袋里还有一块锅饼。引路的人也停下，丁程只身进了教堂的院子。

丁程是日照涛雒人，长脸，称得上眉清目秀，尤其一口牙齿，齐整不说，白亮如釉光玉闪，只要开口说话，口齿清楚而且嗓音有磁性，立即让人感到从骨子里透出的儒雅。丁程的祖父是个秀才，研读诸子百家，熟诵孔孟，尤其迷老子，从老子入道家，精通周易八卦。丁程自小受教于祖父，后到青岛一家教会学校学习，便有了一口流利的英语和德语，对《圣经》可以大段大段地背诵。后来，日照发生暴动，年轻的丁程参与其中，暴动失败后先逃到上海，又回到沂蒙山参加抗日战争，也正是这种文化背景和资历，他进入敌工部，专门和地方的三教九流打交道。

丁程见到莱曼神父，致教礼后又自报了家门，稍后坐定。坐在椅子上的莱曼神父八十多岁，身粗而矮，原本金黄的头发全白了，而且秃了顶，但白眉毛下两只蓝色的眼睛仍然深邃明亮。他身穿白袍，白袍早已不新，但洗得干干净净，上面看不见丁点儿污渍，胸前挂着一枚亮晶晶的银十字架。津浦铁路修建时，年过半百的莱曼神父来到这里，近三十年过去，他已经会一口地道的中国话了。

丁程说，莱曼先生不远万里，来到我们国家这偏僻山村传道，并建了教堂，您和教民同甘共苦，如今到了耄耋之年，依然道心如初，晚生敬佩之至，今天我来拜访您，是聆听神父的教诲，亲炙您高尚的品格，然后再去四乡传播上帝的福音……

莱曼神父在胸前画了十字，双手合起连连说，惭愧惭愧，老朽平生献给圣子圣灵，哪敢有半点儿懈怠，传道十几年未有寸功，更不敢有自得的念头，尤其是信众拥戴老朽，更让我感到了天父的恩宠和温暖；中国人勤劳、俭朴、善良，能吃苦，待人诚实，爱好和平，鄙人能在这里传道，全凭上帝的恩召和启示，想来我是无限幸福的……老朽不敢领受李先生的赞扬，荣光全属于上帝，你和我在这里共同领悟上帝的无限和大能，用佛家的话说，是缘分，用咱们天主教的话说，一切全是神的旨意……

丁程想了想，说，自从日本人进了中国，烧杀掳掠，生灵涂炭，原本安宁的家园成了魔鬼的天下。

莱曼神父叹了一口气说，我们能做的，只能是传播神的博爱，生来死去，全在上帝的能里，魔鬼横行，是对信的考验，只等待末日审判来临，天堂地狱两界分明；在现世，只能记住圣子的话，打你的左脸，把右脸也转给他们……

丁程微微笑了一下，又聊了几句，便说，时候不早了，不打扰神父，我先在村里找个落脚的地方，安顿下来后，我再来听您传道。莱曼神父站了起来，双手相合，向丁程施礼，丁程同样合起双手回礼，然后走出门。

丁程出了大门，就有一个女人叫了一声李先生。丁程一看，这位妇女四十多岁，补丁衣裳，个子不高，瘦脸，皱纹多，脑后绾了一个髽髻儿，头发白了不少，而且背也有点儿驼，她四下看看，小声说，大兄弟，跟我来。丁程就跟着她进了小巷，又进了小院。当然也是石头矮墙，但院子里干净。待丁程进了门口，王丹西和他握手说，寿亭，进屋吃饭。王丹西比丁程大一点儿，其貌普通，走进人群里就认不出来。

坐在小桌旁，桌上放着地瓜面煎饼，盘子里放几块萝卜咸菜，两碗白开水，碗也是黑碗。王丹西说，也没有好的招待你。丁程说，能填肚子就行，在山里有时一天还吃不上一顿饭。王丹西说，这里也好不到哪里去。丁程突然想到行囊里还有一块锅饼，连忙拿出来，掰了一块儿给刚才的妇女，又掰了一块儿给王丹西。王丹西说，这是香嫂，咱们的交通员。香嫂看看那块饼，先放在鼻子上闻了闻，说真香啊。丁程说，根据地生活也艰苦，这是为了我们的任务特批的，我这身打扮，口袋里只有煎饼，会被人怀疑。

大家吃着饭，王丹西说，你住的地方已经找好了，不过，要和一个排的顽军住在一个院子里。丁程说，这更安全。王丹西说，东江河对岸驻着一个连的顽军，为首的叫朱世因，他在这边放上一个排，两岸形成夹击之势，这里的排长姓王，小青年，是朱世因的表弟，刚来的，人倒是不怎么坏。丁程说，正好可以了解他们的动向。王丹西说，吃完饭，我下午有课，你先在我这里睡一会儿，我再把你领到住的地方，晚上咱们到山上开会，香嫂，你通知大家。对了，老李，你的枪……丁程从腰里把手枪拿出来。王丹西说，香嫂，你藏好。香嫂把手枪接过来说，放心吧。

这样，丁程在王丹西这里睡了一觉，王丹西下课回来，带着丁程往西走，再往南去，进了一处院子，正屋三间，东西两厢，在三间屋东头又有一间小屋，当然全是石墙草顶，里面果然驻了顽军。排长从堂屋里出来，十八九岁，王丹西介绍说，王排长，这就是李寿亭，是莱曼神父请来传道的，你多关照。王排长上下打量着丁程。丁程说，王排长多关照。王丹西又对丁程说，王排长是我的老弟，人很好，讲义气，住在这里你尽管放心。王排长说，好说好说。丁程这就随王丹西进了东头的小屋，小屋的确小，一门一窗，只放下一张单人床，床前一个粗笨的高凳子，再没有其他物件儿。王丹西小声说，主人全家被他们赶走了，留下这个空院……

到了晚上，丁程悄悄地进到树林，又上了山顶。天很黑，几个人先后来到，模模糊糊能看清脸，王丹西先介绍了丁程，又介绍村里的骨干，五个人，只有民兵队长赵明大年轻壮实。丁程先介绍了山里的抗战情况。王丹西说，现在，这里遍地都是道会门，老百姓不识字，没文化，一听入了道门吞符子就会刀枪不入，就信，就慢慢入了邪道；而官桥的敌人，已经往这里扩展，在郭庄和西茶山建立了据点，拉拢道会门，这周边最大的就是培贤道，道首是石灰崖的王世仁，有几十人的队伍，前些日子，官桥的伪军大队长陈二雄，派人去争取王世仁，而且送了重礼，但是王世仁不吃这一套，这就把陈二雄惹怒了，带人攻进了石灰崖，王世仁带着队伍跑到了尤家山，后在鹞子崮上安营扎寨，看样子要当土匪……

赵明大向丁程介绍了村里的情况，表示大家抗日都不怕死，就是缺武器。

丁程说，眼下，敌我双方对比是强和弱，大和小。对此，敌人正在快速占领地盘，扩大他们的力量，我们处在弱势，但是，我们是反侵略、反压迫的，是正义的，要克服困难，与敌人斗争，慢慢地，老百姓就开始觉醒。现在，好多人分不清谁好谁坏，我们需要尽快建立自己的队伍，只要打了几个胜仗，老百姓心里就亮堂了，心就向着我们，也会陆续有人加入我们的队伍，沂蒙山区的抗战，就是这样……

末了，丁程又问王丹西，王世仁有什么背景。王丹西说，王世仁的哥哥叫王世厚，培贤道最早是他创立的，因为带人抗捐，韩复榘派兵来“围剿”，把王世厚杀了，这鬼子一到，王世仁又当了培贤道的道首，没做过坏事儿。

……

丁程想好了，他要先去西边的尤家山，会会这个王世仁。

他先在教堂里，给斑山头的信众讲了三天经，到了第四天，他要去尤家山。丁程换上便装，把《圣经》放在窗台上，将左上角斜对准左起第三个窗棂，并把一张两元的金票，正面朝上，夹在其中“以弗所书”一章。他在布褡子里放上抽卦的竹签子和一些符纸，还有随手用的毛巾，出门后，又故意把锁挂在门上，然后出了院子。

丁程往西北方向走，天气很热，没有风，知了在远远近近的树上扯着尖细的声音叫着，高粱抽出嫩黄的穗子。丁程走了一段路，向一位老汉问了去尤家山的路，就大步流星地行走。他觉得热了，走到一条小河边，放下褡子，蹲下来掬水洗了脸，用毛巾擦擦，继续赶路。

丁程走着走着，突然觉得后面有情况，根本没有风，但听到高粱叶子哗啦哗啦响，他站住不动，这时，就有一支枪顶住他的后腰。来人说，别动！丁程身经百战，根本不怕，他立即感觉到顶腰的是一支步枪，他抬起两只胳膊，平和地说，长官，我是道士，拆字算卦的。他觉得后面的枪收回去了，转过身来，见一个农民模样的小青年端枪对着他，后面另一个人只把枪拎着。丁程微笑着说，两个兄弟辛苦，这大热的天。端枪的说，少废话，把钱拿出来！丁程说，可惜兄弟，我没带钱，说着把褡子拿下来撑开。小青年探头看了，又伸进手去翻了，然后又捏了边角儿，果然没钱，他又搜了丁程全身，说，穷道士。另一个说，快滚蛋！

丁程向前走了几步，耳朵却往后面听，他又听到哗啦啦的叶子乱响，听到后面的人问，那是什么人？回答说，抽卦的，穷道士。丁程感觉到目光在自己后背上下左右扫着。那个人又问，搜查啦？回答，搜查了，司令。丁程一听“司令”，明白了，小股土匪。只听司令说，我怎么觉得不对？

抓住他，审问审问！后面的人立即大声喊，站住站住，司令要审问！丁程头也不回，一侧身就跳进高粱地，弯腰钻了进去，子弹就噼里啪啦打过来，打断的叶子唰唰落下。丁程怕高粱晃动引来敌人，他一下跑到田埂上，弯下腰快速到了另一个田埂，却发现前面又有人影儿，他连忙蹲下，听见有人喊，快，围住这片地，不能让他跑了！丁程一想，立即像猫一样伏下，听着外面的脚步声往身后去了，估计有十多人不止，他转回身，沿着深处的田埂往回跑，然后转回东，从东又往南，因为南边有方才洗脸的那条小河，河两岸都有一丛一丛灌木。可是，他又听到，刚才的敌人看到这边的高粱晃动，又追过来了，他心里狠狠地骂了一句，一直往南跑，直到甩开了敌人。

丁程在河边树丛里向外看看，这绕了一大圈，居然又离斑山头不远了，真笨啊，看来今天去不成了。

丁程今天碰上的，就是刘三。刘三奉命，配合官桥到斑山头一带巡逻，他看见丁程，觉得走路的样子不像个道士，心想，先抓住再说，当个八路探子送给陈二雄，管他是不是，也算领了枪支弹药后表了功，可还是让丁程跑了。

丁程怕再遇上敌人，就在高粱地里往斑山头走去，走着走着，地头挨着一条路，他往路上一站，发现高粱地到此为止，自己就在路上走，走不远，就是那条拐过来的小河。丁程离开高粱地老远了，突然有鬼子发现了他，大声喊着，你的，站住！丁程也顾不得四下看，撒开腿就往小河边狂奔，后面的鬼子喊着，抓活的！抓活的！丁程沿着小河边跑，河边已经没有了灌木丛，他直奔越来越近的斑山头，鬼子在后面死死咬住他。

丁程跑到斑山头北面，他想上山，但山坡上没有树木，全是毛毛草，毫无隐蔽，上去鬼子就会开枪，他没办法，只好转身进入了小巷。后面的枪响了。这时候，香嫂一下子从院子里冲出来，大声喊，快进屋！丁程蹿进屋子里。香嫂说，脱衣裳。丁程疾快地脱下衣裳，立马把香嫂拿过来的破衣裤穿上，戴上一顶破毡帽。香嫂把丁程的衣裳一窝，转身塞进墙下的尿罐儿里。

香嫂拉着丁程往教堂跑，听见枪声，村里乱了，所有的人都进了教堂，跪下来诵经。

莱曼神父也惊动了，他照例拿出一面德国国旗，插在大屋的门楣上，然后到讲经台上开讲。

香嫂和丁程进了屋，混在人群里，跪下。

过了一会儿，几个鬼子来到教堂院子里，一看门上的德国国旗，立即停住了。莱曼神父走出去，他说，这里是教堂，信众们全在里面听我传道，贵军有何见教？一个鬼子曹长说，八路的，村子里的进来，我们的搜查！神父说，我们这里没有进来八路。这时候，王排长也来了，他对鬼子说，我的，驻在这里，大大的良民，信教的有。曹长说，你的闭嘴，我们的搜查！说完就带几个人走到门口，往里一看，屋子里很暗，所有跪着的人屁股全朝着门口。曹长想了想说，统统的出来，院子里的干活！

他的话音刚落，突然砰的一声枪响，打在一个鬼子的胳膊上。

曹长一转头，八路的，山上！鬼子就向山上放了乱枪，然后往山上冲去。

天快黑了，搜山的鬼子也知道八路已经跑远，也就撤走了。

村里人走出教堂，香嫂告诉丁程，是赵明大他们引开了鬼子。

丁程回到住处一看，《圣经》挪了地方，里面那张金票正面朝下，而且不夹在原来的章节。他累得往床上一躺，自然想到了赵匡胤的一句话，卧榻之侧，岂容他人酣睡。要在这里扎下根，首先要解决东江河两岸的敌人，缴获武器，即可发展我们的队伍……

4

大奎当了铁路警察，可他从心里厌恶这身黑皮，他个子高，骨架大，黑褂黑裤子，头上戴上黑色大盖帽，胳膊上套着白布红圆袖章，手里再拿着一根棒槌似的警棍，觉得自己简直三分像人七分像鬼。官桥街上的熟人，见了他说什么的都有。差不多和他同龄的说，大奎，给日本人做事啦，端上铁饭碗啦。有的说的不知是好话还是刺挠他，大奎，这警服一穿真是有派头，你家老林上冒青烟了，出了你这么个人物。大奎想，这简直是污蔑了祖宗，地头上还埋着二叔和婶子，但他又想不出话来对答。他忘不了那天他往家走，街上两个老嬷嬷，大奎叫他们奶奶，擦身过去后，听见老嬷嬷小声说，端日本人的碗了，忘了他二叔了……大奎心里发烧，脸上发烫，心想，我能忘了吗？不光二叔和婶子，还有王自豪、坡子，我穿这身儿衣裳也是不得已啊。他站在车站月台上，来去的旅客都怵他，他记得一个女人领着一个孩子，那孩子以胆怯的眼神看着大奎，躲到他娘身后，大奎马上想到了石头，竟满脸羞愧，觉得自己比这个孩子还矮。

于是，只要回家，大奎就把警服脱在车站上，穿便服往家走。可这又有人说，大奎，咋不穿警服？成了便衣啦？大奎狠狠地瞪他一眼，甚至想揍他。回到家，邓广贤也问，怎么不穿警服了？大奎说，黑狗子，让人讨厌，我也讨厌！邓广贤平静地说，穿上，还是穿上，走在路上能少好多麻烦，只要咱不欺负人就行。大奎仔细想了想，觉得爹说得有道理，就又穿上了警服，但把袖章摘下来揣在兜里。回到家，邓广贤又问，袖章呢？大奎不语。邓广贤意味深长地笑了，说戴上，还是戴上，不就是一块白布嘛。大奎想了想，就又把袖章戴上了。

大奎到车站报到时，当然先去见山本站长。他看到，山本住在别墅里，在一层办公，房间很大，桌子又长又宽，上面压着玻璃板，板下是深绿色平绒台布，四条桌腿下面刻得像狮子爪，椅子后背全用紫红色的皮子包紧，四周打着密密的铜铆钉。两部电话机，一部黑，一部红，三面墙全是到顶的橱子，玻璃门里面都是从土里扒出来的器物，大大小小各种各样的器物，沾着黄土，生出绿色锈膜。对这些东西，大奎一点儿也不感到稀奇，古薛国遗址东边儿古墓太多，经常有人种地时挖出这些，有时候下大雨，也会把这些东西从土里冲出来，都是死人的陪葬。有南方人来，随便给捡到的人几个小钱就买走了，他不明白山本为什么弄这么多破烂，而且全放在屋里，不怕阴气太重吗？更让大奎惊讶的是，山本的中国话说得很地道。

山本让大奎坐下，问得很仔细，家里几口人，都有谁，亲戚都在什么村，还在小本本上记。突然，山本直视着大奎，听说你二叔死了？大奎一下警觉起来，说，站长你也知道？山本坐在椅子上，两手交叉放在桌子上，盯着大奎，让他说说看。大奎心眼儿一转，说，二叔脾气暴，他不该冲撞皇军，皇军也是维护治安嘛，二叔在家里也经常和我爹吵架，还要动粗，有一次差点要打我爹，他们两个人不合。山本问，因为什么？大奎说，他们长辈的事儿，我不打听。山本看着这个年轻人说话不紧不慢，绝不是毛头小伙子。他颇有意味地对大奎说，年轻人，要好好干，对皇军要诚实，要心眼儿的不要，我最恨的是不诚实的人，中国人叫两面三刀，你要把车站的秩序管好，前途大大的！

从山本那里出来，一个年长者走过来说，小邓，跟我去看你的宿舍。大奎跟着他，走到大房子后面。一溜用厚木板排成的院墙，栅子门，柱子上钉着个木牌子，黑字儿写着"官桥保线工区"。进去院子，是一排窄长的瓦房，房间分开，都是一门一窗，全都镶着玻璃。推门进去，一床一凳子，靠窗放着一张小桌子。

大奎坐到床沿上，年长者坐在凳子上，他说，我叫李心希，家是济宁的，是这里的领班，从德国人还在时就在这里干。大奎说，李叔，我新来乍到，你要多指点。李心希一摆手说，不要叫李叔，我虽然比你大好多，但咱们往后就是工友，叫老李就行，或者叫大哥，咱们是兄弟，以后互相帮衬着，混口饭吃。李心希举止言谈都显得干练。他说，这么多年，官桥街上的人我都熟，你爹我也认识，经常到他那里做衣裳、补衣裳，你爹手艺好，他人不孬，咱都别见外。

说话间就亲近了，李心希小声说，小邓，平时勤快些，少说话，跟日本人做事儿，心眼儿要活，山本站长是个中国通，很有心机，这个人，很迷咱这里的老古董，迷那些破铜烂铁，还经常去西边儿汪庄集上去找，看见了就买，多了还装在木箱里往家运，不知道他弄这个干什么用。大奎点点头，说我也看见了。

说完这些，两个人就出了门，各忙各的。

邓广贤的成衣铺生意不好，大奎娘就在车站上卖茶叶蛋、卖烟、卖瓜果，客人多了就挎起篮子叫卖。有时候爷爷也拄着棍子来帮忙，累了就歇在家里。

大奎在车站上维持旅客秩序，没几天就发生了这样一件事儿。

月台上，一个生意人提着两个大箱子，当客车停下，大奎帮了他一把，上车时，他塞给大奎一包三炮台香烟。

大奎不吸烟，他想，交给娘或爷爷卖了吧。

到了快中午的时候，一辆军列缓缓进站，紧靠月台停下。大奎站在那里，突然有人喊，喂，你的，过来！大奎一看，那节车厢里一个鬼子抬起窗玻璃，向他招手。大奎走过去，这是一个和他差不多大的鬼子兵，脸上并没有恶意。鬼子说，你的，香烟的有？他怕大奎听不明白，把两个指头并起来，做夹烟卷儿的样子，放在嘴边儿一吸。见大奎不动，鬼子又说，我的，钱的给。大奎就把那盒烟掏出来递给他，鬼子接过烟，嘴里说要西，然后掏口袋里的钱，可是掏来掏去没有。这时，车头的汽笛鸣了一声，车身开始缓缓移动，鬼子把手伸出来，大奎一看，他手里拿着的居然是三发黄澄澄的子弹。大奎摇摇头，让鬼子给钱。鬼子说，钱的没有，子弹的给。车移动得快了，鬼子仍伸着手说，子弹，钱大大的。大奎还不收，鬼子骂了一声，八嘎！刹那间，大奎就把子弹稀里糊涂地接过来，立马揣进了口袋。

口袋里装着子弹，大奎总觉得不踏实，想扔了又舍不得，毕竟是一包烟换来的，他想要不交给山本，又立马打消了这个念头，在心里狠狠地骂了自己，子弹是杀人的，鬼子的子弹是杀中国人的，一发子弹打出去就是一条人命，不能再给鬼子！可是，揣在身上或放在宿舍，让人发现了可了不得。他也没敢告诉李心希，当晚就揣着子弹回了家。

吃完饭，娘就忙着做针线，爷爷躺在炕上歇着。见爹在二叔的屋里，大奎跟了过去。邓广贤点上灯，抬头看看屋顶，喃喃地说，秋后给你二叔修修房子，石头大了回来住。大奎没接爹的话，把子弹的事儿和他说了。邓广贤关上门说，我在成衣铺里，也有伪军来补衣裳，有的不给钱，给我几发子弹，开始我也不敢收，伪军说没事儿，有人会暗地里收；我说让人发现了，我要掉脑袋，他们说放心，他们没多点儿薪水儿，可子弹有的是，鬼子根本没数，再说，真要掉脑袋，他们自己也脱不了……邓广贤停了停，又说，你爷爷有时也收到一发两发子弹，也带回来了；你娘没碰上过，我想他们也不敢给女人，怕女人胆小，把他们报了……

大奎问，那怎么卖出去?

邓广贤小声说，有人来打听，主要是东边儿的人……

大奎的心里，好像一下子敞亮了。

从那，他的口袋里经常装上一两包烟，每当有军列停在车站，总会有鬼子用子弹换烟。为了隐蔽，大奎想，我也得抽烟，这样鬼子才不会怀疑。

又过了些日子，这天，大奎的口袋里换了七发子弹，他不敢放口袋里，立刻回到宿舍，藏在席子底下的稻草里。他想，不能过夜，说不定山本他们已经察觉，随时都会检查，甚至可能悄悄地打开他宿舍的锁。大奎回到月台上，走来走去想着办法，突然他想到了爷爷，这会儿很可能在站门外卖东西。他走出站口，果然看见爷爷在站外边，坐在板凳上，面前有大小两个篮子，小篮子里是茶叶蛋、香烟什么的，大篮子里有几个甜瓜。他过去跟爷爷说，爷爷，瓜不卖了，全给我，全捡到这个小篮子里。爷爷也没多问，两个篮子一倒腾，大奎就提着小篮子回到出站口，两个鬼子在站岗，大奎给了他俩一人一个瓜，鬼子高兴地接过来。

大奎回到站上，四下看看就回了宿舍，他把一个瓜用刀从上头戳开一个口儿，把子弹全装进里面，其他的瓜放在桌子上，然后出了门，一手拎着空篮子，一手拿着那个瓜慢慢啃着。走到出站口，鬼子刚把那个瓜吃完，他对大奎一笑说，要西。大奎一亮空篮子，意思是还给人家，然后远远地走到爷爷面前，小声说，爷爷，快回家，遇见人，就把这个瓜放在嘴上吃。

爷爷一掂那个瓜，沉沉的，老人立时就明白了。

……

车站又来了一个鬼子，果然就是在演武场活活烤死张永万的家伙——龟尾。山本领着龟尾，在车站里里外外地看，也把他介绍给站上的人，他说，龟尾君，大大的军人，他来车站，当副站长。大奎不知道龟尾的滔天罪恶，只见他像个凶神，腰上挂着短枪，右边儿剩下半个耳朵，而且走路一歪一歪。

这龟尾南去后，在沛县打仗，一颗迫击炮弹在他不远处爆炸，弹片削掉了他左脚三个趾头，行军打仗是不行了，可是龟尾坚决不回国，非要在中国战场上为帝国效忠，不知为什么，他居然又被派到了官桥。

李心希悄悄地告诉大奎，小心这个龟尾，看样子是只恶狼。

果然，龟尾来了才五天，就发现了香烟换子弹的事情。龟尾从车站外溜达回来，正好又有一辆军列停下，前后很长，龟尾一瘸一拐，走路不便，就站在那里等着车开走。他突然看到，后面的车厢外，站着一个人，他认出了是行李房的工人，正举着一包烟，往车窗里的鬼子士兵手里送，士兵接过香烟后，龟尾眼尖，就看到士兵再伸出的手里，亮晶晶的，他立时意识到那是子弹，便用眼睛的余光一直盯着。工人见龟尾注意到了他，不敢要子弹，可是那个士兵把子弹往下一丢，落下窗子，车就慢慢开动了。列车从龟尾面前开过去，龟尾一拐一歪，向那个工人走过去，工人心里非常害怕，看见龟尾冲他走过来，吓得步子也不敢挪了。

龟尾看着路基下三发子弹，说，你的，捡起来！这个工人才十六七岁，身子瘦弱，怯懦地说，站长，不是我要的，是他硬给的。龟尾根本不听，又重复了一句，你的，捡起来！工人看着凶煞的龟尾，弯下腰去捡子弹，可那只手抖得怎么也抓不住，那子弹好像发烫，烙人。他抓住一发子弹，又去抓另一发，原先的子弹又从手里落下去，他只好再去抓。就在这时，龟尾的皮靴一下子踩住了他的手，拔出枪来，抵住他的脑袋就是一枪，工人一头栽在路基上。

龟尾捡起三发子弹，直接去了山本的办公室。

山本看看子弹，立即摇动了红机子，拨通了铃木兵营的电话。

很快，来了十几个鬼子，枪都上了刺刀，一溜小跑先在车站外加了岗，其他的进了站。山本站在月台上，吹响哨子，命令所有的人到月台集合，接受检查。

李心希、大奎他们都不知道缘由。来到月台上，看到几个鬼子背着枪，正在掏几个工友的口袋。大奎立马慌了，口袋里还有五发子弹，今天早些时候在车厢这边用香烟换的。作为铁路警察，他这时站在最后边，但最终一定也会检查自己。这时，李心希凑近大奎，小声问，口袋里有吗？大奎只好点点头。李心希说，你是警察，去靠近站牌儿站。大奎就挪到站牌旁边。李心希左右看看，见那边王长青正拎着机油桶给铁轨接口处抹油，他离开人群，走到一边，对着王长青大声喊，王长青，提着桶过来，站长要检查。王长青果然提着小桶过来了。快要走近的时候，李心希故意让人听见，他说，把桶交给邓耀奎，快去检查！说完，他自己就先走到两个鬼子面前，当着山本的面伸开胳膊。他问，站长，这是要查什么？山本面无表情地说，有人用烟换子弹。

这边王长青把油桶递给大奎，大奎瞅准旁边的鬼子转头的刹那，利用站牌的方柱子挡住手，把那五发子弹掏出来，一下子放进桶里。王长青说，先检查我，车马上要进站了，两个鬼子立即搜他的口袋。王长青检查完，过来接过小桶就离开了月台，他又走到铁轨那头，看看无人注意，往桶里抓了几把土，又用刷子搅浑。

鬼子搜查完所有人，又搜查了他们的宿舍，没有发现什么。

……

龟尾来到官桥站，平常没有什么事儿干，经常就在自己的办公室里喝酒，喝大了就唱歌。这天，大奎正在执勤，看着票房那边几个人排队。龟尾喝完酒，歪歪扭扭地走过来，看到一个穿花衣裳的姑娘买了票，提着一个小箱子到月台上候车。龟尾说，你的，过来。姑娘回头一看，吓得只好站住。龟尾上下看着姑娘，你的，八路的干活，我的，审问！说完就抓住姑娘的手往他办公室那边拖，几个旅客不敢吱声。姑娘尖叫着，两只脚蹬着地往后挣。大奎一看，立即去找山本。山本赶紧跑出来，呵斥道，放开！龟尾只好放开手。山本火了，怒斥龟尾道，你是副站长，不要给帝国军人丢脸！

龟尾不知道是大奎喊来了山本，山本走后，他对近旁的大奎说，我的，大大的英雄！山本，小小的，小小的，他伸出小拇指晃晃，又说，我的，不怕他，狗屎的干活！大奎伸出拇指比画说，站长，这个，接着又伸出食指说，副站长，这个。龟尾摇摇头，他的，死人坟墓的干活。大奎明白，龟尾瞧不上山本弄的那些玩意儿，但大奎知道，山本可不是个善茬儿，他亲眼见过山本杀人。有一次，从山区开来一辆客车，在快要进站的时候，突然从后面车厢跳出一个人，双手反绑着，沿着铁轨往南跑去。车上有人伸出枪来瞄着他开枪，岗楼上的机枪也对着他扫射，可就是打不着，眼看那个人跑出了五百米开外，就要往旁边儿地里逃了，山本站在月台上，顺手从一个鬼子手里接过步枪，还没端稳就勾了机子，砰的一声，那个人就趴在远处不动了。山本把枪扔给那个鬼子，脸上一点儿表情也没有，好像什么也没发生。

先前被龟尾打死的工友，在行李房里过磅记账，他这一死，李心希找到山本说，站长，这行李房少了个人手，别人不能代替，我想让邓耀奎去帮忙。山本说，从官桥再招一个。李心希说，行李房又过磅又记账，只有识字儿的才行，这年头，容易招来的都是大老粗，干不了这个细活儿。山本说，招一个，招一个。李心希说，招一个，也要熟悉些日子，秋天一到，旅客就多了，大小行李也多了，再说，招来的人咱未必信得过，不如就让邓耀奎干吧。山本说，不行不行，他是警察。李心希早就想好了，他说，龟尾副站长来了，他是上过战场的人，三个邓耀奎也比不了他，再说，咱站上还有皇军站岗，又靠着两座兵营，警察反倒没多少事儿可干，邓耀奎天天游手好闲，让他在行李房先干着，穿着警服也一样干嘛。

见山本不说话，李心希继续说，以后碰到合适的人，再把邓耀奎换下来就是了。

山本想了想说，就这样吧。

虽然没能脱得了警服，但大奎也早就想通了，穿着这身黑皮，至少进出车站方便，还能多了些安全，现在去了行李房，不必天天在月台上招摇了，又能和各色人等打交道。

大奎高兴地说，李大哥，真是谢谢你，我请你喝酒……还有那天的事儿，要不是你，就有大麻烦了。李心希说，你来车站这么些日子，咱们都熟悉了，兄弟们也该聚聚，拉拉家常了。大奎说，好，我请客。李心希说，你一月才几个钱，我也是老铁路了，年纪也最大，我做东。

第二天傍晚，十点之前再没有列车经过。李心希先去请山本，他说，站长，晚上我们几个工友出去聚聚，就在站门口的小店，喝点儿酒就回来，你要是不嫌弃，我们请你一起。山本说，不了不了，我很忙。李心希知道，山本是个很小心的人，晚上从来不出车站，要是铃木那边找他有事儿，也必须几个人护送。即便白天，山本去铁路西边的汪庄集上找古董，还必须穿上老百姓的衣裳，跟上五六个便衣。

李心希、王长青和大奎出了车站。

走不远就有不少小饭馆、小酒店。大奎说，咱们去官桥街吧，找家酒楼，我请两位大哥。

李心希一想，说，咱就在附近找，我和山本说了，就在站门口。

他们来到旁边的“侯家菜馆”，进门一看，田文西村和一个穿白大褂的医生居然也在这里。医生拿着听诊器，正在给一个四五岁的小女孩儿听胸侧，侯掌柜站在一旁，小女孩儿是他的闺女，田文满脸笑容，关心地看着小女孩儿。医生听完，向田文说了些日本话，田文对侯掌柜说，女儿的，大事的没有，气管的，发炎，药的给。侯掌柜感激地看着田文，连连点头。

医生从药箱里取出一个小药瓶，拿出几片白色药片，用纸包好，然后先伸一个指头，又伸三个指头。田文对侯掌柜说，一天，三片，三天就好。侯掌柜连声说，谢谢太君，谢谢太君！

这时，店小二把小菜、酒壶和一只烧鸡放到田文面前的桌子上，烧鸡是官桥有名的“一撮毛”烧鸡。田文站起来，笑着摆手说，不要，不要，大大的不要，喝酒的不要，兵营的回去！二人起身就要往外走。侯掌柜感动得几乎要哭了，跪下就要给田文和医生磕头。田文赶紧拦下，不要，中日亲善大大的，然后带着医生离开了。

侯掌柜站起来，对李心希说，好人啊，好人啊，都像这两个人就好了。李心希点点头，对掌柜说，麻烦找个单间儿，上一瓶老景芝。说完，李心希又点了一盘切牛肉，一盘炒湖虾，一盘豆腐干拌黄瓜，还要了一小盆炖鲇鱼。

店小二拎着茶壶，三个茶碗，领他们进到最里面的小房间。进了房间，李心希关上门，哼了一下说，还好人，不杀人放火能当上军官？房间里就一张不大的方桌，四个凳子，三个人坐下，大奎给茶碗都倒上水。王长青比李心希年龄小，比大奎大，矮个子，短脖子，其貌不扬，平时话很少，就是老老实实地干活儿，他除了给铁轨接口缝里上油，就在车站西边小屋里扳道岔。

很快，三个菜端了上来，酒，酒壶，酒盅子一并上齐。店小二退出后，大奎拔开酒瓶塞子，把酒倒进酒壶里，放进一只黑碗里烫着。李心希说，我有两瓶景芝陈酿，瓶子是博山瓷，外头都是刀刻的花和山水，让山本看见了，他说这瓶子比酒还贵重，瓷是博山一位大师刻出来的，咱不懂，可酒是俺爷爷传给我父亲，父亲又给了我，我看山本想要，就送给他了，巴结巴结他，所以，有时候我说个话他听。

大奎感激地看看李心希，李心希接着说，得和山本拉好关系，这样对咱有好处，人在矮檐下，该低头就得低头，是不是，大奎？大奎点头称是，赶忙倒酒。李心希说，来，咱喝。三个人捏着酒盅子，吱溜一下就喝了，大奎又给两个人斟上。

喝了几轮后，大家耳朵就热了。李心希说，咱三个人，数大奎年轻，和你相处了这些日子，觉得你本分、老实，处事沉稳，话也不多，是个好小伙儿，可交，可交。大奎只是听着，李心希又对他说，我和长青也处了五年多了，老实人，信得过。大奎想到李心希和王长青联手救了自己，免了一灾，就觉得他俩关系非同一般，王长青虽然不说话，但心知肚明，譬如那天李心希让他提着小桶来检查，他果真就提着小桶过来，可是平时根本看不出他俩有什么远近。

店小二把鲇鱼端进来，放好后出去了。王长青站起来拉开门，往外看看，又推上门坐下。三个人夹着鱼块吃，里面放了不少的辣椒，汤汁全是红的，辣得他们头上冒汗，但也觉得过瘾。王长青喝了一盅酒，大奎又给他斟上。喝了几盅酒后，王长青看看大奎，有话了，说，咱哥仨相处得不错，应该拜个仁兄弟。李心希说，这当然好，可咱比大奎大不少，他怕是不乐意哩。大奎说，我怕差了辈分儿。李心希说，这倒不碍，桃园三结义，后续又有赵子龙，这刘、关、张比赵云大多了，不都叫他贤弟吗？只要大奎愿意，咱们就是自家兄弟了。大奎说，愿意，当然愿意。王长青说，那咱也选个好日子，搞个形式。李心希只是吃鱼，不住地把鱼刺用舌头顶出来，吐在地上，末了，他说，不用，弄不好会惹事儿，我看今晚上这场酒就算是结义酒吧，大奎，你说呢？大奎明白，他双手端着酒盅子站起来，郑重地说，我敬两位大哥一杯。李心希和王长青也站起来，三个酒盅子碰在一起。李心希说，多余的话咱就不说了，从今往后兄弟以诚相待，有福同享，有难同当，绝不背叛！王长青和大奎说，绝不背叛！三个人把酒喝下了。

这时，外面有了杂乱的声音，王长青靠近门一听说，检查的来了。李心希把那个鲇鱼头夹出来放在桌子上，让王长青把门拉开一点儿，然后说，来，咱们两个划拳，说完就和王长青大声喊着，五魁首啊，六六六啊，八匹马啊，快喝酒啊！没划几下，门就开了，两个伪军站在门口，他们都认识，都是官桥的。一看大奎，一个说，邓耀奎，你喝上酒啦。大奎说，坐下，坐下，一块儿喝吧。那个伪军说，哪能，这又例行公事了。伪军说完并没有走，而是往后一退，龟尾居然进来了。

三个人连忙起身说，站长来了，快坐下，快坐下。李心希喊着，小二小二，加菜！龟尾一脸严肃地说，你们三个，酒的干活。李心希说，忙活了一天，解解乏，解解乏，来，来，站长坐正座，说着就要过来拉龟尾。大奎在自己的酒盅里倒上酒，端给龟尾。龟尾警惕地看着三个人，并不接盅子。三人都清楚，是谁让龟尾来的。看这情形，龟尾似乎放心了，他说，你们的，酒少喝，明天上工的干活，我的回去。李心希说，站长，酒的好，你的尝尝，说完把酒瓶子拿给他。龟尾接过酒瓶子闻了闻，还是禁不住酒香，头一仰就灌了一口，说，要西。再让他喝，龟尾却摇头了，你们的喝，我的回去，说完一招手，几个人走了。店小二才过来，李心希说菜不点了，上三碗面条。

三个人交换了一下眼神儿，王长青骂了一句狗日的。

第二天下午，站里已经没有旅客，李心希拿了一件破衣裳来到行李房，对大奎说，我忙，你把这件衣服送到成衣铺，让你爹给我补补。大奎接过衣裳，出了站口。

来到街上，大奎看见一伙子伪军簇拥着三个鬼子走过来。他站到一旁，见为首的军官昨晚在侯家菜馆见过，伪军中还有“猫眼”。这时，军官站住，满脸笑容，双手抱拳，向伪军们施礼说，你们的，辛苦，辛苦，我的感谢，感谢大大的！几个伪军赶忙还礼，连连点头说，太君辛苦！太君辛苦！我们应该的，应该的！田文西村笑着说，我们的，回去。说完和另外两个鬼子走了。

“猫眼”早就看到了大奎，他对其他伪军说，你们先回去。

“猫眼”居然配上了匣子枪，满脸得意地从口袋里摸出一包烟，是英国的老刀牌，先让给大奎一支，大奎接过说，抽这么好的烟啦？“猫眼”说，这有啥，皇军抽得起，咱也抽得起。说完，掏出一支亮晶晶的打火机，给大奎点上火，自己也叼上烟抽了一口，舒畅地吐出来，看着大奎嘿嘿一笑说，大奎，咱走运了，不光赌十次赢七八次，还靠上了田文长官，就刚才那个人！大奎一愣。“猫眼”接着说，你不知道田文长官去干什么了，他知道这里埋了个孟什么君。大奎说，孟尝君。“猫眼”一拍大腿，对，孟尝君，田文长官知道了，说他就是孟尝君的后人，要去拜祖先，让咱给他保驾，这里的保长也去了，警备队的孙麻子也去了，田文长官又烧纸，又敬香，又磕头……完了，说中国人和日本人就是一个种儿。

大奎问，你怎么靠上他的？“猫眼”说，听说我会赌钱，田文长官玩儿麻将，就把我叫到岗楼里，就是你们车站那边那个，我先输了两盘，后面就开始赢，最后我把钱，大半又给了他……这点儿心眼咱有，嘿嘿，这不，背匣子枪了，当了排副儿……

大奎不冷不热地说，当上官了。“猫眼”说，芝麻官，芝麻官，这才刚开始。说完，他又从口袋里摸出一包未拆的香烟，拍到大奎手里，打了个响指儿，走了。

大奎刚要走，小巷里出来一个伪军，是刘宝义。大奎和刘宝义打了招呼，刘宝义问大奎，你怎么和他这么熟？大奎说，熟什么，就是小时候念私塾和他同桌了个把月。刘宝义小声说，这可是个坏种，我们背地里都骂他，他和日本人勾搭上后，你知道他生出了什么坏点子？大奎茫然。刘宝义说，日本人想女人了，经常让我们这边的人带着，去外面村里搜八路，其实是糟蹋女人，如果女人家里不吱声，他们提上裤子就走了，要是一吆喝，就用刺刀捅死。大奎睁大了眼睛。刘宝义说，这个坏种还摸出门道了，哪庄里有大户他都知道，带上日本人去村里，先找保长说搜八路，就进大户人家，日本人在干那事儿，他就翻箱倒柜找钱，找不到就强要……大户人家要脸面，都吃了哑巴亏，这坏种有了钱，晚上再去赌……

大奎皱皱眉说，刘大哥，不要再和外人说了……

刘宝义说，我知道，咱们老邻故居，我是提醒你，不要和他走得太近。大奎点点头，我记住了，谢谢刘大哥。

正如刘宝义所说，鬼子先驻扎在演武场，四周加岗，不准任何人乱出去。进驻官桥建好的兵营后，就闲时到外面溜达，种种作孽祸害的事情就连连不断了。

在一个小酒馆里，四个人正在喝酒吃饭。几个鬼子巡逻进来，看见其中一人腰间露出半截红带子，就说他是八路探子，腰带是暗号。店主连忙过来说，太君，他本命年，扎红腰带图个吉利。可鬼子不听，把四个人全部抓走，第二天押到演武场上，用刺刀捅死。有户人家出殡，到了官桥西边的地里，两个鬼子站在岗楼上，高兴地要比枪法，啪啪打死了两个人。

官桥人家，好多女人被鬼子糟蹋。这天下午，两个鬼子在街上看见一个女人，居然上去就按倒，一个脱裤子，一个持枪站在一边。路过的人又怕又恶心，低下头去不敢看，三步并作两步从一边躲开。有人低声骂着，畜生，狗杂种。那个女人也不敢喊，完了，另一个鬼子又脱下裤子，最后竟然在女人身上撒尿……

为这事儿，保长孙京云和警备队的孙麻子到了兵营，恳求日本人留情。见他们的是田文西村，他听完笑眯眯地说，大日本的风俗，与你们大大的不同，男人，女人，快活的，小小的事情，亲善，中日亲善……

大奎进了成衣铺，把衣裳给了爹，这时候，就有个女人挎着篮子进来，她是卖针线的，但大奎不知道，这就是斑山头的香嫂。爹和这个女人并没有说什么话，他从篮子里挑着各色的线缕子，对大奎说，大奎，你到门口。

大奎就站在门口，很快，女人出来，头也不回地走了。

大奎进了屋，见爹低着头，握着剪刀认真地裁着布，剪刀在一块藏蓝色的布料上慢慢向前移动着，发出咯吱咯吱的响声。大奎站在那里，憋了半天，最后说，爹，你要小心。邓广贤还是用心剪布，头也不抬，只是说，回去吧。

5

丁桯和王丹西商议后，立即给鲁南军区写了信，本想交给香嫂，但王丹西想了想，事情重大，还是让赵明大去，越快越好。

赵明大把信送到，五天后的深夜，从兰陵大炉开来一支部队，悄没声地包围了东江村的顽军，这支队伍有井冈山老红军的底子，战力强悍，他们没有正面进攻，而是翻过围墙，用掏心的战术直扎敌人的指挥部，活捉了朱世因等人，然后从里向外各路进攻。这所谓的顽军，就是一伙子杂牌军，哪见过这样凌厉的队伍，稀里哗啦就投降了。河北岸的枪声一响，斑山头的王排长立即带人冲出村庄，但八路军已经有伏兵等着，一阵枪响和手榴弹，顽军全被消灭在河滩上。

天一亮，战士们就忙着打扫战场，然后回撤。几个战士来到斑山头，留下了一些步枪、子弹和手榴弹，还有一只匣子枪。赵明大看着这把短枪，羡慕坏了，他对王丹西说，这把短枪，能不能给我用？王丹西说，之前你在山上引开了鬼子，又去兰陵送信，就当给你的奖励吧，民兵队长也该挎个匣子枪，会用吧？赵明大拿过枪，反正看着说，咱小时候就进山打野鸡。王丹西说，你那是土枪。赵明大说，反正都是枪，抓在手里就不觉得生。

丁桯又要去尤家山，赵明大别上短枪，替丁桯背个行囊，一路保护着他。

丁程大致知道，王世仁的培贤道，脱胎于古老的圣贤道和一贯道。在清代时，山东最有影响的是八卦道，后来因为教义太烦琐复杂，也就渐渐衰落，分化的教民随了其他的道门。到了道光年间，其中一支叫圣贤道的，开始慢慢兴起，从山东北部传到了河北，之后，另一支九宫道，因为靠上了官府，把圣贤道反而压住了，圣贤道只是在一些穷困偏僻的乡村流行。圣贤道信众入道时，道首会在桌子上，用滑石粉画出一个小人儿，说，这就是人的本性，它就是一些粉末末，里面没有灵魂，灵魂在先天老爷那里。道首让信众们闭上眼，卷起舌头，咬住牙，在心里默默地念叨：先天老爷，先天老爷，天长地久——先天老爷就会给你灵魂，如果你修炼不止，以后就会变成仙人，不光肉体刀枪不入，就是十天半月不吃饭不喝水，也不会觉得饿、渴，而且面色红润，你想到哪里，两眼一闭胳膊一伸，就可以飞起来，凡人们却看不见你。今天的培贤道，就是接续了圣贤道的某些教法，但其修行重点更放在了培养人的本性。

快要到尤家山了，丁程望去，山并不高，就是一座弓形石头岭，但西面接着灰龙山，灰龙山比尤家山高，弯曲着再往西去，然后往南拐，尤家山后面有座险峻的峰崖，叫鹞子崮。崮是沂蒙山区特有的一种地貌，典型的崮，下面近似一座庞大的圆锥体，但顶上却突然凸出柱，形成板形的悬崖峭壁，悬崖之上又是平的。之前，赵明大对丁程详细介绍了，鹞子崮下面很大，四周走一圈儿，要从早晨走到晌午后，树木茂密，坡很陡，尤其到了半山腰，全是岩石，岩石上面几乎是垂直的悬崖，悬崖中间有一道竖着的裂缝，那是唯一的上山通道，裂缝间还有一个大山洞。等爬到最顶上，却是平的，老大的一块平地，有近十亩地的样子。早年间，就有人在上面住，把一只小牛犊抱到顶上，养大后就在顶上耕地，直到老死吃肉，因为通道不宽，牛根本下不来。赵明大还说，小时候他们爬上去过，那个裂缝，就是一只猴子守在那里，人想攻上去也难。

丁程和赵明大到达尤家山后，右手边就是鹞子崮，它的顶端被云遮着，鹞子崮后面还有一座小山，几乎趴在地上，但树木尤其密集，从小山往北不到二里，又是群山，群山又一路向东起起伏伏，一直延到斑山头那边儿。

尤家山和鹞子崮相连处，是一道山沟，沟尽头被灰龙山堵住，成了口袋，如果两边埋伏再封住山口，就是一处死穴。他想，王世仁退驻到这里，是动了脑筋的，这个人不可小视。

他们两个往山沟里走，越走越窄，山好像要压下来，走着走着，前面就没有路了。丁程看看四周，对赵明大说，咱们坐下来凉快凉快，歇会儿再找路。两个人就坐在树下的一块大石头上。

坐了片刻，他们走过的路上来了一个人，看看丁程他们问，干什么的？丁程说，上山的。那人说，这山根本上不去。丁程反问，你咋知道上不去？上不去，你怎么也过来了？那个人被堵了一下，就问，上山干什么？丁程说，找王道首，我是他的朋友。那人说，山上没有王道首。丁程单刀直入，兄弟，怕我破了你的山门？是王道首请我来的，为见他我走了四十多里地。那个人半信半疑，丁程拿过褡子，扔到那人脚下说，看看吧，里面可没有别的。那个人看了看丁程，用脚尖儿轻踢了几下褡子，看到里面是些竹签子什么的。

丁程看看赵明大说，你回去吧，我到了。

赵明大不放心地问，要不我陪先生上山？

丁程说，放心回去，路上小心。

那人看赵明大走远了，对丁程说，跟着我。

丁程跟在那人身后，抓着树干往上爬，大约爬了百多米后，就有了台阶，他们就踩着台阶往上。走了不远，台阶断了，又是陡坡，他们又扳着树干继续爬，累得丁程气喘吁吁，汗水淋漓。

终于到了半山腰，两边垛起石墙，中间是木头栅栏门，里面有两个人持枪站岗，他们把丁程全身搜了遍，才放他继续往上。这就站在悬崖之下了，丁程回头一看，脚下的山坡几乎直立着，满眼全是树的尖梢和团团绿冠。转过来，窄窄的裂缝间，石磴层层叠起，凉凉的小风从裂缝里吹出来，丁程立时感到一阵舒畅。他再看，洞西边崖壁下，有七八个草盖顶的窝棚，这时，带他上来的那个人却不见了。

丁程狐疑地左右寻找，突然从旁边出来三个人，为首的用匣子枪指着丁程问，什么人？叫什么？找王道首干什么？丁程回答说，问我干什么的，得见了王道首才说。那人问，是不是鬼子派你来的？丁程笑了，我要说不是你未必信，我要说是你也不信，我都上了山了，还磨什么嘴皮子，快领我去见王道首。

那个人说，没有我点头，谁也不能见。丁程见他边说话边晃着枪，瞬间出手抓住他的手腕，一下就把枪给下了。那个人大惊，丁程仍然笑着说，兄弟，走吧，见王道首，说完把枪一掂，立即知道里面根本没有子弹，就把枪还给了他。

丁程跟在那个人后面爬了十几磴台阶，往右一拐进了山洞，洞不黑，却有一道明光从东侧透射进来，坐在一块大石头上的人，当然是王世仁了。

丁程上前施礼说，李寿亭拜访王道首。王道首站起来还礼，说我是王世仁，就请丁程坐在旁边的石头上。丁程见王世仁面孔黝黑，眼睛不大，双唇厚实，头顶上绾了个圆髻儿，青衣芒鞋，下裹白布云袜。两块石头上都铺着狗皮，一块石头像半边炕那么大，上面还放着壶、碗等杂物，旁边的岩石上放着一把大刀。

王世仁不会客套，坐下后就问，李先生辛辛苦苦来见我，有什么事儿吧？

丁程说，你这里防守倒是很严。王世仁说，就是一帮子庄户人，怕外人进来，别见怪。丁程说，前几天我要来见你，不想半路碰上了土匪，要不是钻了高粱地，怕是没有这一回了。王世仁说，前几天东边传来枪声，响了大半夜？丁程说，不是，更早。王世仁把罐子里的水倒在黑碗里问，喝生水，能行？丁程说，凉水更解渴。王世仁说，山上白天不能点火，一冒烟就被人发现了，我们都是早晚两顿饭，李先生找我，肯定有重要的事。丁程说，这爬了大半天的山，让我先喘口气儿，歇歇脚。两个人随便聊着，丁程慢慢感到，王世仁虽然是道首，但毕竟是农民，朴实、憨直，心劲儿大，也有些固执，没多少文化。

到了中午，王世仁他们是两顿饭，只给丁程送来两个窝窝头。丁程掰开一看，地瓜面的，也不全是，里面掺了树叶子，还掺了其他什么，他也尝不出来，只觉得拉嗓子。

丁程吃完饭，两个人才切入正题。王世仁说，李先生一看就是有学问的人，怎么也像我们这样入了道门？

丁程说，有学问不敢当，我曾经在济南当过兵，做过文书，因为当头的克扣军饷，层层腐败，又欺压百姓，我就不想干了；后来，日本鬼子打过了黄河，韩复榘顶不住，想保存实力，一路往南逃跑，我就趁机溜了号，回到老家博山，除了种地生活，还跟我一个大爷学了“罡风八方道”。丁程有意往韩复榘身上引，是因为之前杀害王世仁的哥哥王世厚并镇压培贤道的，就是韩复榘派的兵。

王世仁说，你不是从博山来的吧？丁程说，我从莱芜动身，路上又和道友见面，到处游走，已经有几个月没有回老家了。王世仁说，听不出你博山口音。丁程说，十多岁就去了济南，我自己也不知道哪里口音了，南腔北调都有。

王世仁沉了沉，又问，罡风八方道是怎么个道法？丁程看看王世仁说，王道首知道，罡风就是强风、烈风、暴风，它是天地之间的浩然之气，是正义的风，风行天下，能扫八方妖气和邪恶，廓清乾坤，还它一个清明；罡风八方道，主张不分教派，天下道友全是一家，所有的信众全都平等，对贫弱的人要行善济助，对天下好汉要诚心结交，在眼下，要帮助国民政府抗日，光复中华……

王世仁听得很认真，最后他说，你刚才说，他们的军队层层腐败，欺压百姓，可又要帮助国民政府抗日，这不是明知道是坏人，还要给他们当下手？丁程说，军队和政府是腐败，黑暗，压榨欺负老百姓，可是，我等草民在这乱世时候，面对鬼子汉奸，不靠政府又能靠谁？不然只能当亡国奴了。王世仁冷笑一下说，在我眼里，蒋介石这个政府就是一群魔鬼，日本鬼子就是魔王，蒋介石不是什么真主，他就是殷纣王再生，杀老百姓从来不眨眼，他也打不过日本鬼子，老百姓有几个拥戴他的？

丁程连连点头称是，以王道首的意思，蒋介石靠不住，那就只有靠“老共”啦？

王世仁说，他们的势力更不行，几条破枪怎么能打败鬼子？但有一条我认，他们不欺负老百姓，和老百姓亲近，这路走得正。

丁程沉吟了一下，说，王道首说得对，我认为什么都要顺应时势的变化，小的就可以变成大的，弱的就可以变成强的，逆势而为，大的强的反而会变成小的弱的，这叫时势造英雄，可时势也可以造枭雄，可以造出些坏蛋，但时势又能把枭雄、坏蛋给灭了。王世仁抬起头，问道，你说，时势是什么？

丁程有意想了半天说，我有一孔之见，时势，就是民心，民心就是正道，老百姓拥戴谁，谁就强大，谁失去民心，谁早晚就会完蛋。

王世仁听进去了，来了兴致，他有力地抬起头来说，对，对，李先生，就是这么个理儿！

丁程转了个话题，故意问，王道首，你占山为王，也有一些人马，日本人没有来拉拢你，就像招安梁山泊的好汉那样？王世仁说，有过，以前我在官桥东南边的石灰崖上，皇协军大队长陈二雄派了人，送上重礼，有枪，有大洋，还要封我个官儿，让我投降他。可我不要，门都没让他进，我培贤道就是练功护庄，永远不和官府打交道，更不能认贼作父当汉奸，所以，陈二雄火了，带人攻进村庄，我才退到这里来。

丁程说，王道首果然是正直仗义的英雄好汉，令人敬佩，这次过来，真是值了。

丁程喝了一口水，又说，不过，占据在这山上，地盘有限，又缺衣少粮。王世仁说，不用愁，山下各个村庄都有教民，他们会把粮食送到山下，我也没打算在这山上长住，咱还要回家种地。丁程问，如果陈二雄再打你呢？王世仁说，这好办，再回来就是。丁程又问，如果他们截住你的后路呢？如果围你十天半月呢？

王世仁沉默了。

丁程又说，你和陈二雄已经结下了梁子，拉你不成，他肯定会瞅机会吃掉你，如果真那样，即便是你能冲出去，但我想，人会越来越少，然后弹尽粮绝，到处流窜，最后……

王世仁更是不语。

丁程说，只有一条路。

好半天好半天，王世仁才抬起头，直直地看着丁程，李先生，你能给指条路?

丁程说,两个字,壮大,壮,就是强,强就是大,这样才能和陈二雄抗衡!

王世仁一听“壮大”二字,顿时就泄气了,说,咱怎么壮大?就是一帮子种地的,钱从哪里来,枪从哪里来?饭都快吃不上了。丁程慢慢地说,别急别急,世上所有的锁,都有能开它的钥匙,咱们合计合计,如果你不见外,我可以在这里住几天吗?王世仁说,太好啦,巴不得呢,住几天,住几天都行,看出来了,李先生比我年轻,却是个高人!

王世仁站起来,对丁程说,走,咱们到山顶上看看。两个人一前一后,沿着裂缝中的石磴爬到山顶,果然是一块儿平地,有十几间石头屋了,周边有大大小小的岩石,西边儿是树林斜坡,北面是斧劈般的悬崖,东边同样是山坡,但山坡又被三道腰箍似的陡崖断开,真是险要。几个人正在那边儿舞枪弄棒。

王世仁对丁程说,先前有位老先生专门去石灰崖见我,那时日本人正在进攻山海关,他说,别看日本人气焰这么嚣张,可他们根本吞不下中国,即便是占了土地,可他们永远占不了人心,用不了几年就会失败,中国人需要的是齐心协力,而不是一盘散沙。这话我信,可现在你看,当皇协军的人,反而比鬼子还多,帮着鬼子杀自已人,我又怀疑那老先生说的话了。

丁程说,如我刚才说的那个意思,自古以来有个真理,叫邪不压正,正道,就是民心,你想,老百姓过着自己的日子,突然有了强盗拿着刀进来了,他说我住在你家里,把土地给我,你要老老实实听我的,不老实我就杀了你,我这都是为了你全家好,世上哪有这个理儿?这个理儿能得人心?这时候,就要有人站出来,把受欺负要报仇的人组成队伍,就和他斗,就像老兄你一样,如果几个村就能出一个王世仁,天下立马就会变了!

王世仁说,我们就是守住道门,乱世中保住性命,哪一路势力也不靠,以后太平了,再回家种地。丁程说,可是日本人不让你安生,陈二雄也不会让你安生。

王世仁不语。他瞅了丁程一眼,从一见面,他就意识到这个人有来头,有城府,谁知道他是什么道上的,弄不好就是来拉拢自己,是路是坑不知道,他的话不可不信，也不可都信，万一上了当，后退也来不及——失去了培贤道，自己什么都不是。

……

第二天一早，山下的夜色还没有褪去，鹞子崮上已经映上了明亮的霞光，培贤道又开始了晨练。丁桯站在场外观看，三十多人，全都黑布缠头，各自带着一块草垫子，两个人抬出一个木牌位，上面歪歪扭扭竖写着：吾祖仙家太上老君之灵位。排位放在一块石头上，前面的破陶盆子做了香炉。

王世仁头戴青黑道士帽，穿黑色道袍，看到下面的人全坐在垫子上了，他点上三炷香，双手执着，两眼微闭，口中念念有词，然后对东南西北方向依次行了礼，后仰头对天一拜，把香插进盆子里。他睁开眼，站到正中的大石头上，右手在上，左手在下，手心对手心并留出空当，静念道：俺今儿替老祖亲传秘密培贤道，真点当来出世人，暗传未来真法正道，劝人学礼行善；若要传外道邪法，共误大地群迷，将我自身化为脓血；非礼勿视，非礼勿闻，非礼勿言，非礼勿动……

丁桯听着，心里好笑，这道门把孔子的话也拉进来了。

王世仁继续念着：眼耳鼻舌相，招邪四座门，扫断人间四相，绝了大地轮回。丁桯听了，又觉得有些佛教意味。

王世仁还在念：眼下有醒，足下翻身，里无踪影，外无相形，清气上升，浊气下降，超越生死一条线，云霄大地任逍遥！

他的话音落下，下面的人双手合起，大声合诵：

三炷香，喜在怀，恭敬老君下凡来；

在香的，根根线，我与先君喜结缘；

天也欢，地也欢，保佑弟子享平安！

完了，王世仁喊道：给太上老君叩首！——一叩首！——二叩首！——三叩首！——

大家叩完首，王世仁又喊：给五圣老母叩首！——一叩首！——二叩首！——三叩首！——

叩完首，众人各自在那里打坐，全都左腿压在右腿上，闭上眼睛默念咒语，然后张开嘴，舌头顶着上颚，发出“而已、而已”的声音。丁程知道，在培贤道这里，舌头往上是天堂路，往下是地表路，为什么这样，他也不明白，这就是他们的“天机”。

这套仪式完了，一个人拎着一个大瓦罐，另一个人拿来几个碗，把碗放在太上老君牌位前。王世仁从怀里掏出一个符子，点上火，在瓦罐口上烧着，让纸灰落到里头，然后把水倒进碗里。

人们全站起来，依次到前面，各人喝上一口水。

当最后一个人喝完，早先的人已经站成一排。王世仁大声喊，刀枪不入！所有的人跟着大声喊，刀枪不入，刀枪不入！喊完了，就开始练功，舞刀的，弄棒的，四拳对打的。这里只有少量枪支，大多是汉阳造和土枪，拿枪的在另一边，趴在草垫子上练瞄准。

王世仁告诉丁程，还有几支三八大盖，是从滕县那边弄来的。

丁程问王世仁，老兄，你信吞上符子练功会刀枪不入吗？

不想王世仁一下子火了，黑黑的脸涨得通红，他怒视丁程问，什么意思？你来这里是为了破我的道法吗？

丁程连忙说，失言失言，老兄，别误会，别误会，听我慢慢说，不过，你要想听，我就说，你要不听，我便不冒犯了。

王世仁停了停，你说吧。

丁程说，当年，平原那里成立了义和团，接到朝廷命令去北京东郊杀洋人，吞完符子念咒语，喊着刀枪不入，结果洋人一顿乱枪，人全都倒在地上，血流成河；还有，我曾随着队伍去聊城一个村庄，有些教民和政府作对，都会武功，都信教，也是喊着刀枪不入，可是，这边开枪了，一枪一个血窟窿……现在，鬼子的火力，可厉害多了……

王世仁坐到旁边的石头上，轻轻叹了口气，对丁程说，靠什么把人弄到一块儿？还不得靠祖宗神灵，村里人都信这个，如果说不灵，为什么这地面上这道那道那么多？这说明它还是灵，如果说不灵，你为什么入了罡风八方道？如果是骗人的，为什么从太上老君那里开始好几千年了，一辈一辈都有人信？你说念咒吞符子还是被洋人的子弹打穿了，那还是修炼不到，没成真身。

丁程反问，你为道首，成了真身没有？

王世仁说，我也没有，所以要靠刀靠枪。丁程苦笑了一下，把话题打住了，两个人就陷入了沉默。

过了一会儿，丁程认真地看着王世仁说，东边儿地面上的人，别的教都不信了，就信一种教。

王世仁问，什么教？

丁程说，红风教。

王世仁说，红风教？这是胡扯，风还有红的？

丁程说，就是个名头，水泊梁山有黑风口，那风也不是黑的，是说那里凶险，红风是图个吉祥，红能辟邪，再说，凡事既要看名头，又要看实在，看干了什么事儿,看是不是为老百姓,合不合老百姓的心意,我说的没错吧？

王世仁点头称是。丁程又说，朱德总司令就是红风大将军，带领他的人打鬼子，除汉奸，就是为穷苦老百姓打出个太平世界，过上安稳日子……我从那里经过，听说好多老百姓都入了这个教，前几天攻打东江河北边的据点，就是红风教干的。

王世仁问，红风教念什么经？

丁程说，那当然念的是红色经了，听说这风是从西北方向刮过来的，想想也对，你看，天上下雨，只要西北风一到，云彩就会散开，天就晴了，尤其在秋冬季节，西北风最冷，是天地间一股正气，地面上的所有的害虫全都被冻死，死不了的也往地下钻——这红风才是强风，正风！

丁程停了停，继续说，不瞒老兄，我们罡风八方道的好多人，都改信这红风教了，留都留不住……眼见为实，我从那里走过，亲眼所见，老兄不妨去东边儿看看。

王世仁笑笑，你这一说，我倒想去看看了，可是现在怕不行，听说山下有陈二雄的探子，我要下了山，弄不好就让人盯上了。

丁程叹口气说，虎困山林，总要想个破局的办法啊。

王世仁又不语。

到了下午，王世仁不再陪丁程。丁程独自到了山顶，看到有几个人还在练武，他们裸露着上身，瘦得肋骨条子都绷了出来，两支小细胳膊舞来划去，完全是吃不饱饭的缘故，这样的身子骨，别说武器，就是赤手空拳地和敌人打，即便是会武功，还能有多少力气。他又看到，在场地西边儿有一棵小树，有一个人被剥了上衣，双手绑着吊在一个树杈上，树杈正好高过那个人的头顶，他只能两只脚尖着地。

丁程走过去，见那人也就十六七岁，后背上还有树条子抽过的伤痕。他可怜巴巴地看着丁程，脸上全是痛苦。这时，一个小头目走过来，丁程一看，正是昨天在山洞前拦住他的那个人。丁程问，他犯了什么错？小头目说，昨晚上站岗，抱着枪睡了，说完瞪着那个人，呵斥道，头抬起来！接着就是一树条子，抽得那人立即抽搐了一下，哎呀呀地叫起来。小头目还想抽，被丁程伸手拦住了，他问吊着的人，你是哪里人？小头目抢说，从江苏那边过来，要饭的，才来了没几天。

丁程对小头目说，站岗睡觉是违反了规矩，如果有人摸上山来怎么办？但要教育他，不能用这样的体罚。小头目说，兵不斩不齐，要不是为了省子弹，老子一枪毙了他。丁程说，兵要斩，可也分犯了什么错，只要没犯杀头之罪，就要给他讲道理，打仗靠大家齐心，如果动不动用打的办法，人心就会散了，因为人心里不服。

小头目说，你少管闲事。

丁程说，昨天咱们熟悉了，我还忘了问你的名字哩。

小头目说，本人张小胆，在王道首手下，专管不听话的人。

丁程笑了笑，说，张小胆，能上山扛枪打仗，这胆子不小嘛。

张小胆自负地说，这倒是，咱可从来没怕过什么。

丁程说，看在我的面子上，把他放下来吧。

张小胆犹豫一下，不情不愿地把那个人放下来了。

丁程回到山洞，和王世仁说起这事儿。王世仁正在笨手笨脚地缝补褂子，他抬起头来，对丁程说，家有家法，道有道规，在教门，犯了纪就要惩罚。丁程说，那也要看事情大小，酌情处理。王世仁笑笑说，李老弟，老祖宗留下的话没有错，人是苦虫，不打不行，棍棒底下出孝子，我对张小胆说了，下手不要留情，皮肉疼了，心里就记住了。

丁程摇了摇头。王世仁忽然问，你说的那个红风教怎么对待底下犯纪律的人？丁程说，这我倒不很清楚，只听他们说，上下一律平等，不准打人骂人，先定下规矩，让所有人记住，违反了哪一条，先摆事实、讲道理，知错就改，改了就好，但只要犯了大错，不论你是当官的，还是当小兵的，都要严加处置。

王世仁想了想，说，那红风教里高人多，咱这里都是些庄稼汉，大字不识几个，谁会讲道理，讲了道理也听不明白。丁程说，不对不对，红风教里的也都是庄稼汉出身，听说那个朱总司令从前也是庄稼汉。

唔？王世仁抬起头。

通过接触，丁程觉得争取王世仁不是一天半日能完成的，讲了这么多，应该给他消化的时间，等过上几天再来一次。

到了晚上，他和王世仁又上了山顶上，乌蓝的天空布满了星斗，尤其人在高处，星显得更亮、更大，闪闪烁烁，那光的芒都看得很清晰，这让丁程想到了李白“举手扪星辰”的句子，甚至如闻星光发出的声音。但是，他无心欣赏这山巅静谧的夜色，他和王世仁站在那里，抬头往天空四面看着。

看了半天，丁程说，不瞒老兄，我在罡风八方道，大爷教给我的独门绝技，就是看天象，看地理。王世仁说，那你看看，今晚天象怎样？丁程说，你要不信我就不说了。王世仁说，你不说怎么知道我信还是不信？

又停了好半天，丁程说，咱们相识不过两天，我觉得老兄是个厚道仁义之人，我就实话实说吧，信不信由你，反正以后咱兄弟会常来常往了。王世仁说，我愿听老弟讲。丁程缓缓道，老兄，你看，这鹞子崮，前头是尤家山，家又是“枷”，枷锁的枷；往西是灰龙山，灰龙和鹞子是相克的，鹞子胜不了灰龙；往东呢，是曹王坟，坟聚着阴气；老兄，你记住，如果鹞子崮被困住了，必须往东飞，越过曹王坟再一直往东——我看天象，冥王星有了红光，这是不祥之兆，有杀气，有血光之灾，只有东方，有三颗星又大又明，那就是生门……

王世仁问，哪颗是冥王星？这不祥之兆什么时候会来？丁程说，老兄，看不出确定的日子，但不会太久，这是天机。王世仁摇了摇头说，老弟你说得太玄了，真的假的？丁程说，太上老君早就对后人说了，玄之又玄，众妙之门。

王世仁又摇了摇头，他似乎在说，这是在诓他。

丁程不再说什么，两个人便回到洞里歇息。

次日早晨，丁程要下山，王世仁把他送到裂缝下面。丁程郑重地看着王世仁说，老兄，如果日本人、陈二雄来攻打你，万万不可恋战，带上人立即往东撤，在斑山头一带，有我们罡风八方道的弟兄接应，我也可能在那里等着你，咱们，后会有期。

见王世仁不吱声，丁程又说，我与老兄已经成了好友，我是真心实意的，信不信由你了……

王世仁说，我记住老弟的话了。

说完，王世仁喊来三个人，把丁程送下山。

6

香嫂从官桥回到斑山头，把情报从衣裳里取出来，交给王丹西，她又说，那里有些货，可鬼子查得严，我一个女人家带不出来，要另派人。王丹西知道货指什么，说，得尽快，这里急需，放在那里时候长了，也会出事儿。香嫂又说，鬼子在官桥无恶不作，随便杀人，糟蹋民女，天天有百姓受害。王丹西一想，你快去告诉李先生，咱们合计一下。

香嫂出门请丁程，一会儿人就来了。情况简单一讲，丁程说，官桥的情况，我再考虑一下。王丹西说，让张西奇去取货吧。丁程想想说，张西奇最合适，可是，他的任务是尽快把武工队拉起来，眼下还没有形成战斗力，不能有任何闪失。王丹西说，除了他，别人恐怕都不行。

丁程说，山里也来了指示，让我们尽快想办法除掉官桥站的山本，这家伙从古薛国遗址弄了大量青铜器，老百姓都以为是破铜烂铁，可那都是文物，是国宝，不能让他明目张胆地运去日本，得把他的手剁了，这个任务需要张西奇他们完成。

两个人考虑了半天，王丹西说，那就只有一个人，赵明大。丁程说，他能行？王丹西说，我比你更了解他，他身手好，枪法也准。丁程说，官桥查得严，怕是无法带枪，那就全靠胆量了。王丹心说，那他更合适了。

丁程又补充说，让他告诉官桥方面，注意山本动向，配合下一步的行动。

领到任务，赵明大来到香嫂家，说婶子，我要借你墙上这两个南瓜。香嫂院子东边的石头墙上，爬着几棵南瓜秧，因为肥水足，瓜秧子长得粗壮，叶子紧紧盖住了墙头，黄花朵从叶子间伸出来，结了四五个大南瓜，先是吊着长，长着长着就竖在墙根下；有几个下垂，香嫂就用草编的网子兜住，这南瓜后头粗长，前头长成一个罐子形状的脑袋，有五六斤重了。

香嫂问，家里缺吃的了？赵明大小声说，我去官桥。香嫂说，那还叫借？赵明大说，到了秋后，这可是你的口粮，我得还你。香嫂看了赵明大一眼说，别啰嗦，快摘吧，千万小心啊。

赵明大把丁程的情报搓成纸条子，插进衣裳下边的缝里，用一个元宝形筐子，背上两个南瓜就进了官桥。他看到关卡两边，站着两个鬼子和两个伪军，查得很细很严，但他还是很顺利地过了关卡。

赵明大一路向官桥街走着，心里琢磨着回来时怎样再出关卡，这赤手空拳，只能动脑子了，他一直走到了成衣铺，看到里面有人，就一直向前慢慢走，走过几个门头，在对面墙根下坐下来，掏出烟袋抽起烟来，时时看着斜对面的成衣铺。

赵明大正抽着烟，有个人从他面前走过，看了他一眼，刚要迈步却停住了。那人看着赵明大问，南瓜是卖的？赵明大吸口烟，点点头。那人说，卖东西都在官桥头上，你怎么在这里卖？赵明大吐出口烟，笑笑说，不是想多卖点钱嘛。那人又问，你从哪里来？赵明大当然不说实话，他脑子一转说，这位大哥一看就是体面人，你是不会买南瓜的。那人倒来了兴趣，怎么看出我是体面人？赵明大说，这还用说，穿得干净，脸上滋润，哪像我们种地的，两手是土，吃糠咽菜，你是吃鱼吃肉的，大哥在哪里当差？

那个人自得地说，这不是你问的，说完就走了。

看看那人走远了，成衣铺里也没了外人，赵明大就走进去。

赵明大问邓广贤，师父，能做棉鞋吗？邓广贤说，大人穿还是小孩儿穿？赵明大说，老嬷嬷鞋，家里有老娘。邓广贤问，多大了？赵明大说，八十八。邓广贤说，孝敬老娘，我能做。

暗号对上，赵明大回头向外一看，从衣裳里取出情报，交给邓广贤，邓广贤立即把情报插进上衣袖口下边儿的孔眼里，然后说，要小心，街上到处是便衣。赵明大说，刚才我在街上就碰上一个。

邓广贤走到门口，探头看看，就关上门，领赵明大出了后边的小门，屋后有一处很窄的夹道儿，夹道儿最头堵着，变成一个茅厕，里面一罐尿，一坑屎，一堆干土粪。邓广贤用旁边的破铁锹，从土粪里扒出一个油纸包，小声说，二十发，你藏在哪里？赵明大说，南瓜里。邓广贤说，不行，两个南瓜，翻个个儿就看出猫腻了。赵明大说，我在裤腰里还缝了一个口袋。邓广贤说，也不保险，一捏腰就发现了。

赵明大犯难了，那……要不等天黑混出去。邓广贤说，各个路口都部上人了。

邓广贤皱了皱眉头说，没把握，你在这里等着，我去去就回。说完就出了成衣铺的门，把锁锁上。

邓广贤一直走到车站，看到里面一个工人，叫他过来，然后说，你叫邓耀奎出来，家里有急事儿。完了，他就在站口不远处等着。

这就到了晌午，大奎走出站口。邓广贤说，把一个人送出卡子，你能行吗？大奎说，不知道为什么突然就设了卡子，前两天还没有。邓广贤说，别扯前两天了，急，行不行？大奎说，我有特别通行证。

父子俩一前一后来到成衣铺，开了门，大奎见到赵明大。

邓广贤简单说明了情况，大奎明白，也不细问，想了想说，你们先等着，我去那边儿买两包江米条儿。

很快，大奎拎着两包江米条儿回来了，说，我让他给我用了牛皮纸，说要上火车，麻绳也结实。

他们把子弹排在下边一包的纸上，再盖上江米条，包好扎紧，然后两包又扎起来。细心的大奎，拿过剪子，在上边一包剪出一个小缝儿，然后看看赵明大说，咱们走吧。

两个人先后出了门。

这时候，邓广贤一下子担心起来，头上立即冒出了汗，活儿也无心做了，坐在板凳上想，万一出了事儿，全家就会遭殃，他越想越害怕，眼睛就闭上了，突然他一睁眼，看到门后篮子里的两个南瓜，又是一个激灵，心想，得快想法儿把它们移走。

大奎拎着点心，往薛河方向走，快要走进官桥头的卡子了，大奎一看，真是老天相助，站岗的伪军就是刘宝义。大奎大声招呼，刘大哥，今天你站岗啊。刘宝义说，大奎，你怎么有空出来？大奎说，家里来亲戚了，我去那边割块羊肉。另一个伪军说，里头就有啊。大奎说，这你还不知道，卡子里外价格不一样，外头的便宜啊。说完，大奎的指头伸进点心包，从方才剪开的缝里一勾，就捏出些江米条儿，说，天晌啦，压压饿。那个伪军接过来，把枪往后一背，就填进嘴里嘎嘣嘎嘣地吃起来。大奎大方地又给了刘宝义和一个鬼子江米条儿，这个鬼子好像也见过大奎，说了一句要西。另一个鬼子看着大奎说，你的，检查。大奎拿出通行证，鬼子看了，头向外一歪放行，大奎通过前，也给他一些江米条儿。大奎走近羊肉摊，回头一看，赵明大也过来了。

见卡子上的敌人不再注意他，大奎走向不远处的一个茅厕，茅厕的墙不高，赵明大也进去，挡在大奎前面。大奎蹲下，飞快地解开麻绳，让赵明大把子弹揣进他裤腰里的口袋里，又把点心包好，然后，若无其事地走出来去割羊肉，随后便拎着点心和羊肉进了卡子。

邓广贤一见大奎回来了，悬着的心一下子落了地。听大奎一说过程，邓广贤喃喃地说，天胆哩，天胆哩。

可是，他们没想到，赵明大碰上麻烦事儿了。

赵明大刚要离开，突然后面有人问，老弟，南瓜卖了吗？赵明大回头一看，正是头午遇见的那个人，他点头说，卖了，卖了。那人狡猾地看着他，皮笑肉不笑地问，连筐子也卖啦？赵明大一惊，大意了，但他脑子随机一转说，两个南瓜太沉，人家路又远，干脆就送给他了，反正是个破筐子。那人收住笑，就走了过去。赵明大往后一瞥，见那人摆手示意，又有两个人马上盯着自己过来了。

赵明大一看，桥头上没有多少人，如果从桥上往南跑，就会被一枪撂倒，要是手里有枪就好了。他左右看看，桥北头两边都是菜地，也没法跑远，唯一的机会是个茶馆儿，里面有人，茶馆东边是用竹帘子隔着，下头是一条没有水的干沟，二十多步开外就是一片小树林，穿过树林有一道河堰，可以直通河的下游，他一寻思，就转身进了茶馆。

赵明大在东边儿靠近竹帘的位子坐下，茶馆里稀稀拉拉也就十来个人。他刚坐下，后面的两个人也跟进来，就坐在赵明大对面的桌子前，眼睛不时地瞟着他。见赵明大不慌不忙，一个人说，小二，小二，上茶！店小二应了一声，拎着茶壶和两个茶碗，放在两个人面前，把茶倒上。赵明大说，小二，上两碗白开水，两碗一块儿上，渴坏了，越快越好。店小二应了一声，很快就提着一把粗砂壶，右手拿着两只大黑碗，放在赵明大面前。

店小二把两只碗摆开，把开水倒进碗里。

赵明大看着面前两个家伙，就在他们收回眼神喝茶的刹那，赵明大双手各托一个碗，忽地一站，啪啪两下，两个碗盛着滚烫的热水，一下子扔到他们的脸上，两个家伙烫得立时嗷嗷叫起来。赵明大掀开竹帘子，一下子跳下去，大步连连跨着，转眼就进了小树林，接着上了河堰，跑了……

事后，丁程开玩笑说，赵明大，赵命大，你真是命大啊！

话分两头，大奎把李心希的衣裳带回车站，现在，他都知道了，自己和他们拜了仁兄弟，也就入了伙了，一切都那么自然，好像后面有一只手轻轻推着他，秘密地干上了抗日的事情，和他一起的，还有爹，甚至可能还有爷爷和娘。他不知道爹从什么时候开始的，是什么人引导了爹，他也不想知道，他自己干得上心，根本感觉不到害怕，似乎真像爹说的，他长了天胆。

李心希、王长青和大奎三人，又坐在小酒店的单间里。李心希小声说，上边儿要把山本……他用手掌在脖子上划了一下。大奎说，要咱们动手？李心希说，不，咱们配合。王长青说，他晚上根本不出门儿，出门儿就要几个人跟着，不好办。大奎说，让人晚上进站？李心希说，这不可能，自从仓库出了大事儿，他们加派了人，站岗的都不敢眨眼。

有人从门口走过，他们又低头吃饭。

过了一会儿，王长青说，他倒是常到汪庄集找那些坟里的东西，可能有机会。

李心希说，他弄这些东西入迷了，这夏天雨大，总会有那东西冲出来，有人拿到集上，随便给个小钱儿就卖，但十回集有八回收不到，可他还每回都去。

王长青说，他去之前都穿上老百姓的衣裳，还有人跟着他，那么多赶集的，除了咱们，别人也不认识他啊。

李心希说，难就难在这里，来的人都不认识他，咱都动动脑子，怎么着也得想出个办法。

过了两天，李心希见王长青拎着个小桶走过来，他凑过去问，想出来了？王长青说，你想出来了？李心希说，我想出来还问你啊。王长青叹口气说，你都想不出来，我这木头脑袋……李心希苦笑了一下。

到了下午，李心希站在月台上，旅客很少了，大奎走过来，两个人站到一块儿。李心希问，想出来了吗？大奎说，弄得我半宿没睡，想不出来，想不出来。李心希说，别急别急，咱们再慢慢想。大奎说，怎么能给山本留个记号，让他们一眼就能看出来就好了。李心希笑了，他又不是猪狗羊，一个大活人，能给他弄上记号？

这时，他们看见龟尾一歪一歪地进了站口，又笨拙地过了铁轨，向这边走来。李心希说，这个龟孙，整天光喝酒，山本也管不了他。大奎说，喝了酒就想干坏事儿，听说那天他在酒馆里喝完酒，出门就看见一个女人，让人家站住，直接按在墙上……李心希吐了一口唾沫，等着，早晚算账，漏不了他！

龟尾走过来，看见李心希和大奎，说，李的、大奎，晚上的喝酒。李心希说，站长，我们的不喝，晚上忙。

龟尾说，我的晚上喝，那边的酒店，臭鲤鱼的，大大的好，我的喜欢。

李心希点点头说，我们，过几天，臭鲤鱼的请你！

龟尾伸出大拇指，又说，我的喜欢！

……

又过三天，正好是汪庄集，大奎看到，山本又换上衣服出了门，衣裳不是新的，全是半旧的，左裤腿上还打了个补丁，他戴着一顶旧斗笠，鞋也是布鞋，谁知道他从哪里弄的这些行头，加上他个子不高，怎么看都像官桥街上的人，同行的还有五六个人，也都换了便衣。

到了头晌，他们回来了，有两个人，各抱着一个生满锈的古物，进了他的办公室。

下午，大奎见山本又换上白衬衣，方格西装，下面是黄军裤，黑皮靴，腰上挂着王八盒子，悠然地站在阳台上。远处，王长青正拎着机油小桶，在给铁轨的接缝处抹油。山本今天心情好，他对王长青喊，王，你的干活！王长青伸直腰，笑着说，站长，你的辛苦。山本说，你的辛苦大大的！

突然，大奎脑中灵光一闪，一下子兴奋起来，兴奋得手心都出汗了，他握紧了拳头，越握越紧！

7

再说张西奇到了大李庄，见到李天成。李天成兴奋地说道，政委这是“放虎归山”，眼下就有几个人，我马上给他们传信儿。当天下午，曹老三来了，孙五子来了，王木头来了，杨德四也来了，还有李贵武他们。李黑明在枣庄，他已经参加了洪大海的铁道队。

大家来到大李庄的林地里，四面都是高粱，很隐蔽。李天成给几个人介绍了张西奇，把他的故事大致讲了，并说，现在他就是武工队队长。曹老三张着大嘴，看着张西奇说，厉害，厉害，你就是岳子龙啊！王木头说，什么岳子龙，是赵子龙，大战长坂坡的赵云。孙五子说，我们的家都没了，我们也杀过鬼子！王木头怕他说漏了嘴，赶紧瞪他一眼，故意惊奇地问，是吗？在哪里杀的？曹老三也瞪着孙五子，听他胡说！孙五子连忙改口说，都想杀鬼子。王木头盯着张西奇的匣子枪说，给俺看看行不？张西奇拔出枪，抽出弹夹递给王木头。王木头握住枪，反正地看着，抬手就瞄上曹老三。张西奇说，不准对着人！王木头收起枪，还给了张西奇。

杨德四一看，突然问，这是不是王大鼻子那支？张西奇问，你怎么知道？杨德四说，外面发蓝，又光滑又亮，原来是你干的啊！张西奇想起来了，把枪递给杨德四说，还是从你那得到的信儿呢，事儿就是这么巧。杨德四摸着枪，嘿嘿笑了笑，说，你去他家这么一闹，王大鼻子三天后中了风，半边身子不能动了。

曹老三和孙五子先后拿过来看，曹老三说，咱就这一把枪，怎么和鬼子干？李天成笑笑说，别急，有西奇队长，还愁没有枪？俗话说，跟着羊吃草，跟着狼吃肉。张西奇说，我在兰陵的时候，大家都唱一支歌，唱的是，没有吃，没有穿，自有那敌人送上前；没有枪，没有炮，敌人给我们造，就是告诉咱，需要啥就从敌人手里夺，以后咱武工队，主要靠短枪，别在腰里不好发现，来去方便。

李天成说，西奇，你就先给大家讲讲这枪怎么用吧。

张西奇拿着枪，对大家说，看好了，说完用手指按了一下机关，三下五除二就把枪拆开了，依次把零件放在坟前的石供桌上，然后又熟练地几下就把枪又组装好了，接着他说，来，从曹老三开始，一个一个地学。只一头午，大家都掌握了要领，张西奇又给大家讲怎么出枪，怎么瞄准，他说，这匣子枪上下震动大，容易偏离目标，老手儿都是平着瞄准，并且一甩，子弹就出去了，指哪里打哪里；还有，我这枪头的准星没有了，原先就是一个小铁疙瘩，可是插在腰上，碰上紧急情况拔枪，小疙瘩碍事儿，被我在石头上磨掉了，不过这要相当熟练了才行。

大家认真地听着，张西奇又讲了武工队的纪律，各人不仅要大胆，还要灵活，要善于动脑子，最重要的是，枪的功夫要练好，人不离枪，枪不离人，晚上睡觉也要睁着一只眼。

然后，他又教大家步枪、机枪的操作。他说，要成多面手，抓到手的武器，都得会用！

王木头问，什么时候才有枪？张西奇说，枪，在官桥敌人那里放着，执行几次任务，保证大家都有了……

晚上，他们就住在李天成家的暗道里。

这样过了快十天，大家的手早就痒痒了，张西奇带着他们在外面转悠了几天，总是碰不到敌人。

终于，机会来了，秃城刘大头的儿子结婚，他儿子在徐州当了伪军小队长，估计前来贺喜的不会少了，弄不好官桥的陈二雄会到，即使不来，也会派手下来。滕县方面，除了伪军，也可能有鬼子来。依照这里的风俗，新娘头天晚上入洞房，次日上午各路好友才会来到，中午大摆酒席，茶足饭饱后便到了下午。张西奇想了想，觉得下午合适，便带着曹老三他们出发了，就一支枪，其他人别上短刀。

他们到了秃城，藏在高粱地里，看着刘大头的宅子，门上挂着两个大红灯笼，门口铺着红毡，黑漆大门上贴着喜联，大门口站着八个伪军，大门西边儿平出一块场地，临时竖起几根木桩，有三匹马拴在木桩上。一会儿，有个背匣子枪的军官跨出大门，六个伪军随着他，里面又走出来的人，好像是刘大头的儿子，穿着崭新的长袍马褂，头戴黑色瓜皮帽，有四个伪军护在前后，他和军官双方抱拳揖别，然后，那个军官走到木桩前，跨上马，被簇拥着走了。

不知道为什么，张西奇总觉得脑袋不灵光，有一种说不出来的感觉，他眨巴眨巴眼睛，沉吟了一会儿，突然说，撤。曹老三问，怎么不干了？张西奇说，撤。

几个人往后一缩，就从高粱地里撤回去。

走在小路上，杨德四问，队长，怎么撤了？张西奇说，我也说不明白，直觉不大好。孙五子和王木头互相看看，都摸不着头脑。

这又过了两日，张西奇他们正在林地里训练，丁程来了，他向张西奇招招手，张西奇过来，两个人在坟边坐下。

丁程说，有任务了，军区下达的。张西奇问，什么任务？丁程说，去官桥杀一个鬼子。张西奇问，是铃木？丁程说，不是，是官桥车站的站长山本，这个山本，从古薛国遗址搜罗了大量的古董，全是文物，上级命令我们尽快把他除掉。张西奇说，这要考虑怎么进车站。丁程说，这倒不必，这家伙每次去汪庄集，都要去集上转转，看有没有卖古董的，可是他怕死，每次出门，都要化装成老百姓，听说他个子不高，长得很普通，有时候穿的衣服还打着补丁，后面有几个便衣远远近近跟着他。张西奇说，这就不好办了，我们也不认识这个人，不过，也不是太难，慢慢地就瞄上了。丁程说，不能大意，真杀错了怎么办？张西奇不说话。丁程笑笑说，别愁了，官桥那边儿给你们做了记号了……

张西奇听完，点点头，想了想说，不知道那天会有几个人跟着他，我们只有一支短枪，能不能让赵明大也过来？他有一支枪，人也沉稳。丁程说，这没问题，我马上让他来。

又过了一天，明天就是行动的日子。晚上，赵明大来了，张西奇一看，赵明大穿了个道士服，一看就是丁程给弄的行头，笑着说，你腰粗，穿这身衣裳太瘦了，一看就假，脱下来给我吧。

张西奇开始点将。杨德四想去，嘴上不说，张西奇已经看出来了，他对杨德四说，这次不能有你，汪庄你有亲戚，让人认出来就麻烦了。

鸡叫两遍的时候，张西奇他们就出发了。曹老三扛着一根槐木棒子，王木头背着个筐，孙五子背着个篮子，赵明大就装成赶闲集的。张西奇穿上道士服，背上布褡子和一个马扎儿，头戴小黑帽，帽子压低，还戴上了一副黑水晶眼镜，这是李天成从上海带回来的。

他们到了汪庄，太阳已经一竿子半高了。

汪庄就在古薛国遗址西边，早在夏朝时候，奚仲因造车有功，被封为车正，在此立国为薛。到了春秋后期，薛国为齐国所灭，城池封给田婴、田文父子为食邑，他们接着扩建了薛城，所统辖的地界，除了滕地，往南还到现在的徐州一带。两千四百多年过去，只留下了城墙，城墙是用黄土、石灰加上糯米汤筑起，并层层夯实，所以至今结实如初，梯台形状如直挺的长坝，东西六里，南北四里有余，上面竟然没有几棵树，因为连镐头都刨不动它，即使栽上树苗也伸不开根，而且土里有石灰，树苗很难发芽抽枝，不到冬天就会枯死，只有浅表的地面上长出些野草，全都细如猴毛。城墙里面，当年多少宫殿楼台、王宫官宅，都成了残砖烂瓦，世代被人们清理，然后又有了村庄，平展展的土地变成了田亩。在东墙外，延至东南，是曾经的皇亲贵戚和高官死后的埋葬之地，当然有大量的陪葬品，从汉代起，就有人干起了盗墓的营生，有的墓室曾多次被盗，但大量的富豪小僚的坟墓被风雨抹平，上面种上了庄稼，更不用说十几里外零零散散的坟墓，压根儿就没有盗墓贼发现，或者说盗墓者没顾得上开挖。因此，有人种地挖坑，一镐头下去，常会刨出个什么东西来。

汪庄和其他庄没什么不同，就是大些，草屋土墙，杂有灰瓦房舍。村庄里的大杨树、老槐树、大柳树和梧桐树，虽然大部分让鬼子砍了，但有些嫌细的还留着，高高地把树冠举到屋顶之上。集市在村北边儿，一大片空场子，人已经不少，各种摊子已经摆开，羊肉汤锅冒着热气儿，还传来烧饼的香味儿，有几个人正坐在旁边的棚子下喝汤吃饼。张西奇他们没有钱，各自带着煎饼，分散开啃了。张西奇站在那里，看看村后有几条小巷，然后在集市上走了走。集市西边，是一片野水塘，近岸生着些芦苇蒲草，里面的青蛙还咕咕咯咯地叫几声；北边是一条路，从东到西，从官桥来的人，全都要走这条路，这时，已经有不少人往这里走着，推车的，挑担的，空手的。

回来后，张西奇对孙五子说，你在北边儿那个路口盯着，发现了目标，立马回来报信儿。

孙五子去了。

张西奇对曹老三、王木头和赵明大说，你们待会儿看着我坐，咱们不离左右，我坐到合适的地方后，明大你就在周围溜达，他们的人来了，咱们各人瞄准目标，我一动手，立即行动！大家都点点头。

张西奇明白，他不能早去摆摊子，自己根本不懂拆字儿算卦，真要碰见明白人，可就露了馅了。他坐在一家屋后边，抽着小烟袋，看见赵明大也在那边抽烟。抽完一袋烟，集上的人也见多了，可是孙五子还是没来报信儿，张西奇心里嘀咕了，那家伙是不是不来了？

这时候，官桥车站上的人也同样着急，王长青早早就拎着小油桶，到处给铁轨的接缝处抹油，他拿着刷子不紧不慢地抹着，眼睛不住地往山本的别墅那边儿瞅。大奎也没上行李房，他让人先排队，自己在外面大模大样巡视，他看看墙上的圆形表，已经九点了，还是不见山本出来。李心希是工长，他拿上小锤子，在铁轨那边儿一边走着，一边不时地敲敲，发出当当的声响，眼也往这边看。

山本正在他的办公室里接电话，打电话，放下电话，又看报表，然后拔出钢笔，在表上写着什么。近来，他很忙，前线战事非常激烈，大量的兵员和物资都要南运，而枣庄的煤炭又大量地往北运输，有的运到关外，那里有日军的兵工厂，虽然东北不缺煤，但这里的煤质量好，纯度高，热量高，有的煤，还要经天津、大连运往日本。不用说，列车班次大大增加了，它们从官桥来来回回呼啸而过，有的列车在官桥加完水后，立即开走。

山本出生于北海道的一个军人家庭，毕业于京都大学历史系，后选择了考古专业，这完全起因于他的父亲。小时候他跟着父亲进山打猎，练就了一手好枪法，但他对历史着迷，没有选择从军。他的父亲，曾经跟随儿玉源太郎进入中国辽东，驻扎旅顺口，后和俄国交战大胜之后，父亲回国，带回一只青铜器。父亲说，这是宝，是中国春秋后期的一个礼器，它叫簋。父亲给山本讲解，你看这簋多么精美，它的口微微敞开，下面却往里，接着肚子又圆圆地鼓起，多数簋有座，而这只却有四腿，两边的把柄叫耳，是两个兽头，看这密密的花纹，虽然生了锈，沾满了黄土，但仍能看到它们多么精细，真是巧夺天工，四条腿造型模仿了野兽，又如象鼻子……山本问父亲从哪里弄到的，父亲告诉他，是带着队伍进到旅顺时，一个清朝官员送给他的，请求保全家性命。

山本说，把上面的锈和土去掉，锃光瓦亮的会更好看。父亲立即正色道，不可以，我不在家，你不要动它，更不能刮去上面这层锈和土，这锈和土是什么？是历史，是中国的历史，是岁月沧桑，等你长大了，有了知识，就会明白。

从那，他父亲专门儿制作了一个玻璃罩子，把簋放在里面。山本在家，经常端详它，慢慢地，他喜欢上了历史。考上了大学后，父亲说，日本文化的根，其实在中国，你要研究历史，就要立足这条根。山本选了考古，研究中国古陶和青铜器，研读了大量资料，后来留校任教，他想以后要到中国实地考察，所以拼命学汉语，他也选定了古薛国作为研究方向。不想，战争爆发了，山本弃笔从戎，进入中国战场，先到了上海。因为他枪法好，淞沪之战立功，官至少佐，后来进攻南京，他的左肺被击穿。伤好后他不想回国，军部想把他留在上海，但他不考虑职位，只想收集研究夏至春秋的文物。最后，军部满足了他的要求，让他来官桥这里当了一个小小的车站长。山本想在这里多收集文物，大量收藏，越多越好，以后，他要在大学里建一个博物馆，他要重操旧业，成为研究古薛国历史的权威。

山本来到官桥，几乎每到汪庄集，他都要去看看，但他非常小心，怕出意外，出门前必化装，并让铃木派上几个便衣保护。然而他很快发现，日本兵即使穿上中国老百姓的衣裳，还是很容易让人看出来，于是他告诉铃木，让陈二雄派人，派可靠的人。就这样，山本到汪庄集，虽说十次有八次没有收获，但他还是要去。而陈二雄知道山本好这个，告诉手下人，谁家有这东西，都上交，他再给山本，所以两个人关系很好。

来官桥不久，山本就已经往国内发了三个大木箱。

山本忙完了，看看手表，已经九点二十分了，他想，今天的汪庄集，去，还是不去？

李心希他们更是着急，山本今天怎么不去了？是不是他闻到什么味了？

……

集上的人熙熙攘攘，张西奇站起来，背上他的东西在集上转，想找个合适的地方。走了半天，突然，他眼前一亮，有人在卖一个坟里的东西，那玩意儿放在地上就像一个椭圆形的王八，四条短腿立着，脖子翘着，却是一个龙头，后面的龙尾巴卷起来，贴在盖子边上，那盖子上有些花纹，上面的把儿是一条弓起背的小龙。卖“王八”的是个中年人，戴着个破斗笠片子，像盘子那么大，光着上身，披着破蓑衣，赤脚蹲在那里。

张西奇说，这位大哥，让点儿地方。

那人头也没抬，把“王八”往旁边一挪，张西奇放下马扎儿，坐下来，把褡子搭在右腿上，铺下一块旧包袱，把竹签子放上。他抬头四下一瞥，队员都在附近，可是孙五子还没来报信儿，张西奇有些着急了。

就在这时，走来一个人，在张西奇面前停住了，左看，右看，突然说，这位先生怎么这么面熟呢？怎么当了道士了？张西奇头一歪，装作没听见。那个人仍然站在对面，说，面熟面熟，我在哪里见过你哩，对了，你是不是西茉山那个……话还没说完，赵明大过来，横着脸问，你抽卦吧？不抽让开！那人说，你这人说话怎么这么横？赵明大说，我就这么说话，我让师父抽卦！你不抽你走！那人一看赵明大不是好惹的茬儿，转身走了，王木头也过来了，赵明大低声说，跟着那个人看看。王木头点点头。

王木头很快回来，向他俩使了个眼神，意思是放心。

车站上，山本看看三面柜子里的青铜器，还是抓起电话打给了陈二雄。

放下电话，他开始换衣裳，今天他穿上旧的大裆裤子，旧的蓝对襟褂子，拿一顶草帽戴在头上，就像一个看瓜的人。他把一支小手枪别在腰里，对着镜子反复地照照，侧着背看看，宽短的眉毛下，两只眼里充满警惕。山本收拾妥当，又看看表，估计陈二雄的人就要到了，这就出来锁上门。

山本看到了车站门口等待的人，便下了月台。大奎看到了，李心希看到了，王长青还在给轨道的接缝上油，看见山本就走上前来，问，站长这是要出去？

山本只是点点头，从王长青身前走了过去……

张西奇他们还在等，又来了一个女人，五十多岁，黑脸像个粗面饼子，腋下夹着一个蒲团，一看张西奇便说，亲娘哎，可见着先生了，快给俺算算卦吧。说完，她把蒲团就地一放，盘腿坐在张西奇面前。张西奇没办法了，只好装模作样地问，算什么？女人说，亲娘哎，俺是那边儿宋岗的，俺姓赵，俺当家的姓王，俺十四岁就嫁给他，是俺二妗子的表姐做的媒，说人老实，亲娘哎，真是老实，三棍搂不出个屁来，家里头什么也没有啊，就两间小破屋，亲娘哎……张西奇又厌恶又着急，耐住性子问，算什么，快说算什么。女人说，算算，算算俺的运气，亲娘哎，结婚一年生了个儿，到年底又怀上了，转了一年又生了个儿，亲娘哎，吃不上，穿不上，俺男人去官桥车站扛麻袋，亲娘哎，腰扭了，躺在炕上起不来了，俺大儿起先给人家放牛，主家就是管吃，顿顿地瓜面黑饼子，就一个，吃不饱啊，一个饼子，可怜，就和我这个巴掌这么大……张西奇又打断她的话说，抽个签儿吧。女人抽了一签，张西奇接过一看说，快转运了，过了今年秋天就有饭吃了。女人一听，开心了，那倒好，那倒好，亲娘哎，先生，你不知道，俺小儿也长大了，可是俺大儿三十了，还是个光棍子，找不到媳妇，我说，儿啊，去官桥吧，去官桥当兵，跟着皇军干，好好干，干好了就有媳妇了……张西奇听着，心里更加讨厌。

这时，孙五子来了，使了个眼神儿，先伸一指，再伸五指，大家明白了，五个人护着山本。

可是，这个女人还是没有走的意思，她说，你再给俺看看相，到底是个什么命，亲娘哎，俺小时候人家说我嘴大吃猪羊，耳朵垂大，有个太太命，可我找了这么个男人……

曹老三过来了，冲着女人凶巴巴地说，你有完没完？我也想抽个卦，等了好半天啦！女人仰脸一看，是个黑大汉，立即从蒲团上站起来。张西奇手背向外摆摆说，走吧，走吧，我也不收你的钱了。女人夹着蒲团，还恋恋不舍说，秋天要是不转运，我就来找你！说完才走了。

官桥到汪庄只有四五里地，山本在前面走，后面跟了五个人，都混在百姓群里。山本来得晚，不耽误时间，进了集市就边走边看，只要有货，他一问，后边的人就讲价，拿几个小钱买下。

山本看到，一个小孩子站在破粪筐后边，筐里面放着一个青铜小灯盏，他蹲下来，拿过来一看，是真的，就站起来，给后面的人示意。便衣过来问，在哪里弄的？小孩儿说，地头上捡的！那人说，捡的？送给我吧。小孩儿说，不，俺卖钱！那人说，锈成这个样子还卖钱，给我！小孩儿机灵地把筐往后一挪，锈成这样你还想抢哩。那人说，不给我揍你。小孩儿说，你敢，不给钱不卖！那人骂着，小狗日的钻了钱眼子里了。山本在一边止住他，从口袋里摸出三个铜子儿，扔进筐里，那个便衣就拿起小灯盏装进一个布袋里，拎着。

山本再往前走，突然就看到了那个“王八”，他两眼放光，侧着身子从两个行人间走过来。张西奇一看，队员们已经移到四周。山本在“王八”前蹲下，身后还站着一个便衣随从。突然，张西奇两眼一瞪，猛地起身，抱起那个铜“王八”，嘭的一声猛砸在山本脑袋上！山本一下子栽倒了。几乎同时，赵明大一枪打倒山本后面那个家伙；曹老三蹿过去，一刀抹了另一个的脖子，接着又抱住一个，用短刀捅死了他；王木头和孙五子各抱着一个，可这俩家伙身强力壮，就是压不住，四个人在地上滚。张西奇朝天放了一枪，那个卖“王八”的人顿时就吓傻了，半天回过神来，嗷嗷喊着转身就跑，东西也不要了。集市上这就炸了锅，人们四散而逃。这时候，一个家伙翻过身来，把孙五子压在下面。突然，一个人抓过地上的一根扁担，一下子砸在那家伙的头上，孙五子连忙补上一刀。赵明大冲过来，向王木头压在身下的家伙开了一枪，再看四周，已经没有了人。张西奇大声喊，快捡枪，往西南撤！曹老三不解恨，抓起山本的两条腿，往水塘那边儿拖，并对着王木头喊，来帮忙！王木头捡起一个家伙的匣子枪，跑过来，把枪一别，抓起山本两只胳膊。张西奇喊，把褂子裤子扒下来带走！曹老三和王木头扒下山本的衣服，两个人一运力气，扑通一声把他扔进水塘里。

官桥那边响起了枪声，子弹吱吱地飞了过来，已经能看到出来的鬼子了。张西奇他们跑进村子里，又转向西南，一个劲儿地跑，后面的枪声越来越远了，大家才放慢了脚步，喘着粗气，见前面有一片坟地，还有几棵树，张西奇一指，大家跑到坟地里，坐下。

活儿干得又快又利落，大家都很高兴，各人拿着匣子枪，反正看着，曹老三一下子弄了两把，张西奇坐在坟包上，端详着山本的勃朗宁小手枪，比巴掌大不了多少，胡桃木柄上刻着花纹，还镶着几粒绿宝石，他抽出弹夹，里面只有三颗子弹，他想，这山本虽然小心，但还是大意了，他以为在集市上有随从，不必自己动枪。

张西奇刚把勃朗宁手枪放进口袋，忽然发现方才那个抡扁担的人竟然也跟着他们跑了过来。

张西奇拔枪指着他，问，站住！什么人？那小伙子说，我叫坡子，可找到你们啦！

张西奇说，你知道我们是谁？坡子说，八路，你们肯定是八路！张西奇诡秘一笑，我们要是土匪呢？坡子说，不可能，我当过土匪，土匪没你们这样的。曹老三一听，问，就你还当过土匪？在哪里当的？坡子小声回答说，沛县，我杀了一个土匪就跑了……

张西奇仔细打量着坡子，问道，你想入伙吗？坡子眼睛亮了，想！大哥，我也会打枪，打得准。张西奇说，那好，咱一块儿干！

歇了一会儿，众人继续赶路。赵明大小声对张西奇说，这坡子，能信吗……张西奇说，放心吧，我看见他两条腿上，全是让狗咬的伤疤，错不了。

回来后，张西奇对赵明大说，明大，我要把你要过来，武工队缺你这样的人。赵明大说，我是愿意，就怕斑山头不放我。张西奇说，没问题。

张西奇他们认出山本，是李心希他们做了标记，就在山本走过铁轨的时候，王长青拿刷子蘸上机油，轻轻从后面甩到山本的背上和裤腿上，油点越洇越大，走在路上，行人又多，尘土就落在油点子上，变成了大大小小的土油斑，一眼就能辨别出来。认出山本，几个随从也就不难找了。这个点子，是大奎想出来的，灵感来自他看到了王长青油渍麻花的工作服。事后，李心希悄悄地说，邓耀奎啊，识文解字的，到底比咱这大老粗灵透！

8

陈二雄很晚才回家，吃过饭后，坐在椅子上歇着。大日、大本从院子里进来，大日手里拿着一把木头枪，对着天皇像，嘴里嘟囔着，啪！啪！啪！大本站在陈二雄身边，嘴里含着一块糖。陈二雄搂住大本，对大日说，不准瞄着天皇。大日就转过身来，对着陈二雄继续，啪！啪！陈二雄不高兴了，说，也不准对着爸爸。

王美兰进来了，陈二雄说，好好看着这俩小子，可不能出兵营！

王美兰说，山本君太大意了，化了装也让人认出来了。

陈二雄说，也怪他，弄那些死人玩意干什么？这玩意儿能勾人的魂。

上午一听见汪庄那边儿枪响，陈二雄马上意识到山本遇上了麻烦，立即带上人马出了兵营，那边铃木也带着人出来，两队人马呼呼地往汪庄那边儿狂奔。陈二雄和铃木都骑着马，看到集上的人乱哄哄地四散，很快看到有五个人影往远处跑，他们连打了一阵枪，那五个人还是跑走了。等他们赶到集上，地上只有乱七八糟的烂菜叶子，来不及带走的破筐、破篮子、棍子、绳子、破板凳子，还有烂鞋头子、破席夹子和破蓑衣。五具尸体躺在地上，他们到处找山本的尸体，最后，才把他从水塘里捞出来。山本的褂子裤子不见了，脑袋开裂，头顶上被砸出一个洞。在钝器砸向他的刹那，山本的表情就凝固在脸上，双目紧闭，嘴唇微张而牙齿紧紧咬合，在水里泡了不多会儿，尸体上就沾满水草和淤泥，放到地上，水就流出一大摊；头壳里的水、血、脑浆混成黏液，从那个破洞和裂缝里往外渗……气得铃木大骂着，八嘎！八嘎！……

陈二雄对王美兰说，凶手真狠啊！

王美兰冷笑一声说，谁不狠？都杀人不眨眼，也不知道是谁干的。

话音刚落，电话就响了起来。陈二雄说，山本的尸体已经拉到滕县，又要开会了。

陈二雄听完电话，放下，对王美兰说，小队长也要参加，杨庄的李景月也要来，大了，大了。

这边，李景月接到滕县的电话，让到官桥开会，他也知道了山本被杀的事情，可官桥是官桥，杨庄是杨庄，两个乡各管一摊儿，让他李景月去干什么，山神庙起了火，关寺院什么事儿？他估计，要有新动作了。

次日早晨，李景月骑上马，带上十几个亲兵，都是双匣子，还背着三八大盖儿，一干人往官桥走着。李景月不慌，他不必早到，他骑在马上，目视前方，猞猁胡子刮了，只剩下嘴角上两点青痕，他面无表情，但是脑子在不停地转。

李景月最大的难处，就是离老家太近，而且本家的几个兄弟在东边闹腾，弄不好，干屎都会被抹到他身上。日本人占了这里，地头蛇他也做不成，在家门口，他又不能做太出格的事儿，作善作恶，庄里庄外的人都会给他记着，真要作了孽，死了老林都进不去，所以他既要护好老家，又不能让日本人看出自己向着八路，说实在的，他也从心底敬佩去了东边的堂弟的人品，连自己的儿子都甘心跟着他干，但是，他不信他走的那条路对，他信“汪主席”，曲线救国，就是老子说的以柔克刚，水滴石穿……

李景月心里刻着一个字儿，稳。做事儿稳，嘴也要稳，想周全了才说，话出口前，先在舌头上打几个滚儿，他让人给李天成传过话，各走一道，但兄弟不能互相残杀，真碰上了，子弹从头顶上过，而且不要在他的防区里搞事儿，真有哪个人作恶多端要除掉，他先想办法让他出了杨庄地界……不管怎么说，东边还有自己的亲儿子。

自己这个儿子，从小就只听他娘的，只要自己一张口，儿子就翻白眼。儿子大了，李景月问他当不当兵，儿子说，当也不当他李景月的兵。日本人打了沈阳北大营，儿子在家里大骂，非要去东北投张学良。后来滕县起了战火，儿子说，我不能在家里待了，我要去南方。李景月拗不过，就放儿子出了村，说是去上海，最后却是去了东边他堂叔那里。生逢乱世，这刀口舔血的战争，生死就在瞬间，李景月无时不挂念着儿子。

马蹄踩路，发出咯噔咯噔的声音。

李景月嘱咐过几个心腹，咱老家就在这儿地面上，都是老百姓，出去“扫荡”，如果和日本人一块儿行动，能不杀人就不杀人，烧房子找草棚子点，如果自己行动，那就点草垛子，没进庄先朝天放枪，让老百姓快跑，不能等什么时候日本人开拔了，咱和乡亲成了仇家，要给自己留后路。

李景月有天赋，他让人提上油漆桶或石灰桶，把所有村里的墙上都写上标语，“中日亲善”“中日一家亲”“中日友情万岁”“中日共存共荣”……又把日本的国旗画到显眼处，还在每个村口建一道墙，让人画上日本兵和老百姓手拉手，抱着小孩子，小孩子手里抓着个又大又红的苹果，幸福地笑着；或者画一个老嬷嬷，抱着一只大公鸡送给日本兵，日本兵摆着手怎么也不要。从滕县来的鬼子军官，都对李景月的工作大加赞赏，并报请济南对李景月嘉奖，杨庄也成了“模范区”——至今，上年纪的老人还记得一个歇后语：李景月坐杨庄——糊弄鬼子。

刚到十点，大家都来到铃木兵营的会议室。滕县方面来了一个日军参谋长，瘦长脸，大眼珠子，他不会中国话。鬼子们全坐在桌子里面，伪军坐在对面。铃木面如猪肝，额头上一道青血管如同蚯蚓，他看看参谋长，站起来，说，全体起立，为山本站长默哀！大家全都站起来，低下头。

默哀毕，大家坐下。铃木说，昨天山本站长被杀，作为这里的军事长官，我深感痛心，光天化日之下让土八路钻了空子，我没有亲自派人保护好他，我太相信陈大队长……

陈二雄的两个耳朵一支棱，眨眨眼看着铃木。铃木说，陈大队长派了五个人，可派出的五个人，全是草包，全是草包！陈二雄不服了，他说，铃木队长，这些人，全是我手下的干将，上了战场，没有一个是孬种，前几次山本站长去赶集，也是这些人护着。铃木说，你派的人，太少了。陈二雄慢悠悠地说，少？多少是多？之前我要派十个人，山本说人多了会暴露，之前你也派人了，山本说皇军扮成老百姓不像，才让我派人，再说，呼啦啦一大帮人跟着，还化什么装？

铃木还是说，少，五个人少了。陈二雄说，不少，不少，一直都是五个人。铃木提高了嗓门，蛮横地说，少了！陈二雄立即接话，我说不少！

铃木气得一拍桌子，你的，良心大大的坏了！陈二雄也一拍桌子说，我对皇军忠心耿耿，我提着脑袋打仗，我两个崽子都是日本娘生的！

翻译官给参谋长翻译，参谋长不吱声。

这时，于大肚子说，铃木队长，不要生气，咱们都是自己人，自家人不要伤了和气，婢养的，咱共同的敌人是八路。然后又看看陈二雄，示意一个眼神，意思是少说两句。

李景月坐在那里，纹丝不动。参谋长用日语讲话了，山本站长玉碎，证明八路已经在官桥一带落脚，而且行动猖狂，也证明我们防范松懈，有轻敌的麻痹思想，麻痹，就是我们最大的空子，最大的空子在我们这里！参谋长说完，手指着自己的脑袋，接着说，山本站长已经殉国，现在争论谁的责任没有意义，我想问的是，我们在周边部署的情况，我们的据点怎么样了！陈大队长，我要牢固的据点，让你的人给我汇报。

陈二雄听翻译说完，看看李宝昌说，你先讲。于大肚子本想开头炮，不想却先点了李宝昌。

李宝昌坐得很端正，两只手在桌子上对插着。他先起立，对参谋长鞠躬，又转身，对铃木鞠了躬。于大肚子心里骂着，婢养的奴才相。

李宝昌长着鹅卵石一样的脑袋，眼睛被眼皮遮住了大半，又鼓了起来，眼珠子很小，目光狡黠，鼻子短，下巴大。他说，我遵照陈大队长的命令，进到郭庄后，立即建起两座炮楼，五天，就五天，我用了全庄的人，不管男女老少，全都给我干活，拆了一座庙和一个旧学堂，五天就把炮楼建了起来，把机枪架好，又把一座地主的宅子也弄进来，围墙上拉上铁丝网，在大街两头全加了岗亭，来去的人全都盘查！现在，我让人把全庄人摸了一个底儿朝天，对可疑的人家重点监视！

李宝昌停了停，一脸媚态地对铃木笑笑说，铃木队长，可以派皇军去驻扎了，卑职恭候您的光临！

说完，李宝昌又双手抱拳，对铃木施礼。于大肚子也斜着眼，心里骂了一万个婢养的。

陈二雄说，于队长，你讲吧。于大肚子也站起来，也向铃木和参谋长鞠躬，但他腰弯得并不太低，然后坐下，嗓音洪亮地说，我一到西茔山，先干了一件大事，干什么？拆墙，把全庄老百姓的院墙全都拆了，石头墙啊，婢养的，谁不让拆我就枪毙谁，院墙拆了，家家户户只剩下屋子，外人一来，我就能发现，这叫剃头战术，头发全给剃光了，还会藏虱子吗？

参谋长和铃木听着，不住地点头。

于大肚子来了精神，肚子一挺接着说，拆下的石头，正好建炮楼、建据点。西茔山有个财主院子，人不在，我全占了，他的院墙一尺厚，我在外面又砌墙，让他二尺厚，他的墙原先三米高，婢养的，我让它十米高，人家炮楼二十米，我让它三十米，炮楼的墙都二尺厚，炮都打不透它，我的围墙里，有暗道，有枪眼儿，全修好啦！

于大肚子得意地看着铃木和参谋长，继续道，我到外头去征粮，给临近各庄下任务，每个月给我多少粮食，多少菜，多少头猪，多少只羊，到时送不上，抓人，抓了关进据点，拿钱来赎！现在的粮食，我关上门吃半年也没问题！

铃木说，于队长，好，大大的好！于大肚子说，我邀请铃木队长、陈大队长，还有参谋长，到我的据点视察，我铺上红地毯迎接，大鱼大肉，好酒伺候！

鬼子参谋长听完问，婢养的，什么的干活？

陈二雄说，婢养的，是胶东人的口头语，就是小老婆养的，丫鬟养的。

鬼子参谋长听翻译说完，明白了，歪头看着于大肚子，突然一笑，说，你的，婢养的！

于大肚子立即谄笑着，应声虫似的点着头，对，对，婢养的，婢养的。

大家全都笑起来，似乎忘了山本被杀的事儿。

完了，参谋长说，今天，我特意让杨庄的李景月团长到会，李团长的一些做法，很值得各位借鉴，李团长你向大家介绍。

翻译官翻译完，李景月沉默了半天，看到所有的眼睛都盯着他，才慢悠悠地说，让我来参加官桥的会，是参谋长对鄙人的抬举，我对山本站长的不幸表示沉痛的哀悼；我在杨庄，其实也没干什么了不起的事儿，就是做宣传，宣传中日两国亲善，亲善就要实心实意，两好才是最好，让老百姓不要和皇军作对，这样皇军才会对百姓好……李景月不渲染，不炫耀，轻描淡写地说了这些，然后话题一转说，中国有句俗话，十里不同风，百里不同俗，杨庄那里以种地为主，地种好了才能有饭吃，老百姓喜欢安安稳稳地过日子；而官桥这里呢，有津浦铁路，车来车往，人来人往，各地的人凑到一块儿，三教九流，地痞流氓，还有土匪八路捣乱，山本站长出事儿，说明这里的治安情况很复杂，我认为，铃木队长和陈大队长已经做得很好了，很努力了，可是，做得再好，也总有不法之徒钻了空子，因为哪里都不是铁桶一个，让我在这里，也未必会弄得好……

铃木和陈二雄听着，心里很受用。

参谋长听完，点点头，对大家说，李团长在杨庄，赢得民心。李景月插话说，对，但我对亲共产党八路军的人，只要抓住证据，绝不留情，该关的关，该杀的杀，软的硬的都用。

翻译官说完，参谋长补充道，中国古代讲究霸道和王道，霸道就是硬，王道就是软，还有一个词儿，叫软硬兼施，李团长做得很好，面对土八路的猖狂，我们目前就要王道霸道并用，要对官桥以东“大扫荡”，可疑分子要杀，小股反抗势力要灭，一次不行两次，两次不行，三次四次，翻来覆去，要让人真的害怕，让狗见了皇军都要趴下，然后，再选出为我们效力的人，做我们的眼睛、耳朵和腿，一句话，用我们的刺刀调教良民！

这时，门口有人进来报告找陈二雄，陈二雄站起来走到门口，李宝昌也站起来，说要出去解手。于大肚子抬头看了李宝昌一眼，心里想，看着大队长出去，他要去舔腚了，弄不好就塞上金银。于大肚子心里不再骂婢养的，而是骂狗日的了。

陈二雄回到屋里，等李宝昌也坐到自己位置上，他看着参谋长，亮开嗓子说，各位，凶手已经查明了，有人看到了杀害山本站长的是一个道士，道士是谁？就是王世仁，石灰崖的王世仁，他是培贤道的道首，还会武功，弄不好，车站上那两个班的皇军被杀也是他带人干的！准了，就是他！这个人是个死硬分子，我开始想把他拉过来，让人带上重礼上门，可他门都不开，我一生气带上人去攻打他们的村子，也没想下狠手，也想着软硬兼施，可是他领着一伙人跑了，当初我要下狠手杀了他，也就不会有山本站长……唉，妈了个巴子！陈二雄说着，拳头在桌子上捶了一下。

……

话说陈二雄收了刘三后，又打王世仁的主意，他让人带上二十支长枪，十支短枪，一箱子弹，抬着挑着去了石灰崖。可是到了中午，人回来了，说王世仁不开门。陈二雄想，这是嫌礼少啊。第二天，陈二雄把枪添到五十支，两箱子弹，外带五十大洋，又让人抬着挑着去了。可是，到了中午，人又回来了，说姓王的还是不开门。陈二雄就恼火了，问他们都说了些什么。手下的人说，一个小子站在大门里头喊，说他们王道首说了，他们都是庄稼人，培贤道就是修道行善，在庄里安心过日子，不敢和官府人来往，送的礼不敢收。

陈二雄明白了，这个王世仁有所忌惮，想与世无争，他一笑，心里说，我就不信有与世无争的人，就是出家的和尚吃斋念佛，怕是也惦记着方丈的位子，当了方丈，再给他高官，给他美女，他能一点儿不动心？反正我不信，退一万步说，即使他不动心，让他去另一个大寺院主持，保准颠儿颠儿去了，天下的人，都是为了利，俗话说，没有三分利，谁起五更早？他王世仁不动心，那是价码不够。

陈二雄真的想把王世仁拉拢过来，他底下有些人会功夫，挑巴挑巴就是精兵强将，怕是连铃木也怵几分。他想了想，决定亲自再去。

又过了两天，陈二雄骑上马，带了一个排的亲兵，把礼物放在马车上拉着，到了石灰崖。

石灰崖离官桥二十多里，在偏东南的一座小山前，小山西边是断崖，村里所有的房屋都在崖下，而在村西边又是一道崖壁，村外用石头垛起围墙，围墙南边有几处烧石灰的破窑。入村只有一条路，得从石灰窑那边绕上去才能到围墙的大门口，大门是用木头钉起来的栅栏门，门里有一座高台，上面有人望风站岗。

陈二雄他们来到栅栏门外，排长对站岗的人喊，喂，里面的，我们是官桥皇协军，这是我们陈大队长，今天来拜访王道首，快去通报！高台上，一个人伸头看看，下去通报了。

一会儿，那个人回来了，站在高台上喊，王道首说了，他正在做法，不方便见，对不住了，你们回去吧。排长又喊，陈大队长给王道首带来了礼物，你把门开开！那个人喊，王道首说了，我们从来不收人家的礼物。排长喊，我们大队长要和王道首交个朋友。那人喊，王道首说了，不和拿枪的人交朋友。陈二雄火了，他们没有枪？这是把老子拒之门外！排长也生气了，又喊，大队长的面子都不给，你胆子不小哇。那个人也刁钻，说，我们就是胆子小才不敢开门，你们回去吧。排长又喊，开门开门！那人喊，王道首说了，外人来不开门。排长破口大骂了，我日你亲娘！那个人喊，你娘在家里等着你！排长再骂，那个人干脆从高台上下去了。

陈二雄彻底失了尊严，尤其还是当着手下的面儿，他怒气冲冲地吼着，回去！

走到半路上，陈二雄越想越窝囊，越想越憋火，走着走着，突然停住了，对排长说，回去传我的命令，带上一个小队，晚上攻打石灰崖，我要让王世仁看看，老子见僧杀僧，见佛杀佛，打疼了他就老实了！

到了晚饭时分，陈二雄的队伍分成三拨，悄悄地向村庄靠近。一拨在石灰崖那边就位，一拨到村子北边，一拨主攻栅栏门，他下令，攻进去先不要乱杀人，往天上放枪，围住村子，让王世仁出来。

村里人们有正吃饭的，还有正拉着风箱烧火的，夜色已经笼罩了村子。陈二雄一声令下，主攻的伪军跳到栅栏门前，用斧子砍木头。里面的人发现了,大声喊着,鬼子来啦——！鬼子来啦——！村里的人们立时乱了起来，放下碗筷就跑出来，顺着唯一的小巷往山上蹿。伪军们砍开栅栏门，一个伪军拎着机枪，对着街心打了一梭子，然后就往里冲；又有一个伪军扔出一颗手榴弹，手榴弹轰的一声爆炸了，瞬间就点燃了屋檐上的草，接着就起了火苗。南北两拨伪军从围墙上翻进来，截住了一些往山上逃的人们，但都是些老头儿老嬷嬷和妇女孩子。

陈二雄问，王世仁在哪里？伪军小队长也喝问道，谁是王世仁？出来出来！这时候，山上有人喊，陈大队长，我是王世仁，咱们后会有期！

……

不用多说了，杀害山本站长的，铁定就是王世仁！陈二雄笃定地说。参谋长问，这个王世仁如今在哪里？陈二雄说，根据调查，石灰崖被我攻破后，他就逃到了尤家山，目前应该在鹞子崮上。

铃木站起来，走到地图前，指了指鹞子崮的位置。参谋长说，围住！围住！在那里消灭他，为山本君报仇！铃木对参谋长说，在围歼王世仁的同时，我们准备对官桥以东展开“扫荡”，具体计划还在制定，定好后上报。参谋长说，要快，需要配合，滕县的部队也可以抽调。

散会了，陈二雄对李景月说，老兄，中午在我这里吃饭，远来为客，我尽地主之谊。李景月抱拳说，陈大队长的心意我领了，我还有公干，要尽快赶回杨庄。说完，带着他的人离开了。

陈二雄转身看看于大肚子和李宝昌，说，我这里可没做你们的饭。李宝昌眨着小眼睛笑笑说，大队长，你跟兄弟还客气啥？有你这句话，咱心里就热乎啦，我这就赶回郭庄。说完，也转身往外走了。

于大肚子乜了一眼李宝昌的背影，然后对陈二雄说，大哥，咱少惹日本人，官再大，也是给人家当差。陈二雄骂了一句妈了个巴子。

于大肚子掏出一个大金戒指，伸手放进陈二雄的口袋，脸故意板着说，孝敬俺嫂子。

9

山本一死，龟尾高兴了，大大的高兴。

车站来了几个人，把山本屋里的青铜器收起来，装进箱子里，用车拉走了，当然还有他的遗物。屋里顿时空空荡荡，桌子上，只留有那两部电话。

龟尾暂时代理站长，坐在山本的椅子上。

可是，龟尾没有多少文化，要管理铁路，他根本弄不明白，头一天坐在椅子上，抓耳挠腮翻白眼，这时他想到了李心希和大奎，就把他俩叫到办公室。李心希在车站上干了这么多年，有些事情看也看会了，可是，李心希识不了几个字儿，这就得靠大奎帮着龟尾看表格、填表格，一时间，他们两个成了龟尾眼中的红人。

龟尾不再出去喝酒，穿上一件淡灰色的西装，弄不好是山本留下的，罗圈儿腿一歪一歪地在车站上转悠，他两只手背在身后，腰上挂着王八盒子，也不像前些日子那样蛮横了，反而和悦起来，见了站上的工人还点点头，嘴里说着要西要西的。李心希、王长青在月台上抽烟，看见龟尾，王长青说，狗日的，恐怕要当站长了。李心希说，他干不了，很快就会有新站长来。王长青说，官桥这地方，鬼子需要一个狠角儿。李心希说，车站站长不是谁都能干得了，山本是个有学问的家伙，这个龟尾除了作恶，肚子里就是一坨屎，现在做着站长美梦，等新站长来了，狗日的到时候心就凉了半截。王长青信服地一笑。李心希说，咱们现在要迎合他、巴结他，说不定还能套出些情报来。王长青听着，吐了一口烟。

抽完烟，王长青又走到了铁轨边上干活儿，用小锤子敲敲轨道，看见龟尾过来了，他站直腰，伸出拇指说，站长，你的这个。龟尾脸一收，严肃地说，唔，我的，小小的，小小的干活。

大奎站在行李房门口，看见龟尾上了月台，迎着说，站长，来看看？龟尾故意摇摇头，我的，站长的不是，站长，山本的是，我的代理的干活。大奎说，你的，站长快快的。龟尾摇摇手，我的小小的，站长大大的。但明显，他心里很舒服，看着大奎说，奎，四肢大大的，你的，媳妇的有？大奎摇头说没有。龟尾说，我的没有，咱们统统的没有。说着，他伸出一个大拇指头左右一歪，我们的，光光的，然后嘿嘿笑起来，拍了拍大奎的胳膊，又一歪一歪地走过去。

到了下午两点左右，站上没有了旅客，龟尾突然来找大奎，他的黑脸上横肉微红，那半只耳朵也红得发紫，嘴里有酒气。他说，奎，我们的打猎。大奎说，我的忙，打猎的不会。龟尾说，我的站长，你的，听我的。大奎说，我的，枪的不会。龟尾脸一扬，一拍腰上的王八盒子，枪的我，你的看，你的听我的。

大奎只好跟着龟尾下了月台，穿过铁轨，出了站门口。门口仍然有些卖东西的小贩儿，大奎好像听到娘在喊他，他抬头看了看，见娘站在不远处担心地看着他，他对龟尾说，我的母亲，我的过去，马上回来，说完就快步走到娘那里。

大奎娘站着，脚下的篮子里有一个小盆儿，还有几个茶叶蛋。大奎问，娘，有事儿吗？娘偷偷看了看那边的龟尾，担忧地看着儿子，小声说，你怎么和那个坏种在一块儿？大奎笑笑说，他现在是站长。娘说，那可是个大坏种，出来买东西，对人不是骂就是打，有时候拿了东西不给钱，看见女人就一脸坏笑，嘴里也不知道咕噜些什么，你和他在一块儿，可要当心。大奎说，娘，放心吧，我有数儿。大奎说完，弯腰拿了两个茶叶蛋。

大奎回到龟尾面前，给了他一个蛋，两个人就站在那里剥了皮，填到嘴里。大奎问，站长，咱们去哪？龟尾说，外面的干活。大奎根本不想去，他说，外面，都是地，没有猎物。龟尾说，树上的有。大奎说，高粱地，八路的埋伏，我的害怕。龟尾立即想到了山本，他抬头说，山本，死了死了的，我的喝酒，他的生气，大大的坏……我们的，外面的不去，周围的走走。

他们没有在官桥街上停留，就一直往北，大奎怕让熟人看见自己和龟尾在一起，就领他进了一条小巷子，巷子里没人，很静。大奎想，这会儿出来个人，一枪崩了这狗杂种才好。正这么想着，突然有个人在前面露了一下头又缩回去，龟尾一下子警觉起来，拔出手枪连拐带跳蹿过去，喝道，你的站住！待他走近一看，是个拾大粪的干巴老汉，背着一筐狗屎。龟尾问，你的，什么的干活儿？老汉很害怕。大奎说，他是这里人，大粪的臭。龟尾耸了耸鼻子，看到大粪筐里还有个青铜小碗儿。老汉对大奎说，我在外面转悠，在小水沟里捡的。龟尾收起枪，嘿嘿笑了，对大奎说，山本的喜欢，他的死了，头，头，碎碎的干活。说着，他模仿着山本被砸的情景，头往后一仰，翻着白眼儿，脖子往后一折一折，然后哈哈笑起来。

再往前走，就出了官桥地界，这里就是旧官道，西边是孤零零的丰山，官道上仍然留着清朝的驿站，大院里有几座青瓦房，房顶上也长出些野草。对面是一座亭子，四根立柱，上面的漆早已斑斑剥落，但美人靠上仍然坐了不少人。旁边有几家茶馆，地上也有人摆小摊儿。

龟尾说，奎，咱们的看看。大奎说，人太多，八路的有。

龟尾就和大奎转向西，再前面就快到宋岗了。又走了一段，龟尾说，我们的进去，鸡的干活。大奎想可不行，糟践了乡亲们，也会有人认出他。他说，村里的不要，你的，站长的干活。龟尾转念一想，觉得对，这刚坐进山本的办公室，不能出意外，他伸出大拇指对大奎说，奎，你的细心，朋友大大的。

他们又沿着一条小路往南，前头有一棵大杨树，上面有个筐大的鸟巢，一只喜鹊站在高枝上，叽叽喳喳地叫着，好像在唤着远处的另一只。龟尾拔出枪来，抬手砰的一声，就把那只喜鹊打了下来，大奎一下抓住龟尾的衣角说，喜鹊是吉祥鸟，不要。龟尾收起枪，说，我的枪法，厉害大大的！

当他们走到一小块高粱地边上，大奎一下子站住了，这是二叔家的地，高粱是爹种下的，粗壮的高粱棵棵挺立，底下紫红色的根爪子一样扎进土里，下边叶子都干了，黄了，上边的叶子当然翠绿。一缕小风，从高粱地里穿过，叶子发出哗啦哗啦的声音，越听越神秘。大奎看见，二叔邓宝安站在地里，魁梧地站着，两只眼睛狠狠地看着他和龟尾，他的下半身全是红的，全是血。

他瘦小的婶子，站在二叔身边，二叔看见大奎，就要往这边走，可婶子紧紧抱着他的胳膊……大奎一眨眼，二叔和婶子消失了，他看见龟尾解开了裤腰带，正对着一棵高粱撒尿，尿顺着高粱叶子往下流。大奎不知为何一下子暴怒了，他的两个拳头一下子握起来，就要扑上去。

龟尾一扎腰带说，奎，咱们走。

大奎的脑袋嗡嗡响，两只拳头松开了，麻木地跟在龟尾身后。

他们这走那走，居然来到了演武场，经过一个夏天的雨水，场上也生出了野草，尤其场地边上，野草长得也高。龟尾这时不管大奎，背着手转悠着，这里看看，那里看看，他想到了“扫荡”之后在这里宿营，杀猪宰羊喝酒，而且还烤了一个活人，尝了人肉，酒喝得也痛快。这一边，当时煮肉的砖灶还在，烤羊肉、烤活人的砖墙还在，下面的灰烬还在，还有几块没烧尽的柴火头儿，但砖头下面也长了草。听到了人的脚步声，一条赤链蛇从砖缝里钻出来，跑了。龟尾想到了那时的自己，脚还好好的，骑马指挥自己的队伍，攻城略地，进庄杀人，可没多久他就被炸致残，自己小队的人马也大多死在战场上，作为帝国骁勇的战士，不能为天皇陛下尽忠了，一种失落、悲愤和忧伤的情绪涌上龟尾的心头，突然，他朝着东方跪下来，大声唱起了鬼子的军歌：

你与我是同期的樱，同在兵学校的庭院开放，

若觉悟花之开而谢，美丽的花谢是为了国家……

大奎站在后边，不知道龟尾唱了些什么，只见龟尾的脖子发红，筋一绷一绷地唱。大奎伸手抓起灶上的一块砖头，如果这时候砸下去，龟尾的脑袋就开花了，可是，大奎冷静了，又把砖头放下。

龟尾唱完了，站起来，拍拍手上的土，和大奎走到小苏河边儿上。

龟尾四下里看着，突然，路上走来一个小媳妇，小媳妇穿着曙蓝色的上衣，青裤子，挎着一个褪了色的红包袱，是个走亲戚的，大约是从宋岗出来。龟尾的眼睛在小媳妇身上挪不开了，大奎一看事儿不好，赶忙说，站长，我们，

那边儿的干活。龟尾好像没听见。大奎又说了一遍，龟尾还是站住没动，笑着说，花姑娘，我的喜欢。看到那个小媳妇没有往这边走，而是转到另一条小路上了，龟尾有些着急，就把枪掏出来，转念一想，又把枪装回去，便一瘸一拐地向那边赶。小媳妇早就看到了这两个人，一个高，一个矮，矮的还有枪，心里害怕，头低着，小碎步急着走。龟尾觉得自己追不上她，又把枪拔出来，大声喝着，你的，站住！站住！

让大奎惊讶的是，小媳妇真的站住了，站在那里看着这边，两只脚好像被粘在了地上。大奎心里急啊，她怎么这么听话？边儿上就是高粱地，快跑呀。

龟尾见小媳妇站住不动了，更是加快步子，一歪一歪往前走。小媳妇恐惧地看着，抬起头，又低下。大奎知道了，她是吓傻了，腿麻木了，不敢动，听天由命了。大奎跟在龟尾后面，龟尾亢奋了，摆动着两只胳膊，像一只跛脚的野兽。可是小媳妇还是站在那里，像中了魔咒一样。

大奎顾不得那么多，从后面一下子抱住龟尾，大声喊，二花！二花！快跑啊，快跑！小媳妇一下子醒过来，转身就在路上跑，龟尾想掏枪，可是他的两只胳膊都被大奎搂住了，根本抽不出来，大奎喊，高粱地！那个小媳妇儿一下子明白了，转身钻进高粱地里。

大奎毕竟受过训练，也有力气，他牙一咬，一下把龟尾摔倒在地，大手抓住龟尾握枪的手腕，嘴里喊着，表妹！那是我表妹！你的不行！龟尾呼地爬起来，手腕挣脱开，用枪抵着大奎胸口，你的，良心大大的坏了！大奎看见龟尾脸上的横肉气得发紫，残缺的右耳朵充血，但他不怕，大声说，那是我的表妹！你的不行！我的，保护她！你的，站长大大的！

龟尾还是气咻咻地瞪着大奎，大奎毫不畏惧，同样瞪圆了双眼，瞪着矮矮的龟尾。龟尾看到大奎魁梧的身躯，像塔一样立在自己面前，自己才到他的胸口，多少也有些怵，就把枪收回来，放进套子里，然后吐了一口唾沫，转身就走，不理大奎。

两个人谁都不说话，沿着铁路往车站那边儿走，走着走着，见一只猫也沿着铁道往前走，大约有二百多米远，龟尾抓出枪来，砰的一声就把它打倒了。他站在那里，转头对大奎说，你的，捡起来，说完就坐在铁轨上。

大奎看看龟尾，不明白反正要往前走，为什么还要他先去捡，他见龟尾把枪收起，又坐下了，只好小跑着去捡那只猫。大奎跑过去，弯腰捡起死猫，突然砰的一声，子弹嗖地擦着他的左耳边飞过，大奎还没反应过来，又是砰的一声，子弹嗖地从他的右耳边飞过，大奎一下子趴在轨道上，子弹砰砰砰地连续擦着他的头顶飞，龟尾坐在那里，手里的枪一抬一抬，瞄着他射击。子弹打完了，龟尾哈哈笑着，把枪又放进套子里，大奎这才摸摸头，从地上爬起来。龟尾一瘸一拐地走过来，他已经消了气，说，奎，朋友大大的，生气的不要，我的吓唬你。

大奎生气地看着龟尾，鼻子哼了一下说，我的害怕，胆子小小的。

龟尾拍拍大奎的胳膊说，猫肉，大大的好，男人的，猫肉的吃，这个硬硬的，说着他指了一下裤裆，笑了。

大奎心里骂着，狗日的，吃上猫肉，又要作孽呢。

他们回到车站，龟尾让大奎找来锤子和钉子，来到车站北的柳树下，把死猫的脖子钉在树干上。龟尾拿来一把刺刀，大奎要走，龟尾说，你的不要走。他要向大奎展示自己剥皮的手艺。

大奎坐在旁边一块石头上，见龟尾挽好袖子，用刺刀把猫的头顶划开，然后慢慢地剥，用刀尖轻轻地在皮下划动，毛皮在他的左手里往外翻，越翻越大，最后，整个猫头上的皮就剥下来，小拳头大的脑袋成了个红肉疙瘩，凸显着两只黑眼珠和呲着的牙齿。龟尾的刺刀上，沾着血和毛，他把刺刀往地上一插，双手紧紧捏住猫皮两边，慢慢地往下拽，往下翻，最后，整个猫皮，被拽到了尾巴处。猫的肉体又嫩又红，肚子瘪下去，圆滚滚的后背渗出了血，血涔涔流到下面的毛皮上，又一滴一滴往地上落……龟尾的手上全是血。大奎看着，看着，眼前又浮现出二叔被刺刀捅死的情景，刺刀捅着，捅着，反复捅着，血涌出来，血流下来，流到地上，一大摊一大摊的血，他眼前的这棵柳树，竟然也是红色的了……

10

铃木和陈二雄当日下午就制定出了作战计划，上报滕县日军参谋部。参谋部很快批复说，匪首王世仁罪大恶极，务必抓活的，然后押到滕县。

陈二雄立即派出便衣，到尤家山侦察。很快，便衣回来报告，王世仁一伙驻在鹞子崮上，约五十人，粮食由周边培贤道的信徒悄悄送到山下，估计也不会太多；鹞子崮地势险要，虽然王世仁没有像样的武器，但强攻还是困难，可能会有大的伤亡。陈二雄明白，杀鸡也得用牛刀，他和铃木商定，下达命令，官桥留下一个小队驻守，他亲自带人和李宝昌小队攻打鹞子崮，铃木派出半个小队的鬼子，加上两门迫击炮和三挺机枪；于大肚子和刘三负责“扫荡”大李庄一带，刘三归于大肚子指挥。至于李景月，鬼子知道他是大李庄人，心里当然防备，这次“扫荡”，并没有告诉他，而是命令他率部向东南，阻止洪大海向沂蒙山区靠近，然后从滕县开过来另一只伪军小队，在杨庄外布防，阻止王世仁南下。所以，被蒙在鼓里的李景月，根本不可能泄密给大李庄。

于大肚子接到命令，一听李宝昌去鹞子崮，先觉得陈二雄看轻了自己，又想，也正好消耗李宝昌的人，心里又有些畅快，他让老婆“雪里站”在家守据点，自己带上人马，下半夜就从西茉山出发，天快亮的时候就到了大李庄东边的田野里。于大肚子知道，大李庄大，黑白红各道儿都有，尤其是李家，大户，人多势众，好多人都姓了“共”，有的人也在老蒋那里做大官，而李景月又成了日本人眼里的红人，官位在自己之上，大李庄有他不小的宅子。别看他们李家好像分道扬镳，各为其主，甚至还会在战场上打打杀杀，成了对头，但是，他们都是一个老祖留下来的，砸断骨头连着筋，要真杀了他们李家的人，李景月面上不说什么，不定找个时候就会报复，弄不好还会打他的黑枪，血债血偿，俗话说留下春风还秋雨，还是要把面子给到李景月。

于大肚子很清楚，大李庄中间那片青砖瓦房，住着李家的直系，各人有地有粮，有的在外面做生意。而在西边庄和东南庄，姓什么的都有，都是些穷汉，有些个姓李的，也不是正宗。

于大肚子是胶东人，早年贩咸鱼，推着咸鱼到潍坊高密以南卖，后来到了青州、淄川一带，有一次遇上土匪劫道，失了些钱财，他就买了两支长枪，雇人押货，自己也弄了支短枪摆弄，枪法好了，胆子也大了。日本人从成山头登陆，把荣城一带占了，于大肚子是家中独子，他爹五十多岁有的他，他十六岁的时候父母先后生病去世，都没来得及给儿子定亲。于大肚子二十多岁时，就在济南天桥南头开了个咸鱼店，索性不再回老家。听到日本人来的消息，他想，天下要大乱了，这年头，有枪就是爷，老子就拿着它混吧。后来，鬼子攻打济南，国民党军像溃了堤的黄河水往南淌，于大肚子对几个弟兄说，婢养的，韩复榘是不行了，人随潮流草随风，谁有势力咱靠谁，他就找到进驻济南的陈二雄，两个人一拉呱，陈二雄的奶奶原籍栖霞，也姓于，论辈分，于大肚子要叫姑奶奶，这就和陈二雄论了表兄弟。于大肚子穿上了军装，打起仗来不离陈二雄左右，到了兖州，就升为小队长。

别看于大肚子样子豪爽，其实心里很精，凡事都留一个心眼儿，他知道跟着日本人干，自己就是一条狗，再怎么咬人也不会成为他们的亲兄奶弟，就是把肝花肠子扒出来给他们，他们也会嫌腥，而且翻脸不认人。那天铃木把屎盆子往陈二雄头上扣，就证明了这些。婢养的，眼下咱就先当个混混，什么时候老蒋打回来，军装一换，咱就是他的人，真要动刀去大李庄杀人，你日本人先干，老子先吃香的喝辣的，把自己伺候好了再说，咱姓于的知道哪块云彩下雨。

接到命令后，于大肚子把几个心腹叫来，说到了大李庄听我的，村中间那片青瓦房不能动。

于大肚子骑在一匹黑红马上，带人走到半路，才见刘三带着他三十多个人往这边小跑，刘三骑着一头骡子。

于大肚子当然瞧不起刘三，骂道，婢养的，怎么才来？在家吃奶啊？

刘三斜着那只小眼，讪笑着说，紧跑慢跑，一路没敢停下。于大肚子冷冷地说，我正想用八抬大轿去抬你哩。刘三连忙低头哈腰，不敢不敢，我听于队长的。于大肚子突然吼了一声，跟老子说话要下马！刘三一下子从骡子背上滑下来。

于大肚子喝道，所有人听着，向大李庄前进！

这时候，天已经大亮了，但太阳还未露面儿，田野里还弥漫着一层蓝蓝的雾岚。二里外的大李庄还没有升起炊烟，于大肚子下令队伍停下，自己掏出枪来，对着天空砰砰砰地放了三枪。刘三说，于队长，开枪是不是把人都吓跑了？于大肚子一下子火了，两只牛眼瞪得像两个铃铛，骂道，婢养的，你多什么嘴？大李庄那么大，就这几个人能围住吗？刘三吓得不敢吭声了。

枪声惊动了大李庄，李天成、李颖和张西奇他们立即行动。张西奇说，是不是先拦他们一下？李天成说，全力组织群众转移！张西奇听是三声空枪，就明白这是对方示警，让村里人能逃的快逃。李颖站在大街口，尖亮地喊着，快！快！大家不要慌，到西河道往北跑。人群就呼呼隆隆地涌到西边的河道里，这是村里逃生的最佳通道，向北可以进入曹王坟的山里，如果去曹王坟受阻，也可以沿着薛河向东，两岸有树，有芦苇荡子，而且到处都是高粱地。李颖他们还是怕群众乱了会走散，她和几个妇女吆喝着，指挥着，张西奇他们留在村里，准备断后。

李颖她们带着群众向北不远，前头跑来一个人说，不行了，北边有鬼子了。李颖连忙喊，北边有鬼子！快沿着薛河往东！

于大肚子下令，一队搜查西面那片房子，二队搜查东南那片房子，刘三搜查西南角那一点儿，队伍分头行动。然后，于大肚子骑着马，带人进入了大街，见还有好多百姓没有撤出去，他便命令自己的人先全部站到村口的土场上等了等，再行动。于大肚子看着李家这片青崭崭的瓦房，院子里好多大树，大门前的石头座上，插着一根高高的杉木旗杆，心里说，婢养的，真是大户哩。这时候，到处传来了砸门声，咋呼斥骂声，女人孩子的哭叫声。于大肚子听了听北边鹞子崮的方向，怎么没有枪炮响？就这样把王世仁给抓住啦？怎么想也觉得不对。

不多会儿，一个小头目跑来向他报告说，队长，能跑的全跑了，就剩些爬不动的老不死的。于大肚子说，找几座破房子点了，把人带去村口，问问谁家通八路，抓出来揍一顿，别打死就行！小头目答应后，转身走了。

很快，村子东西北三面，冒起了浓浓的黑烟。

这时候，北边传来了爆炸声，这是迫击炮弹。于大肚子想了想，怎么这个时候才开打？炮弹炸了几下，又停了，且听不到枪声，他琢磨着，陈二雄这是唱的哪一出？

于大肚子骑着马，来到村西口，想往鹞子崮方向看看，但是高粱地挡住了他的视线，倒看见刘三的人从西南那片房屋里出来。这些人，有的背着个大包袱，有的背着个大筐，有的挑着两只筐，筐里装着满满的东西。

于大肚子喝道，过来！婢养的，都过来！这些人陆陆续续来到了于大肚子的马前，他看到，筐里什么都有，双耳小锅、戗锅铲子、木头勺子、黑瓷碗、酒壶、茶壶茶碗，居然还有个陶瓷尿壶，还有枕头、女人的红袄、枣木菜板子，后面的人，还有牵羊的，拎鸡的。刘三骑着骡子出来了，看见于大肚子，立即双腿一夹，骡子就颠颠地跑过来。刘三从上面滑下来，说，于队长，没抓着可疑分子，咱把房子点上，让狗日的回来打洞吧！

于大肚子开口就骂了，婢养的，看看你的人，这是来“扫荡”的，还是来发财的？

刘三笑笑，斜着小眼儿说，队长，这不是没碰上八路嘛，兄弟们也不能白辛苦一趟，贼不走空啊。

于大肚子还是骂，婢养的，从娘腚里钻出来就是贼！说完他两眼一瞪说，让你的人集合！

刘三连忙回头喊，集合，集合！于队长要训话！

刘三的小头目喊了几声，为难地对刘三说，司令，还有不少人在找东西呢。

刘三急了，脚一跺喝道，赶紧都喊回来，谁晚了老子毙了他！小头目立即往房屋那边跑去。一会儿，又有些人大包小提溜地来了。一个人牵着一只羊，另一个人还牵了一头小黄牛，小黄牛还没有扎鼻环，不停地叫，那个人骂着，在前头扯紧了牛绳往这边拽，后面另一个人用枪托子狠捣牛屁股。

刘三让他的人把东西放在一边，集合起来。于大肚子对手下的人命令，给老子围了！

一群伪军呼啦把刘三的人围住了。刘三有些害怕，他问，于队长，这是干什么？于大肚子根本不理他，对伪军下令，给我搜，看看这些婢养的身上都藏了什么！几个伪军开始搜查，另一些伪军把筐子篮子里的东西全倒在地上，把所有的衣裳仔细搜了个遍，又用刀划开枕头，把里面的糠倒出来，甚至连那个尿壶都晃了晃。这边，从一个人口袋里，搜出来了金戒指、金镯子，又从另一个人身上搜出了女人的银簪子、银链子等等。于大肚子瞪着被搜出金戒指、金镯子的那个人，让他过来，然后问，说实话，在哪里弄的？那家伙说，我……我在那片瓦房里，从一家的床底下……

于大肚子大吃一惊，这小子居然自己溜进李家宅子，说不准就进了李景月的家，平常人家哪有这个？

于大肚子指着刘三骂开了，看看你这些王八蛋，就这尿性，心里就想着偷东西，抢东西，以后怎么和八路打仗！说完，对手下说，毙了他！手下拔出枪，砰地就把偷戒指的小子毙了，其他人都吓得不敢动。于大肚子对刘三喝道，东西全留下，带上你的人滚蛋！以后再这样，老子用机枪全把你们突突了！

刘三赶忙带上他的人，灰溜溜地走了。于大肚子接过手下递给他的戒指、镯子，说，猪、羊、牛带走，回去！

于大肚子琢磨着，杀了刘三手下一个人，可以算是给李景月交代了，如果东西真是他家的，专程送回去，如果不是，那就姓于吧。他骑着马，走在村外的路上，突然想到，今天特意带上了一支崭新的德国镜面匣子，才放了三声空枪，也不知顺手不顺手。他往不远处看看，有个老汉正拄着棍子，慢腾腾地在路上走，左手拎个破篮子，看样是个要饭的。于大肚子心想，这么大年纪了，还要饭，活着真不容易，上路吧。想到这里，他就抬手一枪，那个老汉应声往前一扑，再也不动了，篮子滚到了路边的沟里……

话分两头，见铃木只派了半个小队，陈二雄说，能不能派一个小队？铃木说，够了，足够了，还有迫击炮和机枪。铃木知道，大日本帝国的军人生命是珍贵的，不进行大的战役，绝不轻易动自己的士兵。大日本帝国进入中国，秉持一个理念，占领一地后，就尽快扩充皇协军，用中国人对付中国人，中国人狡猾，历史上就不断内斗，斗起来招数多，所以才有了三十六计等等，在“扫荡”时候，要以皇协军为主，日军派出少量队伍，主要实施督战。

陈二雄对铃木说，鹞子崮险要，需要皇军一块儿上。铃木说，王世仁就是个农民，枪也没有几杆，用迫击炮，几炮就把他的队伍打残了，你们的人抓活的，抓到王世仁，你的功劳就有了。

因为要抓活的，陈二雄用心部署，周密安排，他先派出二十多个便衣，黑天后，进入山下的村庄，谁家有狗，全用绳子勒死。等他和铃木半夜到了尤家山，立即封锁，二十几户人家每家门口站上一个人。铃木把两门迫击炮架在尤家山顶上，尤家山不高，差不多只与鹞子崮的山腰齐平，但炮弹可以直接打到那道大裂缝里。

迫击炮架好后，李宝昌就带人从山下往上摸，所有的人不准出声，伪军全用毛巾塞住嘴。

黑夜，山里非常寂静，远处的夜猫子不时发出几声啼鸣，伪军们一手抓枪，一手抓着树干，慢慢地往上爬，顺利地过了头一道关卡，接着再攀缘石阶，天亮前就来到大裂缝下面，一路没见到有人影儿。

天亮了，鹞子崮上还没有动静，铃木心想，这是怎么回事儿？他们站在尤家山顶上，用望远镜望去，只见一群伪军站在大裂缝下，一个伪军向这边不住地挥着手，李宝昌双手扩在嘴上，大声喊着，跑了——！跑了——！陈二雄心里咯噔一下，有人给他通风报信？不可能，山下路口全被封住了，连只兔子也甭想上山，这个王世仁难道真有道业，神机妙算，未卜先知？

陈二雄头上的汗，一下子出来了，他和铃木坐下来，铃木说，王世仁这个道士，厉害，真厉害啊。

等到伪军往山下撤的时候，铃木的迫击炮咚咚地往山上打，打了几炮后，也就撤了。

此时，王世仁他们，就藏在曹王坟偏东北的一座山上。王世仁坐在一棵柏树下，听见炮声，看见鹞子崮上一颗一颗炮弹轰轰地炸开，接着飘起一股一股的黄色硝烟，然后没有了动静。他想，估计是鬼子撤走了。他想起了李寿亭观星，想到他下山前留下的话，没想到这么快就应验了，这个人，了不得，上知天文，下知地理，谈吐句句入心，他那个“罡风八方道”，看来高过自己的培贤道，虽然都信奉太上老君，可他们怎么就悟得那么深，就差能够呼风唤雨、撒豆成兵了——也可能他真有这通天的本事，只是在自己面前未露罢了。

王世仁想起李寿亭看到自己念咒作法，说了一句让自己不高兴的话。难道他的罡风八方道不念咒，不作法？不念咒不作法还能称得上道门？他，王世仁，何尝不知道这肉身挡不住子弹，当年，大哥中了子弹，自己背着他往山上爬，大哥胸口的血很快浸透了他的后背，到了山顶，他把大哥放下，大哥吃力地笑笑说，世仁哪，这吞了符子也不顶事儿啊，要抗敌，还得有枪才行……大哥死在山林里，十几年后他又接过培贤道，也把一伙青壮弄到一块儿练功修身，手里也有了几支枪，可是，在陈二雄面前，就这情形，自己还能撑几天？

王世仁又想起李寿亭说的红风教，说观了天象，说生门在东，可他半信半疑，这红风教的教义是什么？教主是不是还是太上老君？如果不是，归了红风教，这就改了宗门，甚至背叛了自己的信仰，四邻八乡的信众怎么办？也对不住大哥的在天之灵，弄不好，太上老君就会降灾惩罚……王世仁本想过些日子如果平静，带大家再回到石灰崖，好多人离开这么些日子，天天挂牵着家里人，可是，石灰崖是回不去了，他和陈二雄已经结了仇，自己走到哪里，驻到哪里，陈二雄知道后肯定会追过来，占了个小山头，也顶不住他的炮轰……

张小胆过来了，他说，道首，该吃点儿东西了。

王世仁坐在那里不动，半天说，小胆，咱们这回是活在你手里啊。

张小胆说，不能这么说，道首，是太上老君保佑了咱。

前日，王世仁派张小胆下山，让他去石灰崖看看，就是想准备带人回去。张小胆下了山，就像出了笼的鹰隼一样，全身自在。他名字叫张小胆，其实胆大，从来不怕事儿。下山后，张小胆看看自己的破裤子，心想，头午我就不去石灰崖了，先去表姐家吃顿饱饭，再要条好裤子穿，下午再去石灰崖，晚上就回到鹞子崮了，想到这里，他转头向西，去了柳庄。

柳庄离鹞子崮只有五里，表姐也信培贤道，天天在家里诵经打坐，桌子上供着太上老君的牌位。张小胆身轻步快，进了柳庄直奔表姐家。他敲了敲门，表姐开门一看，吓了一跳，一把把张小胆拉进来就关上门。进屋后，表姐小声问，老天，你不是去了尤家山了，怎么敢回来？张小胆说，姐，这不是想你了嘛，下来看看你。

两个人坐下，张小胆看看表姐，三十出头儿，白净脸儿，黑头发油亮亮地在脑后挽了个髽髻儿，淡蓝色的薄衫儿，两个乳房鼓鼓的，散发着女人味儿，张小胆的心禁不住一颤一颤。他稳了稳心说，表姐，我这裤子快要露腿了，姐夫不穿的裤子，能不能给我一条？表姐立即站起来说，有，有，就到里屋找去了。

很快，表姐拿出一条新裤子。张小胆说，姐，这太新了，找条旧的吧。表姐说，新的就新的，反正你姐夫平时穿军装。张小胆知道，他姐夫在官桥当伪军，还当了个班长。张小胆看看新裤子，又说，姐，还是找条旧的吧，新的我穿不习惯。表姐说，有条旧裤子，你姐夫昨天回来穿走了，说要去尤家山。张小胆眼一睁，问，他去干什么？表姐突然想到了什么，她说，坏了，我光和你说话，差点儿忘了，老天爷，要出大事儿了，要出大事儿了！

张小胆赶紧问，要出什么大事儿？表姐看看门外，小声说，要在那里打仗。

张小胆大吃一惊，说，姐，我不坐了，我得赶紧回去！

表姐说，过晌再走，我做饭。

张小胆说，不了不了，你给我拿几个煎饼吧。

表姐立即到锅屋里，给张小胆包了一些煎饼，张小胆手一提就要出门，临跨门槛对表姐说，姐，千万别说我来过了。表姐点点头，亲切地看着张小胆说，表弟，路上小心，老君保佑，老君保佑。话还没落下，张小胆已经不见了。

张小胆出了柳庄，直奔尤家山，他把包袱解开，拿出一个煎饼叼在嘴上，一路小跑，能走近不走远，一会儿钻高粱地，一会儿钻树林，一会儿从水沟上跳过去，快到尤家山了，他不敢靠近村庄，而是从山西边翻过去，下到后面的山，转身又进了山林。

当晚下半夜，王世仁他们就悄悄离开了鹞子崮。

王世仁他们躲在一个不大的山洞里，几十个人挤在里面，正在吃饭。王世仁当然知道，碗里只有几粒高粱，其他全是煮的榆树叶子和地瓜叶子。离山不远，就有一片地瓜田，他们本可去扒地瓜，可是王世仁不允许，地瓜是老百姓的口粮，培贤道不能干这个，再说，一旦让人发现，就会暴露。

几个人几下就把碗里的东西拨拉光了，倚在石头上。有个人对王世仁说，道首，光吃这个，路都走不动了。另一个说，倒是还有半口袋高粱。一个人说，在这里咱也不敢点火，一点火就让人看见了，要不咱干脆进庄，抢顿饭吃。

张小胆说，别瞎叽叽了，道首正在想办法。

王世仁问张小胆，咱还有多少子弹？

张小胆说，可能还有十五发。

又有人说，我的鸟铳子早就没有火药了。

……

王世仁坐在那里，好半天不吱声，张小胆把碗端过来说，道首，都凉了。王世仁不接碗，还是不动，张小胆把碗放在地上。大家看到道首这个样子，谁也不敢吱声。

最后，王世仁终于站起来，说，都吃完饭了，好，集合，咱们走！

所有的人站起来，走到洞口。王世仁说，把那半口袋高粱背上。很快，他带着这几十人，沿着山林，一路向东。路上再没碰到意外情况，一直走到东江河北岸，王世仁看看对岸的斑山头，然后说，过河！

这边，王丹西、李天成、丁程、张西奇和李贵武等正在开会，商量成立县大队的事情。赵明大突然过来报告，说有一支队伍从东江河对岸下来，正在过河往这边来。丁程问，是鬼子还是伪军？赵明大说，都穿着老百姓的衣服，有扛枪的，有提刀的，像是一股土匪。丁程眼睛突然一亮，说，是王世仁，鹞子崮响起枪声，鬼子攻的是他，西奇，你和赵明大带上民兵，上山警戒。张西奇立刻拔出枪，和赵明大走了。丁程对其他人说，各位先回避一下，其他的事情交给我。

王丹西他们走后，丁程也上了山坡，他远远看到，为首的果然是王世仁。他们过了河，几个拿枪的全趴在河滩上警戒，其他的人在穿鞋，王世仁拿着短枪，侧卧在河边的矮堤后向这边观察。

张西奇大声喊，对面的，哪一部分的？王世仁向这边喊道，你是斑山头的人吧？张西奇回答是。王世仁说，我找李寿亭，他在庄里吧？张西奇问，你找他干什么？王世仁喊，李寿亭和我是朋友，他让我来找他。张西奇想了想，又喊，有什么事儿和我说，我转告他。王世仁喊，我要见李寿亭，他要不在，我们就走了。这时，丁程大声喊着，王道首，我是李寿亭，来，进庄吧！

王世仁一看，丁程正站在山坡上向他挥手，便高兴地站起来，带着他的人，快步向村子走来了。丁程和张西奇也下了山坡，走到村口迎接。王世仁小跑过来，也顾不上施礼，一把抓住丁程的手说，老弟，咱们又见面了！丁程说，我说后会有期嘛，那边响了枪炮，我就揪心，可又没法救你，你是怎么撤离的？王世仁说，多亏老君保佑，我来投你的罡风八方道了。丁程说，好，天下道门是一家，这位是张西奇。王世仁向张西奇抱拳行礼。张西奇看着王世仁说，咦，道长怎么这么面熟？王世仁说，有缘，不定在哪里见过。张西奇一下想起来了，对了，我在官桥夺了鬼子的枪，被他们追着跑，一个道士让我们直奔庄西头的大沟，是不是你？王世仁也想起来，笑了，说是我，是我。张西奇一下子握住王世仁的手说，得好好谢谢你救了我啊！王世仁说，好汉，好汉，你们好大的胆子啊，当初你们是两个人，另一个呢？张西奇还没回答，丁程说，他在东边儿入了红风教了。

话说完，张小胆也走过来，向丁程施礼说，李先生好。丁程认出了张小胆，叫着他的名字说，小胆，咱们是不打不相识哩。

丁程又对王世仁说，让兄弟们进庄歇歇脚，晌午好好吃顿饭。

赵明大把王世仁的队伍带到丁程住的那个院子里。

丁程和王世仁坐在一棵大树下，王世仁向他讲了事情的经过。丁程说，老兄，这里不是久留之地，要想壮大，我介绍你再往东走，去红风教那边儿，那里有人接应，你放心，脚下是一条光明大道！王世仁说，我现在是弹尽粮绝，山穷水尽，我听兄弟的，什么时候动身？丁程说，下午就走。王世仁问，具体去哪个地方？丁程说，兰陵。

中午，村民送来了煎饼和开水，王世仁的队伍总算吃了顿饱饭。

过午，丁程把一封信交给王世仁，又派了一个民兵给他们带路。他对王世仁说，信一定要亲自交给李政委，在那里，你们可以四处看看，红风教正创造怎样一片新天地。

王世仁把信收好。丁程最后说，我想，过些日子，你们还会回来。

王世仁抱起双拳，和丁程、张西奇他们一一作别，走了。

11

武工队有了几把枪，但还是缺弹药，张西奇说，咱们还是要想办法干场大的，小打小闹不行，我要去斑山头合计，你们也不要闲着，这样，老三、五子、木头、德四，还有坡子，你们到附近敌人据点看看，找找下手的机会，其他人先在家里，没有我的命令，不准行动。

曹老三问，各人单独？张西奇一想说，两个人一组吧，也有个照应。孙五子问，带枪吧？张西奇考虑到自己不在家，带枪外出万一惹出事来，便说，不行，不能带枪。曹老三说，不带枪还两个人一组干什么？我自己去。张西奇笑了说，那你小心点儿。王木头问，中午吃饭怎么办？张西奇说，我也没有钱，你们自己想办法吧。

就这样，孙五子和坡子一组，去桃庄；王木头和杨德四一组，去沙河；曹老三自己去了郭庄。

行前，张西奇叮嘱道，注意，这是去执行任务，手里没有家伙，见事儿要躲，千万别惹，不准违反纪律！

大家都点头答应。

且说这曹老三去了郭庄，他先在李宝昌的兵营外四处转悠。一个伪军背着枪走过来问他是干什么的。曹老三说，走亲戚的。伪军问，你哪个庄的？曹老三一指说，前面那个庄的。伪军眼一瞪，端起枪来了，我就是前面那个庄的，怎么没见过你？曹老三说，我说最前面的那个庄，我好像见过你，我在你庄里给人干过活儿。伪军看看曹老三人高马大，真急了自己也不是对手，就说，离这远点儿！把曹老三赶走了。

曹老三就大街小巷溜达，完了，也饿了，他走到郭庄北边儿，看见一户人家正在盖房子，就往那边儿去，见两个人正抬着一根粗木头往前走，木头又粗又长，可能是做房梁的，两个人被压得龇牙咧嘴，腰都弯了。曹老三一想，快步赶到两个人中间，一下子把木头扛了起来，两个人自然让给他，跟在后面，嘴里不住地赞叹，壮士！壮士！

曹老三把木头扛过去，问正在做活儿的木匠，放在哪里？站在木匠旁边的好像是主人，说，放在旁边儿吧。两个人过来接，曹老三说，甭动，自己让木头前边着地，然后两腿一弓，咚地把木头放在地上。主人问，哪庄的？曹老三说，别管哪庄的，我给你帮个工，你管我一顿饭，行吧？主人说，好说，好说。

曹老三看到两个泥瓦匠在砌墙，砖放在下面，往上扔砖的两个人劲不大，曹老三过去说，你们干别的，看我的。说完，他看看墙上两个泥瓦匠，把砖往上一扔，上面就接住了，接着曹老三又把砖扔给另一个。曹老三弯腰抓砖，抬手扔砖，同时供着两个人，墙也砌得快了。来了这么个人帮工，主人满心的欢喜，觉得是个吉利事儿。

曹老三满头大汗地干到晌午，主人特意把他请到邻居家的屋子里，切了一盘猪头肉，给了八个窝窝头，又给弄了一壶酒。曹老三大口吃着，不住地倒酒，八个窝窝头全吃了，然后拍拍屁股，告别主人就出了郭庄。

曹老三走在路上，酒劲儿就上来了，他长这么大，哪正经喝过酒，走着走着，就觉得头晕，再一看，怎么那棵柳树变成两棵了，远处的小屋也左右摇晃。曹老三想，坏了，人家都说喝酒上头，这酒喝进肚子里，却全顺着血管爬进脑子里了，他眨巴眨巴眼，柳树又变成了三棵，根却连在一块儿，小屋也不光两边晃，还往上跳，又晃又跳，却又塌不了。曹老三的身子也晃起来了，他想，回去队长要熊我了，奶奶的，先找个地方待一会儿，让头上的酒再回到肚子里去。

曹老三沿着小路，走到北边的一条小河边，找了个僻静的地方坐下，他抬头看看天，好多云彩都在天上转，他想睡一觉，可一想不行，让鬼子逮着怎么办？他就靠在一棵小杨树上用力睁着眼，可是，眼皮越睁越沉，不知不觉就睡着了。

还好没多久，曹老三就睁开了眼睛，觉得头不晕了，他站起来，酒意还在，但两腿轻松，嘴里嘟囔说，回去回去。这走在路上，曹老三觉得浑身都爽，兴致勃勃，嘴里还不住地嘟囔着，小鬼子啊王八蛋，王八蛋啊小鬼子……像孩子念口诀一样。

不觉间，曹老三就来到王家庄，他走在王家庄的街上，看到前面门口有个人站岗，把枪拄在地上。

曹老三往前走，见站岗的是一个小瘦子，几个调皮孩子站在他对面的巷子口上，看着那个站岗的哼着儿歌：

胡二旦，上官桥，偷他大哥两个桃；

胡二旦，赶四集，偷他大哥两个梨！

那个叫胡二旦的，嘴里骂着，小婊孙子儿，老子毙了你！

孩子们哄地跑进巷子里去了。曹老三走近一看，门口挂了个牌子，他不识字儿，便停住问胡二旦，这是什么地方？胡二旦以为这个人认识他，就说，乡公所，这你不知道？胡二旦原先在朱世因的队伍里，朱世因被八路活捉了，队伍投降，不知胡二旦怎么又到这里了。曹老三问，里面的人在干什么？胡二旦说，打麻将。

曹老三脑袋还是让酒劲儿攻着，竟然大步一跨，走进了乡公所，就听到屋里喊着，东风！又有人喊，南风！和了！接着就有麻将牌在桌子上哗啦哗啦的声响。

曹老三进去一看，西边屋里四个人正在忙活，满屋都是烟气，他这个外人进来，竟没有一个人注意到，一把匣子枪装在套子里，放在桌子头上。曹老三走上前，从一个人的肩头伸过手去，一下子把枪拿过来，说，借个枪耍耍，说完背上枪，大步流星就走。曹老三回到院子里，里面的人才意识到不对劲，立即大喊，抓住他，抓住他！门口的胡二旦端枪要拦，曹老三嘭的一拳，胡二旦就在地上滚出了老远，接着曹老三钻进小巷，跑了。

晚饭前，大家先后回来了，张西奇也回了驻地。他先问，怎么吃的饭？大家都说，讨饭，问人家要个煎饼，咱又不能偷不能抢。这时，曹老三回来了，竟然还背着一只匣子枪，没等张西奇问，他就显摆说，队长队长，酒肉伺候，顺路还弄了一支枪。接着，曹老三就吹开了，高兴地说了经过，还自己编了个顺口溜：咱老三，当街站，又有酒，又有饭！逗得大家都乐了。张西奇说，好个曹老三，有勇有谋哩。

到了晚上，大家聚在一起。张西奇问，能有地方下手吧？曹老三说，郭庄把守得很严，咱这几支枪根本打不进去；杨德四说，沙河的据点，离车站太近，咱们再合计，眼下不好动手；孙五子说，桃庄有伪军一个小队，还有十几个鬼子……

大家都不说话了，半天，坡子说，咱也不能光盯着咱地盘上的几个据点，官桥周围的照样可以打，敌人可能也总想着自己的地盘上有没有武工队，咱也可以从背后插他一刀。

王木头说，坡子到底是要过饭的，走的地方多，见世面了。这话说得不大中听，坡子瞪了他一眼。张西奇点点头说，坡子说的在理，什么官桥的、郭庄的，周边地方，哪里的敌人好下手咱就打哪里。坡子说，听说张庄驻着伪军两个排，还有七八个鬼子，东南角上一个炮楼，里面的伪军经常到村里喝酒、打麻将，防备很松懈，而且好多伪军就是村里人。张西奇问，营房离村多远？坡子说，在村西头大概有三百米。

张西奇磕磕烟袋，说，坡子，明天你去一趟，了解得越细越好。

第二天，张西奇到斑山头，向丁程详细汇报，丁程同意了。然后，又通知李贵武，让县大队也参加。李贵武来了说，有枪的也就十来个人。张西奇说，把你的机枪带上，我知道，你还有十几颗手榴弹。李贵武不情不愿地说，机枪只有一梭子子弹。张西奇说，关键时候再放。李贵武问，就咱这几个人？丁程说，没问题，下不了手，再回来。

布置妥当，晚上，张西奇、李贵武他们出发了。张庄在杨庄以南三十里，大家都在紧赶慢赶。天气凉爽起来，尤其到了夜晚，月亮很明亮，但这样的晚上不利于奔袭和隐蔽，大家还是在高粱地里的田埂上走，有树林就钻树林，远远地避开村庄。

大约走了有二十多里地，来到一个土岭前，在前头探路的孙五子回来了，说有情况。大家立即隐蔽，果然听到有说话的声音，又听到好像毛驴咯噔咯噔地走路。接着，他们看到几个伪军从旁边的小路上走过来，领头的牵着一头毛驴，上面趴着一个人，后面四个伪军跟着。一个伪军说，别哭了，闺女大了都要找男人嫁，嫁谁不是嫁？嫁给我们排长，不比你找个穷汉强？另一个伪军说，小点儿声，当心有人。那个说，没事儿，有一个半个八路也跑到山里了，听说皇军刚打了跑到鹞子崮的王世仁，连他娘的山洞都给炸啦。

张西奇对身边的曹老三等人说，别开枪，用刀。

就在几个伪军走到跟前时，曹老三他们一跃而起，扑上去，三下五除二就把他们撂倒了。坡子一把抓住毛驴缰绳，驴身上的姑娘手和腿全绑着，他对姑娘说，别害怕，我们是八路军。

张西奇说，把这几个拖进高粱地里。

王木头给姑娘解开绳子。李贵武问，姑娘，怎么个事儿？姑娘擦擦眼泪说，是张庄的排长看上她，几次让人上门，可是全家都不同意，没想到今天晚上派了人，把她绑到毛驴上就拉来了。张西奇问，你是哪个村的？姑娘说，就后边那个村。张西奇说，快跑回去吧。姑娘转身给他们鞠了一躬，转身就往回小跑。孙五子问，毛驴怎么办？坡子说，揍它的腚一枪托子，爱上哪儿上哪儿。

他们到了张庄西边，埋伏在一片树林里，远远地看着营房。

月亮仍然很明亮，坡子把外衣一脱，露出里面的伪军服装，他把帽子歪戴着，哼着小曲儿往营房走。门口站岗的问，站住，哪部分的？坡子说，我，大半夜的你咋呼什么？说完他抻抻腰，双手伸了伸，故意让对方看看自己没带枪。站岗的收起枪说，怎么这么晚才回来？坡子凑近他笑着说，兄弟，庄里有个娘们儿看上咱哩。那个伪军扑哧一笑，坡子霎时抽出尖刀，一下子对准伪军的喉咙，低声说，想活命就听我的。伪军吓得赶紧说，我想活，我想活。坡子问，口令？伪军说，太平。坡子把他的枪栓下了，说，继续站岗，老实点，有人用枪瞄着你。伪军点点头，站在那里。

坡子又往里边的门走去，一个伪军走出岗楼问，口令。坡子说，太平。接着坡子走近伪军，突然一下搂住他的脖子，用尖刀对着他说，我不杀你，你要听话。伪军说，我听话，我听话。坡子摸出一颗手榴弹，一手抓着伪军的胳膊，同他来到大门口，向外招招手，后面的人就悄悄地就冲过来了。坡子问，鬼子在哪边的营房？伪军说，东边的。曹老三他们早握起了手榴弹，几个人一下子在营房前散开，拉开了引信，对准窗户纸就扔了进去，手榴弹轰轰地爆炸了，火光一下子映红了窗户。爆炸的同时，张西奇大喊，机枪！李贵武端起机枪，对着岗楼就是一梭子，上面两个鬼子刚要还击，就被机枪扫倒了，一个鬼子一头栽了下来。

另一边营房里的伪军也顾不上穿衣服，赤脚的，光腚的，端着枪就冲出来。这边的人一顿乱枪，十几个人就横七竖八地倒在地上。李贵武抱着机枪大声吼着，我们是八路军，都把枪放下，中国人不打中国人！李贵武嗓门大，伪军们被镇住了，喊着，我们投降，我们投降，纷纷把枪举在头顶上。李贵武大声喝道，把枪扔到前面，伪军们就把枪扔到前面的地上。

李贵武突然想起来了，问，哪个是李排长？出来！

伪军们跪在地上，各人左右看看，没人回答。一会儿，一个伪军说，排长还在那间小屋里。话音未落，屋里传来砰的一声枪响，那个伪军一下子就趴下了。王木头立即向小屋里扔了一颗手榴弹，几个战士紧接着冲过去，很快拖出一个家伙，他满脸是血，右胳膊被炸伤了。

李贵武问，是你抢人家的闺女？排长跪在地上不说话。李贵武又问，你叫什么名字？那家伙说，我叫李贵言。李贵武一听就火了，破口大骂，狗日的，欺男霸女，姓李的没有你这号杂种！拿刀来！把他阉了！那家伙两只膝盖跪着往前挪，连连哀求说，大哥，饶命吧，不敢了，不敢了。李贵武冷笑一声说，我想饶你的命，可李家的祖宗不答应！

砰！曹老三接着就给了他一枪。

……

12

官桥车站。

车站北边这座炮楼，驻的全是鬼子。这阵子似乎太平，田文西村经常挎着长刀到这里来，打麻将，喝酒，有时候喝得多，满脸通红地出来，走路还歪歪扭扭。这天下午，田文又来了，后面居然跟着“猫眼”。“猫眼”看见大奎正要从车站门口进到站里，嗓子一亮咳了一声，大奎回头一看，站住了。等他们过来，田文很客气地向大奎笑笑，两只眼角自然地向上翘起，大奎向他点点头。“猫眼”对大奎说，太君又要搓几把，让人把我叫来了，太君已经是高手啦。

又是一天下午，离天黑还有两个时辰，在车站外叫卖的人们都看到，几个鬼子伪军，用独轮车推来一个年轻女人，女人双手绑在身前，眼被蒙着，嘴里也塞上了布，双腿也被绑在一起，躺在车子上，虽然看不清脸，但看到女人皮肤很白，头发黑亮，脑后窝了一个髻儿，淡蓝褂子，深蓝裤子，青布鞋，靠得近的人看到，女人双手也白，长指头白得像葱白儿。伪军大声喝着，闪开，闪开！“猫眼”对众人横眉竖眼地呵斥，有什么好看的？抓了个女八路！这一说，人们就更好奇了，更要看得仔细。那个伪军威胁道，后退，后退，惹火了皇军，捅死你们！

车并没有推向兵营，而是推到车站北头的那座炮楼，停下了，两个伪军把女人抬了进去。

鬼子进了炮楼，几个伪军回来了，其中有个是官桥人，有人认识他，便小声问，锄头，从哪儿抓了个女八路？叫锄头的伪军两边一瞅，小声说，莫庄。“猫眼”听见了，头一歪盯着这边，恶狠狠地斥道，多嘴，当心割了你舌头！

事后才知道，这个女人根本不是什么八路，而是莫庄高财主家的儿媳妇，是从微山湖那边娶来的，两家还是老亲。这个女人一进庄，全庄男人都瞪大了眼，她长得太俊了，十里八乡从没见过这号美人坯子，丰润洁白的鹅蛋脸儿，黑黑的眼睛亮晶晶，悬胆鼻子，周正的嘴唇，两只耳朵也白得像雪玉刻出来的，大胸，蜂腰。有老头儿不知是有醋意还是什么，说庄户人家三样宝——丑妻、薄地、破棉袄，这媳妇太俊了，怕是养不住。又有一个老头儿附和说，就是，老话说，红颜祸水。另外一个老头儿白了他们一眼，嫁给你家会养不住，穷得腿裆都盖不住，可人家高家是什么户？财主！

这媳妇可不是中看不中用的花瓶，不光家里是把好手，还经常随夫下地，次年春上，就生了个儿子。

可是高家没有想到，大祸就要临头了。两个鬼子奉了田文西村的命令，和六个伪军进了莫庄，先找到保长，说搜查八路，并让他找一辆车。完了，他们直接进了高家院子，两个鬼子一看高家儿媳妇，用刺刀指着，两个伪军上来就把她绑了。伪军领头的正是“猫眼”，他带人搜查其他屋子。高财主儿子不在家，老两口立即给他们跪下了。高财主哭着对“猫眼”说，长官哪，俺们冤枉啊，俺全家都是老实巴交种地的，怎么会是八路哇，你行行好，给皇军说说好话，放了俺儿媳妇吧……“猫眼”说，我就这么着干动嘴啊？

高财主明白了，立即起身回屋，“猫眼”就跟了进去。高财主在暗处摸索，很快出来，拿出二十大洋。“猫眼”说，太少了，你把皇军当要饭的？高财主说，长官，不敢啊，家里就这些钱，是积攒了几十年的，这时候，我还有什么敢瞒长官？“猫眼”接过大洋，从腰上解下一个细长袋子，装上钱又麻利地扎回腰上，说，把心放在肚子里，皇军抓过去审问，问问要没事儿，我再给他们这个，明天人就回来了。

说完，“猫眼”就带着院子里的人出了门。可是，高财主老两口还是跟着，也不敢跟紧，就在后面尾随。“猫眼”说，回去回去！高财主唯唯诺诺地说，长官，我们跟着，什么时候问完了，我们把人接回来。“猫眼”眼一瞪，你信不过老子？站住！可是，“猫眼”走出几步，回头一看，高财主两口子还是可怜巴巴地跟着，老两口看到，巷子口上放着一辆独轮车，儿媳妇被绑住放在车上，推车的却是一个伪军，他们觉得凶多吉少了，又放了悲声。这时，一个鬼子凶恶地看着老两口，刺刀一亮，八嘎！“猫眼”说，皇军发火了，再敢跟着，出了庄就杀了你！

……

这个女人被推到官桥，抬进炮楼，里面的九个鬼子兵立即围了上来，松绑后，一个鬼子一下子撕开了女人的衣裳。所有的鬼子两眼霎时失明，又立马亮了，兽性瞬间都爆发。他们把女人手脚绑在小床上，仍然塞住嘴，一个鬼子几下脱光了衣裳，另一个鬼子拦着说，这是田文长官……话没说完，那个鬼子就上去了，疯狂蹂躏着。女人动弹不得，喊叫不能，只有两只眼睛绝望地瞪大，眼珠子就要突出眼眶了，又绝望地闭上了。鬼子呼哧呼哧喘着粗气，最后下了床，又一个鬼子接着，然后又一个，又是一个……一直到第九个从床上下来，已经到了晚饭之后。

这时候，田文西村回来了，他喝了酒，要来这里享受美艳的中国女人。

可他上来一看，火了，让所有鬼子兵全站到他面前，嘴里骂着八嘎，一人一个重重的耳光。一个鬼子明白过来，赶忙端来一盆温水，把女人的身体擦拭一遍。田文看到，女人眼睛睁了睁，目光呆滞又麻木，接着又闭上了。田文一挥手，让人全退下，然后，慢慢地脱下衣裳。

酒劲儿上来了，田文两眼发红，口中焦渴，他像牛一样用着力气，然后开始癫狂，嘴开始乱啃乱咬……

到了第二天早上，换了岗的鬼子上到楼顶，又对女人开始了蹂躏，到了中午，女人已经气息奄奄，但又一拨鬼子脱下了衣裳……这日午后，女人断气了，可是，几个鬼子仍然没有放过她——这个悲惨的女人，被鬼子糟蹋了一夜一天。到了下午，几个伪军去莫庄，告诉保长通知高家领人。

这情景，车站上的人都看见了，女人被用门板从炮楼里抬出来，衣裳盖住身体，头也被蒙着。大奎他们看到，有个老汉站在一旁，仰着脸呜呜地哭。

几天后，有消息从莫庄传过来，官桥的好多人都知道了——女人的乳房全被咬烂了，腮帮子还有大腿，几乎也被啃成了烂肉……有人也传开了，带着鬼子去高家的伪军，领头的就是“猫眼”。

大奎突然想起刘宝义曾经对他说的话，他明白了，“猫眼”给鬼子找漂亮女人，就是给田文找的。大奎琢磨了几天，总是琢磨，这个“猫眼”，得想办法除掉了！

……

官桥的敌人，猖狂地祸害百姓。丁桯对张西奇说，过去，咱武工队战斗力不够，碰上敌人多了就难对付，现在咱有了弹药，队员们也经过了锻炼，可以杀杀敌人的气焰了。张西奇点头说，近期我们就行动。丁桯沉吟一会儿，说，每次行动，都要周密细心，出手必胜，最好做到零伤亡，你们还要多考虑几个驻地，我想，几次行动后，敌人就会报复，要先做好“狡兔三窟”。张西奇说，想到了，也做好了，好几个村，都有我们藏身的地儿。

武工队几个骨干开会，张西奇讲了官桥的情况。杨德四说，不光官桥，沙河车站的鬼子，也经常到集市上，见了好吃好用的就抢，谁敢不给就打，还经常杀人。停了停，杨德四又说，沙河与官桥两个车站间，有一条东西路和铁路相交，旁边就是莫庄，鬼子在这里建了一个炮楼，在十字路口设了卡子，任何人都要盘查，到了晚上，还有专人巡逻，我看，咱们就打他的巡逻队！

曹老三说，鬼子在炮楼上憋着，有机会就去周边村子里找女人，他们自己不敢，就让伪军护着，咱们可以瞄上，出庄就打，专打鬼子，这样他们就老实了。

孙五子说，队长，咱们可以借着赶集，三两个人，混在人群里，碰上零星的敌人就下手，完了也好跑，上次咱在集上杀山本，就干得漂亮。

张西奇点点头，又看着杨德四，说，咱们就先打巡逻队，德四，你再去观察一下，咱们怎么进，怎么退。

很快，杨德四回来了，他说，就是我先前说的情况，我专门看了地形，几道坎、几道沟都记住了，而且，还有“青纱帐”，咱们可以从莫庄后面靠近敌人，那里有一片坟地，坟地里大树不少，往后一退就能进了高粱地。张西奇点点头。杨德四继续说，但首要问题是，这里离官桥、沙河太近了，枪声一响，官桥、沙河的鬼子，最快可以一袋烟的工夫赶到，而且，人还未到，子弹肯定就先打过来了。张西奇问，莫庄巡逻的沿着铁路向南还是向北？杨德四说，向南，与官桥巡逻队碰头后，各自再返回来。

张西奇沉思半天，最后说，老三、坡子，你俩一组，负责阻击南北扑过来的敌人；德四，你带上枪法好的，瞄准巡逻队，一人一个，一枪击毙，枪一停立刻收缴武器撤退；我带几个人，瞄准敌人炮楼上的机枪……对了，每个人胳膊上缠个布条，防止掉队。

选定日子，吃过晚饭，武工队向莫庄方向进军，有“青纱帐”加上黑夜掩护，四下又无人，但他们还是走小路，很顺利就到达莫庄后的坟地。据点不大，就一座炮楼，当然四周有壕沟，铁丝网拦着，门口拉着吊桥。坟地离铁路大约二百米，张西奇对曹老三和坡子说，你们就埋伏在这里，盯着南北两个方向，选大点儿的坟头，放上两挺机枪，我去离炮楼近的地方。坡子点点头说，队长，你小心。张西奇带上两个队员，悄悄溜走了。

鬼子炮楼的小窗户里，透出灯光，能听到里面的说话声。顶上站岗的鬼子，只看到半截模糊的身影，前边的哨卡，有一个小岗亭，也亮着灯，两个人站在外头。

他们等了一会儿，突然，吊桥缓缓放下，一队鬼子扛着长枪出来了，从岗亭旁边，沿着铁道向南走去。张西奇告诉队员们，等鬼子走远些，走出四百米后再动手，这样，炮楼上的机枪火力就会减弱。

杨德四带人埋伏在一片高粱地里，前面是被鬼子划定的一片开阔地，有百多米长宽。当鬼子走到他们面前时，杨德四说，打！八个队员同时开枪，六个鬼子应声倒下，另外三个鬼子受了伤，身子一翻准备卧地还击，几只枪同时对着鬼子打，转眼间就全歼了。队员们飞奔向前，打扫战场。

炮楼上的机枪响了，子弹密密麻麻地扫过来，打到铁轨上当当作响。张西奇抬手一枪，打倒了炮楼顶上的鬼子，另一个鬼子换上来，张西奇瞄准后又是一枪，机枪哑了。

炮楼里的鬼子全冲了出来，张西奇大喊，老三，打院子！曹老三把机枪一转，哗哗打出一梭子，鬼子瞬间倒下四五个。然后，张西奇喊着，全体撤退！

武工队队员们麻利地撤离了阵地……

沙河的鬼子先到了，很快，铃木也带人赶到，可武工队早就没了踪影。一个鬼子过来，报告铃木说，枪是从那片坟地打过来的，而且还有两挺机枪。铃木想了想，喃喃地说，机枪，肯定是一股八路的正规部队，他们从莫庄开过来，这莫庄，离铁路、离据点太近了。

铃木想了想，立即下令，进莫庄，烧房子，把靠近铁路的房子全烧掉。

一群鬼子扑向莫庄，莫庄的人们，本来就被枪声吓得不敢睡下，见鬼子扑过来，都拼命往四外逃跑。鬼子开枪了，接着，一座座房子就着了火。

……

这边，官桥车站。

不知不觉就到了九月下旬，十月快到了。大奎回家，爷爷说，十月一要到了，别忘了给你二叔和婶子上坟。大奎答应着，心里说还有八九天呢，车站门口有卖香纸的，晚不了。

又过了两天，大奎在车站外又碰见了“猫眼”。“猫眼”喜滋滋地告诉大奎，田文专门叫他来。大奎脑瓜子一闪，故意说，我以为你要买香纸呢？“猫眼”问，买香纸干啥？大奎说，十月一要给老祖上坟，你不知道？“猫眼”头一扬说，算了算了，让俺爹娘在那边儿紧巴紧巴，没吃的就在地府要饭，等我哪天高兴了，连烧三天纸，让他们花一辈子！大奎说，登山，不能胡说，当心招灾。“猫眼”说，没事儿，我命硬。大奎做出突然想到的样子，说，对了，估计田文长官要给孟尝君上坟，你得给他备上香纸，十月一可是大节，老人说，这是鬼神显灵的日子，不能马虎，你也能顺便给爹娘烧些纸。“猫眼”黄眼珠子一转，笑着说，大奎，有文化，多亏你想得到，我这就上炮楼和田文长官说！

回到车站，大奎叫李心希来到月台一角，对他说了自己的想法。

李心希想了半天说，不好办，这里上坟，一般提前三天都可以，你怎么等他们？他们兵营，随时有行动，能保准两三天无事？去不去都不一定，就算要去，怎么能知道哪天去，上午去还是下午去，去时带多少人……还有，山本出了事，田文肯定更小心，带的人只会多不会少，咱们的人不可能干等两三天，更何况还得想法儿接近他……

大奎想了想，只好作罢。

可是，这个念头总是萦绕在大奎脑海里，忙时，就忘了，一闲着，又冒了出来。他躺在床上，翻来覆去地想啊，他想自己跟“猫眼”说了，“猫眼”肯定给田文说，田文去不去？去，肯定去！田文如果不去，上次兴师动众地给孟尝君磕头就是作假，就是做给人看的，他说孟尝君是他祖宗，不去就是不孝；他会不会在这前三天选一天去呢？不一定，按说“猫眼”对这事儿也不太懂，肯定会跟田文说十月一才是正日子，本地大多数人家都在这天下午上坟，有的甚至在傍黑，但鬼子来了，不敢了，怕鬼子瞄着火开枪，田文也不会去太晚，山本的死，让他小心加小心，他应该会选在头午，或下午，在大白天上坟，叫几个人保护他，人不会太多，但肯定会叫上保长、乡公所的人作陪、围观；“猫眼”会不会跟着？不一定，这要看田文的心情……如果在回来路上，我们的人动手，不就是除掉这个王八蛋的好机会吗？我们至多也就等他一天……

大奎又把想法和李心希说了，李心希还是摇了摇头。

到了十月一这天，大奎给二叔、婶子上坟回来，“猫眼”就在车站门口等着他。“猫眼”兴致勃勃地说，大奎，去了去了！今天晌午，我陪着田文长官给孟尝君上坟了，十好几个人，还有乡公所的人，田文长官给孟尝君磕完头，眼圈儿都红了，要流泪哩，完了，他很高兴，呶，送了个铁烟盒给咱，“猫眼”说着，掏出一个精致锃亮的金属烟盒，一下打开，捏出一根烟给大奎，又给大奎点上，自己也叼上一根，反正把烟盒在大奎眼前晃悠着，田文长官说这是美国造，上面还有洋码子，漂亮吧！

“猫眼”走了，大奎后悔不迭，咬着牙直攥拳头。过了一会儿，他还是冷静下来，想了想，不必和李心希汇报了，他说得也有道理，没把握的事儿，干也未必干成，等着吧，时候不到……

13

说话间就到了深秋时节，天空瓦蓝瓦蓝的，清风一阵一阵轻轻吹着，大团大朵的白云，轻盈地在蓝天上飘，它们从西北的地平线浮出来，浮升到半空，又轻轻地、慢慢地往斑山头这边飘，飘在群山之上，直到东南遥远的地方。东江河对岸，几棵参天大树上，喜鹊喳喳地叫着，在山间传出了回声。一支队伍从山里开过来，丁桯、张西奇和赵明大他们，还有村里的民兵，早已站在村口迎接。这是王世仁的队伍，在兰陵大炉休整了几个月，完全变了。王世仁走在最前头，青褂子，白衬衣，蓝裤子打着裹腿，合脚的青布鞋，还戴着一顶灰军帽，他大老远就看见丁桯他们，对队伍喊着，跑步——走！队伍就小跑着来了。

丁程紧走几步上前，和王世仁握手。王世仁说，寿亭同志，又见面了！丁程高兴地说，是同志，我们是同志！他看到王世仁的这支队伍，虽然都着便衣，但都干干净净，人员也增加了不少，全都背着步枪，腰上挂了两颗手榴弹，队尾居然还带来一挺轻机枪。丁程正和王世仁说话，突然有人喊，寿亭同志！丁程一看，惊喜地喊起来，孙参谋，是你？你也来了！两个人亲热地握着手，激动地上下晃了几下。孙兆谦说，老李，以后咱们就共同战斗啦！

张西奇看着王世仁的队伍，突然发现了张守义，他大声喊着，守义，守义！张守义背着短枪，从队伍里跑出来，他现在是副队长。张守义先给张西奇打了个敬礼，说，当叔的给侄子敬礼了。张西奇嘿嘿笑着说，小叔，终于又见面啦！可惜咱俩不在一块儿干了，当然，还是一盘棋，打起仗来，又能合在一起。张守义说，那当然，武工队、县大队、我们，三股拧成一根绳。接着，张守义又问，西茉山那边怎么样？张西奇说，枪往手里一拿，家也就舍了，那里已经有了敌人的据点，有个叫于大肚子的家伙驻扎在那儿。张守义不再说什么。

孙兆谦也看见了张西奇，大声喊着，西奇同志！张西奇立即快步过来，敬了一个礼，然后两个人握手。孙兆谦问，一切都好吧？张西奇说，都好，除了打仗，就是隐藏。孙兆谦笑了，藏完了再打仗，西奇，我教给你的日语，怕是忘了吧？张西奇说，全记着，全记着，打鬼子用得上，怎么敢忘？孙兆谦说，这就好。

他们全都进了村子，队伍又坐在丁程住的院子里，整整齐齐。张小胆也已经是副排长，张守义在指挥战士们压低嗓音，唱《三大纪律八项注意》。

这边，丁程和王世仁坐在上次的大树下聊着。王世仁说，寿亭同志，多亏你的指点，我去东边开了眼界，红风教，就是革命的队伍，打鬼子，就是为老百姓打天下，军队和老百姓是一家人，老百姓不吃不喝也要支援八路军，这才是天下的正道……我们也参加了几次战斗，八路军不光打仗勇敢，而且会打，要打就打胜，战术灵活，他们对我们这支队伍很关心，不光给我们教育、训练，即便目前给养困难，可还是给我们补充了人员，配齐了枪支，还把孙指导员、张副队长派过来。丁程说，世仁同志，上级对你们很信任，就是让你回到这里，利用你的影响力，和敌人战斗，逐渐扩大队伍，争取抗战的胜利……

中午，队伍在斑山头吃饭，战士们各自带着干粮袋。但香嫂还是组织村里炒了几大盆南瓜，招待战士们。

丁程过来问王世仁和孙兆谦，要不要到香嫂家吃饭？孙兆谦说，老李，忘了官兵平等啦？丁程笑着，连连点头。

李天成也到了，王丹西不便出面，下午，大家都到他的住处开会。

没有客套话，王丹西说，虽然县大队执行任务暂时回不来，但以后，这滕东就有了两股半抗日武装。丁程说，王队长，孙指导员，说说你们的打算吧。王世仁看看孙兆谦，孙兆谦说，临来前，我们已经多次商量过，队伍虽然训练了，但装备仍然弱，尤其弹药还是不足，而且新来乍到，所以我们还是上鹞子崮，建立根据地，先把脚跟站稳，再根据形势和县委要求行动。丁程沉思了半天，说，这次上山，首先要加强工事，不要急着下山战斗。王世仁点点头说，我们也是这样想的。丁程看着张西奇，继续说，武工队机动灵活，要在统一部署中，与王世仁部策应、配合。

王丹西说，情报工作上，要尽快与鹞子崮接上头，还有，山上要有足够的粮食，天成，你要想办法筹粮，不要等筹齐了再送，有什么就往山上送什么，当然，要保密。李天成说，好处是正值秋收，今年年景不错，这不会成问题，我尽快办。王丹西说，越快越好，不要被敌人发现，发现了就会被封锁。李天成说，砍了高粱穗子，夜里就往山上送，他们可以在崮顶上晾晒……

最后，大家把该想的都想了。丁程对王世仁、孙兆谦说，你们最好今天傍晚后就行军，趁夜上山。王世仁点点头说，孙指导员都想到了。

丁程说，世仁同志，还有守义同志，孙指导员身体不好，你们要照顾好他。

孙兆谦说，没事儿，就是瘦点，又不是纸扎的……

散会后，离天黑还有一段时间，除了王丹西和李天成，其他人出了小院，从山下走上山坡。

丁程和孙兆谦并肩走着，战友叙旧，后面，张西奇和张守义等几个人警戒。

他们沿着村外那一道不高的悬崖走。丁程说，这道崖有个奇怪的名字，叫“骂人崖”。孙兆谦笑笑说，它是在骂鬼子哩，白天骂，夜里也骂，我看应该改成“咒鬼崖”。

丁程又看看孙兆谦，太瘦了，瘦得两边的腮都瘪下去，瘦得眉骨都突出来，面色发黄，只有两道浓眉傲气地上扬，陷下去的两只眼睛，又深邃又明亮，他额头饱满，黑发细颈，下巴上的胡子提前刮了，显得青当当的。丁程问，孙参谋，你怎么这么瘦，哪里出了问题？孙兆谦说，就是让胃病闹的，冷不行，辣不行，不冷不热也不行，还三天两头疼。丁程说，你得弄个方子治治。孙兆谦说，天天打仗，今天这里，明天那里，有时一天两天吃不上饭，哪有时间治病啊，等打完鬼子再说吧；对了，老李，以后不要叫参谋了，我是王世仁队伍的指导员，直呼兆谦吧，上级派我来，就是因为我是本地人，熟悉风土民情，而且，我现在受县委和你领导。丁程说，你别谦虚，遇事咱们多商量，大敌当前，个人的能力总是有限的。

孙兆谦点点头，又问，老李，这里情况怎么样？丁程说，想必你都了解了不少，抗战才起步，县大队刚有了武器，形成过硬的战斗力还需要一段时间，西奇的武工队倒是有了几把好手，也咬了鬼子几口，但还是处在弱势，你这一来，力量就大了，相信咱三股力量相互配合，就能在滕东这一带闹腾起来。孙兆谦说，短时间不会有大的改观，鬼子伪军还在势头上，抗日战争正处在一个艰苦甚至残酷的阶段，我们要和敌人磨，和敌人缠斗，慢慢地磨敌人的锐气，直到咱们扩大，敌人收缩，最后战胜它。丁程说，是啊，急不得，躁不得，俗话说得好，恶人还要恶人磨，敌人面前，我们就是恶人。孙兆谦说，《论持久战》，我都能背下来了，你说得对，我们就是敌人眼里的恶人，魔高一尺，道高一丈嘛。

两个人走到教堂旁边，丁程说，这里面有个德国神父，叫莱曼，住在这里几十年，汉语说得比中国人还中国人，老人善良，鬼子来了，全村人就跑进这里诵经，保护了不少人。孙兆谦看看教堂说，我在日本留学期间，也读了英文版的《圣经》，不符合唯物主义，但它内容丰富，法律、民俗、历史传说和神话，包罗万象，以后有机会，我认识认识老先生，你知道，我就是学法律的。丁程说，要不是鬼子侵略，你回国就是孙大法官了。孙兆谦说，我现在就是法官，代表咱滕县人惩恶扬善，判处敌人死刑！丁程笑了，孙兆谦也笑了起来。

他们两个人上了山，聊这聊那，又转回到两棵柏树下，脚前就是“骂人崖”。这时候，太阳快要落到西方的地平线了，光芒收敛，半边西天变得黄里透红，红里透黄，天边的田野从他们的脚下铺展开去，望不到边际。高粱就要收获了，穗子红彤彤的。天上的白云，如同朵朵棉团，静静地不动，全被霞光映得淡红，随着霞光越来越深沉，云朵也变得更红。大地上笼起了雾霭，弥漫在高粱之上，远远近近的村庄卧在大树下面，炊烟升了起来，都被霞光映成暗紫。丁程说，真如古人的形容，烟光凝而暮山紫。孙兆谦说，老李，你看我的家乡，多么美啊，可是鬼子的屠刀，杀害了多少人，给乡亲们带来了多么大的灾难……说到这里，孙兆谦停住了。

丁程岔开话题说，从今晚开始，你就成了山大王啦！孙兆谦说，占山为王，是为了下山，下山荡寇！丁程说，咱们齐心协力，在这片土地上，写下咱们的《荡寇志》，老孙，多保重！孙兆谦笑笑说，放心，我们还有太上老君保佑。说完，两个人又笑了起来。

丁程说，不早了，咱们下山吧。

到了山下，丁程找来张西奇，说，你不是想要赵明大吗？同意了。张西奇高兴了，丁程说，不过，你也要放一个人。张西奇问是谁。丁程说，杨德四，不是我要，是军区调他。张西奇睁大了眼睛。丁程说，看来你也不知道，杨德四读过四年私塾，很有学问，通过内线调查，加上和你参加了几次战斗，他是个人才，军区缺文化人，更缺会打仗的文化人。张西奇说，这我还能不同意？丁程点点头，明天让杨德四来找我，赵明大也明天到武工队报到。

——后来，杨德四进入八路军一一五师，新中国成立后，逐渐成为将军……这是另一部传奇了。

……

丙部

1

这是一九四一年，官桥连连遭遇大灾大难。

从正月开始就不见一滴雨，到了二月二龙抬头了，天气一天比一天暖和，太阳天天往地上晒着，可就是不见云彩，所有的人都往天上望啊，望啊，好不容易有云彩了，半边天被灰色的薄云遮住了，可是，等太阳升到两竿子高的时候，云彩却散开了，化了，太阳就接着晒。

惊蛰过了，要打春雷了，麦苗开始返青，云起了，可是，云又落了，还是不下雨。早晨，东天边有了云层，红得像炭火；傍晚，西天的云彩红得像火炭。官桥的好多土地肥实，老百姓说这是伸勺子挖饭吃的地，只要不缺水，种什么长什么，长什么都旺鲜，可是地再好也经不住久旱，旱得地硬得像钢板，锄头都刨不动。西边微山湖的水往后退了四五里，水底的黑泥露出来，几天就干出指头宽的裂缝。地里的麦苗不再长了，又稀、又矮、又细，贴在地表上的叶子全卷着，一些人骂着，这麦苗，比秃子头上的毛还可怜。村里的人到水塘里挑水浇麦，水塘转眼就干涸了，黑乎乎的一汪泥汤子，小鱼乱摆着尾巴，嘴一张一合，很快全被晒死在那里。干燥的小南风，紧一阵慢一阵地刮着，像带着软刺儿的狼舌头无情地舔着人脸，小旋风也不时地旋过来，旋起黄尘和草屑儿，在光荡荡的地里行进。老人哭咧咧地说，这都是鬼啊，鬼也出来看咱的热闹哩。

好多村里的井都干了，有人到有水的村里担水，可是人家不让，争着争着就打起来。

春荒里的人们，开始挖野菜、采树芽了。才十天半月，野菜就挖光了，树芽刚发出来就让人采走。后来，人也不管什么叶子，只要是绿的就行，叶子采光了，那就剥树皮，小树剥光了，再去剥大树，剥去大树的外皮后，再剥里头的白皮，用棒子捶烂了再用水泡，蒸熟了当饭。村里村外，河边上，山坡上，好多树全被剥得白森森的，树枝小杈儿也被折走，但还是有人开始饿死。

这时候，官桥终于下了一场大雨，人们全站在外面让雨淋，伸出两手接雨滴，可还是说，下晚了，下晚了，过了节气了。可是下总比不下好，麦苗开始往上长，人们叹着气说，快长吧，快长吧，秀不出多大的穗子，麦苗也可以吃啊。

可是，谁都想不到，一到四月，居然来了蝗虫。开始，人们发现零星的蝗虫在麦地里啃吃，可几乎一夜过后，到处都有蝗虫爬动了。所有的人饿着肚子，到自家地里去捉，捉了蝗虫活着就往嘴里填，嚼着嚼着就恶心，可蝗虫越捉越多，竟然成群了，落在地上成堆了，接着满地都是了。突然间，那边的蝗虫黑压压地遮住了半边天，翅膀发出嗡嗡的声音，然后呼啦啦像灰灰的云彩落在麦地里，只一袋烟的工夫就把麦苗全吃光了，剩下一片麦秆儿像乱刺一样竖在那里。转眼间，轰的又是一声，黑云似的蝗虫飞起来，又在另一片麦地里落下。好多人站在地里号啕大哭，老天爷啊，这是不让人活了哇！人们挥着扫帚赶，把蝗虫赶到地头的沟里，然后用铁锨铲着土快埋，连扫帚上都落满蝗虫。好多人在地头上抱上草，把蝗虫赶过来后立马点上火。可是，这边埋了，那边又飞过来一大片，那边烧了，这边又落下一大群。大量的蝗虫飞进村子里，落在树上，落在菜地里，也落在窗台上，拉下一片黏糊糊的绿屎……

地里的人们累瘫了，没有力气了，跪在地里不住地磕头，远近的人们大声哭着，老天爷啊，开恩吧！开恩吧，老天爷！

几天后，田野里就一片光秃秃了。

老天爷的心，已经硬成了铁铸的秤砣，要把所有人的活路全给堵死，各个村子，只要能走路的，全挎上篮子，挑着箩筐，要饭逃荒去了。走不动的、老了的、病了的，只好在家里等死，吃家里的猫、狗，吃饿得跑出洞但也跑不远的老鼠，挖地里的蚯蚓，吃地上的蚂蚁，拍落在桌子上的苍蝇填进嘴里，最后这些东西也都找不到了，人也再没有力气去拍一只苍蝇。死在炕上的老汉，嘴里含着的是一把草；死在院子里的老嬷嬷，手里握着一块木头啃。有人讨不到吃的，腿一软就倒在路上，再也爬不起来了。村里野外，常能看到尸体，干瘦的女人躺在路边，怀里的死孩子头比葫芦还大，脖子细得像手脖子，透明的肚皮鼓起来，甚至可以看到里面缠成一团的肠子。饿死的人太多了，没人管，没人埋，苍蝇落在尸体的眼上、鼻子上，尸体被狼和野狗啃食，扒出了内脏，很快腐烂，又被蛆和蚂蚁蚀成了森森白骨，风里都带着人尸的腐臭。大树上喜鹊飞着，仍然兴奋地喳喳鸣叫，它要孵蛋生小雏儿，到处找树枝儿垒窝筑巢，可是树上的巢窝几乎成了白色的，那全是人的肋巴骨……

还有活路，好多青壮年想到了当伪军，有饭吃，有衣穿。官桥周边大大小小的据点外都站满了人，伪军们把年龄大的全用棍子赶走，只留下年轻的。

可是，李景月冷静，他说，一个不收。他让手下在兵营门口贴上告示，但好多人还是赖在那里。李景月派了一个排长对众人说，这里没有多余的营房，粮食也不多，养不起太多的人，去官桥，官桥有火车，粮食眨眼就运过去了。

李景月太明白了，这时候不能冒进，不能头脑发热，人多了心就会膨胀，人越多目标就越大，树大招风，别人就会盯上你，攻的就是你，自己就是要小门小户，小才会平安，让陈二雄他们招人吧。

来官桥想当伪军的太多了，从兵营门口排起，一直排到东西路，从东西路又排出二里远，再折进了小巷子。陈二雄在大门口支上两口大锅，熬粥，几个人在那里选人，选中了发一个小纸牌，先去喝上一碗粥，然后去营房里领军装。军装发完了，陈二雄又给上边打电话调拨。人穿上军装后发枪，训练好后再发子弹。

兵营住不下了，陈二雄就在三面墙下搭起棚子，让新兵睡地铺，后续再盖营房。陈二雄人中选优，优中选精，挑的全是清一色的小伙子，只过了三天，就招了二百多人。陈二雄和铃木站在岗楼上，俯视着新兵的人群。

陈二雄对铃木说，老天开眼啦，先来个大旱，又来了蝗虫，这是给咱们送兵哩！铃木说，陈大队长，兵强马壮了，你成了司令了。陈二雄说，兵再多也是你的手下，我的兵就是你的兵。铃木说，你的，会说话。陈二雄说，要是全中国都闹灾，咱还打什么仗？天下不都是咱……大日本皇军的了？

陈二雄专门给李宝昌和于大肚子打电话。李宝昌说，我已经领会了大队长的意思，开招了，开招了！可于大肚子说，我这地方太小，又是薄地，养不了太多的人口。陈二雄说，机不可失，时不再来，你要招人，李宝昌都开始招了。于大肚子说，婢养的，李宝昌地方大，我这个小庄，比炕大不了多少，招了人据点里也住不下，大哥你替我招吧。

于大肚子也有自己的算盘，人不在多而在精，他的据点像铁打的，住在这里先享受，养那么多兵干什么，兵再多，他也是个小队长，他早就想好了，带人在西茉山的一些地里种了罂粟，熬成大烟土卖钱，买机枪，买小钢炮，比招几个熊兵强多了！他在电话里说，我的亲表哥哩，你的兵多了，不就是壮了我的腰杆嘛，放心，需要兵，我向表哥要，你那里缺什么，我给你送去！

……

在大李庄李天成家里，正在召开秘密会议。会址选在大李庄，是考虑王世仁、孙兆谦他们的安全，这里离鹞子崮近，来去方便。丁程、张西奇、李贵武、赵明大都在，王丹西去了湖西，李天成主持会议，东边山里专门派了一位同志来传达指示。

军区的同志讲，我们已经进入抗战以来最严酷的时期，尤其这里发生了严重的自然灾害，群众流离失所，饿殍满地，大量的年轻人为了活命加入了伪军，敌人倚仗势力，会更加野蛮地进行“大扫荡”，屠戮抗日队伍，杀害抗日的干部群众，他们的网会罩住各个村庄，让我们没有立足之地，而我们成立的武装，人员、装备都严重不足，如果战斗减员，也不能得到及时补充，同志们要有足够的认识，做好足够的心理准备……

军区的同志看着大家说，上级的意见是，当前以守为主，不许贸然出击，坚决不打无把握之仗，最主要的任务，是粮食，要想办法从敌人那里夺粮、搞粮，弄到粮食后，还要救济挣扎在死亡线上的群众……当然，这很难，但是，困难再大也要想方设法克服，这是对我们每个抗日战士的考验……另外，这个时期，许多人思想会动摇，很可能会有人叛变投敌，我们要有足够的警惕，堡垒，最容易从内部突破……

整间屋子一片寂静。

军区的同志又讲，当前，冈村宁次在河北采用了一种战术，叫“铁壁合围”，就是把各个村庄网格化，在交通要道，在桥梁，在通往山区的路口，在大的村庄，全部建起炮楼碉堡，周围挖壕沟，拉上铁丝网，铁丝网挂上铃铛，据点之间用电话联系，一旦发现情况，就近据点的敌人立刻出动；同时，敌人在各个村庄都实行了保甲制，选出一个保长，每十户一为甲，实行连坐，有人如果和抗日力量有接触，一经发现，十户全部受到惩罚，这给我们尤其是太行山区的抗战制造了极大的困难，军区断定，官桥因为有津浦铁路大动脉，很快也会采用冈村宁次的战术，大家要集思广益，找出破局的办法……

大家开始讨论。李贵武说，县大队已经有了三十多人，武器弹药全有了，队员们全是向鬼子讨血债的人，铁了心地抗日，我们听上级的，怎样行动，坚决服从县委指示。

张西奇说，现在，当伪军的人虽然很多，但都是为了一口饭，心里并不是死心塌地为鬼子卖命，当然，也会出几个坏种；多数伪军是本地人，亲戚朋友都在各庄各村，我们要利用各种关系，见缝插针消灭敌人，武工队要发挥尖刀作用，杀鬼子，杀为鬼子效力的罪大恶极的汉奸，震慑其他人，并配合王世仁部和县大队，做好侦察、搜集情报工作。

王世仁说，正像军区同志讲的，重要的是粮食，囤里有粮，心里不慌，我们驻扎在鹞子崮，首先要存粮，那里山高路陡，往上运粮只能靠背，一旦让敌人围住，时间一长就撑不住……

王世仁落下话，孙兆谦说，我同意军区的意见，重点在守，但是这个守不是保守，不是按兵不动，不是让敌人追着跑，而是以守为攻，机动灵活，在运动中消灭敌人，好多人往敌人那边跑，我们怎么办？还是要打！

看准了，觉得有九成把握，就打他个漂亮仗，连打几个漂亮仗，就会给群众信心，八路军没有走，没有当缩头乌龟躲起来，而是仍然锋芒毕露，这样，更多与鬼子汉奸有血仇的人就会加入我们的队伍，我们要以抢粮夺粮为主，在夺粮中消灭敌人！

军区的同志点点头，对，在夺粮中消灭敌人！

丁程说，首先，咱们的眼睛盯住据点敌人的粮食，瞅准时机，出手一定要狠，抢了就走，但是，我们的思路也要打开，津浦铁路，有运粮的火车，我们能不能从火车上下手？听说，临城铁道游击队就是这么干的。

大家都点头赞同。李天成说，那帮人好多我认识，从小在铁路边上长大，扒火车那是溜溜的，可咱这都是山里地上长大的，少这方面的本事。

军区的同志一想说，不行可以向他们借人嘛。

张西奇说，不用，我那里就有几把好手。

丁程说，眼下，先找个据点打。火车的事儿，再考虑。

孙兆谦看着张西奇，说，西奇同志，你们抓紧侦察，选定目标，咱们联合起来，干他一家伙！

张西奇说，马上踩点！

最后，李天成代表王丹西，总结说，我们要落实好军区指示，大小三支队伍，要加强联系，密切配合，攥成一个拳头打击敌人。

丁程又补充道，重要的是情报工作，估计下一步，传递情报会有更大的危险，刚才军区的同志讲得对，情况严峻的时候，叛徒内奸就会出现，我们每一步都要保密，打仗的时候人多才好，谋划的时候，只能有几个人知道，眼里时刻要有敌情！

这时，李颖从外面进来，她说，有几个人向这边儿过来了。

李天成赶紧吹灭了灯。

……

鬼子的会议，在滕县大金台旅店进行。

大金台旅店，在滕县大街中部路南，原先是一位德国人开的酒店。整个建筑全用褐红色瓷砖贴着，三层，之前是两层，日军的炮火把二层炸毁了，后经过修缮，上面又加盖了一层。酒店大门，有四根哥特式立柱撑起顶棚，上面两坡铺红瓦，所有的高窗，窗檐砌成三角，阳台又成半弧，栏杆为白色瓶式；三层顶上是开敞的阳台，用白色圆柱撑起廊棚，顶棚用的是西洋进口的铝板，涂成黑绿，然后在正中又砌出一座八棱塔，塔顶有一个穹隆，上铺褐红色牛舌瓦，避雷针就是一根高竿。鬼子将这里占据后，仍然经营住宿餐饮，但只限内部使用，实际上这里变成了特务机关；旅店房间豪华，来去的日军高层人物都住在这里，驻滕的日军军官也在这里召开会议或消费。

三层的一个大房间是会议室，铃木和他的三个小队长，还有陈二雄来到了，李景月也到了，他们看到，滕县少佐以上的日军军官全部到场，宪兵队、伪军的主要头目都在，还有几个穿便服的。有一个人三十出头，坐在大佐右边，他穿西装，系银灰色绣花领带，领带下端还绣着一个红日，金子做的领带夹熠熠闪烁，向后梳的头发黑亮黑亮，两腮微垂，满面红光。几个妖艳的女子穿着和服，给到会人员倒水。

大佐开讲了，他满面春风，神采奕奕并亲切地看着所有人说，诸位，天下大势，对我们越来越有利了，中国有句古话，叫“天助我也”——大佐的中国话还算流利——我大日本皇军在南方几次大战，连连重创了蒋介石的军队，九月，在长沙，开始了第二次战役，我军势如破竹，对长沙城发起更加猛烈的进攻，将薛岳的队伍打得七零八散，溃不成军，最后退进城里死守，我军在扫清外围的同时，飞机大炮对薛岳部进行轮番轰炸，长沙城已经成为一片废墟，一片焦土，目前，战斗已经接近尾声，据大本营估计，敌人伤亡已经突破十万，我方，伤亡不足六万人！我们另有几个师团，正在洞庭湖、赣北一带出击，锐锋所及，不可阻挡，湖南战场的全胜，指日可待！

在座的人不知道大佐在吹嘘，都鼓起掌来。

大佐得意地向大家点点头，继续说，在滕县，尤其官桥一带，由于大旱和蝗灾，大批青年加入皇协军，我们的军力，是前所未有之壮大，前几天，我到官桥，看到陈大队长的人马在演武场上操练，几百号人，几乎站满了整个演武场，陈大队长，你可以大显身手啦!

陈二雄一下子站起来，对大佐说，这是天皇陛下的神威，也是大佐对鄙人的关怀，鄙人听从大佐的命令!

大佐微笑，示意陈二雄坐下，然后说，我们要懂得乘胜追击的含义，更要懂得借势。在这时候，不光要加大对共党八路的围歼，还要强化对老百姓的统治，统治不只是用刺刀，杀几个人，烧几间房子，这当然很重要，但最终要征服的，是老百姓的民心，这个，李景月团长就做得好！李景月也立刻站起来，向大佐鞠了一躬，说大佐过奖了，我做得还不够。

大佐看着坐在身旁穿西装的人说，今天这里还有一位，开始我没有介绍，是为了隆重推出，他专程从河北来到这里，就是生田君。生田一郎起身，向在座示意。大佐接着说，生田君可是个中国通，中国话说得比我好，他从沈阳来到关内，随着冈村司令官驻扎河北，对了，生田君曾在哈尔滨、大连经商多年，广交朋友，他还有个中国名字叫宋太宗，大家都叫他宋三爷。

在座的一听就笑起来。大佐问，生田君，你怎么起了这么个名字？生田一郎屁股动了动，说，没有啥，就是喜欢这个名儿。大佐说，好，宋太宗可是一代皇帝，你气魄不小哇。玩笑开完，大佐收住表情，接着说，现在，我们要学习冈村司令官在河北的战法，生田君，你给大家讲。

大家又拍手鼓掌，生田一郎点点头，开始详细地介绍河北“铁壁合围”的经验，最后说，冈村司令官学识渊博，精通中国文化，尤其知道老百姓心理，采用这种战术后，已经把八路军逼进太行山深处，各个路口全被我军封住，这冬天一到，八路不是饿死，就是冻死，河北，很快会成为“大东亚”的安全区。

大佐说，我们已经制定出官桥周边、津浦铁路沿线的战术，由铃木君向诸位传达。

铃木站起来，念着手里的稿子：……沿铁路沿线两公里内，划分“爱路村”，每个村庄出两个人站岗，每隔一里站一个人，次日八点必须到大兵房报告，大兵房设在官桥车站；所有的村庄实行联保，保长经过审查后指定，并在各村秘密发展我们的眼线，每月发给他们粮食，一旦发现有游击队或可疑人员，立即到据点报告，对安分守己的老百姓，发放良民证，还要随时发动规模大小不等的“扫荡”，和日常巡逻结合……

会议结束了，大佐说，各位辛苦，中午，酒店特意备好了酒菜，厨师手艺大大的好，诸位吃饱喝足了，再回去。底下的人都说谢谢大佐。

大家站起来，穿和服的女子温柔地领着大家出了门。

生田一郎凑近大佐的耳朵说，鄙人就不参加了。

大佐点点头，拍拍生田一郎的肩头。

……

很快，张西奇他们踩好了点，就打林家山火车站。

林家山车站不在津浦线上，而是在津浦铁路向东伸出的一条支线上，是为了将枣庄的煤运出来而建。有二十个鬼子守在那里，因为没有客运，鬼子们也都悠闲，竟还在院子里种菜种花，像是过平常日子。

根据上级指示，武工队不参加此次行动。王世仁的队伍半夜下山，在曹王坟东边和县大队汇合，然后往林家山方向急行，夜里三点钟到达，埋伏在车站后面的一条沟边儿上。行动前，孙兆谦他们进行了周密的筹划，借着车站的灯光，他们看到，林家山车站不大，靠近铁路有几座瓦房，中间最大的应该是库房了，东边几间，是鬼子住的地方；西边两间有烟囱，应是伙房；西南角是一座岗楼，并不高，站岗的鬼子好像在上面睡着了，只有一挺机枪；四周有壕沟，沟外拉着铁丝网。孙兆谦估计很可能是电网，因为中间木桩上有几个灯泡亮着，看来他提前准备被子是对了。

从他们隐蔽的地方到壕沟大约有百多米，没有任何障碍物。

看看四周，孙兆谦一挥手，四个手脚麻利的战士跃身而起，两人拿镐，两个人夹着被子，转眼就冲到壕沟外面，立即卧倒，看看没有动静，就从地上跳下去，一个人顶着另一个人，把被子搭在铁丝网上，然后翻过去，隐蔽在伙房墙下，跪在地上，用镐头轻轻抠着石头缝儿，这不能快，更不能出声，两个战士不住地抠着，抠着。突然，后面大树上一只鸟被惊动了，哗的一声扑棱着飞走。两个人马上停住，听了半天没有动静，就再抠，终于一块石头被抠下来，这就快了，很快又抠下了另一块。

那边，王世仁他们紧盯着这边，李贵武心里也急，怎么这么慢！

终于，一个洞挖出来，可以钻进去人了，两个战士把后面两人拉上来，就钻进了伙房。有外面的灯光映着，伙房里面不太黑，他们看到，里屋的门虚掩，有个人在里头睡觉，门上垂下一个门鼻子。一个战士把门鼻子轻轻扣好，拿过旁边一些筷子插上，这样，里屋的人就别想轻易出来了。这时候，四个人开了伙房门，直扑东边鬼子的宿舍，接着从窗外往里扔手榴弹，手榴弹一颗一颗爆炸，岗楼上的鬼子一下子站起来，但早有几支枪瞄着那里，啪啪几枪，鬼子就倒下去。后面的战士都进来了，所有人直奔仓库，一个战士拎起锤子，咣咣几下砸开锁，推开大门，点上火把，一看墙根下，果然有二十多袋粮食。

几个有力气的战士，扛起口袋往外走，最后一个战士把口袋一抱，不想口袋没有扎紧，半袋的高粱哗地流到地上。

张小胆多了个心眼儿，他躲在门口，握着匣子枪警戒，突然看到两个受了伤的鬼子从东边儿屋里冲出来，一个鬼子抓着手榴弹就要往仓库这边扔，张小胆啪啪两枪，就把他们打倒了。

半口袋高粱也舍不得丢下，战士把口袋重新扎好扛走，王世仁一看地上的高粱，忙吩咐几个战士把裤子脱下来，这会儿也顾不上光腚不光腚了，两个裤腿子一系就捧起高粱往里装，最后用腰带扎上裤腰。撒下的高粱，又装了四条裤子，四个战士各自把裤子往脖子上一扛就出了仓库。

李贵武带着几个战士进了伙房，四下一看，把凉馒头、猪肉、羊肉和其他吃的全收拾了，还找到了半袋面粉。一个战士拔下插门的筷子，拉出一个五十多岁的老汉，他是伙夫。李贵武说，不杀你，有绳子吗？老汉说，有，在门后边儿。一个战士立即把老汉绑了，又拴在放案板的桌子腿上。李贵武说，这样，鬼子来了就不会怪罪你！老汉说，知道，谢谢不杀之恩。

所有战士都从车站撤出来，远处传来了枪声。孙兆谦想了想，叫过一个扛着装满高粱的裤子的战士，拔出刀，在右边裤腿上划出一个细缝儿，高粱就稀稀拉拉地往下漏。孙兆谦嘱咐说，你往东跑，贴着山，如果碰不到敌人就一直跑，最好把高粱全漏完，如果碰上敌人，扔下它就进山。那个战士说，明白了，指导员。

接着，孙兆谦又叫来另一个战士护送。

王世仁、李贵武他们抬着粮食往山里走着，后无追兵，一路顺利。

2

鬼子的效率也快，铁路两边的“爱路村”划定后，保长也选了出来，官桥境内的铁路被分成段，每村负责一段，每天晚上派人站岗，下雨，就在旁边挖的地窝里蹲着，第二天八点，保长必须带着站岗的到大兵房报告。这期间，临城的铁道游击队扒开一节钢轨，让鬼子的一辆运输车栽到路基下，铁路也停运了三天。滕县这边儿就更加重视铁路安全，下令绝不允许滕县境内的铁路和火车出事。他们专门派人到大兵房任职，照理这活儿该轮到官桥车站的龟尾干，可滕县日军参谋部也知道，龟尾笨，根本管理不了那些中国人，最多在大兵房挂个副职，主管的家伙姓冯，三十六七岁，谁都不知道他叫冯什么，也不知他是哪里人，但是头大，人们背地里就叫他“冯大头”。

这冯大头一看就很猛，他有个特点，看人的时候不是直着看，而是低头，瞪大眼眶，两个眼珠子在下，往眼皮上瞪，就像两把铲子剜地，明白地说，这是一对“剜眼”。冯大头的“剜眼”，看得人头皮发麻，心里发毛。冯大头原在滕县特务机关的刑讯室做打手，他打人狠，也会打，能一拳打在人身上，皮上看不出一点儿瘀青，但里头的骨头弄不好就断了。冯大头平时穿一身黑，黑裤腿子扎着，匣子枪就挂在胸前，坐在椅子上喝茶。他喝茶不用碗，而是拿一把拳头大的紫砂壶，把壶嘴儿含着，吸溜着从这边嘴角移到那边嘴角，两只“剜眼”左右斜睨。

冯大头蛮横暴躁，保长来报告，如果说慢了，他就骂，快点儿，舌头上生蛆啦！说快了，他又骂，急什么，家里死人啦！打人耳光是经常的。保长们很快明白了，想少挨骂，要给冯大头送礼，于是隔三岔五就送这送那。冯大头见了礼，眼皮一垂就拉开抽屉，说，放进去。

大兵房就在车站出口的右边，是特意新盖的一间大瓦房，门口挂上“大兵房”牌子，龟尾也到这里坐班。可是，龟尾根本不想干这个，本来山本死了，他代理站长，满心指望成正的，不想七天后，又来了一个松冈当站长。龟尾怀揣一个热罐子，一下子凉了，罐子也碎了，他又开始喝酒，在车站上骂人，在屋里经常喊，杀给给，杀给给，有时候日上三竿了，他还像死猪一样呼呼大睡。松冈知道龟尾的本性，也不管他。

龟尾不会从早到晚坐在大兵房里，一般上午很晚才来，下午又早早回到车站。有时候，他露露面，对冯大头说，我的，副站长的干活，很忙。冯大头不敢得罪龟尾，也不想让他待在这里，尤其八点保长来报告，正好龟尾大都九点以后才到，冯大头就有时间把收的礼锁进橱子里。

但是，龟尾还是发现了冯大头收礼的事，他拍拍腰上的王八盒子说，冯，你的，良心的坏了，收礼的干活。冯大头说，我的，小小的，效忠皇军大大的。龟尾摇摇头，你的不是。冯大头说，我的，小小的，我的有，你的也有，说着就从口袋里摸出几张金票，往龟尾手里塞。龟尾怒视着他说，我的，军人！冯大头说，酒的干活，我的金票，也是你的金票，我们辛苦大大的。龟尾不说话了，冯大头就把金票塞进了他的口袋。

这样，冯大头收了礼，还要给龟尾上供，心里疼得慌。他想，太便宜这狗日的了，整天不在这里，也不管护铁路的事儿。于是，他想了个办法，告诉各保长，平日不准送礼，月底二十八日头午，到沙河的茶馆送，他要避开官桥的人，而且只收钱，别的不收。

龟尾口袋里有钱了，这日傍晚，他在月台上看见李心希和大奎，说，李、奎，喝酒，我的请。李心希说，站长你客气，我们的工作。龟尾说，我的，站长的不是，小小的，松冈大大的，我的请客，面子的给。李心希见龟尾执意，朝大奎点点头，两个人就下了月台，跟着龟尾出了站口。

龟尾开心地说，臭鲤鱼的，我的喜欢！

李心希只好附和说，我们也喜欢！

他们来到官桥街，有家酒馆专做臭鲤鱼。这鲤鱼别的地方没有，是微山湖特有的四鼻鲤鱼，鲤鱼鳞小肉厚，肉质细腻鲜嫩，入口就化，店家独研了秘方，用了几种中草药，把鱼腌制一天一夜，又用石板压上一天一夜，再加上佐料清蒸，臭烘烘也鲜掉人的舌头。

三个人到了酒馆，在靠窗的桌子坐下。龟尾今天很大方，他说，奎，你的点菜，大大的点，米西米西的干活。大奎想，反正钱来路不正，今天宰这个狗日的，就先点了臭鲤鱼，点了一盆辣子鸡，又点了酱牛肉、拌羊肉，全是干切的腱子肉，还要了几道素凉菜，又要了一罐上好的景芝陈酿，他想了一下又说，再来三包大前门。

凉菜很快上来，又上来酒，以及三个牛眼大的酒杯，当地叫它“牛眼瓯”。大奎给龟尾倒上酒，龟尾端起来就喝了，大奎又给他倒上，龟尾又喝了……菜还没吃，龟尾就喝了三杯，这就有了醉意，龟尾脸上的横肉有点儿红了。他说，我的快活，金票的有，冯大头的给，他的，保长的给，收礼大大的。李心希附和着说，冯的，大大的厉害，可是，你的是这个，他伸出大拇指，比画给龟尾看，又伸出食指说，冯大头的，这个，你是皇军，功劳大大的，冯，小小的，效忠皇军，他却压住了你。接着，李心希摇了摇头，继续说，他的，要听你的，金票的，统统的都给你！

龟尾的眼睛一下子瞪大，端起酒杯，一仰脖子喝下去。

辣子鸡端了上来，三个人又喝了几杯，点上烟。龟尾恨恨地对两人说，冯大头，大大的坏。

这时，店小二端来了臭鲤鱼，上面淋了黏黏的红汁，李心希他们请龟尾先动筷子，龟尾夹了一块儿鱼填到嘴里，嚼了嚼，突然停住，骂了一声八嘎，呼地站起来，连鱼带盘子一下子扫到地上。店主连忙过来，他也认识李心希，还没说话，龟尾上去就是一个耳光子，鲤鱼的不臭，死了死了的！

店主一手捂着腮帮子，蹲下来捡了一块鱼肉，尝了尝，委屈地对李心希说，这就是臭鲤鱼啊。李心希说，重做，重做，重给太君做。说完，他对大奎说，你到厨房看看。

大奎站起来，往厨房去了。李心希安抚龟尾说，重做，重做，来，喝酒。

大奎到了厨房，做菜的小伙子就是官桥的，论起来要叫大奎表哥。大奎问，怎么能让鱼再臭点？小伙子恨恨地说，只有一个法儿，加点儿大粪汤！大奎笑了，好，别让他尝出来就行。小伙子气愤地骂着，我让它臭，表哥，你们别吃。

大奎从厨房出来，又坐到座位上。龟尾去了茅房，大奎神秘一笑对李心希说，这回肯定臭了，咱俩别吃。

不一会儿，鲤鱼又端上来了，龟尾回来也消了气，拿着筷子说，李、奎，你们的吃。

李心希、大奎耸耸鼻子说，我们怕臭，你吃。

龟尾夹了一块鱼填到嘴里，嚼了嚼，高兴地说，要西，大大的好！大大的臭！

他们喝完酒，回到车站，大奎小声对李心希说，鱼上淋了一些粪汤子，说完就嘿嘿笑着。

第二天，铁路出事了，莫庄附近的铁轨下，被人抽走了三根枕木，但列车是白天开的，沙河车站的人发出信号，车及时停了下来。铃木亲自带人赶到一看，出事的地方离莫庄很近，断定就是这村的人干的。沙河车站的副站长指挥工人，抬来枕木，很快修好，列车又缓缓离开。铃木不解气，带着人就进了莫庄，他也无法查出破坏的人，干脆，烧房子！在街上杀了几个正要下地干活的人，后面的房子就一片大火了。

莫庄的保长吓坏了，在铃木到达之前，他已经领着站岗的老汉到了官桥报告。冯大头的鼻子气歪了，两只“㺃眼”充血，一见站岗的是个老汉，先骂了保长的八辈祖宗，然后说，你庄里的人死绝了？找这么个老东西看路！保长哭咧咧地说，是他三番五次找来，求着要站岗，我觉得都是庄里的兄弟爷们，他家里的人全饿死了，一个老头子也可怜，我就……冯大头更火了，原来是为了皇军的粮食哇，八格牙路的，皇军的粮食不喂不看家的狗，让他给我吐出来！保长看看门口，掏出两张金票塞给冯大头，冯大头接过来，一下甩到保长的脸上说，多少钱能买三根枕木，把你家砸锅卖铁，也就买块棺材板儿！把那老东西叫进来！

站在门口的老汉已经吓坏了，保长把他领进来。

冯大头问老汉，让人抽走三根枕木，你没看见？

老汉结结巴巴地说，看见了，三个人，我喊了一声，三个人扛着枕木就跑了。

冯大头厉声喝问，睡觉没睡觉！

老汉不敢撒谎，说到了下半夜太冷了，我就在地窝子里打了个盹儿，他们就……

冯大头大吼一声，抬起头来！就在老汉抬头的刹那，冯大头一拳打在他的左眼上，老汉一下子就倒在后边的门槛儿上，左眼珠子顿时流出来，垂在眼角下，后脑袋也磕破了，流出了鲜血。

保长立马跪下，哀求说，亲爷爷，手下留情吧，留情吧。冯大头冷笑一声，我留情，皇军对我留情吗？说完，上去对着老汉的肚子猛踹了一脚，老汉呜的一声，胳膊腿抖了一会儿，就伸直不动了。

冯大头吐了一口唾沫，坐下来，握着桌子上的紫砂壶，插在嘴角上滋溜滋溜地喝了起来。许久，他把紫砂壶从嘴上拿下来，对保长说，背回去，就埋在他看路的地窝子里，不是还有一只眼吗？继续给皇军看路！听着，如果莫庄那边再出事儿，我把你俩眼珠子抠出一对来！

保长背着老汉走了，这时候，冯大头出来，他看到，官桥北面升起了烟柱，黑烟在半空里翻着滚着，他知道是日本人发怒了，恨恨地说，烧！烧！让这些王八孙子钻老鼠洞住，看谁再敢在铁路上发坏！骂完，冯大头进了屋。

龟尾来了，一脸的凶相。冯大头起身向他笑笑，龟尾愤怒地看着他，突然说，你的，橱子的打开！冯大头明白了，他摘下腰上的一串钥匙，打开一个抽屉，全部拉出来，又打开一个抽屉，又全部拉出来，一共六个抽屉全拉开了。龟尾看看，全是空的——冯大头还能没有这点儿心眼儿？龟尾说，冯，收礼的不要！冯大头连连点头，你的放心，收礼的不要！

龟尾坐到自己的椅子上，抽了一支烟，起身走了。冯大头两只“剜眼”

恶狠狠地盯着龟尾的后背，骂了一句，又吐了一口唾沫。

上级指示，冯大头不能留了，要想办法尽快除掉，既能震慑一些敌人，又能动摇一些保长。

李心希给了大奎一件旧衣裳，下了班，大奎往成衣铺走去。走到半路，他突然看见前面一个人，背影十分熟悉。他眼睛一亮，快步上前走近了问，是不是坡子？那人一回头，果然是坡子。坡子立刻认出了大奎，哥，是你啊！啊呀，总算又见到你啦！

坡子四下里看看，拉着大奎来到小巷里。大奎急急地问，你怎么活下来的？坡子说，那个好心的大爷看我还有口气，就把我背回家，弄了汤药让我喝，几天后就退烧了……可是，大爷不敢再留我，我就离开了兖州。

大奎问，你又到了哪里？坡子说，没回济宁，家里也没人了，我就到处给人打短工，哥，我真是想你，我也不知道你分到哪儿了，见了穿警服的就打听，也碰上过当初的熟人，他们说你可能到了官桥车站，我就到车站外头看，可也没看见穿警服的，哥，你还当警察啊？大奎说，警察还当，但主要在行李房里忙活，你怎么不问问站里的人？坡子说，我还没问哩，就过来一队鬼子，人群吓得裹着我就跑了。大奎问，你现在干什么？坡子说，我在东边杨庄里给一个地主当长工。大奎问，你来官桥干什么？坡子说，给东家的一个朋友送东西，哥，我永远记着你对我的恩情。

大奎说，别客气，应该的，当哥的嘛。

坡子说，我也一辈子忘不了王大哥，我知道，他为了我……说着，坡子的眼里噙着泪。

大奎说，我也一辈子不会忘记他，真正的英雄好汉，他要能活着，肯定能多杀好些鬼子；坡子，咱好久不见了，你先等等，我回趟家，过会儿咱找个地方吃饭。

坡子说，不行，我这就得走，哥，咱以后再见。

说完，坡子转身走到巷子那头，不见了。

大奎不知道，在他到成衣铺之前，坡子刚从这里离开不久。坡子也不知道，铺子的主人就是大奎的父亲。

……

这里缺粮，那里挨饿。张西奇对大家说，咱不愁吃，咱还得吃好的！武工队五个人到了韩庄外，天黑了，张西奇说，今晚上，咱去杨财主家。孙五子说，他儿子可在滕县当排副。张西奇笑笑说，就是因为当排副，咱才去他家，杨财主是个出了名的吝啬鬼，抠门儿在周边出了名，家里五六十亩地，大囤小囤都是粮食，可他家做菜，油是不能直接往锅里倒的，要伸进油瓶里一根筷子，拉出筷子竖进锅里，让油往下流；他出去赶集，回来路上要是憋了一泡屎，如果离自己家地近，肯定紧忙跑回来拉，如果憋不住拉进别人家的地里，他得把屎埋起来，插上根草棒儿做记号，回头再铲回自家地里。

大家听了都嘿嘿地笑。

正吃晚饭的时候，张西奇他们进了村子，直奔杨财主家的院子。推门进去，王木头插上门闩，站在一边儿警戒。张西奇在前，赵明大紧随，曹老三、孙五子等人跟着。杨财主家四合院，院子里草垛、柴堆满满当当。屋门开着，灯光照出来，里面的人正在吃饭。曹老三咳嗽了一声，里面的人一惊，见门外站了好几个人，吓得全坐着端着碗愣住，不敢站起来。

张西奇进屋，很有礼貌地说，别害怕，管我们一顿饭，晚上再住一宿。杨财主就是一个小老头儿，见对方都带着枪，就问，你们是滕县来的？张西奇说，甭问。杨财主对两个闺女说，快去拿煎饼咸菜。张西奇说，做点儿可口的，炖大锅菜，有肉吗？杨财主忙点头，有，有，腌的猪头肉。张西奇说，赶紧做，你们不准出门儿，你儿子不是在滕县吗？让人知道了，你儿子就是通八路了。杨财主连连点头，不敢，不敢，我听你的。

杨财主的老婆是个干巴老嬷嬷，吓得坐在那里不敢说话。杨财主瞪她一眼说，还坐着，快去洗菜做饭呀。

厨房亮起火光，老婆坐在灶口前，两个闺女切菜，切肉。杨财主突然想到什么，走到厨房门口小声说，多放油，用瓶子往里倒，然后回过脸对张西奇说，就是没有粉条子。张西奇说着不用，轻推着杨财主的后背，和一伙人回到堂屋。

赵明大说，老杨，听说你家存了好多粮食，村里那么多人饿肚子，你要拿出一些给他们，这也是行善积德啊。杨财主可怜地看着赵明大说，别听他们瞎传，都是窗户棂子吹喇叭，名声在外，我日子过得紧巴谁知道？今年又是旱灾又是蝗虫，地里颗粒不收，看看我们，也是吃糠煎饼。

桌子上果然放着几个黑纸似的煎饼。赵明大说，别哭穷，你有没有粮食，我们屋里一看就知道了，哄谁呢？

杨财主不敢说话了。张西奇说，你儿子在鬼子手下做了不少坏事儿，我们都记着，你啊，在家做些好事儿，我们也记着，眼下的好事儿，就是拿出些粮食，给挨饿的村里人救救急，做了好事儿就给你儿子抵罪了，明白吗？

杨财主半天不吱声。曹老三说，甭打小算盘儿，这几天就做，过些日子，我们还会来。

杨财主连忙点着头说，好，好，我听八路老爷的。

一盆子炖猪头肉端过来，咸肉不少，菜竟然是白菜。孙五子说，这时候还有白菜啊？曹老三略带嫌弃说，腌的白菜帮子，煎饼还是糠的。杨财主说，没有好的，好汉们凑合着吧，对不住，对不住。大家都饿了，舀上菜后，都啃着煎饼扒拉菜，呼啦呼啦地狼吞虎咽。孙五子吃完了，到门口替换王木头。

吃完饭，张西奇说，我们在哪屋里睡？杨财主说就住北屋，在我睡的床上，我去西屋，让两个闺女搬到东屋。张西奇说，不打扰，我们全住东屋，今晚上你辛苦辛苦，再烙二十张油饼，明天一早我们带上，有白面吗？杨财主不敢说没有，连连说，有，有。张西奇说，晚上你安心睡觉，这院子周围全是我们的人。

杨财主讨好地说，二十张够吗？张西奇说，够了。

张西奇他们全睡在炕上，身上搭着杨财主抱过来的被子，一躺下，几个人就打起呼噜了。

次日天还不亮，张西奇他们带上油饼，离开了杨财主的家。

后来听说，杨财主果然拿出些粮食，分给村里人，每家五斤，然后他心疼得一下子病倒了，天天躲在屋里用被子蒙着头，哼哼唧唧地哭。

……

从丁桯那里接到除掉冯大头的任务，张西奇决定在冯大头到沙河收钱的时候动手，时间当然是二十八日头午。

张西奇带上坡子和王木头，头天晚上就到了沙河东边的仓庄，进了关帝庙。王木头穿了身破衣裳，背了个口袋。坡子戴了顶旧毡帽，用棍子挑了个破筐。关帝庙很小，大门很窄，不大的院子里，就两间正堂，正堂后面还有两间屋，一老一少两个道士住在里头，再就是两棵秃了梢的老柏树。庙里香火不旺，房子也没钱修缮，墙头上、屋顶上长了不少荒草。老道士姓张，西茉山人，离家多年，他和张西奇是本家，张西奇叫他叔，但为了保密，两个从来不论。

见张西奇带着两个人来了，老道士招呼了一声，就让小道士出去望风，然后烧水做饭。

张西奇他们坐在炕沿儿上，看着老道士。张西奇突然说，师父，明天把你这衣裳借给我，我去沙河赶集。

张道士明白张西奇要干什么，他说，我这身脏了，我给你找件干净的。

在三个人吃饭的时候，张道士果然从破木箱里取出一件半新的道士服。张西奇立即换上，坡子和王木头笑了，王木头说，又要穿道士服赶集了，你还真像哩！张西奇说，别笑，穿上这个辟邪。

张道士去屋里睡了。张西奇说，沙河敌人多，人群里有不少特务，一旦失误，跑都来不及，必须万无一失。于是三个人开始擦枪，上油，把子弹全取出来，一颗一颗擦亮，然后上好顶膛火。

完了，张西奇说，咱们睡一会儿吧。王木头说，眼一闭睡过了怎么办？完成任务再睡吧。张西奇说，睡吧，有公鸡打鸣。坡子说，你们睡，我守夜，保准误不了事儿。王木头说，心里光想着明天的任务，睡不着。坡子说，睡，不睡明天脑袋发沉，反应钝。张西奇说，咱三个靠墙坐着，并排睡。

天亮了，三个人出了庙，往沙河方向走，也就三里路，他们很快就到了。沙河这里，每天都有集市，但太阳升上三竿子时就散了，早市上，已经有不少人。他们三个坐在一棵大柳树下，盯着南边儿不远的茶馆儿，柳树芽子也被人撸干净了。茶馆不大，两扇棂格子门，两边儿的窗户也是花格子，门上插着一个布帘，上写“春和茶馆”四字。在茶馆西边，大约两百米，有一座大碉堡。坡子已经先来侦察过了，碉堡里面驻着十几个鬼子，配一挺机枪，就是为了守护前面的车站。北面三里，是崔庄和刘庄，两个村头都建了碉堡，驻着伪军，只有向东的仓庄是三里多远的开阔地，而且已经种上了高粱，他们知道，无论在哪里抓冯大头，只要被敌人发现，枪一响就有危险。

人渐渐多起来，坡子看到内线出现了。一个老汉戴着破草帽，为了遮阳，在帽子下面伸出一片红纸，这是告诉他们，冯大头今天一定来。张西奇站起来，往茶馆那边走去。王木头和坡子就坐到茶馆门前的沟下边，靠近一个杂货摊子。这时候，太阳已经老高了，茶馆里也有了喝茶的生意人，可就是没见那个冯大头。张西奇和内线大爷在人群里转悠，眼睛不住地往茶馆里瞅、瞟，还是没有看到目标。

太阳升得更高了，张西奇的肚子也有些饿。突然，他看到崔庄的保长进了茶馆，精神立时一振。保长进去，要了一壶茶，自己喝起来，悠然无事的样子，可还是不见冯大头。

内线大爷向张西奇摇摇头，看样子，冯大头是不会来了。张西奇从人群里出来，向沟下的两个人一摇手，他们站起来，就往北边撤。

快要走出集市了，突然后面有人小声喊，道士，道士，给我算一卦。张西奇回头一看，是内线大爷追过来，他悄声说，来了，来了，不在茶馆里，在兴隆饭庄！

三个人立即返回，来到兴隆饭庄。张西奇先进去，侧眼一瞄，见在靠门口的八仙桌上坐着一个人，黑西装黑礼帽，胸前挂着匣子枪，桌上放着一只白瓷茶壶，正瞪着眼往外看。

王木头和坡子低着头，从饭庄门口走过，忽地转身，一下子跨进门去，冯大头一下子发觉了，抬手就掏枪，张西奇眼疾手快，从身后一把抓住冯大头的右手腕，接着往外拉他。

冯大头枪没掏出来，另一只手死死抓住桌子腿，桌子腿划过地面，震得上面的茶壶乱动乱响，茶碗一下子滚下来，啪地碎了。坡子抓过茶壶，把热茶一下子倒在冯大头的那只手上，烫得冯大头手一松。接着坡子下了他的枪，对众人说，都不准动！张西奇和王木头架着冯大头往外拖，可是冯大头两只脚死死蹬住门槛儿。坡子从后面对着他的右腿膝盖窝猛地一踹，冯大头哎哟一声，腿就软了。

他们架着冯大头，下了沟就往东走，突然，冯大头挣扎起来，大喊着，八路，八路！碉堡里的鬼子看到四散的人群，又听到有人喊，也不知八路在哪里，就用机枪在半空中扫射。这枪一响，崔庄和刘庄的伪军也跟着乱放枪，就像炒豆子一样。冯大头再要喊，坡子弯腰抓了一把土，拿枪照他的头猛一敲，然后把土全按进冯大头张开的嘴里。冯大头呛了一下，啊了几声，再也喊不出来，可是，他还是两条腿蹬地，拖延着不走。坡子在后面用枪顶着冯大头的腰，用力一拧，冯大头受不了，就开走了，走了几步又往后拽，坡子又是一拧。突然，后面砰地打来一枪，一下子打在张西奇的后背上，道士服破了个洞，里面的棉花立时露出来。

张西奇大声喊，快走，快走！

他们拖着冯大头，一直来到仓庄后面河边的小树林里。

后面的枪声也停了，王木头和坡子把冯大头捆在树上。王木头问，队长，伤哪儿了？

张西奇脱下道士服，从破袄里一下子滚出一颗子弹。坡子说，打偏了，打偏了，吓死我了，队长，你要死了，我们怎么办？张西奇笑了，我就说这道士服辟邪吧！

他们站在冯大头面前，张西奇问，知道为什么抓你吗？

冯大头的帽子早掉了，头被坡子敲出一个包，西装的扣子也掉了一个，两只“剜眼”已经没有了凶光，充满乞求地说，我就是出来弄几个钱花花，没干坏事儿，你们打也罢，骂也罢，给我腿上来几枪也行，只求留条命。

张西奇对坡子、王木头说，省子弹。王木头左右看看，弯腰捡起草地上一块大石头，走过来牙一咬，一下子砸在冯大头的脑袋上。

3

王世仁他们没有粮食了。

上次袭击了林家山车站，粮食并不多，又和县大队分了。当时，李贵武对王世仁、孙兆谦说，你们多留些吧。孙兆谦说，老李，县大队正在扩充人手，不知会有多少人，多存些吧；我们人少，俗话说船小好调头，瞅准了，咱再联手干他一家伙。

眼下，李贵武带着县大队去了湖西，王世仁他们几十号人，恨不能数着粒儿下锅，但还是撑不了多少日子。他们几次下山侦察，各个据点守得很严，总没有下手的机会，一接近村庄，就有人敲梆子，这个村敲了传到那个村，邻村的梆子也敲起来，很快就有鬼子伪军追来。鬼子在铁路两旁完成了“爱路村”护路后，又在各村庄成立护村队，凡是参队的人都发粮食，白天晚上，各村都有人站岗放哨，在村口、路上全都建起卡子，大人小孩儿全检查，鬼子伪军分成小股，来来回回到处巡逻。

鹞子崮的战士们，在山上挖野菜，野菜挖完了拔青草，把青草捣碎，掺上几粒粮食，后来又捋树叶子。不知吃了什么青草或树叶子，好多战士开始脸肿，几天几夜没有屎了，有了屎，却拉不出来，憋得肚子发胀，疼得头上冒汗，有的疼得捂着肚子在地上打滚儿。

王世仁、孙兆谦和张守义，正在洞里商量办法，突然一个战士来报告，说有人中毒了。三个人急忙赶过去，看到一个战士躺在地上脸色发青，吐着白沫，两只眼睛痛苦地睁着，但瞳仁的光已经散了。旁边的战士告诉他们，这个战士饿急了，挖着一棵野菜，根又粗又白，像个小萝卜，他在褂子上擦去上面的土，吃了，很快就疼得直不起腰来，转眼就不行了……

再看看其他战士们，全都瘦骨嶙峋，面有菜色。王世仁他们回到山洞，孙兆谦胃病早就犯了，他手捂着心口儿说，要搞粮食，要不，再过几天，战士们怕是枪都提不起来了，不用敌人打，我们全都得饿死在这里。

张守义说，我考虑，抽出一些精干战士，家在本地的，回到自己的村子，从地主家弄些粮食，多多少少弄来就行。

王世仁说，三两个人下山，带枪会被发现，好多地主怕是都倒向了鬼子，太危险了。

孙兆谦说，弄粮，还是靠打，先想办法和武工队取得联系，找准目标，让战士们吃顿饱饭，再去抢粮。

王世仁苦笑了一下说，现在吃口饭都难……

孙兆谦说，我已经想好了，我回家，弄些粮食，让战士们先垫垫肚子。王世仁说，你不能下山，太危险。孙兆谦说，我必须下山，我那个村里人都姓孙，三叔二大爷的，即便碰上护村队，大概也不会立即报告给敌人，当然，我也不会让他们发现，上半夜到家，下半夜就回来了，守义，你去一趟斑山头，要见到那个香嫂……张守义说，我明白。

当天晚上，孙兆谦带上六个战士，悄悄下了山。

也就在这当口儿，张小胆也对两个战士说，咱不能这样当饿死鬼，下山搞点儿吃的。战士说，山下到处是敌人。张小胆说，老子不怕，俗话说，撑死胆大的，饿死胆小的。战士笑了，你不就是张小胆？张小胆说，名是这个名，可老子胆大。另一个战士说，要不要请示队长？张小胆说，不用。战士说，这可违反纪律。张小胆说，都快饿死了，纪律算个屁，再说，咱搞到粮食，队长夸奖还来不及呢，这叫先斩后奏，给他一个惊喜。

三个人便偷偷下了山，天很黑，他们绕过了尤家山往西去。张小胆说，脚步要轻，咳嗽就捂住嘴。一个战士小声问，咱这要去哪个村？张小胆说，甭问，老子都想好了。

走着走着，一个战士突然发现前面有情况，有个黑乎乎的东西拦在路上。张小胆拔出枪，但他不敢放，弯腰摸了一块儿石头扔过去，可是，那个黑乎乎的东西不动。三个人持枪猫腰过去，一看是个死人，手里拄着一根棍子坐着，旁边一只碗，张小胆把碗一踢说，快走。

走出约十里地，前面就是冯庄，张小胆一个表舅就在这庄里。小时候，张小胆常来表舅这里，玩遍了全庄，当然知道庄里谁家住瓦房。

他们来到村口，村里人大部分都睡了。张小胆仔细看看，四下听听，看到村头街口一棵大树，他摸了一个石子儿，使狠劲扔过去，没有动静。三个人就轻手轻脚地溜进村子，直奔街后的一家宅院。

张小胆又摸了一个小石子儿，从墙上扔进去，院子里没有狗。他让一个战士弯下腰，把他送上墙头，接着就跳下去。然后，他轻轻地开了大门，两个战士闪进去，再把门关上。他们躲在映壁墙后往里窥视，堂屋里点着灯，一个老汉戴着瓜皮帽儿，正坐在椅子上抽水烟袋，西边儿的窗户也透出了灯光。

张小胆蹑手蹑脚走进堂屋，然后一步跨进门槛儿，老汉一看生人，手里的水烟袋儿当啷掉在地上。张小胆说，别怕，不杀你，借点儿粮食，把烟袋捡起来吧。老汉惊恐地看看张小胆手里的枪，弯腰捡起烟袋，那只手不住地颤抖。张小胆又问，家里有粮吧？老汉说，好汉，刚遭了大灾，家里没有多少粮了。张小胆说，有饭吃吧？有饭吃就有粮食，你还有烟袋抽。老汉没说话。张小胆说，别磨叽，借些粮，来年会还你。老汉说，好，好，粮食在西边的屋里，跟我去装吧。两个人走到院子里，老汉突然要喊并想往外跑，张小胆一下子捂住他的嘴，两个战士赶紧过来。张小胆说，塞住嘴，捆起来！

两个战士就把老汉捆住，拖回堂屋。张小胆一看，那边窗户里的灯灭了，他握着枪走到窗前，低声说，里边的人出来，要不我就开枪了。

一会儿，里面的人出来了，是个小媳妇。张小胆看不清她的脸，他说，别害怕，快给我们装粮食。

小媳妇说，你们不能杀我爹啊。张小胆说，不会不会，快点儿。小媳妇儿往西厢房里走，张小胆让一个战士守住大门，另一个战士和他跟着小媳妇儿进了屋，小媳妇儿划着洋火，点着窗台上的一盏小油灯。小媳妇问，你们用什么盛？张小胆立马想到打林家山，脱下裤子装粮食，可这回不行了。小媳妇儿用棍子扒拉着草堆，草堆里露出一口缸，拿开上面的盖垫，里面全是红红的高粱。小媳妇儿不说什么，从一边拿过一个布口袋，缸里放着一只黑碗，她就用碗往口袋里装高粱，一碗一碗地装。

张小胆站在一旁，他看见灯光映着小媳妇的脸，虽然半边儿脸在暗影里，但是鼻子直挺，嘴唇厚得好看，眼上的睫毛时不时地扇动，耳朵前几缕头发碍事儿了，小媳妇停下来，抬起脸，把那缕头发往耳后理了一下；她脖子白皙，因为刚才紧张，下巴底下的一个扣子忘了扣，脖根儿也露出来；鼓圆的两个乳房，随着她一碗一碗挖高粱，就一颤一抖，一抖一颤。张小胆立时又想到了表姐，心里的火苗就一蹿一蹿的了。

小媳妇装满了布口袋，大约得有三十多斤，她说，家里没有别的口袋了。

张小胆眨巴眨巴眼，让身边的战士把口袋扎上，然后说，你俩扛着赶紧走，在村头等我。

战士扛着口袋走出去。估计两个战士出大门了，张小胆把腰上的枪往背后一插，一口把灯吹灭，抱住小媳妇就按在地上，接着去抓她的裤腰带。黑暗里，小媳妇左右翻滚，两腿乱蹬，两只手乱打乱抓，张小胆抬手去捂她的嘴，小媳妇的手在他的脸上狠狠抓了一下，又抓了一下，头一下子歪开，大声喊着，来人啊——！来人啊——！小媳妇的声音又尖又亮，张小胆害怕了，爬起来就跑出大门，他看到左邻右舍陆续有光亮了，就拼命跑进一条小巷，贴着墙边往外溜，听到后面已经有人大声问，在哪里，在哪里？张小胆哪敢停，一头扎到村外，和两个战士会合，三个人一溜小跑，快到下半夜了，才上了鹞子崮。

孙兆谦和三个战士来到他的老家石楼子，村里有孙家的大院。

孙家是这一带的大户，孙兆谦的高祖父，是清代雍正年间进士，到南方做官，是湖南某地知府。到曾祖父这辈儿，虽生于簪缨之家，藏书万卷，却不想登科入仕，曾祖父随父安家江南，看遍了江南的画山绣水，也滋养了他精明的处事本领和灵性，他既善交际，又擅长吟诗作赋，尤其精于训诂，成为当地一位鸿儒，他还建了一处书院，弟子甚众，到了晚年，却有了归田之念，便从江南回到老家。他的门生，有的在官场，有的在商界，都慷慨出资为恩师营建大宅。他们从苏州请人来石楼子看了风水，绘制图纸，然后大兴土木，三年才完成。四进的院落，正屋两厢层层递进，房基全都是方正长条的花岗岩，三层到窗，青砖砌墙，房顶筒瓦成垄，正脊全用弧瓦构成铜钱眼，所有的门板都用了铜铺首。院子最后面是座三层砖楼，窄窗拱楣，供孙家姑娘们居住，更不用说院子里花木扶疏，竟然还从南方运来了一块太湖石，可用瘦玲珑形容，就竖在后花园里。

到了孙兆谦的祖父成年，时势大变，祖父接受新学，做起了商人，他在大运河边建了码头，修了货场，从事货运，积下大量银子后，便在家乡置下土地千亩。没想到多少年后，军阀混战，码头和仓库被张勋的辫子军所占，所有货物也被强征，祖父只好用积存的银子赔偿各地的货商，家境也从此败落。这时，祖父也老了，便回到村里含饴弄孙。

祖父非常疼爱孙兆谦这个孙子，自小就教他子曰诗云，稍大便给他讲史读经，想让他成为厚德博学之人，再续这个家族的文脉。孙兆谦果然不负祖父的期望，过目成诵，十六岁就考入齐鲁大学，三年后考取留学生，赴日本东京帝国大学学法律。日本悍然对中国发动战争，孙兆谦和几位同学愤然中止学业回国。家里人不知道，孙兆谦已经参加了八路军，转战在沂蒙山区。

台儿庄大战前夕，孙兆谦几个人护送首长到微山湖，返程经过石楼子村，趁着夜晚，他要回家看看。

孙兆谦翻墙进去，走到爹娘住的屋子前，凑近窗户，轻轻敲了敲，然后小声喊，娘，娘。娘醒了，问谁呀？孙兆谦说，娘，是我，我是老二。

娘一骨碌爬起来，以为是做梦，凑近窗户一看，外面果然站着一个人。她说，儿啊，你伸进手来，我摸摸。孙兆谦把手伸进窗棂，娘一下子把他的手抓住了。这时候爹也醒了，连忙披上衣裳，到外面开门。

孙兆谦进了屋，娘已经把灯点上。她端着灯走近儿子一看，立马被吓了一跳，手里的灯差点儿掉到地上——孙兆谦一身破旧的军装，又黑又瘦，背着一把匣子枪，背后还有一把大刀，脚上穿着一双草鞋。

娘吃惊地问，你……你不是在日本吗？怎么……

孙兆谦对爹娘笑笑说，日本都打进咱国家了，我在那里还能待得住？

爹说，你当土匪了？什么时候回来的？家里天天念叨你啊……

孙兆谦说，你儿能当土匪？我是八路军，打鬼子。

娘哭了，我的儿，你看你又黑又瘦，这是受了什么罪哟。孙兆谦说，娘，我就是瘦，没别的毛病，放心吧。

娘说，回来了，住几天吧，让你爷爷好好看看你，这几年可把他想坏了，天天念叨，念叨念叨就哭，劝也劝不了。

孙兆谦说，爹，快去把我爷爷叫起来，我一会儿就走。

爹问，怎么这么急？孙兆谦说，鬼子正从北边往这里进攻，要打大仗了，你们千万要当心。

这时，大哥听见动静，穿上衣裳也过来了。还没来得及寒暄，娘支使大哥说，快，把爷爷叫起来。

很快，大哥扶着爷爷来了。一进门，爷爷把手里的拐杖一扔就往前扑，孙兆谦上前一步扶住爷爷，然后双手拖住他瘦削的胳膊。爷爷抬头看看孙子，低头眨眨眼，再抬头看看，突然头靠在孙兆谦的胸前，像个小孩子似的呜咽着，我的孙子哩，想坏爷爷了，爷爷想你想得快要撑不住了，晚上我一闭眼就想你，就盼着做个梦见到你，可就是做不了这样的梦……说完，爷爷又哭起来。

孙兆谦说，爷爷，别哭，我错了，爷爷，我应该寄给你几张照片。大哥把拐杖递给爷爷，爷爷接过来拄上。孙兆谦这才看到，爷爷更瘦了，也矮了，头发眉毛全白了，脸上挂着泪，他心里一阵难过。

爷爷也才看清孙子这身装束，惊异地问，你不是在日本留学吗？怎么，怎么成了这个样子？这是干什么？

爹小声对爷爷说，兆谦当了八路，回来打鬼子了。

爷爷大吃一惊，差点歪倒，大哥连忙扶住他。爷爷睁大两只昏花的眼睛，什么？我孙子干了这个？兆谦哪，咱们家四代读书，从来不入武行，你……你怎么干了这个？不行，不行，快把这身衣裳脱了。孙兆谦说，爷爷，我好多同学都从日本回国参加抗战了，国难当头，咱还能像没事儿一样坐着看书吗？

爷爷固执地说，不行不行，咱不能干这个，干这个对不住祖宗。孙兆谦一脸正气说，爷爷，抗击侵略，保家卫国，是眼前最大的事情，如果国家亡了，那才是对不住祖宗。爷爷用拐杖杵了几下地说，中国这么大，英雄好汉多的是，你一介书生，是动笔杆子的，不能动刀动枪，咱不干了，不干了，就在家待着，哪儿也不去了！

爹说，老二，听你爷爷的话。

娘不说话，只是慈爱又心疼地看着儿子。

爷爷又说，你们就兄弟俩，你大哥能在家里顶起来了，你只要安心读书，日后会有大出息，咱家里有人，外头也有人，还有几十亩地种着，也是衣食无忧，爷爷快要入土了，就盼着咱家人日子平安，人丁兴旺。兆谦，你答应爷爷吧。

孙兆谦见没有时间说服爷爷，他说，爷爷你也见了孙子了，我该走了。

娘哀求着说，兆谦，答应你爷爷，别走了，你爷爷这个样子还能……话没说完，娘就撩起衣角抹眼泪。

孙兆谦说，娘，爹，我走了。

突然，爷爷把拐杖一扔，一下子跪在地上，挡住了门口，抬头看着孙兆谦。

爷爷跪孙子，这还了得！孙兆谦慌忙蹲下，要把爷爷拉起来。爷爷用他残存的执拗劲儿，推开孙兆谦的手，孙兆谦用力把爷爷抱起来，可一松手爷爷又跪下了。

爷爷说，你不答应，我就给你跪着！爹对爷爷说，爹，快起来，快起来，不能这样啊！可是爷爷根本不听。

这时候，战友们还在村外等着，孙兆谦急了，唰地从背后拔出大刀，刀刃对着脖子，他目光如电，看着所有的亲人，重重地跪下，说，爷爷，从小我就跟着您读书习文，您给我讲荆轲刺秦王，讲张良椎击博浪沙，讲匈奴未灭，何以家为，可现在鬼子杀到咱们家门口了，孙子就是要拼上性命和他们战斗，直到把他们赶出中国！你不让我走，我就用刀抹了脖子！

大哥说，老二！别胡来！

屋里静极了，静极了，好半天，爷爷慢慢地爬起来，接过拐杖。爹和娘无奈地看着孙兆谦。爷爷说，兆谦哪，把刀收起来吧。孙兆谦站起来，收了大刀，插到背后。爷爷喃喃地说着，又好像自言自语……长大了，长大了，儿孙大了不由爷哇，走吧，走吧，爷爷拦不住你了。说完，他颤颤地走到门口，把门全敞开，又抹眼泪。

孙兆谦对着爷爷扑通跪下，连磕了三个响头，然后转过身，又朝爹娘磕了三个响头，最后他站起来，看着大哥说，大哥，这个家全靠你了，原谅兄弟吧。说完，孙兆谦双手抱拳向大哥施礼，转身跨出门去，走了……

这会儿，孙兆谦和六个战士来到石楼子村口，他先让其他三个战士隐蔽，只带上三个人。听听四处无动静，他就熟门熟路地来到自家院子西边儿。西边儿是一片菜园，靠路有一道半人高的矮墙，他们刚准备爬墙进院，突然听到有脚步往这边走来，还不止一人。他们立即躲到矮墙背后，见三个人背着枪过来了。

一个人说，刚才听到这边有动静儿。接着那三个人就站在墙外往前面看。

另一个人说，风吹着树叶子，你心里害怕，这时候，连小鬼儿都睡觉了。先前那个说，我害怕？害怕就不干这个了。最后一个上了年纪的人说，还不是混口饭吃，不走了，累了，坐下抽袋烟。孙兆谦一听这声音很熟悉，是东邻家的二叔。

三个人坐在墙角的大石板上，用火镰啪啪地打火。孙兆谦更熟悉这块大石板，上面平滑，小时候，他和伙伴们挖来黄泥，先拍成一个圆圆的泥饼，如果黄泥太硬，就掺上热尿和软，在泥饼四周捏出一圈竖边儿，像个平底碗，再往里吐口唾沫，用指头把底儿抹得像纸一样，越薄越好，最后，托在手上，对准石板猛地往下一摔，泥碗发出嘭的一声，碗底儿就爆出一个洞来。忙乎一阵子，就为了听这一声响。

三个人抽着烟，墙这边的战士着急了，孙兆谦示意他们别动。一个人抽完了，在石头上磕磕烟袋锅儿说，抽烟也不解困，再抽一袋。另一个说，给咱这些破枪，栓都拉不开，接着就有拉推枪栓的声音。先前那个说，当心，可别走了火儿，接着他打了个哈欠说，咱们回去睡吧。另一个说，不是让咱们等到天亮吗？先前那个说，听兔子叫就不种黄豆？这个时候，哪还有什么八路。孙兆谦听见二叔磕磕烟袋最后说，走，回家。

三人总算背上枪走了，孙兆谦他们立即行动，他带着两个战士跳进自家的院子，一个战士在外接应。

轻轻落地，孙兆谦让两个战士在一旁守候，他走到大哥的屋子前，嘴对着窗户小声喊着，大哥，大哥。一会儿，嫂子在里面问，是谁？孙兆谦说，嫂子，我是老二。嫂子连忙起来点上灯。孙兆谦说，嫂子，别点灯。屋里一下把灯吹灭了，很快又拉开门，大哥披着衣服出来了。孙兆谦在黑暗里说，大哥，别惊动爹娘，我来借些粮食。大哥没吱声。

孙兆谦问，爹和娘还好吧？大哥说，都好。孙兆谦又问，爷爷还好？大哥说，咱爷爷走了……孙兆谦一惊，问，什么时候走的？大哥说，上回你走后不久，爷爷就病倒了，躺在炕上，不住地念叨你，半个多月后就……

孙兆谦沉默了。

大哥说，地窖里有粮食，都是往年的陈粮。孙兆谦说，哪还管这些，给装上几口袋。大哥说，到处都是鬼子伪军，你怎么带走？孙兆谦说，我有人。

三个人就来到地窖，嫂子点亮灯，往口袋里装高粱米。嫂子说，还有麦子，在那边屋里。孙兆谦说，高粱米就行，要快。

装好三口袋粮扎紧口，孙兆谦又从包里摸出两条裤子，三个人又往裤腿子里装。

完了，兄弟俩把三个口袋抬出来，孙兆谦向那边招招手，两个战士从黑影里走过来，把口袋搬到西墙下。孙兆谦和大哥又把两条裤子挂在脖子上，嫂子很快拿来一个高凳子，战士们就踩着凳子往墙外递口袋和裤子。孙兆谦问，嫂子，家里还有煎饼吗？嫂子说，有，有，我去给你包上，唉，可怜他叔……孙兆谦说，有咸菜疙瘩，也给装上点儿。

很快，嫂子一手提着一大包煎饼，一手提着一兜子咸菜疙瘩，交给孙兆谦，说他叔，你可要小心，保重自己啊，说着就要哭。孙兆谦说，嫂子放心，我不能对爹娘尽孝，全靠大哥和嫂子了，我感谢嫂子。嫂子看看孙兆谦，用手抹了一下泪。大哥说，快走吧，走晚了天该亮了。

孙兆谦对大哥和嫂子说，千万别跟爹娘说我来过，传出去要招难的。大哥说，我知道，快走吧。

两个战士已经把粮食全递完了，接着爬上墙头，跳到外面。孙兆谦把包袱和兜子扔过墙，也踩到板凳上。这时，他站住了，深情地看了看站在下面的大哥和嫂子，然后才攀上了墙头。

孙兆谦奔波了一夜，几乎没有力气再往山上爬了，他扳住一棵树爬几步，就站住喘息着歇歇，身上不住地淌虚汗，他再咬咬牙，又扳住一棵树往上爬。上面下来一个战士，拉着他的手往上拽，总算到了山顶。

孙兆谦进了洞，胃就凄凄凉凉地疼起来，他这才想到，忙了大半夜，水米未沾。战士把煎饼包袱和咸菜放在他的铺上，他解开包袱，拿出一个煎饼，是地瓜面和高粱面掺起来烙的，真是香啊，他刚要把一个煎饼卷起来吃，想了想，只撕下一半儿，另一半儿又放进包袱里，包好，他又拿出一个咸菜疙瘩，用刀切下了一小片儿。

还没吃几口，张守义来了。孙兆谦问，去斑山头了？张守义说，去了，我找到了香嫂。孙兆谦问，张西奇他们目前在哪个村庄？张守义说，香嫂说她也不知道，他们都是干一件事儿就挪一个地方，眼下这样，武工队怕是也得自己找活路了。

孙兆谦不语，嘴里嚼着煎饼。过了一会儿，张守义又说，还有，指导员，出事了。孙兆谦含着未嚼烂的煎饼，抬头问，什么事儿？张守义说，张小胆和两个战士，未经请示就下山搞粮食，粮食倒是弄了一些，可是他把人家的媳妇……孙兆谦赶紧咽下煎饼问，怎么发现的？张守义说，我看见张小胆脸上有伤，先分别问那两个战士，一个说他在外头守着大门，不知道，拿到粮后听见女人喊了几声，但他们已经走出老远了；另一个说张小胆让他先走，让在村口等他，干了什么，他也不知道。

张守义停了停，说，我又问了张小胆，他说脸是被树枝子划的，我说不对，这是让人抓的，你衣裳上的扣子还掉了两个，你要说实话；张小胆支支吾吾地说，他和那个女人打架，躲闪不及就让人抓了脸，我说不对，两边的脸都被抓了，一个女人，不会连着抓挠你，你是个大男人，你要说实话；最后他说副队长，我调戏了那个妇女，我一听，接着下了他的枪，让他从头到尾详细说一遍，开始他颠三倒四，说得驴唇不对马嘴，后来他交代了，说他吹灭了灯，把人家的媳妇儿压在底下……

孙兆谦一下子发怒了，胃又疼起来，他问，队长知道了吗？张守义说，知道了，肺都快气炸了。孙兆谦又问，张小胆在哪里？张守义说，关起来了。孙兆谦说，把他押过来。

张小胆被反绑着双手，一个战士押他进了山洞，他站在那里，不敢抬头。孙兆谦看到，张小胆两边腮帮子上，全是指甲抓出的血道道，有的地方抓得很深，刚结了痂，那女人的一个指头还差点儿抠着张小胆的右眼，血道子从他眼皮下面一直划到鼻子旁边，他的衣裳本来就旧，上面两个扣子还没有了，领子耷拉下来。孙兆谦问张小胆，你私自下山？张小胆胆怯地看了一眼孙兆谦说，指导员，我看到大家饿成这个样子，心里着急，也没有顾上请示，我想，我有把握弄到粮食，我错了，我请求处分。

孙兆谦说，好，这事儿先放在一边儿，你弄到粮食后干的事儿，是真的吗？

张小胆哭咧咧地说，指导员，我一时昏了头了，那个女人勾引我，不停往我身上蹭。孙兆谦冷笑一声，勾引你还抓你的脸？还撕你的衣裳？张小胆说，指导员，饶了我吧，我把她压在地上是不假，可是她……我也没掏出来。

孙兆谦一拍床铺呼地站起来喝道，你这是强奸民女！张小胆一下子跪下来，指导员，我错了，我错了，往后我一定改，一定改，我好好杀敌，多杀鬼子立功赎罪，指导员，你饶我这一回，我不敢了，我再也不敢了。张小胆说着，不住地给孙兆谦磕头，头在地上磕得咚咚响。

孙兆谦的胃一阵阵疼痛，他捂住心口，厌恶地看着张小胆，说，押下去！

战士把张小胆押到洞口的时候，正好王世仁进来。王世仁二话没说，猛地一脚把张小胆踹倒在地，接着又抓住他的领子提起来，抡起巴掌，啪啪地打他的脸。张小胆不敢挣扎也挣扎不了，任凭王世仁打。王世仁抓起一边儿练功的棍子，抡圆了，啪地抽在张小胆的屁股上，张小胆一个狗啃屎扑到地上。一切发生得突然，孙兆谦过来抓住王世仁手中的棍子说，老王，不能这样打人，你忘了纪律了？王世仁说，我没忘，我要打死这个畜生！孙兆谦喊道，他是我们的战士，还是副排长。王世仁说，别人我不能打，可他我要打，我要打死他，他丢了我的脸！孙兆谦明白，王世仁当着自己面狠揍张小胆，是想保他，他放低嗓音说，老王啊，这可不单是给你丢脸了，然后他对那个战士说，押走吧。

王世仁坐到床铺上，消了消气说，老孙，我气啊，张小胆十七岁就跟着我，鞍前马后，打起仗来也不怕死，打林家山车站，别人都在搬粮食，他守在门口，连毙了两个鬼子，要是那颗手榴弹扔进仓库，我们要死好几个人哩。

孙兆谦说，咱们商量一下，看怎么处理他吧，说完，他喊过一个战士说，去叫副队长来。

张守义不住山洞，而是和战士们住在窝棚里，他很快就来了。

坐定后，王世仁对张守义说，张小胆没有请示，私自下山，又做出那种丑事儿，怎么办？张守义说，按军纪办。

王世仁低着头，然后说，虽然违反纪律，但他是为队伍搞粮食，心意是好的，而且粮食也弄到了，不过，还是要严厉批评。张守义说，心是好的，也不能擅自行动，如果都学他，这队伍不就乱套了，还要纪律干什么？咱们八路军，打胜仗就是靠严明的纪律，最不能容忍的，是他竟然做出那样的事情。

王世仁说，他奶奶的，昏头了，白跟着我学了这么多年的培贤道。

孙兆谦平静地说，他现在已经不是道门的信徒了，是八路军战士，还是干部。

王世仁的脸微微一红，有些不悦，停了一下，他说，道门也是教人行善，以德修身。孙兆谦说，说得对，真正的培贤道信徒，也不是张小胆这样的人，我们的战士好多都信过培贤道，可是大家都守纪律，听指挥，打仗勇敢。

王世仁说，这事儿也不能全怪张小胆，我审过他，他说那个女人勾引他，我想，那个女人也不是多正经，俗话说，母狗不撅腚，公狗不敢上，再说，不是也没有得手……

张守义说，队长，话不能这么说，什么叫那个女人不正经，他没得手不就是因为那个女人反抗吗？就这一点，就能证明那个女人不会勾引他，反过来说，如果碰上一个胆小的女人呢？张小胆会不会得手？

孙兆谦说，在法律上，这叫强奸未遂。

王世仁说，咱不懂你这些法律，咱庄户人议论这种事儿，都是弄进去了算强奸，没弄进去，最多算个调戏吧，我看，关他几天禁闭，揍他一顿就可以了。

张守义说，体罚是不允许的。

王世仁有点儿生气，看着张守义，那你说怎么办，把他那玩意儿给割了？

见张守义不说话，王世仁有些激动，老孙，张小胆可是立了大功的，之前我给你说过，陈二雄、铃木要把我灭在这里，要不是张小胆跑回来告诉我们，这几十号弟兄就没命了，哪还有今天这支队伍？

孙兆谦问，张小胆的事儿，战士们知道了吗？王世仁点点头。张守义说，就这么大点儿山头，马上就传开了。

孙兆谦看着王世仁，严肃地说，世仁同志，张小胆有功，可功是功，过是过，他干出这样子的事儿，不是丢了你的脸，而是毁了一支军队的名声，强奸妇女，只有土匪才干这种事情，只有鬼子汉奸才做这样的事情，如果山下的老百姓知道是我们的人干的，他们会怎样评价这支军队？还会信任我们、支持我们吗？你可以说张小胆打仗勇敢，我们哪个不喜欢勇敢的战士，但出了这样的事，我也为张小胆痛心……孙兆谦沉默了半天，看着他们俩说，可是，一个战士连自己的裤裆都管不住，那就是败类！

王世仁还是不服气，他看着孙兆谦说，指导员，那你说怎么办？

孙兆谦没有正面回答，他接着说，我们上山之后，只顾修工事，练兵，却疏忽了战士们的思想教育，我作为指导员，负主要责任……目前，我们处在极端困难的时期，这支队伍要咬紧牙关生存下来，靠什么？靠的是铁打的纪律，靠的是群众，然后才能壮大自己，战胜敌人，所以，对违反军纪的人绝不能姑息！

王世仁说，指导员，你讲的这些道理我懂，可队伍里好多人跟我多年，可以说是出生入死，是过命的弟兄，我要对张小胆下狠手，就会冷了许多弟兄的心……不就是趁黑抱了个女人嘛，弟兄们会背后里骂我不讲义气。张守义听了，苦笑了一下。

孙兆谦见王世仁依然固执，一时拐不过弯儿来，也就放缓了语气说，老王，咱这里的人都讲义气，为朋友两肋插刀，这是老祖宗传下来的美德，可是，义气后面有个气，气一上来了，就成了一股子情绪，就会忘了道理，忘了是非对错，只要我们有交情，错也是对的，我就要袒护他……

王世仁和张守义都认真听着，孙兆谦继续说，我们干的是正义的事业，正义正义，里面也有一个义，可是正在义的前头，就是说，要以正为义，而不是以义为正，正就是正当，就是正直、正派，它管着后面这个义，只有正才能让我们立于不败之地，走向胜利……而要是把义气放在正的前头，那就盲目了，就会偏离正道……

王世仁听完，他说，指导员，你也甭绕弯子，直来直去说吧，张小胆怎么处理？

孙兆谦脸上有了些凛然，他问张守义，守义同志，你的意见？张守义坚定地说，军法处置！孙兆谦说，那，咱们表决吧，说完他举起了手，张守义也举起了手。王世仁呼地站起来，说，我反对！然后转身就走。

孙兆谦和张守义四目相对，张守义摇摇头，满脸遗憾。孙兆谦平静地说，还得做通世仁同志的思想，先把张小胆看好吧。

可是，让他们都没想到的是，当天夜里，张小胆竟然勒死了看守他的小战士，跑了。

4

这几天，李心希他们心里着急，上级指令，让他们重点关注进入官桥车站的运粮列车，如有机会，速报。他们不用想也明白，滕东的队伍严重缺粮了，正饿着肚子和敌人战斗。他们看着一列列运输车从车站上穿过，除了运煤车，其他车辆不是加盖厢，就是蒙着帆布，也不知道拉着什么物资。就这样又过了几天，李心希得知，东边专门派人住进了官桥街上的大通旅馆，随时待命，这对李心希来说，就是督促，就像有把锥子扎在他腚上，让他寝食难安，着急上火，嘴上都起了疮。

终于，功夫不负有心人，早上八点，有辆运输车进了站，缓缓地进入了副道。不一会儿，几个鬼子进了站，其中还有个鬼子小队长，鬼子兵持枪在车旁站好，接着又开来一队伪军，但都没有带枪。鬼子小队长来到尾车，从上面下来了一个班押车的鬼子，他们相互致礼，然后一起走了。在列车中间，有两节车厢拉开门，就有伪军上去，下边的伪军大致排开，接过口袋扛上肩就走。李心希站在月台上看见了，是往兵营里卸粮食的，心里一喜。伪军一人一个长条麻袋扛着，沿着车站门口向南，上了东西路后就往东拐，这是进了鬼子兵营，鬼子不干活儿，让伪军为他们搬。

李心希下了月台，走向那辆列车。王长青也过来了，李心希接过他手里的小铁锤儿，弯下腰，这里看看，那里敲敲，好像检查车辆，就这样走到尾车那里。尾车上，一个押运员正站在那里，手扶着铁栏杆看着什么景致，一手夹着烟卷儿抽着。李心希热情地说，老弟，辛苦啦！押运员说，干这一行嘛，辛苦啥。李心希从口袋里抽出一支烟，递给他，押运员烟瘾大，接过烟，用自己的烟蒂对上了头，又继续抽起来。李心希问，下站到哪？押运员说，济南，再到德州。李心希说，全是粮食？押运员说，三四五六，其他装的是布匹、棉花什么的。李心希说，那你忙，不打扰了，说完，他又从车子另一边检查，这时他看到，伪军们还在忙活，他走近一看，麻袋上有的印着麦穗，有的印着稻穗，还有白布口袋，装的应该是面粉，卸的货正是五号、六号两个车厢里的。

李心希从车头转过去，见王长青正在给轨道的接缝处抹油，他看四下无人注意，对王长青说，往三、四两个车厢上甩上两道……

回来后，李心希立即找到大奎，问，这辆运输车什么时候离站？大奎想了想说，晚上九点二十分。李心希问，准？大奎说，准。李心希说，大奎，我说了你记，写好后立即送人通旅馆二〇八房间，有个王先生，越快越好！……

李心希说完，问记住了？大奎说，没问题。李心希说，这上班时间你怎么离开？大奎一想说，我去扛麻袋，说完就下了月台，直走到那运粮车前，加在伪军队伍里，接过一个麻袋就扛上了肩，随着人流往南走。大奎走到鬼子兵营门口，站岗的一看大奎是铁路警察，说，你的停下。大奎点点头，心想我就不想进去，就把麻袋放在一旁，向站岗的点头一笑，走了。

他先到了父亲的成衣铺，把情报写好，就去了大通旅馆。

情报不敢怠慢，紧三火四，中午就到了大李庄。

大奎回来后，李心希心里还是不踏实，他胡思乱想，这时间太紧了，列车出站，很快就到沙河，两边防守严密，一旦敌人发现了，立即会从炮楼里出动；而且那么多粮食，要多少人搬运，还要尽快离开，这伪军几十号人卸车，都扛了大半个晌午，我们即便是抢到粮，若卸货耽误了时间，很快就会被敌人追上；最好，能在沙河以北的平原上抢，铁路两边没有封锁沟，卸下来就用小车推走，但是隐蔽又是个问题，鬼子机枪一扫，人就是活靶子啊……他在情报里也告诉了同志们，火车拉闸后，要滑行一百米左右，当然也告诉了他们那两节车厢的记号和尾车上的鬼子的数量，行与不行，请他们斟酌决定了，如果放弃，只能再找机会……

在大李庄，李天成家的暗道里，丁程、李天成、王丹西、张西奇等立即开会。丁程说，截住火车容易，横上木头，再用手电蒙上红布打个信号，关键是选择在哪里动手。张西奇说，当然在沙河北面最合适，没有了封锁沟，护路员也少，但是路远，高粱地眼下还不能隐蔽，敌人很快就会追上。丁程问张西奇，王世仁和孙兆谦他们能下山吗？张西奇说，没问题，他们随时待命。

李天成说，山下路口都有人巡逻，自从咱们打了卡点，情况好多了，但也说不准有盯梢的。王丹西说，官桥至沙河一段不必考虑，别说炮楼多，鬼子伪军多，就那口袋卸了扔在封锁沟里，搬运也费劲。丁程问，县大队目前在什么地方？李天成说，在东江村北边二里的太子庙。

丁程想了半天，说，地点就选在沙河以北，离河近，抢了粮食，可以沿着河堤向东撤离，尽快进山，就能摆脱敌人，也只有这一条路最安全，但是，必须在尽可能短的时间内完成任务，还要组织严密，配合严密……王丹西说，两节车厢的粮食，得多少人才能搬完？李天成说，甭想搬完，能抢多少是多少。王丹西说，那组织精干力量，扛上口袋就走，十几里山路，力气小的可吃不消。丁程说，天成同志，你尽快组织村里强壮的民兵和有觉悟的群众，估计能有多少人？李天成说，六十人不成问题。丁程说，加上县大队战士和王世仁的队伍，差不多了。

停了停，丁程又说，西奇同志，立即派人去太子庙，让县大队备足弹药，天黑后急行军，到曹王坟山上待命，你带领武工队队员，到尤家山外，接应王世仁他们下山，如果遇上敌人守卡，不要用枪。张西奇说，明白，放心吧。

丁程又说，这次行动，人多，不只是队伍，还要管好民兵和群众，路上一律不准说话，咳嗽也要捂住嘴，更不准抽烟，一切行动听指挥。到达后，县大队阻挡沙河和官桥来的敌人，王世仁队阻挡北来的巡逻队，必要时共同合击，如果有护路队，武工队摸过去，把他们绑好，塞住嘴，再冒充他们站上。

完了，丁程问，大家再想想，还有什么没想到的，对了，尾车上还有一个班的鬼子。

张西奇说，留给我们。

最后，丁桯说，各位，这次战斗，请孙兆谦同志指挥，你们会合后，西奇同志代我传达。

晚上八点半左右，押车的鬼子从兵营里回来了，几个鬼子把他们送到车站月台上。李心希看到，好几个鬼子喝得不少，走路左右摇晃，先后上了尾车。火车头早已加满了水，在副道上平静地等待着。一辆辆运输车，从主道上呼啸着过去，呼啸着过来。李心希的心总是放不下，不知今儿晚上会有行动还是放弃了，他估计，十有八九是放弃了，因为根本来不及准备，下一次吧……李心希依依不舍地看了看车厢，便回去休息了。

沙河北边，几个武工队队员散开，从小路上接近了护路员，眨眼间就把他们挨个拖下路基，接着就换武工队队员们站上了。离铁路二百米远的几块高粱地里，全趴着人。白天，人比高粱高，趴下也藏不住，可到了晚上，趁着夜色，就好隐蔽些。县大队进入合适位置，机枪对准铁路以南，王世仁他们也卧在一片高粱地里，对着铁路以北。

孙兆谦看看表，九点十分，他立即低声说，做好准备，听我的命令。战士们一个个往下传达。

那列火车开过来了，在官桥与沙河之间它不能加速，过了沙河车站不远，它就开始加速了，突然，司机看到，前方亮起了红色信号，有情况，司机紧急拉闸，车在向前滑行，果然见前面横着一节圆木。就在这时，有几个武工队队员在后面追着尾车狂跑，他们伸手抓住两边的扒梯，纵身一跃就站到车上，躲在铁门两边。

列车缓缓停下，押车员开门出来，想确认前方发生了什么。坡子和几个队员立即捂住他的嘴，塞上布，把人绑了。也就在同时，尾车的鬼子知道有事发生了，抓着枪要往外冲，几只短枪啪啪地往里打，坡子上前一靠，往车里头扔了个手榴弹，紧接着又扔了一个，两声爆炸，窗玻璃碎片全震飞到两边地上。

车头上，张西奇领着赵明大和曹老三，抓着梯子进了驾驶室。一个鬼子啪地打出一枪，张西奇灵敏地躲到身边的铁板后，赵明大随即一枪，那个鬼子就趴在了过道上。车头里面只有司机和司炉，两个人举起双手。张西奇问，中国人，日本人？两个人连忙挨个回答，我是辽宁人，我是吉林人。张西奇问，还有别人吧？司机说，就我们俩。张西奇说，受点儿委屈吧。赵明大和曹老三把他俩一个一个绑好，塞住嘴。

外面，三、四节车厢已经打开，百多号人，接过口袋扛上就跑，他们紧沿铁路，然后上了河堤。李天成说，快，路上千万别停下！

沙河的敌人很快发现了，炮楼上和车站上的伪军，立即给官桥打电话，然后冲出来，一边放枪一边往这边逼近。李贵武趴在一座土堆后，对机枪手说，进入射程后，先扫他几个人，然后我喊话。很快，能看到跑在前头的伪军了，李贵武说，打！机枪突突突一梭子，有几个人影前扑后仰地倒下了。李贵武嗓门大，他大声喊，伪军兄弟们，中国人不打中国人，别往前冲啦，我这里有机枪，你们朝天放，让鬼子来冲！

果然，伪军还真就不往前冲了，对着天空放起枪来，这正好为抢粮争得了时间。

北边，有一小队鬼子巡逻队冲了过来，没多久就被王世仁的人消灭了。

可很快，铃木、田文和陈二雄带着大队人马往这赶了，不断地有子弹打过来。

孙兆谦跑到列车下，问李天成还空着多少人，接着一数，大约有三十人还在等口袋，他说，天成，快，我们弹药不多，还要战士们扛口袋。李天成说，放心！

孙兆谦一招手，和十几个战士立即起身，跑到李贵武埋伏的地方。孙兆谦说，节省机枪子弹。张西奇呢？李贵武说，在东边，正瞄着敌人的机枪呢。

铃木、陈二雄的人到了，机枪哗哗地扫过来，那边，武工队打了几下冷枪，但在黑夜里总是打不准。

孙兆谦问，还有多少手榴弹？李贵武说，估计不多。

孙兆谦说，有手榴弹的留下，机枪手留下，其他人，快去扛粮食！

李贵武立马下令，县大队好多战士收起枪，往火车那边跑。

大约又过了十分钟，孙兆谦估计，扛粮的人全上了河堤的小路，他大喊一声，手榴弹！十几枚手榴弹就扔了出去，他又喊一声撤，战士们就边打边撤。孙兆谦说，机枪手，断后！

战士们往河边撤退，鬼子的子弹啪啪啪地往这边射击，一个战士受伤了，另一个立即把他背起来。此时张守义也带人埋伏在灌木丛里，等待敌人。接应到了孙兆谦，眼看敌人也追了上来，张守义喊，打！三挺机枪就轮着射击。等机枪手退下，张守义他们立即又和敌人交上火，接着，等张守义他们退过去，武工队的战士又顶上来，继续和敌人交火。

敌人来到车旁停下了，铃木、田文和陈二雄看过了尾车，发现一个班的鬼子全炸烂了，他们又到了火车头，从休息室里找到司机、司炉，又有人找到了被绑的几个护路员。

司机和司炉向铃木他们说了事情经过。铃木问，八路有多少人？司机说，数不清，但听着不少。铃木又问司炉，你的，看见了什么？司炉说，我光往炉子里铲煤了，什么也没看见。铃木想了想，又问，你们的觉得，八路从哪边过来的？司炉说，车两边都有人，枪在西边一个劲地响，十有八九是从西边过来，埋伏起来等着火车。陈二雄说，不会吧，从西边过来，抢了粮食往东跑？田文说，八路狡猾，惯于声东击西。这时，司机说，管他东边和西边，粮食让他们抢了不少，这到了济南，怎么向皇军交代？

铃木听着，心里也盘算，不管怎样，事情又出在自己的地盘上，怎么向济南交代，又怎么向滕县交代？他想了想，抬头向西看看，是莫庄，心里就生了一计，找个替罪的！他说，又是莫庄，八路肯定在那里驻过，但莫庄的人不报告，就像前些日子，枕木被抽走，莫庄，还是莫庄，八路的卧底，进攻莫庄，统统的烧掉！

田文和陈二雄立即带上大部人马，向莫庄扑过去，走到半路，可能有伪军觉得莫庄太冤枉了,突然有人向莫庄方向的天空打了一枪。陈二雄火了，骂道，妈了个巴子，谁开的枪？半天没人吱声。

莫庄的人们，一听到沙河这边枪声一个劲儿地响，越打越激烈，谁还敢睡觉啊，早让鬼子烧怕了，人们全都做好了准备，突然村上空吱地飞过一颗子弹，全村的人们立即炸锅了，出门全往西边田野里跑，鬼子伪军进了村，已经空无一人了，那就只有点火烧房子……

这边，铃木的人收拾好尾车上的烂尸体，就地火化，然后又派了一个班鬼子兵押车，执行官田文西村亲自带队，直到济南。

这事情过去了五天，不知田文动了哪一根筋，总觉得在兵营里闷得慌，闲得身上如小猫爪子挠，甚至不知哪里瘙痒，他就是想出去散散心，正好逢孔家集，又离得不远，他就想去逛逛。他当然也想到了山本站长的死，知道去孔家集也未必不会遇到什么，可就是按捺不住。他想，八路前几天刚在沙河抢了粮，这是肚子饿急了，大概这些日子不会再出来，自己穿上便衣，整一身老百姓衣裳，以前去孔家集都是这样，从未出什么差错，大约有孟尝君保佑着自己。田文知道，铃木去了陈二雄那里，弄不好中午还要喝酒，自己去集上要不要带上几个人？不必了吧，人多了反而显眼，就带一个随从吧。

田文穿上便衣，是“猫眼”送给他的，衣裳全是新的，还戴了一顶新编的斗笠。

田文和他的随从出了兵营向南走，半路上，看到一个老汉也去赶集，挎着的篮子里放着几捆葱。田文一想，掏出两个小钱交给随从，说连篮子带葱全买下。随从过去，比画了比画，老汉就收了钱。田文把篮子挎上，觉得有趣，还对老汉说了句要西。

孔家集就在古薛国遗址西南角上，田文他们很快就到了。集上的人也不是很多，田文想找个地方把葱放下，可这才想起来，自己不能开口，一说话就暴露了，这葱反而成了个累赘。还是随从有心眼儿，提着篮子走到一个卖茄子的老汉面前，装成哑巴咿咿呀呀地表示让他先帮忙看着。老汉明白了，把葱篮子放在腿旁边。

田文和随从在集上悠闲地逛悠，他怎么也没想到，索命的来了。

武工队现在是有集就赶，瞅准机会就下手，集上人多也好跑。这天，孔家集上正巧出现了张西奇和孙五子，他俩也是闲逛，走着走着，张西奇突然看见迎面过来一张脸，熟，见过，肯定在哪里见过。那人到了他面前，微微一笑，等他回过神，人已经走了过去，张西奇站住，回头盯住那个后背，眼珠子突突地转动，突然，他想起来了，对，那个笑脸，就是那年他在官桥兵营前看鬼子，被打了一个耳光时，站在旁边笑的那个军官，对，就是他！

张西奇注意到了，这个人有随从，就对孙五子说，五子，跟上！我一动手，你就打旁边那个家伙。

孙五子一看，点点头，两个人小步儿往前走。张西奇走到那个人身后，心想，是不是认错了？可不能杀错了人。他眼睛一眨巴，右手握着腰里的枪把儿，在田文身后用日语小声问，你怎么不穿军装？就在田文回头开口的刹那，张西奇啪地一枪就把他撂倒了，孙五子也几乎同时开枪，人群闻声大乱，张西奇、孙五子把田文他们的枪摸出来，跑了。

5

大旱和蝗灾终于过去了，官桥周边所有的村庄，幸存下来的人们开始自救。麦子绝产，人们就在地里种下土豆，种下蔬菜，所有的地头沟边全都撒下了种子。下雨了，雨不紧不慢地下了三天三夜，垂死的土地又渐渐焕发出生机，青草、野菜都发出新芽，淋着甘甜的雨水，几乎一夜就长出来，侥幸的、被剥皮折枝还未死的大小树木，全吐出了叶芽，而且几天就绿成一片，人们又能去挖野菜、撸树芽子吃了。几天后，又下了雨，青枝绿叶全都欣欣向荣。

鬼子开始了夏初“大扫荡”，铁路上有看护的，村与村有联防，据点到处都是，队伍天天巡逻，八路几乎销声匿迹了。但是鬼子知道，等高粱长高了，八路就会活跃了，要趁着夏初反复“扫荡”几轮，才可过个相对消停的夏天。官桥以东靠山的村庄，还是让铃木、陈二雄他们感到棘手，尤其那个斑山头，全庄几乎都是死硬分子。村子里有德国教堂，老百姓信教，有那个德国老头护着他们。村里有民兵，村西边，南北有两座岗楼，一见鬼子伪军来了，铜锣一响，有的人进了教堂，有的人就钻进山里。近来不断有人报信，说有好多人从斑山头出出进进，几次追八路，又都是从斑山头那里逃走的，而且据情报，王世仁的队伍就是从那里进了山，回来又曾在村里停留。斑山头，就是个“共匪”窝子，陈二雄先后派了三个人进去打探，最后人都没回来。

这个斑山头，硬邦邦地硌着鬼子伪军的牙齿。他们去烧了几次房子，可是墙是石头的，房顶烧了，山上有的是木头和草，人回来，两天又可以住了。

铃木、陈二雄调集共三百多人，一早就往斑山头方向开拔，他们先到了斑山头下的东江河南岸，没有停留，而是转头向南，从斑山头外的路上哗哗地走过，这是铃木要故意迷惑村里的人。当他们走出大约一里后，随着一声令下，全部人马向后转，运足了劲儿，像一股黄色的风一样卷到小村外围，立即呀呀地围了上来，三门小钢炮咚咚地往村里打，一些房子瞬时被轰塌了，着起火来，三百多人就冲进村子里。

民兵发现敌人路过又突然回来，措手不及，村里的人们慌乱地跑出院子，民兵们大声喊着，快，快上山！快上山！

香嫂跑到王丹西那里，见王丹西和李天成正在收拾文件往小皮箱里装。香嫂喊着，快！快上山啊！这时鬼子、伪军已经进了西边的巷子。

王丹西、李天成一出门，子弹就嗖嗖地在他们头上飞过，香嫂领着他们，绕过教堂往山上跑，跑不动的老人、妇女和小孩子，只好又进了教堂。

敌人把小村围得严严实实，开始挨家挨户搜查，看到屋里没有人，伪军们就把能砸的全砸了，然后把房子点上火；看到家里有人，不管老小，开枪就打，完了再点火。另一群鬼子冲上山，追杀逃上去的人们，转眼，不大的斑山头村一片大火，浓烟滚滚，小巷里，好多人被杀，倒在地上。

铃木和陈二雄来到教堂的院子，把马拴在两棵树上。铃木看到门楣上插着一面德国国旗，对陈二雄说，唔，想不到这里还有同盟国家的人。两个人往前走了几步，见屋里面的人全部朝里跪着，低声诵经。铃木对陈二雄耸耸鼻子，笑着说，都在演戏，你们中国人都会演戏。

陈二雄没接话，莱曼神父穿着圣袍，从里面出来了，先在胸前画了个十字，用德语对铃木说，这里是德国的天主教堂，里面的人全是虔诚的教徒，没有你们要找的人。说完一指后面的德国国旗，铃木和陈二雄根本听不懂。陈二雄说，这是放的什么洋屁？

莱曼神父又用中国话重复了一遍，陈二雄听后说，皇军今天不抓人，单纯来给你砸场子！

莱曼神父对铃木说，德日两国是同盟，你的队伍不能到教堂里来。

铃木说，大日本帝国在中国作战，所到之处皆是战场，哪里有敌人，我们就到哪里，你这里也不例外！八路经常化装成老百姓，我们不会放过任何一个，神父来自同盟国家，更应该配合我们。

莱曼神父说，身为德国人，我更信奉上帝之国，把神的福音传遍世界是鄙人的圣责，这里的百姓虽然是中国人，但和我一样都是上帝的儿女，他们信教多年，善良博爱，我作为神父必须保护他们，请你的人离开。

铃木问，你连八路也保护？

神父说，这里全是教徒，而且是老人、妇女和孩子，没有你说的八路。

陈二雄不耐烦了，说，甭听这老东西胡扯，进去搜！

铃木说，里面的人，全部的出来，我要搜查！

莱曼神父面无惧色，他说，他们都在诵经，我说了，他们全是教徒，没有八路。

这时，一个老汉从屋里出来，一手抓着裤腰，往东边的茅房走去。老汉不敢往这边儿看，走到茅房前，突然，一个鬼子从后面抓住他的领子，把他按跪下，接着抡起枪托子一下子打在老汉头上，老汉顿时脑浆迸裂，栽倒在墙根。莱曼神父大惊，怒视着铃木和陈二雄喊，你们是魔鬼，是撒旦，上帝会惩罚你们！

陈二雄早就不耐烦了，对伪军命令道，去，把里头的人全给我轰出来，都在院子里站好！

十几个伪军进了屋，一阵乱喝，里面的人全被赶了出来，大都是老汉老嬷嬷，一个老汉还牵着一个五六岁的孩子。伪军们喊着，站好，站好！一个鬼子在不远的地方架起了机枪。

这时，莱曼神父勇敢地站进信徒中间。

陈二雄看着一个高个子老汉，问道，这里有没有八路？老汉不吱声，一个鬼子兵上去就是一刺刀。

铃木手一举叫停，他看到，人群里站着一位六十多岁的老嬷嬷，腰弯了，个不高，头发全白了，白得发亮，绾着髭髻儿，平平的细眉下一对深陷的眼睛，脸上全是皱纹，下巴上还长了一颗小小的痣，她平静地看着鬼子伪军，眼里流露出一种平静善良的光。

铃木走过去，认真端详着，这个老嬷嬷，个头、眉眼，像极了他的母亲，而且巧的是，他母亲下巴上也有这样一颗痣。看到这个挎刀的军官站在自己面前，老嬷嬷移开了目光，但依旧平静。铃木说，你的，妈妈。然后，他伸手轻推着老人的后背，把她从人群里推出来。铃木温和地说，我不杀你，你回家。老人不相信地看看铃木，铃木又往门口摆一下手，老人这才离开。铃木站在那里，目送着老人慢慢地出了门，进了小巷。

铃木转过身，瞬间又满脸狰狞，那个孩子被吓得哭起来。莱曼神父说，孩子，别怕，到我这里来。莱曼神父把他搂在身旁，话刚说完，后面的机枪就嗒嗒响起来，人群倒下了大半。莱曼神父仰头看天，悲怆地喊着，我的上帝啊，看看你的孩子，他们正在遭受魔鬼的屠戮，鲜血染红了脚下的土地，全能的父啊，救救你的孩子，救赎他们的灵魂，让他们在天堂安息，地狱的大门敞开了，你要降下雷火，让作孽者都受到审判，审判他们有罪的灵魂……

说完了，莱曼神父盯着铃木说，上帝不会放过你！

铃木笑了笑说，神父，你传道一辈子，头发全白了，上帝今天召见你，我送你一程。说完，他一把夺过神父身边的孩子，双手举起，猛地摔到石头墙上。机枪连连点射，神父身后的所有人全倒下了。

几个鬼子把神父捆起来，绑到那棵大槐树上，伪军们抱来了几捆干树枝子，堆在神父四周，一直堆到他的胸前。莱曼神父闭上眼睛，默诵着经文。

鬼子伪军已经点燃了教堂，接着点燃了神父身边的干树枝子，很快，火焰把神父包围了，并越烧越旺。大火里，神父没有发出惨叫，而是用上全身的力气大声喊着，上帝啊，宽恕他们吧！

……铃木后退了几步，看到刚才被他摔死的孩子，走过去，抓住孩子的一条腿，也扔进大火里。

铃木和陈二雄走出教堂，沿着小巷下山，突然，铃木发现刚才被自己放走的老嬷嬷，被手下刺死在了街口，她的嘴角流出鲜血，他快步走近一看，老人两只善良的眼睛依然睁着，凝视着天空。铃木怒了，大声骂着，八嘎！八嘎！接着他蹲下来，用手把老嬷嬷的眼皮合上。

鬼子撤了，逃到山里的人陆续回来，村子完全变成了废墟，死了那么多亲人，全村一片哭声，从村子里传出老远。有的人在灭火，把屋里烧断、烧焦的檩条拉出来，清理着石头墙下的残灰。

香嫂进了自己的家，两间小屋也只剩下石头墙了，门窗也烧坏了，屋里能砸的，全被砸烂了，只剩下门后一个陶盆子。香嫂在屋里扑拉了半天，叹息着，眼下，她没有能力再把屋盖起来，就从院子里拿了几根棍子，横插在后墙的石头缝里，又抱了些高粱秸盖在外面，四周一围，算是个小棚子。她还藏了一点儿粮食，就在院子里的石板底下。她掀开石板，下面是个陶罐，她抓出一把高粱，盖上石板，又在旁边一块光滑石板上面，用石头把高粱碾碎，放进那个陶盆。水缸也被砸了，可底下还有一点儿水，她双手往盆里掬了两捧，就用砖头支好灶台，点火做饭。火光映着香嫂枯瘦苍老的脸，映着她额头的白发。

香嫂的脸上没有悲伤，除了已经习惯被鬼子“扫荡”，还有她早就认定自己是个苦命人，要遭受九九八十一难。至今，香嫂也不知道自己老家在哪里，姓什么，从她记事起，就被一个老嬷嬷抱着要饭，后来大点儿了，这老人告诉她，她是在路上捡来的，要饭的亲娘已经饿死了，她趴在娘的肚子上哭，头拱着去找娘的乳头……到她九岁的时候，收养她的老人生病死去，香嫂就自己到处要饭。十三岁的时候，她来到斑山头，好心人说，闺女，别走了，在这里找个家吧。有人把她领到这个小院里，屋里住着一个无爹无娘的男人，比香嫂大十一岁，看着人也老实，香嫂就放下了随身带的破篮子，把那只要饭用的黑碗放在灶台上，两个人做了四个地瓜面饼子，吃完了，算是成了亲。这个男人，就是赵明大的三叔。

到香嫂十八岁的时候，生了个儿子。又过了五年，男人生痨病去世了，香嫂不想改嫁，只想把儿子拉扯长大成人。儿子长到十九，成了大小伙子，这时候，鬼子来了，儿子参加了护村队，后来中了鬼子的流弹。

香嫂没有流泪，她把儿子埋了，心想，就自己一个人了，索性跟着八路干吧，什么时候碰上了枪子儿，死了拉倒。她没有名字，村里的人都喊她“老赵家的”，后来，王丹西来到村里，他说，老赵已经死了多年，别叫这个名字了。香嫂说，我也不知姓什么，小时候收养我的娘叫我香。王丹西说，那就叫香嫂吧。香嫂说，我这苦命人，担不住这个名啊。王丹西说，你心地善良，又能干，村里人都尊敬你，就叫这个名儿，担得起，担得起。这香嫂一叫开，村里大人小孩也忘了辈分，全叫她“香嫂”，连赵明大有时也不叫“三婶子”了，就像大李庄的李颖一样，好多外人也都叫她小姑。

在山里窜了一天，香嫂实在累了，天一黑就钻进草棚子里，倒头就睡。到了下半夜，香嫂起来，到院子里小解，突然看到东墙根下坐着一个人。香嫂吓了一跳，提防地小声问，是谁？那人说，香嫂，是我。香嫂一听，是丁程，过去就问，大兄弟，你，你这是怎么啦？丁程说，我病了，好像烧得厉害。香嫂一摸丁程的额头，果然发烫，他的牙齿不住地咯咯响。丁程说，我去执行任务，不想碰上鬼子的巡逻队，躲进山里可能受了风寒，敌人在山下一拨一拨过去，我已经一天没吃东西了……

香嫂说，大兄弟，这时候我也没法给你做饭，就是有些高粱米。丁程说，快给我几粒儿，我嚼嚼。香嫂立即到了石板那里，抓了一些高粱粒儿，丁程接过来用牙嚼着，边嚼牙齿边咯咯响。香嫂说，大兄弟，你得藏起来，可房子全烧了，你藏在哪里啊？丁程说，上山，只能上山了。香嫂说，这就走，天亮了，说不准敌人还要来。她把丁程拉起来，丁程两腿发软，还没站稳，就一下子坐回地上。丁程虚弱地说，香嫂，我这身子好像散架了。香嫂想了想，从西边墙角找出一根绳子，然后把丁程拉起来，靠墙站好，她就把丁程捆在自己的后背上，弯着腰，把丁程背出院子。香嫂不敢走太远，她从教堂的后面走到山根下，这时候她已经呼哧呼哧地喘粗气了。

香嫂干瘦干瘦的，艰难地背着一个大男人，她抓着树条子往上爬，一只手不吃劲儿，得两只手同时抓，然后往上拱，好容易上了山坡，她的力气几乎用尽了，她不是在背，而是手脚并用在往上爬了。丁程说，嫂子，把我放下来吧，我能爬。香嫂说，别吱声。这样又往上爬了一段儿，丁程说，嫂子，放下，我可以扶着树往上爬了。香嫂这才解开绳子，把丁程放下，扶着他进到山上的树林里，这里是他们开过会的地方，有一截石头墙，是早年为防土匪垒的，周围长了些荒草。两个人坐下，丁桯一下子就倒在墙下边。

香嫂想了想，说，大兄弟，你病得这么厉害，藏在这里不是法儿啊，外人看到会告诉鬼子，这山风又硬，一会儿别病得更厉害了。丁程浑身抖个不停，说，也没地方藏，同志们不知道都跑到哪里了，大不了光荣了，光荣了吧。香嫂说，别说不吉利的，我想想，我想想。

香嫂琢磨了一会儿，说，大兄弟，倒是有一个地方，不知道你敢住不敢住。丁程说，这时候，哪还有不敢住的地方？香嫂说，我家那口子死了，用石头给他做了坟，我说这兵荒马乱的，能活到啥时候都不知道，就连我的一块儿做上了，中间用个石头墙隔着。丁程说，嫂子，死人堆里我都滚了多少回，还怕什么？香嫂说，那咱这就去。

说完，香嫂扶起丁程，往南走，这是下坡，他们来到一片坟地边上，四周多了不少新坟。香嫂说，你藏一会儿，我回去拿个锹。

远处传来鸡叫声，香嫂抓着铁锹来了，还夹来些干草。她找到自家那座坟，男左女右，她从右边开始挖，全忘了劳累。很快，香嫂挖出一个洞，她钻进去，把草铺好，然后出来，从树林里扶出了丁程，让他钻进坟里。丁程说，香嫂，我的枪可能掉你家里了。香嫂说，我给你找着了，在里头放着。

香嫂搬了几块石头，堵在洞上，又铲了些土皮盖在外面，留出通气的小口儿。这时，天快要亮了，香嫂急忙回到村里。

又到了半夜，香嫂来了，她搬开石头，递给丁桯一个高粱煎饼，说，大兄弟，好些了吧？今天鬼子又在村头巡逻了。

丁程说，藏在这里安全，还是发烧，但里面还算暖和。

香嫂说，我想办法给你弄些草药。

丁程说，可要注意啊，千万别让敌人发现你，我估计这病，死不了人。

第三天夜间，香嫂又来给丁程送吃的，可是，没有药。

到了第四天，香嫂给丁程送来四个煎饼，煎饼叠得不一样。丁程知道，这是香嫂从各家凑来的。

香嫂说，大兄弟，这几天我来不了了，有任务。

丁程说，香嫂，你要小心。

6

李天成正好来到斑山头，丁程不在，晚上他就睡在了丁程的床上，不想遇上了敌人的“扫荡”。他们跑上山去，和民兵、群众一起往东跑。很快敌人也上了山，一路追着他们打。他们看到，还有一队敌人沿着山下的路往里走，并时不时往山上打枪，这是想找到适合的地方把他们围住，他们大约跑了二十里路，可鬼子还是咬住不放。王丹西说，鬼子这是要把咱们赶进沂蒙山啊。李天成说，看样子要在山里待几天了。

他们在山林里继续往东，又走了一个时辰，突然听到前面的山里也响起了枪声，往下一看，下面的村庄也冒起了浓烟，这里的敌人也在“扫荡”。前头的路堵死了，他们带着群众，转头向南，从山坡下去，对面又是山。当他们下到山根，突然又被一队伪军发现了，伪军立即大声喊着，八路！八路！接着枪就打过来，有些枪是往高处打的，打得树枝树叶子刷刷往下掉。李天成他们立即缩回来，重新往山上爬。

他们在山里转着，下坡上山，上山下坡，总算摆脱了敌人。后面的敌人，估计也回撤了，群众开始往回走。大家都饿得不行了，敌人突然袭击，早饭都没来得及吃，各人折了一根棍子拄着走，到处寻找山里人家。

走了好半天，总算在坡上看见一个小土屋，是看林的人住的。他们走近一看，门锁着，人早跑了。李天成看看，屋檐下挂着几个红辣椒，大概主人也把它忘了。王丹西说，有这总比没有强，一人一个辣椒，把胃一辣也就忘了饿了。大家把辣椒一人一个分了，还剩两个，李天成看着两个民兵说，你们还扛着枪，吃个双份儿吧，就给了他俩。

王丹西和李天成在一边儿坐下。王丹西说，也不知寿亭现在在哪里，就他一个人。李天成说，寿亭作战经验丰富，希望不会有什么意外。王丹西摇摇头，不好说，不好说，敌人也不是笨蛋。李天成轻轻叹了一口气，喃喃地说，就看寿亭的命硬不硬了。

王丹西说，敌人反复“扫荡”，越来越猖狂，情报传递几乎中断了，他们也不知道我们在哪里，我们回去要想办法和同志们联系上。李天成说，这里，估计离兰陵不远了，干脆你去趟根据地，也把咱们的情况汇报给上级，也可以带来一些新消息。王丹西说，这个想法好，不过还是你去，我回斑山头。李天成说，老王，别让了，你个教书先生，眼神儿也不太好，这一会儿天就黑了；我比你壮实，我回斑山头，我最不放心的是寿亭，得想办法找到他。

就这么定了，李天成让一个民兵护送王丹西，自己和另一个民兵返回。

李天成他们走到斑山头东边的山上，已经是小半夜了，他对那个民兵说，你回村去吧，我一个人走。那个民兵不放心，李天成说，走夜路更安全，这样，我到教堂那边大树下等着，你去帮我弄点儿吃的。

李天成躲在大树下，一想，又离开大树，躲在不远处的灌木后面。不一会儿，那个民兵来到大树前，李天成看看没有其他人，出来，接过两个煎饼，说，回吧，小心。

李天成边走边吃，他出了斑山头，还是不能走大路，就走沟边，走河边，躲躲闪闪，看到路上还是有敌人的巡逻队。他走近一个村庄的时候，突然有人问，谁？！李天成一下子趴下，说，是我。那人又问，你是谁？李天成说，庄里的。那人说，庄里没有你这个口音。李天成知道是碰上护村队了，他看到四个人从墙后边出来，全都有枪，便起身就跑，煎饼早不知掉哪儿了。后边的人开枪了，并且喊着，抓八路，抓八路！

李天成跑出不远，又听到另外一边来了一群人，肯定是巡逻队，他回身就往山里跑，后面的人胡乱放着枪，他不能再往斑山头去了，就直奔南边一座孤零零的山，躲进山里就不敢动。他看到，巡逻队几个人在山下的路边坐下了，还有两个人持枪站着，就等着他出来。李天成心想我也不跑了，反正天亮你就撤，其实，李天成也真的跑不动了。

天还没亮，巡逻队就撤走了，李天成趁这个机会，往大李庄方向走，他的肚子早饿了，也还好，路上再没有碰上敌人。李天成走了十多里，天近头午，他一摸口袋，居然还有一个小钱。前头就是套庄，村头上有个羊汤馆，是他的一个老亲开的，进去吃顿饱饭吧。

李天成先转到村后，又转到村西，再往南边去看看，羊汤馆还在。

李天成一脚迈进羊汤馆，才见主人已经换了，有五个伪军坐在里面靠墙的桌子上，正在咬着烧饼喝羊汤。见李天成进来，五双眼睛一下子盯着他，两个伪军放下饼，伸手要抓枪。李天成后退已经来不及了，但多亏在上海多年的磨炼，李天成脸上立即有了坦然无事的表情，根本不看五个伪军。他在门口的一张大桌子旁坐下，大声喊，掌柜的！

过来一个中年人，李天成问，还有多少烧饼？掌柜的说，不少，七八个人足够了。李天成说，不够不够，后面还有十二个人，快烙，快烙，切十斤干羊肉，分到六个盘子里，再上十三碗羊汤。

一下子来了大买卖，掌柜的说着好好，立马就忙去了。

转眼间，一个孩子给李天成送来了茶壶，又送上十三个茶碗。

里间传出切肉的声音，李天成倒上水，慢悠悠地喝着，还不住地抬头往外看。五个伪军也继续吃起来，可是，有个小个子还是有戒心，两个眼珠子滴溜溜地不时地往这边看。李天成还是喝水，然后自言自语地说，也该到了。这时，那个小个子歪着头，问李天成，外边来那么些人干什么？李天成说，亲戚盖屋，我找了几个弟兄去帮工。小个子低头去喝汤，李天成装出很急的样子，说，该到了，该到了。小个子又抬头问，你们怎么不一块儿？李天成说，不在一个庄里住，这不是在这里会合嘛，吃上饭一块儿去，唉，你说这些人多磨叽。

这时，两盘子切羊肉先上来了。李天成说，我先解解馋，说着就夹起一块肉吃起来，他大吃了几口，放下筷子站起来，在门口往远处望，说，来了，来了，然后放大嗓门说，你们怎么才来呀！说着就迎出门去，接着从墙角一转，跑了……

李天成总算回到大李庄，先到了那片林地，在一棵老松树下站定，四下看看，掀开荒草丛里一块儿青石板，就下了暗道，他把祖先留下的暗道堵死了一截儿，还改了几个新出口。李天成从暗道回到家，进家先灌了一肚子水，接着倒头就睡。

早就应该交代，李天成的岳父在徐州，有四个内弟和交亲一起做生意，家大业大。正好岳父年纪大了，李天成对妻子说，你带上两个孩子去徐州，照顾他姥爷，生活也比这里好。妻子啥都明白，她说，那你照顾好自己。李天成说，人正当年，不到要照顾的时候，放心吧。

到了晚上，李天成来到了李颖家，他抓着墙西边那棵老桑树的枝子跳进院子。李颖正和柏子吃饭，一看李天成来了，柏子乖巧地出了里屋门。李颖说，你可回来了，听说鬼子在斑山头杀了不少人，我这心就揪紧了，老王和香嫂怎么样，你们都安全吧？李天成说，小姑，好险哪，让鬼子追着跑，不少群众让他们杀了，又烧了村庄。李天成停了停，问，王世仁、张西奇他们怎么样？还有县大队，有没有情报？李颖说，尤家山那边没听到枪声，我也不知道武工队在哪里，县大队听说在铁路以西作战。李天成说，寿亭单独出去，也不知道他在哪里，要尽快找到他。

李颖说，如果张西奇来了，我让他立即见你。

李天成要回去了，他问，柏子呢。李颖说，在大门口守着。李天成从里屋出来，看见大门后面，七岁的柏子坐在板凳上，歪着头，从门缝里往外看。李天成心头一热，小姑，你养了一个懂事儿的孩子，说着便走过去。孩子站起来，叫了他一声表哥，李天成摸着柏子头。

柏子说，表哥，外面没有人。

……

三天后，王丹西回到斑山头，他带回了山里的建议：集中力量，打掉敌人的一个据点，顺便可以补充弹药，目前山里也很困难，难以对官桥周边进行支援，另外，根据情报，陈二雄在西集新放了一个小队，大都是新兵，且还没有鬼子进驻，可以考虑拔掉。

王丹西联系不上李天成，他想，先把侦察工作做好吧，便派香嫂去西集，了解一下敌人的情况。

西集离斑山头十五里，是个大村庄，敌人进驻之后，在四面路上全都设了卡子，而且有两道，护村队员和伪军一块儿站岗检查，还专门派了女汉奸，经过的女人都要到旁边的小屋里，衣裳领子全部捏个遍，裤子也要脱下来。香嫂是老交通员了，她思来想去，想到西集有个普照寺，不光每年春上要开庙会，平日里四周村庄的人也会到寺院里求佛还愿。

第二天一大早，香嫂备了些香纸，挎着篮子往西集走去，快要到的时候，她在树林子里换上一身白——白褂子，白裤子，白布条扎着腿，布鞋头上用白布缝了，头也用白布裹上，脸上也就有了哀戚的样子。

快走到卡子了，香嫂就哼哼呀呀地哭，开始还是假戏真做，但是想到了自己的身世，想到死去的丈夫和儿子，不禁悲从中来，心头一酸，眼眶就红了，泪珠大颗大颗地涌出来。卡子有两个伪军站岗，一个护村队员站在后边。

看见走来一个穿孝服的女人，一个伪军说，晦气，大清早来了个奔丧的。另一个伪军瞪着香嫂问，哪庄的？香嫂当然不说斑山头。伪军问，去谁家吊孝？香嫂说，大兄弟，不是……那个伪军眼一斜楞，说，谁是你的大兄弟？叫老总！香嫂忙改口说，老总，俺是到普照寺还愿。伪军问，给谁还愿？香嫂说，俺爹死了好些日子了，今天是给他还愿。另一个伪军说，人都埋了，还还什么愿？伸腿瞪眼断了气儿，什么愿也白搭了，不行不行，不能进！香嫂说，俺家里信佛，俺爹临合眼嘱咐我，到七七四十九日一定替他敬香磕头，好让他超度托生。这个伪军不耐烦了，说，托什么生，天天枪子儿乱飞，天天死人，托生过来，再吃枪子儿啊，回去回去！另一个伪军一脸坏笑，再托生也不一定托生个人，说不定托生个猪和羊哩。香嫂说，你这个老总说话不中听，谁家没有爹娘啊，你们行个好放俺进去吧，说着就要往里走。

伪军伸手就推香嫂，香嫂顺势一腚坐在地上，呜呜地哭了起来，我的爹哩，你命苦啊，我想给你还愿，人家不让进啊。

又有几个人过来了，伪军就去检查他们。香嫂还是哭着，卡子里面的小屋里，出来个富态的女人，黑衣裳，左胳膊套着白布袖章，手指间夹着半截烟卷儿，对那两个伪军说，一个妇道人家，去寺里给她爹还个愿，有什么大不了的？进来吧，我检查检查。

香嫂立即起来，提着篮子过了卡子，进了小屋，女人把她全身上下都搜了个遍，头发都捏了，又翻看了篮子里的香纸，歪头看看篮子底下，说，走吧，别哭哭啼啼的，听着我也心烦，我都想起俺爹来了。

香嫂过了一道卡子，第二道检查其实也就是走过场。进了西集，香嫂先不去普照寺，而是先到了敌人的驻所。她看到，兵营门口有两个人站岗，二道门两旁又站了两个人，墙角上的岗楼，全是石头垒起来的，上头架了机枪，外面是个不大的场子，三个巷子口，从东西南三面对着兵营，兵营墙外有三个碉堡，像三个鳖盖子，射击孔全对准三个巷子口。碉堡没有门，是和围墙里面通着的，外面又围着铁丝网。香嫂默默记在心里，突然，她看到兵营里出来两个人，是两个鬼子，显然情报说鬼子还没驻进来已经不实了。她也看到，小巷里时不时还有人溜达，穿着便衣，但能隐约看见从褂子下面露出的枪绳儿。

香嫂心细，她仍然挎着篮子，大街小巷里窜，一直到了头晌，把这些都记住了，然后才到了普照寺。普照寺在西集北边，不大，四周红墙，窄窄的大门楼，进去只有一座正殿。香嫂上了台阶，进门在菩萨像前跪下，磕了头，然后敬香，完了，一个和尚给他一个红布条儿，这叫平安条儿，又敲着木鱼为她诵了一段经。

香嫂出了门，把香纸在炉里烧了，把红布条系在篮子把上，这才出了门，又出了卡子。

香嫂走了一段，看看前后无人，在僻静处脱了白孝衣，然后去了大李庄。

她转到大李庄村西，溜下河道，走到西南角，这就离李颖家很近了。香嫂四下里看看，快步走到李颖家，敲了敲门，李颖从门缝里一看，立即开门，让香嫂闪进去，说，柏子，看着门。

柏子马上来到门后，香嫂抚摸一下柏子说，好孩子，可惜大娘空着手，没好吃的给你。

进了屋一坐下，香嫂就把西集的情况详细给李颖说了。李颖听完说，嫂子，快吃饭。她拿出两个煎饼，香嫂干啃着。李颖说，我给你烧水。香嫂说，不用，缸里有凉水就行。李颖给香嫂舀了水，香嫂接过水瓢就大喝了几口。李颖突然想到了，忙问香嫂，你见到李寿亭了吗？香嫂说，他病得厉害，也没有药给他治。李颖问，他在哪里？香嫂小声儿说，藏在我的空坟里，敌人发现不了。

李颖一听，放心了，她说，嫂子，你慢慢吃，我去去就回。李颖走到院子里对柏子说，关上门，我不来，谁来也别开。

好一会儿，李颖回来了。香嫂站起来，李颖把握着的左手对到香嫂的右手上。香嫂接过一摸，是个纸三角，交通员当然知道，三角代表重要情报，按照纪律，不能藏在任何别的地方，只能握在手里，一旦遇到紧急情况，接着就按进嘴里，嚼烂咽到肚子里。

李颖说，交给王丹西。

香嫂点点头，说，放心。

香嫂离开大李庄，先是向北，然后沿着薛河向东。她本来就不高，腰再一弯，远处的人根本看不见她，只要有人从河边过来，她就躲到树丛中，如果几个人走过，她就跳下河堤，下到水边上，让灌木挡住。村庄头上都有卡子，路上时不时有人巡逻，香嫂走出十几里后，前面是一条小路，有几个伪军正坐在大树下，抱着枪说话。香嫂不敢动，手里紧紧握着情报。这时，一个伪军站起来，也没拿枪，往她这边走，香嫂见状连忙后退，躲到一个土坑里。那个伪军并没发现她，撒了泡尿，又走了回去。

约莫过了两袋烟的工夫，大树下的敌人站起来，抓起枪要走了。香嫂趴在土坑里，听到动静，头一伸想看一下，接着又赶紧缩回来，这下坏了，就听见那边的人说，我好像看见一个人。香嫂一个激灵，立即紧张起来。又一个人说，在哪里？我怎么没看见？那个人说，好像一伸头，我眼尖。另一个人说，走，过去看看。

香嫂一听，右手抓起篮子，往旁边一扔，掉头就往回跑。后面的人看见她了，喊着，八路，八路，快抓住她！接着有人喝着，站住，站住，开枪了！另一个人说，别开枪，抓活的，皇军有赏！

香嫂沿着河边往前跑，后面几个伪军拼命追。香嫂大半辈子都在山上爬，她又是大脚，别看人瘦小，但跑起来飞快。她看到河岸那边有一片坟地，坟地里有一片树林，过了树林就是一个村庄，她就狂跑着进了坟地。

后面几个人呼呼地追，坟地里根本藏不住，香嫂立即往村子那边跑，后面的伪军边跑边大骂，臭娘们儿像猴子一样！一个人大声喊，开枪了，开枪了！

香嫂见前面有个高坡，下面是一条沟，她跳到坡下，进到沟里，顺着沟一个劲儿地往前跑，跑，可是，她往右一拐，发现沟断了。前头就是村北口了，她跳上沟想跑进村，后面的伪军砰地开了一枪，大声喊着，抓八路，抓八路！村里有人听到喊声，两个人抓着铁锨，从村口冲出来。香嫂一看，她已经无法进村了，远处是一座小山，只能再往小山那边跑。

后面的伪军一看这情景，心想这女八路是跑不了了，就在后面紧紧咬住她。

这时候，大路上走来一队人马，骑在马上的是李宝昌，他带着六个伪军从官桥回来，正往郭庄据点走，后面还有两个鬼子兵。李宝昌骑在马上，抽着烟卷儿，突然听到一声枪响，再看，有几个人正在追一个女人，还喊着抓八路，他狡诈的眼睛一下子瞪起来，把烟一扔，两腿一夹一拉缰绳，那马一下子从路上跳到田地里，朝着远处的香嫂奔驰而去，其他的人跟在马后边小跑。

很快，李宝昌就要追上香嫂了，但他没有拔枪，也没有直接拦住香嫂，而是策马冲到香嫂前头一大截，然后骑着马在地里兜圈子，马的四蹄野蛮地践踏着地里的青苗，马蹄过处，苗全断了。李宝昌策马越围越小，香嫂一看跑不出去了，她站在那里，把手里的情报往嘴里一按就嚼了起来。

这个动作让李宝昌看见了，他大声喊着，抓住她！这个女人是送情报的！随即把枪拔出来。

后面的人赶过来了，他们把香嫂围住。

香嫂镇静地站着，眼睛却往远处看。

李宝昌从马上下来，把鞭子扔给一个伪军，走到香嫂面前，问，哪庄的？

香嫂好像没听见，头一歪，不说话。

李宝昌又问，从哪里接的情报？送到哪里？

香嫂还是不说话。

一个拿匣子枪的伪军排长火了，妈的臭娘们儿，哑巴吗？

李宝昌止住排长，和气地笑笑说，说出来吧，我会给你好多钱，以后别干这个啦，偷偷摸摸的，弄不好还会被杀头。

香嫂还是不说话。

一个鬼子问李宝昌，她的，情报的干活？李宝昌点点头，鬼子端起刺刀就要刺上来，李宝昌一把抓住他的枪杆子，又看着香嫂，说，别害怕，我不让他伤害你，说出来，然后到我据点拿钱，我说话算话。

香嫂还是不说话，脸向一边扭过去。

李宝昌不耐烦了，说，把她绑到那边的树上！

两个伪军抓住香嫂的两只胳膊，把她拖到地头的一棵小杨树下，把她的胳膊别到树后，又捆住双手。

李宝昌斯斯文文地走过来，说，听着，别等我下狠手，现在说还不晚。

香嫂看也不看李宝昌，头又扭到一边。李宝昌对伪军排长说，我去那边抽支烟，她要再不说，拿刀子割她！

李宝昌走了几步，又转头对伪军说，去，到村里找几把铁锨。

三个伪军转身就走了。

李宝昌来到地头上，杨树下拴着他的马。他坐下，叼上一支烟，用打火机点上，抽了一口，又吐出来。

挎匣子枪的伪军排长继续审问香嫂，你到底说不说？嗯，说不说？见香嫂还是不吱声，他拿过一把刺刀，刀刃向上，向香嫂的破褂子开襟处一挑，褂子就开了。

香嫂闭上眼睛，头仰起斜靠在树干上，双眼流下眼泪。

排长吆喝着，快说！

香嫂还是不说话。

排长把刺刀递给一个伪军，说，割下她的奶子！

伪军接过刺刀，手就哆嗦了，就在刀尖要触到香嫂的时候，刀一下子掉在地上。

排长骂了一句不中用的东西，弯腰捡起刺刀，猛地一下就把香嫂左边的乳房割了下来。香嫂瞬间昏死过去，头垂下来，胸前顿时就呼呼往下流血，可是她没有喊叫一声。

伪军排长的嗓音却变了，他声音颤抖地喊着，快说！说了，我给你留一个！

香嫂醒了，但疼得几乎不省人事，那个排长咬咬牙，噌的一下，又割下香嫂另一只乳房。

旁边，三个伪军正忙着挖坑。

一个鬼子急了，他问，女人的情报，肚子里的干活？

伪军排长点点头，鬼子一下子把他拨到了一边，后退一步，呀的一声，冲上前，拿刺刀捅进了香嫂的肚子，接着一挑，香嫂就被开了膛……

香嫂死了，坑也挖好了。两个伪军解开绳子，把香嫂血淋淋的尸体拖过来，抬头抓脚，扔进坑里，然后，又用刺刀插着地上两块血肉团，扔在尸体上，接着往坑里填土。

很快，土坑填平了。这时候，李宝昌走过来，说，埋好了，不能有缝儿，那叫曝尸荒野，老天爷会说咱不厚道。说完，李宝昌走到覆盖的新土上，两只皮靴不住地踩着，慢慢地踩，反复地踩，新土里有不少坷垃，李宝昌用靴子尖把它们轻轻碾开，碾碎，再踩上几脚，完了再去碾另一些坷垃，他碾得很仔细，两只黑皮靴在土上不停踩，然后他抬头看看手下的人，叹口气说，死得惨，死得惨啊，让这娘们儿安息吧，把土踩结实，别让她半夜里再爬出来……

7

西茉山，于大肚子活得很滋润，这会儿，他正坐在堂屋的椅子上喝茶，穿着一身黑缎子衣裳，宽宽松松，上面还绣着两条龙。别的茶于大肚子不喝，只喝上好的黑乌龙。他对“雪里站”说，我是属龙的，属龙就喝乌龙茶。“雪里站”说，就一碗黑汤子，苦不苦，甜不甜，还是西湖龙井好喝，喝上提神儿。于大肚子说，萝卜青菜，各有所爱，婢养的，喝乌龙茶，能助我命硬哩。“雪里站”白他一眼说，属龙的你应该在胶东，有海，能行风行雨，这里是山，不下雨就少水，你兴不起浪来。于大肚子牛眼一翻说，我属的是小龙，小龙就是蛇，山上蛇多不多？婢养的，蛇能屈能伸，藏在草里看准了，一口就把人咬住，一招致命，蛇又灵活，进攻猛，跑起来快如闪电，你看看今天，咱们享福不享福？

“雪里站”没话说了，看看据点，像是铁打的，周边村庄，月月送上吃的喝的，牛、羊、猪、鸡，什么肉都有，仓库里存着满仓的粮食。于大肚子不愧早年贩过咸鱼，有经营头脑，看到这里山岭地薄，正好可以种罂粟，秋后割了，让手下人熬成大烟土，然后去徐州以南卖，甚至卖到了南京、上海，白花花的大洋就换回来了。有了大洋，他就买了百多支步枪，六挺机枪，成箱成箱的子弹和手榴弹，还有两门迫击炮，最后还剩了两箱大洋。这些于大肚子不告诉陈二雄，反正陈二雄有日本人供应。“雪里站”警告于大肚子，你可不能抽大烟。于大肚子说，婢养的，我傻呵，沾上这个身子骨就酥了，晚上我怎么伺候你？“雪里站”就伸手去拧于大肚子，骂了一句老婊孙子儿。

前头说了，官桥大灾，人们争着当伪军，但于大肚子不收。“雪里站”不理解，于大肚子说，婢养的，女人见识，没有半尺，咱这里摆不下那么多桌子，人多无好饭，猪多无好糠，咱这点儿家底儿，经不住太多的人祸害。剩下的话儿，他不能和“雪里站”明说了，俗话说树大了招风，猪壮了挨刀，这仗不能打一辈子，那两箱大洋是自己的，要是死在战场上，那就什么都没了。

于大肚子早就悟出一个道理，什么样的命最金贵？小时候，娘请瞎汉给他算命，瞎汉说，金木水火土，人分五种命，可于大肚子不信这个，他信人只有有了钱，命才珍贵，有了钱不想花，那是小气鬼，是个穷命，有钱就要花，要荣华富贵，才是真真正正的“金命”，存了一大堆钱，舍不得花就死了，那才是天下最大的傻瓜——躺在棺材里让人撒纸钱，那是糊弄鬼哩！现在，闷声发了大财，于大肚子更觉得自己性命金贵了。

于大肚子来到西茶山后就知道了，张西奇就是这个村里的。以“雪里站”的意思，应该把张西奇的爹娘都抓起来。于大肚子说，婢养的，张西奇的爹娘都七老八十了，跑都跑不了几步，你抓他们，死在据点里，咱还得埋，也和姓张的结下了死仇，再说，围墙都让咱们拆了，婢养的谁家去拉屎咱都看得见，留着，逢年过节咱还要给他送点儿东西，也说不定能把张西奇给钓出来……八路就这一条好，优待俘虏，一人做事一人当，不连累家人，我老家也有武工队，也知道我干了这个，可他们也没烧我那三间屋，也没找我大爷的麻烦，当然，他们这是收买人心，咱们也要学着这样，你看陈二雄、铃木出去“扫荡”，就不乐意杀女人。

于大肚子最后这一句，“雪里站”就不服了，他白了于大肚子一眼说，不杀，他们手下糟践的女人还少吗？于大肚子摸着锅底儿一样的肚子说，那有什么？又破不了帮，也裂不了底儿。“雪里站”说，你放驴屁！

于大肚子喝着茶，“雪里站”就到外边转悠。她个子高，大白脸，大鼻子大眼大嘴，柳叶眉毛下，眼睛水汪汪的，有一种狐狸样儿。她还向王美兰学了抹口红，大嘴抹上口红，就像一大朵罂粟。她的两个胸脯也大，还爱往前挺，尤其是在铃木面前。“雪里站”最爱穿白衫，白褂，白裤子，就是头发、鞋子两头黑，因为她爱穿白，也就有了“雪里站”这个外号。于大肚子开始看不惯，说，婢养的，穿这个丧气，像整天给你娘穿孝。“雪里站”眉毛一挑，骂了一句，老婊孙子儿的，老娘就喜欢白，你管得着?我嫁给你这个木头墩子才丧气呢！是的，站在地上，于大肚子个头儿还不到她的肩膀。

“雪里站”是费县人，自小性子野，大点儿了就和村里一个人私奔当了土匪，后来男人中了枪，她就和土匪头子姘居，再后来，八路军围了土匪山寨，“雪里站”靠着双手打枪逃了出来，一路向西，又碰上了于大肚子的队伍。

于大肚子和“雪里站”到西芣山驻扎，村里人偷偷给他俩编了个顺口溜儿：

一个高来一个矬儿，
两个饽饽夹着脖儿。
平时要想亲个嘴儿，
连蹦三下够不着……

有一次，“雪里站”在据点里溜达，一个小伪军可能刚刚私下里听到这个顺口溜儿，也不知道这是骂的谁，只觉得有趣，背着枪就唱，一个高来一个矬儿，两个饽饽夹着脖儿……不想让后边的“雪里站”听见了，她柳眉一竖，两眼一瞪，厉声喊道，站住！

小伪军一下子站住，回头一看“雪里站”，立即噤声。“雪里站”一下揪住他的耳朵，接着狠狠地一拧。小伪军疼得哎哟哎哟直叫唤，身子就往下缩溜。“雪里站”还是不松手，几乎把小伪军提溜了起来。最后她放开手，小伪军手捂住耳朵，疼得眼泪早出来了。“雪里站”厉声道，说！跟谁学的？！小伪军说，在村头听到的。“雪里站”一听他的口音，就问他家是哪里的，小伪军说是沂南的，“雪里站”骂着，小婊孙子儿王八蛋，要不是看你是老乡，我割下你的舌头！站好，站好！

小伪军立正站好，“雪里站”说，靠墙站！小伪军往后退退，站在墙根下。这时，“雪里站”双腿稍分，两个巴掌左右开弓，噼里啪啦照着小伪军的腮帮子打起来。小伪军不敢动，任凭“雪里站”一个劲儿地打，反复五六下，他的腮帮子就肿了，鼓起来了，可“雪里站”还是啪啪地打，小伪军的腮帮子由红变紫，最后乌青乌青，鼻孔里也流出血。“雪里站”收住手，问道，往后敢不敢了？小伪军吐了一口血水，嗫嚅不清地哭着说，不敢了，不敢了，饶了我吧。“雪里站”双手叉腰，恶狠狠地骂，小婊孙子儿，活够了你！

“雪里站”回到堂屋，脸上还有余怒。于大肚子问，咋了？又打人啦？“雪里站”从桌子上的烟盒里抽出一支烟，掏出一个精致的打火机，啪地点上，抽了一口，坐下说，人家夸你个子高！

于大肚子把一只银制的烟灰缸往“雪里站”这边一推，“雪里站”伸手弹了一下烟灰。她的手腕上戴了三个金镯子，于大肚子漫不经心地看了一眼说，戴这么多镯子怎么打仗？“雪里站”说，打什么仗？这都几个月了，三天两头“扫荡”，村头设岗，路上巡逻，八路要子弹没子弹，要粮没粮，怕是肠子都细成线儿了，我看官桥这地面儿上，年儿半载的也打不了仗了。于大肚子左手的食指一板一眼地叩着椅子扶手说，你以为他们都绝了种了？王世仁还在，张西奇还在，县大队还在，不定什么时候会咬咱们一口。“雪里站”说，有铃木，有陈二雄，就凭八路几杆破枪，就能翻盘？

于大肚子没接话。“雪里站”说，咱这里弄得这么好，陈二雄怎么也不提拔提拔你？还是表兄弟哩。

于大肚子还是不说什么。“雪里站”说，早该有个副大队长了。

于大肚子说，哪个小队长不盯着那个位置？李宝昌往官桥跑得最勤，陈二雄的门槛都快让他的鞋底磨断了。

“雪里站”说，这个老婊孙子儿，功劳没你大，可花花肠子比你多，他跑，你也跑啊。

于大肚子说，李宝昌是忙着去送礼。

“雪里站”说，他送，咱也送，多送，俗话说，狗不咬拉屎的，官不打送礼的，舍不得孩子套不住狼！

于大肚子沉默不语，他已经看出了陈二雄的心思，陈二雄就故意把副大队长的位子空着，眼下，他扩充到了四个小队，另两个小队长是新提的，自然不能与他和李宝昌比，而空着这个位子，新的小队长一旦有哪个立了战功，也不是没有可能快速上位，但他陈二雄是谁？他就是用这个空缺吊着几个小队长的胃口，让他们效忠，让他们送礼。早年，于大肚子在济南旅馆看过糊墙的报纸上有三幅漫画：头一幅，一个人伸着一根杆子，杆子头上吊着一块骨头，两条狗在下面跳着够，可总是咬不着；第二幅，两条狗开始互相咬了起来，挑着骨头的人开心地笑起来；第三幅，一条狗拼足了劲儿跳起来，就要咬着骨头了，可那个人把杆子往后一抬——这些日子，于大肚子脑子里总是想着这三幅画，心想，我就是其中一条狗啊。

可是，于大肚子还是想当副大队长，而且念头越来越强烈。他想，自己积下的钱，这辈子够花的了，等明年大烟土熬完，钱又能哗哗地进来，自己当了副大队长，就让“雪里站”当小队长，依然守在这里，断不了财源。他这个那个也给陈二雄送了不少，可陈二雄总是不吐口儿。于大肚子当然知道，每次打仗死的全是当兵的和小军官儿，是班长，是排长，日本人死的，到小队长级别就很少了，中队长、大队长、联队长，他们都可以骑在马上喊冲锋，下面还有护兵，如果官再做大，就可以站在作战室的地图前了。自己虽然没那么大的本事，识不了几个字儿，连封信都写不好，但贩咸鱼看秤星子练得算账快，张嘴说也行，打仗更是不含糊，脑袋也不笨，当个副大队长，甚至是陈二雄那样的大队长也不在话下。扛枪的，就是一级压一级，下一级只能和上一级的说上话，上去一级就能站在更高的台阶上，就可以巴结更上一级，官越大，就离子弹越远，命就越大，自己攒下那么多大洋，怎么着也不能进了阎王殿再花……

过了几天，于大肚子的部下在山里打到一只狼，那只狼大得简直像头牛犊子。于大肚子二话没说，让人剥了皮，把两条后腿卸下来，又割下狼头，带上几个人去了官桥。

于大肚子进了陈二雄的院子，见陈二雄正坐在那里擦皮靴，他大声说，大哥，我给你送来个狼头和两条狼腿，说着就让随从把蒲包敞开，把狼头、狼腿放在蒲包上，他又说，等我把狼皮熟好了，再给你送来。

陈二雄一边擦着皮靴，一边说，大肚子，我在关东，老虎豹子，野猪狍子，什么肉没吃过，这狼肉又硬又柴，一股子土膻味儿。于大肚子说，我的好表哥嘞，这不是早不在关东了吗？这狼头，你把牙拔下来，听说这东西辟邪，你给两个侄子戴手上。

王美兰从外屋进来，看见于大肚子送来的狼头、狼腿，就以日本礼仪给他行了个礼。于大肚子连忙摆手说，嫂子，使不得，使不得，我当之无愧，当之无愧呀。陈二雄笑骂道，什么当之无愧，你那叫受之有愧。于大肚子尴尬地笑笑，摸着大肚子说，对，对，表哥说的是，受之有愧，受之有愧。

大日和大本跑进来，看见狼头，高兴地跳起来。大日蹲下去，用劲儿扒着狼嘴。陈二雄说，出去玩儿，出去玩儿。大日揪住狼耳朵就把狼头提到院子里，扔在地上和大本用脚踢着玩儿。

陈二雄把靴子往墙下一放，对王美兰说，弄几个菜，我和于队长喝一杯。

王美兰出门去告诉用人，于大肚子也跟出去，小声说，嫂子，我和弟妹孝敬你，说着从口袋里摸出一个金元宝。王美兰接过来，掂了掂，又看于大肚子的口袋，于大肚子只好又掏出一个金镯子。王美兰说，金元宝要是再有一个就好了。于大肚子说，嫂子，对不住，现在只有一个，放心，我一定给你弄齐，好事成双嘛。王美兰笑笑说，你可别忘了啊。于大肚子说，忘不了，忘不了，嫂子的事儿就是大事儿！

陈二雄和于大肚子开始喝酒。几盏过后，于大肚子说，表哥，这官桥一带让你“扫荡”了几轮，算是太平多了，你有功于日本国啊。陈二雄说，往后啊，咱这里越来越太平，你那西茉山，可得守好了。于大肚子头一扬，这还有问题？说完又干了一杯，继续说，我那里绝对万无一失，李宝昌那边咋样了？陈二雄说，不错，不错，这小子也有些能耐。

于大肚子心里稍有些芥蒂，又一杯酒下肚，他牛眼一转，忽然说，大哥，要不让我和李宝昌对调对调，我在那个山沟里实在腻歪了，李宝昌那里多好，平原地，我那里，兔子都不拉屎。陈二雄明白于大肚子那点儿心思，说，你们二人各有所长，你守在那里我更放心，李宝昌不行。于大肚子说，怎么不行？婢养的，他这个人心眼儿多，哪像表弟我，就是根直肠子，打仗咱不怕，动心眼儿，怕是比不了他姓李的，换换吧，换换吧，换了离表哥你也近，往你这里跑也方便。

陈二雄笑了，大肚子，别得了便宜还卖乖，我知道你在西茉山发大财了，你能舍得那个地方？于大肚子说，小财，小财，就是发财也不会忘了表哥，要用钱还是用枪，只要表哥张口，我立马给你送来！

陈二雄喝了一杯酒说，大肚子，你对我是忠心耿耿啊。

于大肚子嘟囔说，知道表弟忠心耿耿，你也不扶扶表弟……

陈二雄说，铃木那里，执行官田文死了，至今不也没人顶上嘛，这话现在不好说。于大肚子不语，陈二雄头一抬，说，大肚子，心思先别放在这上头，我说了不算，等有机会，打上几仗，我再向皇军给你美言！

于大肚子立即站起来，说，有表哥这句话，我敬表哥一杯！

这时，王美兰进来了，她说，于队长，听说你那里弄得很漂亮，什么时候请我去看看？于大肚子说，好啊，嫂子，我巴不得嫂子今天就去，得，定个日子，我用八抬大轿来抬你，我那里有吃有喝，回来时我再送你份重礼！

王美兰一听重礼，两眼发亮问，什么重礼？于大肚子借着酒劲儿说，金银财宝，去我那里，你看中什么拿什么。王美兰说，好，去，我一定去。陈二雄说，去什么？在家里待着吧。王美兰不满地冲着陈二雄说，我这大半年都没出兵营了，憋坏了，憋得我都快生病了，说完，竟低下头哭起来。陈二雄看着王美兰，说，你看看，你看看。于大肚子赶紧解围，表哥你也太小心啦，以前不安全，现在还不安全？到处都是咱们的人，要不我派队伍来接嫂子？婢养的，我保证一只蝇子也不敢靠近，喝酒！

陈二雄对王美兰说，你去让用人再做个汤。王美兰噘着嘴，爱搭不理，好半天才站起来出去，看也不看陈二雄。

于大肚子说，表哥你也太委屈嫂子了，这都好长时间见不着八路了，这样吧，你带上嫂子，专门去我那里视察，说到这里，他放低声音说，我给你和嫂子弄上零花钱，我本来想直接给你送来，婢养的，又不想让外人看见……

于大肚子注意到，陈二雄明显心动了。

8

西集是不能打了。

香嫂在回去的路上，献出了生命……

敌人已经以为天下就是他们的了，官桥街上，每天都有鬼子伪军游逛，喝酒的也多了，当官的去酒楼，当兵的去酒馆儿，而在靠桥头不远的地方，原先的两层酒楼被重新装修，挂上了个牌子叫“艳春院”，就是窑子。看到生意红火，很快在北头离歇马亭不远的巷子里，又有了几家妓院，大烟馆儿也出现在街上。车站门外的广场上，来了戏班子，搭起台子，专门唱“拉魂腔”。“拉魂腔”又叫柳琴戏，清代中期在苏鲁皖豫四省交界处兴起，后来主要在鲁南和苏北流行，当地有句俗话，叫听听“拉魂腔”，赛过人参汤。“魂”都被拉走了，可见它的迷人。

官桥如此，周边据点里的伪军，更是耐不住寂寞，不少人都是戏迷，好多唱词曲调都烂熟，每逢集，民间剧团就搭起台子演出，有时候，据点里还专门把剧团请进来，一唱就是两三个晚上。

张西奇和武工队队员们，此时正在仓庄西头的关帝庙里，队员们都在庙里歇着，后面有一座石碑，立在一个大乌龟背上。张西奇没地方坐，干脆就骑在乌龟脖子上抽烟。他这些日子老生闷气，香嫂被害后，他到大李庄开会，李天成说，越是在敌人猖狂的时候，武工队越应该灵活机动地不断打击敌人，不能被动地让敌人追着跑，东藏西躲可以，但要果断出手，不能只等着上级下任务。

张西奇明白，李天成是在批评他。张西奇听得脖子上的筋一绷一绷的，心里有些不服气，咱也不是省油的灯，还不知道该出手就出手？可是满山遍野都是敌人，枪一响就围上来了，要看机会嘛。再说，他有时候刚进一个村庄，立即就有人报信儿，腚还没找到地方坐下，敌人就扑过来，接着再跑，跑到另一个村外，又有人敲锣报信儿，有时候不走运，一连跑三个村子都进不去，只好在破庙里待一宿。王丹西让张西奇多招一些队员，不能只靠这几支枪。张西奇心里更窝火，武工队白天不能进村子，就是有亲戚也不能靠近，村里有藏他们的地窖，里头都太小，要分几个地窖住下，人多了，往哪里住？再说吃，这几个人，还得靠到财主家敲竹杠蹭饭吃，饥一顿饱一顿，人多了吃什么、喝什么？不懂军事瞎叨叨。末了，李天成问张西奇还有什么意见，张西奇说，我取李宝昌的人头！

张西奇骑在乌龟脖子上抽完一支烟，又续上。

曹老三过来了，说，队长，咱不能光吃饭，不干活儿啊。

张西奇一下子火了，两眼像鹰一样瞪着曹老三说，会说话吧？谁光吃饭不干活儿了？

曹老三不怵，我怎么不会说话啦？我哪里冒犯你啦？

张西奇几乎咆哮着，你说，干什么活！我听你的！曹老三说，你队长要什么态度，我就提个建议，你还惹不起呢！张西奇说，我就是惹不起，你给我上一边儿去！曹老三也吼着，你当个队长以势压人！张西奇完全不讲理了，好，我不干了，你姓曹的干！

赵明大过来了，其他几个队员也都站到旁边看。赵明大说，这是怎么了？自己人和自己人咬起来了？曹老三说,他姓张的欺负人。赵明大头一扬，给曹老三使个眼色，故意说，队长心里烦，别搁这儿添乱，去去！完了就把曹老三和其他人都劝走了。

张西奇却没给赵明大好脸，又怒气冲冲地说，你也甭充好人！赵明大说，你当队长的，不能这样对同志们。张西奇气势消了些，但仍然嘴硬，我这不是在气头上嘛！赵明大说，在气头上也不行，气是他曹老三给的吗？

消消气，消消气，把烟包给我，我没旱烟了。

张西奇瞪了他一眼，从口袋里摸出半包大前门。赵明大说，劲儿太小，不过瘾。张西奇说，我也没旱烟了，凑合吧。

两个人各自抽着烟，过了半天，张西奇说，咱得把李宝昌办了，给香嫂报仇。赵明大叹口气说，我那三婶子死得惨，太惨了，抓着李宝昌，我要一刀一刀割他，对了，听人说，李宝昌是个戏迷，会拉二胡，还会唱“拉魂腔”，只要逢集，他都要出来听戏。

张西奇说，据点咱进不去，进去了也未必能再冲出来，就在集上想办法。赵明大说，李宝昌每次出来，都带上一个排的人保护他，动手不那么容易。

张西奇坚定地说，不容易也得干，眼下没有容易的事儿，那小子太残忍，太残忍了……不取他的人头，不算完！明天，我去郭庄看看。赵明大说，你不能去，要去我去！张西奇说，我必须去！赵明大说，你是队长。张西奇说，我明白你的意思，可我咽不下这口气。赵明大说，香嫂是我婶子……张西奇说，更是咱们的同志，还是我去，一定我去！两个人正在争，坡子、孙五子也过来了，都说，队长我去。曹老三也过来，把方才的不愉快放下了，硬邦邦地说，队长，你不能去，我去！张西奇瞪着曹老三，说，我非去不可。曹老三说，你非要去，我陪着你。

张西奇站起来，说，都甭嚷嚷了，就我一个人去，两个汉子在路上走，还怕目标不大啊，谁见了都会怀疑。

……

张西奇一个人上了路，当然是走小路，有沟走沟，有河走河，他眼观四周，快步疾行。这样走了大约五六里，他路过几座坟包，见前边横着一条大路，他想穿过去进入一片小树林，突然从路那头走来的鬼子看见了他，一个鬼子生硬地喊，站住！你的站住！张西奇瞬间一瞥，见鬼子有六个人，有一个挎刀的是个曹长，他不敢停下，冲着小树林就往前跑，鬼子也向他追过来。张西奇快要到小树林时，一个鬼子砰地打了一枪，只听那个曹长喊，活的，活的抓住！张西奇心想，我就等着让你抓活的，两腿一迈就进了小树林。他一看，树都太小了，全是比胳膊粗不了多少的槐树，再往里面竟是一片平地，连座坟头都没有，根本藏不住人。好在旁边是别人家的田地，主人怕树根伸到地里不长庄稼，在林子边上挖了又窄又深的沟。张西奇回头一看，敌人还未追过来，他赶紧跑到林子边上，趴进沟里，接着往回爬，爬到头上，他纵身一跃，反向直奔来时的几座坟包，这时，鬼子已经进到树林子里。

张西奇趴在坟包后面，左右一看，不好，另外一边有人在巡逻了，后边是个小村庄，他也不能进，村里会有人敲锣，看来，郭庄今天是去不成了，得避开敌人快回去。他正这么想，突然远处有人喊起来，快看！藏在那里！藏在那里！张西奇歪头一看，村外站着一个人，正指着他这里喊。张西奇牙一咬，回手一枪就把那个人打倒了，接着，向从树林里出来的鬼子啪啪两枪，也不知打中没打中，但鬼子立即都趴下了。张西奇猫腰往左边跑，一下子跳进一道沟里，沿着沟往前猛跑，这时候他想到了，一里多外，在通往北山的路口上有座炮楼，他就向那里跑去。

张西奇见沟跳沟，拐弯抹角的，终于来到那座炮楼前。炮楼不大，驻着一个排的伪军，听见远处的枪声，站岗的伪军早已警觉，看见张西奇双手举着走来，紧张地端枪瞄着他。张西奇走到壕沟上的吊桥前，大声说，我找王大眼子，快放桥！伪军见来人直呼排长的外号，问，你是谁？张西奇说，放桥放桥，我是他哥！王大眼子在炮楼里，听见声音就走出来，一看来人，立即喊着，放桥放桥！

王大眼子迎上来问，哥，你怎么来了？张西奇气喘吁吁地说，别废话，先进去！两个人进到炮楼里，张西奇说，快，脱下褂子我换上！王大眼子立即脱下自己的褂子，张西奇麻利地穿上，王大眼子又把帽子给他戴上。张西奇说，给我一杆长枪，我上去站岗。王大眼子立马拿过一支步枪给了张西奇，张西奇说，鬼子快要追过来了，别害怕。王大眼子点点头，领着张西奇上了楼顶，张西奇向下一看，六个鬼子已经站到吊桥前边，桥就要放下了。

王大眼子赶紧下去，迎接鬼子，那个曹长问，八路的，过来？王大眼子说，过来了，我看见了，往山那边跑了，妈的，一会儿露头一会儿没影的。

曹长看看王大眼子，摇摇头，突然说，你的，全部的，集合的有。王大眼子立即喊，全体集合！全体集合！

很快，所有的伪军都过来了，排好队。鬼子曹长挨个地看，没有发现可疑的。他右手握住腰上的刀柄，踱步回来又看了一遍，摇摇头，突然，他对几个鬼子兵一歪头，他们立即进炮楼搜查。王大眼子顿时吓坏了，张西奇没下来，虽然他身上有军装，可裤子没换，一看就露馅了。王大眼子顿时觉得尿快出来了，嗓子也发干，他脸上艰难地向曹长挤出干巴巴的微笑，心想大难临头了。

不知过了多长时间，鬼子们从炮楼里出来了，向曹长摇了摇头，曹长向外一晃手，走了。

王大眼子急匆匆地进了炮楼，急匆匆地往上爬，到了楼顶一看，张西奇正坐在那里抽烟卷儿，好像什么也没有发生。王大眼子问，我的哥，你藏哪里啦？钻砖缝里啦？张西奇只是用嘴向脚下努了一下。王大眼子一看，一根绳子拴在枪带上，另一头拴在顶篷的立柱上，他立即明白了，听见鬼子快到楼顶上的时候，张西奇把步枪放到炮楼背面，再抓着步枪悬在外墙上，鬼子进来搜查一通没发现有人，哪能想到人就在外面挂着。

王大眼子佩服得五体投地，连连说，哥，厉害啊，厉害啊。张西奇说，大眼子，今天你立了一功。王大眼子说，应该的，应该的，我记着哥的不杀之恩！

王大眼子就是官桥人，有一回被张西奇他们抓住，见他也就十六七岁，一双大眼长得标致，而且聪明伶俐，一问，又知他爹早死，只有老娘和他。张西奇说，看你不像个坏人，我毙了你，你娘怎么办？回去吧，甭祸害老百姓。王大眼子直给张西奇磕头，张西奇说，在伪军里头干，学会巴结，当个小头目，以后我找你办事儿。王大眼子抬起头说，明白了，明白了。后来，王大眼子先是当班长，又给陈二雄家站岗，不久，陈二雄就把他提拔成排长，派到这个据点里，他驻下不久，张西奇就知道了。

张西奇抽完烟，把烟蒂放在地上用脚搓了搓，吐了一口唾沫说，饿了，有肉吧？王大眼子说，有，有羊肉，也有酒。张西奇说，不喝酒。

吃完午饭，王大眼子下去看了看，回来说，哥，不能走早了，到处都有巡逻的，你要路上再有闪失，这锅可就得我背了。张西奇笑了，好，那我睡一觉，你给我把好门儿。王大眼子把张西奇领到自己的房间里，给他整好枕头，用手扑了扑床单上的灰尘，说，哥，睡吧，放心睡。张西奇说，大眼子，给我备些子弹。王大眼子一停，好说好说。

张西奇一直睡到日头大偏西，他一起来，王大眼子就推门进来了，说，哥，我就守在旁边的房间里。张西奇满意地点点头说，大眼子，你挑五六个人，全是信得过的，到外面巡逻，我换上全套衣裳，混在他们中间，把我送到指定地点。王大眼子说，明白，哥，我这就下去。不多会儿，王大眼子上来了，他拎着两条子弹袋，全都装得满满的。张西奇接过来，先后扎在腰里，然后问，那几个人可靠吗？王大眼子说，哥，绝对可靠，全是我的小兄弟，这个排我说一不二，全听我的，要不，刚才你能藏得住？有一个给鬼子使眼神儿就坏了。

就这样，张西奇夹在一队伪军中间，扛枪出来，在路上行走，太阳落山后，他们到了张西奇指定的地方，张西奇借着夜色，进入了一片小树林……

过了几日，张西奇派孙五子、坡子去了郭庄集打探。

回来后，坡子说，李宝昌又出来看戏了，不过身后全是他的人，一个排不假，全都双枪，还有好多便衣混在人群里，各个路口都有人站岗，狗日的，像皇帝出巡似的。

张西奇和赵明大商量，靠咱们这几个人是办不了，县大队也不知在哪里，近的只有王世仁和孙参谋他们，可他们又被敌人困在山上……

赵明大想了想说，趁着黑天半夜，或许他们能下山。

张西奇叫来坡子说，坡子，你把那身黄皮穿上，想办法去趟鹞子崮，把咱的计划告诉王队长他们，看他们能否派人支援，如果行，最好请孙参谋带一伙人下来，不过这话，你要单独和他说。坡子点点头。张西奇对赵明大说，孙参谋脑子活，点子多，他下山，我心里更踏实……

第二日一早，坡子回来了，还好，一切顺利。

到了郭庄逢集这日，天气很好，路上赶集的人不少，越走近集市人也越多，集市在郭庄据点西南的一块空地上，这里坑，那里洼，稀稀拉拉的杨树，边上还有七折八歪的干水沟，各种货摊子就随着地势乱摆开。集上的人要拉、要尿，有人就在边儿上用高粱秸子围上大半圈儿，里面挖个坑，一边放上一块石头，并在旁边儿放个尿罐。虽然各个路口都有伪军检查，但人逐渐多了，他们也就挑人上下乱摸一下就放行。更多的人不走大路，而从四面地里往集上走，张西奇他们很容易就混进去了。

依照计划，孙兆谦他们远离集市，在适当的位置隐蔽，一旦集上枪声响起，他们立即出击，里应外合，并阻住据点里冲出的敌人。据点向西是一条大路，大路北边不远是一条河，张西奇估计，孙兆谦他们在那里设伏。

日上两竿的时候，那边响起了锣鼓，这是预先的闹场，是为了吸引观众。戏台搭在集市北边，不是土台子。可能李宝昌太爱“拉魂腔”了，他让手下的人在四角立了粗实的柱子，离地三尺架上成排的横梁，上面铺上厚木板，铺上剧团带来的红毡，后面拉一道淡粉色背景幕布，正中有一朵盆口大并带着绿叶的红牡丹。琴师的凳子已经在右边放好，几个敲锣打鼓的正在那里忙活。台前四五米远正中，放着一张八仙桌，上面已经摆上了瓜果梨桃，桌子后面放了两把灯挂椅，铺着黄缎子坐垫，这是给李宝昌和他老婆准备的。

锣鼓敲了一阵子，台下已经站了不少人，前面紫红的幕布徐徐拉上了，估计戏很快就要开演。台下的人们，全部仰起头等着，可是，过了一袋烟的工夫，后面的锣鼓又敲开了，内行人一听就知道，这还不是开场，还是先前敲打的节奏。张西奇、赵明大他们明白，这是在等李宝昌。

锣鼓敲了一阵子，总算停了，可是没停多久，又敲了起来，下边的人不耐烦地嚷嚷着，该演了，该演了，从前这时候早演了几场了。

总算等着锣鼓停下，幕布动了，从中间缝里露出一个化了妆的脑袋，看着站在台子一角的伪军。那个伪军走过去，两个人在说着什么，总算说完了，那化妆的脑袋缩回去，幕布又合上，锣鼓又不紧不慢地敲起来。张西奇他们站在三层人后也急了，这李宝昌到底来不来？武工队好说，就怕孙兆谦的人埋伏久了，让人发现。下边有人喊起来了，有的人在骂骂咧咧。

锣鼓还是那样敲，突然有人喊着，闪开，闪开！那边的人群呼啦分开，几个伪军分站到众人前面。终于，李宝昌和他老婆来了，他挎着匣子枪，左边皮带上还挂着一把小手枪，穿着皮靴，居然还系着披风，脸板着，但两只眼珠不时地往人群里溜。他老婆又粗又矮，黑脸粗糙，却抹了粉，涂了口红，上身穿桃色绸衣，下身穿青绿色缎子裤，着一双粉红色绣花鞋。两口子后面，果然跟着八个亲兵，全都系着皮制子弹袋，插着双匣子，机头都开着。

李宝昌和他老婆走到椅子前，他双臂一展，后边一个亲兵立即接过披风，搭在椅子背上。李宝昌坐下，立即有个人拎过来茶壶和两个茶碗，给两人倒上水。李宝昌呷了一口茶，大声说，不早啦，开演，开演！

台上的锣鼓打开了急急风，幕布徐徐拉开，左边的笛子、二胡等吱吱哑哑奏起过门儿，一个男旦，穿着罗纱花裙，小碎步儿如踩在水皮儿上，蛮腰婀娜如柳，行至台前，就亮开细嫩的嗓子唱起来。

李宝昌刚要入戏，突然站起来，向后面望了一圈儿，看到亲兵们全站到他后面，还有十几个持长枪的，就像人墙一样围住他，这才放心，坐下又喝了一口水。他老婆只管吃，盘里盘外全是她吐的瓜子皮儿，刚把那个甜瓜吃完了，又伸手抓过一个桃子，低头啃了一口。李宝昌目不转睛地看着戏台，手还和着节奏轻轻拍着扶手。

张西奇向左右使了个眼色，队员们开始散开，慢慢往前挪动。突然，孙五子从那边跑过来，张西奇退出人群。孙五子小声说，快走，快走。张西奇轻咳一声，队员们齐向他看。张西奇头向外一摆，所有队员都悄没声息地离开了戏场。

张西奇从集上一出来，就看到了孙兆谦。孙兆谦一身庄户人旧衣裳，他说，刚过去一辆马车，还是个轿子顶的，前后一个排的伪军，都是双枪，还有一个扛机枪的,坐车的肯定不是一般人,先打他！张西奇说,走多远了？孙兆谦说，不远，追得上！

话一落，张西奇几个人加上孙兆谦他们，先散开，然后急三火四地往前赶。走了一截，孙兆谦对着河那边吹了一声口哨，张守义带着十几个人从河道里起来，沿着河堤随着向西。

很快，他们看到了前面有一辆马拉轿车，伪军队列整齐，紧跟在车后面，最后一个伪军扛着一挺机枪。他们又快走了一段，孙兆谦对大家说，我打机枪手，你们尽快结束战斗。

说完，孙兆谦迈开步子就往前跑，边跑边喊，表弟，表弟！最后面的伪军一回头，孙兆谦抬手一枪就把他打倒了，其他人紧接着乱枪齐发，转眼就把伪军消灭了。

坡子心眼儿多，就在大家开火的时候，他猛地蹿到前头，一枪打倒驾车的伪军，随即跳上马车，抓过缰绳，勒住马。

孙兆谦喊着，打扫战场！大家飞快地收了敌人的枪，摘下子弹带。

坡子从车上揪出来一个女人，张西奇、孙兆谦还没来得及审问，听见枪声，郭庄的敌人就成群结队追过来了，西南方向也有一大群敌人远远地往这边赶来。孙兆谦大声喊，扛上她，往北撤退！曹老三上前，把这个女人像小鸡一样抓过来，扛到肩上就往北跑。

郭庄的敌人越追越近，砰砰啪啪地往这边打枪。孙兆谦把机枪扔给一个战士，战士接过机枪，立即在路边选好位置，把机枪支好。当敌人进入射程，机枪哗哗地打出一梭子子弹，前头的敌人立即倒下十几个，后面的人也趴在路上不敢动了。那个战士把机枪一扛，立即撤退。张西奇对坡子说，赶马车，把他们引开！

坡子跳上马车，拔出刀来，在马屁股上划了一下，马疼得撒开四蹄，往前狂奔。孙兆谦、张西奇他们往北撤，郭庄的敌人只是追着马车拼命地跑，还有人喊，别开枪！别开枪！

坡子驾着马车，拼命地让马拉着车跑，跑出约五里多路，他估计北撤的人已经跑远了，看看后面的轿棚，里面还有个皮箱，他吁的一声让马停下，从轿棚里提过那个皮箱，然后，又用刀划了一下马屁股，接着跳下车，躲到旁边的坟地里，又窜到一片小树林里趴下。马还是沿着路往前飞跑，一会儿，一大群伪军呼呼啦啦地追过去了。坡子笑笑，就拎着箱子去找张西奇他们了。

孙兆谦、张西奇他们进了北边一座小山。曹老三把扛着的女人放下来，大口喘着气说，这个熊娘们儿看着不大，越扛越沉。此时他们还不知道，这个女人就是王美兰。王美兰经历了一阵枪战，又让一个大汉扛在肩上颠了一路，曹老三把她横放在肩上，左手抓着她的手脖子，右手抓着她的脚脖子，又下坡又上坡，颠得她肝花肠子快出来了，她又惊又怕，脸上蜡黄，抹了口红的嘴唇发紫，头发凌乱，突然感到一阵恶心，趴在地上哇地吐出来。吐完抬头一看，一群壮汉站在她面前，王美兰赶紧跪下，哀求说，八路老爷饶命，我没干过坏事儿。孙兆谦说，站起来说话。

王美兰站起来，孙兆谦问，你是谁？叫什么？王美兰说出自己的名字，并说自己是陈二雄的夫人。曹老三在一边笑说，还夫人，不就是婆娘嘛！

孙兆谦又问，你到郭庄干什么？王美兰说，是李宝昌队长让我来的。孙兆谦问，来干什么？王美兰说，送我两个金元宝。孙兆谦问，元宝在哪里？王美兰说，还在马车上。一个战士小声说，可惜了，可惜了。

孙兆谦不再问，命令两个战士把她的眼蒙上，然后走到一旁，对张守义小声说，把这个女人带上山！

两个战士把王美兰的眼蒙上，押到一边去了。

这时候，坡子回来了，拎着一个皮箱子。张西奇接过来，放在地上，打开，从一堆衣裳里翻出一个精致的匣子，打开匣子，里面果然有两个黄澄澄的金元宝。张西奇对孙兆谦说，孙参谋，发财了，发财了，你拿山上去。

孙兆谦根本不看元宝，双手扳住张西奇的肩膀，瘦削的脸上全是笑，开心地说，西奇啊，这盘棋下活了，下活了！说完，他和赵明大、曹老三他们一一握手，然后带着队伍进了山林深处。

武工队队员们不解，纷纷互相问，啥活了？

直等到半夜，孙兆谦他们避开敌人，悄悄上了山。次日清晨，战士们都知道了孙指导员抓来一个汉奸女人，全都过来看新鲜。王美兰双手被绑着，眼被蒙着，关在此前张小胆待过的地窝子里。门是栅栏门，战士们透过门一看，我那个亲娘哎，这么漂亮的女人，白得像发面，还能闻到一阵一阵的香味儿。战士们议论纷纷，这都吃什么才长成这模样，怕是天天吃肉喝人参汤吧？有的战士说这是九天仙女下凡了，有的说是梁祝里的祝英台，然后就有人气愤地骂起来，这么好的女人让汉奸搂着，老天爷真是瞎眼了，咱什么时候能娶上这么好看的老婆！一个笑着说，等着吧，打跑了鬼子，去官桥找。另一个说，官桥的大闺女太土了，要找就去滕县找！又有人笑开了，说，还嫌官桥大闺女土，官桥的大闺女能看上你？塌鼻子瓦脸，浑身臭烘烘的……

山洞里，王世仁、孙兆谦和张守义坐在那里，孙兆谦乐得合不拢嘴，老王，这下咱是要啥有啥了。王世仁、张守义明白，孙兆谦也没多说，他从公文包里取出一张纸，裁下一片，想了想，写道：

陈二雄大队长钧鉴：

尊夫人现在我处，安然无恙，大释勿急，见字后备步枪六十支，机枪三挺，子弹一千发，粮食八百斤，于两日后（下月初一）下午五时，在灰龙山西北山口交接，截止时间为当晚八时，不赘。

八路军一一五师某部

写完，孙兆谦想了一下，在下方又加了一句：

大队长用人失察，让我部轻易得手，后望戒之。

9

王美兰到郭庄，就因为李宝昌的电话。

李宝昌手下有个排副儿，他爹在济南做生意，老爷子总担心儿子哪天中了枪，正好儿子也识字儿，就想让李宝昌把他儿弄到身边当个文书，咬了咬牙，送了两个大金元宝给李宝昌，李宝昌一见元宝，当即就同意了。

晚上，李宝昌给陈二雄打电话问，大队长，嫂子在家吧？陈二雄说，不在家她还能去哪儿？李宝昌想给陈二雄来个喜出望外，他说，明天让嫂子来我这里耍耍吧。陈二雄说，让她去干什么？李宝昌说，不敢瞒大队长，我想孝敬孝敬嫂子。陈二雄说，不能去，不能去。正好王美兰也在一旁，已经听了个大概，她对陈二雄说，问问他孝敬什么？陈二雄皱皱眉头对李宝昌说，不用了，你嫂子戒指镯子有的是，不稀罕。李宝昌说，大队长，你小看了兄弟。陈二雄不高兴了，说，李宝昌你卖什么关子？路上捡了狗头金啦？李宝昌说，你让嫂子接电话。这句话让王美兰听见了，她伸手就去抓陈二雄的电话，陈二雄只好把电话让给王美兰。王美兰甜蜜地、嗲声嗲气地说，喂，李队长，惦记嫂子啦？李宝昌说，嫂子，明天你一定来，有大好事儿等着你。王美兰说，好，我去，我去！

放下电话，陈二雄坚决不让王美兰去，王美兰一下子火了，说，上次于大肚子让我去他那儿，你说路远，又靠着山，不安全，拖着说有空再跟你一起去，可这一等又是个把月了，你总是忙你的，这郭庄离得近吧？郭庄不靠山吧？你又不让我去，你把我关在这兵营里，我是什么官太太？我就是个犯人！就算是笼子里养个家雀儿，也得早晨出去遛遛吧！说完，王美兰往凳子上一坐，曲溜溜地哭了起来。

陈二雄当然知道，王美兰不光想散心，她更惦记李宝昌的礼。

陈二雄想了想说，明天没啥事儿，这样吧，我陪你一起去，行了吧？

王美兰站起来，洗脸去了。陈二雄给铃木打了个电话，汇报说他明天上午去郭庄据点检查一下。

次日上午九点，陈二雄专门雇了一辆马拉轿车，赶车的也换成自己的人，他本想带上大日、大本，可想了想，还是决定让他们留在家里，护卫带了一个排，全副武装，他自己骑着马，就往郭庄方向去。

快要到郭庄了，突然有个通信兵骑马奔来，叫住陈二雄，说济南日军方面来了一个大官儿，要到官桥视察，铃木让他立即返回。陈二雄对王美兰说，看看，就这么不凑巧，回去吧，回去回去！王美兰说，前面就到郭庄了，你回吧，我不回。陈二雄为难了一下，又觉得已经到了李宝昌的家门口，想了想，他把一个排的护卫留下，自己带着两个亲兵回去。临走，他嘱咐王美兰说，晚上一定不要出门，回去我就给李宝昌打电话，让他多设岗！

王美兰来到李宝昌的宅子，这里以前是地主的四合院，门口已经有两列伪军站直了迎接，李宝昌和他老婆站在队列头上候着。王美兰的马车停下，两个丫鬟就把王美兰扶下车来。李宝昌在王美兰双脚沾地的刹那，双腿并拢啪地立正，给王美兰行了个军礼，接着问，嫂子，大队长呢？王美兰就告诉了他情况。李宝昌的老婆过来，搀着王美兰的胳膊，笑盈盈地伴着她进了门。

进到门里，地上铺着长长的红毡，王美兰一踩到上面，官太太的谱儿立即有了，小包拎在左手上，头高傲地扬起来，稳稳的小碎步走着。后面一个伪军提着一个皮箱子，里面装着王美兰的衣饰。护卫她的伪军跟在后面，两眼不住地往四下看，好像李宝昌办的是鸿门宴。

走完红毡地，李宝昌说，嫂子，先住下。他老婆和两个丫鬟就把王美兰送到了后院下榻处。

中午饭比较简单，李宝昌对王美兰说，嫂子，咱们中午不喝酒了，饭后你休息，下午让弟妹陪你打打麻将。王美兰很高兴，连连说好。下午，王美兰小睡了一会儿，李宝昌老婆叫来两个女人，都是伪军的家属，王美兰平时不打麻将，但她知道路数，打了几轮，王美兰有输有赢，但到后来她却只赢不输了，身前堆了大把大把的洋票子。她知道，这几个人是巴结她。

麻将打到太阳偏西了，大家才散场。李宝昌老婆说，嫂子，你歇歇，晚上咱有宴会。

王美兰回到住处，在床上点着洋票子，最后她算了算，有一万六，王美兰把它们收进箱子里，心里更想着晚上的“大好事儿”。

晚宴，还是在宅院里，李宝昌的老婆正指点着一伙人在厅堂里擦这个，拭那个。李宝昌看到王美兰的房外仍然站着十几个护卫，就对排长说，晚上喝点儿吧，好酒好菜我全备好了。排长说，大队长说了，不准我们喝酒。李宝昌说，不让弟兄们喝点儿，背后不骂我小气啊，咱们都是大队长的部下，你还信不过我？你这里站十个人，我站上二十个人，行不行？院子外面全是我手下的人，连一只蚊子也甭想飞进来。排长无话说了，李宝昌对身后一个伪军说，去，传我的命令，派二十个人过来，墙旮旯里也给我站上！

宴会开始了，十几盏马灯吊在四周，不大的圆桌上，什么好菜都上了，只有李宝昌两口子陪着。李宝昌说，为嫂子来，我搞了两瓶红酒，听说是法国的拉菲，说完，就给王美兰倒上。李宝昌的老婆土，不会说话，张嘴就说，这酒怎么像人血呀。李宝昌白了老婆一眼，对王美兰说，嫂子今天来，是给我天大的面子，我敬嫂子一杯。说完，李宝昌仰头就干了一杯，王美兰则轻轻呷了一点儿。

吃菜，喝酒，李宝昌连干了几杯，王美兰说，李队长，陈大队长对你不孬，经常当着我的面夸奖你，说你把郭庄守得很好。李宝昌高兴了。

王美兰又说，大队长说你忠诚，对八路毫不留情。李宝昌想起他杀了一个土八路娘们儿，便说，毫不留情，绝不留情，抓着就杀！王美兰接着说，大队长说你人还很厚道。李宝昌自己明白他不是个厚道人，就问，真的？王美兰看他一眼说，我还能说假的？平时我也不出门，是大队长相信你才让我来的。李宝昌说，就是就是。王美兰说，西茌山于队长几次三番请我去，可大队长就是不同意啊。

李宝昌的两只小眼睛亮了，端起酒杯说，我在这里敬大队长一杯，说完又干了。王美兰又呷了一点儿红酒，说，我也没少在大队长面前说你的好话。李宝昌两只小眼睛更亮了，哎呀嫂子，太感激了，我敬嫂子一杯，说完站起来，一饮而尽后坐下，又说，嫂子，吃菜吃菜！话全让李宝昌说了，他老婆没经过几次这种场合，也递不上话，就像个闷头葫芦，更主要的，她不同意把金元宝送给陈二雄，心里疼得慌。事前两个人争了好半天，老婆说，送一个就行。李宝昌说，一个就一个，一个就很重了。

李宝昌信了王美兰的话，陈二雄让他老婆来，就是对自己莫大的信任，副大队长的位置看来有戏，退一步说，他比于大肚子有戏。李宝昌舌头已经硬了，可他还是专挑好话说，先说大队长雄才大略，治军有方，以后保准还要升官，又夸大日、大本长得一表人才，往后准有大出息，不愧是有日本帝国血统，他说，嫂子，什么地出什么苗，什么娘养什么孩子，人有多大的造化，先要看血脉，嫂子你这相貌，一看就高贵，高贵。李宝昌伸出大拇指，嘿嘿笑着说，不像我们这些土鳖。李宝昌的老婆听到这句话，狠狠地瞥了他一眼，这“土鳖”连她也骂了，便在心里骂道，狗日的，舔吧。

男人的四两半斤，瞒不住老婆，别看李宝昌在据点里耍威风，可是到家里却惧内。当年，他爹娘先后饿死，李宝昌赤着脚到处讨饭，他从邹县老家到了德州，又到了河北地界，寒冬腊月无棉衣，人就倒在路边的沟里。一个搂草的女孩看见他，把他背回了家。女孩比李宝昌大五岁，跟着父亲过日子，老汉收留了这个山东孩子，又把闺女许给他，就是他现在的老婆。可这女人脾气凶悍，也因当年救命之恩，在家里李宝昌什么都得听老婆的，骂他也不敢回嘴。

王美兰心里还惦记着礼，不愿意听李宝昌叨叨了，便说，李队长，明天一早我就回官桥……

李宝昌这才想起来，说，嫂子，我没忘，说着进到屋里，王美兰眼睛的余光往里头瞄着，李宝昌老婆的屁股动了动，咳了两声，好像在提醒什么。李宝昌大概没听见，抱着一个紫木匣子出来，往王美兰面前一放就打开了，王美兰的眼睛立马直了——紫绒布上放着两只金黄的元宝。她看到李宝昌老婆脸色不对，一下子合上盖子，左手就按在盖子上不再挪开，说，李队长，太感谢了，谢谢你，谢谢你！来，咱喝酒！

李宝昌一下子后悔起来，他老婆的脸成了猪肝，头扭向一边，但也不敢发火。李宝昌只好赔着笑，笑得比哭还难看。王美兰左手还是放在木匣子上，草草夹了几块干牛肉，又喝了几口汤，抱着木匣子站起来说，李队长，我累了，咱们都歇下吧。李宝昌和他老婆站起来，干看着王美兰出了门儿，几个伪军立即跟上，护着她向后院走去。

回到自己屋里，李宝昌关上门，他老婆的脸一下子扭歪了，低声吼道，李宝昌，你脑子让狗吃了？！李宝昌苦着脸不吱声，他老婆骂着，我反复说送她一个，你答应得好好的，没想到你还是两个全送给那个婊子了！李宝昌说，小声点儿，小声点儿。他老婆也怕传出声去，压低了声音接着骂，这一个元宝值多少钱？能买一座宅子，能买下粮食三年吃不完，狗日的，几盅子猫尿你就大方了，臭婊子，财迷，财迷！那只臭爪子按在盖子上就不挪开，害怕老娘过去抢吗？李宝昌说，别骂了，别骂了，咱不是还想着往上走吗？如果官升一级，就能又都有了，俗话说升官发财，不升官，哪里去发财？我要像陈二雄那样了，还会有人给咱送，保准还有人送元宝，现在都有人送，要当上副大队长肯定更有，吃小亏，没什么，吃小亏是为了占大便宜……

他老婆哼了一声，怕是肉包子打狗，两个金元宝你要是还上不去，我抠出你的俩眼来！

次日清早，李宝昌又要陪王美兰吃饭，他老婆黑脸拉着说，不去不去，看见那个婊子的脸，我就想挠她！李宝昌只好一个人去候着。今天逢集，他本要去听“拉魂腔”，他看到王美兰的护卫们站到门口，昨晚都喝了不少，有的两眼发红，有的闭着眼朝天打哈欠。

王美兰懒洋洋地起来，在屋里描眉画眼，出来时太阳已经老高了。李宝昌问了安，说，嫂子，我家那口子来不了啦，又淌鼻涕又打喷嚏，只能我陪嫂子啦。王美兰说，李队长，谢谢你，心里有我啊。李宝昌点头哈腰，多谢嫂子美言，多谢嫂子为兄弟美言！

他们吃饭的时候，集上的锣鼓声传来了。李宝昌说，嫂子，看完戏再走吧。王美兰说，我不喜欢“拉魂腔”，不如“满洲国”的二人转顺耳。

吃过饭，王美兰一照镜子，发现口红淡了，头发也没梳好，就又在屋里捯饬起来。锣鼓声一阵阵传来，李宝昌有些着急，但还只得耐心在外面等着，总算等到王美兰出来，一个伪军拎着皮箱子，护卫们前簇后拥，两个丫鬟又把王美兰送到马车上。李宝昌对身边的一个排长说，去，带上十个人，给我送到官桥！然后转头看着坐在车棚里的王美兰，双手作揖说，嫂子，恕不远送了！

马车走了，李宝昌听见锣鼓还在敲，知道自己不去，不会开演，他要赶紧回家叫他老婆。刚才那个排长，是他老婆的侄子，但令李宝昌没想到的是，就在排长进宅子叫人时候，他老婆就站在门口，听说是叫人去送王美兰，她的脸一下子又拉下来，对她侄子说，你送她，你姑父看戏谁保护？侄子说，还有别的人。李宝昌老婆说，谁保护也不如你，我这眼皮跳了半宿，你送出一里路快回来，赶紧到集上去！侄子没说什么，他也迷“拉魂腔”，送出去一里路，还真就带人回来了。

……

李宝昌正在看戏，突然听到一声枪响，接着乱枪声声，立马知道坏事儿了，他一下子跳起来，披风也不要了，带着人就往路上冲，拼上命地往马车的方向狂奔。他们远远地看见，马车在前面跑，一伙人不住地射击。当他们赶到时，那伙人全跑了。陈二雄派来的护卫全倒在地上，枪和子弹都被收走。李宝昌不敢停留，像一条狗一样去追那辆马车。可是等他们追上车时，车里空了，马屁股上，两道血口子还在往下淌血，李宝昌一腚坐到地上，放声大哭起来。

快到中午了，王美兰还没回来，陈二雄有些惦记，他摇了通往李宝昌据点的电话，可是没人接，心里就开始发毛了。这时，一个伪军前来报告，说郭庄据点以西发生枪战。陈二雄的头一下子大了，他又摇李宝昌的电话，还是没人接。陈二雄急了，接着摇，不停地摇，他的心里开始蹿火冒烟，可电话仍然没人接，他的脑袋嗡嗡地响，焦躁地走了几步，又抓起电话，这回终于有人接了。

陈二雄厉声喝问，李宝昌，你为什么不接电话！那边语塞了。陈二雄又喝道，快说，出什么事了？妈了个巴子，你哑巴啦！半天，那边哭着说，大队长，嫂子她……被劫走了。陈二雄的脑袋一下子炸开了，嗓子一下子破了音，劫哪里去了！快说啊！李宝昌支支吾吾、结结巴巴地说，怕是……劫到山里去了。陈二雄像笼子里的老虎咆哮着，我的人呢，我派去的人呢？！李宝昌开始撒谎说，碰上了八路的大部队，他们被打了伏击，全都……我的人也死了不少，天降大祸啊，天降大祸啊，说完在那边号啕大哭起来。陈二雄破口大骂了，李宝昌，我日你八辈祖宗！你把我老婆骗过去，是给我下套子，你他妈的通八路！李宝昌呜呜哭着，大队长，我没有，我给了嫂子两个金元宝……陈二雄把脚一跺，妈了个巴子，多少金元宝能换我老婆的命！她要有个三长两短，我弄死你全家！

陈二雄哐地把电话扣上，大日、大本和用人全进来了，两个孩子哭着，我要妈，我要妈！

陈二雄狂躁地在屋里乱走，他想立即带人去郭庄，可是去了又能怎样，杀了李宝昌全家？王美兰在哪里？八路的部队又去了什么地方？他不能私自带队伍出营，还需要报告给铃木，可是怎么对铃木说？这事儿还真不能贸然张口，如果让铃木知道了底细，他收受贿赂，还死了十几号人，弄不好还会处理他。

大日、大本还在那哭，陈二雄哄着孩子说，别哭，别哭，你妈没事儿，很快就会回来。他让用人把两个孩子领到厨房，自己一屁股坐在椅子上，垂下头，用双手捂住脸……

从头午到下午，陈二雄就坐在那里，像瘫了一样，他甚至不敢去郭庄给护卫收尸，只是盯着电话机，盼望有奇迹出现，可是，没有。到了晚上，他直愣愣地坐在床上，瞪着眼，一直到了次日天亮。

黎明时分，一个伪军来了，送给陈二雄一封信，说是有人绑在石头上扔进来的。

陈二雄拆开信一看，心一下子放下了，他疲倦地、长长地嘘了一口气。

这时，他才感到了筋骨酸疼，站起来稍微一活动，摇通了于大肚子的电话。他不再叫“大肚子”了，而是开口道，喂，喂喂，表弟啊，出大事了。于大肚子在那边问什么事，陈二雄骂着，李宝昌这个狗日的，让你嫂子去他那儿，回来路上让八路给劫走了。于大肚子大吃一惊，劫哪了？婢养的，咱快出兵追啊。陈二雄说，谁知道去了哪儿，八成是进山了。于大肚子问，哪座山？陈二雄说，人家能让你知道哪座山吗？肯定关在一个秘密地方。于大肚子骂开了，李宝昌这个王八孙子，我日他亲娘，他这是诚心害你哩！表哥，你下令，今晚上我就去宰了他！陈二雄没说啥，沉默了一会儿，于大肚子又说，八路军有规定，不准调戏妇女，应该不会对嫂子怎么样，人家是仁义之师哩，不像咱们。一听这话，陈二雄反而认同了，他说，八路来信了，说你嫂子平安无事，但是要用东西换。

这下轮到于大肚子沉默了。陈二雄又喂了一声，于大肚子才问，要什么东西？陈二雄看看门外，小声和他说了。于大肚子说，婢养的，八路这是穷疯了，狮子大开口啊！陈二雄说，我的好表弟，哪还顾得上别的，救人要紧啊，你快把东西准备好，到那天你去送给八路。于大肚子迟疑了一会儿，说，大哥，我这里没……陈二雄抢先说，我这里不方便，就得你出了，要保密，大哥我记着你的情谊，事办妥了我会报答你，你出的东西我慢慢给你补回来，加利息补。

于大肚子说，好，好，我听表哥的。

打完电话，陈二雄又累又饿，已经一天一夜没吃东西了，他坐下，叫用人给他端来了小米粥和馒头。陈二雄掰了一块馒头填进嘴里，只觉得舌头发苦，馒头像石头渣子一样难咽。他放下馒头，只喝小米粥。

到了中午，陈二雄闭了会儿眼，但根本睡不着。到了快天黑时，电话又响了，他起来抓起电话，那边，于大肚子喜滋滋地小声说，大哥，婢养的，李宝昌跑到我这里来啦，正在大门外等着哩。陈二雄问，带人了？于大肚子说，婢养的就带了四个人。陈二雄牙一咬，说，交给表弟处理吧！

……

这边，李宝昌放下电话，恍惚迷离，方才哭得满脸泪痕，他坐在椅子上，双手抱头，腰弯得像只干巴了的大虾，心里不住地想着，活不成了，活不成了，王美兰是他请来的，王美兰走的时候他自己去看戏，没有亲自把她送到官桥，保护不力啊！突然，李宝昌脑子一闪，心里一怔，怪了，陈二雄派的护卫全死了，自己加派的人却无一伤亡，他专门安排侄子带上人，并嘱咐说送到官桥再回来，可枪响以后，他好像就在自己身边，还跟着自己去追车，还把自己扶回来，他没有执行命令？想到这里，李宝昌呼地站起来，让人立即把那个排长找来。

好半天过去，手下回来说，到处找也没找到，不知去了哪里。

李宝昌一下子明白了，肯定跟他老婆有关系。他赶紧回到宅子，进门一看，老婆就坐在桌子旁等着他，桌子上的菜早就凉了。李宝昌坐下来，双手又抱着头。老婆温柔地说，快吃点儿吧。李宝昌还是不动，半天嘟囔了一句，完了。他老婆说，完的是那个婊子，白搭上咱两个金元宝。李宝昌生气了，心想到这时候了，她还想着那两个元宝，他抬头怒视着老婆，问，你侄子呢？老婆说，不知道啊，不是一直跟着你吗？李宝昌说，我让他带人把王美兰送到官桥，他是不是没去？老婆也不绕弯，说，我让他送一段就回来，回来到集上护着咱。

李宝昌把桌子一拍，猛地站起来，大声吼着，你个熊娘们儿坏了老子大事儿了！咱命都难保了，命都难保了！老婆头一回见李宝昌敢对自己发这么大的火，心也怯了，可还是犟着嘴说，我还不是怕你出事儿，她王美兰的命是命，咱们的命不是命？还是俺侄儿在身边站着才踏实！

这时候，一个伪军过来报告，说排长跑了。

李宝昌摆摆手，让他走了，自己反而平静下来。他看着老婆，她坐到了屋里的床沿上，噘着嘴不吱声。两个人就这样坐着，一直坐到了天黑，老婆把灯点上，也没让人热饭菜，又坐回到床上。李宝昌抬起头，但眼皮垂下来，两只小眼睛半眯着，眼珠滴溜溜地乱转，渐渐闪出阴毒的光。他想，陈二雄肯定要问罪，自己正值壮年，不能就这么死了，只有一个法儿，或许可以保自己的命。

李宝昌盯着他老婆，看着看着，老婆的头发没了，黑色粗糙的脸皮没了，露出了白色的骨头，两个眼窝空洞洞的，牙齿紧咬着，接着，她整个变成了一个骷髅架子。李宝昌想，唉，人，反正最后都是这个样子，只是早走晚走的事儿，让她先走，或许能保住自己，自己也不是无情无义的人，一日夫妻百日恩，百日夫妻似海深，俗话都这么说，可戏文里又唱，夫妻本是同林鸟，大难临头各自飞，但咱不，只要我活着，我一定海枯石烂不变心，八辈子记住她的恩，绝不续弦，也不纳妾，后半辈子独身，百年后，做鬼也和她在一块儿；只是有点儿对不住她，得儿，给她备个上好的棺材，修个大坟让她住着，我不能亏待她！

想到这里，李宝昌起身出门，对老婆说，你出来，我有话对你说。

老婆从里屋出来，李宝昌大喝一声，来人！

两个伪军闻声冲过来，李宝昌喝道，把这个女人绑了！两个伪军立即擒住他老婆。李宝昌说，她和她侄子，背着老子通八路！没等他老婆回过神，李宝昌抬手一枪，啪地打在他老婆的脑袋上。两个伪军吓坏了，李宝昌喝道，抬走！弄口棺材装上！

老婆的尸体抬走了，可李宝昌还不放心，他估计，陈二雄今天不来，明天也得带人来了，或许他看到自己大义灭亲，能放自己一马？也或者就像刚才，不问青红皂白地来一枪，自己连辩解的机会都没有，那要不去官桥主动请罪？他不敢。

李宝昌思来想去，对，先避开陈二雄，找人说说好话，或许能免一死。他想到了于大肚子，决定次日一早去西茉山。

李宝昌不敢从大路上走，他怕陈二雄派人追赶，就向东绕了一个大圈子，还在半路上躲了好半天，确定大路上没有陈二雄派出截他的人，才接着再走，到了西茉山，天色居然近晚了。

于大肚子和“雪里站”来到大门口，一见李宝昌，于大肚子故作不知，热情又惊讶地抱拳施礼道，哟，宝昌贤弟，这时候到我这里来，肯定有什么好事儿吧，婢养的，快进，快进！李宝昌他们进了据点，然后，他独自一人来到于大肚子的院落。于大肚子让李宝昌坐下，但当于大肚子也落座，李宝昌又站了起来，给于大肚子和“雪里站”行礼，并说，于大哥啊，我是来求佛的，求佛的。于大肚子问，哪有佛？李宝昌说，你们俩都是佛，都是我的佛！“雪里站”大眼珠子一转，说，咱可不是佛，天天杀人放火，怎么倒成了佛啦？

于大肚子说，宝昌贤弟，什么神啊佛的，婢养的，有话直说嘛。

李宝昌看看“雪里站”，于大肚子使了个眼色，“雪里站”就出去了。

李宝昌说，我的亲大哥哎，出大事了。于大肚子问，什么大事儿？李宝昌就把事情原委告诉了于大肚子，可他没有说金元宝，就说陈二雄本想带上王美兰去据点视察，可最后只有王美兰自己去打了两天的麻将，又说他老婆和侄子通共，他已经把那个臭娘们儿毙了，来到这里，就是请于大肚子出面，和陈二雄多说好话，留自己一条活路，从今往后，他李宝昌一心一意跟着陈二雄和于大肚子效命，肝脑涂地，在所不辞……说着说着，李宝昌一下子跪在于大肚子面前，哭着说，于大哥，看在咱共事多年的份儿上，你一定拉兄弟一把，我这条狗命全靠大哥了，求你无论如何也得帮我活着，说完就给于大肚子咚咚地磕头。

于大肚子说，婢养的，都是兄弟，你怎么这样？起来，起来！

李宝昌说，大哥不答应，我就不起来。

于大肚子说，婢养的，男子汉大丈夫，出天大的事儿也得站着，这哭哭啼啼的，让手下的人看见了笑话，再说，你已经大义灭亲了嘛，陈大队长也不是不讲理的人。好，我答应你，明天一早我就和你去官桥！

李宝昌抹了抹眼泪，又坐回椅子上。于大肚子把“雪里站”喊来说，去，给李队长弄壶酒压压惊。“雪里站”说，好，我让他们炒几个好菜，你们哥俩好好叙叙。

一会儿，一个伪军用木托盘端来了酒壶和酒盅子，放下后退出。于大肚子先给李宝昌斟上，然后嗓音沉沉地说，老弟，不管怎么说，你是犯了大错了，先罚酒三杯，然后咱兄弟俩再碰。李宝昌说，听大哥的，听大哥的。

李宝昌手抖着，捏起酒盅子，却不敢往嘴上送，可怜巴巴地看着于大肚子。于大肚子笑了，还托我说好话哩，又不相信我，怕我下毒整死你是不？来，我先喝！说完自己倒上一盅子，吱地就喝了，然后让李宝昌看看空盅子。

李宝昌无话说了，端起盅子喝了，于大肚子又给他倒上，李宝昌连喝了三杯，放下酒盅子刚要说话，就觉着肚子里烧起来了，小眼睛直勾勾地看着于大肚子，他不知道，于大肚子的酒壶是阴阳壶，有机关，按不同的钮儿，倒出来酒就不一样。

于大肚子冷笑一声说，李宝昌你个婢养的，你犯了逆天大罪了，还想活命，还天天想着往上爬，阴曹地府倒缺个司令哩，去吧，老子祝你高升！来人！

两个伪军已经准备好了，带着绳子进来，就把捂着肚子说不出话的李宝昌绑了。于大肚子见“雪里站”也过来了，问，那四个人呢？“雪里站”说，全都口吐白沫，伸腿瞪眼了。于大肚子说，赶紧抬走，埋远点儿，死在咱这里晦气！

几个伪军把李宝昌抬了出去。

于大肚子摇通了陈二雄的电话，大声说，大哥，办妥啦，好，好，放心，婢养的，尸首都找不着，咱就说八路干的。

放下电话，于大肚子心满意足，他抬头看看“雪里站”，美滋滋乐悠悠地哼着，一个高来一个矬儿，两个饽饽夹着脖儿……“雪里站”骂了一声老婊孙子儿，抬手做出要扇他巴掌的样子。于大肚子笑着，在“雪里站”的肥臀上摸了一下，接着抓了一把。

……

灰龙山西北山口，孙兆谦、张守义他们已经就位。

这里，距尤家山大约十几里，灰龙山到这里突然断下，形成一个高崖，斜对着北边的狼窝山，成了一个喇叭口，由此向里是一条山谷，两边陡崖上全是树木灌丛，再往里，山谷就成了山沟，走出山沟，就是鹞子崮陡峭的西麓。站在灰龙山的断崖上，能看到山下一片平原，交接的时候，如果敌人有诈，可以马上撤离。孙兆谦在悬崖上部上机枪，又派了几个枪法好的战士潜伏起来。王美兰的眼睛仍被蒙着，嘴里塞着布，后边三个战士看着她。

孙兆谦看看表，距五点还差五分，山下的路上，敌人果然从村庄里出来，两辆推车，各有一人推一人拉，后面是一辆马拉的大车，用篷布蒙着，有个赶车人，再后面是一人骑着一匹暗红色的马，八个人在最后面跟随，一共十四个人。

敌人离断崖越来越近了，孙兆谦命令，所有的枪瞄好。

敌人来到断崖下不远，就停下来，向四周望着，看样子是怕中了埋伏。半天，一个人两只手扩在嘴上，大声喊着，喂，我们来了，你们在哪里？喊声在山谷里回荡，可是，山上没有回应。那个人又喊，喂，东西我们送来了！这时，张守义隐蔽在岩石后面，大声喊道，我们到了！然后又站到断崖顶上。

敌人抬头一望，见张守义头戴军帽，身穿军装，背着匣子枪。张守义喊道，我们要验货！于大肚子从暗红马上下来，大声喊着，下来验吧，验完快放人！

张守义领着十几个战士，有的穿军装，有的穿便衣，从山上往下走。于大肚子又喊，我们要先见见人，让她出来我们看看！

孙兆谦卧在一丛灌木后，手握短枪，向后一招手，三个战士把王美兰押到崖顶上，孙兆谦对她说，你们的人来了，喊一下自己的名字。王美兰听出是于大肚子的声音，大声喊，于队长，我是王美兰！

于大肚子见了人，又听见是王美兰的声音，就不再喊了，看着张守义他们下到山根，向他们走来。

崖顶上，孙兆谦下令，子弹上膛，机枪手把机关一拉一推，准备射击。

张守义走到推车旁，一个伪军打开长箱盖子，里面是崭新的步枪和机枪，他点了点数，然后又去验子弹箱。完了，张守义又走到大车旁，伪军已经掀开篷布，里面垛着十几个麻袋。张守义说，全卸下来。

伪军们立即把麻袋从大车上搬到地上，搬完了，张守义从一个战士手里接过一个剥去一半的竹筒儿，竹筒削成尖头，他弯下腰，一下把竹筒插进麻袋，然后抽出来，里面就有了高粱米粒儿。张守义捡了一粒，放在嘴里一嚼，吐出来，又去验另一个麻袋，有几个麻袋装着小麦，张守义也把竹筒儿插进去，抽出一些在嘴里嚼一下。全部验完了，张守义向崖上招了招手。

三个战士押着王美兰，从山上往下走。王美兰看不见，两个战士搀扶着她，当王美兰快要走下山时，依照孙兆谦的命令，另一个战士紧紧用枪抵着她的后背，一旦情况有变，立马就将其击毙。

王美兰走到山下，于大肚子连忙向前迎接。张守义他们倒着后退，随时防备。战士把王美兰往前一推，于大肚子赶紧过来，把王美兰扶到大车上。接着于大肚子让几个伪军断后，大车往回转，他自己也上了马，转头离开，几个伪军边退边跟上，一行人又进了村庄。

孙兆谦预先在村庄里埋伏下人，他预计，即便陈二雄带人来，也不会立即反扑，他可能会在某个地方，用望远镜向这边望，毕竟他老婆的命很金贵。孙兆谦静静地守在断崖上，直到几个便衣战士从村子里走出来，向山上摆摆手，他才命令大家下山，搬运枪支、粮食。

粮食不能全搬到山顶上，孙兆谦见附近山坡上有不少新的、旧的荒坟，就选了十几个优秀战士，暗地里又挖了些假坟，把麻袋分别藏进里面，只有很少人知道。

忙了大半宿，孙兆谦他们才回到山上。

王世仁高兴地说，老孙，你真是下了一盘大棋，下了一盘好棋啊，枪有了，子弹有了，粮食也有了，咱这穷叫花子一夜成了大财主啦。张守义和王世仁开玩笑说，都是太上老君保佑。王世仁嘿嘿笑起来，陈二雄这回是破财啦，他肯定咽不下这口气。孙兆谦点点头说，对，老王，现在这鹞子崮就成了一根难拔的铁钉子，咱们就钉在这里备战，等着陈二雄来……

10

王美兰回到兵营，陈二雄和两个孩子连同用人早就站在大门口等着，他们把王美兰领进屋里，四周窗户都用黑布蒙上了，这才解开王美兰眼上的布。王美兰睁开眼，看看陈二雄和大日、大本，立即哭起来。陈二雄说，别哭啦，别哭啦，这不是好好的吗？王美兰两眼红肿，还是哽咽。

几日惊恐，陈二雄见王美兰瘦了不少，两只手腕子被绳子勒得紫红，上面的金镯子，指头上的戒指，全被收缴了，两个耳坠儿也没放过，衣服上沾满了灰土，乱发上沾着草屑，浑身散发着酸臭和尿骚味儿。那天王美兰还在马车上时，枪响的一瞬间，她就吓得尿了裤子，后来被曹老三扛着走，又吓得尿了不少。陈二雄说，别哭了，快洗个澡，换身衣裳。

吃完饭后，王美兰还是惊魂未定，坐在凳子上看着陈二雄和大日、大本，说，我是不是在做梦？陈二雄说，不是梦，你回来了。用人过来，把大日、大本先领走，陈二雄就问王美兰，这几天你都吃了什么？王美兰说，一顿就一个窝窝头，一碗白水，窝窝头里有树叶子，不光苦，里头还有沙子。陈二雄想，怪不得要粮食，八路不知饿了多少日子了。王美兰说，好在人家没打我，没骂我，好像还有个当官的对站岗的说，她要口渴了，就给她送水，到了晚上，山上冷，还给我送来一个破大衣，那大衣黏糊糊的，还有一股烟油子味儿，倒是暖和。陈二雄不语，但心里不得不服，仁义，仁义啊。陈二雄又问，他们把你带到什么地方？王美兰说，他们把我的眼蒙得严严实实，我怎么知道，只知道他们往山上爬。陈二雄问，爬了多长时间？王美兰说，时间老长了，他们爬一会儿就停下，都喘粗气。陈二雄又问，你听到他们都说了什么？王美兰说，没有，全爬山。陈二雄不吱声了。

过了一会儿，王美兰忽然说，对了，我听有个人说了个什么崮。

陈二雄心里一下亮了——鹞子崮！妈了个巴子，又是王世仁！

陈二雄站起来说，进屋歇着吧。王美兰进了里屋。陈二雄在外面踱着步子，心想着，王世仁，就是一个土鳖，不可能有这么大的计谋，那封信写得文绉绉的，口气很硬，有两个词儿他也看不明白，一个叫什么“大释”，一个叫“不赘”，他问了文书才知道是啥意思，文书还不住地夸奖那字儿写得漂亮；今儿下午，于大肚子和他讲，在灰龙山断崖下换人，山林里一片寂静，可能感到暗藏杀机，一个人下来验枪验粮，相当精干，居然用一节竹筒插进麻袋里……王世仁的队伍里，已经有了高人，而且不止一个，可能是老八路的底子，不可小视……

可是，这口气也不能就这么咽了，鹞子崮就那点儿地方，也容不下太多的人，弄了我一千发子弹，估计他们手里的子弹也不多了，如果困住鹞子崮，就让他们把这一千发子弹打完，看他们再怎么办！

真是天遂了恶人愿，五天后，于大肚子打来电话说，表哥啊，我这里投过来一个小子，婢养的，就是王世仁的部下，这小子说山上也就有五十几个人，领头的除了那个道士，还有一个姓孙的，一个姓张的，这小子表态了，咱什么时候去攻，他给咱带路。

陈二雄一听，把桌子一拍，好，太好啦！妈了个巴子，明天一早你把那小子带过来，我亲自问他！

……

张小胆被关进地窝子里，他想，这回完了，在兰陵训练那么多日子，他知道强奸妇女就得枪毙，孙兆谦不会放过他，自己得想办法逃出去。

到了晚上，一个小战士来换岗，他和张小胆熟，经常听张小胆拉骚呱儿。张小胆和他套近乎，小战士说，你是犯了大错的人，你不要和我说话。张小胆说，我都不怕，你怕什么？我又没真把那个女人上了，关几天出去，我还是副排长。小战士不说话，转过身去，不再理张小胆。

渐渐地，山上寂静了，地窝子里一团黑，张小胆站在栅栏门里边，小声对小战士说，你过来，我这有个好东西给你看。小战士没搭理他，张小胆又说，这东西谁都没见过，可好玩儿了，你是第一个看的。小战士半信半疑地走过来，张小胆说，你靠近点儿。小战士就靠在栅栏边上，张小胆突然说，后边有人。就在小战士转头的刹那，张小胆一下子把腰带套在他的脖子上，腰带拴了个活扣儿，张小胆用力一拉，接着反身一背，小战士双腿乱蹬却喊不出声来。

张小胆看看小战士死了，伸手够着他的枪，用力别下栅栏口上的一根木棍子，钻出来就跑了。

下山后，张小胆想，不能去投降陈二雄，自己和他们打过仗，弄不好再翻脸不认人，他想好了，去费县投那刘黑七，他早就听说，这个人有几千号人马，打家劫舍，用兵如神，凡是跟着他的弟兄都会不亏待，抢了钱大家平分，攻下一个地方，大闺女随便挑，这才叫快活。

张小胆趁着黑夜往东跑，他不敢走大道儿，从东江河北岸进了山，然后翻山越岭一路向东北。进了村子，张小胆就讨饭，要上一口就问人家去费县怎么走。他向一个人打听，这个人告诉他往南，他想不到这个人发了个坏，转向南直接进了八路军的根据地。中午他饿了，要进庄讨饭，村口有几个孩子拿着红缨枪查路条，张小胆没有，几个孩子说他是探子，正好村里走来一个背枪的民兵，孩子赶紧跑过去报告。张小胆害怕了，掉头就跑，沿着河沟又奔向了更南。张小胆东跑西颠，三转两转，就靠到庙里要点儿吃的过活。

这天，他又进了半山腰的一个破庙，庙里道士告诉他，西边就是西茅山。张小胆倒吸一口凉气，转了几天却又回来了。他求道士给他算了一卦，道士说他就地扎根就能富贵，张小胆信了，于是便投了于大肚子。

陈二雄和于大肚子在一个单独的房间里审问张小胆，张小胆看陈二雄站在自己面前，一身军装，皮靴黑亮，心里就害怕。陈二雄说，坐下说。张小胆连连说，站着就行，站着就行。于大肚子说，婢养的，大队长让你坐下就坐下。

张小胆就坐到凳子的一个角上。陈二雄和于大肚子先后在椅子上坐下，陈二雄问，为什么要投降我们？张小胆一时想不出怎么答。陈二雄又问，是不是诈降？张小胆不明白，抬头看看于大肚子，于大肚子说，诈降就是说你假投降。张小胆连忙站起来说，不敢，我不敢，我没半点儿假。陈二雄问，八路对你不好？于大肚子说，这婢养的鸟儿管不住，八路要枪毙他。陈二雄笑了。

陈二雄又让张小胆坐下，开始问鹞子崮上的情况，张小胆如实回答，问到王世仁，张小胆说，王道首讲义气，能打仗，会求神，会念咒，从兰陵回来，不求神了，也不念咒了，可太上老君还保佑着他……见陈二雄皱起眉头，张小胆立即改口说，王世仁脾气倔，就是块儿石头，是个笨蛋，他那一套全是骗人的，我就不信，他经常熊我。

陈二雄又问，当官儿的还有谁？张小胆说，有个指导员叫孙兆谦，他原先是八路的参谋，这个人鬼点子多，听说识一大把字儿，枪法也好，他对下级管得很严，就是他把我关了起来，不过他身体不好，经常捂着肚子，是一肚子坏水儿……还有一个叫张守义，他是副队长，也是从八路那边过来的，平时话不多，对我们也和气，他听孙兆谦的……

陈二雄问得仔细，张小胆一一回答，腚在凳子角上不住地动。最后，陈二雄又问张小胆老家是哪庄的，家里还有什么人，张小胆报了庄名，接着说，家里的人全死绝了，就剩下我，我现在铁心想跟皇军干。陈二雄点点头，说，跟着于队长好好干，他不会亏待你。张小胆看看于大肚子，啄米一般点着头说，好好干，我一定好好干，我打仗不怕死，肯定效马之劳，效马之劳！陈二雄微微一笑，到时候让于队长给你找个老婆。于大肚子说，婢养的，这还不容易，回去路上我就给他抓一个！

完了，于大肚子带着张小胆要回去，走到门口，陈二雄叫住他说，大肚子，那事儿上头批了，军令状这几天就下来。于大肚子双脚一并，肚子一提，啪地敬一个军礼，牛眼瞪得很大，却小声说，还不是全靠表哥栽培……我不和表哥争饭吃，还驻西茉山。陈二雄点点头微笑着说，两头跑，两头跑！

于大肚子走后，陈二雄在地图前站了好久，他想，不能拖久了，得当心王世仁和孙兆谦，他们现在枪多粮多，吃饱了，喝足了，不定什么时候就扛着枪要向东逃窜了。

想罢，他抓起电话，分别命令各据点，各路口、村口的卡子，加人看守，不论大人孩子全部严查，不准一个人漏掉，发现敌情，立即报告，延误者一律枪毙！

……

大李庄，上午。

李颖正在家里洗衣裳，外面响起了货郎鼓声，她知道，情报来了。她把拧完的湿衣裳搭在绳子上，双手在身上反复擦了擦就出了门。货郎大爷停在路上，李颖过去问，大爷，有黄色丝线吗？货郎说，没有，只有白色和红色的。李颖说，红是什么红？货郎说，土红。暗号对上，货郎左右看看，从一个小抽屉底下捏出一个细纸条子说，下午送斑山头，要快！

货郎挑起担子，又摇着小鼓进村去了。李颖回到家，草草吃了点东西，找到一件尚未洗的破褂子，又找出一双平底儿旧布鞋，用锥子在右边鞋底儿扎上一个深洞，把纸条伸到里面，又在外面糊上泥，心想着，千万不能沾水。然后，她在篮子里放上一只破布袋子，一只碗和一个煎饼，穿好褂子后，李颖对柏子说，柏子，咱们出去，人家问，就说家里没吃的了，去大表舅家借粮，人家问带碗干什么，就说表舅家也穷，借不着就去要饭。柏子抬头看看娘，点点头。

娘儿俩离开村庄，往东走上了大路。往北就是敌人的卡子，因为前边的村里有据点，平时就只有三四个人负责检查，卡子两边各有一间小屋，中间横着一根栏杆，快要走近的时候，李颖注意到，卡子上增加了人，除了四个伪军，还有三个穿便衣的，坐在旁边的大柳树下，另外还有两个女人靠小屋坐着。有男人走到卡子前，伪军先看证明，然后搜身，再领到旁边去脱衣裳细查；有女的过来，那两个女人就领着进小屋里去检查。

又往前走了几步，李颖突然想到，应该先去村里开个条子，她疏忽了，她想回身，但卡子上几个人已经盯着她，后退会被怀疑。李颖站在那里左右为难，突然，她看见后面一个人走过来，是南边庄的，她认识，也姓李，在前面据点里当伙夫。李颖等他走近，叫了一声李大哥。李大哥认出李颖，问你这是去哪里？李颖说，家里断顿儿了，这急着去亲戚家借粮，不知道现在出门还要查证明，你能不能帮忙说说，让俺娘儿俩过去？李大哥想也没想说，过来吧。李颖牵着柏子的手，小声说，柏子，别怕。

娘儿俩跟在李大哥身旁，走到卡子前，伪军当然认识这李大哥。李大哥说，这娘俩我熟悉，大李庄的，就一个女人拖着个孩子，饿肚子了，急着去亲戚家借粮，忘了开证明，让他们过去吧。伪军看着李颖说，看你在路上站半天了。李颖说，大兄弟，俺这不是正为难嘛，孩子见了拿枪的又害怕。另一个伪军对李大哥说，不行了，上面有令，严加盘查。李大哥说，那就查细一点儿，没这没那就放行，还能看着人家娘俩儿饿死？伪军点点头，对李颖说，去那小屋里。然后对门口那两个女人说，没开证明，细查！

李颖进了小屋，两个女人让她把衣裳脱下来，在桌子上反复捏巴，然后又捏裤腰、裤边儿，捏上面的补丁，捏李颖贴身的薄衫，最后又把鞋子拎起来，看了鞋窝儿又看鞋底，没有查出什么。一个女人对门口的柏子说，孩子你过来。柏子进来，女人蹲下来问柏子，哪个庄的？去哪里？去干什么？柏子回答了。女人又问，说的是实话吧？好孩子可不能说瞎话。柏子说，你才说瞎话哩。李颖对这个女人说，哎哟俺这亲嫂子，你跟不懂事儿的孩子套什么话？女人悻悻地出了小屋门，李颖也领着柏子出来。热心的李大哥还等在那里，他对门口那个女人说，乡里乡亲的都认识，一个女人拉巴一个孩子，别难为她了。这个女人却脸一拉说，例行公事，放走了八路，找你啊？多管闲事！

李颖和柏子跟着李大哥过了卡子，李大哥走了，他娘儿俩就走向另一条路。走着走着，李颖回头一看，后面远远跟来两个人，是刚才坐在树下的便衣。李颖牵着孩子的手，小步快走，但后面的两个人仍远远地盯住她们。李颖边走边往两边瞅，地里的高粱才长到腿以上，藏不住人。她看到不远处有一间小破屋，一条小路通过去，屋后不远，有一片小树林，林子后面又是一座小山，如果小屋一挡，他们进了林子，就可以往山上跑，想到这里，李颖拉着柏子上了小路，从小屋后进了林子。可是她回头一看，两个人直接从高粱地里斜插过来，反而离她更近了。

李颖急了，牵着柏子的小手就往小山方向跑，快要到山根了，她看到旁边有一块老大的石头，下面有一个小坑窝，就对柏子说，柏子，去那个石头底下藏起来，千万不要动，等娘回来喊你再出来，明白吗？柏子抽出小手，就往那个石头跑去。李颖拎着篮子往山顶跑，一口气到了山顶，看到山顶有一条小道，前头还有个岔路，她灵机一动，把篮子放在小道上，就往树更密的地方跑。

李颖见树林也藏不住人，就又顺着山南边的斜坡往下跑，她看到山下又是高粱地，一条小河流着水，一个放牛的老汉让黄牛站在水里，啃着沿岸的青草，他自己在另一边用镰刀割水草，割下的草在身后一小堆一小堆地放着。李颖跑过去，气喘吁吁地说，大爷，快救我，后面有人追。老汉一抬头说，快把褂子脱下来。李颖把褂子一脱，扔在地上，又脱下鞋子，老汉抱了几堆草把她的衣裳鞋子盖住，对李颖说，牵着牛往远处放，低下头，别慌！

李颖跑过去，捡起牛绳，牵着就往河上游走，低头做出放牛的样子，她一想，又把头上的鬏髻儿放开。

这时，两个便衣从小山上下来了，大声问老汉，喂，看见有人过来吗？一个女人领着一个孩子！

老汉瞄了瞄李颖，才抬头对那两个人说，好像有个人影儿，往山东边去了。

那两个人立即回身，又进到树林。过了一会儿，看看没有动静，老汉提着镰刀，低着头，装作要去割另外地方的草，走近李颖说，估计他们走了，也说不定还在山那边搜查，这样，那边有一个小沟，你去装解手，我到山上看看，如果没有人，我回来咳嗽一声。

李颖放下牛绳，黄牛很乖，照样啃着靠近水的青草。李颖走进高粱地，在不远的小沟里蹲下了。

李颖迟迟不见老汉回来，心里着急，不知道柏子怎么样了，可是她没有办法。一会儿，老汉下来了，指指山，没有咳嗽。李颖知道敌人还在山上，她只好回来，继续放牛。老汉走近她说，没走，两个人坐在石头上抽烟，旁边还放着一个篮子，说完，他又安慰李颖，别着急，等日头落山，他们肯定走了。

李颖怎么不着急？她担心柏子，又想着情报，抬头看看太阳，离落山还有两竿子高，她的心里火急火燎，时间一长，柏子憋不住怎么办？会不会出来找娘？他要是一喊就坏事儿了。李颖唇舌发干，嗓子里冒烟，牙根居然疼起来，她仰头看天，闭上双眼，可黄牛根本不知道李颖的心事儿，只管啃着青草，它的牙齿锋快又连续地咬断草梗，发出咯吱咯吱的声音，这牙齿就像在啃着李颖，啃得她的心一紧一紧。黄牛嘴里啃满了草，抬头咀嚼了一会儿，然后咕噜噜地咽进肚子里。这时，它柔和地看看李颖，突然伸出被草汁染绿的舌头，温热地舔了舔李颖的手背，两只大眼水汪汪地看着这个陌生女人。李颖和牛对视着，鼻子一酸就想流泪。

太阳还有一竿子高，老汉又上了山，很快就下来了，说走了，走了。

李颖已经顾不上柏子，她问了老汉的名字，家在哪个庄，然后说，大爷，我记住你的救命之恩了，我还要托付你一件事儿，我孩子藏在山西边大石头下的坑窝里，你找到他，先带到你家，我回来就去领……

说到这里，李颖停住了，憋了憋才说，大爷，我就这一个孩子，如果我回不来了，你就把他当成孙子吧，让他替我报答你……

说到这里，李颖说不下去了。老汉说，闺女，别说丧气话，我等你回来。李颖强忍住泪，跑过去，从草堆里扒出褂子和鞋子，边穿边走，她一边小跑，一边流泪，一边擦泪，往斑山头直奔。

天全黑了，李颖走起来也更安全，当她离斑山头还有约三里的时候，看到村里一片大火，还听到零星的枪声，鬼子又去那里“扫荡”了，同志们肯定已经撤走，情报送不到了。她只好往回走，来到一条小河边，把右脚的鞋脱下来，用水把后跟儿弄湿，让纸条化成浆，然后再穿上。

李颖什么也顾不得了，摸着黑直奔大爷的村庄，她一路小跑，披头散发，像一只焦躁的母兽。终于跑到了大爷的村子外，李颖不敢贸然进村，就在村头徘徊，突然，一个草垛旁传出声音，闺女，是我。

李颖心里一喜，连忙走过去。大爷说，闺女，你可回来了，坏事儿了，我没找着孩子……

李颖一下子五雷轰顶，音儿都变了问，是不是让人抓走了？

大爷说，不会，孩子被抓了，怎么着也要喊几声、哭几声吧，我就在山旁边，什么也没听到，我到山上转了老半天，先去那个石窝子，里面根本没有人，山也不大，我把山上所有的地方全走遍了，就是不见人。李颖小声哭起来，说，那不会是让狼……大爷说，不会不会，狼来了，孩子也会哭喊，我琢磨着，他还在山上，不见他娘就是不吱声，咱一块儿再去找。老汉抓起备好的铁锨，两个人又悄悄上了山。

山上黑魆魆的，李颖压低了声音，连连喊着，柏子，柏子……他们从山脚到了山腰，然后又到了山顶。老汉也喊着，柏子，柏子，你娘来找你了……两个人喊了老半天，还是没有回应。李颖悲怆又苍凉地唤着，柏子，柏子，我是娘啊，柏子，柏子，娘来找你了，你在哪里？柏子，柏子，你在哪里？你倒是答应一声啊……

李颖一边唤着一边哭，一边哭着一边唤。突然，树上一只鸟扑棱棱地从李颖头上飞起来，吓得李颖一下子坐在地上。大爷说，别怕，夜猫子。李颖绝望了，她双手抱住一棵树，想站起来，却又一下子滑下去，她喃喃地说，不用找了，不用找了，不用找了……

不知又过了多长时间，村里传来了鸡叫，又过了一会儿，天开始亮了。突然，有人小声儿喊，娘，我在这里……李颖一下子竖起耳朵，以为听错了，她四处寻着，柏子竟然出现在一棵柏树下，一下子向她扑过来。

李颖抱住柏子，柏子用力把她拉起来。李颖惊喜地问，你藏在哪儿了？柏子拉着李颖的手，给她指指，大爷跟在后面。他们看到，山根下有块石板，盖着半边土洞。柏子说，那两个人在山上找咱们，我就从大石头下爬出来，先躲石头后面，又躲在草里，后来看到这个小洞，我就钻进去了。大爷说，这不知什么时候，谁家挖了个地瓜窖子，日子长了也就不用了，想不到啊，它救了孩子一命。李颖这才回过神，对柏子说，柏子，你记着，从今天起，这就是你爷爷。柏子看看老汉，叫了一声爷爷，大爷满脸高兴地答应了。李颖又问，我和爷爷喊你，你怎么不答应？柏子说，娘，我等你等不着，等着等着就睡了。大爷长舒了一口气，命大啊，命大啊，这孩子日后有福。

柏子突然想到了什么，说，娘，咱家的碗让那两个坏蛋摔碎了，他们还骂你臭娘们儿。

李颖笑了，蹲下来抱住柏子，脸紧紧贴在他身上，她说，活着，活着，咱们还活着，活着就好，活着就好啊。

大爷说，你娘俩到我家歇歇吧。李颖说，不了，大爷，太危险了，我们回家。说完，她对柏子说，孩子，跪下。柏子跪下，李颖也跪下了，娘俩给大爷磕了个头。大爷说，闺女，见外了，见外了，对了，回去不要走原路，想办法绕回去……

11

张西奇他们开始打卡子了，他把队员分成三组，命令说，打！只要是在卡子上检查的，不管男女，打！我们不滥杀无辜，但卡子上的人，没有哪个是无辜的，村里谁当了密探，哪个保长亲鬼子，立即除掉，绝不留情！

他们进行了周密的筹划，就沿着薛河两岸，专打两岸路口和村口的卡子，打鹞子崮下和大李庄周边的卡子和便衣特务，有了证据，就进村打密探和保长。张西奇带一组，赵明大带一组，坡子带一组，在傍晚时候打了就撤。于是，薛河两岸，不时响起武工队的枪声。张西奇干完了，还用树枝在地上写下一个大大的“张”。上次检查李颖的卡子，被坡子他们干掉了，那两个女人也吃了枪子儿。赵明大他们打了鹞子崮下的卡子，孙兆谦对王世仁说，武工队替咱们拔牙了。

这招立即见效，守在卡子上的人无不提心吊胆，不敢像从前那么横了，检查也不像以前那样仔细，来了人，随便摸几下子就放行，看到人高马大的，就怕是姓张的，尤其到了快傍晚时分，甚至点点头说，天快黑啦，走吧，赶紧走吧。这样，武工队晚上活动，就方便多了。

这天，大家又分头行动了，张西奇到葛庄见葛保长，他是自己人。葛庄就在薛河边上，离他们的驻地不远。张西奇带上了王木头，王木头说，队长，是不是多带几个人？张西奇说，去去就回，人多了容易暴露。

两个人就沿着河边走，走了大约三里地，王木头的肚子突然疼起来，他咬着牙又走了一段儿，憋不住了，就跑到树后面窜了稀。拉完出来，张西奇问他，好些啦？王木头点点头，可走了不远，他肚子又疼起来，赶紧捂着肚子进树丛，又嘟嘟地拉起来。张西奇只好等着。

王木头连窜了三泡，肚子还疼得直不起腰，额头上直冒汗。张西奇说，木头，你先回去吧。王木头说，队长，一个人不行，要不今天的任务取消吧？张西奇说，前面就是葛庄了。王木头说，你一个人，万一遇上敌人，连个照应都没有。张西奇提高了嗓门，王木头，别婆婆妈妈地腻歪，听我的，快回去！看见敌人我还能硬往上撞啊，放心，我去去就回。王木头站住了，捂着肚子说，那我把枪留给你。张西奇说，不行，你还要防身，我身上有两把枪，足够了，快回，快回去。

到葛庄外围了，张西奇蹲在河边树丛后看着，远远的路上，有鬼子伪军的巡逻队，但葛庄很安静。葛保长跟他张家有老亲，人也可靠。见卡子上的人连续被武工队打掉，葛保长对伪军说，卡子搬到村口吧，靠着街，有屋有墙，有个遮挡，武工队来了可以往里撤，还在庄外不就成活靶子了？伪军就真把卡子从路上往村口挪了，这样，也就更便于武工队队员们进村。

张西奇绕到村后进去，沿着小巷往里走，看见人就墙角上一避。庄不大，他也熟悉，很快就到了村里的小街。小街从东到西，过了街往南不远，就是葛保长的家。张西奇刚要过街，看到来了三个人，他一下子避在一道矮墙后。三个人是村里人，到地里干活才回来，全扛着锄头。这时候，张西奇热得身上汗津津，因为他还穿着一件破旧的棉坎肩，不光他，武工队队员们大都还穿着棉袄，虽然已入夏，可是这里打，那里杀，不定晚上在哪里过夜，如果进不了庄，就得睡到野地里，棉袄就能当被褥。但是穿棉袄，打枪不方便，张西奇就撕去了两个袖子，棉袄就成了棉坎肩。

张西奇解开扣子，露出了两支插在腰上的短枪。

他听听，那几个人走过去了，就一手按着墙头，一抬腿跃过去，一下子站在地上。

就在落地的刹那，张西奇双脚一下子定住了，空气瞬间凝固——他居然和一队鬼子打了个照面。葛保长打着太阳旗，领着十几个鬼子进了街，正离他十米不到。因为鬼子没有齐步走，张西奇也没听到脚步声。前头的鬼子一见街上跳出一个人，腰里别着两把枪，随即停住脚步，一下都把枪端起来，瞬间就有五六支枪对着张西奇。

也就在这刹那，张西奇双手一拍，笑着，镇定自若地走向鬼子，走到葛保长面前，他看到，葛保长的脸比死了还难看。张西奇拍拍葛保长的肩膀，向鬼子点头笑笑，接过葛保长手里的太阳旗，转身就往前走。葛保长惊魂未定，腿还打着哆嗦，踉踉跄跄地跟了几步。鬼子一看，以为是自己人，就都收枪往肩上一背，也跟着张西奇继续向前走。走着走着，张西奇问葛保长，往哪儿领？葛保长没应答。张西奇头也不回，又问了一遍，葛保长上下牙咯咯地磕着说，往……往……往前面的场上。

张西奇举着旗子，从村东边向南，把十几个鬼子领到土场上。土场上还有几个村里人候在那里，地上放了些板凳，小桌上一个盆子里是猪头肉，另一个盆子盛着小米粥。鬼子拔下枪上的刺刀，把枪支在一起，各自摘下腰间的饭盒，用刺刀去插猪头肉，先吃自己盒子里的饭，吃完了又去打粥。张西奇站在一边，一个鬼子过来对他说，你的，米西。张西奇说，我的不饿，太君辛苦，你们米西。鬼子问他什么的干活，张西奇说，抓八路，抓八路的干活。鬼子开心了，拍拍张西奇的胳膊说，你的，我们的朋友。张西奇说，朋友，朋友的干活。

这一折腾，张西奇还真也觉得饿了，他走到小桌前，从盆子里抓了一块猪嘴，还朝刚才的鬼子举了举，接着大口吃起来。葛保长不住地看张西奇，心里说，你快走吧，快走吧。张西奇大口嚼着，走过来对葛保长说，再有张饼就好了。葛保长瞅瞅正在吃饭的鬼子，小声说，我的个爷爷哪，胆都让你吓破了……

张西奇吃完，手在破坎肩上擦了擦，对葛保长说，有话以后说，走了！

张西奇又进了村，往村后走，这时他才感到后背凉飕飕的，坎肩全让汗浸透了，他也紧张啊！他又扣上扣子，正要从村里出去，突然看到有六七个伪军坐在树底下，心想，今天这是怎么了，处处不顺，真是踩了狗屎。张西奇往后退了几步，往西一转，有一个小院，门右边有一棵小柿子树，大门开着一扇，一个老嬷嬷站在里面，正看着他问，年幼的，你是干什么的？张西奇还没说话，老嬷嬷说，听说皇军又进庄了。张西奇小声说，大娘，我是给皇军做事的。老嬷嬷说，给皇军干事儿还穿这么破，骗人吧。张西奇说，我是便衣，穿得破，装成老百姓，八路认不出来。老嬷嬷上下打量着张西奇，张西奇说，大娘，我能进去坐坐吗？老嬷嬷不太情愿，但张西奇一时半会儿走不了，就自顾自地进了院子，完了还把大门关了，推上闩，嘴里说着，大娘，关上门，不让外人进来。

张西奇和老嬷嬷在院子里坐下了。老嬷嬷说，俺儿也跟着皇军干。张西奇问，在哪里？老嬷嬷说，在官桥，当班长了。张西奇说，好，好，正好我也在官桥，你儿叫什么名字？老嬷嬷说了名字。张西奇说，认识，认识。老嬷嬷说，我怎么看你脸上凶巴巴的呢？张西奇说，大娘，人不能貌相，我这个人不孬，你儿子都说我心善。老嬷嬷笑了。

张西奇又问，大娘，你儿子常回来？老嬷嬷说，也不常回来，本来这几天说要回来，可是又让俺庄去官桥赶集的人捎回来了口信儿，说上头不让离开兵营了，端人家的碗，就得受人家管。张西奇一听，警觉起来。老嬷嬷又说，皇军不孬，跟着他们干，有穿的，有吃的，就是有些愣头儿青非要和他们斗，惹急了他不杀你呀，戳了蜂窝子，蜂子就蜇你，老百姓就跟着遭殃。张西奇心里骂着，真是个老糊涂，接着他又问，你儿子结婚啦？老嬷嬷说，孙子都有了。张西奇说，他们怎么不在家？老嬷嬷说，这不听说皇军要进庄，回娘家去了，唉，皇军就这一条不好，见了女人就要上，跟牲口似的……

估摸着伪军该走了，张西奇从小院里出来，往外看看没人，就离开了村子。他估计，官桥的敌人近期会有行动，恐怕就是对着王世仁、孙兆谦他们的，陈二雄大概要报仇了。

张西奇边走边想，沿着薛河往回赶。没走多远，就听见有人小声喊，队长，队长。张西奇一听，是王木头。王木头从树丛里走出来，张西奇问，你怎么没回去？王木头说，你一个人进庄，我还是不放心，我看到一队鬼子进了村，心就悬起来，我在这守着，孬好也是个接应。张西奇问，好些了？王木头说，不拉了，也不疼了，就是有些虚。张西奇说，好汉经不住三泡薄屎，走，咱回去。

两个人沿着河边往驻地走，王木头跟不上张西奇的步子，便折了一根棍子拄着。大约走了二里地，张西奇见王木头迈不动腿，说，来，我背着你，说完就把王木头背起来。

他们就这样在河堤下边走，堤上有树挡着。走了一截儿，一条小河横着流到这里，堤下有个涵洞，张西奇只好背着王木头上了河堤，可在这堤上一露头，他们就被远处的敌人发现了。有人大声喊，河堤上有人！接着，就有十几个伪军向这边跑来。张西奇他们立即下到河堤下边，继续往前跑。敌人开枪了，王木头说，队长，放下我！张西奇说，别说话。王木头说，快放下，咱们分头跑！张西奇只管跑，王木头说，快把我放下，这样咱俩谁也跑不了！张西奇发火了，闭嘴！

后面敌人已经上了河堤，有人喊着，两个人，一个背一个，抓活的！抓活的！

王木头回头一看，敌人越来越近，都能看清他们的脸了，他在张西奇的肩膀上狠咬了一口，张西奇哎哟一声，王木头一下子从他背上滑下来，接着一个翻滚趴下，啪的一枪就把最前头的敌人打倒了。张西奇也跪在一从灌木后，双手握枪，连连点射，敌人立即散开隐蔽，双方对峙着。

张西奇见敌人趴着不动，就也停下等待时机，等敌人爬起来的时候，他啪啪啪又几个点射，几个敌人又中枪倒下。这时张西奇大声喊，木头，边打边退！可是王木头趴在那里不动弹，张西奇冲过去一看，王木头头上中弹了。张西奇怒吼一声，抓起王木头的枪，一勾机子，发现没有子弹了，接着他愤怒地一下子把枪扔进河里，又握着双枪，边打边退。

在武工队的驻地，赵明大听见葛庄方向的枪声，又听到双枪的节奏，急了，大声喊，全体集合！快！

二十几个队员插上短枪，又背上长枪，呼啦啦沿着薛河往西跑。他们看到一股一股的敌人，有伪军，也有鬼子，全都冲着枪战的地方集结。赵明大喊着，快，快！队员们狂奔，见前面有七八个伪军正在往前赶，他们立即像群狼一样散开，噼里啪啦一顿射击将伪军消灭，只留下几个人收枪收子弹，其他人又向前冲去。赵明大大声喊，队长，你在哪里？

张西奇又对敌人打出几枪，赵明大他们闻声过来了，队员们立即散开，向冲过来的敌人射击。

张西奇喊着，集中火力，把敌人打下去！队员们对着敌人一阵猛打。趁这一拨敌人暂退，张西奇说，快过河，鬼子有机枪！队员们把枪一收，转身就下了薛河，快速向北岸撤退。刚到北岸，鬼子就在后面架上了机枪，嗒嗒嗒枪声响起，有两个队员倒在了河堤下面。

薛河北岸也是一片开阔地。张西奇看到，沿着河堤向西，二里开外就是陈庄，薛河又在陈庄西面往北拐，拐向曹王坟方向。后面更多的敌人正在过河，张西奇带着队员们在河堤外向西猛跑。当他们跑出一里多远的时候，鬼子又在后面架起了机枪，嗒嗒嗒地在他们背后射击，又有几个队员受伤了，其他人背上他们。后面的敌人变成了一大片，子弹啪啪地像蝗虫一样往这边飞。曹老三大声喊着，队长，我带几个人掩护，你们先跑！张西奇喊，拦不住，快跑！紧接着，后面又有两个队员倒下。

张西奇他们终于离陈庄近了，正要进去，突然从村口又冲出几个伪军。赵明大大声喊，打！几个队员转身就打。曹老三刚从伪军尸体上弄了两颗手榴弹，他握住一颗一下子扔过去，手榴弹轰的一声爆炸，侥幸未受伤的两个伪军掉头又往村里跑。

张西奇他们沿着河岸往曹王坟方向跑，渐渐和后面的敌人拉开了一段距离。张西奇一边跑一边问曹老三，还有多少手榴弹？曹老三回头喊，谁还有手榴弹？几个战士应声，曹老三说，队长，还有五个。张西奇说，太少了，快跑，到了曹王坟就上山！

前头就是曹王坟了，张西奇他们从河边树林里冲出来，往后面的小山上跑。

突然，从曹王坟东边又出现一支伪军的巡逻队，又是十几个人，看见张西奇他们，立即向这边冲过来。张西奇喊道，拦住他们！曹老三立马和几个有手榴弹的队员卧在沟里，伪军们只注意跑着的人，追着打枪。曹老三他们等敌人近了，连连扔出手榴弹，然后又补了一阵乱枪，接着跟上队伍。

可是，不远的西南尤家山村外，又出现了二十多个敌人，有鬼子也有伪军，一个鬼子抱着机枪，哗哗地往这边扫射，武工队队员们立即卧倒。见敌人凶悍地围上来，张西奇看看剩下的十几个武工队队员，心想，今天是进了死地了，只能等敌人靠近，拼个鱼死网破了。他咬着牙对大家说，等敌人靠近再打，等子弹打完了，上去夺枪拼刺刀。

就在这时候，前面突然响起了一阵机枪声，围上来的敌人一下子倒了五六个，紧接着又有一挺，两挺机枪嗒嗒嗒地连续响着，转眼就把二十多个敌人扫倒了。有人大声喊，张西奇，快往这里跑！张西奇一看，是张守义！张守义躲在远处一棵大树后，向他招手。张西奇大声向队员们喊，快，往那边跑！队员们一下子从地上跃起来。

后面的敌人也冲出了河边的树林，追了上来。武工队队员们跑到张守义处，迅速趴下，准备迎敌。看到后面追上来的敌人，张守义左右部署两挺机枪架在石头上，还有十几个战士用枪瞄着前方。等到敌人进入射程，张守义喊道，打！机枪又嗒嗒嗒地扫射，十几支步枪啪啪啪地射击，敌人向后退了。张守义对张西奇说，走，咱们上山！

好不容易爬到山上，武工队队员们全都累瘫了。张西奇已经没有力气进洞，一下子就都坐到大裂缝下边，接着就四仰八叉地躺在地上。队员们也都歪七扭八地躺下来，只有曹老三一手叉腰，站在树下喘着粗气。

张西奇对站在身旁的张守义说，小叔啊，多亏有你，要不今天就完蛋了，这会儿就走在黄泉路上啦。张守义笑着说，鬼见了你都躲，阎王老爷才不想见你哩。王世仁也早就下来了，站在一边的台阶上说，鬼子今天是给我们送来客人哩。张西奇一听是王世仁，一下子坐起来，说，老王，你怎么知道是我们？抽卦算过了？王世仁笑呵呵地说，听见远处有枪声，枪声离这里越来越近，我一想还能是谁？站在山上，看到你们十几个人被敌人追着打，我就让守义赶紧带人下山了。

张西奇说，山下有卡子，你们那么容易就下山？

张守义说，卡子被你们打了几次，敌人也害怕了，再说，你们一出现，吸引了敌人，我们也就好下山了。

王世仁说，走，上去上去，全都上去，咱们上去喝水。

上了鹞子崮，大家都坐下来，张西奇问王世仁，孙参谋呢？王世仁说，执行任务去了。张西奇突然想到了什么，说，老王，今天我听了个风声，官桥的伪军不准离开兵营，怕是又要冲着你们来了。王世仁点点头说，料到了，料到了。张西奇问，料到了你们怎么不撤？王世仁说，山下到处都是敌人，往哪里撤？现在打，我们不怕了。王世仁沉了沉，又说，指导员说过，静观其变，敌人怎么动，咱就怎么应。

12

当天晚上，敌人就把鹞子崮围住了。

陈二雄听说武工队也逃到了鹞子崮上，喜得几乎抓狂了，说真是老天有眼，把他们全赶到一块儿了，正好一锅炖。他立即来到铃木军营商量作战计划，铃木说，陈大队长，中国有句俗话，叫以绝后患，这回咱们要以绝后患了，但要行动，还是得先上报滕县。陈二雄说，铃木太君，中国还有句古话，机不可失，时不再来，现在一刻也不能拖，今天晚上咱就出兵，兵贵神速。铃木想了想，同意了。陈二雄又说，你的人能不能全部出动？铃木说，我的人只出两个小队，炮火的支援。陈二雄说，皇军战斗力强，为保险起见，杀鸡还是要用牛刀。铃木说，陈大队长，你手下有三百多人，王世仁他们只有五十多人，足够了，足够了，官桥还要有人守住，防止敌人偷袭。

回到兵营，陈二雄立即给各据点下令，只留下小部分看守，其余人全部参战，晚上十点，进到尤家山。

于大肚子接到命令，立即把张小胆叫来说，这回就看你的了，婢养的，攻下鹞子崮，你立了功，回来老子就提拔你。张小胆说，副大队长放心，鹞子崮上每块石头我都熟悉！

十点钟，各据点的敌人全部赶到，和上回一样，铃木又把四门迫击炮架在尤家山顶上，他和陈二雄用望远镜往鹞子崮上观察，山顶一片黑暗，只有几点萤火虫一样的灯光，听不到任何声响。陈二雄走到一边，对于大肚子说，十一点你主攻，不被发现不要开枪。于大肚子说，放心吧表哥，婢养的，不就是那么几个鸟人吗？

夜袭的时间到了，张小胆带路，领着一百多伪军开始上山。天虽然黑，但张小胆注意到，山坡比以前陡了，乱石头也没有以前那么多，灌木丛也都被砍光，他知道，山上的人已经有所准备了，但此时他也不敢说什么，只能抓住一棵一棵小树往上爬，爬了半天，就要到达头一道岗的位置，张小胆看到了一道干石头砌的墙，他侧耳听了听，没有动静。张小胆他们稳了稳心神，摸到了墙的缺口。突然，几挺机枪嗒嗒嗒地响起来，吐出几道火舌，一群伪军立即倒下，顺着陡坡咕噜咕噜往下滚。张小胆一下子趴在一棵树后面，机枪又打出几梭子子弹，却又停了。

后面的伪军一看偷袭失败，立即打着枪，弯着腰往上爬，眼看快要到石墙了，机枪又嗒嗒嗒响起来，最前头的一拨伪军又滚了下去。伪军冲了几次，没能攻破石头墙，只好撤下山。

尤家山山顶的迫击炮响了，一颗炮弹咚地打在石墙后面，接着校正，炮弹的落点下移，对准石墙的位置咚咚咚打过来，炸得石头乱飞，树枝子纷纷断裂、落下，树就着了火，火光一亮，尤家山山顶的鬼子炮手看得更加清楚，炮弹不住地往炮筒子里装，立马又咚咚地射出去。

炮声一停，山下的伪军又开始了冲锋，几挺机枪往山上扫射，接着后面的人拼命往上爬。石头墙已经被炸塌了几截，张小胆喊着，快，冲过石头墙！但他自己却躲在树后面。伪军的机枪手往石头墙缺口处扫射，但不知何处啪啪地打来几发子弹，三个机枪手应声倒下。手榴弹从石头墙后面扔出来，敌人又退下去了。火光里，有个战士想去捡那挺机枪，张守义一见赶紧大喊，快隐蔽！那个战士刚到墙后边藏下，敌人的炮弹就落下来炸开了。

尤家山上，陈二雄对铃木说，我的人不行了，得皇军上了。

铃木放下望远镜说，你的人大大的，不要着急，我们后边上。

陈二雄知道，日军不喜欢夜战，于是他对于大肚子下令，停止进攻，天亮了再说。

等天亮的这段时间，山上的战士们立即抓紧打扫战场，枪支弹药缴获了不少。王世仁、张守义加上张西奇，三人商量了一下，重新部署了火力位置。张西奇看到，好多树下的土层被掏空了，变成了单人暗堡，相互间还可以形成火力交叉网，他暗暗佩服孙兆谦，真是厉害。

鬼子伪军吃过早饭，立即进行新一轮攻击，迫击炮弹疯狂地在悬崖下爆炸，许多树木都燃起了火。炮弹炸了一通，伪军们又往山上爬，但势头不如夜里了。张小胆还是带路，有个伪军头目骂他，你个狗日的带的什么路？带的是死路！死了那么多弟兄，你个狗日的倒还活着！张小胆怯怯地说，别的地方都没路。又有伪军骂着鬼子，小日本儿，都戴着铁帽子，却让咱们先冲，这是逼咱们用人肉挡子弹！

靠近石头墙的时候，伪军们全趴下了，一个连长模样的人喊，冲过墙，谁不冲我毙了谁！接着大喊一声，冲啊！伪军们一下子爬起来，有几个就冲到了墙里边，后续的伪军也呼啦啦跟进来了，大约有二十多人。张守义不知隐藏在什么地方，大喊一声，打！两边的机枪嗒嗒嗒地扫射，手榴弹一个劲儿往这边扔，伪军们全都倒在墙下了。

鬼子的迫击炮又开始轰炸，而且炮弹落点越来越靠上。

王世仁和张西奇隐蔽在一块大石头后面，张西奇说，估摸这拨炸完，鬼子要上场了。

炮声一停，张西奇立即命令武工队队员，拿长枪的，分散守住鹞子崮两翼，防止敌人从那里上来，拿短枪的，散开隐蔽，专打鬼子军官和机枪手。

果然，鬼子开始爬山了，他们个子都不高，全戴着钢盔，都不急着站起来，只是伏在地上不紧不慢地往上爬，像一群土黄色的乌龟。阳光从树枝间透射下来，映着钢盔一闪一闪，反射出光点儿。王世仁命令，准备好，等鬼子站起来就开枪！

鬼子们还是往上爬，突然，一个鬼子看到旁边有一块大石头，一下子灵敏地跳起来，眨眼间就把机枪架在上头。一个战士机敏地瞄准一枪，打中了鬼子的钢盔，但是当的一声，子弹就滑落了。紧接着，又有一个鬼子占据了另一边的一块大石头，也架起机枪，其他的鬼子还是往上爬。

战士们趴在壕沟里，壕沟有浅有深，但前面全垛着石头。这时，鬼子的两挺机枪突然开火，所有的鬼子全都跳起来，呀呀地往上冲。当鬼子冲到离壕沟不远的山坡上，战士们把手榴弹咣咣地往下扔，十几个鬼子被炸倒了，矮矮的尸体往下滚，但两挺机枪还在疯狂扫射，有几个战士中了弹。

曹老三瞄准鬼子的机枪手，一枪把他打倒，但紧接着又有一个鬼子替上。坡子打倒另一个机枪手，但也有人替上，坡子紧接着又是一枪，两个鬼子就都趴在石头上不动了，但是后面一群鬼子上来，抱起两挺机枪，边打边往上冲，后面的鬼子紧紧跟随，当他们冲到离壕沟不远时，战士们又扔出了一拨手榴弹。

到了下午，鬼子和伪军又发起了第三拨进攻，但又被战士们打退了。

鹞子崮两翼没有敌人上来，因为层层收缩的断崖，敌人很难往上攀。

到了晚上，鬼子不再进攻，在山下扎起帐篷，点上篝火。在尤家山前面，有不少鬼子伪军的伤兵集中在村前的土场上。鬼子伤兵全躺在老百姓家的草帘子上，伪军伤兵只能躺在地上。

铃木、陈二雄和于大肚子在营地里巡视，于大肚子心里很不痛快，负责攻山的是西茶山和郭庄等据点的伪军，手下的兄弟伤亡了不少。李宝昌被收拾了后，陈二雄又派去一个姓杜的接任，杜队长比于大肚子年轻，跟在于大肚子后边，见铃木和陈二雄走远了些，悄声跟于大肚子说，副大队，我这里死了四十多号人了。于大肚子轻哼一声，婢养的，打仗哪有不死人的？杜队长嘟囔着说，皇军光让咱们打头阵，反正死多少弟兄他们也不心疼。于大肚子脸一虎，婢养的你活够啦？动摇军心，我毙了你！杜队长吓得不敢吱声了。于大肚子看见张小胆，招招手让他过来，问，你估计山上还能有多少人？张小胆说，这一轮一轮的炮弹，顶多剩三十来个人了。于大肚子吐了一口唾沫，骂道，王世仁个婢养的，这么能扛，土匪性子不改！

正在这时候，刘三竟然骑着他的骡子，领着三十多个人来了。

他给铃木和陈二雄行了个礼，斜着一只眼说，大队长，你看不起我，打仗也不给我下命令。

陈二雄确实没把刘三放在眼里，他刘三就是腊月三十一根葱——有他也过年，没他也过年。当时收编他，单纯是为了防止他归了八路那边儿，但这会儿，刘三来得正是时候，陈二雄连连说，来得好！来得好！之前不给你命令，是怕你人手不够。刘三说，大队长，别看我人少，可个个都像猴子一样，想上山，我有法儿。陈二雄问，你有什么法？刘三说，不是鹞子崮两边不好上吗？我们就从两边上，不过要从村里找些挠钩。陈二雄一听，立即让人去村里寻。

就在这时候，郭庄方向传来了枪声，紧接着有人报告说，八路的县大队正在进攻郭庄。铃木和陈二雄一听是县大队，分析说这是要围魏救赵，但不能上当，不能让快煮熟的鸭子飞了。可是，杜队长着急了，他说，大队长，我据点里留人不多，怕是挡不住八路。陈二雄头一扬说，据点没了再修，不用管！郭庄方向枪声越来越激烈，还有了机枪声。过了一会儿，杜队长又哭咧咧地说，大队长，咱仓库里还有大量的粮食和弹药，让八路抢走就坏了。

于大肚子说，八路眼下缺的就是粮食和武器，绝不能让他们抢了！

见陈二雄举棋不定，于大肚子劝道，反正山顶上也就剩三十来个人了，这刘三也来了，咱们就趁半夜往上攻，叫刘三的人从侧面往上爬，三路夹击，那个道士还能跑了？现在先让杜队长带人杀回去，解郭庄之围。陈二雄点点头说，带多少人？于大肚子说，他李贵武的人至多四十，就让杜队长带六十人，里应外合，把八路打退就行了，打退了，立马回来！

陈二雄过去和铃木商量，铃木点点头，同意了。

杜队长带上人立即往郭庄跑。

山上，王世仁他们忙着抢修工事，捡拾敌人的武器。听到郭庄方向传来了枪声，他对张西奇说，县大队！县大队到了那边牵制敌人，围魏救赵了。张守义说，敌人不傻，不会轻易放过咱们。张西奇说，估摸夜里，还得有人往山上摸。赵明大想了半天，说，我觉着，陈二雄要另想办法上山了，咱们人手会越来越少。

临近半夜，鬼子都睡在帐篷里，伪军又开始往山上爬了，刘三的人来到鹞子崮东西两边，都拿着挠钩，他们在挠钩铁头上拴上长绳子，悄悄往上爬，当他们到了最低的一道崖壁时，一个人蹲下，肩上托起另一个人，甩开挠钩钩住崖顶上的树木，接着一人先上去，把绳子拴好，后面的人抓住绳子，一个一个攀到顶上，等全都上来后，再攀第二道崖壁。这道崖壁有十几米高，可刘三有办法，他让人叠罗汉，先三个人蹲下，三个人肩上踩两个人，两个人肩上又踩上一个小瘦子，小瘦子把挠钩猛地往崖顶甩去，甩了几次，终于钩住一棵树，小瘦子先上去，下面的人再抓着绳子往上爬。

正面的伪军们，爬到山腰头一道防线下面，就不再动了，全趴在地上，等着刘三的人从鹞子崮两侧上去，发出信号再立马冲锋。铃木、陈二雄和于大肚子都在山下等刘三的消息。不知等了多长时间，突然听到鹞子崮两侧有了枪声，陈二雄他们为之一振，于大肚子说，还真上去了，这个土匪真有把刷子！陈二雄说，再等等，再等等。枪声响了一阵，又停了。陈二雄听了半天，说，山上有准备了，刘三这一拨不行了，再等等，这小子三十多个人呢。

后山悬崖下，有三十多个伪军守在火堆旁，黑暗里，两挺机枪对着悬崖，伪军们都困了，几个人抱着枪靠在石头上打盹儿。这时候，从黑暗中走出一支队伍，有十几个人，全是便衣，为首的戴了一顶鬼子军官帽子，背着王八盒子，挎着长刀。走近了，才看清，竟是孙兆谦。

伪军头目看见来人了，立即警觉地站起来。孙兆谦大声说，你们的，统统的起来，睡觉的不行！然后又哇啦哇啦地说了一通日语。小头目一看是日军，连忙点头哈腰，太君辛苦，太君辛苦！

孙兆谦对小头目说，后山的，八路的逃走，你们的睡觉，死了死了的！

小头日连连点头，不睡了，不睡了，然后回头喝着，全给我睁开眼！

孙兆谦一挥手，两个扛歪把子的战士立即散开，把枪口对准悬崖。孙兆谦对小头目说，你的，前面的主攻，这里，我们的干活！小头目说，我，我没有接到命令啊。

孙兆谦火了，啪的一声，打了小头目一个耳光，哇啦哇啦又说了一串日语，然后说，你的，良心大大的坏了！我的命令，你的，去前面，快快的！

小头目眼冒金星，手捂着右腮，看着孙兆谦，还是不动。一个伪军说，没接到命令，我们不敢动！孙兆谦急了，骂了一声八嘎，唰地抽出长刀，一下抵到那家伙脖子上。

这孙兆谦一耍威风，小头目害怕了，一招手对手下的人说，走走，咱听太君的！三十多个伪军把枪一收，就要离开。可小头目心里觉得不踏实，偷偷瞅了孙兆谦几眼，狐疑地往后退了几步。孙兆谦喝道，你们的，快快的干活！小头目这才转身，带着人往山前跑。

孙兆谦见敌人走远了，大约跑出去二三百米了，就让一个战士学了一声猫头鹰叫，接着，又学了一声。王世仁他们听到了，战士们早已在山顶树上拴了好多根绳子，一个个便快速往下滑。

刚才离去的那个小头目，越想越觉得哪里不对，山前这会儿也没有激战啊，那么多人往山上冲，犯得着调后山他这三十多个人？而且是陈二雄亲自对他下令说，只管守住后山，八路有可能从悬崖上往下滑，到时用机枪扫射，一只兔子也甭放过！

这时，他身后传来一声猫头鹰叫，接着又是一声。小头目立即警觉了，炮弹炸了一夜一天，什么鸟不都早吓跑了，怎么会有猫头鹰？坏了，上当了！那个挎刀的根本不是皇军，用日本话诓老子离开，他们想跑！他把老子当傻瓜了！想到这里，小头目大喊一声，全体注意，向后转，杀回去！

三十多伪军立即呼啦啦地向鹞子崮下反杀回来，正看见山上的人往下滑，小头目大喊一声开火，乱枪就打到悬崖上，几个战士先后中弹，手一松就坠落下来。孙兆谦急了，两挺歪把子嗒嗒地扫向敌人，先下来的战士也立即向敌人还击，悬崖上的人快速下滑，最后，王世仁他们全都下来了。几个战士用柴堆上的火点着了绳子，孙兆谦大声喊着，打退敌人，快往北撤！

铃木、陈二雄一听到山后响起歪把子机枪声，立马意识到山上的人要逃跑。陈二雄的人这会儿全在山正面往上爬，他赶紧命令伪军调转枪口，向山后猛冲；铃木也抽出指挥刀大喊，所有的鬼子都抓起枪来，扑向山后。

最后下山的十几个战士背着伤员，才走了不远，就被敌人围住了。先冲出去的战士们立即在外围架起机枪，向敌人猛烈地扫射。孙兆谦喊着，瞄准前头的敌人！机枪集中火力，堵住了冲过来的鬼子，几个战士想冲过去接应战友，但不幸全部中弹倒地。

这时候，天空突然刮起了大风，先是山林呼啸，接着狂风铺地，残留的火堆被风卷扬了起来，尘土迷眼，人们只顾打仗，没想到天上骤然黑云压顶，一道蓝色电光闪过，雷声如炸，滂沱大雨倾盆而下。一道道蓝光，一声声炸雷，地上已经全是浑黄的流水。鬼子伪军先乱了阵脚，开始收兵回撤。

帐篷里，于大肚子对陈二雄说，神了，神了，那道士肯定念咒了，太上老君来搭救他们了！

陈二雄不耐烦了，什么神啊鬼啊的，碰巧了！

于大肚子看着如注大雨说，不可全信，也不可不信啊！

可是，这雨就只下了一个时辰，完全停了。

这时，杜队长带着他的人马返回来了，向陈二雄报告说，八路被打退了，他们没能攻进据点。陈二雄不说话，满脸沮丧，疲倦地坐在一块石头上。

杜队长还想详细向陈二雄表功，于大肚子火了，婢养的，哪儿来那么多话，怕把你当哑巴卖了？

铃木坐在另外一块石头上，双手直直地握着刀柄，长刀竖立，他死死地盯着鹞子崮，一只老鹰，在山顶上的云雾里悠悠地盘旋着……

原来，孙兆谦判断，敌人很快就会围攻鹞子崮，鸡蛋不能全放在一个篮子里，他和王世仁、张守义商量好，提前备好收缴到的日军衣服和装备，带上十五个战士秘密下山，潜伏到北边十里的一个村庄，藏在几位老乡家里。果然，一切不出他的预料。

……

13

丁程被救出来，秘密转移到了大李庄的暗道里，十多天后，他的病好了。

从斑山头送来了情报，李天成交给丁程。丁程看后说，有重要任务，快通知张西奇过来。

当天下午，张西奇来了，丁程说，三天后的夜里，山里有二十三人要到湖西，再转道去西北，其中有重要领导人，我们要做好接应，送他们过铁路，确保不出任何问题。

张西奇说，沿线的敌人在我们抢了火车后，守得更严了，两边又是封锁沟，又有护路队，不光大小炮楼，还不断有人来回巡逻，只有一条路，就是从蓝岗村后穿过铁路下的涵洞，但在不远处的莫庄前头西边，有一座炮楼守在涵洞旁边，炮楼下面还有碉堡。停了停，张西奇又说，武工队护送没问题，只怕人太少，抵不住敌人发现后围上来的火力。丁程说，也不知王世仁、孙兆谦他们转移到了哪里……张西奇说，可能进了沂蒙山北部，或者去了莱芜一带，估计不会有大事儿，孙参谋这个人，猴精猴精……

丁程说，你们联系县大队，另外斑山头被敌人几次“扫荡”，目前不再适合落脚了，我去蓝岗，完成这次任务后，在那里住下，那离官桥更近，能获得更多的信息。张西奇想想，不再说什么。丁程说，时间太紧，我下半夜就动身去蓝岗。张西奇说，能不能我替你去？丁程说，事关重大，我必须自己去。张西奇说，我陪你去吧。丁程说，不行，这里的局面需要你，派个精干的队员就行。张西奇说，我和老蒿熟，可你不认识他。丁程说，有接头暗号。

当天晚上，坡子来到大李庄，下半夜，他和丁程悄悄地上了路，先去了曹王坟东边的山，然后绕过村子再向西。他们走了半宿，天渐渐亮了，这时才看清，丁程上身穿牙色府绸对襟衫，扣子上系着怀表链子，下着青色裤子、平底儿布鞋，头戴黑色礼帽，箱子当然是坡子提着。田野里，是无边无际的绿色，远看是绰约的晨雾，弥在远处的晨雾有淡淡的蓝色。在山坡上，他们看到，津浦铁路如两条灰黑的粗线，粗线突然连在一起了，那是一列火车从极远处开过来，吐出的白烟，随着车头向后飘着，并散成团，一团一团散开后又慢慢地向高处散尽了。他们再往沙河方向走了一会儿，丁程看到，前面的大山坡上，散布着大大小小四五个村落。自从莫庄那里的铁路连连出事儿，敌人也时不时地向这边“扫荡”，可张西奇告诉丁程，唯独这个蓝岗，离沙河车站和炮楼很近，几乎就在敌人的眼皮底下，可他们很少理睬，不知是不是因为村庄太小，只有十多户人家的原因。

丁程他们来到山坡下，看看，听听，无人，就进了蓝岗村。丁程取出墨镜戴上，坡子看到村口井台上一个人在打水，就问丁程要不要过去问一下。丁程说，不用。临行前，张西奇已经给他在地上画了村子的大街小巷，并圈出了老蒿家的位置，方才在高处，丁程已经看到老蒿的家了。

他们来到村东一家的门口，丁程停下，向里看看，便跨进大门里，咳嗽了一声。坡子前跨几步，歪头一看，眼一亮，屋里出来一个人，正是张西奇他们在沙河集上抓冯大头时的那个内线大爷，他叫蒿宝生。

老蒿问，你们是？丁程说，打听一个老亲，家门口有棵李子树。老蒿说，从前我栽了一棵，不结果，让我砍了。丁程说，那我找对了。老蒿立即把二人让进屋里，头伸出大门左右看看，又插上了门闩。

坐定后，丁程看看老蒿，眉目和善，是个精明人。听张西奇介绍，老蒿有文化，教过几天私塾，也有织毛巾的手艺，鬼子来了，私塾办不下去，他就四下赶集卖毛巾。丁程还知道，老蒿的儿子曾经在大李庄念过书，李政委当年是他儿子的老师，现在他儿子改名换姓了，在给政委当警卫员。

坐下后，丁程自报家门，说我姓李。老蒿说，李先生走了一夜路，辛苦。丁程说，经常的，做生意哪有容易的，听说老哥你在这里人缘很好。老蒿说，咱就是庄户人，这一溜咱都熟，别人有难处，咱能帮就帮，帮不上也能说句暖心话，我当了几年私塾先生，学生都是周边村里的。丁程问，听说你和据点里的人也熟？老蒿说，熟，熟，我经常给他们送毛巾，当头的，和我还沾点儿亲。丁程问，什么亲？老蒿说，他是我三舅家的大女婿。丁程问叫什么名字，多大了。老蒿说叫刘传太，四十五岁。丁程又问，他家里都有什么人？老蒿说，有个老爹，还有四个孩子。丁程接着问，家里有地吗？老蒿说，原先没地，就靠赶集贩青菜过活，也赚不了几个钱，后来干了这个，当了个小头目，有了些钱就买了两亩地。

丁程思考了一下，又问道，他怎么当上小头目的？老蒿说，这个我摸清楚了，他早年闯过关东，在大兴安岭打过猎，后来回来干了这个后，陈二雄听出他有东北口音，枪法又好，就提拔他驻扎在这里。丁程问，他人怎么样？老蒿说，还行吧，不嫖不赌，就是好烟酒，我也常在小馆里请他喝两杯，他很顾家。丁程问，跟鬼子出去"扫荡"，有没有血债？老蒿说，这个我还真不好说，不过，他手下跟着鬼子放过火是肯定的。丁程问，你和他喝酒都拉些什么呱儿？老蒿笑笑说，不敢多说，全是家长里短，说不好，我也怕暴露了，有一次他跟我说，他想干几年，再买几亩地就回家，干长了……没好结果。

丁程问，听说你和车站的副站长也熟络，怎么联系上的？老蒿说，他是福建人，年轻，他脚脖子崴了，弄来的膏药怎么贴也不见好，我就推着他去宋岗找大夫，在路上碰见官桥的鬼子了，不问青红皂白，把我俩打了一顿，一脚把他踢到了路边的沟里……后来，他脚治好了，人也变了，开始帮咱们……

丁程不再问了，他使了个眼神儿，坡子站起来，到大门口望风。丁程接着说，老蒿，重要任务，三天后的夜里，有二十多人要从这里经过，需要我们完成。

老蒿一听，半天不说话，他为难了。他看着丁程，说，敌人把得太严了，都知道这里是条要道，涵洞两边各有一个碉堡，都架着机枪，白天行人一律检查，晚上九点后任何人不准通过，旁边就是炮楼。丁程问，里面驻着多少鬼子？老蒿说，自从咱们打了巡逻队，鬼子就撤进了大洼据点，巡逻由伪军干，还有各村的护路人员，不过，鬼子给伪军配备了大量枪弹……老蒿停停，看着丁程说，太难了，太难了，非要从这里过吗？

丁程坚决地说，其他地方都是封锁沟，一上铁路就会被发现，必须从这个涵洞穿过！

见老蒿不语，丁程说，老蒿，甭愁，办法总会有，只是咱没想到，咱们再想，另外，我想在这里住下，有合适地方吗？老蒿一听倒轻松了，他说，有，有，咱先吃饭，完了我带你们去。丁程问，不住你这里？老蒿说，住我堂兄家，去你就知道了，更安全。丁程问，可靠吗？老蒿说，可靠，可靠，大李庄成立队伍，堂兄还给买了杆枪，对了，张队长也在他那住过——尽管张西奇已经和丁程讲过，但丁程还是要问。

早饭也简单，就是煎饼和糊糊。丁程也感到累了，他说老蒿，你该赶集就去赶集，我休息一下，回来咱再合计，对了，你也注意下炮楼那里的情况。老蒿点点头，拿来一把钥匙，下边系一个红布条条，他说，堂兄在家，一见这红布条条他就明白，咱们三个人，目标太显眼，你们从这里出去，小树林旁边那家就是。

坡子接过钥匙，和丁程在门口向外一看，小树林离这里不过五六十米，他们就出了门，贴着村东边往南走。丁程他们来到小院外，院子不大，石头干垒的围墙也就齐胸高，堂屋三间，东西厢房各一间，还有个很窄的大门楼子；小树林再往前，是片高粱地，地里好些坟头，边上有条小路，路边一条水沟一直通到山脚下，进退真是方便。

丁程在东厢睡下，坡子守着他，眼皮直打架，但也不敢闭上，直到丁程醒来，坡子才躺到小炕上。

中午就在老蒿堂兄这里吃饭，他堂兄和堂嫂把饭送来，就去了西屋，老两口子半句话都不说，几乎当没有丁程这俩人。

午后不久，老蒿回来了。丁程说，坡子，望风。等坡子出去，丁程说，老蒿，你去找这个刘传太，就说有人打听到了你和他的关系，托你办事儿，并和他说，过路时间不长，最多十分钟，一袋烟的工夫都不用，让他想办法放行。说完，丁程从箱子里取出三十大洋，交给老蒿，这是山里凑出来。老蒿接过大洋，问，什么时候去？丁程说，下午就去，越快越好。

到了晚饭后，老蒿才回来，他对丁程摇摇头说，不行不行，就把大洋从布褡子里拿出来，还给丁程。

丁程问，刘传太怎么说？老蒿说，害怕，害怕，说这还了得，让皇军知道了，是要砍头的，不敢收。我好说歹说，嘴皮子都磨破了，可刘传太恼了，说老表哥，你怎么揽这么个事儿，你这是把我往火坑里推，我死了，我家里怎么办？

丁程皱起眉头，坐在板凳上不语了……

老蒿也不说话。过了好半天，老蒿才说，要不，明天我再去试试？

丁程摇摇头说，你连着去，会引起人的怀疑，明天，我去！

老蒿一下子睁大眼睛，说，李先生，这不行，你和他不认识，弄不好会有危险。

丁程说，我去了不就认识啦？

老蒿说，不行不行，李先生，万一刘传太把你扣下，后面的任务怎么办？

丁程说，可眼下万分火急，没有其他办法，我就进这个狼窝试试……真的出了事儿，就让门外的小伙子传信，任务暂时取消，再想别的办法。

老蒿说，不行，绝对不行，李先生，你住在我这里，我就要保护好你，这可是天大的责任啊。

丁程明白老蒿的意思，他点点头说，好，咱们再考虑考虑，看看还有没有别的门道儿。

老蒿走了，坡子进来，他见丁程坐在炕沿上，看着屋里的山墙发呆，坡子就问，李先生，事情办得不顺？丁程好像没听见，过了一会儿才收过眼神，叹口气说，不顺，明天，我想去会会那个刘传太。坡子说，李先生，不行，太危险了，你要出了事，任务不就……丁程说，任务重于泰山，可是在这里卡住了。

坡子憋了半天，鼓了半天劲儿，突然说，李先生，要不明天我去！丁程立即注视着坡子，说，这可不是小事儿，当不得儿戏。坡子说，李先生，我知道，我是反复琢磨才下了决心，没有把握我也不敢多嘴。

丁程问，什么把握，说说看。坡子说，蒿大叔去了，刘传太不收，不就是怕嘛，怕杀头，我去了给他提提醒，让他别害怕，只要他把钱收下就好办了。丁程问，你怎么提提醒？坡子说，这个人怕鬼子，难道不怕咱？我就让他对咱们更怕……听到这里，丁程看着坡子，见他表情干练，两眼晶亮坚毅，但总感觉人还年轻，能压住四十多岁的刘传太吗？坡子说，李先生，你还不知道，我从小要饭，什么人都见过，还让土匪拉去干了一阵子，你有这身衣裳穿着，有些话不能说，可我呢？什么都能说，我知道怎么和这些人打交道，刘传太是个什么人，昨天你们谈论，我全听到了，我心里有数儿！

丁程没有答应，说，我再想想。

次日上午，丁程对坡子说，坡子，我考虑再三，还是我去，我比你经历的多，说完，丁程收拾停当，准备出门。

这时，老蒿来了说，李先生，你不能去了，突然来了一些鬼子，怕是冲着你来的。丁程一怔，前前后后想了想说，不会，这事儿目前只有四个人知道，包括你。老蒿说，不定哪个墙缝儿露出风了，小心为上，不怕一万就怕万一，我还是觉得，不能让你去冒险。

丁程说，时间太紧迫，不能再拖了，你去了不成，只有我去。这时，坡子说，李先生，我去，我请求你相信我能完成任务。坡子两只晶亮的眼睛看着丁程，一派胸有成竹的样子。丁程想了想说，坡子，你有良民证吗？

坡子笑了说，有，有，还是真的，俺队长有能耐……

丁程这才点点头说，胆大心细，我等你回来。

坡子说，李先生，你把礼帽和黑眼镜借给我。坡子戴上礼帽、眼镜，丁程乐了。坡子又对老蒿说，大叔，我也用用你的褡子。老蒿立马从肩上把褡子拿下来。坡子又想到了什么，问丁程有烟没。丁程说有，接着从箱子里取出两包三炮台香烟，交给坡子。

坡子顺路向西，走近沙河车站的时候，果然看到进站口和出站口都站上了鬼子，枪上了刺刀，还有伪军牵着狼狗，凡有人过都要检查，不知是对准谁来的。

前头，就是这次要经过的涵洞，在铁道底下，洞不宽，也就能过一辆车。洞口右边高地上，立着一个尖顶岗楼，里面有两个伪军，铁路那边还有一个岗楼。这岗楼向后五十多米，就是刘传太守的炮楼，四周有壕沟和铁丝网围住。炮楼不高，只三层，没有尖顶棚子，只有一圈儿堞墙，像一个又粗又大又笨的粮囤，下面用石头砌起，上面用了耐火砖，每层都有上下错开的长方、正方的射击孔，仅正对着涵洞的射击孔就有五个。在三层上，又探出一个不大的阳台，上面架着一挺机枪，也正对着涵洞。再看底下，鼓起了一个水泥盖子，这是地堡，也有机枪从射击孔里露出来。只要穿过涵洞，不远处就是田野，然后是沟沟坎坎的土丘树林。南北铁路两边全挖出深沟，边上拉着铁丝网，这涵洞是必经之路，只要刘传太不放行，一只狗也甭想过去。

坡子整整衣帽，向炮楼走去，站岗的伪军和他差不多大，问他干什么，坡子说，找我表哥刘传太，当兵。站岗的还没说话，坡子就要进去。站岗的赶紧喊，站下站下，检查！坡子转过身，笑着用手指着裤裆说，家伙在这呢，你也有。站岗的乐了。也巧，刘传太这时出来了，站岗的赶紧报告。刘传太看看坡子，问，你是？坡子说，表哥肯定不认识我，可你家大爷认识我，咱们楼上说话，说着就把黑眼镜摘了下来。

刘传太把坡子领上二层他住的地方，靠南的逼仄房间里，一张单人小床，一张木桌子和一把高腿板凳，射击孔里透进来了阳光，还算明亮。刘传太方才正喝茶，一把柱形白瓷茶壶，有两个铜提溜儿，壶嘴磕掉了一块儿，壶盖、壶身和那茶碗，全是褐色茶垢。

刘传太问，表弟从哪里来？坡子不搭话，伸手一摸壶觉得不热，拎起就往碗里倒，然后端起，两口喝了，又倒上，又喝了，这才抹抹嘴。刘传太见来人不见外，口气缓了些，问道，说吧，你是谁？干什么的？坡子白了他一眼说，要饭的，谁家门楼子高就向谁家要，少了大鱼大肉咱还不吃。刘传太觉得这是在耍他，也感觉到来者不善，伸手就要拔身上的匣子枪，可坡子眼疾手快，一下子按住刘传太的手腕，从容地看着他说，表哥，甭害怕，没外人。刘传太的手放下了，坡子说，来支烟，来支烟！刘传太从上衣口袋里掏出半包哈德门，坡子一看，说，表哥有钱有势，就抽这烟？来，抽我的！坡子摸出三炮台，拆开先给刘传太一支，自己又叼上一支，然后又把未拆的那包随手扔给刘传太。刘传太本能地两手一捧，接住香烟，揣进口袋。坡子往床沿上一坐，两个人点上火，就抽起烟来。

坡子看看刘传太，头发粗竖，脸瘦而黑，相貌土气，半旧的屎黄色褂子油渍麻花，两个指头让烟熏得焦黄，衣襟和裤腿上有烟灰落下烧出的洞眼儿。坡子突然耸了耸鼻子说，怎么这么大骚味儿？他低头四下瞅瞅，见床下暗处放着一把青灰色的尿壶，像只老乌龟。坡子问，是不是夜里的尿没倒？刘传太脸上有了笑容，说，反正自己尿的。坡子说，你手下这么多人，就不能找个专门给你倒尿壶的？刘传太说，我都是晚上临睡再倒，习惯了。坡子又耸了耸鼻子，悠然地吐着烟圈，吐了一个，又吐了一个，然后看着刘传太，眼一眨巴，又一眨巴，就是不说话。

这反而让刘传太有点儿毛了，他清了清嗓子问，找我干什么，快说！坡子说，表哥厉害，表哥精明，听说有人给你送钱你不收哩。刘传太明白了，眼一瞪说，我就是不收。坡子说，好，就是不收，钱，它姥姥的咬手，咱宁可受穷也不能对不住皇军，皇军对咱可是大恩大德，咱可不能犯糊涂。刘传太没听出话里有话，点头说，让人知道了，是要杀头的。坡子还是抽烟，快要抽完这支了，他吧嗒吧嗒嘴，站起来，把烟屁股一下插到茶碗里，看着刘传太说，表哥最近印堂发亮，怕是要升官了。

刘传太还没吱声，坡子说，你对皇军忠心耿耿，明天我就去官桥，告诉陈二雄，告诉铃木太君，你这样的人就得重用！刘传太连忙说，甭，甭，可别外传。突然，他明白了这不是好话，瞪着坡子问，你到底是什么人？什么来头？

坡子说，反正不是坏人，我和你说，我给陈大队长送过钱，给于队长送过钱，也给翻译官送过钱，他们全收下，铃木也收；你不知道，去年他们抓了个“老八”，就是用钱保出来的，人都明白，趁这时候不捞钱，白提着脑袋卖命？就你清白，嘿嘿，你清白大大的！

坡子见刘传太不语，接着说，兄弟我和你说句实话，黑白两道我都交，你别不信，我和于队长是仁兄弟，还和……说着，坡子又眨巴眨巴眼，凑到刘传太脸前小声道，还和张西奇拜过把子。

刘传太听了一怔。坡子站直了身，神气起来，说，不稀奇，咱就是刀切豆腐两面光，两头通吃，谁也不得罪，这年头，就是撑死胆大的，饿死胆小的；表哥，你傻喽，犯傻喽，钱，就是爷爷，是老爷爷！

见刘传太听进去了，坡子微微一笑问，表哥，你这官儿，以后还能升吧？刘传太苦笑一下，升个屁，就是个大头兵，混口饭吃。坡子说，我看也是，升官要心狠手辣，杀人放火，还得给上头送礼，表哥你根本干不出来这些，一看你就是个老实人；既然这样，就得想办法攒钱，孝敬爹娘得要钱，养活老婆孩子得要钱，奶奶，现在有钱的王八都大三辈儿！你说是吧，表哥？

刘传太不说话了。坡子接着说，唉，不是我说你，死脑筋，不开窍哩。

刘传太摇摇头，你甭说了，他们的钱我坚决不收，我不能拿自己的脑袋当儿戏，皇军，皇军的刀不是切菜的。坡子轻蔑地瞅了瞅刘传太，口气渐渐硬了，表哥，你一口一个皇军，你脑袋里全是皇军，可你想过没有，你已经和那边结下梁子了，他们就能放过你？刘传太眼一瞪，脖子一伸，说，你吓唬我？坡子说，谁都不是吓大的，我这次来，是为了你好。刘传太火了，说，走走，不走别怪我不客气了！坡子嘿嘿笑，表哥又吓唬我了，我走，把话说完就走。

表哥，后边没有人，我也不会来，坡子慢悠悠地说道，那边要从这里过，为什么先送上钱？买路呗，这是先礼后兵，他们也是考虑过的，觉得都是本地人，不定什么时候会碰上，钱收下，人转眼过去，各自方便，不会亏待你，可是，你一口回绝，把门关上了，他们能善罢甘休？坡子又取出一支烟，递给刘传太，刘传太不接，坡子就把烟放在旁边的桌子上，自己又取出一支点上，抽了一口，接着说，那边，肯定在想别的办法，肯定会从别的地方过去，但这账是给你记上了，以后会不会瞅准时候弄你这里？即便不动你的炮楼，会不会动你的人？谁能天天窝在炮楼里？要出门吧，要回家看看吧？谁都不是刀枪不入，冯大头怎么死的？表哥，我还真不是吓唬你，这劫火车，抢粮食，你肯定都知道，没有他们干不成的事儿！……来，把烟点上！

刘传太叼上那支烟，坡子给他点着。

坡子说，不用我说，你也有耳闻，武工队那伙人不是吃素的，全都是狼，动起手来比鬼都狠，听说他们都会武功，上房揭瓦，来去无踪，远了用枪打，近了用刀捅，用绳子勒，用石头砸脑袋，甚至全尸都不给你留；更要命的是，他们在暗处，咱们可是在明处，躲得了初一躲不了十五，这脑袋，到时候还真不如这尿壶哩……坡子说着，见刘传太脑门上冒汗了，他低着头，沉默不语。

坡子心里暗笑，吐了一口烟说，表哥，实话和你说吧，就是那边托我当个中间人，给你传话，来个干脆的，行，还是不行；行，那就是朋友，你立了一功，那边给你记着，保证以后不找你麻烦，保你平安；要不行，话我已经都说明白了，你看着办！

停了一会儿，坡子又笑笑，表哥，甭害怕，就是路过，用不了一袋烟的工夫，多大事儿啊！

刘传太纹丝不动，坡子从褡子里摸出大洋，塞进刘传太的铺盖底下，把黑眼镜戴上，说，表哥，走了！

刘传太吃力地抬起头，看着坡子说，兄弟，涵洞里外都有人守着，他们怎么过去？

坡子说，那不都是你的人嘛，到时候，换上你最铁的弟兄站岗，和他们说，有几个生意人过路，别拦，眨眼工夫就走了。护路的，巡逻的，还不都听你的？对了，你们可以在炮楼上喝酒，放心吧，那边不会忘记帮他们的人！

刘传太想了想说，从这里过去，可千万别再从这里回来了！

坡子说，行，我跟他们说，绕路回。

……

这天晚上，山里的人就要穿过涵洞了，太阳落山之前，有个中年人担着两个大食盒出了蓝岗，老蒿跟在后边。食盒是圆的，下面十字木桁托着，两边竖梁，固定一个薄板弯成的圆壁，沿着竖梁依次摞上了五层，里面放上七盘八碗，上有盖子，外涂的红漆早就褪色，但看着仍然喜庆。这一挑子就有十层木盒子，扁担上还绑了一个篮子，放上四罐酒和两条香烟，又用红包袱布大致蒙着。

两个人到了炮楼前，站岗的也认识老蒿，就放他们进去了。

到了晚饭之后，县大队部分战士和张西奇他们，已经护着沂蒙山区来的二十三人到达蓝岗村后的山林里，二十三人中，就有杨德四。时间到了，有人用手电发出信号，队伍一行走出来，从铁路下的涵洞悄悄地过去。

炮楼里，传出喝酒划拳的声音。

丁部

1

丁程要进入官桥。

我们的队伍不断壮大，敌我双方势力逐渐进入了相持阶段，几乎可以掰手腕了。丁程想，自己不能只限在官桥外围的斑山头、大李庄一带活动，应该进入敌人心脏里。

丁程思谋了很久，官桥在滕县境内，又离临城不远，县与城各有隶属，官桥就是个边缘区域，有一座车站，南来北往的人各路混杂，在官桥大桥两头，在北头的驿站和歇马亭，酒楼茶社、宾馆旅店众多，汇集了三教九流，不只是商业街，逢五排十这里还有集市，平日里摆摊卖货的也不少，水浑了好摸鱼，人多了好伪装，在这里更容易搜集情报，并且能把官桥以东和微山湖的武装连成一线。

为此，他专门回到兰陵，向敌工部谈了自己的想法。这天，敌工部的同志和他谈话了。

为了绝对保密，他们进到一片高粱地里，外面有几个战士警戒。

这季节，高粱已过了头顶，但还远未秀出穗子，一阵温热的风吹进来，绿色的叶子偶尔发出轻轻的响声。两个人坐在干地上，敌工部的同志说，上级认可了你的意见，符合眼下的大思路，但是要充分考虑环境的严峻和险恶，你讲了好多有利之处，但是，利越大风险就越大，稍有闪失，就会发生预料不到的事情，当然，你有丰富的对敌斗争经验，但政委还是要我提醒你，既要大胆，又要缜密细心……丁程点点头。他们谈了很多，最后，敌工部的同志说，老伙计，进了官桥，既要与狼共舞，也要和猴子恶狗缠斗，十八个心眼儿都不够用的。

丁程说，请上级放心，可能是步步凶险，孤身进去，全都陌生，但好处是密不透风，我也不是单打独斗，还有我们的同志明里暗里保护我，毕竟我在斑山头和同志们战斗了好长日子，不是初来乍到没有根基。敌工部的同志说，进入官桥站稳脚跟后，立即和铁路工委联系上，尽快把情报网站建立起来。

丁程问，我首先和谁接头？敌工部的同志用一根干枝条，在地上写了一个名字说，他会联系你，然后，用鞋底把名字抹掉了。

丁程记得很清楚，他和王世仁闲聊时，王世仁告诉他，自己在统领培贤道时，结拜了两个仁兄弟，三个人是割开指头喝过血酒的，一个叫王丰庆，在官桥，一个叫王竖坛，在莫庄。现在，王世仁已经成了八路，他这两个仁兄弟肯定知道，但不知他们会有怎样的变化，或者遵誓守盟，情谊不变，或者已经在心里割袍断义。丁程决定，先去莫庄，见见这个王竖坛，再从王竖坛那里摸摸王丰庆的底儿，看能否接触。

敌工部派了一名同志护送，丁程扮成商人模样，长袍马褂，提着一个不大的皮箱，陪同的人挎着一篮子蜜桃和点心，上面盖了一块红布，装作走亲戚的样子，当然，良民证也准备好了。两人又是下半夜动身，还是沿着上次到斑山头的路西行。东江河里的水，自从山腹地流出来，近来山里没下大雨，河床上全是沙子和石头，只有浅蓝的细流弯弯曲曲地流淌。天也晴好，山林一片深绿。

丁程他们快要走出山口了，又看到熟悉的斑山头，这次他不能进去了。山村几次遭受敌人摧残，一片焦黑的断壁残垣，更多的石头房子没有了屋顶。眼前浮现出那些熟悉的面孔和身影，尤其是救过他命的香嫂，丁程深切地向村庄看了几眼，就把崭新的灰青色礼帽往下拉了拉，下了河滩，蹲下来，捧着清水洗了把脸，然后斜着上了河岸，把村庄远远地避开了。

天近晌午，丁程他们来到莫庄外，情景更是让他们惊心，这个比斑山头大得多的村庄，几乎是一片黑色的废墟，尤其是靠近铁路的房屋，全部被火烧毁了，石头的、土垒的矮墙都被烟火熏烤，灰烬般的窗户棂子，半截竖着，雨淋了残墙，一块一块坍塌，烧断致残的檩条从土堆里黑乎乎地伸出来；院里院外，好多小树被烧烤死去，有的半边枝子枯焦了，但另一边却还绿着，全村只有西边远离铁路的几十间屋子幸存下来。丁程进了村，向一个挎篮子的妇女打听王竖坛，妇女指指一个小巷子说，进去往南，大门口有一棵香椿树，还有人站岗。

丁程听了心里一沉。

他们走到大门口，那个村民模样的人端着枪，问丁程是干什么的。丁程说，我从济南来，专程拜访王竖坛先生。站岗的头往里一歪，大声喊道，三大爷，有客人来啦！

丁程他们跨进大门，王竖坛从堂屋里已经走出来，一看两个人陌生，但还是热情地招呼着，来，来，快进屋，随即对屋里喊，来客啦，烧壶水！王竖坛四十多岁，国字脸，平头，穿着月白色蚕丝对襟衫，深色青蓝裤子，布鞋，眼不大，但有神。

丁程他们进了屋，看到西墙上挂着一支短枪。他们坐下后，王竖坛问，兄弟，你们是？丁程说，竖坛大哥肯定不认识我，我叫李寿亭，在济南做生意，不过，大哥的名字我早就知道，当年，我和王世仁拜过仁兄弟，他告诉我说，在这里和官桥还有两位仁兄，是铁杆的，并嘱咐我什么时候再来这儿，一定要拜访你俩，又说大哥你人品好，讲义气，对人热心，想不到过了几年，我还真又来到这里了。王竖坛往门口一瞅，小声说，兄弟，小声点儿，可不要再提王世仁，他成了“老八”了。丁程故装惊讶，是吗？他不是练培贤道吗？怎么干了那个？王竖坛说，哎，生在乱世，人都会变，我的培贤道也早放下了。丁程问，大哥现在高就？王竖坛说，哪来的高就？就是拉锄钩子，不瞒老弟，最近，人家推举我当了保长。丁程说，这还不是高就？这要祝贺！王竖坛心里得意，但还是说，咱也不想干这个，可这里总得有个人出头露面，今天皇军来了，明天皇协军来了，咱要硬着头皮应付哩。丁程说，那还是大哥有才干。王竖坛说，不好干啊，这里离铁路太近了，时常有人破坏，抽枕木，拔道钉，前些日子在北边劫了火车，不知为什么，皇军总拿莫庄出气，你也看见了，全庄烧成这个样子，都烧了四回了，我是天天提心吊胆……

王竖坛的老婆提过来开水，王竖坛把三个茶碗摆开，放上茶叶，倒上开水。

丁程接过茶碗说，初次拜访大哥，没啥礼物，只带了些水果点心，不成敬意。王竖坛说，客气啦，客气啦，我这里什么也不缺，里屋不少人家送的点心，吃不了，根本吃不了！兄弟来登门，就是给我不小的面子！丁程说，不瞒大哥，我也跟着日本人干了，在济南开了个木材场，老板是从东京来的。

王竖坛抬头看着丁程，满是敬佩地说，老弟，你才是风云人物，比咱这些土包子强多啦！丁程笑着说，大哥抬举，都是兄弟，哪有高低啊？王竖坛连连点头，说，老弟会说话。

丁程呷了一口茶，放下碗，对王竖坛说，大哥，你们还有位仁兄在官桥？我想也见见他。王竖坛说，王丰庆啊，在，在。丁程问，你们还常来往？王竖坛说，不常走动，尤其这几年，基本不来往了，我这里忙，王丰庆又做生意，在官桥街开了好几个店铺，不显山不露水，混得比我强。丁程说，幸亏大哥告诉我王世仁干了那个，我也不敢打他的旗号了，我在日本人手下干，和王世仁就是势同水火了。王竖坛说，如今我们兄弟也算是分道扬镳了。

丁程喝了两碗水，看看表，站起来说，大哥，不早了，你忙，我这就去官桥。

王竖坛站起来说，别，别，兄弟初次见面，咱中午一块儿吃饭，哪能不端端我的碗就走？不给大哥面子嘛。

丁程小声对王竖坛说，官桥的酒店已经安排好了，是皇军接待，咱们下次再会。

王竖坛立即肃然起敬，说，那我得送送你！说完，执着丁程的左手走出大门，又出了小巷，一直送到村口。

丁程告别王竖坛，走到官桥地界北边一个路口上，护送他的战士就从这里走了。

丁程雇了一个人扛着箱子，进了官桥街，住进了大通旅馆。大通旅馆是官桥最好的住处，床上有弹簧垫子，床头柜上有电话，随时都可以洗热水澡，白瓷浴缸里外都有蓝釉图案。丁程放下箱子，从窗子向外仔细看看，然后洗了脸，准备到街上找地方吃饭。

他走出大通旅馆的院子，沿着街向前走，逛着逛着反而不觉得饿了，心想，先去会会王丰庆吧。他问了一个人，不想王丰庆很有名，那个人一指旁边的杂货铺说，他就在里头，这街上有他四五家铺子。

丁程一进店铺，一眼就断定，柜台里边的人就是王丰庆。他看起来近五十岁，着白布对襟衫，头上星星白发，坐在凳子上，正慢慢地摇着芭蕉蒲扇。见有人来，王丰庆立即起身点头，神情质朴干练。丁程问，可是王丰庆王老板？王丰庆说，我就是，不是老板，不是老板，就是个做小买卖的，你是？丁程往周围看看，说，我从济南来的，从前和王世仁拜过仁兄弟，他说我要到官桥，务必来拜访你。王丰庆一听王世仁，马上说，里边说话，里边说话。

丁程进了柜台，又跟着王丰庆到了后边小院，旁边有几间屋子放货，里边闻声出来一个小年轻的，王丰庆对他说，你先去前头看着，说完就领丁程进到屋里。

坐下后，王丰庆问，老弟贵姓？丁程说，免贵姓李，叫李寿亭，老家博山的，前几年王世仁练培贤道的时候，我俩拜了仁兄弟，这多少年没见世仁大哥了，也不知他怎么样。王丰庆说，当了八路了，领着一帮人在东边闹腾。丁程故作一惊，然后沉吟半天，说，世仁大哥走了那条路，怕是不好见了。王丰庆放低声音说，那有什么，人各有志，他又不是干了土匪，情谊总归是情谊。丁程就觉出了王丰庆这个人正，重情重义。王丰庆说，老弟，有世仁这层关系，咱也就别见外了，刚到这里，需要什么就跟我说，不管怎么说，我也是个“坐地户儿”，王丰庆质朴地笑笑，接着说，客气可就不是仁兄弟了。丁程说，有大哥这话，我就不客气了。

两个人寒暄了几句，丁程说，王大哥你忙，我去街上转转。王丰庆问，你住在哪里？丁程告诉了他。王丰庆说，我也忘了问了，兄弟高就？丁程说，做些木材生意。完了，丁程与王丰庆颔首告辞，出去找地方吃饭。

第二天大约十点，丁程在房间里，听到有人敲门，他开门一看，是王丰庆。王丰庆进来，坐下说，兄弟，我思来想去，觉得不踏实，这里他们见天来检查，还有便衣盯着，没事儿也会找事儿，你就到我家里住吧。丁程问，方便？王丰庆说，方便，方便，多双筷子的事儿。接着，王丰庆又问，来到这里，你还见了谁？丁程说，不瞒大哥，我先去了莫庄，见了王竖坛，也是世仁大哥从前告诉我的。王丰庆说，你不该见他，他不光是保长，还当了剿共自卫团的团长，成了他们的红人了。丁程说，我哪里知道啊。王丰庆说，他这个人，贪财，听说经常来这里，和当官的打麻将，以后少和他来往，走吧，退了房，中午到我家吃饭。

两个人下去，丁程把房退了，就跟着王丰庆去了他家。

丁程进了堂屋，桌子上已经摆了四个盘，一把酒壶和两个盅子。王丰庆坐在桌子东边，丁程坐西，两人相对。王丰庆给丁程斟上一杯说，喝点吧，喝完好好睡一觉，住的地方我儿子已经给你拾掇好了，放心，住在这里很安全。

两个人喝了几盅，夹着菜吃。这时，门口进来一个二十出头的小伙子，模样酷肖王丰庆。王丰庆说，成立，这就是你李叔。小伙子叫了一声李叔，王丰庆说，我大儿，叫王成立——成立，敬你李叔一盅。王成立说，李叔，我不会喝酒。王丰庆说，今天破破例吧。王成立就端过父亲的酒盅，双手举起，和丁程一碰，便仰头饮下，接着就咧嘴，然后说，李叔，这菜有点儿少吧，我再去门口买只烧鸡。丁程说，不用不用，自家人，别客气。王丰庆说，你姨还在炒哩。王成立说，那好，李叔你们喝，我还要去店里，说完就道别走了。王丰庆告诉丁程，王成立的母亲早年去世，自己又续了弦，成立现在帮他五叔照料生意。

吃过午饭，王丰庆把丁程领到住处，又去了店铺。丁程并没有休息，而是先在院子里闲逛观察。王丰庆兄弟五人，相处和睦，从老大家到老五家，房子从东到西全都接山而建，而且从大哥到五弟排开，房屋的形制格局完全一样，都是三间堂屋，一间锅屋，又同样盖了两间西厢房。五家院落正好东连着官桥街，西头又连着小街，院子与院子之间用墙隔开，但彼此开门。他们讲究风水，怕东风西风穿门贯通，就门与门错开，站在这道门里，只能看到对面的墙，只有过了门才看到另一道门。除了东西两头的大门，其他几道院门都可两面开关。丁程住在这里，紧急时候可以给逃离留下时间，即使门关上，墙也不算太高，可以翻墙而过。丁程从东院一直走到西院，来到了王家老五的院子。老五也在街头开了一家杂货店，烟酒糖茶七七八八都卖，紧挨着的小酒馆儿也是他开的，平时人来人往，要紧时真是个隐蔽的好地方。

看完了，丁程才返回住处。这是王丰庆三弟家的院子，丁程走进西厢房，看到地上扫得干干净净，还洒了些水，小土炕上铺上了稻草，还挂上白色的蚊帐，席子是新买的，带着芦苇的金黄色，手一摸平整光滑，枕头、薄褥子也全是新的。方形的竖棂子窗户，糊上了朦胧的道林纸。靠墙放着盆架，架上是一只铜盆子，墙角两边各砸上钉子，拉着一根细铁丝，挂的毛巾也是新的。炕上头放枕头处，还特意糊了半截花纸。丁程又低头一看，炕洞里放着一把褐色釉瓷尿壶，壶上还有四个字：泉声有韵。丁程不由得笑了，心里却感动，王成立这个小伙子，想得真是细致周到。

丁程关上门，睡了一个舒服的午觉。

下午，王丰庆过来了，他问丁程，住得还合适吧？丁程说，王大哥，费心了，破费了，住这里真好。

王丰庆说，成立这孩子心细，什么事儿都先想着别人，唉，可惜他娘走得早……

这几天，丁程无事，常在西头小街上溜达，和邻居们聊聊家常，在小摊儿上坐坐，也到各处小巷子里走走，他要尽快了解周边情况，和王家几位兄弟也逐渐熟悉了。回到住处，他就阅读日伪办的《新民报》，街上就有卖的，他要从字里行间琢磨敌人的动向，捕捉信息，还有一点，多看报纸，以后和敌伪人员打交道，说话会更“靠谱儿”。

这天，老三王丰仓的老婆大凤，突然站到丁程门前，哭咧咧地说，李大哥，俺有个事儿请你帮忙，听说你很有学问，那肯定会拆字儿算卦吧？丁程说，妹子，我可不会算卦，倒是看过一些修道的书，可这些年心思全在生意上，差不多全忘了。大凤急得要哭了，李大哥，怎么说你也是有文化的，总比俺们这猪脑子灵光，俺娘在家里急煞了，急得要寻死上吊了！丁程说，别急别急，快说说，到底出了什么事？进来说，进来说。

大凤进了屋，站在那里，可怜巴巴地看着丁程说，俺娘家大嫂和俺妹妹去上海跑生意，临走时说最多半个月就回来，可这都一个多月了，还不见人影儿，上海那么大，谁知道她们在哪里，找都没法找，别是让坏人……说到这里，大凤就小声哭起来，泪水在她的圆脸盘上往下流。丁程说，妹子，别哭，你告诉我，她们两个做什么生意，非要跑到上海？大凤说，就是贩些香烟回来卖。

丁程坐在炕沿上，看着窗子沉思，他断定，只弄些香烟，没必要大老远往上海跑，至多到南京就可以了，其中肯定另有道道。他两眼直视大凤，问，只是做香烟生意吗？

大凤一看丁程的目光就避开了，支支吾吾欲言又止，最后才吞吞吐吐地说，也捎带着干点儿别的，说完就低下了头。

丁程大致明白了，他说，妹子，你要说实话，我和丰庆大哥论仁兄弟，又住在你这里，咱们就是一家人，既然让我帮你想办法，你就别藏着掖着，放心，没有从我这里走的话儿。

大凤抬起头来，看看丁程，还是不语。丁程就把话题岔开，问，你大嫂是个什么样的人？大凤说，个子高，说话嗓门亮，胆也大，泼泼辣辣的，做生意是把好手。丁程又问，你妹妹呢？大凤说，俺妹妹比不上嫂子，可是心细踏实，脑子也机灵。丁程又问，在那边有什么熟人？大凤说，有，有不少，官桥在上海做生意的很多，干什么的都有，俺还有个老亲，得叫表舅姥爷，听说在一个叫杜月什么的人手下干。

丁程已经明白了大半，他又问了一遍，就只弄些香烟吗？大凤见瞒不住了，小声说，还弄了些大烟土，装在香烟盒里，就多赚了一点儿，也不敢弄多。

丁程大体断定，十有八九是货让人查着了，弄不好罚了款，但有那个杜月笙手下的人在，估计不会出大事儿，至多在局子里关几天就能回来。

想罢，丁程说，我给你算算吧，算准了是老君显灵，算不准是我道业不行。接着，他便盘腿坐着，嘴里嘟囔着什么，然后开始掐指头，掐来掐去半天，又想了半天，这才对大凤说，从卦象上看，好像没出什么大事儿，无凶，多则十天，少则五天，她们就会坐上海到北平的12次客车回来。

大凤惊喜地问，李大哥，真的？丁程说，卦上这么说，我也不敢说真假。

大凤长舒了一口气，连连说，老君保佑啊，老君保佑啊……

当天，大凤午饭也没顾上吃，赶紧回了趟娘家。

天下真有这样的巧事，还真让丁程蒙对了。六天后，大凤脸上阳光灿烂，大嘴咧到了耳朵根儿，站到丁程门口就喊，李大哥，回来啦，两个人全回来啦！真是坐了12次客车！你可真是神仙，真是活神仙啊！没等丁程说话，大凤的笑容突然僵住，竟又呜呜地哭起来，进到屋里，一下子跪到丁程面前磕起头来。丁程赶忙拉大凤，说，妹子，快起来，这还了得。这时，王丰仓也回来了，他说，李先生，让她磕吧，磕一百个头也不算多，前些日子，她娘家的天都快塌啦！

这下好了，不光王家人，东邻西舍都知道了，他王家住了个李先生，不光是个大商人，还是个半仙儿。好些人来找丁程看面相，看掌纹，碰到不遂心的麻烦事儿也找丁程点化点化，男女结婚也找丁程查查黄道吉日。只要丁程一坐到西边的小街上，总是有人过来找他。这样，丁程东拉西问，基本上摸清了这些人的底细，例如和什么样的人有亲戚，有什么样的背景，甚至哪家的大门朝哪开，谁家屋里炕头朝哪他都知道了。

这天，王丰庆也来找丁程，说这里的保长孙京云的儿子结婚，他家的店铺和自家的隔街斜对着，平时对自家也有所照顾，送礼是必须的，但还想送副喜联，问丁程能不能给他写写。丁程说，只要老兄不嫌弃，我就试试。

很快，王丰庆从街上买来大红的生宣，上面还撒了金，借来了笔墨砚瓦，把他屋里的八仙桌擦干净，上面还铺上了花台布。丁程过来，慢慢地把墨磨好，又把纸裁了。王丰庆站在旁边，王成立站到桌子对面，双手捏住两个纸角儿。丁程蘸好了墨说，这笔不怎么好用，凑合吧，说完把笔头上两根毛捏下来，略微一想，下笔写道：

桂花月明金作屋；

蓝田日暖玉生烟。

王丰庆歪着头，左右看看说，这联有学问，不知道有什么讲头。丁程说，别的我就不多说了，这上联有个“金”，下联有个“玉”，就是“金玉满堂”。王丰庆一听，连连说，好，好，下午我就送去装裱！

过了几天，王丰庆从孙京云那里喝喜酒回来，脸上微红，拎着一个礼包来见丁程说，老李，你写的那喜联，人家太高兴啦，都说不光词好，那字儿，官桥街上没一个能写得出来，滕县来了一个老先生，说你那个字有柳体，有颜体，还有什么碑，什么帖，说得一伙人都云里雾里。丁程说，没那么玄乎，就是小时候跟着爷爷临了几年字帖，童子功罢了。王丰庆说，你当商人可惜，应该当个大先生，不过，还是做生意赚钱。

王丰庆又说，对了，孙京云很高兴，特地让我给你捎一份礼，还说过几天专门来拜访；前些日子，这里的乡长让武工队打了一枪，子弹穿了肺，高低不干了，这位子还空着，孙京云瞅着这个位子，过几天他要摆香坛，结拜仁兄弟，就是拉关系，让我问问你，是否看得起他……王丰庆停了停，又对丁程说，这个人虽然在日本人手底下做事儿，但不是作恶的那种，行事儿也灵透。丁程一听，正好可以和这些人打交道了，他说，怎么不行？广交朋友嘛，你给孙保长说，我很荣幸，到时候一定参加！

可就在这天下午，王家院里来了一个年轻人，一身伪军军装，背着匣子枪，个头和王成立差不多。这人走到丁程住的院子里，看见大凤正在洗衣裳，叫了一声三婶子。大凤停住搓衣服的手，手上全是肥皂泡儿，她问，成龙，怎么有空回来了？年轻人说，跟着当官的到官桥有事儿，顺便回家看看。

丁程从西厢房出来，目光正好与王成龙碰在一起。王成龙一见这个陌生人，立即虎视眈眈地问，你是什么人？丁程平和地一笑，说，我是在这里住的，请问你是？大凤对王成龙说，这是你大伯的仁兄弟，在咱家住些日子，你得叫李叔。丁程早从王丰庆那里听说了王成龙，他在滕县，给滕县皇协军的一个队长当亲兵。丁程微微笑着，没有说话。王成龙脸上并没有半点儿友好，更没有问候丁程，反而冷冷地看着丁程，不住地打量，然后问，你是干什么的？从哪里来的？我可从来没听大伯说过什么王叔李叔的。丁程软中带硬地说，成龙是吧？有些话不便回你，问你大伯去吧。王成龙说，我就问你怎么了？丁程说，我回答了你，咱们就见外了。

大凤坐在那里，也觉得难堪，她说，成龙，你这孩子，怎么这么不会说话啦！

丁程镇静地看着王成龙说，我就住在这里，你需要进去看看吗？王成龙脸一耷拉，一句话不说，竟然真的进了丁程的屋。

丁程站在门旁，动也不动，看也不看。大凤火了，站起来，对着屋里咋呼，王成龙你这是干什么！又掀席子又扒拉铺盖，你是土匪哇！丁程也不回头，大声问屋里，箱子要不要也打开？过了一会儿，王成龙从屋里出来，还是愣头愣脑的，对丁程抱拳说，李叔，对不住了！丁程说，理解，理解，穿这身衣服，眼里就是要有敌人，真要有麻烦的人住在这里，就会连累你全家。王成龙对大凤说，三婶子，我走了。大凤头往外一扭，不搭理他。王成龙也不在乎这个，把匣子枪枪带紧了紧，转身进了他家的院子。

大凤觉得很没面子，这是在她自己家，王成龙竟然在这里耍横，直接把丁程当成敌人。她扭过脸，对着王成龙的背影骂，不知好歹的熊东西，背了个破枪就六亲不认了！丁程说，甭骂甭骂，他也是例行公事，进屋查了更好。大凤说，俺二大伯哥全家都去了滕县做生意，会走上层，不知道靠上哪个人物，儿子就给当官的当勤务兵了。这个，丁程也早就了解了，但他还是听大凤说完，然后说，也好，家里有人，上边有人，路就能越走越宽，再有个挎枪的，就没人敢找麻烦了。大凤说，这倒也是。

王丰庆不知怎么知道了这事，忙从店铺回来。丁程正在炕上半躺着看报纸，王丰庆推门就问，那个兔崽子找你麻烦了？丁程放下报纸，笑着说，怕这屋里住的人不三不四哩。王丰庆哼了一下说，他才不三不四，痞子一个，俺家祖祖辈辈都是老实人，没想到老林上出了这么棵歪脖子树，穿上那身黄皮，人味儿就没有半点了。话音刚落，王成立也气呼呼地过来了，进门就问，李叔，听说王成龙很无礼地查你的屋子？丁程说，没有什么大不了的，查查好，都放心。王成立说，三婶子刚告诉我，她气得不轻，王成龙这会儿去哪儿了？我去教训他个熊玩意儿，说着就要出门去寻。丁程说，成立，别胡来。王成立生气地说，背了个破枪吓唬谁？揍他一顿就知道自己姓什么了！王丰庆也拦着说，好鞋不踩臭狗屎，他查了你李叔这里，不也没查出什么吗？丁程笑着说，成立，不要莽撞，怎么说你们也是一家人，别为这点儿小事伤了和气，真伤了和气，我就没法在这住喽！王成立点点头，也笑了，说李叔，你可不能走！

2

保长孙京云让人早早在官桥街一处不大的空场上搭起台子，两头用六层双砖垛起矮墙，台上再担上平整的厚木板，板上铺上红毡，再用竹竿横竖扎起天棚，盖上竹帘子。后面一堵闲墙用白粉刷了，又钉上红布，墙前放上三张并排的八仙桌，正中桌子上方，挂着关云长的画像，关老爷红脸如日，长髯齐胸，目光炯炯，手执青龙偃月刀，一身锁子甲，背系绿色战袍。画像两边的对联写的是：千秋义气蒸长运，万古英风俎豆新。桌子上，放着一尊三足罐式暗红瓷香炉，前边放着几束檀香，后边有四个大大的红木食盒，分别盛着整鸡、整羊、一条牛腿和一个猪头，猪头被垫高放在最后中间，像瓮一样圆大，并用颜色染红，猪头很高兴，双眼眯起来，眼角上翘，两个瓜叶似的招风耳朵似在扇动，嘴被人扒开，里面含着一个红鸡蛋。按说，摆香坛要放鞭炮，为这事儿，孙京云专门托人去找陈二雄，陈二雄一听就火了，不就是狐朋狗友弄个形式嘛，不行不行！结婚都不让放了，他要不怕皇军的刺刀，就把鞭炮点上！

台下面摆了两排太师椅，共十把。左边放了两张长桌，几把凳子，桌子上放上笔墨和一个红缎子折页，几个人坐在那里，准备收礼登记。长桌后还空着一张八仙桌，准备放礼品。这时候已经有了些看热闹的人，孙京云专门请来好些个穿黑制服的警察维持场子秩序。

孙京云当然要先到，候着客人到来，他头戴黑色瓜皮小帽，顶上一个红纽结，着青缎子马褂，青布鞋，白袜子。孙京云个子不高，举止利落，左右招呼着，天渐渐热了，他的额头就渗出细汗。有人开玩笑说，孙保长像个新郎官儿,这是拜仁兄弟呢还是纳妾呢？孙京云也不生气,笑眯眯地说，闭上臭嘴，闭上臭嘴。

警备队的孙麻子来了，其实，他的黑脸上也没有多少麻子，只有七八个麻坑，且全长在左边腮上。孙京云迎上去作揖行礼，孙麻子把礼盒交给一个随从去登记，自己就在前排椅子上坐下。一会儿，乡公所的王所长也来了，是个瘦子，孙京云又是作揖，看着王所长把礼盒放到那边的桌子上，也让人给他登记上。很快，又来了一个人，是王竖坛，孙京云也立即过去，两人热情地行礼。

丁程来了，自然也准备了礼品。他着白府绸上衣，藏青色裤子，下穿咖啡色皮鞋。孙京云一看，立马趋步迎上来，边走边作揖，李先生，赏光啦，赏光啦！丁程说，都说孙保长是仁义可交之人，能和老兄结拜仁兄弟，三生有幸，三生有幸。说完，丁程也去那边放下礼品，报上名字，然后走到台前。王竖坛一见丁程，起身热情地说，李老弟，又见面啦！丁程也热情回应。孙京云问，二位已经认识啦？王竖坛哈哈笑着说，没外人，没外人。丁程向其他已经落座的人点头致意，孙京云说，坐前头，坐前头。丁程说，得序齿，各位都比我年长，我可不能往前坐，说完，他就坐到后排的椅子上。

除了要结拜的人，还有些头面人物和年老长者来捧场。很快，客人到齐了，四周也站了好些看热闹的人。孙麻子先上了台，他拍了拍手让众人安静，然后大声讲道，今天，是个好日子，好嘛，孙京云老弟摆下香坛，义结金兰，这三国时候有桃园三结义，今天咱在这里拜仁兄弟，兄弟我也没多少文化，俗话说，多个朋友多条路，多个仇人多座山，一个好汉三个帮，好嘛，闲话少说，放鞭炮！唔，不对不对！好嘛，咱交换金兰帖，请孙保长上台！——

孙京云站起来，手里拿着金兰帖子，走上台去。

在鲁南一带，朋友缔结金兰，是个相当重要的事情，只要摆了香坛，当众换了帖子，那就是同胞兄弟，你的父母就是我的父母，你的家人就是我的家人，你的亲戚就是我的亲戚，重要节日，都要给各弟兄家老人磕头送礼，婚丧嫁娶，都要当自家事儿地忙前跑后。这回和孙京云结拜的有四个人，所有人的帖子都得写五份儿，不光得写自己的名字，祖父、祖母、父亲、母亲、叔伯姑舅姨的名字全都得写，这让丁程无中生有，很是费了一番脑筋。

五个人全部走上台，彼此交换金兰帖子后，孙麻子喊道，给关老爷敬香！五个人从桌子上各拿起一束檀香，点着后，依次走到关云长画像前，弯腰一拜，再依次把香插到香炉里。孙麻子又喊，给关老爷叩首！五个人便跪到红毡上。孙麻子喊着，一叩首！二叩首！三叩首！

完了，就开始喝血酒。从前，金兰兄弟喝血酒，都是扎破左手中指，让血滴在彼此的碗里，但不知从什么时候开始，都用公鸡血代替了。一个人把五只黑碗摆在桌子上，抱着个罐子依次倒酒，另一个人一手抓着公鸡，一手握着菜刀走到桌子前，一刀抹了公鸡脖子，然后把血滴在各个碗里。

五个人站好，面对关老爷端起碗来，开始发誓，孙麻子掏出一张红纸，念一句，五个人跟一句：

关老爷在上，今天我们五人结金兰之好，虽非一母所生，但以手足相待，重仁重义，有福同享，有难同当，生死与共，赤胆忠心，谁要背信弃义，五雷轰顶！关老爷在天之灵明察！发誓人，某某某，某某某，某某某……

五个人举起碗，把血酒一饮而尽。

仪式很快结束了，剩下的人收拾场子，这五位兄弟连同孙麻子，还有捧场的诸位宾客，都去了春和酒馆。

酒宴分在三个房间，新结拜的五人和孙麻子一桌。依照年龄，丁程为老五，自然上前几步，推开房间的门，一看，却有个人已经坐在里面。孙京云忙给丁程介绍说,这位是周武,也是我的仁兄弟,不便出面,但没有外人,没有外人!

丁程向周武抱拳行礼，周武只是略微一点头，眼瞟了瞟其他人，但腚都不抬。丁程心想，这人架子好大。孙麻子和王所长等也都认识周武，只有王竖坛没见过，他问，兄弟在哪里高就？周武瞟了他一眼说，我这个人，就烦别人查祖宗八代。王竖坛不知他有何来头，连忙说，多语了，多语了。丁程问孙京云，大哥，怎么坐？孙麻子说，当然按年龄坐，京云主陪，寿亭你最小，坐副陪，我最大，也就不谦让了，周武兄弟，你坐哪个位子？周武说，我可大可小，他们兄弟五人拜金兰，我攀不上，你最大，那我当老七吧。其实，周武四十岁左右，他坐的那个位子是副主宾位，但他不动，大家也不好让他起来。

菜很快上齐，大家开始推杯换盏喝起来。丁程发现，大家好像都怵周武这个人，就想探探他的虚实。

到了轮番敬酒的时候，丁程端起酒杯对周武说，虽然你说你排老七，可我还是尊你为老兄，来，兄弟我敬你一杯。周武懒得客套，瞟了丁程一眼，半阴不阳地说，兄弟先喝。

丁程干了，周武也喝了。

大家又敬了一番，五个结义弟兄就到另外两个房间敬酒。

回来坐下，又喝了一轮，周武突然说，孙保长，你今天弄出这么大的动静，就拿这样的酒招待大家啊？孙京云有些尴尬地笑着。孙麻子喝得麻脸发紫，他说，这可是十年的老景芝，好嘛，蛮好嘛。周武瞟了孙麻子一眼，好什么好，一股子麦糠味儿。王所长赔笑着说，在咱官桥，这就是上好的酒了，哪比得上七弟，天下的好酒都让你尝遍了。这时，丁程站起来说，我下去看看，有没有更好的，店里没有，我去街上买，让周老兄满意！

丁程走到柜台前问掌柜的，掌柜的说，只有一坛子四川郎酒，放了两年了没人买。丁程问几斤，掌柜的说五斤。丁程让小二把酒抱上去，接着就付上钱。这时候，周武出来了，他要去茅房。丁程看到，门口坐着两个人，好像和周武对视了一眼，他明白了，这家伙是个特务，还是个头目。丁程一想，便跟在周武后边也去了茅房。在周武小解时候，丁程看到他腰间别着一把手枪。丁程说，周老兄，我要了一坛子四川郎酒，不知合不合你的口味儿。

周武并不回答丁程，歪头问，老五在济南做什么生意？

丁程说，做木材，我想在官桥搞个货场，得找个大点儿的地方。

周武问，找着了？丁程说，地皮难弄，不知老兄能不能帮上忙，当然，我也不会让你白操心。

周武还是不正面回应，又问，你那个公司叫什么？

丁程把话岔开，边走边对周武说，我是帮日本人做生意，有些事儿不便多说，这么着吧，等在这里建了货场，蹚开路子，我请老兄一块干，到时你就知道我的底细了。

两个人回到房间，那坛郎酒已经打开。孙麻子说，好酒啊，好酒，好酒出川，老五破费啦！王竖坛说，我这位兄弟，场面人，场面人。丁程说，其实，我也爱喝景芝，既然大家想换换口味儿，我就给各位大哥助助兴吧，只可惜店里只有这一坛子。大家说，够了，够了，五斤啊。

在座的都是好酒量，其他两个房间的人早就散了，这里还在喝。一直喝到太阳落了山，周武突然来了兴致，说，各位，咱们玩儿一会儿，看看各人的手气。这是要打麻将了，孙京云喊来店小二，安排说把西头的麻将桌拾掇好，泡好茶，再放上一整条三炮台。

丁程站起来说，各位大哥，我喝了不少，明天还有生意上的事要忙，也好久没玩麻将了，先告辞，先告辞。孙麻子说，老五，做生意哪有不搓麻将的，别是舍不得口袋里的金票吧？王所长说，五弟是发大财的人，指头缝里漏出来的都是真金白银，说不定，我这口袋里的仨瓜俩枣会被你掏空了呢，坐下坐下。王竖坛也说，老五啊，手生了再熟练熟练，我走了大家不在意，土包子一个，你走了，可就是不给各位面子啦。丁程说，各位大哥别误会，出门忘了带钱了，我去去就回。周武说，不必回去，先欠着。丁程说，不好不好，总归是欠账，做生意讲究当面人当面钱，好弟兄也得账目清嘛。周武说，我派个人陪你去。丁程借着酒意说，老兄啊，真把我当成铁公鸡了，我看出来了，你对我似乎不怎么热乎，咱兄弟俩初次见面，我也没得罪你哇。周武生硬地一笑，说，我是怕你喝多了，走路上不放心，去吧，去吧，你可一定回来。

丁程出来，看见那两个人还坐在那里，眼睛贼溜溜地看他。他一想，装着醉，就挨着一个家伙坐到同一条长凳上，噗地对他吐了一口酒气。这家伙厌恶地往外一挪，丁程又往他身边一靠，故意结结巴巴地问，兄弟，在……在……在……哪里发财？这人皱皱眉头说，你喝醉了，走开走开！丁程咧咧嘴，又吐了一口酒气，故意歪歪扭扭地出了门，他走出不远，来到一处墙下，一手扶墙，一手抠嘴，哇的一声，就把肚子里的东西全吐了出来……

丁程回到王家院子里，进了西厢房插上门，倒头就睡，一觉醒来，已是晚上九点，他洗了把脸，从箱子里取出一沓金票，又往春和酒馆走去。

丁程进屋，见里面烟气腾腾，几个人正在搓着麻将，一见丁程回来了，嚷嚷着让他快坐下。

几轮后，丁程输惨了，他说，不玩了，不玩了，我这麻将实在不怎么样，早年，我老爷爷迷上了它，家里的地几乎全输光了，他后悔啊，抡起斧子，一下子剁了自己的小指头，临死的时候告诫后辈，不能赌，绝不能赌……我这手一拿到麻将，就想起这事儿，心里有阴影了……这样，咱去大通旅馆吃夜宵，我请客！

周武打了个哈欠说，不去了，不去了，回家回家，说着他就把面前的金票一收站了起来。其他人也都累了，哈欠连连，都说算了吧，明天还有事儿。王竖坛对丁程说，老弟，什么时候再到我那里去？丁程说，近来忙，秋后吧，大哥你怎么回去？王竖坛说，今儿不回去了，我在大通旅馆订了个房间。

丁程回到王家院子，已经是下半夜，他开锁进了大门，却见王成立听见动静过来了，叫了一声李叔。丁程问，成立，怎么还没睡？王成立说，我爹不放心，让我等着你。丁程叹口气，抱歉地说，成立，对不住，让你等这么晚。王成立说，我爹担心你喝多了。丁程说，不少，喝了不少，快走不直啦。王成立扶着丁程，帮丁程开了西厢门，丁程进屋一下子躺在炕上。王成立立即舀来凉水，把毛巾在脸盆里浸湿后又拧了拧，放在丁程的额头上。丁程已经打起了呼噜，王成立又把暖水瓶的水倒出半杯在杯子里晾着，搬过凳子放在炕头旁，又把杯子放在凳子上，然后才回去睡。

丁程睁开眼一看，已经是中午十点半，他坐起来，脑袋还是发沉。他起身洗了把脸，觉得口干舌燥，才想起把王成立给他倒的那杯水喝了。他坐在炕沿上，仔细想着昨天的事情，觉得没有明显的纰漏，这才走出门，到了西边的小街，来到卖羊肉汤的老肖摊位上。老肖六十多岁，和孙京云有亲戚，他也知道昨天丁程和孙京云拜了仁兄弟，心里很高兴，老远就和丁程打招呼。丁程坐下，要了碗羊汤和两个烧饼。老肖说，李先生，他孙京云和你结兄弟，真是高攀了！丁程笑笑，不能这么说，孙大哥是个仁义人。丁程喝着羊汤，老肖关心地问，昨天喝了不少吧？羊汤性子温，出了汗就解酒了。说完，他又舀了些白汤，加到丁程碗里，还给他添了不少羊肉。

下午，天傍黑的时候，大凤到院子里抱柴火做饭，大门外来了一个人，是李心希。李心希伸头问，大妹子，听说这里住着一位李先生？大凤认出来了，这个人在车站上干活儿，便回答说，是，是。李心希说，听说李先生能掐会算，我最近家里不顺，想找他给算算。大凤说，在，在，可灵啦。然后，大凤对西厢喊，李大哥，有人找！

丁程已经听见了，他推开门，对李心希说，进来吧。

李心希进屋，丁程掩上门。李心希说，我在车站上，想麻烦李先生给算一卦。

丁程问，近期我想回济南，车站上的票好买吧？

李心希说，车票好买，就是车经常晚点。

丁程说，不碍，直达就行。

李心希说，只要不怕晚点，一天十三趟过路车。

暗号对上，两个人紧紧握手。李心希说，知道你来了，可最近鬼子守得严，车站规定，平时不准出站。丁程问，是不是运货车多了？李心希说，是，白天和夜里，好多列车往南开，为了铁路安全，防着咱们破坏铁路，滕县的鬼子专门弄来一辆铁甲车，每天晚上来回巡逻，一直到天亮才停。

丁程说，我在报纸上看到了，南方战事非常激烈，抗战到了相持阶段，临城一段，他们扒铁轨，炸桥梁，给敌人带去了很大的麻烦。丁程考虑了一下，对李心希说，你告诉同志们，一定想办法，把那个铁甲车毁掉！

李心希点点头。丁程又问，情报传递怎么样？李心希说，没问题，也常有武工队队员来官桥活动。

丁程问，你身边有可靠的人吗？李心希说，有个年轻人，很不简单，有勇有谋。丁程说，合适的时候我见见他，另外，我来这里才几天，大概率已经被盯上了，紧急情报怎么传出去？

李心希说，北边有个成衣铺，老板姓邓。丁程说，这我知道。李心希继续说，成衣铺南边的小巷，从东起头一家院墙，东墙是个砖垛子，从南往北第三列、从下往上第八块砖是松的，砖下头缺了一个角儿。丁程说，知道了。

话说完了，李心希要回去，丁程推开门故意高声说，放心吧，卦象是吉，但还是要小心，近期，单日子不能出远门儿。李心希也高声说，谢谢李先生，我记住了！

3

王世仁、孙兆谦带领他们的队伍，先向北转移，然后一路向东，最后进入了沂蒙山区。多日休整后，又补充了一些战士，规模已超过百人。他们返回滕东，活动在下棚村一带，在村外山里驻扎。

下棚村在官桥以东约四十里，距北边的斑山头有十几里，这是个非常理想的地方，村东北有一条宽平的棚河，它绕过了村西向南流去，而村子东边有一道黄土崖，下面是一条几里长的沟壑，过了沟壑就是卧虎岭，其实就是一座山，山上土厚，树木也密集，岭外又是大山小山向东纵横，南边三里外，又屹立着卧牛山。因为有棚河自古以来的冲积灌溉，下棚村无旱无灾，土质肥实，当年官桥又是旱灾又是蝗灾，可下棚这里，麦子、高粱、大豆、谷子照样丰收。全村几百户人家，全姓庄，而且是一个祖宗，从明末迁居后繁衍起来。这里的保长叫庄之岳，在村里不但辈分高，而且最有威望。庄之岳念过私塾，还在村里自费办学，并开了药铺。张守义的姥娘家就在这个村，论起来，他要叫庄之岳舅姥爷。队伍在这里不愁吃的，不光老乡们家里有粮，庄保长他们为防荒年，在黄土崖下秘密埋了五年量的小米儿，小米儿耐储存。

下棚村富庶，庄氏家族团结，从清末开始，庄里就建了圩子墙，全用卧虎山的石头砌成，并在村东村西各建了三层高的炮楼，窗户窄小，窗棂用了铁匠锻打的钢筋，下面的门不光用了橡木，里外还都钉上钢板，十分坚固。炮楼地下有隧道，可通到黄土崖的沟壑下面。王世仁他们在下棚立稳脚后，便和县大队联合，打了郭庄据点，重创了敌人，但终是因为火力不足，撤了出来。

接到炸毁铁甲车的任务，王世仁他们犯难了。

张守义亲自带上几个战士，埋伏在铁路旁观察，那铁甲车可不短，整整十节车厢，两头都有火车头，可以双向行驶，前头拉后边就推，在铁轨上滑起来就像飞一样,前后头一节车厢上都有探照灯,配有大口径的榴弹炮、四挺九二式重机枪、数挺轻机枪，每节车厢里还坐着三四十个鬼子。铁甲车在铁路上行驶，两头的探照灯反复扫着两边的田野，几里外都看得清清楚楚，一旦发现可疑的情况，所有的机枪立即扫射。如果需要，车就停下，车厢里的鬼子立即下来发起冲锋。鬼子有了铁甲车，又把铁路两边的“青纱帐”全部清除，空出了两百米，一旦有人出现，立马就开枪，即便是不远处的村里出来人，也会被鬼子恣意射杀，就是要摆明任何人离铁路越远越好。今年早些时候，十几个战士护送几个干部从沂蒙山区到湖西，正要越过铁路的时候，铁甲车开了过来，地里没有什么可以隐蔽，车上的机枪猛然开火，干部战士全部牺牲。

张守义回来报告详情，孙兆谦还是不放心，又带上几个战士夜伏察看，他掐着表算，铁甲车从滕县出发，到官桥南地界，只不到三十分钟，就是说，三十分钟内，不但要完成任务，而且要撤到安全地带，敌人的护路队员现在每二百米就站一个人，还没接近铁路就会被他们发现，唯一的有利条件，就是再过十天半月，该时常有大雾了。

就在下棚村东头炮楼里，王世仁、孙兆谦和张守义开会，庄之岳也参加了。老庄五十多岁，气宇轩昂，奇的是他留着两撇修剪过的胡子，胡梢儿还微微上翘。挂在墙上的油灯并不亮，还时时发出微微的炸响。王世仁说，难办，那么一个大铁家伙，只有炮弹才能打透，咱哪里能搞到炮啊。张守义苦笑了一下，看着王世仁说，如果有炮，这活儿主力部队早就干了，也用不着咱们。王世仁说，把几十上百颗手榴弹绑成一捆，埋在铁轨下，兴许可以炸毁它。孙兆谦说，哪有那么多手榴弹？眼下它还是金疙瘩，主力部队都省着用。张守义说，咱要能拿下郭庄据点就好了。王世仁叹气说，说这些都没用。孙兆谦说，即便用手榴弹炸，也未必能炸毁车头，就是炸毁这一个，那个头立即会拉着往回跑，要两个车头同时炸毁，两捆手榴弹也不好埋得那么准，要是炸浅炸偏了，过几天鬼子修好了，又能开出来。

张守义又想了半天，说，扒铁轨，让它翻下去，说完又自己否定了，不行不行，根本来不及。

庄之岳在那里抽烟袋。张守义问，舅姥爷，你有什么办法？

庄之岳说，这想半天了，唉，我就是个开药铺的，配个药治病还行。

孙兆谦眼一亮，说，主力部队炸敌人的城墙、碉堡，都先从底下掏个洞，用土炸药放进缸里，还真管用。王世仁说，那都是石头砖块垒的，咱炸的可是铁家伙，土炸药，怕是威力不够。庄之岳说，往多了整，不就够了吗？小缸不够，咱用大缸。王世仁说，去哪儿弄那么多炸药？庄之岳说，不就是一硝二磺三木炭吗？当年村里防土匪，都用这个配方自己造。

孙兆谦说，看来，只有试试这个土办法了，咱再把大缸用绳子反复勒起来，增加爆炸威力，预先埋在铁轨下……如果还是炸不了，那只能再想别的法了……

庄之岳说，木炭好办，咱这里木头多的是，对了，我去趟临城找找洪大海，看能不能搞到些开煤矿的炸药。孙兆谦看看王世仁和张守义说，慢慢准备，炸药不足不行动。大家都点点头。王世仁说，守义，你去找李天成，让他联系县大队和武工队，想尽办法多搞些硝石和硫黄。孙兆谦说，再派几个战士去根据地，请求支援……

大约过了二十天，他们通过各种秘密渠道，搞到了不少硝石和硫黄。临城洪大海他们，果然派人也送来不少炸药。大李庄和斑山头等几个堡垒村，都在悄悄地配制土炸药，三斤五斤地送到下棚村，炸药终于够了，够装满一口大缸了。

他们在缸底挖出一个洞眼儿，把四颗手榴弹的引信拉出来，缠到一起又接上细麻绳儿，把炸药装满，再在缸口盖上厚木板，又用粗麻绳横着竖着缠在缸外，大缸成了一个近乎球形的疙瘩。张守义看着大缸，还是担心地说，不知道这个大家伙管用不管用。王世仁说，太上老君保佑吧。接着，他认真地对张守义说，守义你不知道，太上老君有三个徒弟，一个是烧窑的，一个是铁匠，还有一个，就是造火药的……

各种细节都想到了，他们特意选了一个大雾天的晚上，向官桥进发了。队伍几乎出动了大半，王世仁挑选出二十名身强力壮的战士，四人一组，轮流抬缸。另有十几个战士扛着镐头、铁锹、扳钳、撬杠，一旦道钉被扳钳拧下来，就立马用撬杠撬起钢轨，抽出枕木，接着马上挖坑埋缸。临行前，王世仁还举起三炷香，远远地对着大缸拜了拜，几个人站在他身后，全都不说话。所有人的心里都不踏实，包括孙兆谦：到了铁路上，能轻易挖出坑来吗？能把铁甲车炸毁吗？万一路上突然爆炸了……孙兆谦不敢往下想了。他们本想到官桥地界上铁路的最南端埋缸，在铁甲车掉头后立即行动，时间相对充裕，但是路太远了。孙兆谦大致推算了一下铁甲车下半夜到达的地点，选在了沙河以南，下半夜，也是护路队最疲劳的时候。

雾很大，四个战士抬着大缸，在地里往前走，他们小步快走，累了立即换人，其他人与大缸拉开距离挺进。

接近半夜，虽然路上没有行人，但王世仁仍然派出尖兵，在前头探路。

下半夜时，他们在靠铁路大约一里的地方进了高粱地，小心地往前走。

一列火车开着灯从铁路上过去，孙兆谦大致目测了一下，离铁路大约还有二百米，就命令战士们放下缸。

几个身手好的战士立即散开，借着浓雾和夜色悄悄向铁路靠近，各自对准站在铁路边的护路队的人，然后，悄悄靠过去，突然一跃而起，捂住他们的嘴拖下路基，塞住嘴绑好，接着立即站到空出的位置上。大家干得快捷利落，没有发出任何声响，大约五百米长的铁路，全被控制了。

后面的战士立即出动，快速奔上路基，扳钳咬住铁轨上的螺丝，用力快拧，撬杠头上已经缠上布，用力撬起沉重的钢轨，三个战士就要抽出底下的枕木。

可就在这时候，北面亮起白森森的探照灯，钢轨震动起来，鬼子的铁甲车回来了！声音越来越大，战士们慌了。站在旁边的王世仁一看，跑是来不及了，他赶紧低声命令，把工具踩在脚下，背枪排队，向敌人敬礼，快！战士们立马一整衣裳，枪背上肩排成一行。铁甲车轰隆隆开了过来，探照灯把一切都照得雪亮，但脚下却还黑暗，在铁甲车靠近的刹那，战士们早就举起了右手。鬼子一看，是一支巡逻的便衣队，自己人。战士们就向车厢里的鬼子注目致意，鬼子抱着枪坐在里面，向外面的人微笑，车就唰地过去了。

铁甲车一过去，战士们也完全忘记怕了，车一走远，立即又忙活着拧道钉，撬铁轨，抽出三根枕木后，就用铁锹镐头挖坑，很快挖出坑后，一个战士向远处学了一声斑鸠叫，四个战士立即抬着大缸拼命往这边赶，他们把缸小心麻利地放进封锁沟，对面又麻利小心地拉上来，放进挖好的坑里，又把石子儿倒在上面盖住，一个战士理好系在手榴弹引信上的细麻绳，一路往回缕，几个战士又把枕木伸进松动的铁轨下。

这时候，南边天际又亮起了光芒，铁甲车往回返了，王世仁一挥手，战士们快速撤退，借着大雾一直跑进远处的高粱地里。最危险的是那几个战士，他们依然要站在那里冒充护路队。而在开阔地里，孙兆谦和一个战士卧在刚挖出的沟里，战士手挽着细麻绳儿。

很快，铁甲车开过来了，所有的人都盯着远处大雾里的灯光，虽然雾气弥漫，但灯光还是越来越亮，前后四条光柱凶悍地穿透黑暗，边行驶边往两边扫，这边的光柱向右扫，那边的光柱就往左扫。

铁甲车快要接近炸药埋下的位置了，孙兆谦低声说，做好准备。那个战士又把麻绳在手腕上挽了一下。

可是，铁甲车突然停下了，上面的机枪往两边的地里扫了起来——嗒嗒嗒，嗒嗒嗒——子弹打到远处的高粱地里，也从战士们头上飞了过去。

枪声一停，一个鬼子军官从车厢里走出来，手抓着长刀往前走，后面还有五个鬼子兵跟着。鬼子军官走到我们的战士面前，好像在问刚才路边的那些人，看来他们起了怀疑。装作护路人的战士往北指指，意思是往北去了。鬼子军官一招手，带人又上了铁甲车。就在铁甲车开走的刹那，几个战士立即跑下路基，跳进封锁沟，借着夜色与大雾拼命往远处跑。

孙兆谦说，拉！战士把麻绳用力一拉，轰的一声巨响，一大团火焰从铁甲车正底下猛地爆炸开来，中间两节车厢一下子断开了。前边的车头因为惯性，拽着四节车厢全栽倒在路基下，车头里的油箱破裂，随即燃起大火。幸存的鬼子马上从车厢里开枪，机枪向两边疯狂地扫射，榴弹炮咣咣地打出几发炮弹，然后又往相反的方向打。几个枪法好的战士瞄准后面车头的探照灯，一齐开枪，终于将它打灭，然后，战士们全身而退。

车上的鬼子不敢下来，铁甲车停在那里一直到天亮。

爆炸声惊动了四方，铃木和陈二雄带着人赶到，他们看到，前边车头驾驶室的两个鬼子脑袋碎了，身子被火烧焦了半截，车头拽着的四节车厢里，除了十几个鬼子被炸成重伤，其余的都死了，大都四肢不全，歪七扭八地躺在地板上。有的鬼子被炸得飞起来，头被车顶撞碎，有的嘴里、鼻孔里和耳朵里，都被震得往外流血，有的肚子被铁片划开。尤其头一节车厢，往路基下栽的时候，里面几十个人重重压在一起，上面尸体的军衣已经被火烧尽，皮肉黑一片红一片，起了大片大片的像指头肚一样大的燎泡。

滕县的鬼子军官也到了，为首的把铃木叫到一边，当然是严厉地怒斥，铃木双脚并立，连连弯腰，一声一声地嗨，嗨。那军官指指铁甲车，指指地上的死尸，又指指田野，最后指着铃木的鼻子大骂，陈二雄听明白了，军官骂铃木是猪，是瞎了眼的、成了聋子的猪，是帝国军人里的无能者，丢尽了军人的脸面。然后，军官命令铃木清理现场，彻查凶手，尽数剿灭！

铃木一脸严肃，看着铁路上炸出的大洞，他捡起一块瓦片样的碎片反复看着，说，炸药，大大的炸药。陈二雄对他说，大股八路干的，武工队干不了。铃木问，护路的，发现的没有？陈二雄说，肯定是里应外合。这时，伪军从地里拉出几个人，全都被反绑着，嘴里塞着破布，其中一个已经中了刚才的流弹死了。一个人被放开，哭咧咧地说，我们正站着岗，突然后面上来人，捂住我的嘴就拖进地里，用枪指着绑了我，然后他们就站上去……

这时，铃木的目光又落在不远处的莫庄，又发生在了这个村庄附近。他当然明白，有的事故发生，与这个村庄里的人有关，有些则根本无关，这炸铁甲车的大概率不是从莫庄过来的，但是，这个村子离铁路太近了，从南到北方圆几十里，只有这个村庄几乎与两道铁轨为邻，白天黑夜车来车往，铁轨震动，火车呼啸，村里的老百姓居然还能睡着觉。村子不小，偏北有片坟地，西边有沟有树林，再向西几十里就能到微山湖，八路来了，可躲可藏可进退，这莫庄就是个大大的隐患！他几次放火烧房子，就是要逼这里的老百姓搬走，离铁道远点儿，可是这些“顽固”的中国百姓，只要没被杀死，跑走了，看看火灭了，又回来了。铃木不理解中国农民的根性，他们两手空空，人往哪里跑？家往哪里搬？土地在这里，老屋在这里，祖宗八代都埋在这里，只要人还活着，就不会离开自己的村庄。可是，这回铃木下了狠心，他要把这个村庄整个烧毁，让村里人日子过不下去，都离这里越远越好！

这时，铃木看到，一伙人从莫庄出来，匆匆往这边跑。

王竖坛带着他的自卫团，有二十多人，来到这里，他立即给铃木、陈二雄敬礼。

铃木狠狠地瞪着王竖坛，没有说话。王竖坛对陈二雄说，大队长，肯定是八路干的！陈二雄怒骂，妈了个巴子你怎么才来！这里离你莫庄这么近，你没听见吗！王竖坛说，听见了，一听到爆炸我就一骨碌爬起来，这不是要集合人嘛，除了几个站岗放哨的，其他人都在家里。陈二雄更火了，妈了个巴子，你放的什么哨？！放哨还能让八路在铁路上埋炸药？！王竖坛说，大队长，你可不能冤枉我们，我用脑袋保证，俺庄里没有八路。陈二雄说，铁路离你们庄这么近，你站岗的没看见？王竖坛说，这不是夜里雾大吗，再说，铁路边还有护路的……王竖坛没说完，陈二雄就大声呵斥，你庄里人肯定通八路！这么多炸药，没有半天工夫埋不了！王竖坛不敢顶嘴，回头看看他的人全都木呆呆地站着，大声喊道，眼都瞎啦？快帮皇军抬人啊！

王竖坛带人刚要散开，铃木铁青着脸，抬手说，你们的，站住，然后他一招手，一伙鬼子立即把自卫团围住了。陈二雄明白了，也命令他的人，下了自卫团的枪。铃木吼着，统统的站好！

就在自卫团老老实实地站好后，突然一个鬼子抱起机枪，嗒嗒嗒一通扫，二十多个人就全倒在地上了。王竖坛扑通一下对着铃木、陈二雄跪下了，哭着说，太君啊，大队长，我们对皇军忠心耿耿，没有通八路哇。铃木转过脸去，王竖坛对陈二雄说，大队长，求你给皇军说句好话，说句好话吧，我这团长是你提拔的，我对你感恩戴德一辈子……这一句反而惹恼了陈二雄，他鄙视了王竖坛一眼说，闭嘴！老子看走了眼，才让你这个窝囊废当团长！妈了个巴子，我就是养条狗，晚上它都瞪着眼看家！

陈二雄说完，也背过身去。王竖坛又跪着往前挪了几下，想再哀求，突然，铃木呀的一声，也不回头，长刀从他左腿边唰地刺过来，一下插到王竖坛的心口上，在抽刀的刹那，王竖坛向侧后一仰，倒在地上。

铃木叫过一个小队长，吩咐了几句。小队长回头一招手，一拨鬼子立即跟着他，冲向莫庄。陈二雄一看，也对手下命令说，去一个小队，协助皇军！

……

快到莫庄外了，鬼子小队长对伪军小队长说，你们的，西边的搜索，统统的赶回村口，村口的，你们的守住！伪军小队长一弯腰说，遵命！接着立即带着人向村西边绕过去。鬼子们直接进到村里，村里大多数人都跑出去了，村民早就吓破了胆，就怕村外铁路上有枪炮声。鬼子还是一家一家地搜，还是有个别心存侥幸的人藏在草垛里、地窖里，三三两两地被抓住了。一个妇女抱着个吃奶的孩子被搜出来，三个鬼子一看，上去就把她按倒，孩子滚在一旁哇哇哭，一个鬼子抓起他的小腿，扑通扔进旁边的水缸里，接着鬼子就开始轮流糟践妇女，当最后一个鬼子站起来，另一个鬼子上去就给了女人一刺刀。另一个破敝的小院里，鬼子从屋里抓出一个老妇，有五六十岁，头发蓬乱，满脸污垢，还有红眼病，她赤着两脚，遮不住身体的破烂衣裳发出堵鼻子的酸臭。一个鬼子用手扇着鼻孔，厌恶地避开，另一个鬼子看他一眼，嘿嘿一笑，一枪托把这个老妇打倒，抓住她的破衣裳撕下一大块，盖住她的脸，接着就开始奸污。完了，两个鬼子抬着这个妇人，进了她家的茅坑，让她脸对着坑里的粪便，从后面开枪了。另一处院子里，鬼子找到一头小黄牛，牛身上还套在一辆平板车。这鬼子就牵着黄牛，拉着车来到村口，已有十几个老汉被押到这里，全都靠墙站好。

这时，伪军也搜出来不少人，全往这边赶过来。鬼子小队长见抓的人不少，满意地笑笑。

等到村里人全被赶到这里，立即被围住了。鬼子小队长对手下的人说，你们的，花姑娘！鬼子们闻风而动，呼啦蹿上来，抓住几个女人就往外拉，女人们哭喊，但不敢挣扎，都被鬼子拉进小巷两边的院子里。有两个鬼子急不可耐，干脆就把一个妇女按倒在路上。鬼子小队长回头又看看身旁的两个伪军，问道，你们的，花姑娘？伪军胆怯地后退，强笑着说，谢谢太君，我们不要。鬼子小队长哈哈笑了，一指自己的裤裆说，你们的，这个的不行！

不一会儿，鬼子们先后从小院里出来，有的刺刀上带着鲜血。

鬼子小队长看看一群老汉，就对一个鬼子说了几句，鬼子一点头，又回到刚才的院子，很快找来了几根绳子，他叫来另外几个鬼子把老汉们的脖子一个一个拴住，又连成一串。这时，一个还没被拴住的老汉突然大声骂着，小鬼子，我日你八辈祖宗哇！接着一头撞死在石头墙上。鬼子小队长走过来看看，便让手下人继续拴，拴完了，又把绳头拴到平板车后面。鬼子小队长来了兴致，他跳上板车，抓住牛绳一抖，牛就往前走了，小队长一喝牛，牛一加快，一串老汉全被拉倒在地。鬼子小队长又用王八盒子的枪口用力一拧牛屁股，牛一下子就小跑起来，有人惨叫起来，牛拖着人越跑越远……跑出来老远了，牛转了个头，又一路小跑回到这里。老汉们的脸全都被地磨烂了，血淋淋地一团红，露出带血的白牙齿。鬼子小队长从车上下来，还未尽兴，他又和一个鬼子说了几句，鬼子拎来柴油，往牛尾巴上一倒，又在车上倒了些，然后点着了牛尾巴，疼得牛哞地叫了一声，拖着后面的人就狂冲了出去……鬼子们全都哈哈笑起来。

在村西北角，一个伪军小头目听见惨叫，发了善心，对搜到的几个人说，跑吧，不跑就没命了。

村里，鬼子小队长下了命令，把剩下的人全赶进后边的小院，全都跪下，接着就有鬼子往他们身上泼上柴油。

莫庄，又是一片大火。

4

王竖坛被杀，丁程想了想，提上几盒上好的点心，到了孙京云的店里。

孙京云说，五弟，这是干什么，不逢年不过节的。丁程说，咱拜了仁兄弟，我光忙生意了，还没去看看咱娘哩。孙京云笑着说，老人家很好。丁程说，我最近可能要回济南，估计要待上一些日子，想先去看看咱娘。

孙京云锁上店门，领着丁程进了小巷，不远处就是他家。丁程看到，这是个普通院子，三间堂屋两间侧屋，都是瓦顶。房屋宽大，石墙砖垛，门窗都还算讲究。院子不小，西边的棚屋下摞着柴火，堂屋门口，全用长的方的石头铺平，又铺成石板路通到大门口，院里还栽着石榴树、桃树、梨树。孙京云儿子刚结婚，大门全用黑漆重新漆了，门牙子用了红漆，窗楣上贴的双喜、门上的喜联都还没有褪色，看起来，他儿子的新家在别处。

丁程被孙京云领到东边的侧屋，孙京云对着屋里喊，娘，我五弟来看你啦！丁程进去，见两间屋，中间用木板墙把炕与锅灶隔开，想是为了干净，但同时冬天又能给老人取暖。孙京云对丁程说，咱娘冬天睡热炕，以前夏天就挪到堂屋睡，可这两年腿不好，吃完饭后，还是愿意坐炕。

丁程进到里面，见到一个清瘦和善的老人，看起来快八十岁了。丁程微笑着说，见了老娘要磕头，可这有点跪不开啊。孙京云连忙说，免了，免了，咱兄弟就不兴那个客套啦。老人一口一个大侄子叫着，说看看，来就来还给我买点心。丁程说，娘，不能喊我侄了，要叫五儿，我排老五。老人笑了说，好，下回改口。

见完老娘后，两兄弟来到堂屋，坐下喝茶。丁程说，大哥，咱兄弟五人刚结义没几天，竖坛大哥就出事了。孙京云叹了口气说，死得冤枉，你说八路半夜里在铁路上埋了炸药，与竖坛有什么关系？这纯是拿他出气，还杀了二十多个自卫团的人。

丁程喝了一口茶，看着孙京云，苦笑一下说，你以为皇军那么好伺候？孙京云说，我何尝不知道，我当了这个保长，心天天吊着，来了菩萨就快拜，皇军也供着，皇协军也供着，连警备队、乡公所的人也得供着，上面就是一块石板，我这里就是石板下面的一根针，大小事儿全往这里压，弄不好就挨骂，打一耳光、踹一脚都是轻的，说掏枪就要掏枪。丁程说，听说大哥干得不错，如果当了乡长，上去一个台阶就好多了，针也就能成了钉子。孙京云说，不容易，有好几个保长盯着这个位子。

丁程说，多走走关系，托兄弟朋友帮忙，伸手能抓到的就不放弃，抓不到，那就平常心嘛。

孙京云说，五弟这话中听，我也这么想。

丁程问，竖坛大哥什么时候出殡？咱是不是得去帮忙？孙京云说，被皇军杀了的，谁敢出面？第二天就埋了。

丁程叹了一口气，然后看着孙京云说，大哥，有句话不知当讲不当讲，讲了怕你……

孙京云说，老五，咱都是自家兄弟，什么掏心窝子的话不能说？丁程说，我在济南给日本人当差，也领教了他们的厉害，跑生意赚了钱，老板当然高兴，赚不了钱就大发雷霆，骂你八辈祖宗，我有个伙计，生意谈砸了，老板就说他通八路，让宪兵抓进去，就再也没出来，其实，我也和你一样，也是在薄冰上走……

孙京云说，老话说伴君如伴虎，咱干这个，其实，就是当狗腿子。

丁程说，我悟出一个道理，和日本人走近了不行，离太远也不行，不即不离最好，可谁有这个本事？还是要留个心眼儿，凡事要留个后手，你在这里当保长，皇军看着你，官桥的人也看着你，哪一个脚印踩歪了，就会有人给你记着。孙京云点头说，五弟说得对，我也明白，有时候想想，心里还真有点儿后怕。

丁程笑了，说，这有什么后怕的？容易做到，容易做到。孙京云把凳子往前挪挪，丁程说，大哥仁义，对人好，别的都不讲，只要对人好就可以了，邻居需要你帮忙，能帮就全力帮，能保的人就全力保，能抹平的就快抹平，这不就行啦？

孙京云连连点头，说，五弟这么一点拨，我这心里就亮堂了，我记着你的话。

丁程说，这话可只有亲弟兄才能说。

孙京云又连连点头，连连点头。

丁程从孙京云家出来，回到王家院子的住处。到了下午，孙京云又找来了，他说，老五，周武叫着今天晚上喝酒，说务必让你参加。丁程说，这竖坛大哥刚出事儿，咱喝酒不太合适吧？孙京云说，我也说了这个意思，可周武说，他是遭了罚，死了就死了，往地上倒一盅子酒就算没慢待他，不能因为死了个人，咱就不聚了。丁程说，你应该多劝劝他，再延几天嘛。孙京云说，这个周武，人横，有来头，他在滕县那边干事儿，平时在官桥，谁都不敢惹他。

晚上，孙麻子、王所长等，也都到了春和酒馆。

毕竟有了交往，再见了丁程，周武脸上和悦多了。丁程说，周老兄，说好了，今儿晚上可光喝酒不打麻将。周武笑笑说，就听老五的，明天我也忙，不熬夜了。大家先喝茶，周武问，老五，最近生意谈得怎么样？货场的事儿有着落啦？丁程说，还没找到合适的地方，离铁路近了，地皮死贵，离远了，装啊卸啊又要用不少人力，雇人多，这成本就上去了，但这还不是最主要的，要离车站和铁路太远，还得担心八路来抢货。

周武头一扬说，八路抢的是枪支弹药和粮食，抢你木头做什么？做棺材？丁程说，那我就不明白了，青州也有个木材货场，也是日本人开的，就让八路抢了不少，还放了把火。

周武不好反驳，他又说，官桥是个小地方，你是大公司，搞货运，兖州、泰安都比这里大，离济南近，何必舍近求远呢？丁程说，周老兄，这你就不知道了，隔着行当哩，公司买卖当然大，可地面大，水也就越深，未必大就合适，合适不分大小，公司找货场，更重要的是看前景，其实，枣庄那边才是我最想要的落脚点，既靠铁路，又靠大运河，但那边有游击队，又有土匪，等皇军把那里扫清，我想在那里搞个大货场，把木材送到南方，水运比路运更便宜，眼下官桥，也就是一个小小的试金石吧。孙麻子说，好嘛，周兄弟和五弟谈开生意了，是不是也想发财？

周武不管孙麻子的话，还是问丁程，你公司有多少人？

丁程说，这就是日本老板的过人之处，那真是精明到家了，当然，他后面是军方，他在济南，铁路两边所有的货场里，都有他的存货，可他偏偏就不自己单独再搞一个，有皇军出面找到商会会长，说让我老板给货场参股，其实就是出点儿小钱，具体运货、卸货，我们才不管呢，年底等分红就是，我老板就天天和皇军，和省里的要员出入酒楼……

说完，丁程反问了一句，周老兄最近忙什么？天天见你穿着光鲜，潇洒地和兄弟们喝酒，肯定干的是比我们强的事儿吧？你家在官桥哪里？能不能让我去拜访拜访？这一问，孙麻子、王所长看看周武，都不敢说话。

周武说，这你就甭问了，我就是闲人一个，在这里，经常给兄弟们摆平一些事儿，混口饭吃嘛。丁程唔了一声说，看得出来，周老兄是个侠义之人，是个堂堂大丈夫，要不怎么叫周武呢？周武有些受用，客气说，哪里哪里，老五，我可不愿意人家夸奖。

上菜上酒，大家又开始吃着喝着，聊天吹牛。

第二天，丁程在西厢房里看报纸，王成立来了，他看看院子里没人，把门推上。

坐下来，王成立问，李叔，你还在这里住吗？丁程一怔，问王成立，你问这个干什么？王成立说，我去了趟滕县进货，顺便看了我二叔，王成龙也在，他对我说，那个姓李的不像个生意人，我说你在官桥要搞个货场，他说你住了快一个月了吧，货场怎么样了？我说你是长辈，我怎么能干涉这个？他又说，这个人不地道，八成是东边来的密探，我说他瞎猜，李叔你是什么人，我爹能不知道？王成龙哼了一下鼻子，说这年头，好多人身上有几层皮，不能光信他娘的什么仁兄弟！他让我盯住你，说早晚会露出马脚，又说那天要不是看我爹的面子，早就把你抓走了。

丁程问，这话告诉你爹了吗？王成立说，我和他说了，气得他骂，骂王成龙放他娘的屁！

丁程沉默不语，半天说，这话不要再出去说了，你去趟店里，请你爹来一趟。

王丰庆很快来了。丁程笑笑说，王大哥，我让几个人盯上了。

王丰庆一下子抬起头问，是谁？丁程说，一个是你家王成龙，另一个是周武。

王丰庆稍微一想，说，王成龙眼下不敢，他没抓着你的把柄，你还有良民证，再说，从他三叔屋里抓人，他三叔怎么说？亲戚还做不做？这狗日的不傻，我和他那几个叔也不是善茬儿，不会放过他。丁程说，那他大概会等我到外边时再让人动手。王丰庆不吱声了。丁程说，那个周武，老问我济南的公司，刨根问底了，他还有枪。王丰庆说，不是要敲你的竹杠吧？丁程摇摇头，来者不善。

王丰庆低下头，过一会儿又抬起来，你看这样行不行，你最近几天出去躲一躲，我就说你回济南了，回公司和老板说一下货场情况，躲上个把月再回来，这就消了那个姓周的怀疑——如果你有人，能把那小子做了更好。

丁程大吃一惊，严肃地看着王丰庆，说，老兄，你把我看成什么人了。王丰庆同样严肃地看着丁程说，李先生，你是什么人，你不要说出来，我开店多年，人来人往，什么人没见过？认识你以后我就端详，你不是一般人，是个正直的有人品的人。

丁程说，那你把我领到这里住着，就不怕连累你？

王丰庆说，我让你住我家，开始是看重我和王世仁的情分，我们是生死兄弟，他的朋友就是我的朋友，可后来我慢慢觉得，你比王世仁还……以后，你会有更大的造化，我得保护你，我在官桥生，在官桥长，在官桥做了大半辈子生意，黑道白道都领教过，我认识的人多，我要护着你把事儿干完，放心吧，我不是那种软骨头。

别的话不必再多说了，丁程感激地看着王丰庆，又说，眼下，我还不能离开官桥。

王丰庆说，那这样，你坐车离开后，再偷偷返回，藏进我家屋子下面的地窖里，风头一过再出来，就说从济南回来了。

丁程想了半天，站起来说，好，就这么办，然后紧紧地握住了王丰庆的手。

完了，丁程出了院子，去了成衣铺方向，找到那块砖，把情报放进去——他已经想好了，让人先联系蓝岗的老嵩，通过沙河副站长，想办法让人进入车站。

丁程也想过，他可以悄悄去蓝岗村躲一阵，那里更安全，与外边联络也方便，但是，他在官桥已经初步立住脚，好多工作还没有展开，再则，蓝岗离官桥不算远，会被另一些外人看到，一旦被认出来，官桥打下的一切很可能会全部暴露，前功尽弃。

回院后，丁程让王成立到乡公所，给周武打了个电话，说李经理正在外头忙，请他帮忙买一张后天去济南的火车票。

一切不出丁程所料，次日上午，周武亲自把车票送来了，他说，老五，正好这几天我也不忙，能不能带上我去济南转转？大明湖、趵突泉，我早就想去看看了，不妨碍你的生意吧？

丁程说，太好啦，周老兄，到了济南你就是客，我好好陪你逛逛，咱还要尝尝济南的美味儿，明湖大酒店、全聚德、燕喜堂，都是正宗的鲁菜、宫廷菜，你放开肚子吃……如果你想快活快活，那儿还有八卦楼，里面的女人……周武说，好，好，去了，我听兄弟的！

到了这天，丁程提着箱子进了车站，老远就看见周武已经站在月台上了，他穿着淡咖啡色西装，蓝裤子，黑皮鞋。

丁程走过铁道，上了月台，上下一看周武，调侃说，老兄这是去济南相亲哩。周武笑了，然后收住，认真地说，老五你不知道，咱不喜欢女人。

一会儿，客车缓缓进站，两个人进了车厢，找到座位，座位挨着，周武在里，丁程在外，他们把各自的箱子放到架子上。

车开动了，丁程说，周老兄，我昨天光想生意的事儿了，一宿没睡好，我到里头眯眯眼。然后两个人就调换了座位。

丁程趴在桌板上，眼睛却不时地瞟着窗外，田野里一片翠绿，高粱已经很高了，这无边的“青纱帐”，就是我们的天然工事，我们的队伍，就在这“青纱帐”里神出鬼没，打击敌人……不知张西奇的武工队现在在干什么，还有王世仁、孙兆谦他们，他们就在铁路以东和鬼子搏杀，抗日的戏剧一幕一幕上演着，直到我们最后胜利。想到这些，丁程哪有睡意，他又瞄了一下周武，周武靠在椅背上，两眼盯着前头。

车到了沙河站，停车上客，丁程看到，有两个人上了车，冲着他们这边走过来，来到周武身边，使了个眼神便坐到他前头。

车慢慢地离开沙河站，还没加速，有两个人随着车身微微晃着，从前边的车厢走来了——是赵明大和坡子——两个人胳膊上，都戴着白袖章。丁程和赵明大眼神一碰，他悄悄伸出两个指头指指前面，然后，又换了个姿势装睡。

赵明大左右看着，不紧不慢地审视着两边的旅客，真像个日军特务机关的搜查人员。他俩走到周武身边，赵明大停住，问，干什么的？周武说，你是干什么的？赵明大低声威严地说，上车查票。丁程抬起头来说，老总，我们是一块儿的，从官桥上的车。赵明大说，问你了吗？闭嘴！前头两个便衣站起来，一个人对坡子说，都是自己人，别大水冲了龙王庙。坡子说，是不是，一查就知道，坐下，甭给老子添乱！两个便衣坐下了。

这边，周武只好掏出车票，给了赵明大。赵明大问，真去济南吗？周武火了，车票上印着，你眼瞎了？赵明大瞪着周武，你还敢出言不逊，先不揍你，证件！周武说，老子的证件轮不到你看！赵明大说，车上混进了八路的大官，说是穿西装的，全车检查，是上边的命令，证件拿出来！周武语气软了些，说，我的证件这里不方便看。赵明大点点头，那好，到头上看，要是自己人，你就帮着查！

周武极不情愿地站起来，往车厢后头走，赵明大跟在他身后。那两个便衣又起身，盯着周武他们。坡子说，坐下坐下，查完了他就查你俩。就在周武走到车厢最头的时候，赵明大抬手一枪，周武一头栽倒了。同时，坡子也啪啪两枪，把两个便衣击毙。车里顿时一片慌乱，坡子拉开窗玻璃，伸出双腿，又转身扳住窗口下沿，看看赵明大也出了另一个窗口，两个人双手一放，接着翻滚到路基下。丁樫故意喊着，八路，八路！车厢里的人看着两个人跑远了，有胆大的过来看被杀死的三个人，更多的人事不关己，紧张地坐在自己的座位上。

没多久车就到了兖州，车厢里的人一哄而散，挤门的，跳窗的，拦都拦不住。丁樫趁乱和一个商人模样的人挤到了一起，商人偷偷看了他一眼，换走了他的箱子。丁樫知道，这是内线给他送来了经费。

丁樫提着这个箱子出了站，立马找了一家旅馆，付钱住宿，等到晚上九点，他又出了旅馆，买了返回官桥的车票。

趁着黑夜，丁樫回到王家院子，轻轻敲门，王丰庆一直等着他，听到声音，立即开门。丁樫进来后，王丰庆小声问，办妥了？丁樫说，妥了。王丰庆说，好，快去地窖。

5

赵明大和坡子回到驻地，张西奇问，办了？赵明大说，办了，又快又利索。

赵明大问，曹老三和孙五子呢？张西奇说，打猎去了。

且说这曹老三、孙五子和另一个战士，正在一棵大树下抽烟，远远地看见两个人向这边走来，聊着天，两个人都戴着白袖章。等他们走近了，曹老三先站起来，亮出枪说，别动，武工队。两个人立即举起手。孙五子说，交出枪来。一个人说，我们是保长，哪有枪啊。曹老三问，哪个庄的？保长先后报出庄名。曹老三说，孙五子，记住！曹老三又问，叫什么名？两个保长又各自报了姓名。曹老三说，孙五子，记住！曹老三记性不好。曹老三又问，这是去干什么，说实话，不然毙了你们！两个保长说，好汉饶命，我们是去开会，我们从来没干过坏事儿。孙五子问，开什么会？去哪里开？一个保长说，就在前头的张庄，一个皇军来训话，听说叫什么太郎。

曹老三一想说，把胳膊上白布给我扒下来！两个保长立即照办。完了，曹老三说，听着，你们两个这就回去，谁要走漏了风声，反正庄子和名字咱都记住了，晚上就去你们家！两个保长连忙说，不敢不敢，我们听武工队老爷的。一个保长说，其实俺也不想来，可是皇军……曹老三吼着，什么他妈的皇军，叫鬼子！两个保长连忙说，对，对，鬼子，狗日的鬼子，说完抬头看看曹老三。曹老三说，还看什么，回去回去！

两个保长转身往回走了，曹老三对孙五子和战士说，走，咱去看看！他和孙五子戴上白袖章，三人往张庄走去。

进了村，他们先问了开会的地方，在村西头的祠堂里，随即便直奔村西。

来到祠堂门口，一个站岗的问，哪庄的？孙五子报了庄名。站岗的说，不对啊，那两个庄的保长我都认得。曹老三拔出枪说，小子，别咋呼，里边有个保长通八路，敢出声我就崩了你。孙五子下了站岗人的枪，然后对那个战士说，看住他！接着就和曹老三一起往祠堂里面走。

这时，有两个保长出来了，往茅房那边走，一个小声说，我以为真是皇军哩，就胡庄刘大吹的小儿，还什么……太郎。

这时，屋里有人正在讲着，你们的，要把各庄的自卫队都弄好，这样皇军可以腾出手来，对付八路和武工队的干活，消灭王世仁，活捉张西奇！……各位辛苦大大的，皇军也是知道的，各位守好自己的村子，发现通八路的可疑分子，要快快地报告，谁要隐瞒不报，皇军知道了，就死了死了的！你们的，还要及时地给各据点送粮、送菜、送肉，皇军吃饱了，喝足了，才能保大家平安……

曹老三向屋里一瞄，看见十多个保长全坐在长凳上，最头上一个人，头戴日本军帽，模仿着鬼子说中国话，一把匣子枪放在桌子上。乡长坐在他左边，面前也放着一把枪。曹老三推门一步跨进去，抬手一枪就打在那个太郎的头上。那个乡长去抓枪，孙五子接着又是一枪。两个人站在门口，曹老三大声喝道，不要动，全部交枪！保长们惊慌地蹲在地上，纷纷说，我们没有枪，当个保长哪会有枪啊。

曹老三和孙五子给保长挨个搜身，果然都没有。孙五子和曹老三走到前头，把两支枪抓过来。孙五子说，老三，给他们训话！曹老三说，我不会，你训。孙五子说，你嗓门大，你训话！然后他对保长们说，都坐好！都坐好！

这下曹老三推不掉了，他把太师椅上的太郎一拨拉，太郎就倒在地上。一看椅子上面有血迹，曹老三弯腰抓过太郎的帽子擦了擦，就坐下来。孙五子也把乡长往一边拖开，拿着枪监视着保长们。曹老三清了清嗓子，牛眼一瞪就说，你们这伙子人，干过什么，武工队都知道，花生米儿全给你们留着，不定啥时候咱就送给你们！给我记着，谁要是祸害老百姓，敢去鬼子那儿告密，谁庄上要有人被抓走了，被杀了，就找你们算账，记住了吗？

保长们连连说，记住了，记住了。

曹老三问孙五子，我刚讲到哪里啦？一个保长说，讲到算账了。曹老三点头说，对，我这把枪，指哪打哪，百步穿杨，你们可以面儿上给鬼子做事儿，不能真当汉奸！我们队长说了，哪个庄的保长当汉奸，就到他家里杀，到被窝里杀！想让他正月死，保证过不了十五！这个，这个……对了，谁要做了好事儿，那就能补过，将功……那个补过，咱武工队也不会胡乱杀……

曹老三再也想不起什么词了，用枪把儿敲了敲桌面，接着说，咱就说这些，散了吧！

曹老三、孙五子和那个战士，匆匆离开了张庄。

走到路上，曹老三突然生气了，看着孙五子骂道，孙五子，你是个王八！孙五子说，老三，你怎么骂人？曹老三说，你个坏熊知道我嘴笨，你不讲让我讲，成心让我在那帮混蛋面前丢人，这是丢武工队的脸！我这胡乱咋呼了一通，咋呼了什么我也不记得了。

孙五子和那个战士笑了。孙五子说，老三，你讲得可好，房梁上的土都让你震得往下掉。

那个战士也说，对，我老远都听得见。

曹老三脸红了，说，这事儿就到这里，回去不要和队长他们说！

可是一回到驻地，孙五子转眼就把事儿和张西奇他们说了。赵明大笑着说，老三，你这成了秀才啦！

张西奇一想说，对啊，鬼子给保长训话，咱也可以这样搞，定期给他们训训话，让他们各人说说，近期干了什么好事儿，干过什么坏事儿，这不就砍倒高粱把狼显出来啦？赵明大一拍大腿，队长，就这么干！训几回就能争取到一些保长，暗地里把他们拉到咱这边儿来……

张西奇想了想，说，咱们要归拢一下，给各村的保长排排队。赵明大点点头。

张西奇他们当然不知道，丁程藏在王丰庆的地窖里，受老了罪了。

王成立只能趁夜里给丁程送吃的喝的，地窖没有窗子，一片漆黑，只靠一盏油灯。外面已是盛夏，地窖里头虽说还算凉爽，但是不透气，闷，而且湿气重，丁程整日待在里面，没几天身上就起了疹子，脸上起了疮，又痒又疼，难受得他就像陷进了麦糠里，刺挠得他心里焦躁，可又抓不得挠不得，抓破了皮的地方，不住地淌黏水。王成立给他送来药水，丁程往身上抹，可一茬疹子还没好，又一茬起来了。只有到了深夜，丁程才敢悄悄露个头，藏在隐蔽处呼吸一下新鲜空气。

就这样好歹熬了二十天，丁程终于出来了，可是，他脸色苍白如纸，又起着密密麻麻的红点子，下巴上还结着疮疤，两只手背都溃烂了。好在王成立早就给他剃了光头，但头皮上仍是一片紫红疙瘩。一见丁程，好多人一下子惊呆了，纷纷问，李经理，你这是怎么了？丁程说，济南今年太热了，我这中了热毒了。唉，济南那地方，地势洼，人又多，大热天，石头都能烤炸了，热死人的事儿不少，全怪我不小心。

丁程早就喜欢王成立这个小伙子，人正派，厚道，细心，但他发现，王成立和继母间存有芥蒂，也不是矛盾，但双方总是亲不起来。他继母是个老实的小脚女人，从不过问王丰庆的事情，见了丁程，也只问候一句他李叔，就再没什么别的话。

十多天过去，丁程身上疹子和疮好了许多。这天下午，王成立来到丁程住处说，李叔，今晚上没事儿吧？我请你喝酒。丁程说，你不是不会喝酒吗？王成立诚恳地说，就是想和李叔拉拉呱儿。丁程答应了说，那咱少喝，我这身上还没好利索。

到了晚上，下起了小雨，王成立特意带上伞来接丁程。他们来到西头小街上，就在王家老五开的小酒馆里坐下。因为下雨，里面客人很少，不少桌子空着，他们选了最里头靠墙角的一张四人小桌，随便点了四个菜，王成立还想去买只烧鸡，被丁程拦住了。两人要了一小瓶沛县大曲。

两盅酒下肚，看看近旁无人，王成立说，李叔，我看出来了，你这个人不凡，不光有大学问，还能做大生意，对人也温和，我就觉得你招人亲，信得过。丁程说，其实我也没有你说的那么好，有时候也不留情面，对人吹胡子瞪眼的，可我人品应该还可以，要不，你爹也不会和我交朋友。

突然，王成立有了些伤感，李叔，我不想在家里待了，这么大的人了，也该到外头闯一闯了，你也看得出来，我和后妈不亲，我也不知为什么，她人挺好，可我……为了俺爹，我都忍着，俺爹也不容易。

丁程问，你准备去哪里？王成立说，王成龙让我去滕县那边干，说俺二叔熟人多，有路子，如果我穿上军装，干个一年半载就能混上官儿当，可我从心眼里讨厌王成龙，但也想不出别的路子……王成立停了停，又说，这些年，我跟五叔做生意，天天临城、徐州的跑进货，向客户收款，实在干烦了，想想就腻歪……丁程说，男子汉，大了就应该出去闯闯，人不见世面，眼界打不开，你李叔我不也在外边闯荡吗？可是跟着王成龙干，那是干什么？是帮日本人打仗，杀中国人，甚至杀咱的邻居乡亲，人家会骂咱……丁程四下瞅瞅，又说，你可要好好考虑，头一步错了，就会步步错，我这在日本人手下做个生意，老家人还戳我脊梁哩。王成立说，这种时候，谁还管那么多，我算看明白了，手里有枪，就是好汉。丁程小声说，成立，不对，土匪手里也有枪，能说他们是好汉吗？日本人、皇协军手里有枪，杀人放火、强奸妇女，能说他们是好汉吗？

王成立抬起头，似乎觉出了什么，他四下看看，又转过脸来看着丁程。丁程说，像你这样的小伙子，应该干这个才对，丁程用手指比出个“八”字。王成立小声说，不瞒李叔，我也想过，我去临城，几次打听洪大海，可是找不上……

丁程停了停，同样往四下看了看，小声问，成立，你知道我是干什么的？王成立说，不是木材场经理吗？

丁程摇摇头说，对，也不对，实话告诉你，我就是你想找的那种人。

王成立愣住了，怔怔地看着丁程说，李叔，你可别诓我，这可是大事儿！

丁程严肃地看着王成立说，成立，我这红口白牙，只和你说，这些日子，我一直端详你，你是个好小伙子，这种事儿哪能开玩笑，是要掉脑袋的……我告诉你，在东边儿，多少像你这样的小伙子，正在真刀真枪地和鬼子捌！

王成立欣喜又坚定地说，那李叔，从今往后我就跟着你干了，你信得过我吗？

丁程说，好，信得过！

然后，丁程告诉王成立，目前我们正和鬼子相持较劲，不出两三年，肯定能战胜他们……记着，今天我只和你说这些，不准和任何人透露半个字儿！

王成立说，李叔，你放心！

为了考验王成立，这天一早，丁程在一张《新民报》的右下角，用小米汤写了两个字：对象。等字迹干了，丁程便去店里，找到王成立，对他说，我这里有一份报纸，你把他送到西赵庄，交给一个叫王富贵的人。王成立一想，说，李叔，我只拿一张报纸，人家肯定会怀疑，这样，反正是去看朋友，我用它包两包点心拎着。

丁程说，好，你要记住，不准说出我的名字。

王成立包了两包点心，到了十五里外的西赵庄，再往西，就快到微山湖了。进庄后，王成立打听到王富贵的家，快要走近的时候，他多了个心眼儿，先躲到一家墙后向这里看了看。王富贵家的大门，是一个不起眼的门楼，墙外的一棵老槐树下，有几个老汉在一块石板上下棋，旁边的巷子口，有个人背着枪站岗。王成立不知站岗的是什么人，正在犹豫，突然后边有人拍了一下他的肩膀问道，喂，干什么的？

王成立回头一看，是个比他大些的年轻人，他说，大哥，我找王富贵家。年轻人说，前面就是，你怎么不进去？王成立说，我看前头有个人背着枪，我害怕。那人又问，你从哪里来？王成立说官桥。那个人说，跟我来吧。王成立就跟着他，进了王富贵家的院子。

这时，屋里出来一个人，四五十岁的样子，络腮胡子，但面容平和。王成立问，这是王富贵的家吧？络腮胡子说，你找王富贵干什么？王成立说，有个人让我替他来看看，说他们是朋友。络腮胡子说，进屋吧。

王成立进了屋，他看到，方才带他过来的那个人去了东边屋子。王成立把点心放到桌子上，他解开细绳儿，故意展开那张报纸。络腮胡子看看报纸和点心，两眼瞪着王成立问，你叫什么名字？王成立说，我叫王成立。接着两人展开了一问一答：

你在官桥干什么？

我跟我五叔开店卖货。

卖什么货？

杂货，什么都卖。

你为什么用报纸包点心？

不知道，人家交给我的点心就用报纸包着。

这报纸你看过上面的字儿吗？

我不识字儿。

那你怎么做生意？

口算账我会，认不差钱就行，再说我干了几年，有些字儿连猜带蒙也差不多认得。

你知道报纸上还有什么吗？

除了字儿，还能有什么？

让你送的人姓什么？叫什么？干什么的？

王成立刚要开口，突然想到丁程的嘱咐，便说，不知道，人家让我送，我送到就行了。

络腮胡子冷笑一下说，你连人家名字都不知道？

王成立说，他到我店里，托我办事儿，又给了我钱，我还问他姓什么叫什么干嘛，反正拿钱办事儿呗，我就拎着点心来了。络腮胡子看看王成立，突然说，我不是王富贵，你送错人了。

王成立一听急了，你不是王富贵，你骗我干什么？王富贵不是在这里住吗？络腮胡子说，西边那个院才是。王成立转头想重新把点心包起来，说，大叔，骗我值得吗？回去我怎么向人家交代？络腮胡子说，你连那个人姓啥叫啥都不知道，还交代什么？王成立说，山不转水转，以后见了他，我心里愧得慌，我成了不讲信用的人了。王成立话刚说完，门口进来一个人，拿着枪对准王成立说，别动！

王成立心想坏了，遇上汉奸了，他问，你们是什么人？那个人说，自卫队，你是不是八路的探子？王成立说，你才是八路的探子呢，我有良民证。

那个人看了王成立的良民证，严厉地问，是不是假的？王成立说，要是假的我就不敢来了，你别吓唬人，我不怕，上面还有皇军的钢印。络腮胡子说，小伙子，你肯定知道让你送点心的人是谁，快说出来，说出来就让你走。王成立说，我不说谎，我真不知道。络腮胡子说，你不怕我杀了你？王成立说，大叔，你不能平白无故杀人，你就是杀了我，我也不知道，我又不能瞎编。络腮胡子扭头对持枪的人说，拉出去毙了吧。

那个人抓住王成立的胳膊，把他往院子里拉，并威严地说，小子，说不说，再不说我要开枪了。

王成立火了，开吧！反正我不知道，你们冤枉好人！

这个人用短枪抵住了王成立的脑门儿，王成立闭上眼睛。

可是，这个人又把枪收了，对王成立说，进屋！

王成立又回到屋里，络腮胡子笑了，今天碰着个不怕死的，王富贵是住在这里，可今天他不在，小伙子，你把点心提回去吧。王成立说，要是他真住在这里，我就把点心留下。络腮胡子说，他没个十天半月回不来，你带回去。王成立说，我不能落下人家的东西。络腮胡子说，让你带回去你就带回去，这里不要。王成立气哼哼地看看络腮胡子，把点心包好系好，拎着就要往外走。络腮胡子站起来，过来拍拍他的肩膀，和善地说，小伙子，路上小心。

王成立回到家，找到丁程，把点心放到桌上说，李叔，没见到王富贵。然后就把事情经过告诉了丁程。

丁程说，成立，回来就好，回来就好！

王成立走后，丁程取下那张报纸，点上灯，在右上角一烤，上面出现了三个圆圈儿，他知道，王成立通过了考验。

没多久，通过王成立，丁程又陆续发展了几个人。

6

山里敌工部专门派人来到大李庄召集会议，张西奇和赵明大到会。

敌工部的同志告诉他们，要想尽一切办法除掉一个人，这个人是日军陆军部的高级特务，此前在河北，协助冈村宁次建立治安区，又在南京和天津两地活动过，近期来到鲁南，目前住在滕县，他有自己的公馆，本名叫生田一郎，中文名叫宋太宗，江湖上都称他宋三爷。

大家都不知道，这人正是此前在滕县会议上出现过的那个家伙。

张西奇问，有没有照片？敌工部的同志说，没有，据说这个人警惕性极高，从来不照相。

回来后，张西奇又叫上坡子、曹老三等人一块儿商量。张西奇说，这家伙来头不小，是个老江湖，今天这里，明天那里，行踪不定。赵明大说，好处是滕县有他的公馆，只要庙在，和尚就会出现，问题是怎么接近他。张西奇说，我们的人已经在他公馆附近布下了眼线，只要这家伙一出现，就会给咱送信。

曹老三说，队长，这个任务交给我，我去结果了这小子。

张西奇抽着烟卷儿，不吭声。赵明大说，队长，我来完成。张西奇说，还是我来吧。坡子说，队长，滕县大街上，到处都贴着你的画像，官桥也贴得到处都是，容易被人认出来。张西奇哼了一下鼻子，说，我看了，根本不像我，长脸画成方脸，还一个眉毛高，一个眉毛低，留着大分头，老子哪有那么丑哇。大家笑了，赵明大说，敌人还是有眼尖的。张西奇说，这个任务谁也别争，很难，很挠头，而且人多了也未必好，咱还要先等等进一步消息，摸清详细情况，耐住性子，急不得也躁不得，现在，先暂停其他一切活动。

两天后，滕县来人了，是个大爷，他告诉张西奇，那个宋三爷有东北口音，广交朋友，显得很大方，到了滕县，都是先不到自己的公馆，直接去大金台旅馆住下，那里是警备队长开的，县城里敌人的大官，都在里头有包间；这个宋三爷一住下，先召见好些看起来像特务的人，然后去宪兵队，晚上回旅馆打一夜麻将，第二天才回他的公馆；他的公馆在县城东关塔寺西南的大圩子里，里面有四五十户人家，四角都有碉堡，平常都有二三十个伪军守卫；公馆在圩子中心十字街口，从街口往北走五十步就是，家里有他老婆和一个保姆，听说他老婆是上海人，当过妓女；眼下，宋三爷不在滕县，什么时候有他回来的消息，立即再来告知。

根据情报，张西奇专门画了一张图，反复对着琢磨，然后，他又叫几个人在一起合计。赵明大说，这家伙是高级特务，肯定身手不凡，必须有把握一枪致命，不可失手，否则……坡子说，先想法接近他，这家伙专门干这个，对谁都戒备，更别说陌生人，既要干掉他，又要安全撤离，惊动了敌人就麻烦了。张西奇说，这个人结交面广，大都是上层人物，巴结他的人肯定很多，明大，之前你和坡子搞掉的那个周武，就是他的手下。赵明大说，这周武一死，他肯定更加小心了。

张西奇倒不全想到困难，他说，他交往的人多，巴结他的更多，不可能个个都能记得清楚，从这方面看，装成朋友去他公馆拜访，等他放松，干掉他，不是没有这个可能。

赵明大想想，点头称是，然后说，队长，那我先去探探。

张西奇说，敌工部的同志讲了，这个人根儿上是个日本人，建议执行任务的人最好能说日语，见面先用日语拉关系，少引起他的怀疑。

赵明大哪会日语啊，曹老三说，鬼子的话我倒学了几句。坡子斜看着曹老三说，你一张嘴土味就出来了，你这样子，穿上好衣裳，一看还是个种地的，烟瘾又大，还不会抽烟卷儿，弄支烟卷儿还要捏碎按进烟袋锅子里，真要叼起支烟，估计气儿都不会喘了……赵明大也接过话说，要让你穿上皮鞋，怕是路都不会走了。

曹老三咧开大嘴嘿嘿地笑了。

坡子也嘿嘿笑，张西奇说，坡子你也甭笑，你这瘦样子，一看就不是吃肉的人。说完，张西奇又从口袋里掏出一块手表说，看看，敌工部太重视这次任务了，专门给弄了块好表，说是瑞士造的，叫浪琴，所以这次任务谁也别争了，就得姓张的干！大家都看着这只亮晶晶的手表，曹老三小心地把手表托在手上问，这得多少钱？张西奇说，差不多得三车厢麦子吧。大家的眼睛一下子瞪圆了，曹老三赶紧把表还给张西奇，说，我可不拿着了，这要是磕一下碰一下，我可还不上。赵明大说，上级为了这次任务，真是下了大本钱了，这能换多少步枪子弹啊。张西奇看看大家，牙一咬说，没有退路，只能完成任务！

坡子担心地说，队长，你自己行吗？要万一……曹老三一下子不高兴了，坡子，你这臭嘴！张西奇反而笑了，说，这怕啥，打仗就是出生入死嘛。

大家都不说话了。张西奇说，就这么定了，各人回去歇着吧。

屋里只剩下了张西奇和赵明大。赵明大说，队长，这活儿太危险了，虎口拔牙啊！张西奇笑笑，拔牙太容易了，这是阎王殿里杀鬼，杀的还不是小鬼。赵明大说，应该我去，或者别人去，怎么着也不能你去出头。张西奇说，没有应该不应该，谁最合适谁干。赵明大说，武工队可不能没了主心骨。张西奇看着赵明大问，你担心我会失手？赵明大说，这不是去窝里抓鸡,你有完全的把握？张西奇叹了口气说,是啊,谁能保证说没有意外？

过了半天，张西奇转了话题，说，明大，我想跟上头申请，设个副队长，你觉得谁合适？赵明大说，曹老三怎么样？张西奇说，老三打仗猛，人厚道，但是直肠子，动脑子的事儿欠了点儿。赵明大又说，那就坡子，曹老三、孙五子都服他，说他人小鬼大……

张西奇沉默了一会儿，说，明大，活儿我有六七成把握，如果平安回来，这事儿咱接着议。如果真有闪失，你就和坡子，带领同志们继续战斗！

赵明大点点头，突然想到了什么，说，队长，你的枪旧了，用我这把新的。张西奇点点头，拔出自己的枪，交给赵明大，又接过赵明大的枪，取出弹夹，反复勾了勾扳机，然后插到腰上。完了，张西奇说，你去叫坡子过来。

坡子来到，张西奇对坡子说，今天傍晚，你去趟葛庄，找葛保长，把他儿子的那套西装给我借来，他儿子在上海上大学，那身西装我穿正合适，别忘了，还有皮鞋。

又过了五天，滕县那边还没有消息。

到了第六天，大爷来了，说宋三爷回来了。

第二天傍晚，张西奇已经把枪擦好，上好油，子弹也擦得锃亮，一粒一粒反复看了，又一粒一粒按进弹夹。他只往弹夹里压了七发子弹，担心万一压力大，动手时弹簧顶不上来。

装好弹夹后，他又把顶门火推上，插好枪，然后穿上西装。浅灰色大方格的西服套装，配上一顶崭新的酱色礼帽，再穿上尖头黑皮鞋，大家一看全笑了。赵明大说，队长，你这才是高级特务哩，比高级还高级。张西奇也笑了，他把一沓子金票装进口袋，又装上几盒小美丽香烟，提着小皮箱就往滕县去了。

二十多里路，张西奇走得很快，到了滕县县城东南，天完全黑了。来到约定地点，张西奇看到，圩子墙外有大片菜园子，地头上有一间小破屋。他走到小屋门前轻轻咳了一下，里面也传出一声轻咳，张西奇回头看看，推门进去。

送情报的大爷说，今天头午他从大金台回家了，我把你领到公馆门口就离开。张西奇说，一等，我先看看周围。言罢，他站到门口，从门缝里往外看，圩子墙并不高，里面四个碉堡都点着煤油灯，并不大亮，周围的住家一片漆黑，圩子有东西两个门。张西奇问，没有南北和北门？老汉说，没有，里头的人来这里种菜，都是翻墙过来，那边墙上有个豁口。张西奇看见了。

两个人在小屋里抽了支烟，又把烟头用土一埋，然后出门，老汉在前，张西奇在后，悄悄地从那个豁口翻进去，没几步就看到街口了。街口还算热闹，两边稀稀拉拉地摆着不少小摊儿，摊子上放着油灯，有卖香烟、卖酒、卖熟肉的，还有人吆喝着卖小笼蒸包。来来回回的人不少，也有伪军背着枪溜达，小饭馆里传出划拳行令的喊声。老汉领着张西奇进了南北小巷，他先走到一个门楼前站住，然后离开了。

张西奇前后看看无人，耳朵贴在大门缝上听听，没啥动静，又从门缝里往里窥视，但什么也看不到。他摸摸身上的枪，定定神，抬起手，用二指轻轻叩了两下门，里面没有人应，他又用手掌轻拍了两下，接着又拍了两下，里面传来一个老妇人的声音，问是谁。张西奇嘴靠近门缝说，是我，三哥的朋友。接着他就听见有人出来，向大门这里走来。门开了，老妇人看看他说，进来吧。张西奇就跟着她走进院子，灯光从堂屋里照出来，屋门里站着一个年轻女人，张西奇离她还有六七步远，就已经闻到她身上的香水味儿了，他想，这应该就是宋三爷的老婆了。

张西奇又走近几步，连忙问，嫂子好！女人问，侬是谁？张西奇说，我是三哥的朋友。女人反复打量了张西奇半天才说，进屋里吧。

张西奇进了屋，老妇人已经取来一把椅子，是单人座的新派椅子。张西奇把箱子一放，坐了下来。女人略带警惕地看着来人问，先生贵姓？张西奇说，嫂子，可别叫先生，叫兄弟就行，免贵姓王，和三哥一样，在道上做些生意。张西奇这才注意到，这个女人真是妖艳，上着紧身的粉色绸衫，下身穿着乳白色百褶裙，脚上一双粉色绣花鞋。女人雪白如玉的脖子露着，戴着一串珍珠项链，快到乳沟那里却又有一块绿宝石，在灯光里一闪一闪，两边布料紧绷着两个丰满的肉团子，不安分地顶着薄衣。女人鹅蛋脸，两道眉毛又细又弯，两只眼中风情万种，睫毛很长——张西奇当然不知道那是假睫毛——洁白的耳垂上，两个金坠子，坠子下面还垂着两点儿宝石，晶莹如两大滴露水。女人黑色的头发披散着，有一缕还散在肩上，发梢微微翘起，额头上面勒了一条粉红的丝带。

女人对老妇人说，侬上茶，阿拉沏杯咖啡。然后，她从桌子上拿过一包香烟，抽出一支递给张西奇。张西奇说，嫂子，三哥的烟先别动了，抽我的。女人手腕上，一个金镯子并着一个翠玉镯子，她接过张西奇的烟，摸过一个小巧玲珑的打火机，娴熟地一按，先给张西奇点上，点烟的时候，女人的脸几乎凑到了张西奇的嘴边，接着她又点上自己的烟，两只纤长的手指，指甲盖全是红的，她把烟蒂儿歪在嘴角抽了一口，吐出些许细雾来。女人右手举着烟，左胳膊在小腰间横过来，左手托着右肘，媚眼儿看着张西奇问，兄弟和他有约吗？

张西奇说，和三哥早说好了，让我今天晚上来找他。

女人说，忙哩，昨天一回来就去了大金台，晚上喝酒打牌，再回来天都快亮了，衣裳也没脱，今天一大早就说去官桥，接着再去徐州，草草吃了点早餐就让车接走了，这生意忙的，阿拉这床十天半月的空着。

张西奇用日语说，三哥这是发大财哩。女人也懂日语，说，发什么大财，别人以为日进斗金，钞票不少，可是没几天就花光了。张西奇说，三哥为人仗义，为朋友两肋插刀，所以他的朋友天南海北都有。张西奇又用日语说，钱是什么？朋友多了就有钱，花完了，又来了，接着又切回汉语说，嫂子，一看你就是富贵相，是天下少见的大美女，三哥的财运，一多半是因为嫂子你哩。

女人让他这一奉承，高兴了，两个人聊得热乎起来。张西奇说，三哥和我说好了，让我来滕县和他合伙干，也不知他什么时候回来。女人说，依三哥临走说了，明天不回，后天一定回，说这边还有事儿等着他。张西奇说，你看，咱光顾说话了，我还给嫂子带了点儿薄礼，不知中不中你意。说完，张西奇把箱子提起来，放到圆桌上打开，拿出叠好的杭州锦缎，金丝线在灯光下闪闪烁烁。女人一看，高兴了，哎哟，喜欢，喜欢，这是上好的杭州缎子，阿拉上海人，知道的，知道的。张西奇说，只要嫂子喜欢，下回来我还给嫂子买，接着，他又拿出二十大洋说，提前帮三哥换了点儿光洋，也就用它玩玩麻将，见笑见笑。女人更高兴了，连连说着，哎哟，客气了，客气了。

张西奇看看表说，时候不早了，等三哥回来了我再来，告辞。

女人却抓住张西奇的手，左右摇着，媚眼里带着些娇酸说，都这个时候了，住下吧，住下吧，床多得是。

张西奇用日语说，不了，不了，嫂子，改天再会。

女人不情不愿地喊老妇人送客，老妇人把张西奇送到门口。

张西奇回到驻地已是半夜，大家都在等着他，桌子上还放了一壶酒、两个菜，还有一沓煎饼。见张西奇平安归来，大家高兴极了，齐问，办了吗，办了吗？张西奇放下箱子，摘下礼帽往炕上一扔，有些疲劳地说，没在家。

大家立时有些失落，曹老三说，这正准备给你庆功哩。张西奇坐下，先倒了一杯酒仰头喝下，抓过煎饼咬了一口，咽下去才说，让他多活几天吧。

第三日上午，张西奇已经到了地头的小破屋。他看看手表，快到十一点半了。他抽了支烟稳稳神，完了，又掏出枪来检查了一遍，心里说，伙计，全靠你了。这时候，他听到碉堡里吹响了哨子，有人喊着，开饭了！开饭了！又过了十分钟，张西奇估计敌人全去了伙房，看看四周没人，他才提着箱子，敏捷地从圩子墙的豁口进去，上了小街。

张西奇见两个伪军正往墙上贴告示，旁边就贴着他的画像，几个人凑上去看，有人边看边念着：张西奇，武工队队长，抓住他，赏五万大洋。

张西奇把礼帽往下一拉，准备走进小巷，突然看见一队鬼子扛着枪向这边走来，他准备回头，却又见走来四个伪军。张西奇灵机一动，就走进那布告下的人群里，站到几个人中间看那告示和画像，他仰起脸，心想着，咱值这么多钱哇，也太贵了吧！他用眼角儿向两边一瞥，见人群里有个人正盯着他看，看看他，又看看画像，张西奇便自言自语地说，这个姓张的，几年前我见过，哪是长这个样，真人尖嘴猴腮的，眉毛上还长了个痦子。

那个人听了，便不再看他。

看到鬼子伪军都过去了，张西奇转身离开，进了小巷。

张西奇从大门外一听，里面有声响儿，便敲了敲门，又是那个老妇人把门打开，张西奇问，三哥回来啦？老妇人点点头说，回来了，还没吃饭呢。

张西奇进了院子，见一个男人站在堂屋门外边看着他，近四十岁，白衬衣，灰色西裤扣着背带，中等个子，圆头圆脑，浓眉大眼，大嘴巴两角上翘，竟还有些儒雅。张西奇热情地问，三哥回来啦？宋三爷看着他，没有搭腔。张西奇用日语说，三哥，转眼就把兄弟忘啦？宋三爷还是不说话，两只大眼警惕地打量着眼前这个人。

张西奇笑笑，还是用日语说，看来三哥不是发了大财，就是升了官，转眼就不认兄弟了。宋三爷问，你是谁？张西奇说，我是你兄弟。宋三爷又上下打量着张西奇问，谁让你来的？

——你让我来的。

你来干什么？

——不干什么，就是拜访三哥。

宋三爷脸一虎，我很忙，不想见外人，刘妈，送客！

张西奇右脚向外挪了一下，有力地叉腰站在那儿，冷笑一声说，三哥这是赶兄弟走哇。宋三爷眼里有了些蛮狠的凶光，说，不走我可叫人了！张西奇又用日语说，不用叫人，你朝天放一枪，立马就有人来把我围了，三哥，不是同道上的人，谁敢大白天往你这闯，三哥你怕什么？

宋三爷听了，咽了口唾沫，这明显是说他胆小。

张西奇又说，我走可以，但话要说明白，三哥当初拍着胸脯说自己讲义气，让我到滕县，务必到公馆，并且说了三遍，说如果擦门而过，就是瞧不上三哥；这总算有几天空闲，没想到我热脸贴在冷屁股上了，三哥，道上都说你对朋友怎么怎么仗义，你怎么怎么豪爽豁达，兄弟我今天领教了！

张西奇停了停，愤怒地用汉语大声斥道，不是我要来的，是三哥你要我来的！

宋三爷看着张西奇，脸色铁青，两眼寒光凛凛，脖子上的血管粗如蚯蚓，鼻子还哧哧地出着气，一会儿，他也觉得方才有失面子，便有些馁了，脸上就有了笑模样，说，兄弟，我的确忘了，对不住，对不住，咱屋里坐。

这时候，女人才敢从屋里出来打招呼，噢哟，兄弟，又来啦，然后对宋三爷说，就是这位兄弟，等侬半晚上，阿拉让他住下，他非要回去，还给带了好些礼物，讲义气的，讲义气的……可能宋三爷喜欢后面这半句话，他用东北口音的汉语对张西奇说，真的忘了，咱朋友太多，咋能全记过来，来，屋里坐。

张西奇坐下，一看桌子上已经摆了菜，他说，三哥，我来得真不是时候，正赶上你要吃饭……

宋三爷说，这有什么，一块吃，刘妈，炖条鲤鱼！

趁这工夫，张西奇快速扫了一下西边里屋，见宋三爷的枪挂在北墙上，是个王八盒子，床上挂着粉色的蚊帐。

他们在圆桌旁坐下，宋三爷问，兄弟你这是从哪里来？张西奇小声说，和三哥一样，没个定准儿，今天在济南，明天去天津、北平，这些日子又到了官桥，然后他又用日语说，前几天，我还去了东边儿，偷偷见了一个人……宋三爷只是听着，脸上没有任何表情，他站起来，从柜子里拿出一瓶洋酒，酒已经开过，同时拿了两个水晶杯子，坐下说，尝尝，法国货，兄弟你也知道，咱朋友太多了，哪天都会有人给我打电话，托我办这事儿办那事儿，走到哪里都有好多人请我喝酒，想巴结咱，真记不得那么清楚，来，咱喝一杯。

张西奇说，让嫂子也来。宋三爷说，不用，咱兄弟谈生意，她不能在场，她和刘妈在那边吃。

张西奇从未喝过这玩意儿，只好硬着头皮喝，他说，三哥你多喝点儿，我喝不惯这酒，和三哥比，兄弟我还是土气。宋三爷说，要不给你换白的？张西奇坚决地说，那对三哥不礼貌，我尽力陪三哥！宋三爷端起酒杯，把那褐黄色半透明的酒喝了一口，张西奇跟着喝了一小口，然后夹菜。

这时，刘妈端上来了鲤鱼，宋三爷抬着筷子说，兄弟，吃，吃。张西奇说，三哥先剪彩！宋三爷夹了一大块鱼肉，张西奇才伸筷子。宋三爷把酒一口干完了，自己又倒上半杯。

半杯酒又喝完，宋三爷的脸开始红了。张西奇说，三哥，中午别喝多了，下午咱打牌，接着又用日语说，不在三哥面前输点儿钱，我手心痒痒。宋三爷笑了，说，不碍不碍，我喜欢这外国酒，得喝够了，喝不够比不喝还难受，正好下午没啥事儿，咱玩玩。

突然，宋三爷盯住了张西奇的手腕，问，兄弟，你这戴了块什么表？张西奇伸出手腕说，瑞士浪琴，当然比不上三哥的表啊。宋三爷伸出自己的手腕儿说，丢人了，我这是梅花，哪比得上兄弟的。

张西奇一下子把表撸下来，递给宋三爷说，三哥你给验验货，是真的假的？

宋三爷接过表来，反正看看，又放在耳朵上听听，说，这还有假？好表啊，好表，等有机会我也得买块。

张西奇两眼一瞪说，买什么买，三哥要喜欢，咱兄弟俩换换！宋三爷说，你不心疼？张西奇说，三哥小看兄弟了，一块表算什么，再好的表也是身外之物，兄弟情谊才是最值钱的，来，换换！宋三爷把自己的手表撸下来，把张西奇的手表戴上。张西奇说，兄弟换表，抬手看见就想到你我，三哥以后就忘不了兄弟啦！宋三爷呵呵地笑起来，举起酒杯兴奋地说，好兄弟，来，干了！

放下酒杯，宋三爷说，兄弟，你放心，咱宋老三最讲义气，不会亏待你。

张西奇说，那我先谢谢三哥了，说完一仰头，硬着头皮也把杯中酒喝光了。

吃过饭，又喝了些茶，张西奇说，三哥，咱玩会儿？

宋三爷说，那我再叫两个兄弟，咱凑一桌儿。张西奇说，不用叫外人了，咱这不正好四个人嘛，输赢全是家里人的，咱肥水不流外人田，嫂子嫂子，过来玩！女人好像早就等着，开心地从外面进来。宋三爷说，刘妈不合适，还是叫个人。女人不高兴了，说，阿拉刚听见了，兄弟说得对，输赢都是家里人，刘妈怎么不合适了？侬在外头不回来，刘妈就陪我玩牌，那天我找了两个姨太太，三缺一让刘妈上，那两个人输得都红了眼……刘妈，过来！

宋三爷不再说什么。刘妈忙着抹桌子，铺上新桌布，四个人就搓起麻将。张西奇连输三盘，宋三爷和他老婆以及刘妈面前，都堆了不少金票。张西奇故意耷拉着眼皮说，三哥你这酒太厉害，是不是给下了蒙汗药，成心从我这里掏钱哇，不行，我非赢回来。大家全都笑了，张西奇站起来，从箱子里取出一叠金票，又在椅子上坐下。

……天黑了，墙上的挂钟响了七下，宋三爷说，兄弟，咱去外头吃个饭吧，去大金台！

张西奇说，不行不行，三哥，我得再赢上几把，不能光着腚出去吧，咱打到九点，就打到九点！

女子也赢得起了贪心，笑着说，侬太有趣了，太有趣了，九点，九点，阿拉陪着你！

到了八点半，宋三爷站起来说，憋坏了，我去趟厕所。女人也扭着腰起来站站，吩咐刘妈续上茶水。张西奇趁机把桌子上的麻将扒拉得更乱，然后把椅子往前挪挪，把枪掏出来，放在大腿上，正好用垂下的桌布把它盖住。

宋三爷回来了，坐下说，兄弟，咱玩最后一轮儿。张西奇说，听三哥的。女人和刘妈也先后坐下，大家又给麻将码堆儿。

时候到了，张西奇看他们都低着头，右手悄悄握枪，就在桌子底下，凭他敏锐的直觉，枪口稍稍往上一翘，瞄准宋三爷的胸膛，然后一勾机子——坏了，枪没响。张西奇霎时感觉脑子嗡的一声，但很快冷静下来，他眼珠子一转，把两个麻将牌用左手小指头一拨拉，让它们掉到地上，然后弯腰去捡，顶上有吊灯照着，桌子底下更黑，张西奇摸黑迅速退出枪里的臭子儿，猛然站起，对准宋三爷的眉心啪的就是一枪，宋三爷头一歪，一下子从椅子滑到地上。

两个女人登时就吓傻了，呆呆地坐在原地像两个泥胎。张西奇紧接着冲进里屋，抓过宋三爷的枪，两个女人才醒过神来，她们刚要叫喊，张西奇拿枪对着她俩说，宋三爷是日本特务，今天杀他，与你们无关！两个女人浑身颤抖，抱成一团。张西奇一想说，把我的金票、大洋全部交回来！还有那块布料！快点儿！

宋三爷的老婆连连点头，摇摇晃晃地站起来说，我交，我交，说完就进屋去拿。刘妈哆嗦着手，从围裙口袋里掏出她赢张西奇的金票。

张西奇走到宋三爷身边，撸下那块手表。

女人很快出来，包那二十块大洋的红纸还没拆开，杭州锦缎也叠得好好的。张西奇说，放进我的箱子里！女人照办了。张西奇说，把金票也放回去，少一张我要你的命！女人说，阿拉不敢，不敢，说着就把金票往箱子里放。张西奇四周一扫，大桌子上头放着一把锁，伸手就抓过来。

这时候，外面突然有人敲门，敲了三下，然后又敲，且喊着，宋三爷在家吗？张西奇对两个女人说，别慌，谁喊我就杀了她。两个女人点头看着张西奇。

门外又喊，张西奇对刘妈说，问问是谁。刘妈问，谁呀？外面人说，大队长找宋三爷，请他去大金台！张西奇说，就说不在家。刘妈喊，不在家，一下午没回来！

外面的人走了，张西奇用枪往里一指说，都进里屋，外面还有我的人，只要你们一喊，他们就往院子里扔手榴弹！两个女人说，不敢，不敢……

两个女人进了里屋，张西奇立即手提箱子，出了堂屋门，一转身把门锁上，又溜到大门后，拉开缝儿向两边一瞅，闪身出去，直奔圩子墙那个豁口。

小街上的人不少，但没人注意他。

张西奇跃出豁口，从菜园里快步跑上一片高粱地，然后大步流星往回走，心里说，赵明大啊赵明大，你这一换枪，老子差点折喽！可又一想，他嘿嘿笑了，自言自语说，不光完成了任务，还得了一块梅花手表！

7

进入农历七月，田野里似乎宁静了，高粱又举着圆滚滚的穗子，但这时它还嫩黄，要慢慢地灌浆饱满，经过太阳的暴晒，直到深秋才会发红。田埂上，水沟边，树林里，野草因为夏天的雨水浇灌而疯长，所有的地皮全都是葱绿，即使小池塘里的雷公草，也贴着水面往里长。勤劳的人们，还是在地里割草，把田间地头的草，趁这时割回去喂羊喂牛，吃不了的，晒干存起来，备着给牲畜们过冬。有积水的地方就有蛤蟆和青蛙，不时地咕咕呱呱叫几声。天还是热，但不像盛夏时那样闷得身上发黏，一到晚上就有了些许凉风。

可是，谁也没想到，居然在这时候又发现了蝗虫。蝗虫先从滕县以西出现，渐渐向东，不到十天工夫，官桥以东也出现了，这一回，不见它飞，不见它蹦，全趴在高粱秸和高粱叶上，趴在谷子秸上，啃高粱的嫩叶子，啃谷子的嫩叶子，最后还把那谷穗下的细梗儿也咬断，还是绿的穗子就掉在地上。蝗虫们吃光这一棵，拉出黑绿色的屎，又爬到另一棵上，好多高粱全成了光杆儿，谷子都没了脑袋。人们都慌了，当年蝗灾饿死人的情景又浮现在眼前，人们都到自家地里抓，可是抓完了，不知又从什么地方飞来了，这片地里抓完了，那边地里又有了。春天碰上蝗虫，可以挖沟，把它们赶进沟里用火烧，用土埋，可夏天到处是庄稼，这法不好使了。

这时候，说什么的都有了，即使在大李庄，老辈传下来的故事也被人提起来，说是经常闹蝗灾，就因为离微山湖太近了。早年间，乾隆皇帝下江南，有个小宫女在湖里淹死了，从此成了女妖，她一肚子怨气，时不时地作妖法，湖里的小鱼小虾全变成蝗虫，专门吃这一带的庄稼，可是这个小宫女怕羞，最怕老光棍子骂她。这个故事，年轻人已经不信了，只有一个老头儿信，他就是住在东南庄的王二拐子。

自从丁楻离开斑山头，滕东的领导班子就转移到了大李庄，上级又派来了几个年轻人作为补充。沂蒙山区的抗战形势已经好转，斑山头向东三十里左右，就有八路军驻扎，大李庄如遇紧急情况，他们可以东撤，队伍也可以前来救援，而且，专门有一个排的战士守护在这里，王丹西、李天成他们，可以半公开地活动了。

大李庄一出现蝗虫，王丹西、李天成、李颖他们就到村外地里查看。庄里的人们一边抓蝗虫，一边求神拜佛，周边的大圣寺、关帝庙、玄帝庙和土地庙，都有一大群人烧纸磕头，他们双手合十哀求着，显显灵吧，显显灵吧，大圣啊保佑，关老爷啊保佑，玄帝爷啊保佑，土地老爷保佑……人们不管哪路神仙全都拜，乞求着哪位神仙先发善心。还有人在路口点上香纸，跪着哀求道，各位过路的神仙啊，开开恩，帮俺们赶走蝗虫吧；也有人对着微山湖的方向磕头，说宫女娘娘啊，别绝情啊，显显灵，让你的蝗虫飞回去吧，没有粮食，我们吃什么啊，等秋后有收成了，俺们专门去湖上，给你扔馒头……

可是，当王二拐子发现自己的三分薄地里也有了蝗虫，他愤怒了。

王丹西他们站在高粱地头上，李天成从一棵高粱上捏下一只蝗虫，这虫子有拇指那般粗长，双翅青绿，脖子褐黑，圆头方额，两只黑色浮眼，头上伸出两根长须，两只长腿有力地蹬着李天成的手，腿上还长有一排倒刺儿。李天成捏住蝗虫的小腿，蝗虫就向前一挣一挣想逃走，它翅膀一振，露出里头粉红色的软翅，铁黑色的肚子一节一节撑得溜圆。被人逮住，发怒的蝗虫两只锋利的黑板牙不住地切磨，还吐出一些黑色黏液。李天成说，这蝗虫，我们叫它“铜头铁罗汉”，太凶了，以前小时候，我们抓着就烧着吃，比肉还香，可它咬起庄稼来，比什么虫子都狠！

各处地里都有人捉虫子，一个女人见李天成他们来了，说，费事了，根本抓不完，这可怎么办啊！

他们都皱着眉头，李颖也说，愁煞了，不尽快把虫子灭了，乡亲们没有粮吃，更甭说筹粮了……

他们又往前走，另一片高粱地里，大人领着几个孩子，用竹竿在里边乱打乱挥，还嗷嗷叫着，一些蝗虫飞了起来，可又落到旁边另一块地里。王丹西说，这样不行，这蝗虫也和咱们打游击了，到处都是高粱谷子，人累瘫了也没效果。

他们再往前走，见一个老汉正站在谷子地里骂街，也不知骂的谁，手指着西边，骂一句还跳一下，隐隐约约听见那人骂着，坏女人！臭女人！烂女人！破鞋头烂鞋帮子！老子不怕你！你死了活该！你不该祸害这里的人，有本事你就显灵！……

李天成一听，说，那不是王二拐子嘛，他和谁结下仇啦？小姑，你过去看看。

这王二拐子之所以被叫作“二拐子”，是因为他脑子里总有些怪念头。

李颖快步往王二拐子那边走，可走出没多远就低着头跑回来了，红着脸笑着说，这王二拐子犯什么病了，裤子都脱了，光着腚在那里大骂。李天成对一个民兵说，去，让他把裤子穿上，成什么样子！那个民兵过去，快到地头就喊，二拐子，穿上裤子！

王二拐子一看民兵拎着枪，立即停下，走到地头穿上裤子，民兵过去，好像在问他，王二拐子比比画画说着什么。很快，那个民兵回来了，边走边笑，他对大家说，你们猜都猜不着，王二拐子说，这么多蝗虫，全是微山湖那个女妖精弄的，他脱了裤子，再骂她，就是让那个女妖精害羞，一害羞她就跑了，蝗虫也就跟着回去了……

天下竟有这样荒唐的事儿，大家全都摇着头笑。完了，王丹西说，只靠单家单户灭不了蝗虫，得把全庄人组织起来，把土地划成片，人再分成组，每片每组专人负责，李颖，你尽快组织妇女会和儿童团，咱大人孩子一齐上阵，把蝗虫往河边赶！

这时，山里派来的一个年轻人说，自己曾在一本书上看到过，蝗虫有趋光性。李天成问说什么叫趋光性，年轻人说，就是晚上它朝着有光亮的地方飞。李颖说，对啊，我说怎么到了晚上，蝗虫却落在窗台上，因为我里边点着灯啊。年轻人又说，咱们晚上在地头点上火堆，再去高粱地里把蝗虫赶起来,它们会不会往火里飞啊？李天成说,以前我们在大树下点上火,用竹竿子拨拉大树上的知了,知了叫一声就扑进火堆里,烧熟了就能解馋,很可能蝗虫也这样。王丹西说,今晚上咱们就试,如果行,立即推广！

到了晚上,他们在一块地头上点上火堆,一伙人就在高粱地里用竹竿子挥打,搅得高粱连连晃动,蝗虫们就全飞起来,真就冲着火堆扑进去,翅膀一下子就烧没了,接着还有一股焦香飘起来。大家高兴地说,太好啦！太好啦！其他人一看,立即行动,也都在自家地头点了火堆。

王丹西说,咱们要尽快宣传这个方法,大李庄自不用说,周边的村庄,也要推广经验,分组分片,点火灭蝗！李天成想了想说,近的几个村子好办,再远的村子,咱就没法公开进去了,尤其是有据点的村子。王丹西说,这个我想到了,让咱村里的人,有良民证的,有亲戚的走亲戚,去告诉他们灭蝗虫的方法,再联系西奇同志派出人,对着据点喊话,只要允许老百姓下地灭蝗虫,武工队可以休战,同时,秘密通知各村保长,到指定地点开会,教他们灭虫的办法。

点火灭蝗果然见效快,其他村庄的人也都行动起来。在敌人据点里,有胆大的女人向伪军骂,你不让我们下地灭虫子,没有粮食你们也得喝西北风！伪军说,这不是怕八路浑水摸鱼吗？正好,武工队用广播筒子向敌人喊话了。伪军告诉了炮楼里的鬼子,一开始,鬼子还是不同意。杨庄的李景月对手下说,是人就得吃饭,老百姓没粮,咱也就吃不上,咱好多人家就在这块地上,得护着咱自家的地！杨庄行动起来,其他地方也就都行动起来了。

趁着灭蝗休战,武工队要给保长开会了,地点选在下棚村的祠堂。

这天头午,保长们先后来到了。大家一看,不是穿军装的,而是武工队,心里就犯嘀咕了,有几个保长眼睛四下里瞅着,找机会要溜。陈庄的保长“陈大舌头”去了靠墙的茅房,完了突然踩到矮墙上,伸手去扳祠堂的高墙想翻走,一个武工队队员眼疾脚快,冲过来一把抓住“陈大舌头”的脚脖子,把他一下子拽下来。

张西奇进来了,他走到前边的桌子旁,摘下礼帽,抽出枪放在桌子上,抬头扫视全场，和庄之岳他们会意了一下，就瞪着“陈大舌头”问，跑什么？你心里又没有鬼，好好坐着听。“陈大舌头”苦涩地笑笑，老老实实坐下了。张西奇就开讲了，当然不必再说灭蝗虫的事，他先讲了当前的抗日形势，然后，故意一网打满河鱼——你们所有人，给鬼子伪军做了多少事儿，武工队都知道，你们庄里有眼线，武工队也有，炮楼里都有我们的人，要想人不知，除非己莫为！

张西奇停了停，突然嗓音提高了，你，庄保长，你，王传胜，你，葛保长，你，“陈大舌头”，你们和鬼子勾结，有事儿没事儿往他们那边儿跑，屁大的事儿也去报告，鬼子伪军要什么你们给什么，乡亲们拿不出来，你们就挨家挨户地逼！张西奇目光扫了一下全场说，我没点名的也不是一点儿坏事儿都没有，各人脱下裤子看看，腚上都有屎！

张西奇故意瞪着庄之岳说，庄保长，我敢在你这里开会，就是要敲打敲打你！庄之岳站起来说，张队长，你敲打我，我全认，可你也要听我们解释，我们这些弟兄们也不容易。话一落下，保长们也嚷嚷起来。葛保长也站起来说，我替我，也替在座的各位说句公道话，他们动不动就杀人放火，一回一回地“扫荡”，向村里要粮要菜，要这要那，敢不给吗？给少了不是挨骂就是挨揍，我们也没办法，只能硬着头皮应付，还不都是为了保着村子平安，护着兄弟爷们儿？

保长们附和地喊着，是啊是啊，小胳膊拧不过大腿，不在这乱世道，谁愿意干这个？

张西奇说，咱也理解各位的难处，今天我要讲的，就是要各位少做坏事儿，咱万万不能祸害自己的兄弟爷们儿，做了坏事儿的，等把鬼子打走了，你们一个也跑不了！——你能往哪儿跑？跑去小日本？做梦吧，鬼子才不带着你们哩！咱这里，各人都有一本大账！

说着，张西奇从口袋里掏出一个小本本，啪地拍到桌子上，你们的名字全在这上头，做了好事儿的，我就在后边画个三角儿，谁做件坏事儿，我就在后头打个“×”，要是“×”多了，我就该上门找你了！

保长们听着，有的头上冒汗了。

张西奇的语气放缓了，接着说，当保长不容易，咱理解，可要有个度，要学会两头应付，刀切豆腐两面光嘛……我听说，在沂蒙山，保长们都学精了，明着应酬鬼子伪军，可暗里呢？譬如，据点里的鬼子要粮，保长先给八路军送个信儿，半路上就去截了，保长责任一推，鬼子也干瞪眼没办法；急眼了，鬼子就下乡抢粮，可有人早传出信来，八路军武工队就埋伏在路上，一顿枪炮就把鬼子揍回去……我说这些，也不是逼着各位这样干，你们自己回去琢磨吧。

其实，这就是把招儿放给保长们。召集保长开会，好多故事里都曾详细描述过，大同小异，在此不赘了。

会散了，没有饭，保长们各自散去。这时，葛保长走到张西奇旁边，说，北边炮楼的王大眼子要粮食，你看……张西奇说，给他给他，你准备哪天送？葛保长说，这几天吧。张西奇说，最好后天，我和你一块去。

你也去？葛保长有些惊讶。

8

下午四点后，官桥车站上已经没有了旅客，后边那棵柳树上，几只知了又响亮地叫起来了。大奎站在行李房门口，手里摇着蒲扇。松冈站长闲逛过来，大奎向松冈问好，松冈和气地看着大奎说，你的清闲。

和山本相比，松冈似乎更亲切，工作也更加有条不紊，他每周要召集全站开一次例会，总结上周和布置本周工作，还提出了新要求：所有人都要遵守车站纪律，谁也不能例外，譬如出站，必须要向站长请示，谁要违反，若给运输工作造成损失，要根据情节轻重进行处罚，重大失误，严惩不贷。松冈还会到各个部门转转，就是检查。山本在办公室留下的文物柜子，变成了松冈的书柜，里面堆满日文书、中文书、英文书，甚至还有些中国的线装古书。

而对龟尾，松冈曾经对他说，你功劳很大，是帝国的英雄，但你不能去战场了，在这里当副站长是参谋部对你的照顾，车站上的工作好多你弄不明白，你就好好休养，等“大东亚共荣圈”建成了，你也可以在这里找个媳妇。

龟尾当时听了高兴，但他很快就明白了，自己手里什么权力也没有，其实就是个可有可无的影子。喝了酒，龟尾就更感到失落，经常对大奎说，奎，松冈的，权力大大的，他的狡猾。大奎说，你的喝酒，快活大大的。

龟尾说，我的，英雄的是，权力小小的，松冈对我……龟尾模仿松冈的微笑，然后呸地吐了一口痰，指着痰说，我的，这个的是。

这天，一辆军列进了站，正对着月台的一节车厢，中间的窗玻璃被推上去，一个士兵看见大奎，大声喊着，喂，有烟吗？大奎一听，这士兵说的是地道的中国话呀，他衣袋里有两盒烟，便走下月台，站到窗前，眼前是两张年轻的脸，准确地说是娃娃的脸，嘴唇上还没长胡子，用这里的话说，孩子皮还没蜕。大奎问，你怎么说中国话？另一个士兵说，俺们就是中国人，我安东的，他是吉林的！大奎掏出烟，分别递给他俩，一个士兵付了钱。

大奎问，这么小就当兵，来这里打仗？另一个说，抓来的，有什么办法？到临城还有多远？大奎说，前头一站就是。大奎说完，军列就缓缓开动了。

到了晚上十点钟，又有一列货车从北面开过来，在官桥站停下。大奎看到，列车后面加挂了四节车厢，里面几百个鬼子下了车，到前头车厢里搬运武器弹药，然后出站，不用说，他们进了铃木兵营。

回到宿舍里，大奎躺在床上，越琢磨越觉得不对，好像有什么事儿要发生。

第二天一早，站上还没进旅客，他就找到李心希，把昨天见的事儿说了。

李心希看见松冈站在月台上，他说，别在这里嘀咕，松冈会怀疑，咱也去月台上说。

两个人走上月台，脸对着出站口。李心希问，这事儿你怎么看？大奎说，他们从东北抓中国人当兵，这说明，他们的人少了，不够用了，战斗力肯定不如从前了，我不相信这些人会真为他们卖命……对，鬼子快不行了。

李心希一想，嗯了一声，大奎，你分析得对，是这么个理儿。

松冈慢悠悠地走过来，两个人停下话儿，看着松冈笑笑，站长，米西啦？

松冈点点头说，吃了吃了，你们的……李心希说，随便站站，一会儿就上班了。

松冈走过去了，大奎说，还有个事儿，晚上，有大量的鬼子下了车，搬运了不少枪支弹药进了兵营，上午车上的小兵说是去临城，我估计，要有大事儿发生。

李心希心里一怔，禁不住转头看着大奎，问道，你觉得会怎样？大奎说，“大扫荡”，全面的“大扫荡”。

李心希说，这时候，满地高粱都起来了，不好“扫荡”啊。

大奎说，未必，我记得书上说，兵无常形，就是用诡计，不按一般人的心思用兵。

李心希两眼突然睁大了，大奎，有道理，有道理，十有八九是对着咱们的队伍来的，他们就打算利用这咱们以为不好“扫荡”的时候，突然围住咱们的队伍……准了，准了！下午，你快去王家，找那个李先生。

下午下班前，大奎向松冈请假，说想回家看看，去去就回。

大奎来到王家的院子里，从西门进去，正好碰见了王成立，两个人也认识。

王成立说，奎哥，你怎么有空出来？大奎说，听说你家住的李先生会抽卦看相，不瞒兄弟，家里给我相了个亲，我没太相中，想找李先生算算。王成立说，好事啊，哪庄的？大奎说，甭问了，成不成还不一定呢。王成立说，李先生应该在，他住三院的西厢房。

大奎见到了丁程，自报家门说我姓邓，李心希大哥让我来见李先生。丁程说，知道。大奎转头看看外头，推上门，向丁程把情况说了。

丁程问，这几天，兵营里出来溜达的人多不多？大奎说，少，但平时也少。

丁程又问，兵营门口加没加岗？

大奎说，没有。

突然，大奎想到了一件事儿，他说，宋岗村有个姓姜的大爷，先前每天固定时间往兵营里送豆腐，我经常碰见他，可最近，我见他天天头午在车站门口叫卖，这说明，兵营里不让他送了。

丁程默默地想着，鬼子究竟是暂驻几日后开拔去别处，还是正在酝酿本地更大的行动，目前还不好把握。新来的鬼子人生地不熟，为加强防范，连送豆腐的都不让进，也属正常。最后他想，再观察一天吧。

丁程开门来到院子里，折了一根小树枝儿，用手折成一截一截的，然后又进屋，把屋门敞着，在小凳子上坐下，把细枝条儿摆在地上当卦看，并让大奎也坐下了。

丁程轻声说，老李已经给我说了，没想到你这样老练。大奎脸上没有任何表情，只是眼睛看着丁程。

丁程又说，咱们干这个，甚至比在战场上和他们刀对刀、枪对枪地干还危险，不，是凶险，你要有充分的心理准备。

大奎脸上没有任何表情，仍然认真地看着丁程。

丁程说，很可能会被他们发现，敌人不是傻瓜，他们会很凶残地对待我们……

大奎还是平静地听着，丁程看出来了，这个年轻人不善言语，但善于思考，他的心志和智慧全在目光里。丁程向门外看看，继续平缓地说，你正年轻，以后……嗯，别光我说了，我想听听你的想法。

大奎又看看门外，认真地对丁程说，李先生，我明白你的意思，我走上这条路，就没想着后退，我会注意保护自己。

丁程笑了笑，突然问，你怕死吗？

大奎说，李先生，你怕吗？

丁程不笑了。大奎严肃地说，要怕，就不干这个了。

听到外面有脚步声，丁程说，来，咱们看卦！

是大凤从外头回来了，丁程故意大点儿声说，看卦相还不错，这门亲事儿也不必太急，行与不行，等三天后……

见大凤路过进了她自己屋，丁程抬起头，低声对大奎说，你提供的情报很重要，我再考虑，你回去吧，一定要保密！大奎说，李先生，你放心！

两个人站起来，丁程伸出手，握着大奎的大手说，我再送你八个字，心如金石，身如钢铁。大奎说，我会记住李先生的话。

丁程把大奎送出门，说，这门亲事，我看是大吉，放心吧！大奎说，谢谢李先生。

大奎走后，丁程独自想了半天，到了晚上依然睡不着，思来想去，他终于断定，敌人很可能要从临城和官桥悄悄地出动，目标应是王世仁、孙兆谦的队伍，同时想牵制县大队，围而歼之。想到这里，他不敢怠慢，立即起来，写了一封信。

次日一早，他找到王成立说，成立，你立即把信送到大李庄东南庄，庄西头有一户人家，西墙外有一棵大桑树，树枝伸进院子里，你抓住树枝子翻墙进去，把信交给一个叫李颖的女人，她个子很小，注意路上安全，但要快！

可是，丁程他们万万没有想到，这时候，两个兵营里的鬼子和伪军已经悄悄出动，向滕东展开了秘密行动，周边大小据点的敌人，也都闻令而出。

……李颖接到情报，立即去找李天成，柏子跟在娘身后。

李天成看看情报说，小姑，不能等了，你马上把它送到湖庄，队伍就驻在那里。

李颖说，我回去准备一下。李天成说，来不及了，就从我家走，我去给你锁上门。说完，李天成找来一个破篮子，放上一个碗，又放上两个煎饼。

李颖把情报藏在衣裳里，这时，柏子说，娘，我也去。李颖说，不行，柏子，路太远了，在你大表哥家等着，天一黑娘就回来。

李天成也说，柏子，你娘很快就回来了。

柏子站在门口，李天成叫李颖进了屋，他拿出一把小手枪，正是张西奇从山本那里缴获的那支勃朗宁。李天成说，小姑，带上它，不到紧急的时候千万不要开枪。李颖说，我不会用啊。李天成教给她说，你看，打开这个保险，子弹就上膛了，瞄准敌人一勾机子，子弹就射出去了，不过，只有三发。

李颖接过小手枪，在腰里藏好，这就要出门。

突然，柏子一下子抱住李颖的腿，抬头看着她说，娘，我和你去。李颖着急地说，不行，小孩走路太慢了。柏子说，我小跑，上次你就带着我了。李颖说，这回路太远了，柏子，听话。可是，柏子还是紧紧抱住娘的腿，两眼里全是执拗。李颖说，柏子，放开！李天成也说，柏子，听话，放开，让你娘走。柏子好像没听见大人们的话，两手还是紧紧抱着。李颖严厉地说，柏子，你听话不听话？李天成去拉柏子的一只胳膊，柏子用力一拽，回来又抱住娘，含着眼泪说，娘，我和你去！

李颖火了，骂了一句你个不省心的东西！接着一巴掌就打在柏子的脸上，柏子哇的一声哭起来。李颖怕别人听见，一下子捂住他的嘴，连忙又小声说，别哭，那边有鬼子。柏子把委屈全部一下子憋进肚子里，哽咽着，抽泣着，两只眼睛还是哀求地看着娘。

李颖心软了，她说，柏子，放心，娘不会有事儿，天黑我一定回来。李天成说，柏子，听话，表哥一会儿给你煮鸡蛋吃，说完，他轻轻扒开柏子的手，把他的小手抓在自己的大手里。

李颖提起篮子，柏子哽咽着，望着娘说，娘，娘，你……你可一定早点回来。

李颖头也不回，走了。

李颖出了庄，钻进高粱地，从田埂小路向湖庄小跑着。大李庄到湖庄有三十多里地，中间村庄还有不少敌人据点，各个村庄都有自卫队，主要路口还设有卡子检查，她得小心再小心。遇到村庄，李颖就远远地绕开，这一绕，三十多里地就变成四十多里、五十多里甚至六七十里，可李颖什么也顾不上了，她从这片高粱地钻进那片高粱地，接着又钻进另一片高粱地，她最怕高粱地之间会有大片地瓜田，这会容易让敌人发现。

李颖一路小跑，很快就大汗淋漓，汗水浸透了薄衣，衣裳紧紧贴在后背上，头发也湿透了，粘在额头上，汗哗哗地往下淌，淌进眼里，辣得睁不开，她不停地用袖子擦着，擦着，还要不时地听听周围，看看周围。

汗流多了，李颖嘴唇发干，但没有水喝，她只能用舌头舔舔，抹一下额头，还是小跑，还是小跑。

这就过了午饭时候，李颖觉得饿了，她侧耳听了听，无人，就停住，抓起煎饼咬了一口，可是太干了，咽不下去。她左右看看，地头水沟里积着些水，她想捧一口喝，但又一想，不行，路上闹肚子怎么办？她只好用力地干嚼，费力地咽下去，咬了几口，心想不吃了，有这几口垫垫就行。

走着走着，李颖发现，路口的人好像多了，全是背枪的，还有伪军端着枪到处张望。突然，她看到几个便衣先后从高粱地里走出来，这是敌人开始搜查两边的庄稼地了。她又往外拐，尽量往远处绕，时时看到高粱在晃动，她心里开始紧张起来。

李颖又穿过一块高粱地，见外面是一片开阔的地瓜田，她只好缩回去，又在高粱间走了老远，才进入另一片高粱地，来到地头，见外面是一条小路。对面又是高粱地，她两头看看，没有人，就像一只机灵的猫，穿过小路就钻了进去。

突然，远处有人喊，我看到有个人钻进那片高粱地了！又有人问，在哪里？在哪里？接着有脚步声从小路那头传来。李颖赶忙转身往西，正好西边又是一片谷子地，她弯下腰，钻进谷子地里，她又瘦又小，在谷子地里趴下。她的胸口贴在地上，心扑通扑通一个劲地跳。她听到，刚才那片高粱地里，已经进去不少人。

李颖不敢再趴在这里，她转回身，沿着地垄往西边爬，一直爬到地头上，地头有道沟，她猫下腰，从沟里向南轻手轻脚地走了一段，又一下子闪进另一片高粱地，然后起来，往西南方向小跑。

终于，她看见西南方向的山峦了，深蓝色的山峦层层叠叠，山头全是秃的，那就是欠山头，欠山头西边，就是湖庄，估计还有二十多里路。

李颖再往前走，一条小河横在面前，河堤不高，水边的河滩上，长着一丛一丛的野柳棵子。河上没有桥，河对岸又是高粱地，在她右手边百多米，就是一条大路。就在这时候，有三个伪军扛着枪，从左边的河堤上走来，李颖赶紧往后退，隐藏起来。她远远地听到一个伪军说，这时候，八路军、武工队都在高粱地里活动，谁还走大路？那一个说，可别碰上张西奇啊，咱三个,他用不了一梭子就全撂倒了。这一个说,别乱说,我心里总是不踏实,眼皮老跳，咱快到大路口去。那一个说，大路口也不保险，张西奇的枪子儿都长着眼。另一个说，我有个办法，只要拿着枪，武工队肯定先打人，咱把枪支在一边，然后躺在堤上装睡大觉，张西奇要来了，肯定先夺枪，再俘虏咱，命就保住了。另外两个连连说，好主意，好主意，走，到大路口上睡觉，这也走得太累了，腿都酸疼。

三个伪军走到大路口，果然把枪全支在一边，在堤上躺下来，还摘下帽子盖在脸上。

李颖看看那边伪军不动，一下子钻出来，跑过河堤躲在一丛柳棵子后面，她脱下鞋，又猫下腰过了河，躲进另一丛柳棵子后，跃身出堤，又钻进了高粱地里。

前边，就是一个山口，山口的村庄叫簸箕掌，李颖曾经来过，只要从村前下去，就是湖庄了。

李颖喘了口气，用袖子擦擦脸上的汗，两只袖子早就像在水里浸过了。她稳了稳脚步，不敢怠慢，四下里看看，就直奔山口。当她就要往山根走去的时候，突然有人低声喝道，站住！李颖回头一看，两个伪军和一个便衣从一块大石头后面出来了，她走不了了。

三个人过来，便衣问，干什么的？李颖说，要饭的。便衣说，要饭的还钻高粱地，还要上山？李颖说，看见你们俺害怕。一个伪军夺过篮子，里外看看，把煎饼又撕开，没发现什么，随手就把篮子扔了。便衣说，搜身！

李颖一听，坏了，突然大声喊，后面有人！三个人一惊，在他们回头的时候,李颖一下子跑出去,拼命地往山上跑,但是,她已经没有多少力气了。

后边的便衣说，别开枪，她身上有情报，身上没有心里也有，抓活的！

一个伪军喊，臭娘们儿，甭爬啦，三个大男人还能让你跑了？乖乖地投降！便衣说，就这点儿小山，后面是陡崖，慢慢跟着，看她往哪里跑。

三个人就跟在她后面，李颖不回头，咬着牙往上爬，她两手抓着乱树条子，抓着树干，咬着牙爬。三个敌人就这么跟着，拉开十几米距离，像三只野兽戏弄着即将到手的猎物。

突然，李颖看到两块大石头间有一个缝，她身子又小又瘦，便一下子钻进去了，可是，石缝不深也不宽，她只能侧身靠里头。李颖喘息着，把情报找出来，在嘴里嚼烂，咽下去，摸出小手枪，打开保险。

这时，一个脑袋凑近裂缝，笑着说，小娘们儿，出来吧，要不一会儿就憋死了。李颖对着那张脸，砰的一枪，那个家伙就倒在外面了。另外两个人惊了，臭娘们儿有枪！就对着石缝打枪，李颖蜷在一边，子弹没打着她。

过了一会儿，外面没有动静，李颖向外一瞅，看到那个便衣正和伪军嘀咕什么，她瞄准便衣的脑袋又是一枪，那个家伙一下子扑在地上。另一个伪军立即躲起来，大声喊着，来人！快来人！这里有八路！

又有几个人跑过来了，李颖想，这回是走不了了。她听到一个人说，看住她，不要开枪，不能惊动她。

很快，石缝外面就放上了干树枝子，干树枝子一根一根地往这边扔，越扔越多，很快就把缝口堵上了。一个人点燃了一把干草，扔在树枝子下面，火就燃了起来，火苗往石缝里舔着、烤着，外面树枝子还是不断往这扔，火越烧越旺，火苗越蹿越高，李颖被烟熏得完全睁不开眼，火苗扑进来，点着了李颖的裤子，一阵皮肉锥心地疼，李颖咬住牙，用手扑打灭腿上火苗，然后，用枪对准自己的脑袋。她悄没声地哭着，念叨着，柏子，柏子，柏子啊……然后，扣动了扳机。

天完全黑了，小山上的火堆还在燃烧，映红了半片山坡。

李天成在家里焦急地等待着，到了晚饭时分，李颖还没有回来，柏子坐在小板凳上，两只眼睛一动不动地盯着院子，他问，大表哥，我娘今天能回来吗？李天成说，放心吧柏子，很快就回来。过了一会儿，柏子又问，这会儿我娘走到哪里了？李天成说，嗯，走到半路了。柏子不再说话，还是坐在那里等。

已经过了晚饭的时辰，李天成说，柏子，咱们先吃饭。柏子说，不，等我娘回来。李天成把一个煮鸡蛋给了柏子，柏子把鸡蛋握在手里，还是不动。

又过了一会儿，柏子又问，大表哥，我娘这会儿走到哪里了？李天成说，估计走了大半了，快了，快了。李天成这么宽慰着柏子，但他判断，李颖八成是出事了，情报很可能没送到。

差不多到了小半夜，李颖还没回来，柏子坐在小板凳上，头一点一点地打瞌睡了。

李天成说，柏子，吃点饭吧，吃了睡觉。柏子睁开眼说，不，我等俺娘。李天成的眼睛湿润了——他这个小姑太不容易了，出嫁三年丈夫就生病去世，柏子当时还只会爬，她誓言不改嫁，就拉巴这个孩子，说等柏子长到十八岁，娶上媳妇，用不着她这个娘了，她就下去陪柏子的爹……因为信得过李家那位大侄子，她也干上这危险的事情，柏子这才七八岁，还远未到十八啊……李天成心里默默念着，小姑啊，你可千万活着回来，要不，我对不住柏子……

又过了一会儿，李天成说，柏子，咱先睡吧，睡醒了，你娘就回来了。

柏子突然一下子站起来，愤怒地看着李天成，表哥也不叫了，质问道，你让俺娘去哪儿了！？

李天成温和地说，柏子，别问，等你长大了，你就知道了。

柏子一听，呜呜地哭起来，眼里充满愤怒和埋怨，瞪着李天成，又对着桌子上的小油灯呜呜地哭，他越哭越伤心，越哭越悲伤，哭啊哭啊，还不时地往黑黑的院子里看看，然后回过头接着哭。李天成怕让人听见，起身把门关上，一想，又半敞着。懂事儿的柏子放低了哭声，但还是哭，哭着哭着，他可怜地抬起头来，乞求地看着李天成问，大表哥，你让我娘去哪儿了，她怎么还不回来？说完，又呜呜地哭。李天成忍住泪说，柏子，你娘肯定不会走夜路，有坏人，还有……她明天一早肯定回来了。柏子说，我不信，我不信你的话了，大表哥，你是骗子……呜呜，呜呜……娘，娘，你在哪里啊……

柏子哭累了，困了，趴在小桌上，又哭几声，慢慢地就睡着了。李天成叹了一口气，把柏子抱进屋里。

李天成心急如焚，他吹灭了灯，整夜就坐在屋里。到了下半夜的时候，突然有人敲门,李天成以为李颖回来了,连忙冲过去问,是谁？外面说,三叔，我是黑子。

李天成拉开门，李黑明短促地喘着气，一进院就说，三叔，洪队长让我传信，临城的敌人正向这边异动。

李天成立即点亮油灯，写了一个纸条，折成三角。

李天成看着李黑明说，黑子，十万火急，你马上把信送到湖庄！说完就把三角交给李黑明。

李黑明说，放心，三叔！

李天成严峻地说，李黑明同志，我现在不是你三叔，我是李天成！我命令你，不惜生命也要把信送到！

李黑明把匣子枪往腰上一插，给李天成敬了一个军礼，转身走了。

李黑明身手矫健，虽然跑了大半夜，但还是浑身有力气，他贴着高粱地的路边走，深夜里，路上巡逻的敌人也懈怠了，路口的敌人也怕挨了枪子儿，全躲在卡子的小屋里。李黑明巧妙地避开，走了几十里，他来到李颖走过的那条小河边,看看路口,便直接越水过去,黑夜给了他最好的掩护。

天亮了。一到天亮，各处敌人又活跃起来，李黑明只好又钻高粱地，终于看到欠山头了，李黑明摸摸腰间的枪，突然听到不远处高粱地里有人走动，高粱叶子唰唰响，而且响声一片，他立刻伏下，侧耳一听，有叽里呱啦的说话声——是鬼子。李黑明只好往一边快走避开，走了没多远，居然来到一个庄头上。前面的高粱也是大片地晃动，李黑明一闪，跑出高粱地就进了村子，他又看到，北面来了十几个伪军，便溜进小巷，忽然听到有人小声喊，快去村口，皇军来了！李黑明一下子闪进了一个小院，把门关上。

这时，屋里走出一个老汉，一看李黑明，吃惊地说，年幼的，你怎么敢往这马蜂窝里钻？快进屋，快进屋！

李黑明进了屋，说，大爷，我是……大爷立即示意他闭嘴，小声说，村里全是鬼子汉奸,夜里进来的。李黑明问,大爷,去湖庄还有多远？老汉说，不远了，十多里，不过，你出不去啊。

李黑明犯愁了。大爷说，你听听，又有人进村子了。李黑明一听，果然是一连串的脚步声，像蹚水一样。李黑明说，大爷，我必须走。老汉想了想说，你到屋东头，从墙上往外看看，看有没有人站岗的。

老汉家有三间屋，东边只有一道院墙，李黑明到那边露头看了一下，巷子里，自己刚才进来的地方，已经站上了两个伪军。

老汉轻轻咳了咳，对李黑明说，年幼的，这样，你在墙头里边儿看着，我去把那两个人引开，你跳过去就走。

李黑明说，不行，大爷，太危险了。老汉说，我这老骨头一把了，吃的盐比他们吃的米都多，放心，我这样办……

李黑明听了，迟疑地点点头，说，谢谢大爷了，你一定小心，然后他拔出匣子枪，就到了墙头后面。

老汉出了院子，往巷子口走，两个伪军看见了，斥他说，回去回去，不准出庄！老汉说，不出庄，我就看看儿子回来了没，他昨天去他姨家了，这会儿应该在回来路上，别让两位老总误伤了。老汉站到伪军旁边，突然，他脸色大惊，对两个伪军说，快躲躲快躲躲，我看高粱地里有枪！两个伪军一听，一下子就缩进小巷。老汉说，快，先到我家门口一躲，武工队冲过来就没命了。两个伪军忙跑过来，来在老汉家门口，一个问，你看清了？老汉说，我老了，可眼比年轻人还尖，有七八个人，枪口对着咱三个瞄！

李黑明翻过墙头，跑了。

李黑明又穿过一片高粱地，前面是一块地瓜田，但离另一片高粱地不远，他定了定神，正准备冲过去，突然嘭的一声，李黑明几乎闻声趴下，是土枪的声音。他看到，地瓜田里的三座大坟边上，腾起一团白烟，两个孩子趴在坟后面，六七个鬼子向坟包冲过来。两个孩子爬起来想跑，没跑几步就被抓住了。李黑明看见，两个孩子不过十二三岁，上身都光着，被两个鬼子像拎小鸡一样提着往外拖，其中一个鬼子提着那杆土枪。估计这两个傻孩子不知道鬼子厉害，偷了大人的土枪就干了这事儿。

两个孩子被拖到地头上，一个鬼子曹长走上前，抽出长刀，长刀突然亮出一道白光，手起刀落，一个孩子脑袋一下子飞了出去，一股鲜血呼地向上喷出来，紧接着，长刀又砍向另一个孩子……

李黑明咬紧牙，手里狠狠抓了一把土，痛苦地闭上了眼睛。

鬼子杀了两个孩子后，就进了不远的村庄。李黑明快步跑进另一片高粱地里，前面再有二里就是湖庄了，李黑明忘了劳累，紧三步慢三步地小跑。

突然，他听见前面响起了激烈的枪声，鬼子伪军已经向湖庄围过去了。李黑明一阵沮丧，身子一下子软下来——情报还是送晚了。

李黑明咬咬牙，既然碰上了，那就参加战斗吧！他把匣子枪拔出来，推上顶门火，快步向湖庄靠近。

9

鬼子此次大举“围剿”，动了很久的心思。

八路军和武工队善于利用“青纱帐”，鬼子决定也利用它，也钻高粱地，他们先派出大量便衣进行侦察，盯住王世仁队伍的行踪，同时得到了济南日军参谋部的批准，悄悄把大量兵力运到官桥、临城两地，并严密封锁了消息。此外，不光各个关口盘查，还叫巡逻的伪军进入高粱地搜查，并让很多鬼子换上了伪军服装。

当得知王世仁部队进入湖庄，鬼子立即下令，在湖庄周边二十里秘密戒严，形成一个包围圈，所有的部队不准在大路上行进，全在“青纱帐”里慢慢向湖庄周围迂回，进入附近村庄后，不准扰民，但要把住村口，一律不准村里人外出。如果偶然遇上武工队，要避免短兵相接，必须后撤，不到万不得已不准开枪。

鬼子用两天一夜完成了布局，他们图谋死死咬住王世仁的队伍，并把县大队引过来，到时调动临城的军队完成合围。

湖庄，坐落在欠山头西边二里，欠山头西侧是一片缓坡，梯田层层，山下是平川，湖庄就在平川上。庄西是龙湾河，龙湾河从北至南，然后又向东去。湖庄以湾得名，但并不低洼，相对周围而言是一片高地。龙湾河西岸，全是参天大树，再往南去，就有一片沼泽，生长着一片一片的芦苇。王世仁他们先前趁夜进入湖庄，这里退可以到欠山头，无可退时可以进入芦苇荡，在河边与敌人周旋，周边还有一片一片的“青纱帐”。现在队伍一百多号人，已经不是鹞子崮上的那几杆枪了。最近，孙兆谦的胃病又犯了，湖庄正好有位名医，可以顺便给他调治一下，所以队伍准备在这里驻上十天八天。

但他们并不知道，队伍早已被敌人盯上。他们刚进入湖庄，情报就传到了铃木那里，两天后，敌人就像下围棋布子儿，远远地把湖庄围住了。

遵照陈二雄的密令，头一天午后，于大肚子带了六七十人出了西茉山，当然没有直奔湖庄方向，而是先向北，造成“扫荡”的假象，打算趁着半夜回马，第二天一早到达湖庄外围，参加战斗。

下午，于大肚子骑在马上，张小胆紧跟在后边，他已升任排长。队伍不紧不慢地往前走，没有进入沿途的村庄。一直到太阳快要西下的时候，张小胆问，副大队，咱是不是找个庄吃饭？于大肚子说，婢养的，这一路都是些要饭庄，六十多个人进去，拿什么给咱吃，啃石头？走，找个庄大的，去下棚。

下棚村里，远远地就看见有队伍向村庄走来，庄之岳带着几个人已经站在村口。见到于大肚子，庄之岳双手抱拳，快步迎上去说，于队长辛苦啦！

于大肚子从马上下来，说，庄保长，兄弟们今晚就在你这里打牙祭啦。庄之岳说，好，好，这就给兄弟们准备。说完，他对身边一个自卫队员说，快去，到各家派饭。有人牵马，于大肚子只拿着马鞭子，晃晃悠悠地和庄之岳往村里走。于大肚子问，老庄，婢养的你村里来没来八路？庄之岳一想说，不瞒于队长，五天前还真来过，也让村里派饭。于大肚子一警惕，问，多少人？庄之岳说，不多，二十来个，吃完饭就走了。于大肚子说，没问他们是哪一部分的？庄之岳说，咱当保长，对他们就是应付，哪敢问这个？

又走了几步，于大肚子说，队伍不到各家各户，全在一块儿吃，吃完就开拔。庄之岳说，这好办，都去祠堂里，煎饼都备好了，让各家炒菜、熬粥。说完，他对另一个人吩咐了一声，那个人赶紧去准备。

庄之岳把于大肚子的人领进祠堂，几个自卫队员正在摆长桌，摆凳子，另几个自卫队员抱来了一大摞黑瓷碗，很快地摆上。伪军们坐下，先喝水。

庄之岳把于大肚子和他的几个亲信领到旁边屋里，桌子上放着一盏马灯，已经切好了几盘羊肉、牛肉，一瓶酒放在桌子上。于大肚子说，庄保长，很快嘛。庄之岳说，老远就看见兄弟们了，我估计于队长一定会到这里用饭，立马让人准备，熟肉，庄头就有人卖，买回来切切就是，不知味道好孬，请于队长谅解。

于大肚子坐下，一个自卫队员给他放上酒盅子，于大肚子一摆手说，今晚上不喝酒。庄之岳说，于队长嫌孬？于大肚子不接庄之岳的话，只对手下说，快吃饭快吃饭！

庄之岳说，于队长，你们慢用，我再去催催饭菜。说完，庄之岳就出去了。

……

院子里，几盏马灯照明，桌子上摆着大盆菜，伪军们全都就着菜吃煎饼、喝粥。庄之岳又回来了，他双手抱拳说，各位兄弟，秋粮还没下来，也没有更好的给兄弟们吃，请多担待。突然，庄之岳看到一张熟悉的面孔，好像在哪里见过，但那张脸迅速低了下去。

吃完饭，伪军们准备集合。庄之岳几个人站在一旁看着人收拾碗筷。

张小胆偷偷凑近于大肚子说，副大队，这个保长是八路。

于大肚子一怔，看着张小胆。张小胆说，我当八路的时候，有一次跟着王世仁来过这里，这保长见了，高兴得像见了亲戚，让我们吃的全是小米煎饼，菜里有肉，还有粉条子，可今天晚上，煎饼一半是糠，一卷就碎了，盆里一点肉都没有。

于大肚子看看那边的庄之岳说，不会吧？

张小胆说，那次我们来，这个保长的侄子送来一桶小米粥，他一看太稀了，当场就骂了，还打了侄子一个耳光子，高声呵斥让回去重新熬，可今儿晚上，小米粥全是汤水，都能照人影儿，吃这样的饭，明天怎么打仗？

于大肚子牛眼瞪圆了，又问张小胆，准了？张小胆说，我要是看走眼，就抠出俩来给副大队当泡儿踩！

队伍集合完毕，于大肚子走到庄之岳面前说，庄保长，辛苦啦。庄之岳说，于队长，招待不周，多包涵，多包涵。

于大肚子说，眼下不到秋，能吃口饭就很好了，你把我们送到村口吧。庄之岳也没多想，说，那是当然，一定送到村口！

于大肚子出了祠堂，队伍就往村口走，庄之岳带着几个人送他们。于大肚子说，老庄，让别人回去吧，这都忙活了大半天了，你把我们送到村头，礼到了就行。庄之岳说好，转头让其他人回去，就随着于大肚子继续走。

到村口了，于大肚子忽然说，庄保长，今天晚上，你大鱼大肉招待了兄弟们，婢养的，姓于的要报答你啦，来人！张小胆几个人窜上来，一下子把庄之岳按到地上，塞住他的嘴，然后紧紧地绑了。

于大肚子上了马说，带走！张小胆在前头拽着绳子，后面两个人推着，押着庄之岳随他们前进。

走了大约两三里路，到了一座小山旁，于大肚子停住马，叫张小胆过来，用马鞭子向前指指说，看到那口井了吧？给他绑上石头，婢养的，咱吃人家的，喝人家的，别让我担个杀人的名声！

张小胆点头说，明白！说完就带着几个人，从山脚下抬了一块大石头，把石头绑在庄之岳身上，然后，把人推进了井里……

清晨，田野静谧，淡蓝的青雾弥漫在欠山头山腰。湖庄的哨兵突然发现，山下出现了大量的敌人，他赶紧报告院子里的王世仁。王世仁到墙头上一看，不光欠山头下，龙湾河西岸也有钢盔反光，北边的高粱地里，似乎也有人活动。他连忙进屋对孙兆谦说，坏了，老孙，我们被包围了！孙兆谦说，快，趁着敌人还没有合围，集合队伍，从河东向南冲出去！

哨子吹响了，战士们立即集合。孙兆谦命令，不准打枪，沿着河边快速向南撤退——他事先勘察过地形，沿龙湾河向南，有一条泄水沟，是山洪暴发时冲出来的，不下雨，沟里就没有水。

铃木、陈二雄和于大肚子等，站在欠山头的坡上，他们用望远镜已经看过湖庄多少遍了，湖庄不是很大，只有一条街把村子分开。鬼子不喜欢夜战，而且大兵围了四周，没必要在夜里出击。鬼子不动，所以陈二雄也不动，他带着几个军官，甚至在后边的据点里睡了大半夜才过来。铃木说，今天，帝国军人冲锋，你们的，从南北进去，把王世仁往河里赶，赶下河后，两岸机枪立即射击！说完，铃木就抽出指挥刀，往前一挥，大声发出冲锋的命令，一百多个鬼子呀呀地喊着，像一股黄色浊流向村子冲去，大量的伪军也从高粱地里冲出来，大喊着向湖庄围过去。

村里的老百姓全都慌了，从各家院子里逃出来，到处乱跑，鬼子伪军一阵乱枪，许多人就死在了街上。

王世仁他们在泄水沟北岸隐蔽，孙兆谦回头看看，身后远处有一片芦苇荡，他让一个战士捡起一块石子，用力向芦苇荡里扔了过去，就听到里面有人。退路也埋伏了敌人，队伍只能和敌人周旋，在运动中寻找机会了。村子里枪声啪啪地响，哭声尖厉，鬼子在杀人了。

孙兆谦想了一下，对王世仁、张守义说，不行，不能眼看着敌人屠杀乡亲们，现在我们已经没有退路，那只有一个办法，杀回村里，吸引住敌人，帮乡亲们转移！张守义说,杀回去,和敌人打巷战！王世仁也说,就这么办！

孙兆谦说，咱们只有一百多人，敌人估计五六百不止，一个人对付五六个，悬殊太大；守义，你带一个分队，从南边冲进去，然后往北打；我带一个分队跟进，然后快速向西打；老王你带一个分队，进村后，回身打南边跟上来的敌人；一组带一挺机枪，估计敌人分散在各个院子里，咱们熟悉地形，要让敌人分不清虚实，其他人，组织群众沿河向南转移！

王世仁和张守义点点头，孙兆谦又说，对了，快派人去高庄，那里驻着鲁南军区的同志，三十里山路，再远也要赶到，去请求支援，去两个人！

就这么定了，队伍立刻分成三股，张守义带领一队战士，借着村前的菜地，快速接近村子，然后从小巷冲进去，机枪扫射掩护，战士们散开，看到敌人就打，然后跳进院子，利用墙角草垛，伏击搜查的敌人。很快，西边、北边的战士们，都和敌人短兵相接，巷战激烈，满村都是枪声。孙兆谦看到十几个鬼子向他们冲过来，赶紧躲在墙角后，大声喊，手榴弹！几个战士立即掷出手榴弹，十几个鬼子炸倒六七个，剩下几个回头就跑，战士们连连打枪，鬼子连续栽到地上。

王世仁带领的十几个人，都是原先培贤道练过武的人，平时都带着大刀匕首，这会儿派上用场了，他们在院子里和鬼子搏杀，闪展腾挪，避开敌人刺刀，瞅准鬼子的空档一刀致命。杀完这个院子里的敌人，再跳墙进入另一个院子，鬼子多了就扔手榴弹。

突然，王世仁看见张小胆正带着几个伪军冲过来，张小胆也看见了王世仁。王世仁一枪打过去，张小胆瞬时在地上打了个滚儿，躲到巷口的墙角后，另一个伪军被打倒了。

趁这时候，几个战士组织乡亲们沿着河岸往南转移，对岸的敌人看见了，用机枪扫射，几个乡亲中弹了，一个战士大声喊着，全趴到河堤下，往前爬！往前爬！

敌人终于被赶出了村庄，铃木又命令往村里开炮，迫击炮弹吱吱地响着，落在村子里，响起一声声爆炸，升起一团团黄烟，好多墙被炸塌了，房屋燃起火。一轮炮击过后，又一轮炮弹飞过来，敌人还是炸，连续不断地炸，黄烟弥漫在湖庄上空，不少战士受伤或阵亡。孙兆谦大声喊着，撤出村庄！——撤出村庄！——

战士们听见了，先后撤到村西，猫着腰躲避敌人的机枪，回到刚才的泄水沟里。

这时候，已经是下午两点多，县大队李贵武接到情报，立即带队驰援，七八十人穿山越河，快速前进。李贵武头也不回地大声吼着，快跑！不准掉队！同时，张西奇也带着二十多名武工队员，直奔湖庄方向。

去高庄求援的两个战士，在冲出敌人包围圈的时候，一个战士牺牲，另一个战士还是赶到了，鲁南军区三营二连的王连长一听，立即也带领战士向湖庄这边急行军。但是，当他们离湖庄还有十里时，却被敌人包围了。大量的鬼子像一片黄蜂，早已把住了路口，向王连长他们压过来，王连长只好指挥战士们后撤，不料敌人一发炮弹打来，连长和指导员同时牺牲。

战士们在一位排长带领下总算突出重围，但也死伤大半，已经无力支援王世仁他们了。

再说李黑明，他在湖庄外，看到敌人一拨一拨向湖庄里面冲，村里传出声声喊杀，枪声密集，手榴弹轰轰地爆炸，他想，自己手里只有一支短枪，得想别的办法。

李黑明在外围悄悄地转着，四下搜索，突然看到村东北一座坟包，两个鬼子趴在后面，用一挺歪把子机枪向村里嘎嘎地扫射。李黑明慢慢地往前，悄悄地挪步，终于从后面靠近了鬼子，他啪啪两枪，两个鬼子趴在原地不动了。李黑明像狼一样扑到坟包后，推开鬼子的尸体，迅速将机枪调整方向，对着一群正往村里冲的敌人打了出去，敌人一下子就倒下六七个。李黑明又打出一梭子，就被敌人发现了，敌人的子弹吱吱地向他飞过来，有不少噗噗地打进土里，李黑明赶紧卧倒不动。北边小巷口，又有几个敌人要冲进去，李黑明突然抬起头，把机枪一转，对着巷口又打出一梭子，几个敌人全部倒下。这时，一颗炮弹在坟包前轰地爆炸了，泥土被炸得哗啦哗啦飞起老高，李黑明不动了。

太阳要落山了，敌人开始往村外撤，他们不想夜战。孙兆谦对王世仁说，天快黑了，咱们再冲进村，拖住敌人，让没跑出去的乡亲们转移，我们也能补充弹药。王世仁、张守义点点头。孙兆谦大声喊，同志们，冲进村子，帮乡亲们转移！

战士们大声喊着一跃而起，很快又冲进村子里，见到敌人就打，本来就要撤退的敌人不再恋战，提着枪就往村外撤。

战士们立即捡拾敌人的枪支弹药，补充自己。

这时，李黑明醒了过来，他吐了吐嘴上的泥土，活动了一下胳膊，动了动两腿，自己还活着。他脸上的血干了，皮肤有些发紧，看看机枪，已经滚落到旁边，炸坏了，他掏出自己的短枪，还剩三发子弹，一个鬼子尸体旁还有一支步枪，李黑明爬过去，把鬼子腰上的子弹盒打开，把子弹抓出来，放进口袋，还摸着两颗手榴弹。这时候，他又听到了村里传出喊杀声，心头一振，抬头看到几个伪军从村里撤出来，他端好步枪，瞄准前头一个，叭的一声，就把他打倒了，接着李黑明连连射击，几个敌人连连倒地。可是，东边有五六个鬼子伪军向他冲过来了。

李黑明用尽全力起身，拔出短枪，打倒两个敌人，又扔出一颗手榴弹。他回身看到不远处有一口废弃土窑，便三步并作两步地钻进去。土窑里有块石头，上面还铺了些麦草，像是有人在这里坐过。李黑明抱起石头，堵在窑口上，这时，敌人已经来到窑口外，李黑明又往外扔出一颗手榴弹，但同时，两颗手榴弹也扔了进来。

轰的一声，窑炸塌了。

天完全黑了，铃木、陈二雄各坐在一块石头上，于大肚子骂着，婢养的，这个破道士还真能打哩，这打出去又回来了。

铃木双手扶着立在地上的长刀，笑着说，八路以为，皇军不喜欢夜战，今天，皇军就夜战。

于大肚子说，婢养的，死了太多的弟兄了，折腾了一天，太累了。

陈二雄说，咱累，妈了个巴子的他王世仁不累？趁热打铁，再冲锋一次！

铃木说，陈大队长，我要把黑夜变成白天，用炮弹把湖庄照亮，你们的人，跟着炮火冲！

于大肚子说，那不把咱自己人也炸啦？不行不行，明天再打！

铃木火了，你的怕死，大大的懦夫！

于大肚子不怕他，冲着铃木嚷，谁是懦夫？！婢养的，老子的人有哪个后退的？你皇军的命是命，我的人的命不是命？

陈二雄虎着脸说，大肚子，这总算把王世仁围住了，不能让他溜走，死几个人怕什么，咱中国就是不缺人，一定要活捉王世仁和孙兆谦！

于大肚子不说什么了，他牛眼一瞪，对旁边的小队长手一挥，一伙子伪军又开始冲锋，其中就有“猫眼”。“猫眼”拿着匣子枪，从于大肚子身旁走过，向于大肚子点头哈腰，于大肚子不认识他，根本不理。而陈二雄当然认得“猫眼”，这家伙善赌，田文西村生前对他很赏识。陈二雄叫住他说，“猫眼”，都说你手气好，抓住王世仁，老子马上提拔你！“猫眼”

大声说，那我先谢谢大队长！

百多伪军又向湖庄进攻，就在他们快要到村口的时候，铃木一声令下，十几门迫击炮向湖庄打过去，炮弹一个劲地炸响，好多房子都燃起大火，把夜空照得通亮。伪军们喊着冲进村子，但炮弹还是炸，一个劲儿地炸。

不断有伪军被炸倒，但更多的伪军冲进了村里。“猫眼”的脑袋被炸了个稀烂，这回，他赌运不好了。

王世仁、孙兆谦他们又和敌人打巷战，但鬼子的炮弹不停地落下，根本不管是不是自己人。这时候，河西岸突然响起机枪声，一个粗犷豪放的声音从河西岸传来，县大队李贵武来也！

先前守着河西岸的，正是李景月的队伍，县大队就和李景月部交起火来。李景月一听李贵武的声音，也就无心交火了，吩咐手下的人边打边退，边退边对天开枪，李贵武就很快占领了河西岸。

到处都是大火，敌人的炮弹停了，孙兆谦大声喊，西南方向，撤退！战士们又从村西撤出来，在县大队的掩护下，对岸已没有了机枪封锁河面。而在欠山头，张西奇的武工队也来到了，他们占据高坡，用机枪往下打。但在村里，伪军们仍紧紧地咬住王世仁他们，后面又响起歪把子机枪的声音，鬼子也向村里冲过来了。王世仁大喊着，机枪断后！几挺机枪立即转过来，对着敌人一阵狂扫，暂时把敌人逼退了。

这时候，芦苇荡那边也响起激烈的枪声，不知是哪路援军。孙兆谦一下子来了精神，喊着，同志们，援兵到了，快掩护乡亲们，穿过芦苇荡！

战士们向前跑着，可后面的敌人又追上来了，机枪手在后面抵挡。到了泄水沟前，战士们立即带领乡亲们越过沟，进入芦苇荡。援军打破了敌人在芦苇荡里的埋伏，生生撕开了一道突围口，但芦苇荡里到处是水，坑坑洼洼看不清，人们前进得很艰难，敌人乱枪打过来，被打断的芦苇噼里啪啦往下落。

战士们一边回身还击，一边掩护乡亲们往前走，总算出了芦苇荡，前面是一片高粱地，人群呼啦啦往那边跑。黑暗里，突然传来一个浑厚的喊声，我是洪大海，快向南突围！

铁道游击队也赶到了！

王世仁他们带领群众向南撤，出了高粱地，一条大沟横在面前。王世仁喊，快！快过大沟！这时候，鬼子们也钻出芦苇荡，已经有不少战士从沟里爬到对岸，回身向敌人射击，掩护后面的人。时时有人倒下，但更多的人跳进沟里，然后快捷地爬上去。他们不知道，孙兆谦和几个战士，还在后面掩护。

张小胆从芦苇荡里钻出来，他眼尖，一看背影，就大声喊着，那个戴帽子的是孙兆谦！抓活的！抓活的！

敌人一听就不开枪了。这时候，王世仁和张守义已经到了对岸，一看后面的孙兆谦，焦急地大声喊，老孙！快跑啊！快跑啊，老孙！张守义大声命令，开枪，掩护指导员！几个战士立即瞄着孙兆谦后面的敌人，不断地射击。

此时孙兆谦已经几乎虚脱了，最近胃病频犯，他根本吃不下饭，本就骨瘦如柴，又和敌人拼命打了整整一天，冲出村来又冲进村去，转着小巷、院子和敌人搏斗，一整天水米未进，虽然完全忘了饥饿，忘记了胃痛，但他的体力几乎耗尽了。

三个战士扶着他也拉着他，可他还是跑不快。

当他们几个人来到大沟边上，后面敌人砰砰射出两枪，两个战士应声倒下了。孙兆谦和最后一个战士跳进沟里，那个战士见孙兆谦已经无力上岸，就自己先爬上去，趴在地上伸手拉他，孙兆谦伸出手，让那个战士抓住他，用力往上拉，眼看就要把孙兆谦拉上去了，突然又一声枪响，战士头一歪手一松，孙兆谦一下子落回了沟底。

王世仁他们一看急了，赶紧带人回救，几挺机枪往对岸猛打，对面的机枪也疯狂地扫过来，密集的火力把沟封锁了。孙兆谦咬住牙，用尽全力跳了几下，想扒住沟沿，可是根本够不着。他再也没力气跳了，就把身上的文件掏出来，早备好了火柴，他擦着火，点燃了文件。然后，孙兆谦将枪口对准自己的太阳穴一扣扳机，没有子弹了。

这时，四五个敌人跳进沟里，向孙兆谦围过来。孙兆谦用尽力气，把他的枪扔到对岸。敌人的几挺机枪从多个方向猛烈地打着，王世仁他们根本没法向前。

敌人给孙兆谦搜了身，又用绳子拴住他的腰，把他拉了上去。

一个鬼子小队长走过来，抓起孙兆谦的手摸了摸，又撩开他的上衣看看，拍了拍他的肩膀。一个鬼子上来就要刺，小队长拦住他说，他的，扛枪的不是，带走！

最前头有战士跑过来，对王世仁说，队长，指导员被鬼子抓走了！

王世仁急了，像被激怒的老虎吼着，张守义，咱们杀回去！

洪大海一把拉住王世仁，说，老王，不能蛮干，敌人太多了！

……

10

王丹西、李天成召集大家在大李庄举行会议。王世仁、张守义到了，张西奇、赵明大到了。李贵武进了门，一见李天成，两只大眼立时红了，像头发怒的公牛，大声吼，李天成，老子拿斧头劈了你！

大家一下子惊呆了，王丹西说，贵武同志，这是怎么了？李贵武根本不理王丹西，仍然瞪着李天成。李天成坐在那里，一动不动，任凭李贵武吼，面有无限愧疚。李贵武嗓音还是那么高，我问你，你为什么让小姑去送情报？大李庄找不出第二个人吗？留下一个没娘的孩子怎么办？你给我说明白！王丹西说，贵武同志，消消气，别这样！李贵武转头怒目，老李家的事儿，用不着你插嘴！王丹西火了，他也吼着，李贵武同志，李颖不光是你们的小姑，她也是我们的同志！大敌当前，谁也不想同志牺牲，你不能指责天成！文质彬彬的王丹西，大概是头次发这么大的火。

李贵武眼里含着泪，魁梧的汉子一下变得像个小姑娘，他喃喃地说，柏子才多大啊，没娘了，没娘了，说着说着就哭了起来。王丹西拍了拍李贵武说，为了打鬼子，我们牺牲了多少同志，多少孩子失去了爹娘，成了孤儿，可打仗，不能感情用事！

李天成低声对王丹西说，老王，开会吧，贵武难受，理解，都理解……

王丹西清了清嗓子说，敌人这次进攻，布置周密，出乎我们意料，给我们造成了重大损失，李颖同志牺牲，孙兆谦同志被抓，李黑明同志失踪，下棚村的庄之岳保长下落不明，还有好多的战士和群众失去了生命；敌人极其狡诈和残忍，而我们刚刚灭了蝗虫，大家的心思全放在这上头，不知不觉松懈了，没有对敌人保持足够的警惕，敌人反而利用“青纱帐”围住了我们……

王世仁首先检讨了自己轻敌，说队伍驻扎在湖庄，没有提高防范意识，让敌人钻了空子，说他对不住孙指导员，自己曾经袒护过张小胆，是被义气蒙住了眼，如果当时就把他枪毙了，能减少多少损失……说到这些，王世仁流泪了，他说，指导员有学问，能文能武，心胸宽大，和我们团结得像亲兄弟一样，宁让鬼子抓了我，也不该抓了他，我请求上级给我处分……

李天成说，情报送到的同时，敌人就已经布下网了，他们这是早有预谋，而且，敌人的保密工作做得也的确厉害，我们发现时已经晚了……

张西奇脸色铁青，两眼喷火，坐在那里一言不发。李贵武说，这次敌人太多了，太多了，咱这些人，根本扛不住。李天成说，眼下，要扩充队伍，尽快把减员补回来，还要想法营救兆谦同志。

李天成见张西奇还是不说话，主动问他说，西奇，你有什么意见？

张西奇咬着牙说，全力营救孙参谋！

王丹西说，武工队要尽快和内线联系，弄清兆谦同志关在哪里。

张西奇硬邦邦地说，找！就算他关在地洞里，也要找出来！

……会散了，张西奇和赵明大往回走，两个人谁也不说话，只有鞋底踩路面的声音。

孙兆谦被抓走，张西奇又惊又怒，他的脑子全被孙兆谦占了，他断断续续想着，当年他进入根据地，结识了这位老乡，两个人经常在山坡下，在小河边散步、聊天，孙兆谦让他知道了、懂得了好多道理，让他明白了家国情怀和民族大义，他张西奇服的人不多，但他从心里佩服、敬佩孙兆谦，虽然他身体瘦弱，但满腹经纶，英气逼人。孙兆谦大张西奇四岁，他祖辈为官，后又经商，家大业大，算是名门之后，完全可以过安稳日子，在城市里做个教书先生，或者做大生意的，可是他爱国，他心中有大义，在日本留学时毅然回国同鬼子战斗，患着严重的胃病依然冲杀在前线……

张西奇又想到，他和孙兆谦重逢时，站在斑山头的高坡上，大家看着秋天的旷野，孙兆谦赞美着大好河山。张西奇自小对这些山啊水啊的不感兴趣，小时候上私塾，他最不喜欢那些写山水的诗词歌赋，尤其是那个干巴弯腰的老先生，坐在椅子上摇头晃脑教他们吟诵唐诗宋词，他尖着嗓子，哼哼唧唧的，曲又不像曲，歌又不像歌，倒是像害了牙痛时的呻吟。这时候张西奇就觉得害冷，身上起鸡皮疙瘩，屁股底下像坐着蒺藜，心里一冲一冲地发毛，他恨不得将这个酸溜溜的老头抱起来从窗子里扔出去……可是，就那天傍晚，孙兆谦有句话，重重地戳在张西奇的心头上——滕县是我们的家，天是我们的，地是我们的，连山里的风也是我们的，我们世世代代生活在这里，一辈一辈的人死了，又一茬一茬的人长大，我们在这里种地，在自己的村庄里生活，鬼子凭什么占领我们的土地，让我们做亡国奴！

当年，他张西奇就是因为不给鬼子鞠躬挨了一耳光，从那就发誓要报仇，加入抗日的队伍……张西奇不断在脑海里重复着，不断地想办法救孙参谋——我的好大哥啊，我豁上命也要救你！他想着想着，竟停在原地不动了。

赵明大一看，说，队长，想什么呢？

张西奇一下回过神来，看着赵明大，脸上没有一点儿表情，也不回答，继续低头赶路。

……

听着官桥东南方向传来隐约的爆炸声，丁程的心揪紧了，一直揪着，他断定，情报送晚了，或者根本没送过去，王世仁他们肯定和敌人激斗在一起，怕是凶多吉少了。到了晚上，炮声还响了大半夜，丁桯在炕上翻过来覆过去，最后又坐起来，当他听不到爆炸声了，心又像被小火燎着。

总算到了天亮，他走出街，到车站附近看了看，好像鬼子伪军都已经回营了。

他走到西边老肖家的小摊上，喝了一碗羊汤，吃了半个烧饼，决定去孙麻子那里打听一下。

丁桯到了警备队，警备队驻在铁路西边，和伪军兵营隔壁错对着，孙麻子应该会知道一些情况。丁桯进了院子，看见孙麻子正躺在竹编的长椅上，蚕茧衫扣子全解开，露着黑油油的肚皮，胸口有几缕毛，两只赤脚伸开着，靴子脱在旁边。一个小警察在一旁凳子上坐着，给他扇着大蒲扇，旁边茶几上放着茶壶，孙麻子惬意地端起茶碗，喝一口又放下，小警察又给他倒上。

见丁桯来了，孙麻子懒得坐起来，只是微微睁眼说，五弟来了？好嘛，快，坐下喝茶！丁桯一靠近，就被臭脚丫子的味儿熏得捂着鼻子说，大哥，你这几天没洗脚啦？孙麻子懒洋洋地说，不是脚臭，是靴子臭。丁桯说，脚不臭靴子能臭？孙麻子说，好嘛，我这个月初一刚洗过脚。丁桯问，今天初几啦？孙麻子一想，哈哈笑着坐起来说，初六啦，初六啦，洗，洗，不过，我怎么闻着不臭呢？丁桯也尴尬地笑笑说，老话说，自己拉的屎也有三分香。

孙麻子看看丁桯说，兄弟，你来有什么事？和大哥说说。丁桯说，生意上是有点儿小事儿，不是啥大事儿，今天闲着，就是过来和大哥说说话。

孙麻子头一歪，伸了个懒腰说，好嘛，看你眼圈发黑，眼珠子发红，热得没睡着？

丁桯把话题岔开说，大哥你够幸福的，还有人给你扇蒲扇。孙麻子说，我摇得手脖子发酸，他伺候长官应该的嘛。丁桯说，这让我想到一个趣事儿。

孙麻子说，什么趣事儿，说给我听听。

丁桯说，黄河边上有个村庄，天太热了，晚上一点儿风都没有，一群老娘们儿坐在门口扇蒲扇，扇了一会儿，大家都累得手脖子酸了，一个说，有什么法子不用手扇就好了，另一个说，咱们去问问“明白二大爷”！

这“明白二大爷”是村里最聪明的人，一眨巴眼就有一个点子，也正巧，“明白二大爷”这时候过来了，女人们就向他请教，“明白二大爷”听完，眼一眨巴说，你们这些笨人啊，这还不好办？木头墩子上钻上个眼儿，把蒲扇把儿插进去，对着它摇头不就行啦？

孙麻子哈哈哈笑起来，小警察也笑了。孙麻子说，五弟啊，你都从哪里听来的这些趣话呀？好嘛，哈哈，好嘛。

丁程说，估计大哥这几天又要忙了，听说兵营里昨天去东边打了一仗，胜了，下一步就该抓官桥的治安了。

孙麻子说，胜了，胜了，把王世仁围住了，跑出去的没几个，但这边也死了不少人，百多不止，听说还抓了他们一个当官的，就在铃木兵营里关着！

丁程心里一怔，但面色平静地说，昨天我听东边炮声响了一整天，这么快你就知道了？

孙麻子说，一个兄弟在陈二雄手下当亲兵，昨儿不小心胳膊伤着了，一早我去看他，他和我说的。

丁程问，这个兄弟无大碍吧？

孙麻子说，没伤着骨头。

丁程说，这就好，这就好，打了胜仗，要组织大家劳军才是。孙麻子说，等着吧，这不归咱管，劳不劳的咱随着，糊弄一天算一天。丁程说，大哥可不是做事马虎之人，骨子里是豪爽仗义，为人厚道，官桥的人都知道。孙麻子说，咱就是官桥人，给皇军干事儿，咱不多事儿，也不惹事儿，能护着乡亲们，咱决不含糊，护不了，咱也没办法，是不是五弟？

丁程说，大哥说得是，做好事，当善人，是给自己、给儿女铺路。孙麻子说，你大哥我是个粗人，可也不是粗得看不明白轻重……

丁程又坐了一会儿，突然说，坏了，出来时候忘了锁门，不行不行，我得回去！

孙麻子还是坐着说，那我就不送了，抽空再过来。

丁程回到住处，立即把王成立叫过来说，让他去一趟大李庄。

王成立把情报藏好，走了。

可是很快，王成立回来了，他说，李叔，恐怕送不出去，到处都加了人，有良民证也要检查，还得进屋脱衣裳，不光用手摸个遍，有些地方还用剪刀剪开。

两个人为难了，丁程想来想去，突然问，成立，你平时抽烟吗？王成立说，抽着玩儿，一天抽不了几支。丁程说，快，去买一包最好的烟来。

王成立揣上那包烟，又来到官桥大桥头上，他经常外出进货，几个负责检查的伪军都认识他。一个问，成立，这又要去哪里？王成立说，去临城进货，说完就掏出烟来，分给几个伪军，也给了旁边鬼子一人一支。这时，一个伪军说，老刀牌！成立，抽这么好的烟啦。伪军说完，一把就把整包烟夺过去，揣进了口袋里。

王成立瞬间紧张了，立即笑着说，给你给你，可你得给我留几支，见了客户总要让让吧？把烟盒留给我！伪军不情不愿地把烟又掏出来，一下子抽出来十几支烟，把快空了的烟盒还给王成立。王成立手里握着烟盒，又去屋里检查了身上，然后，就放行了。

王成立到了大李庄，见到李天成，把烟盒撕开，从锡箔纸的夹层里拿出了情报。

丁程告诉李天成，立即注意官桥到滕县和临城的公路，如果出现押送孙兆谦的车队，就在路上抢人。

……

张西奇从李天成那里回到驻地，跟赵明大嘟囔，这根本没法救，鬼子兵营进不去，再说谁知道鬼子会不会把孙参谋押走？如果押走，送滕县还是送临城？如果不送呢？真要押送，什么时候走？是用汽车？如果用火车呢？鬼子又不傻，咱得多少人白天晚上不睡觉，才能时刻盯着滕县、临城两头的公路和铁路？办不到，一百个人也办不到，除非是神仙在天上看着！

两个坐在那里抽烟，抽了一袋又一袋。突然，张西奇磕磕烟锅儿，说，有个办法，鬼子不是抓了咱的人吗，咱也抓他的人，抓军官，把孙参谋换回来！

赵明大一拍大腿，说对，好办法！不过，大的军官可不好抓，要是能抓住铃木就好了！

张西奇说，小军官多抓上几个，就能顶个大官，但要快，一天都不能拖了！

武工队立即开会，把人分成三组，到各个据点外活动。张西奇命令说，只抓当官的，抓曹长以上的，不要虾兵蟹将，抓来还得给他们饭吃；明大你和曹老三一组，再带上一个队员；坡子、孙五子，再加一个队员；我带两个队员，明天早饭后行动！

可是，两天过去了，三个小组一无所获。

到了第三天下午，坡子和孙五子终于抓到了个曹长。

到了第四天，起了大雾，三个小组又出发了。

到了下午，雾还没有散的意思。张西奇对两个队员说，咱去官桥看看。

晚饭后，他们趁着大雾溜进官桥，先在官桥街上溜达，在好多酒楼附近找目标，等着喝酒的人一拨一拨出来，看到了不少鬼子伪军，但一直没见当官的。

张西奇突然想到，坡子告诉他，官桥街北头有座酒楼，最近改名叫江南海棠大酒店，听说老板是宋岗人，他爹在上海当警察局长。这个公子哥回到官桥，把那座酒楼买下来，表面上说是酒楼，其实是个高级妓院，妓女都是从上海弄过来的，全都像天仙，官桥当官的都往那里跑，听说铃木、陈二雄也常去，滕县的鬼子军官也时常光顾。张西奇一拍脑袋，我怎么把这里给忘了呢！

想罢，他们三人立即向北，来到江南海棠大酒店门外，朦胧的白雾里，酒店门上亮着红的、绿的、黄的小灯，各色小灯成一串，闪闪烁烁，窗帘全是粉红色的，门口还有四个人站在两旁。

张西奇他们往前靠近，那四个人一看人来，只有张西奇穿长衫，戴礼帽，没等张西奇说话，一个人冷冷地说，客满了，回去吧。张西奇向里一看，大厅里还有六七个人，全穿黑衣，光头，分坐在两边的椅子上。他对眼前这个人说，小老弟别误会，我是别动队的，今晚有没有一个皇军军官来这里？上头需要他立即回去。这个人一想说，有一个，没穿军装，只戴着军帽。张西奇问，就他一个人？那个人说，就一个。张西奇一想，连个随从都不带，估摸不是什么正儿八经的军官，便说，不是他，让他尽兴吧。

张西奇离开酒店往回走，又想，来都来了，不能空着手回去，要不就等着，看看是个什么人吧。想罢，他对两个队员说，到前头隐蔽，等他出来。

他们躲在黑暗里，等了好长时间，才见那个家伙出来，一瘸一拐的。待他走近了，才看清这个家伙头戴军帽，白衬衫扎进黄军裤里，腰上挂着王八盒子，一歪一歪地往这走，不用说，此人正是龟尾。这家伙刚刚销魂一番，正要回车站。见这个鬼子走不快，张西奇说，拉开距离盯着他，听我命令再动手。

离酒店已经老远了，龟尾快要走到一个巷子口时，张西奇一挥手，两个队员从后面紧迈几步，一下子把龟尾扑倒在地，顺手下了他的枪，接着就要塞住他的嘴。可是龟尾力气大，咬住牙不开口，在地上猛烈地挣扎。这家伙不愧是训练有素，他用胳膊肘一顶，一下子从队员身下滚了出去。另一个队员赶忙按住龟尾的脑袋，一只手拼命捂住他的嘴，可龟尾的脑袋左右乱摇，两腿乱蹬，还伸出右手去抓队员的脸。张西奇火了，抓过墙角一块石头，朝着龟尾后脑勺嘭地一砸，龟尾一下子不动了。

张西奇探探龟尾的鼻息，竟然没气儿了，他一想说，扛上他，进小巷。一个队员扛起龟尾，另一个队员在前头探路，三个人一直把龟尾扛到歇马亭附近，扔进水沟里就离开了。

第二天，松冈得知龟尾一夜未归，立即给铃木打电话，鬼子伪军到处搜索，最后在歇马亭旁的沟里发现了浮上来的尸体。

松冈来到兵营，铃木把查到的龟尾行踪跟他说了。松冈摇摇头，对铃木说，他到酒店玩女人，让人盯上了，我是不准工人晚上出站的，可是龟尾，我根本管不了他。

……

还是没抓到像样的鬼子军官，大家都着急了。孙五子说，明摆着，咱们都在周围转悠，铁路以东的据点，也就驻着十个八个鬼子，平时也不出来，就算抓个当官的还能有多大？鬼子都驻在铁路沿线，咱得沿着铁路抓。曹老三说，那里是有大官，但也难抓，队长去了趟官桥，好容易碰上个瘸腿的站长，还把他打死了。坡子说，曹老三，你真是哪壶不开提哪壶。曹老三看看张西奇说，队长，我不是那个意思，我是说，从鬼子窝里抓军官，太难了。张西奇说，再难也得干，眼下没有更好的办法，五子说得对，抓当官的，还得从铁路沿线的据点下手，老三，你和坡子明天就去大洼据点摸摸情况，那也有了个鬼子兵营。赵明大说，我跟他们一块儿。

大家合计了一下，下午，坡子去柳庄借来一身铁路工人的衣裳，连工具也借来了。曹老三把衣服穿上，粗头粗面的还真像个铁路工。张西奇说，老三，你干这事儿行。曹老三说，那是，咱不吹，扛两口袋粮食小菜一碟儿。张西奇说，你注意收着点劲儿，真要抓住敌人，你可别一拳把他打死了。

次日早上，赵明大背着个破口袋，坡子跟在后头，装作去买粮食的样子，两个人向大洼走去，走出四五里，快要到了，他们看到，先出发的曹老三穿着那身衣裳，手里拿着一个榔头坐在铁路旁，还真像那么回事儿。

赵明大看看周围地形，对坡子说，坡子，你去右边二百米外的土坎后不要动趴着，我和老三碰上人后，立即行动，你做好接应。

坡子一走开，曹老三过来了，赵明大边故意和他说着话，边往前面的兵营走去。

兵营左边靠着铁路，右边是一道丈多深的大沟，这是一条季节性的水道，下大雨的时候，水就流进沙河，但天一放晴就断了流，沟对岸是高高低低的田地。兵营四周建起高高的围墙，墙头上拉着电网，墙外又有铁丝网围着，四个角上全有碉堡，正中间又有一座又高又大的碉堡，全是用石头砌起来，上面还砌出堞墙；大小碉堡上，全架着重机枪。兵营外面不远，有不少人摆小摊儿，卖些香烟、水果和小吃。

赵明大和曹老三下了大沟，从斜着的一条小道上去。曹老三走到铁路上，用榔头敲了几下铁轨，便坐下来抽烟。赵明大还是往前走，一直走到个小摊边上，故意和小贩讨价了半天，买了一把花生米，过程中不时偷偷往兵营里看。兵营里面的鬼子正在操练，操练完然后又唱歌。他心里嘀咕着，这怎么进呢？而且还得要军官，愁煞人了。

赵明大找了一个阴凉地方，一边吃着花生米儿，一边耐心等着，可是等了好半天了，也不见有鬼子出来。他想，等鬼子操练完了，可能会有人出来买些什么。

可是，里边操练完了，还是没人出门儿。

赵明大觉得等不着了，起来准备回去，心想沿铁路向南碰碰吧，或许路上能有收获。曹老三看见赵明大回来了，等他走近，也慢慢走下铁路，问，等不着？赵明大说，这比钓老鳖还难，关键是鳖它不出来，咱也去官桥看看吧。曹老三说，那边更难。赵明大说，抓不着，杀个鬼子也行，反正不能白跑一趟。

两个人走了百多米，曹老三不经意地一回头，立即告诉赵明大，出来了，出来了！

赵明大往前快走几步，回头一瞅，果然看见两个鬼子从兵营出来，也向这边走。赵明大说，二对二不容易，不要妄动。

他们放慢了脚步，两个鬼子离他们越来越近，都戴着钢盔，扛着三八大盖并上了刺刀。当鬼子经过他们身边时，两个人往旁边一让，鬼子看也不看就走了过去。

两个鬼子向前大约走出五十米了，赵明大想动手，他小声说，看看后面，还有没有敌人？

曹老三又回头一看，惊喜地说，还真有，又出来一个，好像是个当官的！

赵明大说，好，就他了！

可是，那个鬼子走出不远，突然停住了，转身进到大沟里去了。曹老三说，他好像去沟里拉屎了。

赵明大说，慢慢走，等着他，看见他出来，我在前，你在后，等他超过我，我一摆手，咱从后面按住他！

一会儿，那个鬼子从沟里上来，朝这边快步走着。走近了些，才见他穿着一身崭新的军装，左边挎着一个黑色皮包，右边挎着个王八盒子，没带长刀，胸前挂着一个亮晃晃的手电筒。赵明大又往后一瞅，这个鬼子也就有二十四五岁，中等个子，白面孔，还有些英俊。

鬼子走过来了，和赵明大一打照面，他有些警惕。为了让他和前面的鬼子拉开距离，赵明大和他搭话了，太君，你的，哪边的开路？鬼子看看对方，点点头，哦，我的，临交（临城）的开路。赵明大知道了，这个鬼子要到官桥坐火车去临城。鬼子反问，你的，哪边的开路？赵明大也会几个日语词儿，他生硬地说，我的，拉斯密斯（枣庄）的开路。说完，他掏出花生米，太君，你的米西？鬼子一摇头，我的，米西的不要！

赵明大看看前头，已经瞧不见那两个鬼子的身影了，离后面的兵营也有了三百米开外，他牙一咬，手一挥，曹老三从后面猛蹿几步，一把抓住了鬼子的后衣领子。鬼子大惊，你的，什么的干活！曹老三说，我弄死你个龟孙儿！

鬼子就要掏枪，赵明大一把抓住鬼子的手说，快，跳沟里！曹老三抱住鬼子，三个人一下子就滚到沟底下。赵明大下了鬼子的枪、皮包和手电筒，左手抓住他的右手，右手拿枪顶住他的头。曹老三骑在鬼子身上，大手捂住他的嘴。

赵明大说，你的，不要怕，我的，不杀你，跟我们走！可是，鬼子不听，拼命挣扎。赵明大以为他没听懂，又说，八路的，朋友大大的。可是，鬼子猛一摇头，露出嘴说，八路，死了死了的！

曹老三急了，一拳打在鬼子的太阳穴上，鬼子昏了过去。曹老三拿布塞上他的嘴，一下子就把他扛到肩上。赵明大已经上了沟，曹老三双手托起鬼子，赵明大抓住他的衣裳用力拽上去。曹老三立马跟上去，坡子看见他们跳进沟里的时候，赶紧从那边弯腰跑过来，把鬼子身上的东西全收了。

这时候，碉堡上的敌人发现了他们，啪啪几声枪响，碉堡上的机枪嗒嗒地向这里打过来。赵明大说，快，去那片树林子！曹老三扛着鬼子，借着有高有低的田地和高粱遮挡，拼命地往树林那边跑，坡子断后。敌人的小炮也打过来了，轰轰两声爆炸，炸起了他们身后的泥土和庄稼。

先前的两个鬼子发现后面出事了，本来他们是打前站护送军官去官桥的，马上就往回跑，对着这边连连射击，坡子趴在土坎后，等鬼子靠近，啪啪几枪干掉了他们。兵营里一大群鬼子往这边冲过来，坡子大声喊着，快跑！鬼子追过来了！

三个人扛着鬼子钻进了高粱地，还是不停步地跑，跑着跑着，曹老三突然“哎哟”一声，猛一下把鬼子摔在地上。原来，这一跑一颠，塞在鬼子嘴里的破布掉了，鬼子也醒了，他一下子咬了曹老三的肩膀一口，血都流出来了。

曹老三大骂，你个狗日的，老子揍死你！说着就抡拳要打。赵明大说，别乱来！要活的！坡子连忙又把鬼子的嘴塞住，把他绑结实了。后面的枪声越来越近，赵明大说，扛上快跑！曹老三狠狠地踢了鬼子一脚，又把他扛到肩上，接着又跑。

三个人终于回到驻地，曹老三扛着鬼子，进门就喊，队长，抓来啦，抓了个大家伙！

他们进屋一看，张西奇一个人坐在屋里，脸紧紧绷着，他抬头看看曹老三肩上的鬼子，木讷地说，放后边去吧。

只有赵明大一个人留在屋里，张西奇看看他说，明大，孙参谋已经……话未说完，他的眼圈就红了。

赵明大瞪大了双眼，出什么事了？鬼子把他……

张西奇摇了摇头，突然站起来，走到门口大声喝道，曹老三，把人带过来！说完，张西奇转身，抽出一把大刀，目光阴森，嘴唇紧闭，手腕一抖，持刀就跨出了门。曹老三右手提着鬼子衣领，连拽带拖地把他拉到张西奇面前。

武工队队员全都出来了，大家都看着张西奇。张西奇二话没说，牙一咬，抡圆了大刀就要砍下去。赵明大赶紧从后面一把抱住他的腰喊，队长，他是俘虏！

张西奇的大刀举在半空，停了片刻，他放下了，盯着鬼子咬牙切齿地说，畜生，我要杀了你！那个鬼子用日语自顾自地说，你们八路军优待俘虏，我来中国不是自愿的，我在大学里只读了一年书就被强迫参军，从青岛登陆后被分到临城，我来了还不到两个月，只是做文秘，没上过战场，也没杀过一个中国人。

张西奇听明白了。鬼子说完，抬眼看着张西奇，又用中国话说，我的，反对战争！曹老三在一旁骂，你个狗日的反对战争还咬我！

当啷一声，张西奇把刀扔在地上，对赵明大说，把抓到的人都交给敌工部吧！

11

孙兆谦连夜被带到官桥，关进了铃木兵营。

天亮了，孙兆谦被反绑着，坐在地上。他太累了，倚着墙就睡着了。这时，北墙上的小窗透进了曙光，孙兆谦挣扎着站起来，微笑了，自言自语地说，大概是回不去了。他又坐到地上，回想昨天战斗的情景：这次敌人太多了，没想到让他们包了饺子，不知死了多少战士，乡亲们虽然转移了，可还有不少乡亲死在敌人的枪口下，全村的房子差不多全被炮弹炸塌了，全让大火烧毁了，好端端的村子变成了废墟……队伍在夜里悄悄到达湖庄，没想到能让敌人盯上了，汉奸，不少人当了汉奸，藏在普通人群里，成了敌人的眼线，拿枪的敌人不可怕，可怕的，就是这些躲在暗处的汉奸，怎么防？防不胜防啊……唉，汉奸，怎么会有这么多汉奸！我们的敌人，鬼子就那么些，伪军却更多，是中国人对付中国人，本是同胞兄弟，可他们却认贼作父，杀起乡亲百姓，他们和鬼子一样心狠手辣，是什么造成了这种狼心狗肺？自私？害怕？利益？或者，是我们传统文化里的糟粕，喂出了这么一大帮杂种？……

孙兆谦痛苦地摇摇头，他的胃又隐隐作痛起来，他想，这次到湖庄，主要原因在他，王世仁和张守义关心他，想让村里的大夫给他治治病，本来他说，这病不是三天两日能治好的，可王世仁说，缓一下也好，先吃几天的汤药，开拔的时候，再开一些药带上，不能老拖着病身子打仗，这样拖下去，不用敌人，胃病就能把他打倒了。就这样，他们进了湖庄，驻在湖庄，没想到湖庄就靠近了鬼门关，差点儿葬送了这支队伍，也给乡亲们带来了巨大的灾难，自己是个罪人，罪人，有不可推卸的责任！想到这里，孙兆谦流泪了，啜泣了……

这时候，队伍到了哪里？还剩下多少人？目前这种状况，只有两条路可走了，一是和县大队暂时合起来，另一条就是再撤进根据地，休整后再出山……老王、守义，不能再和你们并肩作战了，我对不住你们，对不住死去的战友，对不住这支队伍，我们几次遇险又绝处逢生，这一百多人的队伍建立起来是多么艰难啊，多么艰难……孙兆谦自责，愧疚，极为痛苦，他沉重地摇了摇头。

孙兆谦又想到了石楼子，想到了那祖辈传下的宅院，想到了爷爷、父亲和母亲，想到了哥哥和嫂子，然后他微微一笑，甭想这些了，国家如果亡了，祖宅又算什么？所有的人都会成为鬼子的奴隶，会有受不完的罪，遭不完的难，人命就成了草芥……自己孑然一身，不相信人会托生，也不相信人有三魂六魄，如果真有魂儿去了那边儿，就先向阎王爷问声好，对他说我两只手上，为了国家，全沾着鬼子的血，您老人家也别嫌腥，如果再让我托生为人，我孙兆谦一定再把枪杆子抓起来，再和鬼子干！

想到这里，孙兆谦笑了，自嘲地笑了，我怎么开始胡思乱想啦？

外面传来脚步声，门开了，两个鬼子站在门口，一个鬼子提来一个宽凳子，伙夫端来了饭——一碗小米粥，一盘豆腐，一小碟咸菜，还有两个白面馒头，放在凳子上，久违的饭香立即扑向孙兆谦的鼻子。一个鬼子过来，先用脚镣分别锁住孙兆谦两只脚腕，然后解开他手上的绳子。孙兆谦活动一下手腕，吃！他蹲下来，喝着粥，吃着馒头，用筷子夹着大块的白豆腐和有滋有味儿的小咸菜，多少年没吃这么好吃的饭了。

吃完饭，鬼子又把他的双手反绑上，伙夫收拾了碗筷，鬼子把凳子搬走，然后锁上门。

孙兆谦吃饱了，身上也舒服了许多，他知道，戏，就要开场了。

又过了一会儿，门开了，又是两个鬼子站在门口，一个鬼子进来，押着孙兆谦出了门，来到另一间屋子里。屋里放着一张桌子，三把椅子，分别坐着铃木、陈二雄和松冈。

孙兆谦坐到他们对面的椅子上，看看三个人，笑着说，全到齐了，可以上菜了吧？

三个人不说话，过了许久，陈二雄开口了，孙先生，久仰久仰，我是陈二雄，早先领教过孙先生的仁义……说到这，陈二雄把话咽了回去，孙兆谦当然明白他指的什么。陈二雄清了清嗓子，继续说，这位是铃木队长，这位是松冈站长，松冈站长听说孙先生曾到日本留学，文武双全，特意来见你。

松冈说，久闻孙先生文韬武略，大大的佩服，我的中国话，会的，但不太流利。孙兆谦说，那就用日语。松冈便用日语说，鄙人毕业于东京帝国大学，是电力工程师，和孙先生一样，我们都是知识分子，而且，孙先生有运筹帷幄之才，和日本又有一段情缘，如果归顺帝国，那将是我们的荣幸，先生如此地道的日语，让人更觉亲切，想必你也是热爱日本文化的人，咱们合作会有很好的基础，我相信你是明白人……

孙兆谦看着松冈说，不用绕什么弯子，我知道你是来劝降的，一个日本人，到中国的官桥车站当站长，难道我们中国就找不出比你更优秀的人吗？谁让你来的？松冈说，我来这里，本意是喜欢中国，是为了提升中国国力，建立共存共荣的社会，你不也到日本留过学吗？孙兆谦说，中国的国力提升要靠自己，我出国留学，是学他人之长，回来复兴我们的国家，世界各国，各有所长也各有所短，并不意味着你日本国就高人一等，你所谓的日本文化，不也来自我们的汉唐？

铃木已经不耐烦了，他说，孙先生，恕我直言，你们的国家太落后了，政府腐败，军队无能，贪官污吏不管老百姓死活，看看你们的装备，头上的钢盔都是铁片子，我们不光有飞机大炮，还有航空母舰，这样的帝国，不更值得你效忠吗？

孙兆谦说，我忠于我的国家，而不是那个腐败的政府；我们要建立一个新的政府，带领老百姓建设一个新的国家，让所有人都过上好日子，但是首先，要把你们赶出去，这个国家不是你们的，这里是我们的领土，主权属于生活在这片土地上的人们，不允许任何国家以任何借口侵犯……这就像一个大家族，虽然有不规不矩之人，但这是我们自己的事情，而你一个外人过来，占了我们的院子，进了我们的房子，说，听我的，你会幸福，你要反抗我就杀你，这不是流氓强盗是什么？这就是你们日本的逻辑！

孙兆谦滔滔不绝，又对松冈说，你是一个知识分子，你可以在日本当学者，做教授，好好爱你的国家，但你不能跟着军队到我们国家，掠夺我们的财富，榨取我们的血汗；真正的知识分子是什么？是有情怀，有道义，有是非良知的，可你呢，不就是个跨国的土匪？

接着，孙兆谦又用汉语对陈二雄说，还有你，你还讲仁义，你为什么不学仁义，做个仁义的人？你杀了多少同胞？这就是你的仁义？陈二雄说，各为其主，你我都是军人，你不也杀人？孙兆谦说，我和你不一样，我的仁义是为国尽忠，你的仁义是认贼作父！

陈二雄恼了，吼道，姓孙的，这时候就别耍嘴皮子了，人都站在鬼门关前了！

孙兆谦目光炯炯，蔑然一笑，我就是杀鬼的！

铃木说，孙先生，只要你把知道的秘密全部说出来，在官桥，谁是你的同伙，你烧掉的文件都写了些什么，只要说出来，我就放了你。

孙兆谦笑了，去骗小孩子吧，进来，我就没想着再出去了！

铃木站起来，拍了拍手，两个鬼子进来，架起孙兆谦就出了屋子。孙兆谦看到，旁边是鬼子的伙房，里面传出一片切菜剁菜的声音。他们来到两间通开的大屋里，四个鬼子已经等在那里，看来就在这里上刑了。

大白天，两个大灯泡白烈烈地亮着，刺得孙兆谦睁不开眼睛，他避开强光，看到一截用汽油桶改成的炉子，里面冒着蓝火，插着两把铁铲子，水管子旁放着两只水桶，一把椅子，两根电线缠在靠背两边的竖桁上，墙上钉着铡刀开关。四个彪悍的鬼子全把外衣脱了，其中一个光着黑油油的上身，叉腿站立，两只粗壮的手臂微斜着张开，拳头大如铁锤。

铃木、陈二雄和松冈也进来了，他们坐下，铃木在中间，一个鬼子在旁边的桌子上做记录。孙兆谦坐在了电椅上，鬼子用绳子一圈一圈把他捆了个结实。

孙兆谦说，上刑吧！

鬼子用两个夹子分别夹住孙兆谦的左右手的手指，另一个鬼子把电闸往上一合，电流瞬间冲遍孙兆谦的全身，他浑身颤抖，脸色苍白，头发全竖了起来。孙兆谦咬住牙关，头歪向一边。电流贯穿他全身后，鬼子又拉下电闸，铃木问，说不说？孙兆谦喘息着，不回答，鬼子又把电闸合上，又断开，接着又一合一开。

陈二雄说，孙兆谦，说了吧！

鬼子连续用电刑，孙兆谦还是不说话。铃木招呼一下炉子旁边的鬼子，那个鬼子拿着烧红的铲子过来，另两个鬼子撕下孙兆谦的上衣，铁铲子一下子烙在孙兆谦的胸口上，孙兆谦一声惨叫，声音似乎把屋顶顶破了，屋里立即充满了焦煳的人肉味儿。孙兆谦昏过去了，一个鬼子拿起一桶凉水哗地泼到他的头上。

慢慢地，孙兆谦醒过来，铃木对那个鬼子说，烙他的右手，拿枪的手！

鬼子把刚才的铲子插回炭火里，又拿出另一支烧红的铲子，一下子烙到孙兆谦右手上……孙兆谦几次昏死过去，又几次被水浇醒。铃木咆哮着，说不说！

孙兆谦还是不说话，铃木吼着，烙他的左手！

刑房和伙房这样近，伙房里几个中国伙夫正在备菜，听见那边传来的惨叫，好像是穿透地狱传出来的，一个人吓得手哆嗦得握不住刀把儿，咣当一声刀就掉在地上，另一个人切着切着，一下子切到指头上。孙兆谦的惨叫一声声传过来，伙房里的人都谁都不敢说话，焦煳的人肉味儿，也从窗户里飘了过来。

孙兆谦惨叫连连，慢慢地，声音越来越低，他昏死过去了。

松冈满头大汗，他说，这个人，铁嘴钢牙！

陈二雄冷笑一下说，铁嘴钢牙，转眼就成了个废人，再也不能拿枪喽。

铃木让鬼子把椅子上的绳子解开，孙兆谦一下子倒在地上。铃木蹲下，手放到孙兆谦鼻子下试试，站起来说，活着。陈二雄说，审不出来了，干脆给他个痛快吧。

铃木围着孙兆谦慢慢走，见孙兆谦的手脚几乎成了焦炭，前胸后背也都被烙得几乎熟了。突然，铃木站住说，松冈站长，你回去，把车站的小仓库腾出一块地方，我要把孙兆谦送到那里。

松冈不解地问，送到车站干什么？铃木颇有意味地看着他，又看看陈二雄说，我要钓鱼，等着八路和武工队来救他，我要抬着他出去，就从官桥街上走一趟，让外面的人都看到，会有人给八路、武工队报信儿！

……

松冈立即回到车站，找到李心希，让他找几个人清理仓库。李心希便叫上大奎几个人到仓库里干活。根据松冈指示，他们抬进来一张小床，又放进来一把凳子。另外，松冈命令，所有人不准再出站！

等把仓库一角清理完，已到了中午十一点左右，几个伪军抬着担架，从站口进来，一直走进仓库。

晚饭后，大奎他们看到，大量的便衣进了车站，进入仓库，有人扛来好几挺轻机枪，岗楼上的歪把子机枪也换成了重机枪，不远处停在站里的两节闲置的车厢，也进了大量的伪军。行李房里也来了好多鬼子，他们铺好行军毯，看样子夜间就要睡在这里。

孙兆谦慢慢地苏醒过来，他迷迷糊糊地睁开眼，半昏半醒着，好像飘在云层里，飘着飘着，他想，我这是在哪里？唔，在天上，天怎么这么黑啊，是厚厚的云彩吗？是云彩，太黑太黑的云彩……是要下雨了？还在打雷呢，雷怎么一个劲儿地打啊……

又不知过了多长时间，孙兆谦被一阵地动墙颤和轰隆隆的声音震醒了，他意识到，自己已经不在兵营里了，这是在车站，自己怎么会在车站呢？

他的嘴唇在黑暗中蠕动着，几乎没有声音地呢喃着，车站，车站，车站……他的手、脚，还有身上，火辣辣地痛。孙兆谦回忆着自己遭受的酷刑，脑子里却一阵一阵地断片儿，突然，他脑中传来一个声音，声音很小，很低，仿佛是凑近了他的耳朵说，你被关在这里，是准备把你运走，要坐火车。孙兆谦想，要把自己送到哪里呢？当然不会是滕县，那么近，压根儿不用火车，那是枣庄？不对，去枣庄有很多列车，不必先到这里……要送到济南监狱？或者徐州……也不对，自己又不是大官，就是一个小小的指导员，犯不上要去省里审问吧，甚至徐州也不用去，那要送哪里？反正不会去当劳工，自己这个瘦样子，鬼子根本看不上……想着想着，孙兆谦又昏过去了。

不知又过了多长时间，他又慢慢睁开眼睛，说是睁开其实两眼也已经睁不开了，只打开窄窄的一道缝儿。孙兆谦又听到一列火车开过来了，很快又轰隆隆地开过去，声音从大到小最后消失，他又想，今天会上火车？向南去，还是向北去？突然，他的脑子里闪过一道白光，他恍然大悟，对了！对了！但是他又昏了过去……

天完全亮了，孙兆谦隐约看到，床边站着几个人，一只手在他的鼻子下面试试，说还有口气儿。另一个人说，千万别让他死了。孙兆谦觉得，有一团白来到了床前，那团白抬了一下他的胳膊，给他打了一针。

过了一会儿，孙兆谦吃力地睁开眼睛，脑袋也清醒了许多。他看到几个伪军站在旁边，理了一下思绪，对了，把他转移到这里，是为了让人来救他，同志们千万不能上当啊！车站外面，可能已经有了我们的人，可千万千万别进来啊！

又不知过了多长时间，孙兆谦看到了外面的阳光，火车一列一列地来来回回过去，然后又慢慢静下来，外面有了说话的声音。

突然，孙兆谦吃力地开口，他对床边的一个伪军说，叫你的长官来，我有话要说。

伪军立即走了，孙兆谦对另一个伪军说，把我扶起来。

伪军以为孙兆谦要交代，忙把他扶起来，坐在床上。孙兆谦喘息了半天，说，我要去门口，我要晒晒太阳。

伪军见反正这个人已经跑不了了，就叫来另外两人把他从床上抬下来，坐到凳子上，然后两个人抬着凳子，一个人在后面扶着他的后背，把他抬到了仓库门口。

孙兆谦吃力地睁开浮肿的眼睛说，再往前抬抬，我要看看人。

伪军又把凳子往前抬了几米，孙兆谦能看见车站上的人了。他又喘息了一会儿，说，把我架起来，我想站站。

两个伪军架起了孙兆谦的两只胳膊。这时候，孙兆谦用胳膊搂住两个伪军的肩膀，用上全身力气，声嘶力竭地朝外大喊，别来救我！别来救我！

听见喊声，松冈一下子从屋里蹿了出来。

喊完，孙兆谦的头一歪，合上了眼睛。

铃木和陈二雄匆匆赶来了，可是，孙兆谦已经气息全无，静静地躺在了床上……

铃木大怒，立即让人把看管的几个伪军抓了起来。

铃木走进仓库，一个伪军正拿着一瓶白酒，喝上一口，噗地喷到孙兆谦的遗体上，见铃木进来，忙退到一边。铃木站在孙兆谦的床前良久，最后啪地一个立定，然后深深鞠了一个躬，接着他对陈二雄说了几句，转身离开了。

陈二雄随铃木走出仓库，对一个伪军小头目说，把他的头砍了。

……

孙兆谦的头颅被装在木笼里，鬼子在车站门口竖了一根高竿，把木笼吊在上面。

他的尸体被抬到铁路旁边向南的一块空地上，尸体上撒了石灰，铃木命令要暴尸三日。

当天晚上，官桥起了雾，到了半夜，先是狂风刮得飞沙走石，然后又下起了大雨，电闪雷鸣。次日早晨，岗楼上的鬼子大吃一惊，尸体竟然不见了。

这件事情究竟是谁做的，李心希他们不知道，丁程他们也不知道。几年后鬼子投降了，谜底才被揭开。原来，官桥的一个农民，年轻时曾经盗过古墓，他趁着大雾，从铁路南头一直往这边爬，避开鬼子的探照灯，慢慢地爬到尸体这里，他预先在自己身上拴好结实的细绳儿，系好了死扣和活扣儿，然后自己躺到尸体上面，再慢慢地反手将几根绳子从尸体下面穿过，拉紧绳子的活扣，就把自己和尸体紧紧绑在了一起，然后他慢慢翻身，孙兆谦就固定在他的背上了。他驮着尸体一点儿一点儿往回爬，一直爬出了鬼子探照灯的视野，这才站起来，将尸体背到自家墙外的一小块菜地里，菜地头上有个地窖，他把尸体放进去，再用土填上。

……

12

冬天了，这是十一月底。

树木落叶，野草枯黄，田地里一片萧条，寒峭的风一阵阵地刮着，树梢战栗，黄尘一股股卷起来，未砍的高粱秸干巴巴地站着，叶子发出瑟瑟的颤音。

山里传来了命令，让滕东武装拔掉西芊山据点，为大部队西进打开这扇门。

大家到大李庄商量作战方案。李天成说，西奇，这回你可以回庄看看了。张西奇说，自从我夺了鬼子的枪，就再也没回过村了，这次战斗，谁也甭和我们争了，武工队担任主攻。李天成说，上级也这么考虑的。李贵武说，就武工队这几十个人？张西奇说，几十个人怎么了？兵在精不在多，真不够我向你借嘛。县大队新来的吴政委说，要不咱们合起来打？张西奇说，我们围点，你们打援。孙兆谦牺牲后，张守义担任了王世仁队伍的指导员，他说，要不我们抽些人归你指挥。张西奇说，不用担心人少，我这些人足够了！

末了，张西奇说，于大肚子就住在我大爷的四合院里，大爷胆子小，一听我打鬼子了，吓得带着全家跑到外地去了，于大肚子住进去，围墙加厚加高，但院子里面布局没变，只要我们进了院子，里外夹攻，跑不了他。

张西奇起身拿来一根干树枝，在地上画着，边让李天成他们看边说，这围墙外又贴了一层墙，并且加高到快十米，上面还插了酸枣枝子，四个角上建了四座炮楼，高三十米，院子正中又加盖了一个碉堡，三层，全用青石砌成，每层有四个射击孔；围墙上，每隔三米一个射击孔；碉堡和炮楼里驻着十几个鬼子，四十多个伪军，四挺重机枪，十几挺轻机枪，还有四门迫击炮——于大肚子种大烟，买了不少武器，对了，可不能小瞧这四十多个伪军，都干过土匪，亡命徒，枪法好；于大肚子的老婆“雪里站”，也是土匪出身，这娘们儿能双手打枪……最后，张西奇说，只能智取，不可强攻，以咱们的火力，硬打根本打不进去。

张守义说，庄前的鸡腚眼子山上，还有一个瞭望台，一旦情况紧急，他们就会点上火，周边的敌人看见了就会增援；于大肚子是陈二雄的死党，官桥的敌人得到消息，就会立即出动，临城的敌人也会增援，还有，“雪里站”那个娘们儿太坏了，只要听说哪个村有抗日家属，她就把人抓进据点，用针扎他们的手，用铁扫帚划他们后背，用烟头烫，然后让村里出钱赎人。

张西奇说，这娘们儿是个破鞋，听说经常和铃木睡，姥姥的，真是中日亲善哩。

大家都笑了。张西奇说，以前，我给于大肚子传过话，要敢动我庄里老百姓，当心我半夜进去，于大肚子倒听话，他回说兔子不吃窝边草，不会惹姓张的，这回，我可要进去惹他了。王世仁说，恶人需要恶人磨，你这号人，鬼见了都躲……从我这里跑了的张小胆，成了于大肚子的亲信，听说还成了他的干儿子，老孙被抓，有他一份罪！

提起孙兆谦，大家半天不语。

张守义说，要不要切断敌人的电话线？张西奇说，切早了，会惊动敌人，动手后再切！张西奇看着李天成说，只要我们进了院子，敌人的重武器就用不上了，但需要大量的手榴弹，子弹就更不用说了。李天成说，我尽快向山里报告。

最后，会议决定，张西奇带领武工队主攻西芣山，县大队和王世仁队伍联合，在村外阻击增援敌人，由李贵武担任指挥，王世仁任副指挥，要速战速决，以防被敌人咬住。

五天后，弹药送到了，四头骡子驮来满满四筐手榴弹，还有四箱子弹和两挺机枪。李贵武他们留下两筐手榴弹，两箱子弹，其他全给武工队。

武工队驻在葫芦套，按照计划，当天下午就出发。队伍已经发展到了四十多人，张西奇把队员分成三个小队，曹老三带一队，埋伏在村东观音庙，负责佯攻；孙五子带一队，在据点北面佯攻；张西奇和赵明大带队担任主攻。每个小队配备一挺机枪，子弹充足，手榴弹充足，队员们腰上的手榴弹几乎挂满了一圈儿，且都是短枪长枪双持。

中午，曹老三找到张西奇说，队长，我不想干那个头儿，我和你主攻，我一个能顶俩。张西奇想了想，爽快地答应了，好，那让坡子去。

午饭，大家特意喝了羊汤，吃了烧饼，吃饱然后集合，向西茉山挺进。

为了避开敌人，大家要走山路，大约四十里，其中要翻过两座大山和一道山谷，而且都是羊肠小道。赶明不赶黑，战士们在小路上急行，傍晚到了黄龙山时，突然下起大雪来，山风呼啸，从山顶一阵一阵掠过，搅得大雪在山头上旋转弥漫，满山树林，发出狂潮一样的声响。很快，雪就盖住了地面，雪光让人看得清楚，但是路更滑了。赵明大喊，大家手拉手，要小心，脚踩稳了再走！

战士们彼此拉着手，趁着天未全黑，过了黄龙山。再往东走二里多，就是当地有名的梯子峪。梯子峪兀自挺立，有近两百米高，不规则的岩层厚厚薄薄地叠起来，里凸外凹像座天梯，而且蜿蜒曲折，窄的地方只能供一个人进退，这又盖上一层雪，就更难走了。

寒风小了些，但时不时地会突然猛地扑来一股，带着雪粉一头撞到崖壁上，战士们几乎站不住脚。张西奇大声喊，把手抓牢，前脚站稳了后脚再挪，大风来了就停住！就这样，战士们侧着身体，手与手死死抓在一起，小心缓慢地往前挪，不知走了多长时间，总算下到了山峪口。天已经完全黑了，下面反而没下雪，但山峪里寒风凛冽，呼啸着鼓荡。

前头是千佛崖，崖下有座玉皇庙，张西奇常在这一带打游击，也常在庙里住，和里面的道士早就熟了。他看看表，已经八点多了，就走到庙门前，抓住铁环，把门板扣了几下。

门吱呀一声开了，老少两个道士站在里面，一看是张西奇带着队伍，老道士说，快进来，快进来，进屋暖和暖和，天太冷了！

四十多人进了院子，全到了东厢房，地面站不开，一群战士就爬到炕上。

老道士赶紧让小道士抱来柴火，在锅里烧水，火苗从灶门口不时地冒出来，屋里很快就暖和了。

老道士一看这阵势，问张西奇，这又要到哪里打鬼子？张西奇说，打于大肚子。老道士说，不好打，你带了多少人？张西奇说，全在这里。老道士说，是不是少了点儿？张西奇说，不少，你就等着听好消息吧！老道士说，好，好，我给你们敬香，让玉皇大帝保佑你们！

张西奇其实早就想好了，他抬头看看屋顶的檩条，就问老道士，我记得你那边棚子上有两根很长的杉木杆子，能不能借给我用用？老道士说，哪有不借的道理？你去抽出来就是。

玉皇庙院子里有个棚子屋，是春天专门为来赶庙会敬香的人搭起来的。

张西奇立即带人出来，很快把两根杉木杆子抽了下来。

张西奇和赵明大出来，看着两根杉木杆子又长又直溜，足有七八米长。张西奇说，快，做个云梯！战士们立即从身上拔出短刀，在两根杆子上削出豁口，其他人找来粗短木棒，用绳子捆扎得结结实实，云梯很快做成了。

扎好云梯，全体队员立即在院子里集合，张西奇下达作战命令：

同志们，今天晚上咱们是长途奔袭，十一点开始战斗，大家要绝对沉着冷静，一切行动听指挥，突击队员要迅速把云梯架到东南角炮楼上，爬进去后立即用刀把敌人干掉，占领炮楼；我带人进到院子里，消灭于大肚子和“雪里站”；二、三小队到达指定位置待命，敌人发现我们后，集中火力向中心碉堡射击并喊话，给敌人造成主攻的假象；预备队负责救护伤员，不管敌人火力多大，都不能动摇，记住了吗？

战士们齐声回道，记住了！

张西奇一挥手，出发！

四个战士分两边抬着云梯，走出庙门，队伍很快隐入了黑夜。

从玉皇庙向西五里，就是西茶山，绕过山就是敌人据点，不到四十分钟，队伍就赶到了。他们先埋伏在离据点不到两百米的沟里。张西奇看看表，十点二十分，炮楼里还亮着灯光，据点的门口挂着一盏马灯，传来了土琵琶的声音，一个人在模仿着女人唱“拉魂腔”，还有一些人站在旁边听。张西奇一挥手，坡子和孙五子各带小队立即散开，前往各自位置。

又过了一会儿，那边有人把马灯摘下来了，土琵琶也不再弹，听戏的也就散了。接着不久，炮楼上的灯先后熄灭。张西奇又看看表，还有十分钟，他低声下令，做好准备！

队员们纷纷把棉袄脱下来，扔在沟里，眼睛死死盯着前方。

时间到了，张西奇一挥手，上！四个云梯手立即抬起梯子，往炮楼方向冲过去，张西奇、赵明大和曹老三等人跟随其后。几个人一口气冲到东南炮楼下，云梯一架稳，突击队员接着就往上爬。最先上去的战士把棉袄搭在墙头的酸枣枝上，接着就跳进院子，张西奇也和几个战士连续跳下去，落地后，立即溜到于大肚子的睡房前，躲在暗处，几支枪齐对着房门。

赵明大带领几个人进入炮楼，他手握尖刀，顺着里面的梯子摸黑往上爬，到了三层口上，刚要伸头，突然啪的一声枪响，他感觉到左肩中弹了，便连忙拔枪往里打。

枪声一响，立即惊动了敌人，于大肚子刚睡下，一听见枪声，立即竖起了耳朵。“雪里站”问，谁？于大肚子一下子捂住她的嘴，小声说，进来了，快穿衣裳！他们两个摸黑穿上单衣，于大肚子抓起他刚买的冲锋枪，悄悄走到房门后，“雪里站”跟在他旁边。于大肚子把她往身后一拨拉，拉开一点儿门缝，嗒嗒嗒嗒往外一通乱射，接着往外一滚。可是，这几年他的肚子养得太大了，身子一下没翻过来，几支枪见状啪啪齐射，“婢养的”就不动了。

也就两秒工夫，“雪里站”端着一杆长枪，边打边冲出了屋子。这时，张小胆在炮楼上喊，干娘，快上来！说着就往院子里连扔了几颗手榴弹。

借着爆炸的烟雾，“雪里站”一下子冲进炮楼，可她刚一进去，就被暗中的赵明大连人带枪抱住了。“雪里站”拼命想把枪抽出来，可赵明大死死抱住她，但毕竟他的左臂受了伤，使不上劲。“雪里站”个子高，力气也大，她想把赵明大摔开，两个人就在门口扭打在一起。赵明大知道，只要自己一松手就会完蛋。

这时，张西奇大喊，推到门外！赵明大借着自己靠墙的刹那，用膝盖从后面一顶，一下子把“雪里站”推了出去。“雪里站”出来的瞬间，张西奇瞄准啪的一枪，“雪里站”一头栽倒，死了。

炮楼上的敌人接连不断地往下扔手榴弹，战士们只好退到西边屋子的墙后面。外面的枪声响了，中心碉堡和北边两个角上炮楼的火力，果然被坡子他们吸引过去，顶上的敌人用机枪扫射，射击孔也有敌人不住地往外射击。坡子他们也用机枪往碉堡上打，瞄着射击孔还击。一个战士大声喊，里面的人听着，你们被包围了，赶快投降，缴枪不杀！碉堡的敌人扫射了一会儿，大声喊着，去你姥姥的土八路，有本事等着，皇军一到，你们全他妈完蛋！喊完，双方又交起火来。

这边，李贵武和王世仁他们，埋伏在西茶山西边三里外的山坡上，当西茶山枪声响起，他们看到，鸡腚眼子山上的瞭望台点燃了火堆，临城的敌人如果往这里赶，估计需要一个半小时，官桥的敌人赶来则需要两小时，但都要从这里经过，一切全看张西奇他们能不能快速结束战斗了。李贵武命令战士们散开，占据所有有利位置，五挺机枪全部架好，每个战士也都备足了手榴弹，就等着“客人”到来。

张西奇听到，中心碉堡里有鬼子说话。他四周扫着观察，见后面五间屋子和大碉堡底下连着，便果断下令，掏墙，从屋两头掏！一个队员溜出院子，这时候，外面竟已经有观战的乡亲了，有人赶忙拿来镐头和杠子从墙上扔进来。曹老三抓起镐头，狠命从屋墙石缝里往外撬，很快撬下一块石头，几个战士接着再用杠子猛捅猛撬，挖出洞后立即又来到另一堵墙下，接着再撬再捅。

中心碉堡的敌人，只顾往外打，哪知道碉堡底下已经被偷了家。张西奇让战士们把院子里找来的大量柴草扔进去，接着扔上一颗手榴弹引爆，火就着了起来。

张西奇看看赵明大说，有好戏看了，上刺刀！

几个队员把刺刀上好，进到屋里等着，很快，大火烧着了楼梯，点燃了楼板，越烧越旺，碉堡二层已经有浓烟从窗口冒了出来，不时吐出红红的火舌，把院子都映红了。上层的敌人慌了，一个鬼子从上面跳下来，接着又跳下两个鬼子，战士们扑上去就是一刺刀，完了又退回屋里。

战士们喊着，快把枪扔下来！跳楼吧，要不全烧死在里头！有伪军哭喊着，我们缴枪！我们缴枪！可是，他们已经下不来了，一个伪军趴在堞口大哭。火烧到屋顶了，几个鬼子身上着了火，纷纷往下跳，有的当场摔死，几个还活着的，战士们也不用刺刀了，就让火在他的身上烧吧。

突然，碉堡楼顶上轰的一声，鬼子的手榴弹箱子被大火烤炸了。

没多久，北边两个角和西南角上炮楼里的敌人先后挑出了白旗，把枪扔下来。

只有东南角上这个炮楼，还有十几个敌人顽抗，其中就有张小胆。一个战士喊，张小胆，快投降！张小胆说，老子不投降，我们的人就快来了！接着他对手下的人说，别怕，坚持俩小时，援军就能到，不光保住命，保准还能升官儿。看到中心碉堡起了火，张小胆命人用麻袋把炮楼进口死死压住，又把射击孔也都堵起来，所有敌人跑到了炮楼最上层。

这时候，西边响起了枪声。张西奇着急了，他把几个战士集中起来，一齐往炮楼顶上扔手榴弹，可是顶上盖的干草落上了雪，现在已经结成了冰，手榴弹落上去就滚下来了，掉到地上或在半空爆炸，居然还误伤了一个战士。

赵明大看了半天，说，大家注意，咱把手榴弹引信拉出来，听我口令，冒烟三秒，一齐扔！

战士们遵照赵明大的指令，握住手榴弹，先把引信拉开，等冒出烟了，赵明大喊，扔！冒着烟的手榴弹一齐扔到碉堡顶棚上，有几颗在空中爆炸，一下子把草点燃了。一个战士喊，张小胆，给你掌天灯了！他们看到，张小胆藏在堞墙后，举着步枪上的刺刀，不住地往下拨弄着火的山草，不多久，顶棚上的草全没了，只剩下了木头架子。赵明大一笑说，手榴弹，再扔！

几颗手榴弹轰轰地在炮楼顶上爆炸了，烟尘散，久久无声。正当大家估计张小胆已经被炸死，刚要离开的时候，突然，张小胆身上着着火，手里握着一颗冒着烟的手榴弹从上面跳了下来。张西奇眼疾手快，转身跃起抬手一枪就打中了张小胆的手腕儿，手榴弹也随即爆炸，张小胆的脑袋一下子被炸飞了，远远地飞出去，又落在远远的地上，尸体全被炸碎了，断胳膊断腿，七零八落。

临城的敌人进入了李贵武和王世仁他们设下的伏击圈后，无数的手榴弹从山坡上扔向敌人，几挺机枪对着敌人猛打。打了一会儿，敌人见西茶山冒起了滚滚浓烟，枪声、爆炸声都停了，知道援救无望，连忙丢下十几具尸体撤了回去。

天亮了，全村人都来看八路军是怎么攻下据点的，都来看于大肚子和“雪里站”。众人一瞧，居然是张西奇带人打的，甭提有多么高兴了，全都围着张西奇。张西奇在人群里看见了爹娘，过去就抓住两个老人的手。爹娘都老了不少，爹两眼昏花，白胡子抖抖着，对儿子说，不去家里坐坐？张西奇竟有些哽咽，他说，爹，娘，来不及了，你们保重。

这时，一个八十多岁的老汉走到张西奇身后，突然脱下一只鞋，照准张西奇的屁股就是一鞋底子，张西奇回头一看，笑了，叫了一声六爷爷。六爷爷说，你个鳖羔子，你怎么才打回来？这些年，庄里受了多少罪啊！张西奇说，六爷爷，往后就好啦！然后，他双手抱拳，边走边向乡亲们行礼，一直走到整齐的队伍前。几个战士扛着缴获的轻机枪，另几个战士抬着重机枪，还有战士抬着三门小钢炮，十几个战士抬着五个沉重的木箱子正往车子上装。赵明大咧着大嘴笑得合不拢，队长啊，发大财啦，箱子里全是大洋！

太阳已经升起来，但被西茶山挡着，艳红的光芒从山峦顶上，从山的豁口处照射过来，照着这个小村庄。

……西茶山据点被八路拔掉，于大肚子被乱枪打死，很快，那个叫王大眼子的排长突然也带了一帮子人往东跑了。陈二雄感到后背发凉了，不全是因为他失去了一个铁杆兄弟，而是抗日力量越来越大，刀就快要架到自己的脖子上了。这几个月，夜深人静的时候，他听汪伪政府的电台，听重庆的电台，也听延安的电台，得到的明确信号是，日本人已经显出颓势，在中国战场上已经力不从心。这他当然知道，日军在朝鲜抓兵，在东北抓兵，也在台湾抓兵，这就像一个人的裤子破了，露出了屁股，开始乱打补丁了。

夏天时候，陈二雄曾到北边丰山上，看到一条受了伤的蝮蛇，它像擀面杖一样粗，可是，身上爬着的，全是黑压压的蚂蚁，蚂蚁在啃它的肉，无数蚂蚁兴奋地爬着、咬着，咬下肉后还一齐往旁边运。蝮蛇痛苦地扭动身子，但是无奈，它的眼睛，已经被蚂蚁咬瞎，而尾巴上，也已经露出了骨头。陈二雄觉得恶心，立即让人把蛇埋了，可不知为什么，于大肚子死后，他脑中突然印上了那条蝮蛇，怎么也忘不掉，像梦魇一样挥之不去——那成群的蚂蚁，就是老百姓啊，就是官桥的老百姓啊，别看他们平日里低眉顺眼，有的还当了伪军，但铁了心跟日本人干的肯定是少数，更多的人在等待，等待这条蛇受伤，他们就会围上来，而且越围越多，把蛇咬得只剩下骨头。你烧了他们的房子，杀了他们的亲人，他们不会忘，仇恨全憋在心里，就等着这条蛇被打伤，他们就会围上来……那日本国，那一溜小岛子，不就像条蛇吗？它能征服中国？

日本如果真的战败，铃木即便不战死，也会作为战犯被收押、被审判，而自己这样的皇协军，肯定不会被轻饶，官桥老百姓一人一铲子，就能给自己埋上十八层土。想到这里，陈二雄反而从容了，从跟着日本人杀了第一个中国人，自己就没有了回头路。这些年，自己杀了多少人，如果把头壳子堆起来，怕是一间屋也装不下，这么多人给自己垫背，妈了个巴子的死也值了！

可是，王美兰不能死，大日、大本不能死，得让俩孩子长大，即便他爹死了，后边不能断了血脉，眼下只有一条路，让他们回“满洲”，最好能去日本，自己这几年积下的金银财宝，够他娘仨儿过一辈子了，可不能像于大肚子，箱子里装着大洋，人死了，全归了八路……正好，王美兰夏天就嚷嚷着回东北看她爹娘，让她娘仨走吧，早走早好！

陈二雄找来王美兰，说让她回东北，王美兰说，夏天你不让，这时候那边冰天雪地，明年春再说吧。陈二雄温柔地说，傻娘们儿，快走吧，还春天，弄不好明天八路就来打兵营了。王美兰说，是你救了我，我不能离开你，如果你出什么事儿，我就玉碎。陈二雄火了，玉什么碎！你碎了，两个孩子怎么办？你要真忘不了夫妻情分，就把孩子拉扯大，你要听我的！王美兰吓得点点头。陈二雄说，我多派些人，把你送到大连，我一个把兄弟在那里当大队长，他会把你安排好，然后派人护送你看父母，再然后，你们全家老小都去日本，去过好日子。王美兰又点点头。

陈二雄说，把家里值钱的全部带走。王美兰不点头了。

陈二雄又说，队伍不定什么时候开拔，到哪里作战谁也不知道，回日本，那里才是你的家……到一定时候，我去日本找你们，你放心，我在枪子儿里滚了这么多年，知道怎么保命，不会出事儿。

王美兰眼眶红了，她问，什么时候动身？陈二雄说，宜早不宜迟，最晚后天！

事情就这么定了，第二天上午，陈二雄去见铃木。铃木听了眼珠子一转，陈大队长，真美玉带子一走，会不会动摇军心？陈二雄说，动啥军心？她又不是军人，想念父母是人之常情，以后怕是要打大仗了，我也不能拖家带口不是？

两个孩子有一半的大日本血统，都认你这个舅舅哩。铃木哼了一下鼻子。

陈二雄说，真美玉带子感念你对她和两个孩子的好，临走给你留个纪念，说着，他从口袋里掏出一个小方紫檀木盒子打开，里面是一只金表。铃木迟疑了一下，收下金表，突然眼中又有了些异样，他说，陈大队长，我也想我的母亲了，这些日子，我也经常梦见母亲。说完，铃木低下头，用叉开的拇指和食指支着额头。

一会儿，铃木把头抬起来说，什么时候走？陈二雄说，明天上午，我已经联系过松冈站长，请他帮忙准备了车票。铃木说，好，我一定去送行。

这天头午，车站门口，全是鬼子站岗。一会儿，三十多个伪军扛着个大木箱子，外加三个柳条包、四个大皮箱、四个小皮箱，还有差不多一个排的伪军全部双匣子护卫，整齐地出了兵营门。王美兰领着大日、大本，她穿着灰色貂皮大衣，头戴海狸皮帽子，脚上是高筒高跟儿的酱色皮鞋，手戴黑色皮手套。大日、大本里穿小西装，外穿黑色小皮大衣，同样穿着小皮靴。后面是陈二雄和铃木，陈二雄军装崭新，背着匣子枪，披着大衣，皮靴黑亮，戴着雪白手套。铃木挎着长刀，戴着白手套，身后跟着十几个鬼子。

松冈站长早就站在月台上了。陈二雄全家上了月台，王美兰向松冈施日本礼，用日语说了谢谢关照。陈二雄一手领着一个孩子来到松冈面前说，给松冈舅舅鞠躬！大日、大本向松冈鞠躬，并用日语说了谢谢。王美兰和铃木也用日语说着什么，铃木连连点头。陈二雄又把一个小礼盒给了松冈，松冈收下了。大奎出来，把纸签儿一一系到箱子上，松冈事先指示过，行李不用过磅。

列车到了，双匣子的伪军先进了车厢，另外的伪军就往里抬行李。

陈二雄对王美兰说，上车吧。王美兰依然站在那里，看着伪军们把大箱子抬进去，最后才领着大日、大本上了车。

车就要开动了，王美兰抬起车窗，向陈二雄他们告别。直到列车看不见了，陈二雄才对铃木、松冈说，感谢二位关照了，晚上我请客，咱去江南海棠大酒店。

……

13

这就到了一九四三年，官桥以东发生了大变化，拔除了西茉山据点后，沂蒙山里的八路军，不时地以营、团为单位从山口出来，同官桥本地的武装配合，连连打掉好几个据点，然后又退回山里。从斑山头向西到尤家山，再到大李庄周围直至杨庄东南，红色连成一片。张西奇的武工队，杀鬼子、除汉奸，吓得小据点里的伪军傍晚不敢出门，各村的保长也大都白皮红心，有什么情报立即向武工队报告。而鬼子则被挤压在铁路沿线，“扫荡”的次数也少了。

仲夏，六月二十九日，下午四点。

大奎忙了一天，总算可以喘口气了，他站在月台上，向出站口望着。

李心希走来了，叫上大奎，两个人往旁边挪了几步。李心希说，有任务了，李先生叫人送来了上级指示。大奎四下看看问，什么任务？李心希说，七月二日夜里两点，有特急军列从这里通过，第一节车厢里是鬼子兵，第二节车厢里全是鬼子军官，上级指示，要想尽一切办法破坏它！

大奎的心沉下来，他问，车停不停？李心希说，不停，快速通过。大奎说，这就难了，眨眼就过去了……要不再去和李先生商量下？李心希说，不行，他被人盯上了，不能跟咱见面，出了意外更麻烦。大奎又往两边看了一下问，那怎么办？李心希说，李先生也给了建议，说只有一个办法，撞车！

大奎有些吃惊，眼睛一下子瞪圆了。李心希说，李先生命令我们，撞车后立即转移。大奎好像没听到后面这句话，只问，命令？李心希坚定地说，对，是命令，考验我们的时候到了。两个人都不说话了，命令突然，事关重大。

大奎知道，命令，就是要豁出性命执行，赌上命也要干，他牙一咬说，我这就查七月二日的列车时刻，你通知王大哥吧。李心希说，他已经知道了。

大奎转身回了行李房，查看车次表，他发现，有两班货车和军列经过的时间相近，其中一列与军列同轨同向，另一列是反向，恰好在夜里一点五十分到达官桥，在官桥停靠二十分钟，如果扳了道岔，两车就能撞上。

晚上，在李心希的房间里，三人开会商讨计划，灭了灯，大家都压低声音。

李心希说，扳完道岔，咱们立即转移，武工队会在歇马亭接应咱们。说完，李心希借着窗口透进来的月光，看着王长青说，长青，就看你的了。

王长青不语，半天说，别的我不担心，最担心的就是扳不准，过路车速度太快，扳早了，司机发现就紧急刹车，任务就泡汤了；扳晚了——也根本来不及扳晚。李心希说，不行，必须有绝对把握完成任务。

王长青犯难了。过了许久，李心希说，上级要求我们，既要完成任务，三个人又要全部撤离。

王长青说，撞车就是眨眼间的事，我留下，豁上了，我不能在这时候贪生怕死。平时少语的王长青，这时说话的声音又低又平静，一下子让大奎刮目相看。这一刻，王长青是壮士，是勇士，为了完成任务能坦然面对可能的死亡，这让大奎的心口一阵阵发热。

李心希说，不行，长青，不能舍下你。王长青笑了，老大哥，咱们这会儿就站在刀尖上了，没有退路！

屋里很静，很静。突然，大奎低声又坚毅地说，我来扳！

李心希和王长青一下子惊异地看着他。大奎说，你们两个人，分两个地点看着火车，用灯给我发信号，然后快走，我扳完道岔，在两车相撞的时候跑回宿舍！李心希和王长青几乎不约而同地说，这样你就跑不了啦！大奎反问道，我往哪里跑？我跑了，我家人怎么办，他们还能活吗？王长青说，不行，不行大奎，这活儿只有我来干，只要能完成任务，我跑不了也值了。大奎有些着急说，不是担心扳不准嘛！王长青说，大奎，别争了，我留下！大不了……大奎发火了，一下子截断王长青的话，你让我说完！大奎停停，对李心希说，我有把握，只要看见你们的信号灯，再听听铁轨的振动，我就能推算火车距离有多远，车速有多快，多长时间到达，你们两个行吗？

那么多鬼子，造了多少孽，还会造多少孽，这任务咱一定得完成！还有一层，我走不了，我也不能走！

李心希和王长青不吱声了。

大奎又说，我跑回宿舍，装作什么都不知道，反正你们两个人跑了嘛。

王长青说，咱三个成天在一块儿，敌人肯定不会放过你……大奎都想好了，他说，我往你们两个身上推，屎盆子全往你们俩头上扣，怎么折磨我也不说！

李心希心情沉重，弱光里，仍能看到他面色凝重。最后，他手一摆说，大奎，甭争了，我们两个都比你大好多，这事儿怎么也轮不到你，你还年轻，还没成家……

大奎突然抬起头，微弱的月光下，他目光犀利，甚至有些霸气，他说，李大哥，这都什么时候了，还说什么年轻什么成家的，战场上死去的战士，怕是好多好多比我还小吧！我年轻，我身强力壮，经得住严刑拷打，只要我一个字儿不吐，他们又没有证据，能怎样？再说，我家在官桥，平时又老实工作，不可能做这么大的事儿，这不合常理对不对？

李心希和王长青还是沉默。大奎坐不住了，他一下子站起来，压低声音坚定地说，只好这样办，也只能这样办，咱们别再争了，有好多事要准备，时不我待！

李心希和王长青抬头看看大奎，站起来，黑暗里，三双大手紧紧握在一起。

……

七月二日晚上，李心希和王长青早早地回了各自宿舍，大奎则悄悄地潜入了演武桥前扳道岔的小屋里。

总算熬到了半夜，整个官桥早已安静下来，黑暗里的田野宁寂无声，只有很远的村庄偶尔传来几声狗叫，又有细弱的回音。清凉的风轻轻吹来，可大奎却感受不到一丝凉意，只觉得身上燥热。他看着远处车站上的灯光，照着月台和下面的铁轨。小屋外面，近处是两道弯斜的道轨，而笔直的铁轨从宽到窄一直伸到极远处，路基上的指示灯，蓝莹莹地贴在地上。前头，扬旗顶上的大灯，亮出红光。大奎觉得身上出汗了，他紧张，紧张又兴奋，说不明白是紧张、兴奋，还是亢奋，他手心出汗，胸口出汗，心脏在胸膛里怦怦地激跳。他又在心里反复估算着军列的速度，估算着它从岔道冲向车站的距离和时间。

一列货车从南进入了官桥车站，在岔道上停下，车头的阀门打开，从下面呼哧呼哧喷出白茫茫的蒸汽，蒸汽一股一股往外喷，喷出来就变成汽团，汽团弥漫着飘起来，白茫茫的几乎笼罩了又黑又大的火车头。

这时，铁轨好像又震动了，大奎趴在轨道上听听，没错！震动从北边传过来，并且越来越明显，接着他听到遥远的轰鸣，隐隐能看到有光了，大奎估算军列离这里还有十余里。

一会儿，他看到，扬旗横杆上的信号灯已变成蓝色，同时，王长青在的地方发出了信号，号志灯亮了三下。

大奎继续等待着，死死地盯着远方，他感觉全身湿透了，时间仿佛停滞。

终于，李心希的号志灯也亮了，大奎瞬间清醒，大脑飞速运转，好像开了锅一样。

就是现在！大奎冲向岔道口，双手抓住把手用力一扳，分开的岔轨缓缓移位。

大奎把手一松，钻进黑暗，又钻进即将散去的白茫茫的蒸汽里，贴着车厢往回跑，然后又飞快地跑进铁轨对面的黑暗里，向宿舍狂奔，他拉开木栅门，进到宿舍把门一关，在漆黑的屋里靠在墙上大口喘息。

就在这时，一声巨大的爆炸声轰地响起来！

官桥的人们此前全都沉在梦乡里，突然轰隆一声炸响，如同天空一下子崩裂，大地颤抖了，屋子摇晃，门窗呼扇，墙上的土唰唰唰地掉落，桌椅板凳猛地一跳，桌子上的盘碗叮当响起，倒下的瓶瓶罐罐滚落，啪啪地摔碎。狗们变了声地狂吠，小孩子吓得尖锐地哭起来，躺着的人们一个激灵就爬起来，顾不上穿衣就往外面跑，站到院子里的人们此时看到，车站那边冒起大火，火光里一团一团的浓烟往天上冒，半边天空映得血红，撞车了！

这是撞车了！！！

兵营里的哨子吱吱地吹起来，吱吱地响个不停，整个官桥全乱了。

爆炸声让松冈一下子挺坐起来，他立刻明白发生了什么，拉开电灯，紧三火四地穿上衣服，刚要开门又停住，回身把手枪也背上。他快步走向月台，岗楼上的鬼子也冲了下来，工人们全都窜到月台上，衣冠不整，慌慌张张地看着松冈。松冈顾不上说话，带上鬼子往出事那边跑去，工人们也都随在后面。

扬旗横杆上的信号灯当然变成了红色，人们看见大火熊熊，都不敢离得太近。松冈回头看看人群，突然感觉少了谁，他看见大奎也站在人群里，大声喊，奎！李的，在哪里！大奎说，我回去看看！然后转身就往车站宿舍跑。

兵营里来了不少鬼子和伪军，但只能远离大火看着。

大奎跑着回来，对松冈说，站长，李心希不在！松冈大声问，王长青呢！

大奎说，他也没在，可能在扳道屋里！

松冈反应过来了，立即带着几个鬼子，绕开大火到了扳道小屋前，门开着，没有人。

松冈一下子明白了，是李心希和王长青，他们跑了！

天渐渐亮了，人们看到，军列车头撞击了货车车头，因为瞬间的猛烈撞击，军列一下歪到左边。两个钢铁巨头全部裂开，裂碎了，锅炉燃起大火，所有的部件全都烧得焦了黑、变了形。几个铁轮子滚到一边，躺在地上。货车后面拉着煤，前三节车斗子和后面的车斗子生生被撕开，其中两节斗子翻到了路基下的沟里，轮子对着天空，煤把沟都填平了。军列车头在撞击的时刻，强大的冲击力和猛烈的阻力，将第一节、第二节车厢嚓地挤了一下又咔嚓嚓地断开了挂钩，接着就歪到旁边；后面的推力产生的巨大惯性，把第三节、第四节车厢也推挤过来，后面车厢连续歪倒，只有最后三节还在路上。前两节车厢，中间挤成了弯弓形，铁板裂开，窗玻璃碎了个干净，车门掉在地上。大火引燃了头一节车厢，铁皮烧得黑一片黄一片，人肉的煳味从空洞的窗户和车门里浓烈地冒出来，还有一股一股的青烟从车厢底下、从大小裂缝里往外飘。第二节车厢虽然还没着火，但被挤得变了形，七八具尸体硬是被从窗户里甩出来，直挺挺地躺在两边的地上。尸体的军衣扣子全开着，衬衫洁白，肩章上的金星闪闪发光。血水，像泉一样的血水，从裂开的车厢底下，从向下倾斜着的门口向外流淌……

铃木被两个鬼子兵扶着，进了第二节车厢，他扶住车门站稳一看，地上，座位上，横七竖八的全是死人，断胳膊断腿的，断下来的腿上全穿着军靴，白手套成了血手套，还有几颗戴着军帽的脑袋，龇牙咧嘴。更多的人被挤成了一堆，人堆里几张脸，全带着一瞬间的惊恐和绝望。一个人的右手竟然痛苦地抠进了另一个人的眼眶里，一个人的舌头长长地耷拉出来……还有几个挤扁了的光头，没了下巴的光头，只剩半边的光头……

铃木哇的一声吐了，后退一步，鬼子兵立即把他扶出车门，铃木蹲在地上，拄着长刀，还是哇哇地呕吐。

很快，一片警笛声急骤地响着，由远而近，滕县的鬼子伪军全出动了，摩托车开道，十三辆大卡车，后面还有四辆轿车，在路上一停稳，除了几个站岗的，所有的人都往这边跑过来。

滕县来的鬼子军官们走到车厢外，反复看着，没有人说话。一会儿，鬼子军官连同伪军军官，全到旁边议论了半天，然后，十几个鬼子从卡车上取下切割机械，在两节车厢外开始切割起来，陈二雄听了命令，大声集合队伍，快步回到官桥。

太阳渐渐升高了，也渐渐热起来，苍蝇们闻到了血肉的腥味，从四面八方往车厢这里飞，越飞越多，飞来就落在尸体上，落在车厢外，然后往里飞，往里爬，贪婪地吮吸着。苍蝇爪子上沾着血，又往活人脸上、鼻子上落，鬼子伪军不停地用手拍用手打，可是越拍越打又越多，更多的苍蝇飞来了，在车厢上边黑乎乎的一群一群，落下便黑乎乎的一片一片。人血开始腐臭了，人肉开始腐烂了，臭味儿散发着，苍蝇好像互相也有感应，好像风能替它们隔空传信儿，十几里外的苍蝇全部兴奋起来了，都来这里参加无比盛大的宴会，像一片一片的黑云往这里飘来，近了就听到嗡嗡嗡嗡的声音，然后到列车这里，云就分成大片小片，全都落下来……

官桥的伪军到各家各户找柴火，拆棚子，扒门窗，扛着就走。陈二雄回去，立即带人去了薛河对岸的南岗子，那里有四座石灰窑，伪军们拼命地把石灰往卡车上装，装满就往北边拉。一会儿，三辆卡车开回来，伪军们又紧三火四地卸车。

几百号人来到现场，他们扛着镐头铁锨，扛着房梁房檩，车子上拉着木柴，拉着石灰、油桶。伪军们立即在旁边的地里挖坑，也不管是谁家的地了，铁锨一顿乱铲，把青苗地清出一大片场子，接着就开始挖深坑。

这边，车厢已经被切割开了一面，鬼子全戴上口罩，从车上往下搬尸体，一具一具放在地上，搬完尸体，又往下捡尸块。另一群鬼子用白布把尸体包起来，再把零碎的尸块拼起来，包好。

第一节车厢里，人几乎全烧成了灰烬渣渣，第二节车厢里抬出了一百多具尸体，全裹了白布，摆在地上。三四个鬼子在车厢里收集长刀和短枪，把长刀用绳子捆起来，扛出来，有人看到，足足三大捆。

伪军们开始撒石灰，用瓢舀着石灰往车厢里撒，又往车厢底下和两边撒，苍蝇随着石灰落下，哄的一声飞起来，又去寻找新的落脚点，随即又被石灰赶起来。但是，苍蝇就是不走，最后全落在车皮和车顶上，绿色车顶变成了黑色，黑色蠢蠢蠕动。

三个大坑挖好了，伪军们开始往里扔干柴，十几个伪军把扛来的那些木梁木檩、破门破窗全用斧头劈了，淋上汽油，也扔进坑里。鬼子把尸体陆续往这边抬，分别放进三个大坑。伪军们退后，鬼子们站在坑边，把汽油往尸体上倒着、泼着。铃木拔出枪，对着三个大坑啪啪啪地打出三发子弹，大火轰地就燃烧起来。

尸体烧着，鬼子又把尸块扔进去，火焰很猛，但烧得慢，从上午烧到了晚上，还是接着烧，烧焦的人肉气味传遍了周边的村庄，传到了官桥，好多人吸着鼻子痛快地闻着，心里笑着，悄悄地说，演武桥显灵了，变成“阎王桥”啦！

丁程满心高兴，三位同志，把这么重要的任务完成，并安全撤离了。他断定，鬼子近几天就会对官桥大搜查，自己也得换个地方隐藏好，他要到蓝岗老蒿那里。

可是，到了次日早上，丁程起床正准备出去吃早饭，王成立就急火火地来了，说，李叔，官桥戒严了，大街小巷各个路口全被把住，一个人也不准出去，他们说，各家各户都要搜查，外面全是他们的人，连警察都出动了，你快找个地方躲起来！

丁程不敢怠慢，他把门锁上，和王成立往王家宅院东头走，他们悄悄从大门缝里一看，门外街上已经几乎没了人，两个鬼子背对着门口，端着枪对着大街。他们立即后退，把第二道门关上，又关上第三道门，丁程攀到南墙上向外看了一下，墙外有一个土坑，坑边上也站了两个伪军。

这时，东边大门有人用力拍打着喊，开门开门！门上的铁鼻子被震得咯啦咯啦乱响。王成立说，我去应付，我有良民证，你快跑！

丁程连忙去开大凤家院子的西门，可是不知谁从另一面把门闩插上了，他把这面的门闩插好，已经没有了可退的地方。厢房对面有个草堆，他过去就开始扒草，想藏进去。大门外有人用枪托子砸起来了，这时，大凤突然从她屋里出来，拉住丁程说，不行不行，快跟我进屋！说完就把丁程拉进了她睡觉的里屋，拨开床上一堆破烂衣裳，一掀床板，居然有个小地窖。

大凤说，快进去！

丁程进了地窖，大凤又把木板盖上，把衣裳再往床上一堆，想了想，又把自己的一条旧红裤衩子放在上面，然后才出了屋。

看到丁程刚才扒开的草堆，大凤用棍子接着拨拉，做出要晒草的样子。

王成立开了门，敌人开始搜查东边的两个院子。很快，大凤听到，西边也进来了人，老五、老四家也在被搜查，她不慌不忙地拨弄着草，很快，她家的西门也敲响了。

大凤拎着棍子，过去拉开门，三个伪军进来了。一个伪军问，大白天为什么关门？大凤说，街上乱哄哄的，不关门，进来贼怎么办？伪军说，良民证！大凤掏出良民证。

后面又进来一个伪军，是官桥人，认识大凤，笑着说，三嫂，就是例行检查，别害怕。他的话刚说完，进来了两个鬼子，来到丁程住过的西厢房前，一下子用枪托子砸开锁，进去搜查，没搜出什么。鬼子出来生硬地问，这里的，人在哪？大凤说，亲戚，出去干活了。鬼子问，什么的干活？大凤说，生意的干活。

鬼子搜了院子，又进堂屋搜，搜了外间后，进了大凤睡的里屋，他们往床上看看，一个鬼子用刺刀拨了拨床下头那堆破烂衣服，然后，把那个红裤衩儿用刀挑起来，两个鬼子笑了。他们出了门，向大凤的下身看了几眼，又嘿嘿笑着，走了，几个伪军也跟了出去。

大凤这才松了一口气，可紧接着，大凤就听见王成立在东边门外开骂了。原来，王成龙带着四个伪军进了院子，他让两个伪军控制住王成立，自己带着另外两人径直到了大凤家的院子里。

王成龙先叫了一声三婶，大凤不搭理他。王成龙问，三婶儿，那个李先生去哪里了？大凤低头干活儿，没好气地说，我又不是他的跟班儿，昨天就走了，谁知道去哪儿？王成龙说，人走了，门怎么开着？大凤说，刚让皇军砸开。王成龙说，这个人可能是八路。大凤一下子抬起头，停住手里的活儿说，王成龙，你可别胡说，咱们家可担不起！

王成龙问，不会藏在你屋里吧？

大凤一下子火了，直接叫着王成龙的小名就骂开了，王二龙，你个狗日的，敢给你三叔头上扣屎盆子了，把你娘叫来！让她领着你进屋查，皇军刚来查过了，你要查不出事儿来，把你三婶子绑了交给日本人吧！

王成龙脸一红说，三婶儿你别上火，我这是公事儿。大凤还是骂，甭拿公事儿吓唬我，你办公事儿办到自己家来啦！你个狗日的，从小我抱着你，腚上的屎不知道给你擦了多少回，这长成大人了，知道回头来咬我了！查，进去查，我屋里藏了仨，不查你就不是你娘生的！

王成龙进也不是，走也不是。这时，刘三居然带着六七个伪军耀武扬威地也进来了，他手下的一个伪军喊着，刘司令到了！

刘三也认识王成龙，笑着问，王排长，查过了？王成龙正好窝了火没地儿发，冲着刘三就骂开了，刘三，你个鳖孙儿，这是我家，你来干什么！

刘三眼一斜说，这不是执行命令嘛，这是你家？我不知道啊。王成龙还是骂，妈了个巴子的还刘司令，老子现在就跟着司令，司令的蛋比你的头都大，装什么大尾巴狼，滚！刘三连连点头，王排长，别生气，误会，误会，说完赶紧就带着人出去了。

王成龙想到，大伯家还有个地窖，姓李的肯定藏在那里，便带人又去了东头院，正好在门口碰见了王丰庆。王丰庆也骂开了，王八蛋，查吧查吧，带上镐头给我挖地三尺！刨完院子刨屋里，刨完屋里，去刨咱家的老林，看看有没有你要抓的人！你大爷我在官桥活了五十年了，我是头一个良民！

王成龙又碰了一鼻子灰，带着人从东边大门走了。

总算等到了天黑，大凤悄悄地进了里屋，扒开床上衣裳，掀起木板，丁程出来了。大凤说，快趁着天黑逃走，逃出这个院子，估计明天还得有别人来查，王成龙盯上你了，他知道这个地窖，小时候捉迷藏，他藏过这里头。

丁程问，你大伯哥呢？大凤说，不知道，下午出去再没回来。丁程又问，成立呢？大凤说，也没见着他。丁程说，你去帮我看看，成立在家就让他过来，我有东西让他保管，我得先去别的地方待几天了。

大凤赶紧去了东头院，很快，王成立来了，大凤在外面帮着望风。王成立说，李叔，快走吧，王成龙很快会再来！丁程问，和咱们近的人有几个被抓了？王成立说了三个人名，都是丁程准备发展的对象。丁程说，东西你保管，我到了后，会给你捎信儿。王成立说，放心，李叔。

丁程跟着王成立出了门，听了听周围没有动静，就来到南墙下，王成立把丁程托上墙，丁程就跳了过去。

王成立和大凤不知道，丁程翻墙过去的时候，因为天黑，他一下子落进那个土坑里，坑底凹凸不平，还有好些石头，丁程落地突然钻心地疼，一下子就昏了过去。

当丁程慢慢醒来，右腿已经不听使唤了，他趴在坑里，咬住牙，几次想站起来，可就是不行。丁程想，大概是大胯脱臼了，这回真是逃不掉了。他就半躺在坑里，思索了半天，想起前头不远应该就是卖羊汤的老肖家，他咬咬牙，拖着右腿，从坑里爬出来，慢慢地向老肖家爬。

丁程终于摸到了老肖家的东墙根儿，又爬到了他家门口，门是栅栏门，里面亮着灯。丁程四下里听听，看看，确定无人，他就拍了一下栅栏。老肖的老婆一边和老肖搭着话，一边往外走，她来到门口，一看地上趴着一个人，吓了一跳，差点就要喊出来。丁程忙说，大嫂，别害怕，我是老李。女人也认出了丁程，李先生，你这是怎么啦？丁程说，快叫老肖出来帮帮忙，我的腿受伤了，别声张。女人急忙回去，叫老肖出来，把丁程背到屋里，扶他坐到炕上。

丁程说，大嫂，麻烦你到外面看着人。老肖的老婆点头出了屋门。

丁程问，老肖，我记得你和孙京云是亲戚？老肖说，对，我要叫他表妹夫，他媳妇是我舅舅的亲闺女。

丁程说，得请你帮我个忙，把他叫来，就说有人找，别说是我。

老肖有良民证，大约过了一个小时，孙京云跟着老肖来了。孙京云进门一看是丁程，先是一惊，然后问，李经理，你这是怎么了？丁程一听孙京云不喊他五弟了，就明白自己已经被怀疑，孙京云要滑头了。丁程说，前几天咱兄弟们喝酒，没听说要戒严啊。孙京云说，这车站那撞了火车，上头发怒了，我也没想到，李经理，你怎么受伤了？

孙京云已经如愿当上了乡长，几个仁兄弟前两天还喝过酒庆贺。丁程两眼看着孙京云说，孙乡长，你发财的机会到了！

孙京云一怔，问，李经理，这话是什么意思？丁程说，今天大搜查，是要抓八路，我就是八路！

孙京云大吃一惊，忙说，李经理，可不能开这样的玩笑。

丁程两眼逼视着孙京云，冷笑一下说，到这时候了，我能和你开玩笑？我就是八路！——我可不能让这个大便宜给了别人，咱是仁兄弟，好处要送给大哥，你今晚就可以向铃木、陈二雄报告，估计能得上百大洋，你还能再升官！

孙京云一听，反而慌了，他转头看了一眼老肖，又回头轻声颤抖着说，五弟啊，可不敢，可不敢，我干这个差事，就是为了混口饭，顺便能保我家小生意落个平安，你要在我手里有个三长两短，我的脑袋早晚得搬家，咱们是仁兄弟，我重义气，不会出卖兄弟，咱可是在关老爷面前发过誓的！

丁程两眼盯着孙京云，说，我希望你说的是实话，你帮我办一件事儿，我们会给你记功。

孙京云问什么事儿，丁程说出三个人的名字，然后说，他们都是老实人，也都有良民证，你要把他们保出来。

孙京云想了想说，应该不难，我去找警备队的孙麻子。

丁程又说，老肖你知道，是个老实巴交的人，是我拍了他家的门。

孙京云说，我们是要紧的亲戚，我还不了解他？

丁程说，这几天我就住在这里，你尽力去办吧……附近都有我们的人在活动，鬼子伪军也不可能一直戒严下去。孙京云点着头，我明白，我明白，五弟尽管放心。然后，他对木讷的老肖说，让五弟歇着，别害怕，有我，你该干什么干什么，半个字也不能吐。

老肖嗯了一声。

孙京云走了，老肖把丁程背进西边的草棚子里，老肖说，草底下有个地瓜窖子。

第二天下午，孙京云就让老肖给丁程传话，说那三个人全放了。

到第三天，敌人的戒严松了些许，可丁程的腿还是不见好。头午，丁程对老肖说，你找王成立，就说我藏在这里，我有一张报纸忘在屋里了，让他给我送来。

王成立来了，老肖在外面望风。丁程说，成立，我这腿一时半会儿好不了，你再去趟王富贵那里，拿上这张报纸。

当天晚上，王成立找到被解救的三个人，他们做了一副担架，让丁程换上一身老头的衣裳，用灰土抹了脸，又盖上一床洒了尿的破被子。

临走，老肖吭吭了半天，才对丁程说，孙京云说，李先生别忘了，到时候帮他说句好话。丁程说，让他放心吧。

几人抬着担架要走，丁程忽然挥手示意停下，努力抬起身子，向老肖拱手施礼，说老肖，谢谢你。老肖一时不知该作何回答，只是木讷地点点头。

担架悄悄地出了院子，穿过小巷，向西边的宋岗村走去，宋岗村有个诊所。他们走到半路，已有七八个战士持枪等在那里，两个战士接过担架，把丁程抬走了。

14

就在丁程被王成龙搜查的时候，几个鬼子突然把大奎绑了，也把他关进了仓库。大奎当然不知，此前审问过孙兆谦的铃木兵营的刑讯房，已经被腾空，摆放了大量列车中死人的骨灰罐子。

大奎被绑住双手，粗绳子另一头又拴到仓库的横梁上，他心里早有充分的准备，敌人要让他“过堂”了。

大奎人被吊着，可是心里痛快，不，是畅快，两辆火车撞了，死了那么多鬼子，还有那么多鬼子军官，两个车头全报废了，估计十天半月通不了车，那么多鬼子军官，杀了多少中国人，他们是因为杀中国人多才当上军官的，这要在战场上，一个一个地杀，得费多大的劲才能把他们杀完，自己就这么一扳岔道，狗日的们一下子全报销啦！邓耀奎啊，你真是干了一件大事儿，惊天动地的大事儿！你为二叔、婶子，为王自豪，为孙兆谦，为好多中国人报仇了！报仇了！

大奎左右看看，这里就是孙兆谦死去的地方，临死前他还大喊着不要救我，多么英勇，多么壮烈……他的头被挂在车站外面的木笼里，每次看到，自己心里又难过又敬佩，古书上的英雄好汉离我们太远了，他就是英雄好汉，他就是榜样！……鬼子会怎样对待自己？用什么酷刑？压杠子？灌辣椒水？也用烙铁烙我？皮肤会被烙熟了、烙煳了，筋骨会断开、裂开，那痛苦是什么滋味？孙兆谦顶住了，但他太瘦弱了，牺牲在了那张小床上，就剩了一小把骨头，他的身体，耐不住鬼子的折磨，听说第一天就不省人事了……唉……大奎叹息了一下，又想，和孙大哥相比，我年轻，个子高，强壮，骨头也粗实，又不是没经历过这个，当年在兖州，小岛让几个鬼子往死里揍我，又抡起长刀要砍下我的头，最后刀就架在这脖子上……我也是经历过生死了，我邓耀奎不怕，我这副身板，想把我折磨死，至少要十天半月吧？

或许，我真能扛过去！

李心希和王长青安全了，我就咬住牙，什么也不知道，无论鬼子用什么刑，不能让半个字儿从我牙缝里蹦出来，反正查无对证，如果我扛过去了，或许还能活下来，要是扛不住，那就死定了，对，死定了，不光我，爹、娘、爷爷全都得掉脑袋，还有石头，二叔和婶子就这一个孩子——全看我的了……全看我的了！

想到这里，大奎心里居然还有一种尽快上刑的渴望，真是怪了。

当天晚上，没有人进仓库，也没人给大奎送吃的，他饿着，发了困，睁眼一会儿闭眼一会儿，就这样熬了漫漫长夜。

第二天早饭后，仓库的大门开了，四五个鬼子抬进来两张桌子和四把椅子，另有一把椅子放在了对面。两个鬼子又抬进来一个炉子，扔下一把火钩子。大奎看着，鬼子们把炉子点着，就再也没进新家伙了，他立即意识到，鬼子很可能只是对自己怀疑，没有抓到证据，他心里就更加坚定。

四个粗壮的鬼子进来，把外衣一脱，扔到后面的麻袋上，然后看着大奎，高高地挽起袖子，站到一旁。铃木和松冈进来了，后面还跟着一个穿黑衣服的便衣，背着一个包。

铃木、陈二雄和松冈坐下后，那个便衣也坐到了陈二雄旁边，把包放在桌子上，从里面掏出一把钳子和一把螺丝刀。这个人黑瘦，脸有横肉，他看看大奎，耸了一下鼻子。

陈二雄看看大奎，问，知道为什么抓你吗？大奎说，不知道，我想，你们怀疑撞火车有我的事儿。陈二雄说，知道就好，那你是不是参加了行动？大奎茫然地说，我怎么会知道？松冈开口说，李心希、王长青，我们已经抓获，他们供出了你！大奎哪里会信，他说，他们血口喷人，站长你把他们带过来，我可以当面对质！

陈二雄说，小伙子，别嘴硬，交代出来，皇军就会放过你。

大奎说，不是我干的，我交代什么？

铃木凶狠地对大奎说，你们的，统统是八路，大大的坏！

大奎大声说，我不是！

铃木扭头使了个眼色，四个鬼子呼地扑上来，一个鬼子抡起拳头，嘭的一下打在大奎的耳朵上，大奎的脑袋嗡的一声，顿觉眼冒金星，接着鬼子又是一拳，正面打在大奎的脸上，他的嘴、鼻子霎时肿了，一股腥血从鼻腔涌进口中，又从嘴角流出来，然后就是无数的重拳击打他的胸膛、肚子，军靴猛踢他的两条腿，跺他的双脚，大奎痛苦地惨叫，本能地想躲，可是人被吊着，绳子拴得很紧，他就在那里左歪右拐。鬼子的拳头还是打，不住地打，大奎哇地吐了一口鲜血，一下吐在一个鬼子的衬衣上，这个鬼子更加暴怒，拳头打得更狠了，大奎嗷嗷叫着，挣扎着，浑身抽搐，头上冒汗，一个鬼子把吊他的绳子解开，大奎扑通一下倒在地上，鬼子对着他的全身狠狠地踢，猛烈地踹，大奎护着头，但肚子像割开一样地痛，感觉肠子都要断了，他翻着，滚着，喊着，直到鬼子打累了，这才停了手。

大奎迷糊了，两个鬼子把他架起来，按到椅子上，将他那两只绑在身后的胳膊硬套在椅子背上。

大奎的耳朵里，有无数的金钟在丁零乱响，他头皮发麻，脑袋像注了铅水，又痛又沉。他吃力地睁开眼，看看对面三个人，又痛苦地闭上。

松冈说，奎，李心希、王长青和你，整天一起，你肯定知道。

大奎咳了几口血，说，站长，这么大的事儿，他们不会告诉我，他们是八路，我不是……

松冈说，你们三人，经常喝酒，肯定是同伙，说出来，你们的人还有谁！

大奎用力抬起头，看着松冈说，站长，李心希、王长青在车站上这么多年，以前的山本站长没看出来，龟尾副站长也没看出来——龟尾他也常和我们喝酒，你也来了这么久，也没看出来，李心希、王长青心眼儿多，我年轻，怎么能看出来他们是八路？

松冈一下没话说了，他看看铃木，用日语说，这小子嘴硬，油盐不进。铃木想到了孙兆谦，他说，八路的，统统的嘴硬！

松冈给便衣示意一下，那家伙站起来，抓起钳子，走到大奎面前说，小子，说不说？不说额（我）要下狠手了！说完，他扒开大奎的衣裳，用钳子夹住大奎胸脯上的皮肉用力一拧，大奎啊的大声一叫，四肢颤抖，接着这家伙又是一拧，然后往外一拽，竟把一小块皮肉生生撕了下来，血就涔涔往下淌。

大奎疼得浑身颤抖，大汗一下子出来了。这家伙又问，说不说？大奎只是一个劲儿地喘粗气。这家伙又夹住大奎一块肉，又是一拧一拽，大奎啊啊地喊着，浑身都在往里缩，头发全被汗浸湿了。

松冈坐不住了，他起身拿起一把螺丝刀，让便衣退到一旁。大奎看到，平时温和的松冈从来没有这么凶恶，他两眼阴鸷，一闪一闪地盯着自己。松冈咬牙切齿地问，你说，还是不说？大奎说，站长，我真不知道……

松冈握住螺丝刀，在大奎的肋巴骨上向下猛地一划，大奎啊的一声惨叫。松冈又划了一下，大奎又是一声惨叫。松冈怒气冲冲地说，再不说，我捅进你的肚子里！大奎从牙缝里挤出声音，我不知道，我冤枉！松冈又划了几下，血从大奎的两肋竖着往下流。

松冈回到座位上。一个鬼子拿出炉子里烧红的火钩子，走过来，一下子贴到大奎的胸脯上，皮肉顿时吱啦啦响着，并冒起一缕烟，大奎再次惨叫连连。铃木吼着，不说，死了死了的！火钩子又烙上来，大奎疼得又昏了过去。大奎昏昏沉沉，鬼子又在他的大腿上烙，他闻到了烧着裤子和炙烤皮肉的气味儿，但他已经喊不出声了，好像也没那么疼了，他已经什么都不知道了。

不知过了多长时间，大奎才睁开眼睛，看到审讯他的人，他断断续续，自言自语地说，我……不是八路，我家在这里，我爹娘在这里，李……心希才是坏人，他没对我说……我就是，好好工作，帮家里过日子……过日子……然后，他垂下头，嘴里重复着，我不知道……我不是八路……我不知道……接着又昏过去了。

黑暗里，昏迷中的大奎好像觉得腿上一阵咬疼，他立即察觉是有几只老鼠在他两腿上啃咬，并吱吱叫着，他厌恶地一晃，把老鼠甩开了，可是一会儿，它们又爬上来，两只大老鼠，竟然顺着他的腿往上爬，爬到他的肚子上。大奎不怕，只是觉得恶心。两只像小猫一样的大老鼠，爬到了他的胸脯上，下嘴就啃，大奎竭力晃动身子，大声叫着，翻身重重一压，一只老鼠死了，其他的也就不敢靠前了。

……大奎终于醒了过来，眼前一片漆黑，他双手还是被反绑着，缩在地上，全身是欲裂的剧痛。灯光从门缝里，从高高的窗口透进来，他回想起白天受刑的情景，想起了爹娘，想起了爷爷，还有石头，他想念石头，这多少日子没见到这个苦命的孩子了，还有二叔和婶子……家里的亲人，这会儿不知道该多么挂念他……

想到这里，大奎鼻子一酸，泪流了出来。他想，对，我要哭，我要大哭大叫，我要让车站上的人全听见！想罢，大奎挣扎着爬到仓库门后，对着门缝大声哭嚎，我冤枉！我冤枉啊！李心希，王长青，你们干了坏事儿，让我受这个罪啊！站长啊，我冤枉，你不能冤枉我啊……门口看守的是两个伪军，他们骂着，别哭了！深更半夜哭灵啊，再哭老子毙了你！大奎知道他们不敢，还是大哭大喊，整个车站，都能听到大奎的哭喊声。

第二天，门开了，两个鬼子架起大奎，拖到月台上，用绳子把他牢牢绑在站牌柱子上。

旅客们进了站，看了大奎一眼就赶紧躲开。太阳升起来了，越来越热的阳光晒着大奎，他的嗓子里冒火，口干舌燥，苍蝇闻到血腥味儿全往这里飞，落在他身上，聚在他的伤口上爬着，吮吸着，大奎痛得难熬，又痒得难受，但他丝毫动弹不得。苍蝇在他肿起的眼皮上爬，在他睫毛上爬，在他的嘴上爬，往他的鼻孔里、耳朵眼儿里钻。大奎只能拼命地摇头，可怎么都赶不走它们。

大奎吃力地抬起头，看看太阳，正午的太阳像一块烤热的白铁片，炽热的光就像针一样刺向他，只看一眼，那太阳就变黑了，像一块磨圆了的黑炭，光也是黑的了，天空也是黑的了。晒了半天，大奎撑不住了，他的头垂了下去……这时候，大奎看见二叔了，看见婶子了，两个人向他走过来，后面好像还跟着一个人——是孙兆谦，孙兆谦一身军装，背着匣子枪，向他微笑，二叔和婶子让开，孙兆谦走过来说，兄弟，咱们走，这就牵着大奎的手向前，走着走着，蓝天白云，两个人就走在白云上面了，天风吹来，白云就驮着他们向远处飘着，飘着。大奎高兴地问，大哥，咱这是去哪里?

孙兆谦微笑着说，去你想去的地方……大奎睁开眼睛，一切都消失了，他想，我这是示众啊，示众完了，鬼子就会砍我的头了，快点儿吧，快点儿一刀下去，我就不受这个罪了，死了，我就去和孙兆谦做伴儿，这样，谁也不孤单……

大奎被捕后，家里塌了天了，娘一阵一阵地哭，眼都快哭瞎了。爷爷躺在炕上，一边哭一边念叨着，老天爷哎，开开眼吧，我二儿、二儿媳妇走了，小孙子又去了庙里，求求你把我大孙子放出来吧，拿我这老命换他吧……说完，又哭。

邓广贤的店铺已经关了，他坐在家里双手抱头，邻居们怕惹上事儿，不敢来了，亲戚们也都不敢上门。娘说，他爹啊，不能这么干等着，得想法子啊，那个姓李的和姓王的跑了，让咱儿背了大祸，这还有没有天理啊。

邓广贤说，你可不能乱说，不定哪句话会惹出大事儿来。爷爷说，老大，你在官桥干了这么多年，就不认识个有头有脸的？求他想想办法，把大奎保出来。

邓广贤说，咱就是个裁缝，人家取了衣裳就走了，咱能攀上吗？

思来想去，邓广贤最后决定去求孙京云。

孙京云正坐在家里喝茶，邓广贤一来，他就知道要干什么了。邓广贤还没开口，孙京云说，老邓，你这事我办不了，这可是大案啊，你知道皇军死了多少人？光尸体就烧了一天带半夜。邓广贤说，孙乡长，你也知道，那两个人跑了，大奎是冤枉的，看在街坊邻居的面儿上，你去车站给说说情吧，俺家的人，你是知根知底的。

孙京云不说话了，他突然想到了丁程，想起丁程来这里看他老母亲时的情景，还有他在老肖家里说的话，孙京云突然悟到了，丁程这是给他指了一条明道；对了，丁程还说，附近都有我们的人在活动……孙京云回过神，给邓广贤倒上一杯茶，邓广贤哪还有心喝。孙京云说，广贤老哥，我硬着头皮去试试，可也不能干凭这两片嘴皮子。

邓广贤说，我明白，马上去办。

邓广贤回家后，赶紧找人要把自家的三分地和邓宝安的二亩地卖掉，很快就有了买主，换来了六块大洋。

邓广贤带上一些香火，来到地头上，高粱已经长得像人这样高了，绿油油的甚是茁壮，他到邓宝安两口子的坟前烧了纸，说，老二啊，对不住了，大奎遭了大难，我是万般无奈才卖了你的地……到秋天，我找个好地方给你搬个家，你别怪大哥无能……以后有钱了，我再买二亩地，还给石头……说着，邓广贤哽咽了。

孙京云进了车站，见到松冈。孙京云说，松冈站长，邓耀奎实在是冤枉，那跑了的两个才是八路，他们都是坏心眼子，怎么会暴露自己？他们跑了，抓邓耀奎抵罪，这不让跟着皇军干的人寒心吗？如果邓耀奎真是八路，要跑也得先把家里人弄走才是，站长，你说是不是这个理儿？

松冈不回答。

孙京云又说，站长，你有大大的学问，平时对咱们又和善，邓耀奎在你手底下工作，他是什么样的人你是清楚的，他家里，全是老实本分的人，都有良民证。

松冈还是不吱声。孙京云继续说，这不，为了把人保出来，他们把家里仅有的二亩三分地卖了，才卖了六块大洋……孙京云说着，把大洋掏出来，放到松冈面前，然后，又把两张地契摆开。

松冈看了看地契，又抬头看看孙京云，好半天才问，你的担保？

孙京云有了底气，他说，我是乡长，我担保！

松冈把两张地契往孙京云面前一推，然后只把大洋抓在手里，拉开抽屉放进去，接着他站起来，和孙京云出了门。两个人来到月台上，松冈摆摆手，叫过来一个鬼子说，奎的，冤枉，放了吧。鬼子便解开柱子上的绳子，大奎一下子栽在地上。孙京云赶紧招呼在站口候着的两个人，他们过来，把大奎背起来，出了车站。

大奎在家躺了五天，不停地咳血，尿血，后对外说去外地看病治伤，就被丁程派人秘密接走了。

为了保护官桥人，他隐匿了一切信息。

丁程也去了沂蒙山区养伤，后派往胶东，再后来，随八路军一一五师去了东北。

……

○

抗日的活剧，依然在官桥的土地上上演着，但敌人的活动空间越来越小，从一九四五年上半年开始，铁路以东的敌人被逐步清理，官桥的鬼子越来越孤立，后勤补给不足，不得不出兵抢粮，又屡屡被战士们伏击。沂蒙山区的八路军主力部队，开始剑指滕东一带。

陈二雄的部队摇身一变，成了国民党军。当日本宣布无条件投降，陈二雄却晋升为国民党军的团长，移居到了滕县城。而官桥的铃木，只承认国民党军，坚决不向八路军投降。于是，八路军山东军区第八师二十三团一部，于十一月二十六日，冒着大雨激战，切断了官桥南北的铁路线，向铃木发出最后通牒，如不投降，就地歼灭。此时铃木和他的队伍，已经断粮多日，饿得鬼子半夜溜出来，去秋收后的地里捡些可吃的豆粒儿，或在收完的地里找漏下的地瓜，被发现后让官桥的老百姓举着铁锨追着打。绝境中的鬼子，终于低下了头，走出兵营，交出武器。

之后不久，根据上级部署，王世仁的部队和武工队统一整编，进入野战军序列，武工队扩编为加强连。在大李庄，二百多个战士换上崭新的灰色军装，统一武器，全背着叠成方块的灰色被子，军容整齐庄严地站在村前平坦的土场上，明天，队伍就开进官桥驻扎。乡亲们在街上搭起凯旋门，还挂上两盏红灯笼，咚咚锵，咚咚锵，一伙人敲锣打鼓地欢迎战士们。全庄的男女老少，都围着战士们看。王世仁、张守义、张西奇和赵明大他们，站在队列前面；王丹西和李天成等人，作为县委领导出面，李贵武和吴政委带着一群战士来为战友们送行。

寒暄后，李天成走到张西奇跟前说，西奇，看，那个姑娘就是你媳妇儿。张西奇顺着李天成的手指看去，人群里，一个姑娘正看着他，一见张西奇往她这里看，立即羞得低下头，别过脸去。

张西奇看着，姑娘干巴巴的圆脸儿，眼睛小，鼻子短，嘴小，头发也不黑，穿一件灰蓝色的旧褂子，破袄袖子从褂袖子里露出来。张西奇对李天成说，不好看。李天成笑了，不好看也是我们李家的人，今天我得叫你一声妹夫了，等全国胜利了，回大李庄娶亲！

张西奇他们往外走，一个妇女手牵着一个五六岁的小女孩儿，她悄悄地对孩子说，看，那就是张西奇。小女孩儿一下子睁大恐惧的眼睛，连忙躲进她娘的腿后边。张西奇也听到了，向这对母女走过来，想抱抱小女孩儿，小女孩儿吓得哇的 声哭起来。张守义看着他，笑着说，老侄儿，你身上长着“瘆人毛”呀！

王二拐子也来了，大老远就大声喊着，太平啦！太平啦！天下太平啦！还时时挥舞着他那柴棒似的瘦胳膊。走近了，一个人就和他捣蛋，说那边有蝗虫了，快去脱裤子。王二拐子也不生气，说，甭放屁，大冬天的哪有蝗虫，全飞南京去了。那人说，那你光着腚去南京吧。王二拐子笑骂了一句鳖羔子，就往西走，他要去看杀牛的。走不多远，王二拐子又喊，太平啦！太平啦！天下太平啦！

大李庄的乡亲们，为战士们杀猪宰羊，几家还合伙，从杨庄集买来一头拉不了犁的黄牛。女人们在家里忙着烙饼，摊煎饼，洗菜切肉。

村西的河边平地上，一口大锅早就支好，柴火堆得老高。牛已经被剥皮开膛，屠夫正抡着斧头砍骨头，把牛卸成小块儿，几个民兵在帮忙。

不远处，一个小青年蹲在河岸上，把盘成一团的牛肠子拉扯开，然后竖起右手往外赶牛屎。一些孩子围过来看热闹，王二拐子也过来了说，二瓜，晚上给我留块肉。叫二瓜的小青年头也不抬，边赶着牛屎边说，正热乎着，过来吃吧。王二拐子乐哈哈地说，小鳖羔子，留着给你娘吃吧。二瓜说，专给你吃，吃上你就长出黄毛，头上长角。

王二拐子不再理他，领着孩子蹲到旁边，对孩子们说，看，这是牛肚子，装青草的，那是肺，牛喘气儿的。二瓜一抬头喊，错了，你把肝当成肺啦！

一个孩子问，牛为什么长尾巴？王二拐子说，盖住腚眼儿，要不灌进去凉风肚子疼。

另一个孩子问，那人为什么不长尾巴？王二拐子说，人用不着，两条腿站直，能夹住嘛……

傍晚，李家祠堂搭起棚子，拼出长桌，柱子上吊着六盏马灯。坡子、曹老三和孙五子都成了排长，赵明大是指导员。好多孩子早就围在祠堂大门外，看到院里的人背着匣子枪，亮晶晶的眼睛里满是好奇和仰慕。几个民兵把酒坛子放到长桌上，又依次摆放黑碗；又有几个民兵端着大大小小的盆子放过来，盆里猪肉、牛肉、羊肉散发着香味儿。一个孩子发现了什么，禁不住惊喜地告诉伙伴们，鸡！鸡！还有鸡！

大家坐下了，有人开始倒酒。这时，李天成从院子里领进来一个孩子，对张西奇说，这是柏子。柏子长高了，快到李天成的胸脯了，但很瘦，穿着旧棉袄，右肩上钉着一块白布条儿。张西奇问，这是谁的孩子？李天成说，小姑的儿啊，柏子，快叫表哥。柏子看看张西奇，叫了一声。张西奇看见柏子肩上的白布，心头一热，这是给他娘戴孝啊。张西奇说，柏子，来，坐在我这里——再拿个凳子！

柏子坐下，王丹西起身说，同志们，战友们，抗战胜利了！明天，部队就要到官桥，还要随大军南下，我代表县委，给同志们送行！我不多讲了，讲多了菜就凉了，尽在不言中，来，为了咱们的胜利，干杯！干了！

在场所有人哗地站起来，双手端碗，一下子把酒干完，然后坐下吃菜。

李贵武和吴政委又站起来，端着酒碗。吴政委说，我们代表县大队，敬同志们一杯，祝你们上了前线多杀敌人，迎接我们最后的胜利！大家又站起来，把酒干了。这时，柏子怯生生地看着张西奇说，表哥，我想吃块羊肉。张西奇伸手抓了一块羊排给了柏子，柏子就大口啃起来，灯光照着他右肩上那块刺眼的白布。

张西奇突然想到什么，回头一看，一群孩子还挤在门口，全都细细的脖子挑着脑袋，可怜巴巴地往里面看，口水咽了一口又一口。好多孩子的肩上，都缝着白布条儿。李天成喃喃地说，这些年，鬼子杀了我们多少同胞，多少孩子失去了爹娘，好多孩子成了孤儿……李天成话刚落，张西奇和王世仁竟不约而同地站起来，端起盘子走到门口，手捏着羊肉，一块一块往这群孩子嘴里填，一张张小口全部张开着，就像等食的小鸟雏儿。其他人看见，也都站起来，拿出盆子里的猪肉、羊肉、牛肉，分给孩子们。孩子们贪婪地嚼着，嚼着，然后一伸脖子咽下去，咽下去后便全走了。

大家重新又坐下，张西奇双手端起酒碗，起身说，感谢乡亲们的厚待，胜利了，我们更怀念牺牲的同志们，让他们安息吧！说着，他把酒倒在地上了。

所有人表情庄重地站起，先后把酒倒在地上，气氛一下子肃穆了。

酒又重新倒上，大家的话反而少了。肉都给了孩子们，剩下的不多，大家只是一碗一碗地喝酒。张西奇看看柏子，想起了李颖，想起了孙兆谦，想起了香嫂，想起了王木头——王木头全家被鬼子杀害，他又为了救自己献出了生命，这个家庭从此绝户了——还有更多牺牲了的战士们，对了，还有庄之岳保长，至今杳无音信……张西奇，这个铁汉子，这个杀敌不眨眼的勇士，他伸手摸摸柏子的脑袋，突然流泪了，他把碗往旁边一推，一手捂着眼，泪水不断从手边淌下来。

张西奇这一哭，柏子也跟着哭了，赵明大也流泪了，王世仁也流泪了，张守义也流泪了；曹老三想起了兄弟张永万，苍凉地哭着，孙五子想起了被杀的亲人，坡子想起了王自豪，想起了爹娘……所有的人全都悲从中来，看着吊着的马灯哭，棚子里的哭声，从祠堂院子穿过围墙，传到冬天的田野里……

张西奇突然站起来，抹了一下眼泪，举起碗说，不哭了，记住他们！王丹西起身说，对，记住他们！李天成也起身说，记住他们！所有人都站起来，举起酒碗，说，记住他们！

这时候，月亮从东边天空中悄悄地升起来，红得像血！

补记

陈二雄、刘三，在我军攻打滕县时被击毙。

李景月逃离前，给李天成留下不少枪支弹药，然后他带队一路南下，不断遭到我军阻截，死伤大半后终于到了上海，后又去了台湾，脱下军装经商。上世纪八十年代中期，他在台湾生下的儿子回到大李庄，认祖归宗。

铃木在日军投降后，被收押进日俘集中营，后被遣返回日本。

松冈回到日本后，在一所大学任教，成为右翼分子，再未到过中国。

王美兰带孩子到了日本后，再无音讯。

2023年3月15日，构思于木石镇鲁化生活区

2023年9月27日，一稿于海右吴家台、安丘玫瑰岭

2024年4月15日，二稿于槲（胡）林村

2024年11月15日，三稿于书苑山庄

2025年5月26日，终稿改毕

后记

写这部长篇小说完全起于偶然，我与何慧颖社长闲聊，她突然想到什么，说有个故事很精彩，最好您能写出来。何社长告诉我，八十多年前，在滕县官桥，两列火车碰撞，其中一辆是军列，百余名鬼子军官全部死亡，还有整车厢的鬼子兵。出手的是三名铁路工人，其中一人，家就在官桥。

这是何社长去枣庄公干，邓淇先生给她讲述的。这位家在官桥，让鬼子军列相撞的人，就是他的祖父，当时，祖父几乎全家都秘密参与了抗战。身为离休干部的邓淇祖父，竟然对当年事缄口不言，这或许是做地下工作所致，直到垂暮之年，才对亲属透露点滴，然后又转入了沉默。我与邓淇先生友善经年，略想后我对何社长说，应该写出来，让更多的人知道。之后我查了一下，官桥距薛城仅仅十七公里，而薛城，就是当年铁道游击队战斗的临城，如此大的撞车事件，在知侠先生的名著里，却未着一字，这又使我不解。于是，我随何社长去了滕州。

邓淇先生所提供的，还是简要的概述。在官桥镇，文史专家孙井泉先生、周忠波先生等，提供了一些素材，但依然不足以支撑系统的故事。我想，更丰富的资料肯定在滕州市有关部门，但是，他们所提供的，也是几本小册子，涉及官桥的文字并不多。邓淇先生又让我们到薛城，拜访了一位半生搜集抗战史料的长者，还是没有多少官桥抗战的内容。失望之余，就要打道回府。这时，周忠波来电话，说你们路过木石镇，可以找李存建看看，他是收藏家，博物馆里有很多藏品。

李存建的三层博物馆，上两层都是抗战实物，有铁道游击队扒铁轨的工具，有土琵琶，有“芳林嫂”生前用过的家具，还有鬼子的军旗、刺刀和饭盒等等，而李存建的父亲，就是铁道游击队队员。让我惊喜的是，老李收藏了六本抗战老人的回忆录，其中几篇就说官桥。

回来看材料，又知离木石镇不远的羊庄镇大赵庄，是滕县农民抗日武装成立的谋划地，李姓家族不少青壮参加了队伍，后来的武工队，就是围绕官桥与敌人战斗，李存建也是大赵庄李家后代。于是，存建带我去了大赵庄，找了三位九十多岁的老人座谈。可是，老人的方言我听不懂，而且说的也是一鳞半爪，想想也是，八十多年前，他们仅仅是十岁左右的孩子，能知道多少？

听说当年让敌人胆寒的武工队队长，后来也迁居到这里，子女在城，但老宅遗址仍在。我走进去，看到院里腐叶铺地，蒿莱丛生，五间房屋早已坍塌，残墙里外竟然长出一丛丛的竹子。主人的坟墓，就在村东麦田里，很低的一堆黄土。正是清明时节，子女祭奠的冷灰旁，野草宿根间又冒出了新芽。英雄早已凋零，随着他们那代人的老去，记忆的碎片终会埋没，我觉得有责任把他们写出来。正巧，大赵庄的李厚振先生，正在撰写本土抗战人物，便把草稿慷慨给我参考，遗憾的是，文中也没有多少展开的情节，但我还是带回来，几个月里反复阅读、琢磨，尽力从字里行间去想象人物和场面。其间，周忠波还是陆续帮我搜集零星素材，长到书籍，短到小段文字，不断地发给我。孙井泉先生，是当地资深文史研究专家，亲自陪我们考察当年战斗现场，并对后续创作不断提出很好的建议。正是他们的热情帮助，带给作者坚定的信心：既然船已离岸，那就索性硬着头皮往前“拱”。

我对同行的王德超说，没米下锅，咱们就边烧火、边找米，俗话说得好，草鞋没样儿，边打边像。

就这样，我们慢慢搭起了小说框架，然后动笔。我是笨人笨办法，写完一稿，经过思考后，再写二稿，三年过去，我手写了三稿，都是推倒重来，自己也不知道是怎么写过来的。小说写的是官桥，当年的抗战故事实实在在发生在这里，即使虚构，也不能离谱，自己用心做的，就是贴近生活，贴近人性。在这期间，官桥本土作家姜德长先生告诉我，当年，知侠先生曾在这里住了四十多天，不知为什么他没有写，或许这里不属铁道游击队的活动范围。这里的几支队伍，主要活动在官桥铁路以东，领导他们的，是一位叫丁一的地下工作者。小说里的主要人物包括敌伪，大都有原型；极个别故事作者做了空间的移置，但也发生在沂蒙山西部，而且靠近滕东。

本书感谢的人有：邓淇、周忠波、孙井泉、李厚振、李厚勇、李存建、任世淦、张昌民、张兆登、王新武、庄福东、庄伟、姜德长、王长武、崔祥震、尹德宝、王文军、丁肇光、索世波、姚毅、张磊、袁敦明、潘蕾等。作家闵凡利通读书稿，他提出了很好的意见。

郭海龙、查玉明、李杨、王建明、刘德源、盖凯等助我出行；王俊杰、宋守江、孙锋、陈菁、张亚欣等先期审读；刘洪强对本书整体设计反复构思，增色不少；责任编辑王德超，从开始就随我采访，后整理了两次手稿，付出很大的辛劳，并贡献了诸多智慧，他是本书从无到有的助力者和见证者，谢谢他！

作家逄春阶知我写小说，转来德国作家托马斯·曼的话：“终于写完了，它可能不好，但是写完了，只要完成了，它也是好的。”

这话就像柔软温暖的气囊，不断地给我充氧。

何慧颖社长始终关心文本的进程，后有徐洋社长。

感谢山东友谊出版社。

作者

2025 年 5 月 26 日毕